Flammensee

Matthias Moor, Jahrgang 1969, lebt seit über zwanzig Jahren am Bodensee. Er ist verheiratet, hat zwei Kinder und arbeitet als Gymnasiallehrer wie auch als freier Journalist in Konstanz. Er liebt den See mit seinen vielgestaltigen Landschaften. Wenn mal nichts anliegt, fährt er am liebsten mit seinem Boot zum Fischen hinaus. Besuchen Sie den Autor auf www.matthias-moor.de.

MATTHIAS MOOR

Flammensee

BODENSEE KRIMI

emons:

Bibliografische Information der Deutschen Nationalbibliothek
Die Deutsche Nationalbibliothek verzeichnet diese Publikation in der Deutschen Nationalbibliografie; detaillierte bibliografische Daten sind im Internet über http://dnb.d-nb.de abrufbar.

FSC www.fsc.org
MIX
Papier aus verantwortungsvollen Quellen
FSC® C083411

Umschlagmotiv: photocase.com/sijole
Umschlaggestaltung: Tobias Doetsch
Gestaltung Innenteil: César Satz & Grafik GmbH, Köln
Lektorat: Carlos Westerkamp
Druck und Bindung: CPI – Clausen & Bosse, Leck
Printed in Germany 2014
ISBN 978-3-95451-444-1
Bodensee Krimi
Originalausgabe

Dieser Roman wurde vermittelt durch die Literaturagentur
Beate Riess, Freiburg.

The truth is rarely pure and never simple.
Oscar Wilde, »The Importance of Being Earnest«

Prolog

Am Ufer, direkt am Wasser, blieb sie stehen.

Hinter ihr das große, hölzerne Kreuz.

Es war ein Tag, als ob die Sonne gestorben wäre.

Die Angst … Plötzlich spürte sie, wie sie kam, unaufhaltsam: wie der Puls sich beschleunigte, das Herz schneller schlug, die Knie leicht zu zittern begannen …

Sie hatte Mühe, das Atmen zu kontrollieren.

Der See war schwer und eisengrau. Kalte Winterluft. In unbestimmter Entfernung verschwammen Wasser und Nebel zu einem Nichts. Darin verlor sich ihr Blick. Der dumpfe Klang eines Schiffshorns aus dem Nirgendwo.

Kalte Schauer auf der Haut, Schweiß auf der Stirn, ihre Muskeln spannten sich, sie wollte rennen!

Doch sie zwang sich, stehen zu bleiben …

In das Nichts zu blicken …

Alles still.

Sie schloss die Augen.

Was wohl kommen würde?

Für einen Moment sah sie nichts und hörte nichts als ihr Atmen.

Und dann plötzlich … Plötzlich war der Sommer da.

Der Ruf eines Kindes …

Nach einer Weile öffnete sie die Augen.

Allmählich beruhigte sich der Puls, entspannte sich ihr Körper, ging der Atem wieder ruhig.

Hier war es passiert, genau vor einem halben Jahr.

Da war das Strandbad voller Menschen gewesen.

Schon wollte sie gehen, da nahm sie am Boden eine Bewegung wahr. Eine Maus huschte voller Angst zwischen ihren Füßen herum.

Sie lächelte und regte sich nicht.

So ungeschützt, dachte sie.

Jetzt kauerte sich das kleine Tier an ihren rechten Stiefel, auf den Uferkies, als suche es Schutz. Niedliche kleine Knopfaugen, graubraunes Fell. Sie hielt den Atem an.

Langsam drehte sie den Kopf.

Keine zehn Meter von ihr entfernt stand ein Fuchs. Wie erstarrt. Sie erschrak. Sein rostrotes Fell war wie ein Feuer in dem allumfassenden Grau. Das Raubtier fixierte sie, mit aufgestellten Ohren und halb geöffneter Schnauze, als wäre es zum Sprung bereit.

In der kalten Luft war sein Atem zu sehen.

Sie zischte laut und riss ihre Arme nach oben. Sofort verschwand der Fuchs im Schilf. Sie blickte auf die Maus. Noch immer kauerte sie neben ihrem Stiefel.

»Du kannst jetzt gehen«, sagte sie sanft.

Doch das kleine Tier blieb, wo es war.

»Geh!«, sagte sie, strenger, als sie eigentlich wollte.

Nichts geschah.

Da stupste sie die Maus mit ihrer Stiefelspitze an.

»Du kannst jetzt gehen!«, wiederholte sie.

Doch das Tier wollte nicht weichen.

Da stieg eine Wut in ihr hoch, unermesslich und wild.

Langsam hob sie ihren Stiefel und trat mit dem breiten Absatz fest auf die Maus.

Mit weit mehr Kraft, als sie eigentlich gebraucht hätte, drückte sie den kleinen Körper in den nassen Kies und drehte dabei ihren Absatz hin und her.

Als gälte es, das tote Tier möglichst tief in den Grund zu pressen.

Sie blinzelte und sog schnell Luft durch die Nase.

Die Wut verschwand, so schnell, wie sie gekommen war.

Sie drehte sich um und ging ein paar Schritte vom Ufer weg.

Jetzt stand sie direkt vor dem hölzernen Kreuz. Jesus blickte mit einem schmerzverzerrten, weltabgewandten Gesicht in den Himmel. Sein Körper war dürr, blutig und ausgezehrt.

Lange musterte sie ihn.

Dann, mit Tränen in den Augen, sah sie vor sich aufs Gras und säuberte darin den Absatz von Blut und Fleischresten. Ohne einen Blick zurückzuwerfen, wandte sie sich ab und ging in Richtung Parkplatz.

Sie versuchte ein Lächeln.
Der Frieden würde nie wieder kommen.
Aber irgendwie musste das Leben weitergehen.

Doch so war es nicht.

Sie spürte die Wucht des Aufpralls, dann den Schmerz.
Sie hörte die Schüsse und verstand.
Zwei Kugeln durchbrachen ihren Schädel.
Zwei durchschlugen das Herz.
Während sie zu Boden sank, suchten ihre Augen noch, wunderte sie sich, dass niemand zu sehen war.
War *er* das?
Dann sah sie das Kind. Ganz klar. Ganz deutlich.
Es lief lachend auf sie zu und streckte die Arme nach ihr aus.
Sie würde es gleich in den Arm nehmen und niemals wieder gehen lassen.

1

Donnerstag, 1. August

Der See hatte ein Blau, als wäre der Himmel hineingefallen. Wolfgang Mink lächelte und ließ seinen Blick schweifen. Keine zwei Stunden war er fort gewesen: in Ruhe einen Kaffee trinken, ein paar dringende Mails beantworten, ein wenig für sich sein.

Am anderen Ufer lag das Städtchen Überlingen mit seinem hellgrauen Sandsteinmünster und den roten Stadthausdächern, den Weinhängen, den sanften, dunkelgrün bewaldeten Hügeln … Im Süden erkannte er die Klosterkirche Birnau. Darunter, direkt am Ufer, lag der »Winzerhof«, ihr Hotel. Hier, einige Kilometer entfernt, das Dingelsdorfer Strandbad mit den satten Wiesen und schattenspendenden Bäumen …

Er hörte Kinderlachen, Stimmengewirr, eine schimpfende Mutter, Wasserplanschen. Sommerbadestrandgeräusche. Ein perfekter Tag. Das für den Nachmittag angekündigte Gewitter war noch nicht zu sehen. Warum war er eigentlich fortgegangen?

Wolfgang Mink lächelte noch immer. Es gab Momente, in denen das Leben fast angenehm war. Früher hatte er den Bodensee geliebt, wie auch seine Frau Katharina. Schon als Kind hatte er mit seiner Familie immer hier Urlaub gemacht, obwohl sie gar nicht weit entfernt, in Pfullendorf, lebten.

Da rief ein Vater nach seinem Kind, und Minks Lächeln verschwand. Kurz schloss er die Augen.

»Tim!«, flüsterte er. Es gibt keinen Frieden mehr, dachte er, niemals und nirgends. Er atmete schwer.

Er blickte auf und sah Verena Steinfort. Sie kam vom Joggen und ging auf seine Frau zu. Katharina Mink lag in ihrem Liegestuhl, als wäre sie mit ihm verwachsen. Warum hatte er sie damals geheiratet? War es der Glamour? Ihre Schönheit? Oder doch die innere Verwandtschaft zwischen ihnen, diese verborgene Verletzlichkeit, die damals nur in seltenen Momenten aus ihren großen dunklen Augen sprach?

Diese Wut stieg wieder in ihm hoch.

Eine quälende Ahnung, die ihn schneller gehen ließ.

Er hätte auf seine Zweifel hören sollen damals.

Verena Steinfort stand neben Katharinas Liegestuhl, hatte die Hände in ihre Hüften gestemmt und blickte zum Strand.

Scheinbar ganz ruhig.

Eine schöne Frau.

Obwohl sie joggen gewesen war, saß ihr blonder Pagenschnitt perfekt.

»Alles in Ordnung?«, fragte Wolfgang Mink besorgt, als er einige Schritte hinter ihr stand. Er war leicht außer Atem.

Verena drehte sich um, und als er ihr Gesicht sah – die weit geöffneten Augen, diesen fahrigen Blick –, da wusste er schon, was sie sagen würde.

»Martha!«, sprach sie ernst. Schweiß rann in dünnen Bändern von ihrer Stirn. »Wo ist Martha?«

Wolfgang Mink wurde für einen Moment ganz starr. Sein Blick ging zum Strand; dorthin, wo Martha vor zwei Stunden zufrieden gespielt hatte. Sprang von Kind zu Kind. Doch Martha war nicht da.

Und Katharina reagierte nicht. Noch immer waren ihre Augen geschlossen.

»Katharina!« Er beugte sich zu ihr, aber sie schien nichts wahrzunehmen.

»Katharina!«, rief er und rüttelte an ihren nackten Schultern.

Nichts. Ihre Haut war eigentümlich kühl. Oder kam ihm das nur so vor, weil er schwitzte?

Mink presste die Lippen zusammen und atmete tief ein.

Verena Steinfort stand neben ihm. Sie hatte sich umgedreht und suchte mit den Augen den Kinderspielplatz hinter ihnen ab.

»Verdammt, wach auf!« Er schrie jetzt. Lauter, drängender und wütender, als er eigentlich wollte.

»Wolfgang!« Verena fuhr herum. Ihre Blicke trafen sich. Vorwurfsvoll sah sie ihn an. Auch in dieser Situation hielt sie zu Katharina, sorgte sich um sie. In diesem Moment! Diese Freundschaft hatte Wolfgang Mink nie verstanden.

Da endlich eine Regung …

Katharina blinzelte …

Wo war sie wieder gewesen? Was ging in ihr vor?

»Wo zum Teufel ist Martha? Du solltest auf Martha aufpassen, verflucht noch mal!«

Er spürte Verenas befremdeten Blick. Der Hass in seiner Stimme war nicht zu überhören.

Katharina schien jetzt ohne Schwierigkeiten die Augen offen halten zu können. Auf einmal! Sonst klagte sie stets über die grelle Sonne, suchte immer Schatten und trug eine Sonnenbrille. Irgendetwas stimmte nicht.

»Lass sie, bitte«, meinte Verena und legte ihre Hand auf seinen Unterarm. Wie konnte sie so ruhig sein? Sie wirkte konzentriert, gefasst. Wie unbeteiligt. War das nicht ungewöhnlich?

Doch als Verena Steinfort sich zu seiner Frau beugte und ihre Hand nahm, sah er, dass sie zitterte.

»Katharina, wo ist Martha? Du solltest nach ihr sehen!«

Auch in ihrer scheinbar ruhigen Stimme nahm er das Zittern wahr.

Dann schien Katharina zu verstehen. Ihre Augen weiteten sich. Das Sonnenlicht schmerzte sie offenbar überhaupt nicht mehr.

»Martha! Oh mein Gott!«

Katharina sprach langsam, wirkte immer noch leicht abwesend, als wäre sie aus einem schweren Schlaf erwacht.

Sie blickte zum Strand.

Plötzlich stand ihr der Schrecken im Gesicht.

»Was hab ich nur getan!«, flüsterte Katharina. »Was hab ich nur getan?«

Wo ist sie gewesen?, fragte sich Wolfgang Mink. Welche Gedanken haben sie wieder in eine andere Welt gebracht? Die Mutter? Tim? Ruth? Er seufzte.

Verena Steinfort ließ die Freundin los und richtete sich auf. Sie blickte zu Katharina, dann zu ihm.

Das blanke Entsetzen.

Für einen Moment fürchtete Wolfgang Mink, dass Verena zusammenbrechen würde.

Dann ballte sie die Hände zu Fäusten.

»Wir müssen etwas tun!«, sagte sie bestimmt. »Wir müssen sofort etwas tun, Wolfgang!«

Wolfgang Mink nickte. »Verena, du gehst zum Kiosk und zum

Spielplatz. Sieh dich dort noch einmal kurz um. Wenn Martha da nicht sein sollte, suchst du sofort den Bademeister. Er soll über Lautsprecher durchsagen, dass Martha vermisst wird und wie sie aussieht. Die Leute sollen beim Suchen helfen! Und niemand soll das Strandbad verlassen, bis sie gefunden ist. Hörst du? Er selbst soll sich darum kümmern, dass an den Ausgängen Leute stehen und niemand hinauskann. Ich schaue unten am Strand, und wenn Martha da nicht ist, rufe ich die Polizei an. Und Minister Volz.«

Verena Steinfort nickte. Sie ging sofort in Richtung Kiosk.

Wahrscheinlich spielt Martha am Spielplatz, dachte er. Sicher ist alles gut.

Katharinas Liegestuhl befand sich keine zwanzig Meter vom Strand entfernt, im Schatten zweier Bäume. Als er vor etwa anderthalb Stunden gegangen war, spielte Martha mit ihren Sandkastensachen unten am Ufer. Seicht war das Wasser hier; ein-, zweihundert Meter konnte ein Kind bequem hinauswaten, bevor die Tiefe kam. Martha konnte gut schwimmen. Ertrunken war sie sicher nicht.

Noch einmal ließ Wolfgang Mink seinen Blick über die riesige blaue Wasserfläche gleiten. Kinder spielten Ball, planschten im Wasser, andere gruben mit Plastikschaufeln im Kies. Unbeschwertheit überall. Ein Mann warf einen Tennisball in den See hinaus, und ein kleiner Hund jagte bellend hinterher.

Da sah er etwas.

Weit draußen im See, ein Mädchen mit hellbraunen Haaren, das hinausschwamm.

»Martha«, sagte er zu sich.

»Martha!«, rief er so laut, dass die Umstehenden sich zu ihm umdrehten. Er rannte los, mit seinen Segelschuhen ins Wasser hinein, hin zu dem Kind.

»Martha!«, schrie Mink, und in seiner Stimme lagen Hoffnung wie Verzweiflung.

Der See war flach hier, aber durch das aufspritzende Wasser beim schnellen Laufen waren seine Shorts und sein Sommerhemd schon nass.

Fünfzig Meter war er sicher schon gelaufen, das Kind jetzt nicht mehr weit von ihm entfernt.

Da stellte es sich auf, drehte sich um und blickte zu ihm.

Wie angewurzelt blieb Mink stehen. Er keuchte. Das war nicht Martha, auf keinen Fall. Martha trug einen schwarz-gelben Badeanzug, das Kind hier einen roten. Und das Gesicht …

Mink fühlte sich plötzlich unendlich schwer. Er merkte, dass ihn die anderen Badenden skeptisch ansahen.

»Ich passe auf, geht ihr los!«, hatte Katharina gemeint.

Gelächelt hatte sie. Es schien doch alles in Ordnung zu sein mit ihr. Verena wollte zum Joggen, er ein wenig für sich sein. Die Arbeit rief. Warum auch nicht? Die Vertragsverhandlungen mit Daimler zogen sich hin. In den letzten Jahren war seinem Unternehmen eine Konkurrenz in Bulgarien erwachsen. Und jetzt wollten die Einkäufer von Daimler mächtig auf die Preise drücken.

Katharina hatte Fortschritte gemacht in den letzten Monaten; lange war sie nicht mehr in diese Art Trance geraten, in welcher sie der Welt zu entgleiten schien. Seit Monaten nahm sie ihr Antidepressivum nicht mehr. Der Therapeut hatte gemeint, dass man ihr unbedingt Verantwortung übergeben sollte.

Martha war nirgendwo zu sehen.

Damals war es kalt gewesen, der See grau und verloren.

Vor drei Jahren war ihr Sohn Tim nicht vom Spielen zurückgekehrt, keine zehn Kilometer von hier entfernt. Und seitdem nicht wiedergekommen.

Katharina hatte in den Tagen danach stundenlang im Garten des Hotels gestanden und auf den See hinausgestarrt. Warum? Was hatte sie dort gesucht?

Er blickte vor sich aufs Wasser.

Dann vernahm er die Stimme aus dem Lautsprecher. Verena hatte den Bademeister schnell überzeugen können. Mit nervöser, aber fester Stimme sagte er, dass ein sechsjähriges, schlankes, braunhaariges Mädchen namens Martha vermisst werde.

»Die Eltern des Kindes bitten um Ihre Mithilfe bei der Suche! Rufen Sie Ihre Kinder zu sich. Sollten Sie Martha finden, bringen Sie das Kind bitte zum Kiosk des Strandbads. Ich möchte Sie weiterhin bitten, das Gelände bis zum Eintreffen der Polizei nicht zu verlassen.«

Wolfgang Mink sah, wie die Menschen um ihn herum innehielten. Für einen Moment schien die Welt einzufrieren. Kurz darauf riefen Mütter nach ihren Kindern, einige liefen aus dem Wasser in Richtung Strand, und neben sich sah er zwei Jugendliche, die mit prüfenden Blicken die Wasserfläche absuchten. Am Horizont waren dunkle Wolken zu erkennen.

Mink nahm sein Smartphone aus seiner Hemdtasche und wählte 110. Er würde schnell sprechen und den Beamten nicht zu Wort kommen lassen. Er dachte an damals, vor drei Jahren, kurz nachdem Tim vom Spielen nicht zurückgekehrt war. Er hatte die Polizei verständigt, doch der Beamte der Notrufzentrale war ihm mit Beschwichtigungen und Zweifeln begegnet.

Das würde er nicht noch einmal ertragen.

Mink schloss die Augen, um sich besser zu konzentrieren.

Mit viel zu festem Griff hielt er sein Smartphone, nannte seinen Namen und dass im Dingelsdorfer Strandbad vor wenigen Minuten Martha Steinfort – ein sechsjähriges schlankes Mädchen mit schulterlangen hellbraunen Haaren – verschwunden sei; eine sehr gute Schwimmerin. Dass er ein Freund der Eltern des verschwundenen Kindes und mit dem Wirtschaftsminister des Landes gut bekannt sei. Dass er dringlich um eine sofortige und umfassende Suchaktion bitte und die Polizei für jede Verzögerung haftbar machen, dass er nach Beendigung des Gesprächs sofort mit dem Minister Kontakt aufnehmen werde.

»Hören Sie«, sagte er mit brüchiger Stimme, »vor drei Jahren ist mein Kind Tim Mink spurlos am Bodensee verschwunden und bis heute nicht wieder aufgetaucht. Es hat damals mehrere Stunden gedauert, bis überhaupt ein Polizist aufgetaucht ist.«

Kurz war es still. Mink glaubte, dass der Beamte wusste, mit wem er sprach. Und dass er sich an den Fall Tim Mink erinnerte.

»Wir werden umgehend alles Notwendige veranlassen und schicken sofort jemanden vorbei«, entgegnete der Beamte mit ernster und nüchterner Stimme.

Wolfgang Mink schluckte und öffnete die Augen.

Der Beamte hatte aufgelegt.

Überall auf dem Gelände des Strandbads liefen jetzt suchende Badegäste umher. Wolfgang Mink sah, dass einige junge Männer eine Kette gebildet hatten und durch das hüfttiefe Wasser weiter draußen wateten.

Doch Mink wusste, dass Martha nicht einfach so ertrunken war. Er ging weiter, am Strand entlang, prüfte jedes Kindergesicht und ließ den Blick immer wieder über die riesige Wasserfläche gleiten.

Irgendwo da draußen war vermutlich Tim verschwunden. Womöglich lag er noch immer in den Tiefen des Sees. Und jetzt Martha. Das konnte kein Zufall sein. Sollte sein Instinkt ihn damals doch nicht getrogen haben?

Katharina ...

Das Blut, die Hunde, wie sie Hals über Kopf mit dem Wagen davonraste ...

Wolfgang Mink nahm sein Smartphone und wählte die private Mobilnummer des baden-württembergischen Wirtschaftsministers Dr. Ernst Volz.

Mink kam gleich zur Sache, erläuterte, was vorgefallen war, und betonte, dass er auf die Freundschaft des Ministers setzen müsse. Dass damals, vor drei Jahren – wie er, Volz, ja wisse –, die Polizei völlig nachlässig und viel zu langsam reagiert habe. Dass die Beamten erst nach mehreren Stunden eingetroffen und ein Hubschrauber erst am folgenden Tag für nötig erachtet worden sei. Dass man ihnen am Telefon in einem herablassenden und gleichgültigen Ton mitgeteilt hatte, dass man ihre Sorgen zwar verstehe, aber *eigentlich* alle als vermisst gemeldeten Kinder früher oder später wieder auftauchten.

Dass damals vonseiten der Polizei erst beim Suchen nach einer möglichen Leiche nennenswerte Energie entfaltet worden sei.

Einer Leiche, die bis heute nicht aufgetaucht war ...

Wenig später wusste Wolfgang Mink, dass sein Freund ihn verstanden hatte. Dass diesmal an nichts gespart werden, nichts unversucht bleiben würde.

Etwa zehn Minuten später hörte er das Nahen eines Helikopters. Mink war den Strand bis zum Ende abgelaufen, ohne Martha zu sehen. Das ohrenbetäubende Knattern kam ihm wie eine Befreiung vor. Wie ein riesiges Insekt, mit dem Kopf dem See zugeneigt, kroch der Flugkörper langsam durch die Luft. Seine Beziehungen zeigten offensichtlich Wirkung.

Mink machte kehrt und lief zurück, so schnell es ging. Bald war er außer Atem. Seit drei Jahren trieb er keinen Sport mehr und hielt sich beim Essen noch weniger zurück als früher.

Selbstmord auf Raten, hatte sein Arzt gemeint.

Außer Atem, schwitzend sah er vor dem Kiosk den Bademeister. Verena Steinfort saß in einem Liegestuhl. Ein Mann, der sich als Arzt vorstellte, kniete neben ihr und hielt ihre Hand. Verena schien wieder ganz ruhig, fast entrückt. Wolfgang Mink hockte sich neben sie, sprach leise und gefasst.

»Verena, es ist alles in die Wege geleitet. Ich habe mit Minister Volz telefoniert. Er wird alle Hebel in Bewegung setzen.«

»Ich habe sie im Stich gelassen«, sagte sie.

Wolfgang wusste nichts zu erwidern. Genau das hatte er damals auch empfunden.

Dann sah ihn Verena Steinfort bestimmt an. »Jetzt werde ich kämpfen!«

Sie stand auf. Sie war wie er. Wohl noch stärker.

Hätte er damals nur eine Frau wie Verena geheiratet.

»Sie sollten liegen bleiben!«, meinte der Arzt besorgt.

Wolfgang Mink lächelte, trotz allem.

»Sie werden diese Frau nicht aufhalten!«, sagte er zu dem Mann. Dann ging er zum Bademeister.

»Wolfgang Mink mein Name«, stellte er sich vor. »Eigentümer von Mink Solutions, falls Ihnen das etwas sagt.« Der Bademeister sah ihn ehrfürchtig an. »Ich bin ein guter Freund der Mutter des verschwundenen Kindes und würde gerne behilflich sein, bis die Polizei eintrifft.«

Der Bademeister schien froh zu sein, dass eine offensichtliche Autorität ihm das Heft des Handelns aus der Hand nehmen wollte. Dankbar blickte der große, schlanke Mann hinab in die eindringlichen und selbstbewusst blickenden Augen des untersetzten und beleibten Unternehmers.

»Ist sichergestellt, dass niemand das Gelände verlassen kann?«

Der Bademeister wiegte unschlüssig den Kopf. Auf Mink wirkte er vollkommen überfordert und ahnte wohl, wie viele Tausend kritische Fragen ihm noch gestellt werden würden. Hatte er für ausreichende Sicherheit gesorgt? Hatte er das Wasser fest im Blick gehabt? Wo genau war er zur Zeit des Verschwindens des Mädchens gewesen? Und wer konnte das bezeugen? Mink wollte nicht in seiner Haut stecken, wenn Martha doch ertrunken sein sollte.

»Soweit es geht, Herr Mink. An den beiden Eingängen und bei den Zugängen zum Campingplatz habe ich Leute postiert. Aber am See unten gibt es nur Schilf. Wer unbemerkt entkommen will …«

Mink nickte. Falls es einen Entführer gab, würde er sicher schon längst über alle Berge sein. Auch wenn es aussichtslos war, ging er dennoch auf eine Gruppe Jugendlicher zu und wies sie an, den Uferbereich an beiden Enden des Strandbads zu kontrollieren und sich Entfernende in jedem Fall am Verlassen zu hindern. Egal, ob diese nun ein Kind hatten oder nicht.

Dann hörte er über die Lautsprecheranlage Verena Steinfort. Während sie mit zitternder, aber dennoch bestimmter Stimme sprach, sah er, wie die suchenden Menschen gebannt innehielten. Sie schaffte es, den Lärm des Helikopters zu übertönen.

»Meine sehr verehrten Damen und Herren! Ich bin die Mutter des vermissten Kindes und möchte Sie bitten, Ihre Suchbemühungen fortzusetzen. Bitte bleiben Sie hier auf dem Gelände und achten Sie darauf, dass sich niemand entfernt, auch wenn diese Person kein Kind dabeihaben sollte. Für die jeden Moment eintreffende Polizei ist jede Zeugenaussage, jeder Einzelne von Ihnen von möglicherweise unschätzbarem Wert! Ich danke Ihnen von Herzen für Ihre Unterstützung.«

Dann brach ihre Stimme; Wolfgang sah, wie sie sich fallen ließ, kraftlos; wie der Arzt sie auffing.

Er würde ihr jetzt nicht helfen können. Der Arzt war ja bei ihr.

Da hörte Wolfgang Mink Sirenen. Er sah zum Eingang des Strandbads: Rettungs-, Notarzt- und Polizeiwagen fuhren kurz darauf hintereinander herein.

Sein Blick fiel auf Katharina. Sie hatte er in den letzten Minuten fast vergessen. Wie gelähmt lag seine Frau in ihrem Liegestuhl. Doch ihre Augen waren geöffnet. Er ging zu ihr.

»Kannst du Robert anrufen?«, fragte er verächtlich.

Katharina blickte nur starr, mit weit geöffneten Augen, hinaus auf den See.

Mink seufzte, nahm das Smartphone und wählte die Nummer

von Marthas Vater und Verenas Mann. Robert Steinfort war segeln gegangen. Wahrscheinlich wartete er immer noch missmutig auf eine Brise.

Das Handy war ausgeschaltet. Wie immer.

Mink schüttelte den Kopf. Professor Dr. Robert Steinfort war für ihn ein so arroganter wie jämmerlicher Versager.

Dann ging er in Richtung der Polizeiwagen.

2

Donnerstag, 1. August

Kriminalhauptkommissar Marek Hafen stieg mit ernster Miene aus seinem Wagen und ging in Richtung Kiosk. Ein untersetzter und beleibter Mann kam ihm entgegen. Der fixierte ihn auf eine Art, dass Hafen instinktiv seine Hände zu Fäusten ballte.

Wolfgang Mink. Natürlich erinnerte er sich. Und der Kommissar sah auch, wie die Vorgänge vor drei Jahren diesen Mann gezeichnet hatten.

Marek Hafen war alles andere als begeistert gewesen, als ihn vor einer halben Stunde der Anruf der Notfallzentrale erreichte: dass eine Martha Steinfort, sechs Jahre alt, im Dingelsdorfer Strandbad verschwunden sei.

Ein vermisstes Kind: Kein Polizist wünschte sich das. Und dann Steinfort. Natürlich hatte er diesen Namen noch im Kopf, war ihm der ganze Fall Tim Mink in unangenehm genauer Erinnerung.

Es gibt Fälle, dachte Hafen, die vergisst man nicht. Wenn ein Kind verschwindet und nie mehr auftaucht. Auch er war damals in der SOKO Tim gewesen, Gott sei Dank nicht in leitender Position.

»Es fehlt wieder ein Kind«, meinte Mink kalt und mit einem Hauch von Sarkasmus. Er trat nahe an den Kommissar heran, sein Ton war schneidend. Marek Hafen hörte die unendliche Wut in der Stimme und las für einen kurzen Moment eine Verzweiflung in Minks Blick, die ihn schmerzhaft berührte.

Der Kommissar schluckte. Ob Mink ihn erkannte?

Marek Hafen nickte bloß und zwang seinen Körper, sich zu entspannen. Fast mit Gewalt musste er seine Finger lösen. Der Mann vor ihm war immer noch voller Energie; eine imposante, Überlegenheit ausstrahlende Erscheinung. Hafen, der sich selbst als Alphatier sah, brauchte alle Anstrengung, um nicht einen Schritt zurückzutreten oder sich sonst irgendwie klein zu machen.

Mink wirkte noch fülliger als damals, das Gesicht hingegen schien kantiger, das schüttere kurze Haar um die Halbglatze war offensichtlich braun gefärbt, und tiefe Falten hatten sich in die

Stirn, neben die Augen und in die Mundwinkel gegraben. Die hellblauen Augen waren immer noch klar und durchdringend.

»Martha Steinfort ist verschwunden«, fuhr Mink fort, und seine Stimme zitterte noch immer vor Wut. »Sechs Jahre alt. Genau wie mein Sohn. Tim Mink. Vor drei Jahren, Herr Kommissar. Keine zehn Kilometer von hier!« Wolfgang Mink wies mit der linken Hand in Richtung Bodman. »Verstehen Sie!« Plötzlich war quälende Verzweiflung in seiner Stimme.

»Es tut mir leid«, meinte Marek Hafen leise und senkte den Blick. Dieser Mann hatte allen Grund, verzweifelt und wütend auf die Polizei zu sein. Er würde Mink jetzt nicht konfrontieren und wäre auch bereit, manches einzustecken. Aus Mitgefühl. Und Scham.

Hafens Antwort schien den Unternehmer ein wenig entspannt zu haben.

»Wenigstens sind Sie schon hier«, meinte er.

Hafen zwang sich zu einem Lächeln.

Doch sofort änderte sich Minks Tonfall wieder, so als wäre Hafens Geste unangebracht gewesen.

»Was haben Sie bisher veranlasst, Herr …?«, fragte Mink fordernd und streng.

Der Kommissar ließ die Frage einen Moment in der Luft hängen. »Hafen, Kriminalhauptkommissar Marek Hafen. Leiter der Kriminalinspektion 1 beim Polizeipräsidium Konstanz.«

Was er veranlasst hatte? Eine ganze Menge! Seit der Anruf gekommen war, hatte er keine ruhige Sekunde gehabt. Zwei Hubschrauber befanden sich bereits in der Luft, einer über dem Strandbad, ein zweiter über dem Bodanrück. Gott sei Dank hatten sich zwei wegen eines Einsatzes in Friedrichshafen befunden. Die Grenzen zur Schweiz waren dicht, und an strategischen Stellen am Bodanrück und vor Konstanz hatte er Straßenkontrollen eingerichtet. Die Wasserschutzpolizei hatte begonnen, Boote auf dem See und die Häfen zu kontrollieren. Auch die Schweizer und österreichischen Kollegen halfen mit. Einen engen Mitarbeiter und Freund hatte er mit der Funkzentrale betraut, sodass ihn alle wichtigen Informationen unverzüglich erreichten. Und ein Mantrailer-Hund, der die Witterung des Kindes aufnehmen sollte, war bereits unterwegs.

Aber sollte er das diesem Mann jetzt sagen, Bericht erstatten auf Befehl des großen Wolfgang Mink? Wirkte das nicht, als wäre die Polizei dem Unternehmer gegenüber rechenschaftspflichtig? Käme er so nicht in eine unterlegene Position?

Nein. Er musste gleich ein so sanftes wie klares Zeichen setzen, wie er sich, bei allem Respekt, die Machtverhältnisse in diesem Fall vorstellte.

Da vibrierte sein Funkgerät.

»Moment!«, sagte er in Wolfgang Minks Richtung und wandte sich ab.

Es war sein Mitarbeiter in der Zentrale, Tom König. Hafen merkte gleich an der Stimme, dass es wichtig war.

»Marek? Meldung des Hubschrauberpiloten über dem Bodanrück. Ein Mann mit einer schweren Tasche auf dem Rücken wurde beim Dingelsdorfer Ried gesichtet. Als er den Hubschrauber sah, ist er in ein Waldstück an den Teichen geflüchtet. Darin befindet er sich immer noch.«

Tom König zögerte einen Moment. »Der Pilot meint, es könnte ein Kind in der Tasche sein, von der Größe her kommt das hin.«

Hafens Augen weiteten sich. Er sah, dass Mink ihn beobachtete, und es schien, als erschrecke dieser kurz bei seinem Anblick.

»Und der Pilot ist sicher, dass der Mann immer noch in dem Wald steckt?«

»Positiv. Um den Wald herum sind eine Lichtung und die Teiche. Alles gut einsehbar.«

»Verstärkung ist unterwegs?«

»Zwei Streifenwagen sind auf dem Weg. In ein paar Minuten werden sie da sein.«

Hafen sah Richtung See. »Verdammte Scheiße, Tom! Er soll mit seinem Heli genau über der Stelle bleiben! Schick mir den zweiten Hubschrauber vom See hierher. Er soll mich auf dem Fußballplatz südlich vor dem Strandbad abholen. Sofort!«

Dann nahm er das Funkgerät von seinem Mund.

»Wir haben etwas«, sagte er zu Mink. »Ich muss fort.«

Der Unternehmer blickte ihn überrascht an.

»Sie halten sich bereit. Wir sprechen spätestens heute Abend im Präsidium.«

Ohne eine Reaktion abzuwarten, ging Hafen schnell in Richtung Ausgang. Die Machtfrage ist wohl vorläufig geklärt, dachte er. Der Kommissar sah, dass der Heli vom See abzog und in Richtung Sportplatz flog. Er spürte einen Regentropfen auf der Haut und schaute nach oben. Der Himmel war schon dunkel. Wenn ein Gewittersturm kam, würden sie nicht fliegen können. Und wenn es stark regnete, würde der Mantrailer-Hund nichts wittern.

»Verfluchte Scheiße«, zischte er.

Marek Hafen ging los und wandte sich über Funk wieder an Tom König. »Du rufst sofort den Polizeipräsidenten an. Der soll uns das SEK und drei Hundertschaften besorgen. Dringend. Klär ihn auf, um wen und was es hier geht. Ich will die so schnell wie möglich und noch heute hier haben. Zur Not soll er den Landespolizeipräsidenten anrufen. Dann sieh zu, dass wir sofort mehr Leute zu diesen Teichen kriegen. So viele, wie es geht! Hat jetzt oberste Priorität, verstanden? Und schau dir Satellitenbilder von diesem Waldgebiet an. Wohin könnte er möglicherweise fliehen? Wo kann er am ehesten entkommen? Wir müssen ihn finden, bevor es dunkel wird!«

Marek Hafen fühlte sich zugleich schwer und leicht, als der Helikopter abhob. Leicht, weil er sich immer gern vom Boden löste und die Welt von oben sah. Schwer, weil ihm immer klarer wurde, um was es hier ging.

Vielleicht würde der Fall in der nächsten Stunde schon gelöst sein, und er könnte heute Abend mit seiner Frau den Sieg mit einem großen T-Bone-Steak und einer Flasche Rotwein feiern.

Vor drei Jahren hatte die SOKO Tim Mink auf ganzer Linie versagt: Weder die Leiche noch ein Täter konnten gefunden werden. Und jetzt war Martha Steinfort verschwunden, das Kind der besten Freundin und ehemaligen Anwältin Katharina Minks. Dr. Verena Steinfort: »Die Eiserne Lady« hieß sie damals im SOKO-Jargon.

Da vibrierte sein Handy. Eine Stuttgarter Nummer. Marek Hafen grinste. Klar, der Landespolizeipräsident. Den Anruf hatte er erwartet. Natürlich ließ Wolfgang Mink seine Kontakte spielen. Im ersten Moment wollte er den Anruf wegdrücken, aber er brauchte jetzt Dr. Niklas Hauschild.

»Hafen!«, sprach Hauschild laut ins Telefon. Er klang hocherregt und zugleich erleichtert, dass er den Kommissar erreicht hatte. Doch das Knattern der Rotoren war so laut, dass Hafen ihn kaum verstand.

»Lauter. Ich bin im Hubschrauber!«

Hauschild schrie fast. »Wir richten sofort eine SOKO ein. Ich will, dass Sie das übernehmen. Der Fall hat oberste Priorität!«

»Wir sind grad im Einsatz. Nur kurz: Ich brauche ganz großes Kino hier. Hundertzwanzig Mann für die SOKO, und ich such mir die Leute aus. Dazu das gesamte SEK, am besten sofort, allerspätestens für siebzehn Uhr. Einen dritten Heli und mehr Boote auf dem See. Und ich brauch drei Hundertschaften zur Gebietserkundung. Alles so schnell wie möglich, spätestens heute Abend. Geht das in Ordnung?«

Hafen stellte sich vor, wie Hauschild schluckte und ihm der Schweiß von der Stirn lief. Er wusste, woran der Landespolizeipräsident dachte. Dass damals, beim Verschwinden Tim Minks, die Ressourcen viel zu zögerlich und viel zu spät bewilligt worden waren. Und dass Hauschilds Vorgänger vor allem deshalb abdanken musste.

Darum wusste der Kommissar, dass er diesmal alles bekommen würde. Hier ging es nicht nur um ein vermisstes Kind aus der baden-württembergischen Oberschicht mit besten Verbindungen in die Landespolitik, hier ging es auch um die Wiederherstellung der Ehre der baden-württembergischen Polizei.

Und um den Posten von Dr. Niklas Hauschild.

»Ich sehe, was ich machen kann!«, rief Hauschild. »Hafen, wenn Sie das Kind lebend finden, können Sie nach mir Landespolizeipräsident werden!«

Hafen lachte. »Danke. Brauch ich nicht. Zwei Monate Urlaub sind mir lieber.«

Dann drückte er Hauschild weg.

Schon von Weitem sah der Kommissar den zweiten Helikopter, der auf der Stelle knapp über dem Wald stand. Vom Westen her kamen bedrohlich dunkle Wolken. Vereinzelte Regentropfen klatschten auf die Windschutzscheibe, und an den unruhigen Flugbewegungen erkannte er den aufkommenden Wind.

»Gibt das ein Problem?«, fragte Hafen und zeigte zum Himmel.

Der Pilot schüttelte den Kopf. »Das Gewitter soll ruhig kommen.«

Hafen nickte. Zu seiner Enttäuschung stellte er fest, dass das Waldgebiet zwischen Dingelsdorf, Dettingen, Allensbach und Konstanz größer und zusammenhängender war, als er es sich immer vorgestellt hatte. Der Kommissar schätzte die Ausdehnung auf etwa vier mal vier Kilometer. Es nahm fast die gesamte Breite des Bodanrück ein. Bodanrück, so hieß der hügelige und waldreiche Landstrich, der als große Halbinsel zwischen Überlinger See und Untersee lag. Dieses Waldgebiet bis zum Abend zu umstellen oder gar zu durchsuchen, würde praktisch unmöglich sein.

Sie *mussten* diesen Mann jetzt kriegen. Wer auch immer es war.

Ob er plante, bis zur Dunkelheit im Schutz des Waldes zu bleiben? Hatte er hier irgendwo sein Versteck? Wollte er so die Straßensperren umgehen? Oder war er zunächst mit dem Auto geflohen und dann auf eine Straßensperre getroffen?

Sie würden am Waldrand nach einem Wagen suchen müssen.

Ob das Kind noch lebte? Es war schwer vorstellbar, dass der Fremde ein lebendes Mädchen in einer Tasche transportierte. Es würde sich wehren und strampeln und schreien. Vielleicht hatte er es betäubt. Hoffentlich.

Und vielleicht befand sich etwas ganz anderes in der Tasche. Aber er musste dieser Spur nachgehen.

Schließlich hatten sie die Stelle erreicht. Der zweite Helikopter stand keine dreißig Meter über einer Lichtung, am Nordufer von einem der Teiche, die durch einen schmalen Damm voneinander getrennt waren. Der Lärm der Rotoren musste für den versteckten Mann unerträglich sein. Abgesehen von der Lichtung war das kleine Moorgebiet von dichten Wäldern umgeben. Es zu durchkämmen würde Tage dauern.

Dann meldete sich der Pilot des anderen Hubschraubers über Funk. »Wir vermuten ihn in der Baumgruppe unter uns.«

Marek Hafen sah hinunter. Es handelte sich um eine Gruppe eng aneinanderstehender Weiden. Als wäre ein schwerer Sturm aufgezogen, peitschten die Zweige der Bäume und Büsche sowie die Schilfhalme am Teichufer vom Wind der Rotoren wild hin und her. Auch die in einiger Entfernung stehenden großen Fichten schwankten.

Hafen erkannte einen Graben, der sich durch den Weidenhain zog; das Gelände sah sumpfig aus. Er zweifelte, ob der Pilot das Gebiet tatsächlich so gut überblicken konnte, dass ihm ein Fliehender auffallen würde. Der Uferbereich war dicht mit Schilf und Buschwerk bewachsen.

»Wie sah er aus? Was habt ihr?«, sprach Hafen ins Funkgerät.

»Wahrscheinlich männlich, eher klein, mit dunkler Schirmmütze. Drahtig und überraschend schnell. Olivgrüne Armeekleidung. Ein geübter Läufer, wie es scheint. Trug eine große graue Reisetasche auf dem Rücken. Darin scheint etwas Schweres gewesen zu sein.«

»Wie habt ihr ihn entdeckt?«

Obwohl Hafen Kopfhörer trug, glaubte er schreien zu müssen, dass der andere ihn auch verstand.

»Er saß in der Hocke regungslos in der Uferböschung. Gar nicht weit von den Weiden entfernt, zwischen denen er jetzt vermutlich steckt. Ich habe ihn eher zufällig gesehen. Mir ist die schwarze Mütze aufgefallen. Er hat wohl gedacht, dass man ihn nicht erkennen kann. Als ich dann über ihm stehen blieb und runterging, lief er sofort los.«

Es würde passen, dachte Hafen. Er sah in Richtung Strandbad. Es war gut zu erkennen und etwa zwei Kilometer entfernt. Wahrscheinlich hatte der Entführer den Schutz des Waldes gesucht, und dieser hier war der nächste. Doch was war mit dem Kind?

»Noch etwas …« Der Pilot zögerte.

»Was?«

»Er hat nicht aufgeschaut. Das hat mich gewundert. Wir waren eine ganze Weile über ihm, aber er hat kein einziges Mal nach oben geguckt.«

Hafen nickte. »Er behält die Nerven. Das ist der Entführer. Ich bin mir sicher.«

»Wir bekommen Verstärkung!«, rief der Pilot neben ihm.

Hafen erkannte zwei Streifenwagen, die sich auf verschiedenen Waldwegen von Norden und Osten dem Ried näherten.

Warum Blaulicht?, dachte Hafen. Hoffentlich hatten die Kollegen ihre Sirenen ausgestellt.

»Gib mir eine Funkverbindung zu den Streifenwagen«, sagte er dem Kollegen in der Funkzentrale.

»Klar. Schieß los!«, meldete sich Tom König.

Hafen lächelte. Auf seinen Freund war Verlass. König dachte immer, was er dachte, allerdings ein paar Sekunden früher.

Gerade wollte Hafen zu sprechen beginnen, da löste sich eine Gestalt aus den Weiden.

»Da unten!«, rief der Pilot und zeigte auf den Fliehenden.

Die Idioten haben die Sirenen an, dachte Hafen. Er weiß, dass er verschwinden muss.

Der Mann rannte jetzt ohne Deckung über die Lichtung. Er lief genau auf die Stelle zu, wo die Wege zusammenliefen, auf denen sich die Polizeiwagen näherten. Warum tat er das? Hatte er sie doch nicht bemerkt? Waren die Sirenen aus?

Hafens Blick fiel auf den Damm zwischen den Teichen. Er war von Büschen und Schilf gesäumt und keine vier Meter breit. Auf dem Damm war ein Fußweg. Möglicherweise wollte er dort hin. Wenn er den Damm erreichte, konnte er in Richtung Südwesten verschwinden. Eigentlich seine einzige Chance.

Hafen wunderte sich, wie schnell dieser Mann rannte. Hatte er in seinem Versteck auf das Gewitter gewartet, damit die Hubschrauber sich verzogen? Er weiß, dass die Wagen kommen, dachte er.

»Bleiben Sie hinter ihm, immer hinter ihm, und gehen Sie so weit runter wie möglich!«, befahl Hafen über Funk dem Piloten des anderen Hubschraubers. Der Mann reagierte sofort.

»Und wir fliegen zu dem Dammweg. Sie landen direkt darauf. Wir sperren ihn ab.«

Erstaunt sah der Pilot Hafen an.

»Der Wind ist schon sehr stark, ich …«

Der Mann brach ab. Aus Hafens Blick las er, dass es nichts zu diskutieren gab.

Der Pilot schwenkte in Richtung Damm. Rasch verloren sie an Höhe. Die Maschine schwankte stark, doch der Pilot verstand sein Handwerk.

Wieder tanzten Büsche und Schilf; der Rotorenwind warf im Teich Wellen auf. Enten suchten erschrocken das Weite. Immer tiefer sanken sie hinab. Der Pilot hatte eine Stelle gewählt, wo keine Büsche wuchsen.

Als sich der Hubschrauber knapp über dem Damm befand

und sich langsam senkte, sah Hafen den Mann. Er war auf dem Dammweg bereits einige Meter in ihre Richtung gelaufen und stand jetzt unschlüssig da, keine fünfzig Meter von ihnen entfernt. Er blickte abwechselnd hinter sich und zu ihnen.

Marek Hafen hatte also richtiggelegen. Der Fremde mit der Tasche wollte auf die andere Seite.

Hab ich dich, dachte der Kommissar.

Die Kufen des Helikopters berührten fast den Boden. Hafen schnallte sich ab. Er würde sich dem Mann entgegenstellen, falls er doch versuchen sollte, an ihm vorbeizukommen. Er würde ihn nicht vorbeilassen. Warum hatte er gezögert? Wäre er gerannt, hätte er den Damm vielleicht noch überqueren können.

Hinter dem Mann erkannte Hafen das flackernde Blaulicht eines Streifenwagens, der sich auf der anderen Seite des Teichs rasch näherte. Der Mann hatte verloren. Hafen sah, wie er sich noch einmal umblickte. Da hielt der Wagen an, die Türen wurden geöffnet.

Der Pilot war geschickt; der Heli stand jetzt quer auf dem schmalen Damm. Hafen zog seine P2000 und öffnete die Tür.

»Passen Sie auf Ihren Kopf auf!«, rief der Pilot ihm zu.

Hafen sah kurz zu den kreisenden Rotoren dicht über seinem Kopf und sprang hinaus. Die starken Luftwirbel ließen ihn schwanken. Breitbeinig stellte er sich vor dem Hubschrauber in den Weg, beugte seinen Oberkörper leicht nach vorne und richtete seine Waffe auf den Läufer.

Was macht er jetzt?, dachte Hafen. Weitere Wagen würden bald hier sein. Und rechts und links von ihm lagen die Teiche. Er könnte in das moorige Wasser springen, vermutlich waren die Teiche flach, aber natürlich würden sie ihn trotzdem bekommen.

Er saß in der Falle.

Für einen Moment sah sich Hafen in seinem Wohnzimmer sitzen, ihm gegenüber seine Frau mit einem stolzen Lächeln, vor sich auf dem Teller ein dickes Steak. Medium rare.

Da begann der Mann zu rennen.

Direkt auf ihn zu.

Kein einziges Mal hatte er bisher aufgeblickt. Hafen sah nichts als diese schwarze Baseballkappe mit dem ungewöhnlich langen Schirm. Offensichtlich hielt der Fremde sein Gesicht absichtlich zu Boden.

Unbeirrt rannte er auf ihn zu, verfolgt von zwei Beamten.

»Bleiben Sie stehen!«, schrie Hafen, so laut er konnte. Doch wahrscheinlich war in dem Lärm nichts zu hören.

Der Mann war keine dreißig Meter mehr entfernt und näherte sich rasch. Hafen musterte ihn genau. Sollten sie ihn wider Erwarten verlieren, wollte er sich möglichst viel von ihm einprägen. Es war ein kleiner, stämmiger Mann. Aufgrund seiner Schnelligkeit und Kraft wirkte er jung. In den Zwanzigern oder Dreißigern. Er hatte die Träger der Tasche auf die Schultern gespannt und trug sie wie einen Rucksack auf dem Rücken.

Sie musste schwer sein. Wie viel wog ein sechsjähriges Kind? Zwanzig Kilo? Der Mann selbst wog vielleicht siebzig. Sein Oberkörper war beim Rennen weit nach vorne gebeugt; an den kraftvollen Bewegungen der Beine, wie der Fremde sie mit Macht gegen den Boden drückte, erkannte Hafen das Gewicht der Tasche. Doch wer weiß, was sich wirklich darin befindet, dachte er.

»Bleiben Sie stehen!«, schrie Hafen noch einmal. Er schoss in die Luft, doch darauf reagierte der Flüchtende nicht. Hafen zielte auf den rechten Oberschenkel. Keine fünfzehn Meter trennten sie noch.

Du musst jetzt schießen, dachte er. Das Recht sah vor, dass er von der Schusswaffe Gebrauch machen durfte, wenn eine Person, die eines Verbrechens dringend verdächtig war, fliehen wollte.

War der Mann überhaupt dringend verdächtig?

»Schieß ihm in den Oberschenkel!«, sagte er leise zu sich.

Doch er konnte nicht. Zweifel lähmten seine Hand. Noch nie hatte er auf jemanden geschossen. Was, wenn sich das Kind in der Tasche befand und noch lebte? Der Mann sich plötzlich bewegte und er das Kind traf? Was, wenn es gar nicht der Entführer war? Wenn sie nur einen Dieb oder Wilderer oder einen verwirrten Penner aufgeschreckt hatten?

»Halt!«, schrie Hafen. Er würde sich ihm entgegenstellen und ihn aufhalten. Der Dammweg war schmal. Der Mann hatte die schwere Tasche, er würde sich gewiss nicht gegen ihn durchsetzen! Der Kommissar stellte sich seitlich hin und neigte den Oberkörper weit vor. Gleich würde er mit beiden Armen ausholen, all seine Kraft würde er in den Hieb legen.

Abrupt stoppte der andere ab. Dicht vor dem Kommissar. Das hatte er nicht erwartet. Für einen kurzen Moment sah der Mann auf, und Hafen zögerte.

Er ist viel älter, dachte er und schlug zu spät zu. Mit dem linken Arm stoppte der Mann seinen Schlag, im selben Augenblick spürte Hafen den Fausthieb an seiner Schläfe. Er hatte eine solche Wucht, dass Hafen das Gleichgewicht verlor. Er fiel zu Boden.

Hafen war kurz benommen. Als er die Augen öffnete, war der Unbekannte schon um den Heli herumgelaufen. Die Augen hatte er nicht gesehen, aber der Mann hatte ungewöhnlich schmale Lippen und einen breiten Mund. Faltige, braun gebrannte Haut. Der Fremde roch nach Erde und Schweiß. Ein eigenartig schwerer, herber Geruch.

Hafen schüttelte seinen Kopf und richtete sich auf; die Kollegen waren da. Ein junger Polizist hielt neben ihm und sah ihn bestürzt an. »Alles in Ordnung?«

»Hinterher! Aber nicht schießen! Das Kind ist vielleicht in der Tasche!«, rief Hafen, und die Männer liefen weiter.

Sie würden ihn schon bekommen. Er konnte nicht einfach auf einen Menschen schießen, von dem er bisher nur wusste, dass er fliehen wollte und etwas Schweres trug. Er würde sich das sonst immer vorwerfen. Er hätte das Kind gefährden können. Er hatte richtig gehandelt, auch wenn sie ihn jetzt verlieren sollten.

Ein krachender Donner war zu hören. Der Fremde rannte weiter auf einem breiten Waldweg.

Warum war er so schnell? Woher kam diese Kraft?

Der Heli hob ab. Hafen sah, wie der Wind ihn kurz mit sich trug. Das Gewitter kommt, dachte Hafen. Auch am Boden waren jetzt kräftige Böen zu spüren, und es hatte zu regnen begonnen. Wie der andere Hubschrauber nahm er die Verfolgung des Flüchtenden auf.

Ein Streifenwagen fuhr mit hohem Tempo auf dem Dammweg. Der Fremde hatte einen Vorsprung von vielleicht dreißig Metern.

Der Kommissar begann zu laufen, keuchend und schwitzend, aber seine Kräfte schwanden. Der Schweiß brannte in seinen Augen, die Schläfen pochten und schmerzten. Anfang fünfzig, neunzig Kilo bei eins zweiundsiebzig: Er war nicht der Spezialist für Verfolgungsjagden.

Gott sei Dank waren die anderen Beamten jung.

Er sah, wie sie die Distanz zu dem Fremden verringerten.

Der Streifenwagen überholte ihn.

Vielleicht noch zwanzig Meter.

Da verließ der Mann den Weg und lief, nein, sprang in den Wald. Die anderen folgten.

Wenig später befand sich Hafen an der Stelle, wo der Fremde den Weg verlassen hatte. Der Wald war hier ungewöhnlich dicht, ein Dickicht aus kleinen, eng beieinanderstehenden, dünnen, etwa mannshohen Buchen. Das Fortkommen war kaum möglich; ein fast undurchdringlicher Blätterwald. Die Hubschrauber über ihm würden den Mann in diesem Gewirr nicht verfolgen können.

Er sah die Kollegen nicht, und in dem Getöse der Rotoren war auch nichts zu hören. Hafen drückte sich hinein ins Dickicht, doch nach wenigen Metern blieb er erschöpft stehen. Äste hatten sein verschwitztes Gesicht zerkratzt, er stolperte immer wieder; er schaffte es einfach nicht mehr, sich durch das Gewirr hindurchzukämpfen.

Scheiße, dachte Hafen. Er hatte ein ungutes Gefühl. Der Regen war jetzt stark. Der Fremde schien genau zu wissen, was er tat.

Hafen ballte seine Hände zu Fäusten. Sollten sie ihn verlieren, würde er dieses Waldstück umgraben lassen!

Sie waren so dicht dran gewesen … Hätte er schießen sollen? Ein platzierter Schuss in den Oberschenkel, was sollte schon passieren? Und die Kollegen hatten gesehen, wie er versagt hatte. Es würde die Runde machen.

Dieser eigenartige Geruch kam ihm wieder in den Sinn. So einen schweren, herben, lehmigen Geruch hatte er bisher noch bei keinem Menschen wahrgenommen. Hafen dachte an einen Bauern oder Waldarbeiter. Jemand, der immer draußen war.

Er griff zu seinem Funkgerät. Er würde alle verfügbaren Leute hier in dieses Waldgebiet schicken. Und die Waldränder und Wege im Umkreis von einem Kilometer sperren lassen.

Er würde diesen Mann finden, dieses Versprechen gab Marek Hafen sich.

3

Donnerstag, 1. August

Wolfgang Mink war zehn Minuten zu früh. Nur zu gut konnte er sich an das Konstanzer Polizeipräsidium erinnern. Der restaurierte Bau befand sich in einer ehemaligen Kaserne aus der Kaiserzeit an einem großzügigen und ruhigen Platz in unmittelbarer Nähe zum Seerhein. Der Anblick des Gebäudes, der muffige Geruch in den kargen Dienstzimmern, die Fragen der Beamten waren ihm damals zur Qual geworden.

Als er mit einem leichten Widerwillen das Büro des Leiters der Kriminalinspektion 1 betrat, sah er Hauptkommissar Hafen. Der kleine, massige Mann mit Halbglatze sowie Schnauz- und Kinnbart saß vor einem Berg Fastfood und hielt einen großen Burger in den Händen. Sein Mund und sein Oberlippenbart waren mit dunkler Soße bekleckert, die Füße auf den Schreibtisch gelegt.

»Kommen Sie rein, Herr Mink!«, sagte der Mann freundlich und zwinkerte ihm zu.

Für einen Moment spürte Wolfgang Mink Wut in sich aufsteigen, doch dann erinnerte er sich daran, dass er ja zu früh kam und auch ein Kommissar irgendwann einmal etwas zu sich nehmen musste. Mink kannte die ungemein beruhigende Wirkung von deftigem Essen nur allzu gut. Er mochte den Geruch von Frittiertem.

»Setzen Sie sich!«, meinte der Hauptkommissar, ohne die geringste Spur von schlechtem Gewissen zu zeigen. Stattdessen biss er beherzt in seinen Burger. Double Steakhouse, dachte Mink, gute Wahl. Er blickte auf die kleinen Kartons auf Hafens Tisch: Pommes, Onion Rings, Chili Cheese Nuggets und noch ein weiterer Burger. Alles auch sein Geschmack. Dazu ein großer Softdrink. Mink tippte auf Cola und konnte ein starkes Hungergefühl nicht verhehlen, auch wenn es ihm unangemessen erschien.

»Probieren Sie mal. Sie sehen aus, als könnten Sie einen Snack vertragen.«

Marek Hafen schob ihm den Karton mit frittiertem Chilikäse hin. »Sie können auch meinen zweiten Burger haben.«

Mink musste lachen.
»Danke. Sehr freundlich. Hab keinen Hunger.«
»Sie lügen«, meinte Hafen. Und nach einer Pause: »Ich brauch das. Ist mein Sprit. Hält mich am Leben. Aber nicht mehr lange, meint mein Arzt, wenn ich so weitermache.«
»Wahrscheinlich haben wir den gleichen Arzt«, erwiderte Mink seufzend. »Ich glaube, der taugt nix.«
Und nach einem kurzen Moment: »Ich darf wirklich?«
Der Kommissar nickte.
Mink konnte nicht anders und nahm sich ein Stück Käse. Er schloss die Augen und biss hinein. Es tat gut.
Schon im Strandbad hatte Marek Hafen einen patenten Eindruck hinterlassen. Es hatte ihn beeindruckt und, in Gedanken an Tim, wütend gemacht, mit welcher Energie dieser Kommissar die Suche nach Martha betrieb. Der Mann schien auf Zack zu sein und Menschen führen zu können. Das Einzige, was ihn irritierte, war, dass der Name Wolfgang Mink den Kommissar überhaupt nicht zu beeindrucken schien. So als wüsste er nicht, dass er einen einflussreichen und sehr vermögenden Mann vor sich hatte.
Es war jetzt neunzehn Uhr. Vor vier Stunden hatten sie Marthas Verschwinden bemerkt. Nachdem Marek Hafen seinen Double Steakhouse verspeist und mit einer Serviette die Soßenreste aus seinem Bart entfernt hatte, holte er eine Schachtel Marlboro aus seiner Hemdtasche.
»Auch eine?«, fragte der Kommissar und hielt ihm die Packung hin.
Mink hatte große Lust auf eine Zigarette, aber erst vor Kurzem mit dem Rauchen aufgehört. Auf Anraten seines Hausarztes. »Wenn das so weitergeht, Wolfgang, wirst du mit einer Wahrscheinlichkeit von fünfundneunzig Prozent keine sechzig.« Herzinfarkte und eine unterdurchschnittliche Lebenserwartung galten als Erblast seiner Familie. Und er war schon dreiundfünfzig.
Mink lächelte angestrengt. »Danke. Später vielleicht.«
Dann brachte Marek Hafen ihn auf den neusten Stand der Ermittlungen.
Innerhalb von dreißig Minuten nach seinem Anruf seien Polizeisperren an allen vom Strandbad wegführenden Straßen ein-

gerichtet und jedes vorbeikommende Fahrzeug angehalten und gegebenenfalls untersucht worden. Zwei Helikopter überflogen Bodanrück und See, ein dritter war unterwegs nach Konstanz. Die Wasserschutzpolizei nahm Motoryachten, Segel- und Angelboote in Augenschein, örtliche Polizeikräfte kontrollierten die Häfen, auch die Schweizer und österreichischen Kollegen waren im Einsatz. Polizeitaucher und freiwillige Sporttaucher suchten im See zwischen Wallhausen und dem Klausenhorn nach einem toten Kind. Die Grenzen zur Schweiz waren praktisch dicht: Jeder Wagen und jede Person wurden überprüft.

Zurzeit, so Kommissar Hafen, gebe es an allen Grenzübergängen Wartezeiten von mindestens zwei Stunden. Auch habe er das Strandbad von einem Mantrailer-Hund absuchen lassen, allerdings ohne Ergebnis: Der heftige Regen des Nachmittags hatte wohl alle Spuren verwischt.

»Und als Sie so dringend wegmussten, was war da?«, fragte Mink.

Hafen zuckte mit den Schultern. »Fehlalarm. Leider.«

Mink ahnte, dass der Kommissar nicht die Wahrheit sagte, wollte aber nicht nachhaken. Für einen Moment hatte der Kommissar unsicher auf ihn gewirkt. Vielleicht war die Polizei schon weiter, als Hafen sich anmerken ließ. Vielleicht wollte er nicht zu früh Hoffnungen wecken.

In einem energischen Ton, der Hafens Stolz und auch seine Eitelkeit verrieten, erzählte der Kommissar jetzt, dass bereits der Aufbau einer Sonderkommission im Gange sei, die hundertzwanzig ausgewählte Kriminalbeamte von verschiedenen Polizeidienststellen des Landes umfassen werde; auch Spezialisten des Landeskriminalamtes seien unterwegs nach Konstanz. Drei Hundertschaften der Bereitschaftspolizei würden noch an diesem Abend beginnen, den Bodanrück intensiv abzusuchen.

»Wir werden jeden Quadratzentimeter in einem Umkreis von vierzig Kilometern durchwühlen!«, ergänzte der Kommissar.

Nachdem er sich eine weitere Zigarette angezündet hatte, hielt er Wolfgang Mink die Schachtel noch einmal mit einem Augenzwinkern hin.

»Scheiß drauf, danke«, sagte Mink und griff zu. Das hier war schließlich eine Ausnahmesituation. Der Kommissar gab ihm Feuer, und er nahm einen tiefen Zug. Mink schloss die Augen und genoss den Geschmack des Rauchs. Auch glaubte er sofort die entspannende Wirkung des Nikotins zu spüren.

Marek Hafen fuhr fort: Mehrere Beamte hätten bereits begonnen, systematisch die Badegäste sowie die Anwohner von Dingelsdorf und Wallhausen, die Ortschaften in unmittelbarer Nähe des Strandbades, zu befragen. Mit jedem Anwohner sollte gesprochen, jedes Haus, jede Gartenhütte überprüft werden. Auch werde jeder Campingwagen, jedes Wohnmobil, jedes Zelt auf dem am Strandbad angrenzenden Campingplatz durchsucht und jeder Gast befragt.

Wolfgang Mink wusste noch, warum. Von damals. Die meisten Kindesentführer mordeten in ihrer Region: Wo sie geheime Wege und Verstecke kannten und sich sicher fühlten; wo sie allzu oft ein unauffälliges Leben als guter Nachbar und aktives Gemeindemitglied führten.

Und er wusste auch, dass mit jeder Minute ohne Spur Marthas Chancen sanken. Unauslöschlich eingebrannt hatten sich ihm die Zahlen. Sexualstraftäter missbrauchten und töteten entführte Kinder zu fast fünfzig Prozent innerhalb der ersten beiden Stunden nach dem Verschwinden. Fast achtzig Prozent starben innerhalb der ersten drei, über neunzig Prozent innerhalb der ersten vierundzwanzig Stunden.

Ob die Polizei diesmal von einer Entführung ausging?

»Beeindruckend, Herr Hafen. Aber ist das nicht alles ziemlich sinnlos?« Mink wollte sehen, wie leicht sich der Kommissar provozieren lassen würde.

Der Kommissar hob die Augenbrauen und atmete den Rauch seiner Marlboro langsam aus. »Warum meinen Sie?«

»Na ja. Um fünfzehn Uhr haben wir gemerkt, dass Martha verschwunden ist. Um dreizehn Uhr dreißig haben wir sie in der Obhut meiner Frau gelassen. Wie lange meine Frau … unaufmerksam war, wissen wir nicht.«

Marek Hafen sah ihn schweigend an. Ob der Kommissar sein Spiel durchschaut hatte?

»Möglicherweise«, fuhr Mink fort, »ist Martha schon um dreizehn Uhr vierzig entführt worden. Wahrscheinlich ist sie schon irgendwohin gebracht worden, bevor wir ihr Verschwinden überhaupt entdeckt haben. Vielleicht ist der Täter mittlerweile in Stuttgart oder Zürich oder im Schwarzwald.«

»Im Schwarzwald? Ach so?«, erwiderte Hafen und schwieg kurz. »Möchten Sie einen Kaffee, Herr Mink?«

»Gern!« Mink lächelte.

Dieser Kommissar hob sich angenehm von Gregor Weinbrenner ab, der vor drei Jahren die SOKO Tim Mink geleitet hatte. Ein dominanter, aufdringlicher Typ, der auf so eine Provokation aggressiv reagiert und den Einsatz gerechtfertigt hätte. Dieser Hafen war, trotz seines Kettenrauchens, gelassener, souveräner. Und klüger.

Der Kommissar bestellte über das Telefon zwei Kaffee. Dann bat er Mink, ihm genau zu erzählen, wie sie den Tag bis zum Verschwinden Marthas verbracht hatten.

Wolfgang Mink hatte sich dazu schon Notizen gemacht und holte den Zettel jetzt aus seiner Hemdtasche. Mink erzählte vom gemeinsamen Frühstück im Hotel nahe Überlingen und wie er dann Robert Steinfort und die Kinder – Ruth Mink, Sarah und Sebastian Steinfort – zur Segelschule gefahren habe, während seine Frau Katharina im Hotel blieb, um an ihrer neuen Rolle zu arbeiten. Die Jugendlichen machten zusammen einen Segelkurs in Überlingen, der jeden Vormittag von neun bis zwölf Uhr stattfand. Robert Steinfort hatte sich für den ganzen Tag eine kleine Segelyacht gemietet und wollte allein auf den See. Die kleine Martha Steinfort war von einer Kinderbetreuerin abgeholt worden. Mehrere Hotels hatten sich zusammengeschlossen, um eine Tagesbetreuung für Kinder anzubieten. Morgens wurden sie von einem Shuttlebus abgeholt und zum Mittagessen oder auch später wieder zurückgebracht. Verena Steinfort hatte vor, allein spazieren zu gehen.

Gegen zwölf Uhr, nachdem Martha von der Kinderbetreuung zurückgebracht worden war, hatte er sich mit Verena Steinfort und seiner Frau in der Hotellobby getroffen, um gemeinsam ins Dingelsdorfer Strandbad zu fahren. Seine Tochter Ruth, Sarah und Sebastian Steinfort wollten gemeinsam ins Überlinger Strandbad. Die drei verstanden sich gut. Deshalb waren sie mit zwei Autos gefahren – Katharinas Porsche Cayenne und Verena Steinforts Audi Q7 –, um die Kinder in Überlingen abzusetzen und auf dem Rückweg wieder abzuholen.

Im Dingelsdorfer Strandbad hätten sie sich einen Platz gesucht und zunächst gemeinsam gebadet. Um dreizehn Uhr dreißig wollte Verena Steinfort joggen und fragte Katharina, ob sie für eine Stunde auf Martha aufpassen könne. Als Verena losgelaufen war, spazierte er, Wolfgang, mit seinem Laptop ins nahe gelegene Wallhausen, um ein wenig Bewegung zu haben, einen Kaffee zu trinken und ein paar Mails zu beantworten. Als er gegen fünfzehn Uhr ins Strandbad zurückkehrte, begegnete ihm Verena Steinfort, die gerade vom Joggen kam. Wie er hatte auch sie sich etwas verspätet. Dann gingen sie zurück zum Platz und entdeckten, dass Martha nicht mehr da war.

Hafen hatte aufmerksam zugehört und sich einiges aufgeschrieben. Jetzt schwieg er, sah Mink lächelnd an und nahm noch ein paar tiefe Züge.

»Herr Mink, ich möchte offen mit Ihnen sein. Wie Sie gehen wir von einer Entführung aus. Wir haben tatsächlich auch einige Anhaltspunkte dafür. Haben Sie Verständnis, dass ich dazu noch nichts sagen kann. Aber ich hoffe, ich konnte Sie überzeugen, dass wir mit allen uns zur Verfügung stehenden Kräften in diese Richtung ermitteln. Dennoch muss ich Ihnen ein paar Fragen stellen, die Ihnen unangenehm sein werden.«

Marek Hafen senkte den Blick. Was Hafen gerade gesagt hatte, war Mink ehrlich vorgekommen.

Der Kommissar fuhr fort. »Ich kann mich noch gut an den Fall Tim Mink erinnern. Ich war Mitglied der SOKO Tim, wenn auch nicht in leitender Funktion. Ich weiß, dass damals bei den Ermittlungen schwere Fehler gemacht worden sind und vor allem Ihre Frau und Sie die Folgen tragen mussten.«

Hafen hielt kurz inne. Offenbar suchte er nach den passenden Worten. Oder spielte er das nur?

Wolfgang Mink bemerkte, wie sich seine Rückenmuskeln unwillkürlich anspannten und er sich aufrichtete. Plötzlich schien ihm alles klar. Es ging um Katharina, natürlich. Gleich würde er nach ihr fragen.

Mink spürte Schweißtropfen auf seiner Stirn. Das Rauchen, das Fastfood – war das Hafens Strategie, ihn für sich einzunehmen? Sein Vertrauen zu gewinnen? Wie hatte er nur so naiv sein können!

Er sah zu Hafen, dem die Regungen seines Körpers nicht entgangen zu sein schienen. Er musste Vorsicht walten lassen. Dieser Polizist war smart. Und er schien viel feinfühliger zu sein, als er wirkte.

»Was wollen Sie wissen, Herr Hafen?«

Wolfgang Mink bemühte sich um einen freundlichen Tonfall. Vielleicht hatte der Kommissar ja noch nicht bemerkt, dass er seine Strategie durchschaute. Mink beobachtete ihn aufmerksam. Er war sich sicher, dass der Kommissar ahnte, was er dachte.

Hafen fuhr mit seiner Hand über den Bart.

Eine spontane Geste? Oder inszeniert? Sollte Mink glauben, dass ihm das Sprechen schwerfiel? Dass er mit seiner Familie mitfühlte und sich bei dem, was er jetzt fragen sollte, unwohl fühlte?

»Ich spiele mit offenem Visier, Herr Mink. Ich verstehe vor allem eines nicht: Warum haben Frau Steinfort und Sie es Ihrer Frau zugemutet, auf Martha beim Baden aufzupassen? Warum ist nicht jemand von Ihnen dabeigeblieben? Nach meinen Informationen ist Ihre Frau schwer depressiv.«

Mink rang um Kontrolle. Unwillkürlich formte er seine Hände zu Fäusten und presste sie zusammen. Sollte er überhaupt antworten? Er würde sofort seinen Anwalt anrufen müssen. Und den Minister.

»Herr Hafen, meine Frau war nach dem Verschwinden Tims für einige Wochen in einer psychiatrischen Klinik. Danach begann sie eine psychoanalytische Behandlung und hat nach Aussagen ihres Therapeuten sowie nach meinem Empfinden bedeutende Fortschritte gemacht. Die Erkrankung meiner Frau ist im Übrigen weitgehend auf das fahrlässige Handeln Ihrer Kollegen zurückzuführen. Weil Sie nicht weiterwussten, haben Sie meine Frau einer gierigen Presse zum Fraß vorgeworfen!«

Minks Stimme war durchdringend, auch bändigte er seinen Zorn bewusst nicht. »Und, Herr Hafen, das werde ich nicht noch einmal zulassen. Glauben Sie mir! Fragen Sie nach, was damals mit Weinbrenner passiert ist!«

Er machte eine Pause und erwartete, dass der Kommissar jetzt die damaligen Ermittlungen verteidigen oder selbst aufbrausen würde.

Aber Marek Hafen blieb ruhig und sah ihn einfach nur an.

Mink überlegte kurz, einfach aufzustehen und zu gehen. Doch dann dachte er an Verena und Robert Steinfort. Damals hatten die Freunde zu ihnen gestanden. Und noch immer taten sie es. Vor allem Verena. Sie hatte sofort zugestimmt, die Minks noch einmal an den Bodensee zu begleiten. Nach dem Alptraum vor drei Jahren. Es ging jetzt nicht nur um Katharina, sondern auch um Martha. Und Tim. Noch immer wusste niemand, was eigentlich in jenem November passiert war. Und dieser Kommissar schien trotz allem patent. Wahrscheinlich würden sie im Zuge der Ermittlungen auch den alten Fall noch einmal aufrollen.

Natürlich, beruhigte sich Mink, er muss so fragen.

Leicht widerwillig fuhr er fort. »Meine Frau hat seit einigen Monaten keine schweren Depressionen mehr. Sie arbeitet sogar wieder. Das Antidepressivum hat sie bereits seit einem halben Jahr abgesetzt. Sie treibt ein bisschen Sport, sie kümmert sich um unsere Tochter Ruth, sie wollte sich in diesem Urlaub ein letztes Mal der Vergangenheit stellen. Deshalb sind wir wieder an den Bodensee gefahren. Ihretwegen und auch wegen Ruth. Meine Frau ist eine erwachsene und selbstverantwortliche Frau und keine debile Psychopathin. Außerdem versteht sie sich mit Martha blendend. Die beiden haben ein sehr inniges Verhältnis.«

Hafen nickte und zog tief an seiner Zigarette.

»Das leuchtet mir ein, Herr Mink.«

Wieder schien der Kommissar zu zögern, um die richtigen Worte für seine Frage zu finden.

»Bitte entschuldigen Sie die intime Frage. Wie würden Sie die Beziehung zu Ihrer Frau beschreiben?«

Mink zögerte. Wie ein Messer schnitt die Frage in sein Herz. Was sollte er sagen? Dass sie seit drei Jahren nebeneinanderher lebten? Dass seit Tims Verschwinden Katharina praktisch kein Wort mehr mit ihm gesprochen hatte?

Dass sie ihn nicht beachtete.

Verachtete.

Dass er sie nicht mehr berühren durfte.

Und dass er sich seinen Bedarf an Zuwendung anderswo holte. Holen musste.

Dass ihn jedes Mal Wut und Angst und Schmerz ergriffen, wenn Ruth in den Ferien vom Internat nach Hause kam und er spürte, wie das fünfzehnjährige Mädchen unter der eisigen Atmosphäre litt.

Dass er sich immer wieder fragte, unter Qualen fragte, ob Ruths psychische Probleme von Katharinas schizophrener Mutter herrührten oder doch von ihrer kaputten Ehe? Sie hätten keine Kinder zeugen sollen!

Und Ruth durchschaute alles.

Dass die Mutter sich ihr zuliebe zu ein bisschen Konversation zwang. Dass die Mutter eigentlich kein Interesse am Leben der Tochter hatte. Dass Katharina an ihrem eigenen Leben kein Interesse mehr zu haben schien.

Und natürlich wusste Ruth, dass er sich in die Arbeit stürzte, um zu vergessen. Und dass er Tim insgeheim immer mehr geliebt hatte als sie.

Tim war anders. Fröhlich und offen.

So schien es zumindest.

Ob Ruth fühlte, dass er sich vor seiner Tochter versteckte? Er sich vor dem schwierigen Kind eigentlich immer versteckt hatte, obwohl er es liebte?

Dass er insgeheim sein Fleisch und Blut für genauso unheilbar krank hielt wie seine Frau und deren Mutter?

Ob die Tochter auch spürte, dass er es oft bereute, Katharina geheiratet zu haben? Und Kinder in die Welt gesetzt zu haben.

Dass er manchmal glaubte, Katharina habe seinen Sohn getötet.

»Ich liebe meine Frau und meine Tochter, Herr Hafen«, antwortete Wolfgang Mink.

Es musste ihm anzusehen sein, dass er die Tränen kaum zurückhalten konnte.

4

Donnerstag, 1. August

Als das Smartphone piepte und vibrierte, warf Martin Schwarz mit seiner Angelrute gerade einen silbergrauen Gummifisch einem atemberaubenden Sonnenuntergang entgegen. Er befand sich mit seinem Boot auf dem Untersee, zwischen der Insel Reichenau und der Halbinsel Mettnau. Als der Gummifisch auf das Wasser platschte, spannte er sofort die Schnur. Oft erfolgte der Biss beim Absinken des Köders. Diesen Wurf würde er noch ausfischen, bevor er ans Telefon ging.

Er trieb langsam über einem etwa acht Meter tiefen Unterwassergraben. Am Grund waren dunkle Felder von Wasserpflanzen zu erkennen, die bis einen Meter unter die Oberfläche ragten. Schwarz wusste, dass in diesen Wasserpflanzendschungeln Hechte auf Beute lauerten. Nicht die ganz großen, die zehn oder fünfzehn Kilo schweren, die im offenen See den Felchenschwärmen hinterherzogen. Diese hier im Kraut lauerten auf kleine Barsche und Weißfische und maßen meist fünfzig bis achtzig Zentimeter. Genau richtig für die Küche.

Sein Gummifisch war klein und leicht, damit er nicht gleich in den Pflanzendschungel sank. Das Kunststück bestand darin, den Köder über die Wasserpflanzen zu ziehen und ihn dabei wie ein krankes Fischchen aussehen zu lassen. Ganz leicht zupfte er den Köder mit der Rutenspitze zu sich heran, ließ ihn kurz absinken und zupfte erneut.

Schon seit dem Mittag war er auf dem See. Vor dem Gewitter hatte er im Gasthaus Sandseele an der Westspitze der Insel Reichenau Zuflucht gesucht. Seit zwei Stunden war er wieder beim Fischen, immer noch ohne Erfolg. Obwohl normalerweise die Zeit vor und nach Gewittern immer gut war.

Noch immer piepte sein Smartphone, und Schwarz ärgerte sich, dass er es überhaupt mitgenommen hatte. Als ob er so wichtig war, dass die Welt nicht einen Abend ohne ihn auskommen würde. Aufträge hatten sie seit ihrem letzten großen Fall jedenfalls genug. Maria Schellenberger arbeitete inzwischen Vollzeit bei ihm, zusätzlich hatte er noch zwei Studenten vor allem für die Verwaltungsarbeit engagiert und im Industriegebiet günstig ein Büro gemietet.

Mittlerweile befand sich sein Köder nur noch wenige Meter vom Boot entfernt. Schwarz holte keine Schnur mehr ein, und er sah, wie der Gummiköder in Richtung Wasserpflanzen taumelte. In ihrem Schutz musste doch irgendwo ein Räuber lauern. Er fand, dass der Köder perfekt einen sterbenden Fisch imitierte. Das Gummitier sah eigentlich besser aus als ein wirklicher Fisch. Zumindest für das menschliche Auge.

Schwarz zupfte mit der Rutenspitze, und es war, als bäumte sich das todgeweihte Tier noch einmal auf, als mobilisierte es ein letztes Mal seine Kräfte.

Da schlug er zu. Schwarz erschrak, als plötzlich ein großer Schatten aus dem Wasserpflanzendickicht nach oben schoss. Als das silbergraue Fischchen auf einmal verschwand.

Schwarz riss die Angelrute nach oben und setzte so den Haken. Der Hecht, keine drei Meter vom Boot entfernt, sprang aus dem Wasser. Schwarz sah, wie der Raubfisch in der Luft die Kiemendeckel spreizte und seinen Körper schüttelte. Ein Aufplatschen, dann bohrte sich das Tier in die Tiefe. Schwarz schätzte ihn auf etwa achtzig Zentimeter. Er gab dem Hecht keine Schnur, um zu verhindern, dass er sich in den Wasserpflanzen festsetzte. Er spürte die Schläge des Tieres und merkte, dass er die rettenden Pflanzen bereits erreicht hatte.

Martin Schwarz zog, so fest er konnte, aber der Hecht saß fest. Würde die Schnur halten?

Er spannte die Rute, so stark es ging. Der Hecht schien ihn überlistet zu haben. Er zog stärker – die Schnur war zum Zerreißen gespannt –, da fühlte er, dass sich das Kraut allmählich löste. Noch einmal schnellte das Tier aus dem Wasser. Doch jetzt hatte Schwarz gewonnen. Er ließ den Hecht nicht mehr abtauchen. Noch zwei Mal zog der Fisch um das Boot herum, dann konnte Schwarz ihn keschern.

Er lächelte. Der Hecht lag erschöpft vor ihm auf den Planken. Ein mächtiger Schädel; ein breites, schnabelartiges Maul mit spitzen Zähnen; ein schlanker dunkelgrüner Körper mit kleinen weißen Strichen. Große, breite Flossen.

Hechte verbargen sich gern in Wasserpflanzenfeldern und warteten auf Beute. Wenn sich einem ein Fischchen näherte, ließ es der Räuber, reglos im Versteck lauernd, so nah wie möglich herankommen. Dann stieß er zu, wie ein grüner Pfeil. Und verschwand wieder in seinem Versteck.

Ein böser Geist der Unterwasserpflanzenwälder.

Das Tier hatte keine Kraft mehr und regte sich kaum. Schwarz nahm ein Stück Holz mit einer Metallkappe an der Spitze und schlug ihm dreimal hart auf den Schädel. »Priest« nannte man dieses Werkzeug in England. Ein Tötungsinstrument Priester zu nennen, darauf konnten nur Engländer kommen.

Martin Schwarz nahm ein Messer und stach dem betäubten Fisch zwischen die Kiemen ins Herz. Der Hecht war jetzt tot, das Blut floss in schmalen Streifen über den weißen Bauch.

Schwarz überlegte, ob er den Fisch als Ganzes braten oder eine Terrine zubereiten sollte. Er mochte das feste, kernige Fleisch und den zarten Geschmack von Bodenseehechten. Er hatte schon Hechte aus irischen Seen und bayrischen Flüssen probiert, doch ihr Fleisch hatte intensiver geschmeckt, nicht so zart. Aber vielleicht bildete er sich das nur ein.

Er verstaute das Tier in einer Kühltruhe und setzte sich hin. Um ihn herum erstreckte sich der Untersee. Die Luft war ungewöhnlich klar, der Regen hatte sie gereinigt. Links von ihm, im Süden, erhob sich der Schweizer Seerücken mit seinen Wäldern und Dörfern, nördlich der bewaldete Bodanrück, und tief im Westen, hinter den erloschenen Vulkanen des Hegaus, versank die Sonne in ihrem Rot. Die Wasseroberfläche schimmerte bläulich, rosa und violett, als läge ein leichter Ölfilm darauf.

Doch, immer öfter war das Leben gut. Er seufzte und blickte an sich herab. Er trug nur eine Bermudashorts. Zwar hatte er die Statur, die er als KSK-Soldat in Afghanistan einmal gehabt hatte, noch nicht zurück, aber die Speckröllchen waren weg. Er mochte seinen Körper wieder, wenn er morgens nach dem Duschen in den Spiegel sah. Auch sein Gesicht hatte wieder markantere Züge. Nur die vielen grauen Haare zwischen den dunkelbraunen erinnerten an seinen tiefen Fall.

Schwarz lächelte. Im letzten halben Jahr hatte er sein Leben radikal verändert. Wo früher in seinem Keller drei oder vier Kästen Bier gestanden hatten, befanden sich jetzt isotonische Getränke und Mineralwasser. Hatte er noch im letzten Winter allabendlich vier bis fünf Flaschen Rothaus Pils in sich hineingepumpt und mindestens zwei Nächte pro Woche erbarmungslos bis zum Morgengrauen gezecht, erlaubte er sich Alkohol jetzt nur noch am Wochenende, und dann in Maßen. Hatte ihn im letzten Winter eine Radtour von fünfzehn Kilometern an seine körperlichen Grenzen geführt, joggte er jetzt viermal pro Woche diese Distanz.

Das neue Leben fühlte sich gut an, je länger es dauerte. Alles hatte seinen Sinn. Der kleinste Fußweg, ein Gang die Treppe hinauf, Radeln in die Stadt, selbst Unkrautjäten im Garten hatte fitnesstechnische Bedeutung. Und jede Mahlzeit war eine ernährungswissenschaftliche Herausforderung.

Auf Anraten seiner Mutter hatte er vor einem halben Jahr bei einer Studie der Universität Konstanz mitgemacht, wobei er für drei Wochen täglich über seine Mahlzeiten Buch führen und diese auch fotografieren musste. Ergänzend notierte er noch seine tägliche Stimmung. Erst kam ihm das albern vor, aber das Projekt hatte eine erstaunlich disziplinierende Wirkung auf ihn gehabt.

Obwohl er meinte, sich beim Essen zumindest ein wenig zurückgehalten zu haben, war das Ergebnis eine mittlere Katastrophe gewesen: viel zu viel tierisches Eiweiß, zu viele Kohlenhydrate, zu viel Fett, viel zu viel Zucker, praktisch keine Vitamine und Ballaststoffe. Würde er so weitermachen, hatte der Ernährungswissenschaftler gemeint, wäre *kein* Herzinfarkt in den nächsten zwanzig Jahren eine mittlere Sensation.

Das hatte gesessen. Das fette Essen und die drei Bier zum Runterspülen schmeckten plötzlich nicht mehr so gut. Aber so ganz hatte er diesem Unifritzen nicht getraut. Also war er zu seinem Freund Jonas Bodamer gegangen, der eine allgemeinmedizinische Praxis in Konstanz hatte. Seit er aus Afghanistan zurückgekommen war und die Psychotherapie begonnen hatte, hatte er seinen Körper nicht mehr von einem Arzt durchchecken lassen. Weil er nicht hören wollte, was er eh wusste.

Unglücklicherweise bestätigte Jonas' Diagnose die düsteren Mutmaßungen des Wissenschaftlers: erschreckend hohe Leber-

und Cholesterinwerte, viel zu viel Harnsäure im Blut, und beim EKG-Radeln zeigte Schwarz die Fitness eines Mitte-fünfzig-Jährigen. Und er war erst dreiundvierzig! Beim Gespräch sah Jonas Bodamer ernsthaft besorgt aus. »Wenn du so weitermachst, muss ich die großen Bodenseeforellen nach der Pensionierung alleine fangen«, hatte der Freund gemeint.

Einen Tag später hatte er sich im Fitnessstudio angemeldet und sich von dem Wissenschaftler einen Ernährungsplan erstellen lassen. Der war weniger schlimm als angenommen.

Und jetzt, sechs Monate später, waren die Erfolge unübersehbar. Zehn Kilo hatte er abgenommen, allerdings war er immer noch ein Stück von seinem Wunschgewicht entfernt. Auch wollte er seinen Oberkörper noch ein wenig muskulöser haben.

Plötzlich fiel Martin Schwarz das Handy wieder ein. Während des Drills hatte er das Piepen vergessen. Das gelang ihm oft beim Fischen: die sonstige Welt für einige Stunden auszublenden.

Er betrachtete die Nummer auf dem Display. Er kannte sie nicht. Sollte er zurückrufen?

Da piepte und vibrierte das Smartphone erneut. Dieselbe Nummer. Es war einundzwanzig Uhr. Er nahm ab.

»Martin Schwarz von Schwarz Detectives. Mit wem spreche ich?«

Der Name des Anrufers elektrisierte ihn. Beim Joggen hatte er über sein Smartphone Radio gehört. Von der am Bodensee verschwundenen Martha Steinfort war wiederholt berichtet worden. Auch der Name der mit den Steinforts befreundeten Familie Mink fiel. Vor drei Jahren – Schwarz konnte sich noch an den Fall erinnern – war ihr Kind an einem Novembernachmittag spurlos verschwunden und seitdem nicht wieder aufgetaucht. Der Fall ging einige Monate durch die Presse.

Damals hatte er gerade erst sein Ermittlungsbüro eröffnet. Was sonst konnte ein traumatisierter und dienstunfähiger Berufssoldat einer Spezialeinheit auch tun? Die ersten Anfragen eifersüchtiger Ehemänner trudelten damals ein. Von einem Fall wie der Suche nach Tim Mink hätte er damals nicht einmal zu träumen gewagt. Er wäre dem zu jener Zeit auch psychisch nicht gewachsen gewesen.

Jetzt hatte er den Vater Tim Minks am Telefon.

Jeder im Bodenseeraum kannte den Namen Mink. Wolfgang Mink war einer der größten Arbeitgeber in der Gegend. Aus einem überschaubaren Betrieb war ein internationales Unternehmen mit mehreren tausend Mitarbeitern geworden. Mink Solutions fertigte diffizile Bauteile aus Kunststoff und Aluminium und belieferte weltweit Großkunden der Automobil- und Büromöbelbranche. Zwar wurde mittlerweile überwiegend in Osteuropa und den USA produziert, doch in der Region gab es noch zwei große Werke mit fast dreitausend Beschäftigten, eines in Singen und eines bei Pfullendorf. Im mittlerweile stark deindustrialisierten Landkreis Konstanz war Mink einer der letzten großen Arbeitgeber. Überall im Ländle war der Unternehmer einer derjenigen, dessen Wort wirklich gehört wurde.

Wolfgang Mink kam gleich zur Sache. »Herr Schwarz, ich nehme an, Sie wissen, warum ich mich bei Ihnen melde. Kann ich Sie persönlich sprechen? Wenn möglich zeitnah.«

Zeitnah! Wie Schwarz dieses Kauderwelsch hasste. »Wäre Ihnen morgen früh recht? So gegen acht Uhr?«

»Ginge es denn noch heute Abend?«

Schwarz grinste und überlegte kurz. »Kennen Sie den ›Hermannushof‹ auf der Insel Reichenau?«

»Mein Navi bestimmt.«

»In fünfundvierzig Minuten! Ich würde Sie bitten, einen Tisch auf der Terrasse zu reservieren.«

»Ich könnte in zwanzig Minuten da sein.«

»Ich aber nicht. Wir sehen uns in einer Dreiviertelstunde, Herr Mink. Auf Wiederhören!«

Schwarz schüttelte den Kopf und legte sein Handy beiseite. Das zugleich Freundliche und Fordernde des Mannes war ihm unangenehm.

Schwarz sah niemanden auf dem See, deshalb entschied er sich, nackt zu baden. Er zog die Shorts aus und blickte vor sich aufs Wasser. Ein Schwarm kaum fingerlanger Barsche schwamm direkt vor dem Boot.

Mit dem Kopf voran sprang Martin Schwarz jauchzend in den Kleinfischschwarm und schob sich mit kräftigen Armbewegungen durch das sommerlich warme Wasser. Dabei schloss er die Augen, fühlte sich wie ein Hecht und war voller Tatendrang.

Es dämmerte bereits, als Martin Schwarz am »Hermannushof« ankam. Das Hotel lag direkt am Südufer der Insel Reichenau. An einem Holzsteg hatte er sein Boot vertäut. Die Fahrt hatte keine fünfzehn Minuten gedauert.

Wolfgang Mink war schon da. Wenn man ihn einfach so sitzen sah, dachte Schwarz, nicht im Fernsehen und nicht auf einem Foto im Wirtschaftsteil der SÜDZEITUNG, wirkte er trotz seiner Körperfülle unscheinbar. Und sympathisch. Fast schüchtern. Konnte das sein?

Noch hatte Mink ihn nicht bemerkt. Hoch konzentriert blickte er auf ein Notebook und hämmerte auf die Tastatur. Sicher gehörte Mink zu der seltenen Sorte Mensch, die immer arbeiten konnte und der das nichts ausmachte. Deren Kräfte endlos schienen, die immer stärker waren als das Leben.

Doch bei genauerem Hinsehen meinte Schwarz, auch Anspannung in den Zügen zu lesen.

Wolfgang Mink trug unauffällige Kleidung: Bluejeans, Segelschuhe und ein kariertes Hemd, das er über die Hose hängen ließ, wohl um seinen mächtigen Bauch zu kaschieren. Er wirkte viel kleiner als im Fernsehen. Schwarz schätzte ihn auf höchstens eins siebzig.

Er trat an den Tisch.

»Wolfgang Mink?«

Ein abschätzender, ihn von oben bis unten musternder Blick. Martin Schwarz trug helle Bermudashorts, auf der sich Blutflecke von dem Hecht befanden, dazu ein speckiges T-Shirt und Flip-Flops. »Lost time is never found again!«, stand auf dem T-Shirt. Er hatte es von seinem Freund Frank Zwille zum Geburtstag geschenkt bekommen.

Wolfgang Mink schaute auf das Sprichwort und war kurz in Gedanken versunken.

»Herr Schwarz?« Der Unternehmer lächelte und reichte ihm die Hand. »Wolfgang Mink. Nehmen Sie Platz.«

Eine unerwartet freundliche und entspannte, fast sanfte Stimme.

Schwarz nahm keine Spur von Anspannung oder Stress wahr. Der Mann schien sich sehr gut unter Kontrolle zu haben.

Mink winkte der Kellnerin.

»Ein Bier?«

Vor Mink stand ein großes, bereits zur Hälfte geleertes Hefeweizen und strahlte Schwarz an. Er zögerte.

»Lieber eine Apfelschorle.«

»Apfelschorle an so einem Abend? Sie machen Fortschritte!«

Martin Schwarz sah Mink verdutzt an. Der Mann wusste also gut über ihn Bescheid. Woher kamen die Informationen?

Mink bestellte.

»Ein herrliches Plätzchen haben Sie da ausgesucht.«

»Nicht wahr?«

Schwarz blickte auf den Untersee. Blaue Stunde an einem warmen Sommerabend. Das Plaudern von den Nachbartischen. Entspannte Musik: Morcheeba, »The Sea«. Der Geruch von Gegrilltem. Die ersten Fledermäuse jagten im Zickzack über ihnen. Nur ein gepflegter Rasen und ein Fußweg trennten die große Terrasse vom Seeufer. Das Gebäude wirkte auf Schwarz wie ein mondänes Ostsee-Strandhotel aus dem neunzehnten Jahrhundert. Hier hätten die Buddenbrooks Urlaub machen können.

In den Dörfern am gegenüberliegenden Schweizer Seeufer, in Ermatingen, Berlingen und Mannenbach, brannten die Lichter. Nur ein paar Fischerboote waren auf der großen Wasserfläche zu erkennen. Ihre grünen und roten Positionslichter flimmerten in der warmen Luft. Wahrscheinlich ging es auf Aal. Schwarz hätte spontan Lust gehabt, noch einmal hinauszuschippern. Lange hatte er keine Aale mehr gefangen. Früher, als Kind, hatte er mit Jonas Bodamer dutzendweise armdicke Aale von ihrem Grundstück aus gefangen, selbst geräuchert und dann an die Nachbarn verkauft.

Aber jetzt waren sie hier, weil ein Kind verschwunden war.

Eine Weile schwiegen sie. Schwarz entschied sich, abzuwarten. Sollte Mink mit dem Gespräch beginnen! Er wollte es dem Geschäftsmann nicht zu einfach machen, ihn einzuschätzen.

Sie tranken in Ruhe, und er fühlte sich wohl in Minks Gegenwart. Dem schien es ähnlich zu gehen, obwohl Schwarz die Anspannung des Unternehmers spürte.

»Ich brauche Sie, Herr Schwarz.«

»Um Martha Steinfort zu finden?«

»Unter anderem.«

Schwarz schwieg für einen Moment. Natürlich hoffte der Unternehmer noch, dass sein Sohn Tim am Leben war. Ob auch andere Detekteien mit der Suche nach ihm beauftragt waren?

»Ihnen ist klar, dass ich weder Hubschrauber noch Hundertschaften zur Verfügung habe.«

»Ich möchte, dass Sie herausfinden, was passiert ist. Was gestern passiert ist und, wenn möglich, vor drei Jahren. Und ich möchte, dass Sie dabei keinerlei Rücksichten nehmen. Verstehen Sie?«

»Sie verdächtigen Ihre Frau?«

Mink kratzte sich am Hinterkopf. Offenbar hatte Schwarz es geschafft, den Unternehmer für einen Moment aus dem Konzept zu bringen.

»Ich weiß es nicht, Herr Schwarz. Das eben sollen Sie herausfinden.«

»Bin ich denn der Einzige, der ermittelt?«

Mink schwieg für einen Moment. »Bis letztes Jahr habe ich zwei große Detekteien nach Tim suchen lassen. Ohne Ergebnis. Für einen oberen sechsstelligen Betrag. Auf großspurige Ankündigungen folgte nichts. Ich habe noch einmal mit einem Tauchboot den Seegrund von Bodman bis Dingelsdorf absuchen lassen. Die Ermittler gingen mehreren hundert angeblichen Sichtungen Tims nach. Meine Hoffnungen wurden vollends enttäuscht. Dann habe ich aufgegeben. Wollte mich abfinden.«

Mink wirkte plötzlich ergriffen.

»Aber jetzt ist alles anders.«

Schwarz schluckte. Dieser Mann schien weit weniger hart und unnahbar zu sein, als er das bis eben vermutet hatte. Oder spielte ihm der Unternehmer etwas vor?

Martin Schwarz sah auf den See hinaus, in dessen Mitte eine sehr schnell fahrende Motoryacht die Ruhe störte.

»Herr Mink, mich ehrt Ihr Vertrauen. Ich will Ihnen keine falschen Hoffnungen machen. Ihnen ist bewusst, dass ich nur ein kleines Team habe?«

Mink lächelte, und sein Tonfall war plötzlich wieder sehr geschäftsmäßig. »Sie erinnern sich an Jakob von Werdenberg? Die einstige große Hoffnung der CDU Baden-Württembergs?«

Schwarz grinste und war überrascht. »Ein alter Schulkamerad.«

»Er hat mir erzählt, dass Sie vor einem Dreivierteljahr praktisch alleine seinen Fall gelöst haben. Obwohl Ihre Ermittlungsergebnisse nicht nur angenehm für ihn waren, spricht er in den höchsten Tönen von Ihnen.«

»Herr von Werdenberg neigt zu Übertreibungen.«

»Im Gegensatz zu den meisten Menschen hier im Land vertraue ich immer noch auf Werdenbergs Urteil. Wir werden gewiss bald wieder von ihm hören. Jedenfalls haben Sie gezeigt, was Sie können. Außerdem waren Sie als KSK-Soldat in Afghanistan. Das imponiert mir.«

Schwarz blickte den Unternehmer ernst an. »Wo ich allerdings gescheitert bin.«

»Gescheitert und wieder aufgestanden. Das imponiert mir noch mehr.«

Mink machte eine Pause, und seine Stimme senkte sich. »Irgendwann einmal fallen wir alle tief. Wieder aufstehen können allerdings nur wenige.«

Schwarz lächelte. Was Mink sagte, tat ihm gut. Sein Respekt klang ehrlich.

»Es gibt nur eine Bedingung.« Minks Tonfall war plötzlich streng. »Was auch immer Sie herausfinden, alle Informationen Ihres Teams gehen ausschließlich an mich. Was mit Ihren Ergebnissen passiert, ist allein meine Entscheidung. Auf Ihre absolute Diskretion muss ich mich verlassen.«

Schwarz schwieg. Worum es ging, war ihm klar. Falls sie herausbekämen, dass seine Frau in die Fälle verstrickt war, wollte er entscheiden, ob das an die Öffentlichkeit kam.

»Solange ich keine Straftaten verheimlichen muss, akzeptiere ich das.«

Mink sah ihn ernst an. Er zögerte.

»Tut mir leid, darauf muss ich leider bestehen«, betonte Schwarz.

Mink nickte langsam. »Dann sind wir im Geschäft?«, fragte er nach einer Weile.

»Meine Konditionen kennen Sie?«

»Die sind mir egal. Geld ist nicht mein Problem.«

»Sie wissen, dass ich Ihr Privatleben, das Ihrer Frau, Ihrer Freunde und Kinder aufs Genaueste ausleuchten werde?«

Mink nickte.

»Dass ich in Ihrem Umfeld wie ein Maulwurf herumwühlen werde? Dass ich auf Dinge stoßen könnte, die Ihnen unangenehm sind?«

Mink nickte.

»Dass herauskommen könnte, dass Ihre Frau oder einer Ihrer Freunde in das Verschwinden der Kinder involviert sind?«

Mink nickte.

Schwarz zögerte.

»Sie sind sich bewusst, dass mir die Polizei bei allem, was ich tue, mehrere Schritte voraus sein und aller Wahrscheinlichkeit nach schneller als ich den Fall lösen wird?«

Mink schüttelte den Kopf. »Das bezweifle ich, Herr Schwarz. Ein riesiger Apparat bedeutet noch nichts. Masse heißt allzu oft Mittelmaß. Ich glaube an den Willen und die Kraft des Einzelnen, mehr als an die von Gemeinschaften. Zwar ist der leitende SOKO-Beamte diesmal nach meinem Eindruck ein anderes Kaliber als der vor drei Jahren, aber ich habe noch keinen Überblick, wer da noch zu entscheiden hat. Außerdem habe ich nach der ersten Vernehmung den Eindruck, dass die Polizei wieder meine Frau im Fokus hat.«

»Was durchaus berechtigt sein kann.«

Mink zuckte die Achseln. »Vielleicht, ja.«

»Weiß Ihre Frau, dass Sie einen Detektiv beauftragen?«

»Nein. Und das darf sie auch auf keinen Fall erfahren. Meine Frau hat seit drei Jahren schwere Depressionen, unsere Ehe ist sehr belastet.«

Schwarz nickte. Ihm war jetzt klar, dass auch Mink seine Ehefrau als Täterin nicht ausschloss. Was bedeutete es für eine Ehe, wenn man so etwas von seinem Partner auch nur vermutete?

Mink nahm das Gespräch wieder auf. »Sie haben gegenüber der Polizei einen Vorteil.«

Schwarz lächelte. »Niemand kennt mich. Für Ihre Frau und Ihre Freunde bin ich ein unbeschriebenes Blatt.«

»Diesen Vorteil müssen wir nutzen, Herr Schwarz. Und wenn Sie zweifelsfrei herausfinden, dass niemand aus unserem Kreis etwas mit dem Verschwinden der Kinder zu tun hat, ist das für mich ein immenser Erfolg.«

Schwarz schwieg eine Weile. Es war ein unmöglicher Auftrag. Die Chancen auf Erfolg gingen gegen null. Und so ganz traute er Wolfgang Mink nicht. Wie würde er reagieren, wenn sie etwas herausfanden, das ihm unangenehm war? Wieder hatten sie es mit einem mächtigen und schwer durchschaubaren Auftraggeber zu tun. Aber damit hatten sie bei Werdenberg eigentlich gut umgehen können. Außerdem stimmte die Bezahlung. Und im unwahrscheinlichen Fall des Erfolgs würde Schwarz Detectives in der ersten Liga spielen …

»Ich muss in Ihr unmittelbares Umfeld. Ich muss Ihre Frau und Ihre Freunde aus nächster Nähe erleben.«

Mink nickte. »Ich werde bis auf Weiteres im Hotel wohnen und den Steinforts beiseitestehen. Wahrscheinlich wird auch meine Frau bleiben, das weiß ich nicht. Wir führen Sie in diesen Kreis ein. Sie sind mein neuer Prokurist.«

Schwarz sah ihn verwundert an.

Mink grinste. »Gegenüber meiner Frau und den Steinforts werde ich es so darstellen, dass ich jemanden vor Ort brauche, der in meiner Abwesenheit ständigen Kontakt zur Firma hält. Darüber wird sich niemand wundern. Da sich meine Frau noch nie für Mink Solutions interessiert hat, wird es ihr nicht merkwürdig vorkommen, wenn ein ihr unbekanntes Gesicht auftaucht.«

Mink trank einen Schluck Bier und fuhr fort.

»Allerdings müssten Sie sich ein wenig mit Ihrem neuen Tätigkeitsfeld auseinandersetzen. Mein Büro wird Ihnen bis morgen Vormittag ein Portfolio mit unserem Firmenprofil zusammenstellen und Ihnen per Mail zukommen lassen. Dann können Sie sich einarbeiten und morgen gegen Nachmittag erscheinen. Frau Steinfort ist Strafanwältin und ihr Mann Soziologieprofessor. Es wird niemandem auffallen, dass Sie von Wirtschaft und Finanzen keine Ahnung haben. Mink Solutions wird Ihnen selbstverständlich auch einen Dienstwagen stellen.«

Er hielt Mink seine Hand hin. »Versuchen wir es. Wir sind im Geschäft. Haben Sie noch etwas Zeit für Fragen?«

Mink nahm seine Hand und drückte sie energisch. »Alle Zeit, die Sie brauchen.«

Schwarz stutzte. »Sie werden nicht von Ihrer Frau erwartet?«

»Katharina hat mir unmissverständlich zu verstehen gegeben, dass sie meine Gesellschaft heute Abend nicht wünscht.«

»Sie machen sich keine Sorgen um sie?«

»Doch. Aber meine Frau ist ein mündiger Mensch. Und ich respektiere ihren Willen.«

Kurzes Schweigen. Mink hatte aus seiner Verletztheit keinen Hehl gemacht.

»Und jetzt habe ich Hunger.«

Wolfgang Mink winkte der Kellnerin.

Innerhalb von Sekundenbruchteilen waren seine Jovialität und seine Lebensfreude zurückgekehrt.

Martin Schwarz lehnte sich zurück und lächelte.

Er war wieder auf der Jagd.

5

Freitag, 2. August

Marek Hafen spürte, wie der Heli von einer heftigen Böe ergriffen wurde. Es war, als zöge eine mächtige Hand an einem Spielzeug. Er schluckte und hatte ein flaues Gefühl im Magen. Starker Regen schlug gegen die Scheibe, draußen war es schwarz, und die Wipfel der Bäume unter ihnen schwankten hin und her.

Dann ließ die Hand sie wieder los.

Neben ihm befand sich SEK-Leiter Christian Hempfer. Er war seit einer halben Stunde vor Ort. Sie trugen Kopfhörer und sprachen über Funk miteinander.

Sie saßen hinter dem Piloten in einem nagelneuen Eurocopter, der am Abend aus Stuttgart gekommen war. Vor ihnen befanden sich zwei Monitore, einer für Video- und einer für die Wärmebildkamera, sowie eine Apparatur, die wie ein Mischpult aussah. Über Joysticks steuerte Hafen die Wärmebildkamera, die das Waldgebiet unter ihnen absuchte.

»Und du glaubst wirklich, dass der Mann noch im Wald ist?«, fragte Hempfer.

Der Kommissar zuckte mit den Schultern. Er kannte den SEK-Leiter von gemeinsamen Einsätzen und wollte ehrlich sein. »Was soll ich sagen? Ich bin nicht einmal sicher, ob wir es überhaupt mit dem Entführer zu tun haben. Wenn auch einiges dafür spricht. Falls er es ist, hat er den Wald bewusst aufgesucht. Abgreifort des Kindes war das Dingelsdorfer Strandbad, dann ist er wahrscheinlich zu Fuß geflohen. Jedenfalls haben wir bisher kein Auto am Waldrand entdeckt.«

Hempfer sah auf die Satellitenkarte, die er auf den zweiten Bildschirm eingestellt hatte.

»Das heißt, er ist mit dem Kind vom Strandbad aus zwei Kilometer querfeldein gelaufen? Und er hat es in einer Tasche transportiert?«

»So wie es aussieht, ja.«

Hempfer presste die Lippen zusammen. »Und er hat das Kind im Strandbad entführt? Zwischen all den Leuten?«

»Davon gehen wir aus. Es ist möglich, dass er nicht allein gehandelt hat. Vielleicht hat ihn ein zweiter Entführer mit dem Wagen am Wald abgesetzt, um die Polizeikontrollen zu umgehen.«

Hempfer schwieg. Hafen spürte, dass dem Beamten dieses Szenario nicht wahrscheinlich vorkam. Ihm eigentlich auch nicht. Aber es war alles, was sie im Moment hatten. Und seine Intuition sagte ihm, dass sie auf der richtigen Spur waren.

»Warum sollte der Mann überhaupt noch in diesem Waldgebiet sein?«, setzte Hempfer nach.

»Er wollte in den Wald. Möglicherweise hat er irgendwo ein Versteck. Ganz bestimmt kennt er sich hier aus. Heute Nachmittag wusste er genau, wie er sich uns entziehen konnte. Außerdem haben wir alles getan, um ihn einzuschüchtern. Zwei Helis haben das Gebiet permanent überflogen. Weiterhin habe ich, nachdem er uns entwischt ist, Wege und eine Landstraße sperren und von Beamten überwachen lassen. Ebenso die Waldränder. Das Gebiet, in dem er sich wahrscheinlich aufhält, ist anderthalb mal zwei Kilometer groß. Da finden wir ihn irgendwann. Und hoffentlich auch das Kind.«

Hafen bemühte sich um einen zuversichtlichen Tonfall, doch so ganz gelang ihm das nicht. Trotz intensiver Suche hatten sie den Fremden mit der Tasche bisher nicht stellen können. Den ganzen Nachmittag und Abend hatten etwa vierzig Beamte das dicht bewachsene Waldgebiet durchsucht, ausgehend von der Stelle, wo der Mann plötzlich verschwunden war. Ohne Erfolg, ohne eine Spur. Es war, als hätte der Erdboden den Flüchtigen verschluckt. Und als endlich Flächensuchhunde vor Ort waren, schüttete es in Strömen. Ausgerechnet.

Und *er* hatte es vermasselt. *Er* hätte schießen müssen, natürlich! Hempfer hatte gar nicht gefragt, wie genau sich der Flüchtige der Festnahme entzogen hatte. Wahrscheinlich wusste er schon aus anderer Quelle Bescheid, machte die Geschichte bei der SOKO schon die Runde. Der große Hafen als kleines Mädchen. Hat Angst vorm Schießen. Aber so war es.

Marek Hafen holte tief Luft. So schnell würde er nicht aufgeben. Gegen zwanzig Uhr waren drei Hundertschaften von den Standorten Biberach und Böblingen eingetroffen. Mit zwei Zügen von jeweils dreißig Mann verstärkte Hafen die Kräfte an den Waldrändern und auf den Wegen, die er am Nachmittag hatte sperren lassen. Nach ein paar Stunden sollten sie von den Kollegen abgelöst werden. Mittlerweile befanden sich auch zwölf Polizeihunde dort. Der Ring um den Wald war jedenfalls geschlossen. Doch vielleicht hatte der Fremde schon am Nachmittag das Gebiet an einer schlecht überwachten Stelle verlassen.

»Sie haben Ihr großes Kino«, hatte der Landespolizeipräsident mit einer Mischung aus Stolz und Vorwurf vorhin am Telefon gemeint. Jetzt tun Sie was, war die implizite Aufforderung. Hafen hatte ihm erzählt, wie und weshalb er sich gegen das Schießen entschieden hatte. Dazu hatte Hauschild nichts gesagt. Doch Hafen meinte, sein Kopfschütteln hören zu können.

Er wusste nicht, wie oft die Piloten an diesem Tag das Gebiet schon überflogen hatten. Auch um den Flüchtigen einzuschüchtern, hatte er die Hubschrauber den ganzen Nachmittag und Abend in der Luft gelassen.

Bei Einbruch der Dunkelheit hatte Hafen alle Beamte abgezogen, die sich innerhalb des abgesperrten Gebiets auf der Suche befanden. In der Dunkelheit, hoffte Hafen, würden sie einen flüchtigen Mann oder ein Kind mit der Infrarotkamera leichter finden als mit Einsatzkräften im Wald. Zur Not würden sie die ganze Nacht fliegen. Sollten sie eine verdächtige Person entdecken, würde Hempfer sofort SEK-Teams dorthin schicken, um den Mann zu stellen. Die hielten sich inzwischen an verschiedenen Orten in der Umgebung auf, sodass jeder Teil des Waldes schnell erreicht werden konnte.

Sollten sie den Mann in der Nacht nicht finden, würde Hafen das Waldgebiet bis zum Tagesanbruch umstellen und es dann Meter für Meter von Hundertschaften und Suchhunden durchstöbern lassen. Bis spätestens dahin mussten sie alle durchhalten.

»Es geht um ein Kind«, meinte Hafen zu sich und zu Hempfer, so als müsste er sich rechtfertigen. »Da will ich mir später nichts vorwerfen müssen.«

Er sah, dass der SEK-Mann nickte, während er gebannt auf den Bildschirm mit den Wärmebildaufnahmen blickte. Er glaubt also doch daran, dass wir ihn finden, dachte Hafen. Na ja, er sieht die Bilder auch erst seit ein paar Minuten. Im Gegensatz zu mir.

Schon bevor sie wegen des erneuten Gewitters pausieren mussten, war er mehrere Stunden mitgeflogen. Unmittelbar nach der Vernehmung Wolfgang Minks war er aufgebrochen.

Immer wieder standen die Bäume so dicht, dass die Kamera nicht zum Boden drang. Doch an vielen Stellen war der Wald licht und gut einsehbar. Der Heli flog langsam, damit ihnen kein Detail entging. Immer wieder musste der Pilot die Flugbahn wegen des starken Windes korrigieren.

Einen Menschen hatten sie bisher im Wald noch nicht erfasst. Das Gebiet war ja seit vielen Stunden gesperrt, dazu kam das schlechte Wetter. Nur einige Wildtiere hatten sie aufgespürt, und Hafen war erstaunt gewesen, wie viele Wildschweine sich nachts in diesem Waldstück herumtrieben.

»Ich hoffe, du hast Glück!«, meinte der SEK-Mann mit einem Lächeln.

Das hoffe ich auch, dachte Hafen. Der Einsatz war teuer, und natürlich hatte die Presse schon Blut geleckt. Die Hubschrauber und das gesperrte Waldgebiet hatten bereits für Aufsehen gesorgt. Einem Reporter der SÜDZEITUNG, den er persönlich kannte, hatte er am Abend ein kurzes Interview gegeben. Sie würden die Presse in diesem Fall noch dringend brauchen.

Immerhin schien sich der Wind ein wenig beruhigt zu haben. Auch der Regen hatte nachgelassen. Jedenfalls kam Marek Hafen das so vor.

»Wir haben was«, meinte Hempfer plötzlich. Seine Stimme klang überrascht. Es war fast zwei Uhr, seit beinahe einer Stunde krochen sie über den Wald, und Hafen war für einen Moment unaufmerksam gewesen. Seine Zweifel waren in der letzten halben Stunde beständig gewachsen. Mehr und mehr spürte er die Müdigkeit, die sich unaufhaltsam in seinem mit Koffein aufgeputschten Körper breitmachte. Immer wieder waren seine Augen einfach so zugefallen.

Gebannt blickte Hafen auf den Bildschirm. Der Heli hatte sofort in der Luft gestoppt. Plötzlich war alle Energie wieder da, er fühlte sich hellwach. Vielleicht würden sie ihn heute doch noch kriegen. Zunächst war nichts Genaues zu erkennen, da das Objekt unter dicht stehenden Bäumen lief.

War es ein Tier?

Immer wieder sahen sie gelbe und orangefarbene Flecken zwischen den blau gefärbten Wipfeln und Ästen.

Hafen hielt den Atem an. Das Objekt bewegte sich sehr schnell. Der Heli folgte. Dann lichtete sich der Wald ein wenig.

»Das gibt es nicht!«, entfuhr es Hempfer.

Ganz deutlich war jetzt das Infrarotbild eines Mannes zu sehen. Sein Körper sah rot aus, der Kopf gelb. Ansonsten war nichts zu erkennen.

Plötzlich war er fort, Hafen hielt den Atem an, doch kurz darauf hatte die Kamera ihn wieder erfasst.

Hempfer informierte die SEK-Teams am Boden und gab ihnen die GPS-Daten. Sofort machten sich vier Teams mit ihren Einsatzfahrzeugen auf den Weg. Sie befanden sich nur wenige Kilometer entfernt, und die Waldwege waren gut befahrbar.

Der Mann lief zielstrebig Richtung Südwesten.

»So schnell, wie er ist, muss er sich auf einem Pfad oder Weg befinden«, meinte Hempfer. »Er scheint sich auszukennen.«

»Er will den Wald verlassen«, sagte Hafen. »Er läuft Richtung Litzelstetten. Vielleicht will er zu dem Dorf.«

»Wir folgen ihm. Meine Männer sind gleich da.«

Sie verfolgten den Mann für mehrere Minuten. Hempfer gab die aktuellen GPS-Daten regelmäßig an die SEK-Leute weiter. Mittlerweile befanden sich zwölf im Wald. Sie hatten einen Halbkreis gebildet, auf den sich der Mann zubewegte. Er hatte seine Richtung nicht mehr verändert.

Der Unbekannte verfügte über eine erstaunliche Kondition. Hafen dachte daran, wie der Flüchtige vom Nachmittag wie eine Walze auf ihn zugerannt war, die schwere Tasche auf dem Rücken. Dieser Mann war kräftig und gut in Form. Er erinnerte sich an den eigentümlichen erdigen Geruch. Aber wo war das Kind? Hatte er es im Wald versteckt? Oder irgendwo begraben?

Da blieb der Läufer unter ihnen plötzlich stehen. Blickte nach oben und drehte sich dann um seine Achse.

»Verdammt, Hafen!«, meinte Hempfer. Hafen spürte, wie das Jagdfieber den Kollegen gepackt hatte. »Du hattest den richtigen Riecher! Ist das jetzt Genie oder Wahnsinn?«

Hafen grinste. Er sprach mit gepresster Stimme. »Das klären wir später. Warten wir es ab. Vielleicht ist es ein verirrter Nachtwanderer.«

»Niemals! Guck ihn dir an. Der weiß genau, dass wir hinter ihm her sind.«

Er hat keine Tasche, dachte Hafen.

Da begann der Mann wieder zu laufen.

Hempfer informierte seine Leute über die aktuelle Position.

Dann war der Mann wieder verschwunden. Mächtige, dicht stehende Fichten nahmen ihnen die Sicht.

Angespannte Stille.

»Wo ist er jetzt?«, fragte Hafen.

»Scheiße«, zischte Hempfer und informierte seine Leute am Boden.

Die Sekunden vergingen wie Stunden. Der Heli stand über der Stelle, wo sie den Flüchtigen zuletzt gesehen hatten. Immer wieder drückte der Wind sie leicht weg. Hatte er sich irgendwo da unten versteckt? Oder war er ihnen entwischt?

Nach ewigen Minuten hatten die SEK-Leute einen Kreis um die Stelle gezogen. Einige wurden von der Wärmebildkamera erfasst, andere blieben im Schutz der Bäume.

Immer dichter zogen die Polizisten den Ring. Er hatte vielleicht noch einen Durchmesser von hundert Metern.

Das Netz zieht sich zu, dachte Hafen. Hoffentlich ist der Fisch noch drin.

»Da!«, schrie er, so laut, dass Hempfer zusammenfuhr.

»Er ist noch da!« Hafen zeigte auf den Bildschirm.

Sie sahen den Mann in einer Lücke zwischen den Bäumen. Er ging rückwärts, dann war er wieder verschwunden.

»Wahrscheinlich hat er etwas gesehen«, meinte Hempfer. »Zielperson vor Ort. Er hat euch erkannt und geht langsam rückwärts«, gab der SEK-Leiter an die Beamten weiter.

Jetzt ist der Fisch im Netz, dachte Hafen. Er hat keine Chance mehr.

»Ich sehe ihn«, kam es von einem der Beamten am Boden. »Er steht aufrecht und ungeschützt. Gelände ist gut einzusehen. Wir nähern uns weiter.«

Hafen hielt die Luft an. Die SEK-Leute waren keine dreißig Meter mehr von ihm entfernt.

»Geht bis auf zwanzig Meter an ihn heran!«, meinte Hempfer. »Dann sprecht ihr ihn an.«

Scheiße!, dachte Hafen. Der Idiot bleibt einfach stehen! Was hat er vor?

»Er spricht uns an«, hörte Hafen die Stimme des Beamten. »Er schreit. Er hebt die Hände und fragt, wer wir sind.«

»Passt auf! Geht vorsichtig ran!«, meinte Hempfer. Die Spannung war ihm anzuhören. »Und dann Festnahme. Aber höchste Vorsicht!«

Hafen und Hempfer starrten auf den Monitor der Infrarotkamera. Tatsächlich hatte die gelbrote Bildschirmfigur die Arme gehoben. Der Mann kam Hafen relativ groß vor, aber das konnte täuschen. Wer trieb sich schon um diese Zeit allein im Wald herum und rannte minutenlang vor einem Hubschrauber davon?

Der Mann schien zu merken, dass er umstellt war. Jedenfalls bewegte er seinen Kopf nervös hin und her, wandte seinen Oberkörper mal hierhin, mal dorthin und drehte sich mehrere Male langsam um seine eigene Achse.

Dann sahen sie, wie sich vier SEK-Beamte dem Mann näherten, mit Maschinenpistolen im Anschlag. Vier Lichtstrahlen fielen auf den Mann. Ein surreales Bild in Gelb-, Rot-, Blau- und Violetttönen.

Der Mann stand da wie angewurzelt.

»Wir haben ihn«, sprach Hafen mehr zu sich als zu seinem Kollegen.

Dann sah er, wie sich der Mann ohne Gegenwehr die Hände auf den Rücken legen ließ. Hafen und Hempfer atmeten auf.

»Gib mir fünf, du Wahnsinniger!«, lachte Hempfer.

Hafen schlug ein. Dann legte er die Hände vor sein Gesicht, dankte still Gott und holte tief Luft. »Verdammte Scheiße!«, rief er aus. »Ich glaub das noch nicht!«

***

Als Martin Schwarz mit seinem Boot am Strand des Grundstücks in der Hoheneggstraße angelegt hatte, hielt er kurz inne und atmete tief ein. Über eine Stunde war er durch Wind und Regen gefahren. Trotz seines Ölanzugs war er nass. Doch Regen, Wasser und Wind fühlten sich warm an. Immerhin. Er nahm sein Angelgerät, die Kühltasche und den Seesack mit den Aktenordnern, die Wolfgang Mink ihm noch mitgegeben hatte. Es war kurz nach ein Uhr.

Lange hatte er noch mit Wolfgang Mink im »Hermannushof« gesessen. Als das Gewitter begann, waren sie hinein ins Restaurant gegangen. Mink hatte ihm angeboten, ihn nach Hause zu fahren, doch Schwarz wollte sein Boot nicht über Nacht auf der Reichenau lassen. Jetzt war er froh, endlich zu Hause zu sein. Mit seiner Mutter und einem Untermieter bewohnte er hier ein Einfamilienhaus auf einem dreitausend Quadratmeter großen Seegrundstück mit herrlichem Blick auf die Mainau, Meersburg und den Überlinger See.

Das Geräusch des Motors klang noch in seinen Ohren, doch jetzt war nichts mehr zu hören als der Wind und das regelmäßige Aufprallen der Wellen auf dem Uferkies. Der See war stark in Bewegung, zum Glück hatte er die letzten Kilometer den Sturm im Rücken gehabt. Mächtige Böen hatten das Boot angetrieben.

Auf dem aufgewühlten See waren die erleuchteten Fährschiffe der Linie Konstanz – Meersburg zu sehen, wie sie unerschütterlich durch die Wellen stampften. Die Lichter der Dörfer und Städtchen auf der gegenüberliegenden Seeseite schienen in der klaren Nachtluft sehr nah. Als dunkler Berg ragte die Insel Mainau aus dem Wasser empor; das Schloss war hell beleuchtet.

Schwarz ging leise den Hang zum Haus hinauf und zu dem Hintereingang, der zu seiner kleinen Souterrainwohnung führte. Seine Mutter bewohnte das Erdgeschoss; ihr Mieter Werner Paeschke, ein pensionierter Querflötist der Südwestdeutschen Philharmonie, das Obergeschoss. Seit dem Tod des Vaters hatte die Mutter die Zimmer des oberen Stockwerks vermietet. Ihm blieben fünfundzwanzig Quadratmeter – nicht üppig, aber schöner konnte man auf der ganzen Welt nicht wohnen.

Er erwachte jeden Morgen mit einem Blick auf den Bodensee.

Kurz überlegte Martin Schwarz, ob er sich noch auf die windgeschützte Terrasse setzen und sich ein paar Notizen machen sollte. Aber dann würde der Drang womöglich zu stark werden, sich ein

Bier zu holen. Obwohl er jetzt nur noch an den Wochenenden und dann wenig trank, wusste er, dass er immer noch ein Alkoholproblem hatte.

Schwarz zog das Ölzeug aus, ging in sein Zimmer und stellte NTV an. Sogleich blickte er in die großen braunen Kinderaugen der verschwundenen Martha Steinfort. Ihr Bild nahm fast den ganzen Bildschirm ein.

Schwarz setzte sich auf sein Bett.

Eine Nachrichtensprecherstimme nannte Details.

»Seit dem frühen Nachmittag wird die sechsjährige Martha Steinfort vermisst. Martha ist einen Meter sechzehn groß, schlank und hat ein offenes und freundliches Wesen. Das Mädchen hat dunkelbraune Augen und hellbraune lange, glatte Haare. An ihrem linken Unterarm hat sie eine vier Zentimeter lange, noch nicht ganz verheilte Brandnarbe. Bei ihrem Verschwinden trug Martha einen schwarz-gelb gestreiften Badeanzug. Trotz intensiver Bemühungen vonseiten der Polizei konnte ihr Aufenthaltsort bisher nicht ermittelt werden. Die Polizei schließt ein Verbrechen nicht aus und bittet die Bevölkerung um Mithilfe. Auf sachdienliche Hinweise, die zum Auffinden des Mädchens führen, haben die Polizei und die Eltern des Kindes eine Belohnung von zwanzigtausend Euro ausgesetzt.«

Es folgte ein Schnitt. Die Stimme fuhr fort.

»Am frühen Abend haben sich auch die Eltern des Kindes an die Öffentlichkeit gewandt.«

Martin Schwarz sah das Ehepaar Steinfort zum ersten Mal. Beide wirkten sofort sympathisch auf ihn. Verena Steinfort war eine groß gewachsene, schlanke und elegante Frau mit blonden Haaren und Pagenschnitt. Robert Steinfort war nur etwas größer, ebenfalls schlank und durchtrainiert; ein dunkler Typ mit schwarzen Haaren und schwarzen Augen, braun gebrannt.

Das Ehepaar befand sich vor dem Konstanzer Polizeipräsidium, wobei Verena Steinfort etwas näher vor der Kamera stand. Während sie ein Blatt Papier in den Händen hatte, hielt der Vater ein großes Foto ihrer Tochter. Für Schwarz schien die Frau der dominante, selbstbewusstere Part in der Ehe zu sein. Als Verena Steinfort dann ein Statement vorzulesen begann, fühlte er sich bestätigt.

»Verehrte Medienvertreter, liebe Mitbürgerinnen und Mitbürger. Zunächst einmal möchte ich Ihnen, den anwesenden Medienvertretern, für Ihr schnelles Reagieren danken. Ihre große Offenheit und Hilfsbereitschaft hat uns berührt und macht uns Mut. Wir sind uns sicher, dass Martha noch am Leben ist. Und dass der Mensch oder die Menschen, die sie in ihrer Gewalt haben, diese Nachricht sehen werden. Martha ist ein ganz besonderes Kind voller Energie und mit einem Lachen, das Glück schenkt. Bitte helfen Sie uns, dass Martha zu uns und zu ihrem Bruder zurückkehren kann.«

Schwarz merkte, dass Verena Steinfort mit den Tränen rang. Wie diese Frau kämpfen konnte, bewunderte er schon jetzt.

»Martha, wir möchten dir sagen, dass wir alles, wirklich alles tun werden, um dich wiederzubekommen! Und dass wir dich von ganzem Herzen lieben und jede Sekunde bei dir sind.«

Eine kurze Stille trat ein, während der Verena Steinfort mit sich rang. Doch sie brachte sich wieder unter Kontrolle und sah direkt in die Kamera. Ihr Skript schien sie nicht mehr zu brauchen.

»Liebe Mitbürgerinnen und Mitbürger, wir möchten Sie alle um Ihre Mithilfe bitten! Haben Sie Martha gesehen? Ist Ihnen heute oder in den letzten Tagen hier am Bodensee oder irgendwo sonst irgendetwas Ungewöhnliches aufgefallen, das Ihnen vielleicht noch so nichtig erscheint? Dann wenden Sie sich bitte umgehend an die Polizei! Jede noch so kleine Spur kann Martha vielleicht wieder zu uns bringen. Die Polizei hat uns bisher mit großer Kraft unterstützt, wofür wir sehr dankbar sind. Es stehen rund um die Uhr Beamte bereit, die Ihre Hinweise und Beobachtungen telefonisch oder per E-Mail entgegennehmen.«

Wieder machte Verena Steinfort eine Pause. Ihr Lächeln verschwand.

»Wir möchten Marthas Entführer bitten, unserer Tochter nichts anzutun und mit uns Kontakt aufzunehmen. Wir werden alles, wirklich alles uns Mögliche dafür tun, Martha wohlbehalten wiederzubekommen. Und wir garantieren Ihnen Diskretion.«

Dann brach Verena Steinfort ab. Ihr Mann hatte die ganze Zeit neben ihr gestanden, das Bild von Martha hochgehalten und manchmal in die Kamera, manchmal auf den Boden geblickt. Dass ihm dieser Auftritt höchst unangenehm war, sprach deutlich aus seinen Gesten.

Martin Schwarz schaltete den Fernseher ab.

Zwei sechsjährige Kinder, entführt aus einem sehr wohlhabenden Freundeskreis, im Abstand von drei Jahren. War es nicht naiv, da an einen Zufall zu glauben?

6

Freitag, 2. August

Martin Schwarz war schon gegen fünf Uhr in der Früh von zu Hause losgelaufen. Es waren etwa acht Kilometer von Staad nach Dingelsdorf. Für ihn mittlerweile eine leichte Übung. Der Weg führte am See entlang durch Felder, Wiesen und kleine Wälder. Dieser Weg, fand Schwarz, gehörte zum Schönsten, was der Bodensee zu bieten hatte.

Unruhe hatte ihn kaum schlafen lassen. Die kühle Morgenluft in den Lungen, die Einsamkeit und die einsetzende Dämmerung taten gut. Gerade hatte er den Konstanzer Stadtteil Egg durchquert und lief auf einer von großen Platanen gesäumten Allee. Rechts von ihm war dichtes Schilf, dahinter der See mit der Insel Mainau.

Der neue Fall war groß, kompliziert und heikel. Noch wusste er fast nichts. Auch über die Motive seines Auftraggebers war er sich noch nicht ganz im Klaren. Wollte er wirklich nur die Wahrheit wissen oder seine Frau schützen? Sie gar loswerden?

Schwarz kannte die Schauspielerin Katharina Mink. Eine schöne, begehrenswerte Frau. In Zürich hatte er sie vor einigen Jahren in Dürrenmatts schwarzer Komödie »Die Physiker« bewundert, in der Rolle der größenwahnsinnigen Irrenärztin Mathilde von Zahnd.

Trug jemand, der eine solche Rolle so überragend verkörpern konnte, das Diabolische und Abgründige nicht in sich? Diese Frau zu verstehen und zu lesen würde jedenfalls schwierig werden.

Auch der so jovial und herzlich wirkende Wolfgang Mink war schwer zu durchschauen. Wie kamen der anscheinend harte Unternehmer und die anscheinend zarte Schauspielerin wohl miteinander klar? Gegensätze ziehen sich an. Vielleicht. Hochintelligent waren sie beide.

Was, wenn Wolfgang Mink etwas mit dem Verschwinden seines Kindes vor drei Jahren zu tun hatte? Tim Mink war nie aufgetaucht, die Ermittlungen waren nie abgeschlossen worden. Und von der anderen Familie, den Steinforts, wusste er fast nichts.

Er war gespannt, ob seine Mitarbeiter Maria Schellenberger und

Thomas Korn später schon erste Informationen haben würden. Gestern Nacht hatte er sie noch kontaktiert. Er hatte sie auch gebeten, zu dem Fall Tim Mink vor drei Jahren zu recherchieren. Um zehn würden sie sich bei ihm treffen.

Schwarz musste lächeln, als er an seine beiden Mitstreiter dachte. Er vermutete, dass Maria bereits auf den Beinen war und im Netz recherchierte. Und dass Thomas Korn noch fest schlief. Seit ihrem letzten großen Fall waren die beiden ein Paar.

Gegen fünf Uhr dreißig stand Schwarz leicht verschwitzt auf dem Parkplatz des Dingelsdorfer Strandbades. Er löste sein Smartphone, das mit einem elastischen Band an seinem Oberarm befestigt war, und checkte den Kilometerstand sowie seine Zeit auf dem Display. Er hatte sich wieder einmal selbst übertroffen. Schwarz lächelte zufrieden.

Unvorstellbar, wie er ohne Smartphone bis vor ein paar Monaten überhaupt zurechtgekommen war! Wie das Joggen und das Fitnessstudio und der Ernährungsplan gehörte es zu seinem neuen Leben. Schwarz fühlte sich gut dabei, wenn er sich manchmal auch ein wenig albern vorkam.

Er spazierte zum östlichen Zugang des Strandbades. Davor ein rot-weißes Band: Polizeiabsperrung.

»Scheiße«, flüsterte Schwarz, blickte sich kurz um und stieg darüber.

Zuerst ging er auf die Spitze des Klausenhorns, einer kleinen, in den See ragenden Halbinsel, direkt ans Wasser. Noch war die Sonne nicht zu sehen, aber sie hatte den Osten bereits in ein orangefarbenes Licht getaucht. Er war allein, die Polizei noch nicht eingetroffen.

Schwarz atmete tief ein. Das Morgenlicht, der leichte Dunst; der Blick auf den fjordartigen See mit seinen bewaldeten dunklen Hügeln; gegenüber das noch schlummernde Städtchen Überlingen; nichts zu hören als das leise Plätschern kleiner Wellen zu seinen Füßen.

Nach einer Weile drehte er sich um. Er stand vor einem großen, hölzernen Kreuz mit einem schmerzerfüllten und verzweifelt zum Himmel schauenden Jesus. Obwohl er schon oft im Strandbad zum Baden gewesen war, hatte er es noch nie bewusst wahrgenommen.

Der Erlöser kam Schwarz ungewöhnlich menschlich vor. Die Qualen der Kreuzigung ertrug er nicht so leicht. Keine gottgleiche Gelassenheit im Leiden. Einfach nur ein verzweifelter Mensch, der sich von der Welt abwandte.

Rechts und links vom Kreuz stand auf zwei Tafeln:

Gott, vergib ihnen,
denn sie wissen nicht, was sie tun.

Schwarz musste sofort an seinen Vater denken.

Damals, vor fast dreißig Jahren.

Sie waren zu zweit zum Eislaufen gegangen. Eiskalt war es und der Gnadensee zwischen der Insel Reichenau und Allensbach zugefroren. Das Eis schien dick genug, und Hunderte Konstanzer liefen tagtäglich Schlittschuh. Es war herrlich, die Weite des Sees an einem trüben Wintertag zu erleben! Von großen Schlitten wurden an den verschneiten Ufern Würstchen und Glühwein verkauft.

Wenn sie an jenem Tag doch nur vor dem Kamin geblieben wären …

Schach hatten sie zusammen gespielt …

Vierzehn Jahre war er alt.

Es war ein dunkelgrauer Tag, die Dämmerung hatte schon eingesetzt. Schwarz sah den Vater vor sich, wie er in dem Eisloch schwamm und zu ihm sah. Sie waren weit auf den See hinausgefahren. Zu weit. Sie hörten das Knacken des Eises, der Vater hielt erschrocken inne, dann brach er ein. Es war, als zöge ihn etwas in die Tiefe.

Vor Schreck war er stehen geblieben. »Papa!«, rief er.

»Bleib, wo du bist!«, befahl der Vater. Er schwamm zwischen Eisschollen dorthin, wo das Eis noch fest zu sein schien. Am Rand versuchte er sich hochzustemmen, doch wieder brach das Eis. Er versuchte es noch einmal.

Noch einmal.

Es half nichts: Kaum lehnte er sich auf das Eis, brach es.

Dann hielt er sich am Eis fest. Der Vater versuchte nicht mehr, sich allein zu befreien. Damals sah er es noch nicht, aber heute wusste er, dass der Vater den Tod in den Augen gehabt hatte. Und die Sorge um ihn.

»Komm nicht näher!«, rief er ihm zu. »Ich verbiete es dir! Lauf schnell zurück und hol Hilfe, mein Sohn! Ich harre aus! Ich schaff das schon!«

Noch nie hatte er »mein Sohn« zu ihm gesagt. Noch nie so eindringlich zu ihm gesprochen.

Er hätte nicht auf den Vater hören sollen. Er war doch viel leichter als der Vater mit seinen neunzig Kilo! Was hatte er damals gewogen mit vierzehn? Vielleicht fünfzig Kilo. Wenn überhaupt! Er hätte sich auf den Boden legen und vorsichtig zum Vater robben sollen. Seine Hand nehmen. Den Vater festhalten.

Sicher hätte der Vater überlebt. Denn als er, so schnell er konnte, zum Ufer zurückfuhr, kam ihm schon ein Motorschlitten entgegen. Leute waren also auf den Einbrechenden aufmerksam geworden. Natürlich, so viele befanden sich an diesem Tag auf dem Eis! Und sie waren weit draußen gelaufen. Natürlich hatten sie die Aufmerksamkeit der Menschen erregt, waren die Rettungskräfte bereits alarmiert worden.

Auch ohne sein Zutun wäre Hilfe gekommen. Er hätte am Eisloch ausharren und den Vater im Leben halten sollen. Es hatte keine wirkliche Gefahr für ihn bestanden.

Schwarz seufzte und schüttelte den Kopf, um die Erinnerungen abzuschütteln. »Warum reden Sie andauernd von Schuld?«, hatte sein Therapeut immer und immer wieder gefragt. Darauf hatte er lange keine Antwort gehabt. Musste er sich seiner Schuld denn nicht stellen?

Schwarz nahm sein Smartphone und fotografierte das Kreuz. Dann ging er weiter. Er zwang seine Gedanken zu Martha Steinfort.

Gestern Nacht noch hatte er sich über Google Earth mit der Topografie des Strandbades vertraut gemacht. Schon beim letzten großen Fall hatten ihm die Tatorte entscheidende Hinweise gegeben. Häufig sagte ein Tatort viel aus über den Täter: das Warum, das Wie, seine Persönlichkeit.

Wer also raubte ein Kind aus einem gut besuchten Strandbad? Es hatte eine Uferlänge von etwa dreihundert Metern. Das mal sandige, mal kiesige Ufer fiel flach ab. Im Westen und Osten begrenzten breite Schilfgürtel den Strand. Pfähle draußen im Wasser markierten in einer Entfernung von etwa hundert Metern den Beginn der Halde, wo der Seegrund steil ins Tiefe abfiel. War Martha Steinfort ertrunken, hätte sie weit hinauswaten müssen. Warum hätte sie das tun sollen? Es erschien Schwarz unwahrscheinlich.

Es sei denn, sie wurde verfolgt.

Schwarz filmte den Uferverlauf mit seinem Smartphone. Dann sah er wieder auf den See.

Er wusste vom Fischen, dass der Bodensee zwischen Dingelsdorf und Überlingen fast hundertfünfzig Meter tief war. Der Übergang von sehr flachem zu sehr tiefem Wasser kam abrupt. Die Abgründe des Überlinger Sees waren steil und tief. Auch gab es mächtige Strömungen unten im Dunklen.

Schwarz lächelte. Wie bei mir, dachte er. Noch immer suchten ihn nachts die kargen Berge und Täler Afghanistans heim; der afghanische Junge mit dem Maschinengewehr und seine toten Kameraden …

So manches lag im dunklen Wasser verborgen.

Vielleicht Tim Mink. Vielleicht Martha Steinfort.

Sein Vater bestimmt. Auch er war nicht mehr gefunden worden.

Schwarz wandte sich vom Wasser ab. Hinter dem breiten Uferstreifen befand sich eine Wiese mit schattenspendenden Bäumen. Ein Spielplatz, Tischtennisplatten, ein Beachvolleyballfeld und ein Kiosk. Es war das perfekte Strandbad. Als Kind war er mit seinen Eltern häufig hier gewesen. Als der Vater noch lebte.

Am Kiosk hatte er sich immer ein Capri-Eis für fünfzig Pfennig gekauft. Sie lagerten meist direkt am Ufer. Während er und seine Schwester Daniela im und am Wasser spielten, lagen die Eltern auf mitgebrachten Liegen und lasen. Der Vater hatte gern ein Weißbier neben der Liege stehen. Auch er hatte die kleinen Genüsse des Lebens sehr geschätzt.

Hinter dem Strandbad, durch einen Zaun abgetrennt, befand sich ein großer Campingplatz. Sicher würde die Polizei jeden Camper überprüfen und vernehmen. Es war jedoch unwahrscheinlich, dass sich ein Entführer dort einquartierte. Zumal Wolfgang Mink ihm gestern erzählt hatte, dass sie sich eher zufällig und spontan für dieses Strandbad entschieden hatten. Es gab zahlreiche Strandbäder am Überlinger See.

Auf Google Earth hatte Mink ihm gestern Abend die ungefähre Stelle gezeigt, wo Martha Steinfort gespielt und seine Frau Katharina im Liegestuhl gelegen hatte. Er fand sie gleich, sie war unweit von dem Kreuz, nahe der Spitze des Klausenhorns und dem angrenzenden Schilfgebiet. Katharina Minks Liegestuhl hatte sich nach Aussage ihres Mannes in der Nähe einer Sitzbank unter vier dicht nebeneinanderstehenden Bäumen befunden. Schwarz filmte die Stelle. Dann setzte er sich ins Gras; dorthin, wo der Liegestuhl gestanden haben musste.

Er stellte sich den regen Badebetrieb an einem sonnigen Sommertag vor. Wer seinen Liegestuhl hier platzierte, wollte ein wenig für sich und abseits des Trubels sein. Und er wollte Schatten. Die Stelle befand sich keine zwanzig Meter vom Strand entfernt. Martha hatte also in unmittelbarer Nähe Katharinas gespielt.

Was konnte passiert sein?

Schwarz schloss die Augen und sah einen belebten Strand vor sich. Am Ufer und im Wasser spielende Kinder … am Strand oder im Schatten der Uferbäume lagernde Eltern … wahrscheinlich ein Bademeister, der immer mal wieder nach dem Rechten sah …

Nein, das war kein Ort für eine geplante Entführung. Wer würde es wagen, ein Kind in unmittelbarer Nähe der Eltern zu stehlen?

Es sei denn … Mink hatte ihm von den Depressionen seiner Frau erzählt … dass sie zwar weniger stark, aber noch nicht ganz verschwunden seien … dass sie immer noch manchmal »in sich versank«, wie er es ausgedrückt hatte.

Warum überließen sie einer Depressiven die Aufsicht eines Kindes? Es sei in den letzten Monaten steil bergauf mit Katharina gegangen, hatte Mink behauptet. Das Antidepressivum habe sie abgesetzt … Das würde er nachprüfen müssen.

Mink hatte Martha als fröhliches, quirliges, aufgeschlossenes, willensstarkes und ausgesprochen zuverlässiges Mädchen beschrieben. Ein Kind, das sich an Absprachen hielt und nicht einfach weggehen würde. Zwar habe Martha mit ihrer Mutter Verena häufig Streit gehabt – Mutter wie Tochter hatten wohl einen sehr starken Willen –, aber Katharina habe das Mädchen geliebt, und es habe immer auf sie gehört. Auch deshalb hatten Verena Steinfort und er keine Bedenken, Martha in Katharinas Obhut zu lassen. Das Kind habe sich darüber gefreut.

Schwarz öffnete die Augen und blickte nach rechts. Keine dreißig Meter entfernt begann der Schilfgürtel, dahinter dichtes Unterholz. Was, wenn Martha doch weggelaufen war?

Aber warum hätte sie das tun sollen?

Er musste mehr über dieses Kind erfahren …

Vielleicht hatte sie etwas Interessantes entdeckt? Oder jemanden, den sie kannte?

Soweit er wusste, war Wolfgang Mink zu der Zeit in Wallhausen beim Kaffeetrinken. Gegen zwölf Uhr waren sie in Dingelsdorf angekommen. Warum hatte er das Strandbad nach anderthalb Stunden bereits wieder verlassen?

Und Marthas Mutter, Verena Steinfort, ging joggen, der Vater war beim Segeln … Jeder schien in diesem Urlaub sein Ding zu drehen.

Ob es mehr gab zwischen Wolfgang Mink und Verena Steinfort? Es war ihm gestern aufgefallen, mit welcher Bewunderung er von Verena gesprochen hatte. Eine schöne, schlaue, taffe Frau, die ihr Leben im Griff habe.

Aber Mink hatte erzählt, dass die Entscheidung für Dingelsdorf spontan gefallen sei. Doch das musste ja nicht stimmen. Vielleicht hatten sie heimlich ein Zimmer in einem Hotel in der Nähe gemietet und dann das Dingelsdorfer Strandbad ins Gespräch gebracht? Es war unwahrscheinlich, dass die depressive Katharina Mink das Strandbad vorgeschlagen hatte. Robert Steinfort war mit dem Boot unterwegs …

Und die anderen Kinder? Mink hatte erzählt, dass sie im Überlinger Strandbad gewesen seien, also genau gegenüber auf der anderen Seeseite. Die Zwillinge Sebastian und Sarah Steinfort waren siebzehn, Ruth Mink fünfzehn. Klar, in dem Alter wollte man möglichst weit entfernt von den Eltern sein, wenn man schon mit ihnen in den Urlaub fuhr. Jedenfalls konnten sie mit dem Verschwinden Marthas nichts zu tun haben. Der See war hier mehrere Kilometer breit. Um herüberzukommen, hätten sie ein Boot mieten müssen. Das wäre aufgefallen.

Und wenn sie gar nicht im Überlinger Strandbad waren? Er würde Maria Schellenberger einmal dorthin schicken, um Nachforschungen anzustellen.

Schwarz saß noch immer an der Stelle, wo Katharinas Liegestuhl gestanden hatte.

Wenn es einen Entführer gibt, dachte er, hat er vermutlich spontan gehandelt. Sah das Kind und konnte nicht anders, als es zu schnappen ... Doch hätte es sich nicht gewehrt? Hätte Katharina das nicht bemerken müssen?

Oder der Entführer hatte beobachtet, wie Martha sich eigenmächtig entfernte ... zur Spitze des Klausenhorns ging oder zum Schilf ... Dann wäre Martha unbeaufsichtigt gewesen ...

Und wenn Martha dann schrie, könnte der Entführer als Vater auftreten. »Ich habe dir schon zehnmal gesagt, dass du nicht weglaufen darfst. Du kommst jetzt sofort mit! Papa ist sehr böse!«

Vielleicht handelte es sich auch um eine Frau. Dann hätte die Szene für noch weniger Aufsehen gesorgt.

Und wenn es doch eine geplante Entführung war? Wenn ein Entführer oder ein Entführungsteam die Familie beschattet hatte? Wenn sich gestern am Strandbad einfach eine günstige Gelegenheit ergeben hatte?

Waren die Steinforts ähnlich reich wie die Minks?

Schwarz sah sich um. Noch immer war niemand zu sehen.

Angenommen, es gab einen Entführer. Wie hätte er sich wohl mit dem Kind entfernt? Es gab zwei Zugänge zum Strandbad. Höchstwahrscheinlich hätte er den östlichen genommen, der sich in unmittelbarer Nähe zu Marthas Platz am Strand befand. Ansonsten hätte er mit einem womöglich schreienden und sich wehrenden Kind das gesamte Strandbad durchqueren müssen. Beim Kiosk gab es einen zweiten Zugang zum Campingplatz. Doch auch dort lief der Entführer Gefahr, mit dem Kind aufzufallen. Oder er war mit ihm zum Schilf gegangen ...

Schwarz stand auf. Das Schilf war dicht, das Wasser etwa einen halben Meter tief, das Unterholz am Ufer mit unzähligen Büschen, Bäumen und großen Ästen sah undurchdringlich aus. Es wäre beschwerlich, mit einem Kind dort hindurchzukraxeln oder durch das Schilf zu waten. Und dann die Schwimmer im Wasser … Ein Erwachsener im Schilf mit Kind im Arm fiel mehr auf als auf einem Weg im Strandbad.

Martin Schwarz ging zurück zum Weg, der zum Ausgang führte. Dabei kam er an unzähligen Segeljollen und Surfbrettern vorbei, die auf der Wiese zwischen Ufer und Weg gelagert waren. Auch Trailer mit Motorbooten standen herum. Der Entführer hätte zwischen den Booten hindurchgehen können. Hier wäre er weniger bemerkt worden.

Schwarz stieg über die Polizeiabsperrung. Nach etwa fünfzig Metern zweigte ein Weg rechts ab, der zum Parkplatz des Strandbades führte. Möglicherweise hatte der Entführer seinen Wagen dort abgestellt. Allerdings hätte er mit einem sich wehrenden Kind etwa hundert Meter auf einem stark frequentierten Weg laufen müssen.

Und wenn das Kind bereits tot war? Oder betäubt? Schwarz erschrak bei dem Gedanken. Ein Mann, der ein scheinbar schlafendes Kind zum Auto trug. Kaum jemandem würde das auffallen. Er könnte das Kind auf den Rücksitz legen, es anschnallen … das Alltäglichste der Welt …

Gerade wollte er dem Weg Richtung Parkplatz folgen, als er mehrere Polizeibeamte von dort kommen sah. Sofort, ohne sich noch einmal umzusehen, begann Schwarz zu joggen und lief geradeaus weiter.

Der Weg führte, an Schilf und Unterholz entlang, nach Dingelsdorf. Auch hier, am Ortsrand, hätte der Entführer parken können. Hier war sicher weniger los als auf dem Parkplatz.

Nach wenigen hundert Metern erreichte Schwarz den Ort. Große, geschmackvolle Einfamilienhäuser hinter gepflegten Hecken. Erste Seereihe, phantastischer Blick. Vor den Häusern lag ein kleiner Park, davor ein Sportboothafen.

Martin Schwarz ging zu einer kleinen Bank. Er kam an einem Denkmal aus Beton vorbei. Es zeigte einen Fährmann mit Bart und Mütze, der einen Ertrinkenden in sein Boot zog. Die Plastik war Clemens Baumann gewidmet, der im neunzehnten Jahrhundert siebzehn Menschen vor dem Tod im Wasser gerettet hatte.

Plötzlich fühlte sich Schwarz schwer und hockte sich auf die Bank. Mitten auf dem See setzte ein Berufsfischer ein Schwebnetz. Es war Hochsommer, die Zeit, in der die Blaufelchen in großen Mengen vom Obersee in den Überlinger See zogen.

Er blickte auf die kleine Steganlage mit den Jollen und Segelbooten. Da fiel ihm ein großer, hagerer, dunkelhaariger Mann auf, der auf dem äußeren Steg nervös auf und ab lief, mit zu Boden gesenktem Blick. Kaum ein Zweifel möglich: Das war Robert Steinfort, Marthas Vater, den er gestern Abend im Fernsehen gesehen hatte. Was wollte der um kurz vor sechs wenige hundert Meter vom Tatort entfernt? Offensichtlich suchte er etwas. Schwarz löste unauffällig sein Smartphone vom Arm und filmte den Mann, ohne dass der ihn bemerkte.

Schwarz sah sich um. Ein Wagen, ein roter Mercedes SLK, stand im Halteverbot. Eine Freiburger Nummer. Schwarz ging hin und filmte. Eine Hundebesitzerin lief an ihm vorbei und sah ihn skeptisch an. Schwarz wünschte einen guten Morgen. Sein Gruß wurde nicht erwidert. In den letzten Monaten hatte es immer wieder Einbrüche in den Dörfern um den Überlinger See gegeben.

Schwarz joggte los und sah noch einmal zum Bootssteg. Noch immer suchte der Mann nach etwas. Und wenn der Entführer Martha zu einem Boot gebracht hatte? Schwarz schüttelte den Kopf. Es gab noch zu viele Möglichkeiten.

In vier Stunden würden Maria Schellenberger und Thomas Korn bei ihm auf der Terrasse sitzen.

Und jetzt hatten sie auch eine erste Spur.

7

Montag, 29. November, vor drei Jahren

Katharina Mink merkte sofort, dass heute etwas anders war als sonst. Gemocht oder gar vertraut hatte sie dem Leiter der SOKO Tim Mink, Hauptkommissar Gregor Weinbrenner, nie. Das aufdringliche, unangenehm selbstherrliche Auftreten des korpulenten Mittvierzigers stieß sie ab.

Weinbrenner war für sie ein Karrierist, für den das Lösen von Fällen vor allem einen weiteren möglichen Schritt auf der Karriereleiter bedeutete. Ein Mann, der gern von seiner tollen Familie erzählte und dennoch jeder Frau auf den Hintern schielte; der jede sich bietende Gelegenheit zu einem Seitensprung wahrnehmen würde.

Seine respektlosen Blicke hatten sie angewidert; sie spürte, dass es Weinbrenner erregte, Macht über eine Frau, eine bekannte Schauspielerin auszuüben, die – so empfand er das wohl – ihm von ihrer gesellschaftlichen Stellung und ihren finanziellen Möglichkeiten her weit überlegen war. Und wahrscheinlich hatte er inzwischen von den Gerüchten über ihre Affären gehört. Das befeuerte wohl seine Phantasien. Aus seinem glänzenden Gesicht, den fleischigen Lippen, den speckigen Wangen und den maßlosen Blicken sprach vor allem Gier, Gier, Gier.

Bisher hatte sich Kommissar Weinbrenner ihr gegenüber als Retter und Beschützer aufgeführt, der alles Erdenkliche tat, um ihren Sohn Tim wiederzufinden. Präsentierte sich als mitfühlenden, tatkräftigen, umsichtigen, väterlichen Ermittler, der wusste, wie das Böse tickte. Spielte bei den Befragungen den Verständnisvollen, Empfindsamen, Vertrauenswürdigen, Zuhörenden. Aber sie durchschaute die Strategie, obwohl Weinbrenner sehr professionell auftrat. Und sie spielte mit, gab dem Kommissar das Gefühl, dass sie ihm vertraute.

Doch jetzt war Weinbrenner anders. Hatte er gemerkt, dass sie ihm etwas vormachte? Plötzlich keine joviale Herzlichkeit mehr. Selbst sein Blick drückte eine andere Art des Begehrens aus, eine noch unangenehmere und dominantere.

Irgendeine neue Spur hatte sich aufgetan.

Sie ahnte, wohin das Gespräch führen würde.

Spannung lag in der stickigen Luft des kleinen Vernehmungszimmers. Nicht viel mehr befand sich darin als ein kleiner Tisch mit vier Stühlen;

ein dunkler Linoleumboden; ergraute, ehemals weiße Wände und eine impressionistische Bodenseelandschaft mit verblassten Farben als einziges Dekor.

Weinbrenner stand da und sah sie an. Sein subalterner Assistent, ein wahrscheinlich ähnlich vom Ehrgeiz gepeinigter Kofferträgertyp namens Maximilian Seiffert, ein hagerer Mann Anfang dreißig mit schmalen Lippen und Halbglatze, Anzug, Nickelbrille und penibel gepflegtem Äußeren, saß neben Weinbrenner an einem Tisch, ihr gegenüber.

Gregor Weinbrenner hatte sich seinen Assistenten gut ausgesucht, fand Katharina. Während der Hauptkommissar aufgrund seines forschen Temperaments immer Gefahr lief, die Grenzen der Gesetze zu überschreiten, hatte sich Seiffert stets im Griff und zudem wohl ein glasklares Bild davon, was juristisch erlaubt war und was nicht.

Es irritierte Katharina, dass die beiden keine Anstalten machten, das Aufnahmegerät einzuschalten. Bisher, als Zeugin, hatte sie nie etwas dagegen gehabt.

»Frau Mink, leider wissen wir immer noch nicht mit Sicherheit, wo Sie sich genau aufgehalten haben, als Ihr Sohn verschwand.«

Kein Lächeln Weinbrenners, er sprach streng und bestimmend.

Verwundert sah sie den Dicken an. »Das habe ich Ihnen doch mehrfach gesagt, oder? Ich war im Wald allein spazieren, auf dem Frauenberg bei Bodman. Ich spaziere immer allein, wenn ich an einer neuen Rolle arbeite. Ich habe eine Weile auf dem kleinen Platz vor dem Kloster gesessen und meine Texte in Gedanken durchgespielt. Mir sind einige Leute aufgefallen, die in das Kloster gegangen sind. Wie sie aussahen, weiß ich nicht mehr. Ich habe sie nur beiläufig wahrgenommen.«

Weinbrenner setzte ein kaltes Lächeln auf.

»Wir haben eine Wandergruppe gefunden, rüstige Senioren, die zu der von Ihnen angegebenen Zeit auf genau der von Ihnen angegebenen Wegstrecke unterwegs waren und die sich beim besten Willen an niemanden erinnern können. Auch nicht beim Kloster. Es ist so, dass sich die fünfundzwanzig Senioren – es sind ausgesprochen vertrauenswürdige und aufmerksame Männer und Frauen – auf dem gesamten Weg verteilt haben. Selbst wenn Sie also für einige Zeit den Weg verlassen haben sollten oder, wie Sie behaupten, auf dem Vorplatz saßen, müssten einige der Senioren Sie gesehen haben.«

Katharina blickte die beiden Männer abwechselnd an und machte dabei aus ihrem Befremden keinen Hehl.

»Und was heißt das? Sie wissen, dass die Erinnerungen von Zeugen oft fragwürdig sind.«

Wieder ein kaltes Lächeln, diesmal von Seiffert.

»Wie die von Tätern. Durchaus, Frau Mink.«

Eine kurze Pause, dann übernahm Weinbrenner.

»Ihr Kind scheint doch nicht so kerngesund gewesen zu sein, wie Sie behauptet haben, Frau Mink?«

Über seine näselnde Stimme hatte Katharina bisher innerlich gegrinst, jetzt machte sie sie aggressiv.

Als sie nicht reagierte, sah Weinbrenner sie vorwurfsvoll an und schüttelte leicht den Kopf. »Zurückgebliebenes Wachstum, auch die sprachlichen und kognitiven Fähigkeiten nicht ganz dem Alter entsprechend.«

Am liebsten hätte sie diesen Mann geohrfeigt. Doch sie wusste, dass er genau das bezweckte. Ihr war klar, dass die beiden sie heute provozieren wollten.

Sie schwieg. Es gehörte zu ihrem Beruf, die Contenance wahren zu können.

»Für ein Kind ungewöhnlich lange Phasen von Traurigkeit, nach Angaben der Erzieherin«, fuhr der Assistent nach einer Weile fort. »In den letzten Monaten zumindest. Kann es sein, dass Ihre häufige Abwesenheit Tim doch mehr belastet hat, als Sie das wahrhaben wollten? Wir haben die Zeit vor Ihrem Urlaub recherchiert, Frau Mink. In drei Monaten waren Sie ganze zwanzig Tage zu Hause in Pfullendorf. Proben in Berlin, Gastspiele in Zürich und Hamburg, Dreharbeiten in Mainz, in Italien …«

»Ich weiß, wo ich war!«

Kurz sahen sich die Polizisten an.

Weinbrenner fixierte sie.

»Armer Tim! Tage, Wochen, ja Monate ohne Mutter. Ein beruflich ebenfalls stark beanspruchter Vater. Versorgt von wechselnden – wie nennt man das heute doch? – Nannys *…«*

Katharina schloss die Augen. Sie wollte aufspringen und die beiden anschreien: dass sie so nicht mit sich reden lassen müsste; was sie sich eigentlich anmaßten.

Aber genau das erwarteten die Polizisten.

Den Gefallen würde sie ihnen nicht tun.

Nach einer Weile fuhr Gregor Weinbrenner fort, mit einem gespielt mitleidigen Blick und einem entsprechenden Tonfall: »›Und jetzt ist die Mama schon wieder weg‹, soll Tim nach Aussagen der Erzieherin gerade in den Wochen vor dem Urlaub häufig gesagt haben.« Der Kommissar sah sie fest an. »Und dann wollte das sonst durchaus fröhliche und lebhafte Kind nicht mehr spielen. Nur noch auf dem Sofa liegen und an die Decke starren.«

»Anzeichen einer frühkindlichen Depression will die Erzieherin in Tim erkannt und Sie auch persönlich informiert haben«, sekundierte Seiffert, dem das Spiel offensichtlich gefiel. »Sie erinnern sich nicht? Oder doch? Und da haben Sie nicht reagiert? Man hätte zumindest einen Kinderarzt kontaktieren können!«

»Aber Sie hatten natürlich anstrengende Proben und Auftritte«, ergänzte Weinbrenner mit verständnisvoller Stimme.

Katharina Mink schloss die Augen. Sie wusste, dass die beiden sie aus der Fassung und zu unvorsichtigen Bemerkungen bringen wollten. Offensichtlich verdächtigten die beiden sie des Mordes an ihrem Sohn.

Das war neu.

Sie schwieg weiterhin, sie brauchte noch Zeit zum Überlegen.

Und sie wollte wissen, was die beiden herausgefunden hatten.

»Frau Mink«, fuhr Weinbrenner fort, jetzt wieder strenger und bestimmter, »stimmt es eigentlich, dass Ihre Mutter, die vor einigen Wochen verstorben ist, an einer schweren paranoiden Schizophrenie litt?«

Schweigen.

»Bitte verzeihen Sie die direkte Frage, aber wir müssen wirklich allen Möglichkeiten nachgehen. Deshalb: Haben Sie bei sich jemals Symptome einer psychischen Krankheit entdeckt?«

Schweigen.

»Ist es nicht so«, fügte Seiffert nach einer Weile hinzu, »dass sich die Anlage zur Schizophrenie, zumindest die Anfälligkeit für eine psychische Krankheit, vererbt? Bei einem an Schizophrenie erkrankten Elternteil soll nach unseren Informationen die Wahrscheinlichkeit einer Erkrankung ziemlich hoch sein. Auch die Möglichkeit der Vererbung über eine Generation, auf die Enkel, ist gegeben. Und die vererbte Anfälligkeit für psychische Krankheiten allgemein ist nach unseren Informationen deutlich höher.«

Katharina öffnete die Augen und starrte auf den Tisch.

»Frau Mink«, hakte Weinbrenner nach, »ist es Ihnen nie in den Sinn gekommen, dass Tims unübersehbare Verhaltensauffälligkeiten erste Symptome einer sich abzeichnenden psychischen Krankheit sein könnten? Zumal ja auch die Schwester psychisch auffällig ist.«

Katharina fixierte einen Bleistift, der vor ihr auf dem Tisch lag.

Seiffert lehnte sich in seinem Stuhl zurück und verschränkte die Arme hinter seinem Kopf. Sie spürte seine Selbstzufriedenheit.

»Diese Sorge muss Sie belastet haben.«

Weinbrenner sprach jetzt wieder so ruhig und einfühlsam, dass es für Katharina nicht mehr zu ertragen war. Er beugte sich vor und legte seine Hände auf den Tisch. Seine dicken, feuchten Lippen und seine harten, gierigen Augen waren ganz nah. Sein triumphaler Blick drang in sie wie ein Stilett.

»Es hat uns selbst bestürzt zu erfahren, was Sie als Kind und Jugendliche alles mit Ihrer Mutter erleben mussten. Gott sei Dank hatten Sie einen aufopferungsvollen Vater und eine fürsorgliche Stiefmutter.«

Dann machte er eine Pause. »Es muss zermürbend sein, das schwere Los der Mutter bei sich und beim eigenen Kind vorgezeichnet zu sehen.«

Katharina wusste nicht, wie ihr geschah. In Sekundenschnelle griff sie nach dem spitzen Bleistift vor sich und rammte ihn mit aller Kraft in Weinbrenners rechte Hand, die noch immer auf dem Tisch lag.

Während Seiffert aufsprang und dabei den Stuhl umstieß, schrie der Kommissar kurz auf und riss die blutende Hand mit dem Stift darin in die Luft.

»Sie sind ja wahnsinnig«, stammelte Seiffert entsetzt. »Sie sind ja vollkommen wahnsinnig!«

Weinbrenner hielt seine blutende Hand und sah sie hasserfüllt an.

»Wir kriegen Sie, Frau Mink. Wir kriegen Sie!«

Katharina stand auf, sah, wie das Blut seine Hand entlang in den Hemdsärmel rann, lächelte den Kommissar kalt an und verließ das Vernehmungszimmer.

Sie drehte sich nicht mehr um.

Der Mann hatte bekommen, was er verdiente.

8

Freitag, 2. August

Marek Hafen hatte in der Nacht kaum geschlafen. Bis gegen fünf Uhr morgens war er im Polizeipräsidium geblieben. Als er sich hinlegte, sangen die Vögel schon. Einige Male war er hochgeschreckt und hatte den Fremden auf sich zulaufen sehen. Dann musste er eine Stunde tief geschlafen haben.

Jedenfalls erwachte er kurz vor acht Uhr mit der Hoffnung, den Fall Martha Steinfort vielleicht doch gelöst zu haben. Obwohl er praktisch kaum geruht hatte, fühlte er sich voller Energie.

Bei dem Festgenommenen handelte es sich um einen dreiundvierzigjährigen Arbeitslosen aus Allensbach. Er hieß Franz Gaar und hatte bisher noch nie Bekanntschaft mit der Polizei gemacht. Schon als der Kommissar den verängstigten, durchnässten und panisch wirkenden Mann im nächtlichen Wald das erste Mal sah, wusste Hafen, dass der Mann Dreck am Stecken hatte.

»Der verbirgt etwas«, meinte er zu Christian Hempfer.

Zunächst war sich Marek Hafen sicher, dass er es mit dem Flüchtigen vom Dingelsdorfer Ried zu tun hatte. Zwar trug Franz Gaar eine Jogginghose und ein Laufshirt, aber Größe und Statur passten. Auch hatte er auffallend schmale Lippen.

Als sie ihm im Präsidium die Handschellen abnahmen, beugte sich Hafen nah an den Mann heran. Gaar roch stark nach Schweiß, doch es war nicht dieser merkwürdig erdige Geruch. Aber das musste nichts heißen. Am Nachmittag hatte er sich in einem moorigen Gebiet versteckt. Vielleicht kam der Geruch von dort und war nur an seiner Kleidung gewesen.

Was Gaar bei der Festnahme trug, hatten sie sofort per Kurier ins Labor des Landeskriminalamts geschickt. Spätestens morgen würden sie erfahren, ob sich irgendwelche Spuren Marthas daran befanden.

Franz Gaar behauptete mit zitternder Stimme, nachts im Wald joggen gewesen zu sein. Er tue das öfter, weil er die Einsamkeit nächtlicher Wälder schätze. Von den Polizeikräften an den Waldrändern habe er nichts mitbekommen.

»Aha«, entgegnete Hafen mit einem ätzenden Lächeln.

Und dann grillten sie den Mann nach allen Regeln der Kunst. Nach einer Stunde war er weich wie Butter, weinte und zitterte, wollte aber nichts gestehen, verweigerte jede weitere Aussage und bestand auf einem Anwalt. Allerdings kannte er keinen. Danach sagte Gaar kein Wort mehr.

»Fahr heim und leg dich hin!«, meinte Hafens Freund Tom König. »Vor morgen früh bekommen wir keinen Anwalt. Du brauchst deine Kräfte noch. Wir melden uns, wenn er gestanden hat.«

Gleich nach dem Aufstehen rief Hafen im Polizeipräsidium an. Man teilte ihm mit, dass Tom König gerade Gaar in Anwesenheit eines Anwalts vernehme.

»Du bist heute ein Held!«, sagte seine Frau mit einem stolzen Lächeln, als er in die Küche kam.

»Sonst nicht?«, fragte er grinsend und setzte sich an den Tisch. Seine Frau brachte ihm eine große Tasse Kaffee und die Zeitung. Hafen nahm gleich einen großen Schluck.

Was er in der SÜDZEITUNG las, ging ihm runter wie Öl.

»Großeinsatz auf dem Bodanrück«, stand auf Seite eins. »Schnell und umfassend ist gestern die Suche nach der vermissten Martha Steinfort in Gang gesetzt worden«, hieß es in dem Bericht.

Ein Bild von ihm befand sich neben einer Aufnahme von den beiden Polizeihelikoptern, wie sie dramatisch im Abendlicht dicht über dem Bodanrück flogen. »Womöglich«, war da noch zu lesen, »steht die erst heute eingesetzte SOKO unter der Leitung von Hauptkommissar Marek Hafen bereits vor einem Durchbruch.«

Kurz darauf rief Tom König an, und der Morgen wurde schlechter. Nein, Franz Gaar habe noch nicht gestanden und beharre immer noch auf seinen unglaubwürdigen Erklärungen. Schon gestern Nacht hatten sie entschieden, Gaars Spur im Wald mit einem Personenspürhund zurückzuverfolgen. Doch wegen des heftigen Regens zweifelten sie, dass die Hunde etwas finden würden.

Kaum hatte er das Handy weggelegt und in ein extradick bestrichenes Leberwurstbrötchen gebissen, klingelte es erneut. Eine Stuttgarter Nummer, wahrscheinlich Landespolizeipräsident

Dr. Hauschild. Hafen rechnete mit einer warmen Dusche. Deshalb ging er ran. Doch Hauschild teilte ihm mit, dass ihm eine »höchst erfolgreiche operative Fallanalytikerin vom Landeskriminalamt« zur Seite gestellt werden würde. Sie habe forensische Psychologie studiert, sei auf Pädokriminalität spezialisiert und schon unterwegs nach Konstanz.

Marek Hafen wurde sofort hellhörig. Mit einer OFA hatte er gerechnet, aber … »Was genau heißt ›zur Seite gestellt‹?«

»Auf Augenhöhe, Hafen! Sie ermitteln selbstverständlich auf Augenhöhe! Und vielleicht ist der Fall ja schon gelöst. Ich habe volles Vertrauen in Sie!«

Hafen presste die Lippen zusammen. Jetzt wusste er, dass er nur dann die Nummer eins sein würde, wenn die Sache in die Hose ging.

»Ich dachte, Sie vertrauen mir. Meine Aufklärungsquote in den letzten Jahren liegt bei hundert Prozent. Ich brauche keine abgehobene Psychotante vor Ort, die mir erklärt, wie man eine SOKO leitet.«

»Politischer Druck, Hafen«, erwiderte der Polizeipräsident in einem Tonfall, als täte es ihm furchtbar leid. »Unter uns: Der Wunsch kommt von ganz oben. Glauben Sie mir: Ich war nicht begeistert. Da müssen wir uns arrangieren.«

Hafen legte auf, ohne sich zu verabschieden. Natürlich war diese Idee auf Hauschilds Mist gewachsen. Weil er gestern den Mann nicht gestellt hatte, erschien er dem Landespolizeipräsidenten nicht mehr gut genug als SOKO-Leiter. Offenbar ging ihm der zarte Arsch auf Grundeis, und da wollte er sich später nicht vorwerfen lassen, dass er einen unentschlossenen Nichtakademiker mit einer solch heiklen Mission betraut habe.

Als er wenig später ins Polizeipräsidium kam, betrat Tom König sofort sein Büro. Dass es keine guten Neuigkeiten gab, las er in den Zügen seines Freundes.

»Nimm Platz!«, meinte Hafen mit einem Seufzen. Die Ermittlungen gehen also weiter, dachte er, und ich muss mir die SOKO-Leitung mit dieser LKA-Braut teilen. Hurra.

»Was haben wir?«, fragte Hafen zerknirscht.

»Nicht viel. Der Mantrailer konnte die Spur des Mannes nicht zurückverfolgen. Wir wissen nicht, woher Gaar kam.«

»Sonst gibt es keine Spuren am Ried? Keine Fußabdrücke am Ufer? Das Gebiet, wo er sich versteckt hat, war sumpfig.«

König schüttelte den Kopf. »Nichts Brauchbares. Der Regen war zu heftig.«

»Scheiße«, meinte Hafen.

Franz Gaar hatte gestern Nacht behauptet, er sei von seiner Wohnung in Allensbach gestartet und habe bei Kaltbrunn das abgesperrte Waldgebiet betreten. Das konnten sie nun nicht mehr nachprüfen. Falls Gaars Angaben stimmten, war der Ring aus Polizisten um das Waldgebiet doch nicht so dicht, wie er sich das vorgestellt hatte. Was bedeutete, dass der Flüchtling das Gebiet möglicherweise schon viel früher verlassen hatte. Ein Alibi für die Tatzeit hatte Gaar nicht; angeblich befand er sich allein zu Hause.

»Wäre zu schön gewesen.« Hafen seufzte. »Bekommen wir einen Durchsuchungsbeschluss für seine Wohnung?«

Tom König nickte. »Dürfte bald hier eintrudeln. Der Staatsanwalt ist erstaunlich kooperativ.«

»Gut.« Auch der will diesmal nichts falsch machen, dachte Hafen. »Wir behalten Gaar bei uns, bis wir in der Wohnung waren.«

König nickte und stand auf.

»Was sagt dir dein Gefühl? Steckt Gaar bei der Entführung mit drin?«

Tom König zuckte die Achseln. »Eher nicht. Gaar wirkt wie eine arme, aber ehrliche Haut.«

Hafen nickte. »Mal sehen, ob wir in der Wohnung etwas finden. Die will ich mir selbst anschauen.«

Kaum war Tom König gegangen, betrat eine Frau sein Büro. Marek Hafens Augen weiteten sich. Dass er in der Nacht praktisch kein Auge zugemacht, die Hoffnung auf eine schnelle Lösung des Falls gerade begraben hatte und ihn sein Gewissen immer noch quälte, machte die Sache nicht besser. Diese LKA-Kommissarin war ein Typ Frau, um den Marek Hafen in seinem Leben bisher ganz bewusst einen sehr großen Bogen gemacht hatte.

»Guten Tag. Marlene Winter«, meinte sie mit einem freundlichen Lächeln und streckte ihm die Hand hin.

Hafen nahm seine Füße vom Schreibtisch und setzte sich hin.

»Tag auch«, meinte er und blieb sitzen. Nach kurzem Zögern gab er ihr die Hand. Seinen Widerwillen sollte sie ruhig spüren. Von seinem Versagen gestern hatte sie sicher schon von Hauschild gehört.

Ein fester Händedruck.

Er schätzte Winter auf Ende dreißig. Attraktiv und rabenschwarze Haare; dazu große Katzenaugen, schwarz wie kleine Kohlenstücke, die ihn mit einem so offenen wie melancholischen Blick ansahen; ein kirschrot geschminkter, breiter Mund mit vollen Lippen. Braun gebrannte Haut.

Kein Ehering.

Marlene Winter trug Jeans und eine weiße Bluse mit tiefem Ausschnitt. Kräftige Schenkel, breite Hüften, ein voller Busen, rot lackierte Fingernägel. Das war ohne Zweifel nach Hafens Geschmack.

Als die Frau ihn – wie es ihm vorkam – aufreizend anlächelte, fuhr er nervös mit Daumen und Zeigefinger über seinen Oberlippen- und Kinnbart und klaubte eine Marlboro aus der Schachtel.

»Darf ich eine?«, fragte sie lächelnd.

Als er ihr die Schachtel reichte, zitterten seine Hände leicht, worüber er sich sogleich ärgerte. Marek Hafen war sich sicher, dass solche Frauen das Leben eines Mannes entsetzlich in Unordnung bringen konnten. Und er wollte keine Unordnung in seinem Leben. Im Gegenteil, er wollte es einfach halten, berechenbar. *Keep life simple*, war sein Motto. Er war ja glücklich: mit seiner Frau, die vielleicht nicht die Schönste war, der er aber bedingungslos vertraute, die ihm den Rücken frei hielt und mit der auch sonst noch vieles Spaß machte; mit seinem Beruf, der ihn voll ausfüllte, an und gelegentlich über seine Grenzen führte, und mit seinem Sohn, den er über alles liebte, mit dem er sich blendend verstand und der seine große Leidenschaft für Fußball teilte.

Marek Hafen brauchte und wollte keine verwirrend schönen und sinnlichen Frauen in seinem Leben. Doch jetzt musste er mit einer solchen Dame zusammenarbeiten. Hurra.

Nach einer halben Stunde hatte sich Marek Hafen ein wenig entspannt. Zunächst erzählte er von Franz Gaar.

»Wir sollten ihn in jedem Fall im Auge behalten«, meinte Marlene Winter nachdenklich.

»Gaar wird beschattet, sowie wir ihn gehen lassen.«

Dann schilderte er ihr, wie sich der Flüchtige ihm gestern entzogen hatte. Er verzichtete darauf, ihr die Gründe zu nennen, warum er nicht geschossen hatte. Sie nickte, sagte aber nichts dazu.

Also fuhr er fort und berichtete, wie er gestern Nachmittag bereits verschiedene Einsatzabschnitte eingeteilt hatte. Eigentlich hatte das Tom König für ihn organisiert, während er im Heli den Flüchtenden gejagt, dann die Steinforts und Wolfgang Mink vernommen hatte und schließlich wieder in den Wald gefahren war. Aber das tat jetzt nichts zur Sache.

Der Abschnitt »Fahndung« konzentrierte sich auf Franz Gaar und die nochmalige Durchsuchung des gestern umstellten Waldstücks; der Abschnitt »Ermittlungen« koordinierte die Suche nach Martha Steinfort in der Umgebung und im See sowie die Befragung der Strandbadgäste und sämtlicher Haushalte der nahe liegenden Ortschaften Dingelsdorf, Dettingen und Wallhausen; weiterhin kümmerte er sich um die Biografien, Profile und Tagesabläufe der Minks und Steinforts; ein Beamter war zusätzlich mit der Aufarbeitung des Falls Tim Mink beschäftigt. Beamte des Bereichs »Kriminaltechnik« waren seit dem frühen Morgen zur weiteren Spurensicherung im abgesperrten Strandbad unterwegs. Das für »Öffentlichkeitsarbeit« zuständige Team beobachtete die Berichterstattung der Online- und Printmedien. Auch wurde eine Presseerklärung zu den Vorkommnissen der letzten Nacht vorbereitet. Der Abschnitt »Hinweisaufnahme« nahm die bereits zahlreich eingehenden Anrufe und E-Mails der Bevölkerung entgegen.

Die schnelle Veröffentlichung des Falls und Verena Steinforts wirkungsvoller TV-Auftritt von gestern Abend zeigten Wirkung. Zwei Beamte gingen den ersten vermeintlichen Sichtungen Marthas nach.

»Perfekt«, meinte Marlene Winter zu seiner Organisation. Sonst nichts. Vergeblich wartete er auf die Nachsätze, mit denen er eigentlich rechnete.

Schließlich hielt er ihr seine fast leere Marlboro-Schachtel entgegen. Diesmal musste er nicht mehr zittern.

»Na dann. Willkommen in der SOKO Martha. Ich heiße Marek.«

Winter nahm sich eine Zigarette und nickte ihm lächelnd zu. »Danke! Marlene.«

Die Spannung im großen Tagungssaal des Konstanzer Polizeipräsidiums war mit Händen zu greifen, als Marek Hafen die erste Konferenz eröffnete. Der Friedrichsaal war in die Einsatzzentrale der SOKO Martha umfunktioniert worden. Jetzt, um zehn Uhr, waren schon etwa fünfzig Mitarbeiter anwesend, im Laufe der nächsten Tage wurden etwa siebzig weitere erwartet. Die meisten hatten König und er persönlich ausgesucht. Mittlerweile standen ihnen vier Hundertschaften Bereitschaftspolizisten zur Verfügung.

Es war sofort still, als Marek Hafen zu sprechen begann.

»Sehr geehrte Kolleginnen und Kollegen! Ich freue mich, Sie heute zum ersten Mal begrüßen zu dürfen. Erlauben Sie mir ein paar Hinweise, bevor die Leiter der Einsatzbereiche Sie über den Stand der Ermittlungen in Kenntnis setzen werden.

Ich möchte Sie bitten, alle hier an Sie weitergegebenen Informationen streng vertraulich zu behandeln. Dass es keine Missverständnisse gibt: Nichts von Ihrer Arbeit darf ohne meine ausdrückliche Zustimmung an die Presse weitergeleitet werden. Wie Sie wissen, ist das mediale Interesse bereits jetzt gewaltig, und es wird in den nächsten Tagen sicher noch zunehmen.

Jede Indiskretion Ihrerseits kann unsere Ermittlungen gefährden und den Täter schützen – weshalb wir jedes Fehlverhalten in dieser Hinsicht hart sanktionieren müssen. Bitte missverstehen Sie meine Mahnung nicht als fehlendes Vertrauen. Ich möchte Sie nur dringend bitten, keine Informationen an Außenstehende oder Ihre Familien weiterzugeben. Sie werden möglicherweise von Medienvertretern angesprochen werden; Sie werden vielleicht beträchtliche Summen für Informationen angeboten bekommen. Bitte bedenken Sie, dass Sie, sollten Sie dem nachgeben, rechtlich belangt und aus dem Dienst entfernt werden können.

Wie Ihnen nicht entgangen ist, beschäftigen wir uns auch mit den Familien Steinfort und Mink. Wir können nicht ausschließen, dass jemand aus dem Umfeld in das Verschwinden Marthas involviert ist, aber ich bitte Sie dringend, stets im Bewusstsein zu handeln, dass dies nur *eine* Option ist. Ich denke, ich muss Sie nicht daran erinnern, dass sich im Fall des verschwundenen Tim Mink vor drei Jahren die polizeilichen Ermittlungen möglicherweise zu schnell auf Katharina Mink konzentriert haben. Also: Wir ermitteln in alle – ich wiederhole: in alle – denkbaren Richtungen!«

Marek Hafen unterbrach, da sich ein ihm unbekannter Kollege meldete. Er nickte ihm zu. »Ja?«

»Bitte entschuldigen Sie, Polizeimeister Fischer, Radolfzell. Aber liegt es nicht nahe, dass wir den Täter im Umfeld zu suchen haben? Ich meine, zwei Kinder ähnlichen Alters verschwinden in einem Abstand von drei Jahren aus einem Freundeskreis. Das kann doch kein Zufall sein, oder?«

»Überhaupt nichts liegt nahe, Herr Fischer«, erwiderte Hafen. »Genau dieser Umstand könnte auch gegen eine Verwicklung des Umfeldes sprechen! Dass der Verdacht zuerst auf sie fallen wird, dürfte diesen Personen klar sein. Wir haben es durchweg mit hochintelligenten und gebildeten, im öffentlichen Leben stehenden Persönlichkeiten zu tun. Menschen, die große Verantwortung tragen, die sich zu beherrschen wissen, die die Folgen ihres Handelns abschätzen können.«

Marek Hafen machte eine kurze Pause.

»Bitte bedenken Sie: Die damalige Hauptverdächtige, Katharina Mink, leidet bis heute unter dem Verschwinden ihres Sohnes und den Folgen. Nach heutigen Erkenntnissen wurde sie damals fälschlich verdächtigt. Die Medien haben sich auf diese Frau gestürzt wie eine Rotte Hyänen. Und nachdem sie die Dame zerfleischt hatten, war die Polizei dran. So etwas darf uns dieses Mal auf keinen Fall passieren!«

Ein anderer Beamter meldete sich. Hafen nickte ihm zu.

»Meines Wissens sind die Verdachtsmomente gegen Katharina Mink nie wirklich entkräftet worden.«

»Es gab Indizien, mehr nicht. Diese Indizien waren und sind für einen Prozess nicht tragfähig. Und wenn Sie mich fragen, lassen diese Indizien viele Schlussfolgerungen und Täter zu.«

Es war mucksmäuschenstill, die Kollegen erwarteten weitere Ausführungen, aber Hafen schwieg.

»Die Landesregierung erwartet neben einer zügigen und hoch konzentrierten vor allem eine unvoreingenommene Arbeit, verstehen Sie?«

»Weil Wolfgang Mink so viel Steuern zahlt?«

Das Gelächter verebbte schnell. Marek Hafen blickte angriffslustig in die Runde, reagierte aber sonst nicht auf diesen Zwischenruf. Doch er prägte sich das Gesicht des Mannes ein. Unter vier Augen würde er deutliche Worte mit ihm sprechen.

Hafen dehnte die Pause unangenehm lang.

»Liebe Kolleginnen und Kollegen, jetzt möchte ich Ihnen noch Marlene Winter vorstellen.«

Winter stand auf und lächelte in die Runde. Von irgendwoher kam ein Pfiff, dann lachten zahlreiche Beamte. Auch Hafen grinste.

»Marlene Winter ist operative Fallanalytikerin beim LKA. Und ihre Aufklärungsquote ist nur unbedeutend schlechter als meine.« Wieder Gelächter. »Sie wird mich bei der Leitung der SOKO Martha unterstützen.«

Applaus brandete auf.

Dann begannen die einzelnen Referate.

Hafen fasste zunächst die Ermittlungen gegen Franz Gaar zusammen.

»Wie es aussieht, haben wir gestern Nacht für nichts fast dreihundert Mann in den Wald geschickt«, stellte Hafen süffisant fest. Kurzes Gelächter.

Dann berichtete der Leiter des Abschnitts »Fahndung«, dass die Suche nach Martha bisher ergebnislos verlaufen sei; dass weder die Hubschrauber, die seit Tagesanbruch die Felder der Umgebung abflogen, noch die Bodenstaffeln das Mädchen gefunden hätten; dass Letztere bereits das Strandbad und die Gegend in einem Umkreis von anderthalb Kilometern durchsucht und auch die Spürhunde nichts entdeckt hätten; dass der gesamte Bodanrück in den nächsten Tagen von Beamten durchkämmt und die genauen Pläne dazu schon stehen, dass vier Hundertschaften mit der Suche betraut werden würden.

Der Abschnittsleiter erläuterte weiterhin, dass im Flachwasserbereich zwischen Wallhausen und Litzelstetten mittlerweile fünfzehn Polizeitaucher im Einsatz seien und dass der Seegrund seit gestern Abend von Polizeibooten aus mit 3D-Echoloten abgesucht werde – bisher ohne Erfolg. Auch arbeite man mit einem Professor des Limnologischen Instituts der Universität Konstanz zusammen, der ein Experte für die Strömungsverhältnisse des Bodensees sei und mit dessen Hilfe man mögliche Positionen einer Kinderleiche rekonstruiert habe. Sollten, so der Einsatzleiter, bis zum Abend keine Ergebnisse vorliegen, könne davon ausgegangen werden, dass die Leiche Martha Steinforts nicht im See zu finden sei.

Es folgte der Bericht der Einsatzgruppe »Ermittlungen«.

Bis in die Nacht hinein hatten zwölf Beamte hundertzwanzig der fast vierhundert Strandbadgäste vernommen. Einigen Beobachtungen wurde bereits nachgegangen. So hatten mehrere Gäste von einem auffälligen Mann – dunkelhaarig, groß, hager, mit Dreitagebart – erzählt, der in einer unangenehm direkten Art Kinder beobachtet habe. Einige Stammgäste hatten ausgesagt, den Mann in den letzten Wochen häufiger im Strandbad gesehen zu haben. Im Moment gingen die Zeugen Bilddatenbanken mit einschlägig vorbestraften Tätern durch.

Eine junge Jurastudentin hatte behauptet, einen Mann gesehen zu haben, der zur fraglichen Zeit mit einem leblos wirkenden Mädchen zum Parkplatz gegangen sei. Das Mädchen sei mit einem dunklen Badeanzug bekleidet gewesen. Eine genaue Beschreibung des Mannes konnte die einundzwanzigjährige Frau allerdings nicht abgeben. Er sei hager und groß gewesen. Ob er einen Bart gehabt habe, daran konnte sie sich nicht mehr erinnern.

Eine ältere Dame aus Wallhausen wollte gesehen haben, wie ein etwa sechsjähriges dunkelhaariges Mädchen allein auf den See hinausgeschwommen sei. Es habe keine Schwimmflügel getragen, auch habe sie das Kind nicht gekannt.

Der Einsatzleiter erläuterte ferner, dass seine Leute seit dem frühen Morgen die Befragung der Strandbadgäste fortsetzen und sich den Urlaubern des an das Strandbad angrenzenden Campingplatzes zuwenden würden. Eine weitere Gruppe von zwanzig Beamten habe begonnen, in Zweierteams die Haushalte in Dingelsdorf zu befragen und zu überprüfen.

Bei der Einsatzgruppe »Hinweisaufnahme« hatten sich bereits fast zweihundertfünfzig Menschen gemeldet. Außerdem war

Martha Steinfort angeblich in Stuttgart, Karlsruhe und auf dem Untersee bei Ermatingen gesichtet worden.

Bei einer ersten Überprüfung durch die Kollegen vor Ort erwies sich die Stuttgarter Martha als blondes, stämmiges zwölfjähriges Mädchen. Ein Mann, der mit den Leuten von nebenan in eine böse Nachbarschaftsfehde verstrickt war, hatte in der Cousine der Nachbarn das Entführungsopfer Martha Steinfort sehen wollen.

Auch der Hinweis aus Karlsruhe war schnell als nichtig erkannt worden, da das Kind bereits um vierzehn Uhr fünfzehn gesichtet worden war – keine Stunde nach dem frühestmöglichen Verschwinden Marthas. Karlsruhe lag mindestens zweieinhalb Autostunden von Konstanz entfernt.

Nachgegangen wurde noch der Sichtung aus Ermatingen. Ein Berufsfischer vom Untersee wollte gegen einundzwanzig Uhr ein dunkelhaariges Mädchen auf einer ungewöhnlich schnell von Ermatingen Richtung Horn fahrenden Motoryacht gesehen haben. Die Bootsnummer hatte sich der Berufsfischer nicht gemerkt, da er von der Entführung zu dem Zeitpunkt noch nichts gewusst habe, aber er konnte eine präzise Beschreibung des Bootes abgeben. Der Einsatzleiter meinte, es sei nur eine Frage der Zeit, bis man das Boot und den Halter ermittelt habe.

Gerade wollte der Mann fortfahren, da betrat Tom König den Sitzungssaal und gab Hafen ein Zeichen. An seinem Gesichtsausdruck erkannte der Kommissar, dass es wichtig war.

Er blickte zu Marlene Winter, der Königs Eintreten nicht entgangen war.

»Machst du hier kurz weiter?«

Marlene Winter zögerte einen Augenblick.

Dann nickte sie. »Okay.«

»Danke!«, sagte Hafen im Aufstehen und meinte es so.

9

Freitag, 2. August

Marlene Winter hatte darauf bestanden mitzukommen. Schnell hatte sie die Sitzung beendet und stieß zu ihm und Tom König. Es wäre gewiss nichts Bedeutsames, meinte Hafen. Davon wolle sie sich selbst überzeugen, erwiderte sie.

Jetzt fuhr Marek Hafen die leere Landstraße zwischen Stockach und Messkirch hinauf. Es fiel ihm heute schwer, sich auf das Fahren zu konzentrieren. In Espasingen hatte Winter einmal laut »Stopp!« rufen müssen, weil er ein einbiegendes Auto übersah. Sie hatte nichts dazu gesagt, nur ernst und verwundert zu ihm geblickt.

Hafen wusste nicht, was mit ihm los war. Entscheidungsstärke, Selbstsicherheit, schnelle Auffassungsgabe und Konzentrationsfähigkeit waren seine großen Tugenden, doch seit gestern Nachmittag war das anders. Gut, er hatte wahrscheinlich gleich zu Anfang der Ermittlungen einen Fehler gemacht. Das war ihm bisher noch nie passiert. Auch hatte er eine so große SOKO zu einem dermaßen bedeutenden Fall noch nie geleitet. »Der große Hafen« war sein Spitzname bei der Kripo. Angesichts seiner geringen Körpergröße schwang da Ironie mit, gleichzeitig aber auch Respekt und Sympathie. Er wusste, dass er bei den Kollegen beliebt war. Und er hatte schon einige wichtige Fälle gelöst.

Auch Marlene Winters ruhige, souveräne Art machte ihm zu schaffen. Sie war so, wie er sein sollte. Dazu noch ihr aufreizendes Parfüm und diese enge Jeans. Immer wieder glitt sein Blick auf ihre knackigen Schenkel. Ob sie in einer festen Beziehung lebte?

Hafen schluckte. Mit hundertvierzig bretterte er über ein kerzengerades Stück hinter Hoppetenzell. Im Gegensatz zum Bodenseeraum war die hügelige Gegend hier nur spärlich besiedelt. Zwischen den einsamen kleinen Dörfern lagen ausgedehnte Waldgebiete und Felder. Wildes Schwaben, dachte er.

Seit einer Viertelstunde, seit dem Vorfall in Espasingen, schwiegen sie sich an. Laut Navi waren sie nur noch wenige Kilometer von dem Haus entfernt. Winter rauchte eine John Player, die sie in ihrer gebräunten linken Hand mit den kirschrot lackierten Nägeln hielt, er hatte eine brennende Marlboro im Mund. Kurz dachte er an Bonnie und Clyde und schämte sich gleich für diese kleine Verwegenheit.

Natürlich war es bedeutsam gewesen, was Tom König ihnen mitgeteilt hatte. Wenn Tom sie in der ersten Sitzung der SOKO Martha Steinfort unterbrach, musste es wichtig sein.

Es ging um die erste Sichtung Marthas mit Substanz. Ein Anrufer hatte behauptet, am Morgen beim Walken in einem abgelegenen und verlassenen ehemaligen Bahnwärterhäuschen ein junges, etwa sechsjähriges Mädchen gesehen zu haben. Es habe auf dem von hohen Zäunen umgebenen Grundstück gespielt, und als er es ansprach, sei es hastig von einer älteren, kleinen und hageren Frau ins Haus geführt worden. Wie eine Osteuropäerin habe die Frau ausgesehen, hatte der Anrufer gemeint.

Da es sich bei dem Anrufer um einen älteren Messkircher Orthopäden im Ruhestand handelte, maßen König und er ihm hohe Glaubwürdigkeit zu. Der Arzt hatte ferner betont, dass er im Sommer und Herbst regelmäßig in der Gegend sei und bisher noch nie irgendjemanden dort gesehen habe.

Marek Hafen öffnete das Fenster auf seiner Seite einen Spalt und warf den Zigarettenstummel hinaus. Im Rückspiegel sah er, wie der Rest seiner Marlboro im Flug noch einmal heftig aufglühte und dann auf den Asphalt schlug.

Hafen ging vom Gas und bog rechts in einen breiten Weg. Hohe Fichten säumten ihn. Ein klarer, sonniger Morgen an einem stillen, friedlichen Ort. Doch womöglich trog der Schein. Womöglich wurde ein entführtes sechsjähriges Mädchen in einem verfallenen Haus versteckt.

Winter drückte ihre Zigarette in den Aschenbecher. Laut Navi waren es nur noch sechshundert Meter zu dem Haus. Tom König hatte ihnen vor Abfahrt die GPS-Daten gegeben.

König hatte bereits herausgefunden, dass das Bahnwärterhäuschen einem Sigmaringer Rentnerehepaar gehörte. König hatte sie gleich angerufen. Sie hätten das Haus vor über dreißig Jahren gekauft, nachdem die Bahnstrecke stillgelegt worden war. Als der Mann nach einem schweren Arbeitsunfall in den Rollstuhl musste, hätten sie die Pläne für ein Wochenendhäuschen im Wald aufgegeben, es stattdessen billig vermietet. Seit drei Jahren an ein bulgarisches Ehepaar. Seitdem sei das Rentnerehepaar nicht mehr dort gewesen.

Zweihundert Meter vor dem Haus, in einer Kurve, parkte Hafen hinter einem Stapel von Baumstämmen. Es roch nach Harz und Holz. Auch dem Förster oder den Waldarbeitern könnte etwas aufgefallen sein, dachte er. Sie legten ihre Schutzwesten an.

Noch war das Haus nicht zu sehen.

»Lass uns in Deckung bleiben«, meinte er zu Winter.

Sie gingen nebeneinander durch den Wald, in etwa fünfzig Meter Abstand vom Weg. Die hohen Fichten warfen kühle Schatten, es war eigentümlich still. Hafen dachte an den Fliehenden vom Bodanrück. Noch immer hatten sie keine Spur von ihm. Handelte es sich um Franz Gaar? Gab es eine Verbindung zu diesem Ort?

Dann sahen sie das Haus. Hafen schüttelte den Kopf. Es handelte sich eher um eine Ruine; das Satteldach war teilweise abgedeckt, und die hervortretenden Holzbalken schienen verkohlt. Irgendwann einmal musste es in dem Haus gebrannt haben. Hinter dem Grundstück verliefen alte Gleise. Sicher war die Strecke nicht mehr in Betrieb.

Der Ort hatte etwas Verlassenes und Bedrohliches. Wie ein Hexenhaus.

Warum hatte das Ehepaar seinen Besitz nie renoviert, um ihn für gutes Geld zu vermieten? Hatten sie das einfach nicht nötig? Oder hatten die Mittel für eine Renovierung gefehlt? War es ihnen nicht komisch vorgekommen, dass ein bulgarisches Ehepaar eine Ruine in der Wildnis mietete? Oder wollten die Alten gar nicht wissen, was in dem Haus vor sich ging, solange die Miete gezahlt wurde?

Und wer hatte den Bau dieses gewaltigen, gewiss zwei Meter fünfzig hohen und stabilen Stahlzauns veranlasst? Wie lange gab es ihn bereits? Schon optisch passte er nicht hierher. Und was sollte er schützen?

Hafen sah zu Winter, ihre Blicke trafen sich. Offensichtlich dachte sie das Gleiche wie er.

Hier stimmte nichts.

»Wir sollten Verstärkung anfordern«, meinte Winter.

»Lass uns erst nachsehen, ob jemand zu Hause ist.«

Sie hatten den Schutz der Bäume verlassen; wenn jemand in der Ruine steckte und die Umgebung beobachtete, würde er sie jetzt sehen.

Sie näherten sich einem Tor im Zaun. Die zwei Seitenfenster im Erdgeschoss des Hauses waren mit Brettern vernagelt. Warum tat man das bei einem stabilen Zaun?

Hafen schaute zum Fenster im oberen Stockwerk. Abrupt blieb er stehen. Winter sah zu ihm und folgte seinem Blick.

»Da war jemand. Hinter dem Fenster.« Seine Stimme klang erregt.

Noch eine Weile sahen sie nach oben. Winter schien nichts bemerkt zu haben. Die Fensterscheibe im oberen Stockwerk war zerbrochen. Jetzt schien alles ruhig.

Hafen sah auf das Grundstück hinter dem Zaun. Schutt lag herum, dazu ein paar rostige Dosen und Flaschen; kleinere Büsche wuchsen wild. Es wirkte, als habe hier seit Jahren niemand mehr gewohnt. Nur der Zaun schien neu zu sein.

Dann hörten sie einen hellen Schrei, der gleich darauf erstarb. Es war der eines Kindes.

»Scheiße!«, flüsterte Hafen. Mit schnellen Schritten lief er vor das Tor, dabei zog er seine Waffe.

»Hier spricht die Polizei!«, rief er laut. »Bitte öffnen Sie! Sofort!«

Gebannt blickte er durch die Gitter des Tores auf die Haustür. Nichts. Er stellte sich vor, wie ein Kind um Hilfe rufen wollte und daran gehindert wurde.

Kurz sah er zu Winter, die noch immer an der Längsseite des Hauses stand und die Fenster im Blick hatte. Sie schüttelte den Kopf. Dort regte sich also nichts. Dann griff sie zum Handy. Wahrscheinlich orderte sie Verstärkung.

»Öffnen Sie!«, rief Hafen erneut. »Wenn Sie nicht öffnen, werden wir uns Zugang verschaffen.«

Keine Reaktion. Hafen drückte die Klinke. Das Tor war verschlossen. Der Zaun schien oben scharfe Kanten zu haben. Es würde unmöglich sein, hinüberzuklettern.

»Scheiß drauf«, sagte Hafen zu sich. Mit seiner Pistole zielte er auf das Schloss. Nach dem ersten Schuss flogen ein paar Krähen auf, ihr Krächzen klang bedrohlich. Winter sah ihn irritiert an. Immerhin, dachte er.

Nach dem zweiten Schuss war das Schloss kaputt.

»Du weißt, was du da gerade tust?«

Winter hatte sich ihm genähert. Ihre unerträglich ruhige Art würde ihn irgendwann einmal explodieren lassen. Es kostete Kraft, ruhig zu bleiben.

»Da drin hat ein Kind geschrien. Ich sehe Gefahr in Verzug. Sie können gerne auf die Kollegen warten!«

Sie lachte kurz in sich hinein und sah ihn fest an.

»Also los!«, meinte sie. »Ich gehe um das Haus herum. Vielleicht ist hinten noch ein Eingang oder ein Tor im Zaun. Du wartest, bis ich wieder da bin.«

Hafen nickte, auch wenn es ihm missfiel, dass sie Befehle erteilte. Während Winter mit gezogener Waffe langsam um das Haus lief, beobachtete er die Fenster auf dieser Seite des Hauses und die Eingangstür.

Kurz darauf stand Winter wieder neben ihm.

»Keine zweite Haustür, kein weiteres Tor. Im Erdgeschoss sind alle Fenster verbarrikadiert.«

»Dann gehen wir jetzt rein.«

Die Haustür ließ sich öffnen. Hafen vernahm hinter sich das Atmen Winters. War nicht ein Zittern darin? Es tat gut, dass diese Frau endlich einmal Gefühle zeigte.

Der Kommissar ging voran. Vor ihnen lag ein mehrere Meter langer, schmaler Flur. Schummriges Licht. Am anderen Ende schloss sich ein Zimmer an. Hafen erkannte einen Türrahmen ohne Tür. Müllsäcke standen an den Wänden; ein unangenehmer Geruch von Kot und Urin.

Er trat ein.

Links von ihm befand sich ein winziges und schmutziges Klo. Daher kam also der Gestank. Eine Tür war nicht mehr vorhanden. Wer auch immer dieses Haus betrat, traf zuerst auf diese Sauerei. Er konnte sich nicht vorstellen, dass ein Mensch hier freiwillig seine Notdurft verrichtete.

Plötzlich, ohne einen Laut löste sich ein Schatten aus der Düsternis im hinteren Teil des Hauses. Hafen reagierte sofort. Es war ein Tier, das da auf ihn zurannte. Er schoss, als der Schatten keine drei Meter von ihm entfernt war. Hafen sah, wie die Beine des Tieres nachgaben, es sich im Fallen überschlug.

»Vorsicht!«, zischte er und trat zur Seite an die Wand, sodass das Tier weiterrutschte und direkt vor Marlene Winter zum Liegen kam.

Stille. Hafen betrachtete kurz den schneeweißen schweinsartigen, nackt wirkenden, muskulösen und gedrungenen Körper, die eigentümlich abgeflachte Schnauze und die kleinen, bösen schwarzen Augen. Das Tier trug weder Halsband noch Hundemarke.

Natürlich nicht.

Der Bullterrier hatte keinen Laut gegeben, als Hafen das Schloss aufschoss. Er war in Deckung geblieben, als er die Haustür öffnete. Bis er im Flur stand. Jemand hatte das Tier dazu abgerichtet, das Innere des Hauses zu bewachen und gleichzeitig unbemerkt zu bleiben. Und einen Eindringling zu töten. Sicher wäre der Hund ihm an die Kehle gesprungen. Das war kein Hund, dachte er, sondern eine Waffe.

Noch immer war es still im Haus, nichts regte sich. Winter blickte kurz nach draußen. Sie wollte sehen, ob die Kollegen schon kamen. Dann sah sie ihn wieder an. Er nickte in Richtung des Raums, aus dem der Hund gekommen war. Womöglich befand sich noch jemand darin.

Sie schüttelte den Kopf. Offenbar wollte sie auf Verstärkung warten. Doch Hafen war entschlossen zu handeln. Das Kind befand sich womöglich in großer Gefahr.

Noch einmal nickte er Winter zu, und sie presste die Lippen zusammen. Fest sah sie ihn an. Die Kommissarin stand am Fuß einer alten Holztreppe, die nach oben führte. Mit einem Kopfnicken signalisierte sie ihm, dass sie die Treppe sichern wollte. Er nickte ihr zu.

»Das Haus ist umstellt«, sprach er laut in Richtung des Zimmers. »Kommen Sie heraus!«

Keine Reaktion. Hafen wartete lange Sekunden.

Dann ging er den Flur entlang. So leise wie möglich trat er auf. Er fühlte sich wieder hoch konzentriert und selbstsicher, wie sonst immer. Er wusste, was er tat, und es war richtig. Rechts von ihm, gegenüber der Treppe, befand sich eine Küche. Oder das, was von ihr übrig geblieben war. Niemand war darin. Auf dem Boden lagen leere Milchkartons, Dosen, Wein- und Schnapsflaschen. Dazu kleine Pfützen und Essensreste, und er meinte Kakerlaken auf dem Boden kriechen zu sehen. Es stank nach Verfaulendem, kurz musste er gegen einen Würgereiz ankämpfen.

Dann hatte er das Zimmer erreicht. Hafen schluckte, holte tief Luft, dann betrat er schnell mit gezogener Waffe den Raum.

Niemand. Er atmete aus. Ein verschlissenes Sofa, dessen Stoff zum Teil aufgerissen war, stand links von der Tür an der Wand, unter einem der verbarrikadierten Fenster. Die gemusterte, an einigen Stellen von der Wand hängende Tapete schien aus einer längst vergangenen Epoche zu stammen. Rechts lagen Sperrholz, Bretter, Äste und Müll auf dem Boden. Damit wurde offensichtlich im Winter der verrußte offene Kamin befeuert, der sich neben der Tür befand. Auf dem Tisch vor dem Sofa lagen fremdsprachige, wahrscheinlich osteuropäische Illustrierte, überquellende Aschenbecher und benutzte Tassen.

Irgendwo hier musste der Bullterrier gelauert haben. Es roch übel, nach Müll und kaltem Zigarettenrauch; auch dieses Zimmer war hoffnungslos verwahrlost, aber niemand befand sich darin. Als Hafen sich wieder zum Flur umdrehte, sah er, dass rechts von ihm eine schmale Treppe in den Keller führte.

Zuerst oben oder unten?, fragte er sich. Wahrscheinlich war der Schatten, den er im oberen Stockwerk gesehen hatte, nach unten gelaufen, um dem Hund einen Befehl zu geben und vielleicht auch, um sich und das Kind zu verstecken.

Hafen sah durch die geöffnete Haustür, dass zwei Polizeibeamte auf das Haus zukamen. Er entspannte sich ein wenig, als sie den Flur betraten. Winter wies sie mit einem Fingerzeig an, das obere Stockwerk zu durchsuchen.

Dann folgte sie ihm. Er musste sich eingestehen, dass ihn das beruhigte. Die Treppe war so schmal, dass sie hintereinandergehen mussten. Dann standen sie an einer Tür. In den allgegenwärtigen Urin- und Müllgestank mischte sich der Geruch von Schimmel.

Hafen schloss kurz die Augen. Dann öffnete er mit einem Ruck die Tür, und sofort drückten er und Winter sich an die Wand.

Nichts rührte sich.

»Polizei! Ihnen passiert nichts! Wir betreten jetzt den Raum.« Winters Stimme war klar und bestimmend.

Stille. Kurz sahen sich die beiden an.

Dann trat Hafen in den Kellerraum. Es war fast nichts zu sehen, nur durch die Tür drang schummriges Licht in den Raum. Er erkannte altes Gerümpel, das an den Wänden aufgestapelt worden war.

Zu spät sah er, wie sich ein Schatten aus dem Dunkeln löste. Ein Schrei. Instinktiv wich Hafen zurück und hob den linken Arm vor sein Gesicht. Eine kleine und hagere Frau sprang, mit einer kurzen Eisenstange ausholend, auf ihn zu.

Bevor sie zuschlagen konnte, traf sie Winters Schuh vor die Brust. Der gezielte Tritt hatte so viel Wucht, dass die Frau nach hinten zwischen alte Möbelstücke fiel. Sie war schon älter, Hafen schätzte sie auf etwa fünfzig.

Ein Scheppern. Dann hörte er ein Stöhnen. Der heftige Tritt hatte die Alte außer Gefecht gesetzt.

Erstaunt blickte er kurz zu seiner Kollegin. Winter hatte auf ihn nicht sonderlich trainiert gewirkt, doch offensichtlich machte sie Kampftraining. Er sah hinunter auf ihre Füße. Sie trug rote Converse-Turnschuhe.

»Danke«, sagte er und nahm wieder die Alte in den Blick. Er hörte, wie die Kollegen über ihm die Treppe vom ersten Stockwerk herunterstürmten.

Bevor die Frau sich aufraffen konnte, hatte Marlene Winter sie gepackt und auf den Bauch gedreht. Die Frau schimpfte in einer fremden Sprache, während seine Kollegin ihr Handschellen anlegte.

Winter drehte sie herum und setzte sie auf.

»Wo ist das Kind?«, fragte sie in einer Ruhe, als wäre nichts gewesen. *»Where is the child?«*

Doch die Frau reagierte nicht, ohne Unterlass schimpfte sie.

Bestimmt Zigeunerin, dachte Hafen. Allmählich hatten sich seine Augen an die Dunkelheit gewöhnt. Die Frau wirkte ungepflegt; sie roch nach einem aufdringlichen Parfüm, zugleich nach

Schweiß, und trug eine fleckige, langärmelige Bluse sowie einen karierten Rock aus grobem Stoff.

»Sieh du dich hier um«, sagte er zu Winter. »Ich pass auf. Ist wahrscheinlich besser, wenn das Kind zuerst dich sieht. Es ist bestimmt hier.«

Winter nickte. Sie begann, sich im Raum umzusehen, zwischen und unter die Stapel von Gerümpel zu blicken.

In dem Moment betraten die beiden anderen Polizisten den Raum. Die Lichtstrahlen ihrer Taschenlampen erhellten den Raum. Verblüfft blickten sie auf die Szenerie mit der gefesselten Frau am Boden.

»Und? Was ist oben?«, fragte Hafen.

»Außer Dreck und Müll nicht viel«, meinte einer der Beamten. »Zwei Matratzen und drei Schlafsäcke. Zwei davon sind für Kinder.«

Hafen wies sie an, am Eingang zu warten.

Der Kommissar hockte sich zu der Frau und sah ihr ins Gesicht. Was ging in ihr vor? Er glaubte Wut und Überraschung zu lesen, auch Angst. Hatte sie überhaupt verstanden, dass sie von der Polizei waren?

Er kramte seinen Ausweis hervor und hielt ihn ihr vors Gesicht.

»Polizei!«, sagte er. Sie blickte auf den Ausweis, dann sah sie ihn besorgt an. Wieder begann sie zu sprechen, in einem verteidigenden Tonfall.

»Marek!«, kam es aus dem hinteren Teil des Kellers. Der Tonfall seiner Kollegin ließ ihn sofort aufstehen.

Marlene Winter stand vor einem alten, billigen Schrank, dessen Schiebetür halb herausgefallen war.

»Scheiße!«, zischte Hafen, als er sah, was sich darin verbarg: Im Licht der Taschenlampen saß ein kleines Mädchen, etwa sechs Jahre alt, das sich nicht rührte. Kurz blinzelte es, dann schaute das Kind sie an, als wären sie böse Wölfe.

Der Blick traf Hafen ins Mark. Er war zugleich unendlich leer, hoffnungslos und voller Furcht.

»Du brauchst keine Angst zu haben, wir sind von der Polizei!«, sprach Winter leise und ging einen Schritt auf das Mädchen zu.

Es war nicht Martha Steinfort; das Mädchen hatte blonde Haare.

Auch konnte er keine Brandnarbe an den Armen erkennen. Das Kind legte seine schmutzigen Hände vors Gesicht und blickte die Kommissarin durch die kleinen Finger starr an.

»Verstehst du mich?«, fragte Winter und lächelte. Vorsichtig streckte sie ihre Hand zu dem Kind, doch das drückte sich noch tiefer in den Schrank.

Hafen wollte gar nicht wissen, was mit dem Kind geschehen war. Er blickte zu der Frau, die jetzt den Mund hielt und sie beobachtete. Sie schaute ängstlich drein, ahnte wohl, was ihr blühte. Hafen hatte Lust, ihr mit dem Handrücken ins Gesicht zu schlagen.

Offenbar spürte die Frau, was in ihm vorging; immer noch auf ihrem Hintern sitzend, rutschte sie von ihm weg. Hafen hatte sie zunächst auf etwa fünfzig geschätzt, doch jetzt sah er, dass es sich um eine vom Leben gezeichnete, wahrscheinlich sehr viel jüngere Frau handelte.

Wieder begann sie in einer fremden Sprache draufloszureden. Jetzt klang der Wortschwall entschuldigend, ängstlich.

»Wie heißt das Kind? Der Name?«, fragte er streng.

Wieder plapperte die Frau los.

»Ruhe!«, schrie Hafen. »Martha!« Und er zeigte in Richtung Schrank. »Heißt das Kind Martha?«

Die Frau schien zu verstehen, sie schüttelte den Kopf.

»Nu Martha! Sanya. Sanya!«, rief sie und zeigte in Richtung Schrank. Hafen drehte sich um und sah, dass Marlene Winter das Kind auf den Arm genommen hatte. Die Kommissarin saß in der Hocke in diesem chaotischen und finsteren Keller, wiegte das Kind und summte.

Das Mädchen klammerte sich an Marlene Winter, als wollte es sie nie mehr loslassen.

10

Freitag, 2. August

Die Spannung stand Tom König ins Gesicht geschrieben, als Hafen und Winter sein Büro betraten. Es war vierzehn Uhr, und gerade waren sie vom Bahnwärterhäuschen, diesem Ort des Grauens, zurückgekehrt.

Das Mädchen, das bisher kein Wort gesprochen hatte, befand sich beim Kindernotdienst in der Obhut einer Sozialarbeiterin.

Der Untersuchung durch eine Ärztin direkt am Tatort hatte sich das Kind heftig widersetzt. Sie sollte später erfolgen. Als Winter es aus dem Haus führte und der Ärztin übergab, begann das Kind zu schreien, zu treten und zu kratzen. Es sagte kein Wort. Daraufhin hatte Winter das Kind wieder in die Arme genommen. Auf die Sozialarbeiterin, eine junge und warmherzige Frau, reagierte das Kind besser. Nach einiger Zeit ließ es sich von ihr nach Konstanz bringen.

Deutsch schien das Mädchen nicht zu verstehen. Auch auf den Namen, den die Frau genannt hatte – Sanya –, reagierte das Mädchen nicht.

Die Ärztin schätzte das hellblonde Mädchen mit den blauen Augen auf sechs oder sieben Jahre. Als Sanya aus dem finsteren Keller ans Tageslicht gebracht wurde, erschrak Hafen darüber, wie schmutzig das Kind war: Wangen, Mund, Hände und Unterarme von Erde und Staub verschmiert; schwarze Fingernägel; ein dreckiges, zerschlissenes Kleid und eine zerrissene Strumpfhose; auch ein leichter Geruch von Urin ging von dem Mädchen aus.

Wie lange steckte das Kind bereits in diesem Verlies?, fragte sich Hafen. Wo kam es her? War der Bullterrier sein Spielgefährte gewesen? Hatte er es schützen wollen? Versorgte die Zigeunerin es? Wie verständigten sie sich? Und war die Zigeunerin wirklich eine Zigeunerin?

Zunächst saß die Frau teilnahmslos und entrückt in dem heruntergekommenen Haus, dann brach noch einmal ein Redeschwall aus ihr hervor. Wild gestikulierend, mit ängstlichem Ausdruck redete sie auf Winter und ihn ein. Doch niemand verstand sie.

Irgendwann merkte sie das und verstummte. Jetzt war sie in einem Befragungszimmer, bewacht von einem Beamten.

Als Hafen in den Raum kurz hineinsah, musste er gegen einen Würgereiz ankämpfen, so sehr stank es nach Parfüm und Schweiß. Ein Dolmetscher von der Universität wurde in der nächsten Stunde erwartet; den diensthabenden Kollegen beneidete er nicht. Da das Zimmer im dritten Stock lag, war es zu gefährlich, das Fenster zu öffnen. Die Frau machte einen labilen und verwahrlosten Eindruck.

Mein Gott, dachte Hafen, in welchen Sumpf bin ich hier geraten!

»Was hast du?«, fragte der Kommissar seinen Freund, als sie sich setzten. Zu seiner Freude sah er, dass Tom König Kaffee und – wohl extra für ihn – Bienenstich besorgt hatte.

Während sie einen Bullterrier erlegt und ein Mädchen befreit hatten, hatte König zu den Sigmaringer Rentnern recherchiert, denen das Bahnwärterhäuschen gehörte. Auch sie waren auf Veranlassung Königs bereits nach Konstanz unterwegs.

»Es könnte ein Zufall sein, Marek. Die beiden haben Verwandtschaft in Konstanz. Die Schwester der Frau ist mit einem Litzelstetter Bauern verheiratet, einer Familie Schmidtbauer. Und jetzt kommt's: Ihr Sohn ist ein verurteilter Sextäter. Ich weiß noch nichts Genaues, aber vor zehn Jahren hat er einen Jungen vergewaltigt. Dann wurde er im Zentrum für Psychiatrie hier in Konstanz therapiert, seit zwei Jahren ist er wieder auf freiem Fuß.«

Hafen, der gerade ein kaum zu bezwingendes Stück Bienenstich in sich hineinschaufeln wollte, blieb der Mund offen stehen. Vorsichtig legte er die Gabel auf den Teller.

»Ach du Scheiße!«, meinte Hafen. »Ein Kinderficker.«

Er blickte zu Winter und sah, wie sie die Augen verdrehte. Er hatte sich schon gedacht, dass sie zu dem Typ Mensch gehörte, der in Kinderschändern mehr Opfer als Täter sah und eine zweite Chance für ein Menschenrecht hielt. Er war im Fall von Päderasten anderer Meinung. Hatten die Kinder eines Landes nicht auch das Recht, vor einem immer möglichen Rückfall geschützt zu werden? Denn die Opfer hatten vielleicht keine zweite Chance. Wegsperren für immer, hieß da seine Devise.

Doch sie erwiderte nichts.

»Haben wir noch etwas?«, wandte sie sich nüchtern an König.

Mit ernster Miene holte der zwei Fotos aus einer Polizeiakte. Sie zeigten einen dunkelhaarigen, schüchtern wirkenden, etwa dreißigjährigen Mann mit Sechstagebart.

»Das ist der Sohn der Litzelstetter Bauern, Werner Schmidtbauer. Hager und groß, etwas ungepflegt. Klingelt's?«

Hafen erinnerte sich. »Der Verdächtige vom Strandbad. Ein paar Zeugen haben einen solchen Mann gesehen, wie er in auffälliger Weise Kinder beobachtete. Schon seit ein paar Tagen.«

»Vier Zeugen«, präzisierte König. »Und eine Jurastudentin will einen großen und hageren Mann gesehen haben, der mit einem leblos wirkenden Kind zum Parkplatz ging.«

Stille.

»Oh Gott!«, meinte Hafen. »Also professioneller Kinderhandel?« Er blickte zu Winter. Damit hatte er in seiner bisherigen Karriere zum Glück noch nichts zu tun gehabt. Das war Sache von LKA und BKA. Deshalb wandte er sich an die Kommissarin. »Was für ein Szenario haben wir da?«

Winter zuckte mit den Achseln. »Wir haben noch viel zu wenig. Aber es gibt in Osteuropa Banden, die mit Minderjährigen handeln. Sie vermitteln Kinder an adoptionswillige Paare oder an Päderasten in Westeuropa. Wobei Sanya für Adoption zu alt ist.«

»Und wie arbeiten diese Banden?«

»Sie kaufen oder stehlen Kinder. In der Ukraine, in Rumänien, Moldawien und Bulgarien gibt es genug verzweifelte Mütter, die ihre Kinder verkaufen. Drogenabhängige, Prostituierte, ungewollt Schwangere. Es gibt auch genügend Straßenkinder, die mit Geld gelockt oder einfach zur Prostitution gezwungen werden.«

»Und was macht das Kind dann in dieser Ruine?«

Winter stockte kurz. Offenbar fiel es ihr nicht leicht, darüber zu sprechen.

»Möglicherweise – was ich nicht hoffe – wird Sanya für eine gewisse Zeit an Päderasten vermietet. Meist ist es so, dass diese gestohlenen Kinder bei sogenannten Pflegepersonen wohnen, die die Kinder für wenig Geld versorgen. Oder eher dafür Sorge tragen, dass sie nicht verhungern und verdursten.«

»Die Zigeunerin?«

Winter schluckte. Hafen wusste auch nicht genau, warum er seine Kollegin provozierte.

Sie fuhr fort. »Vielleicht. Die Kinder leben in Armenghettos irgendwo in Osteuropa, bewacht von vermeintlichen Eltern; an Orten, wo die Polizei wenig präsent oder mit den Kriminellen verstrickt ist. Mittelsmänner in Mittel- und Westeuropa stellen Kontakte zu Bordellen oder Päderasten her. Die mieten die Kinder dann für sehr viel Geld.«

»Oh mein Gott. Solche Fälle sind auch keine Pressephantasie?«

»Erst letztes Jahr ist ein internationaler Kinderhändlerring in Hamburg aufgeflogen. Er vermittelte sogenannte Ostblock-Lämmchen für Sexpartys an Hamburger Bordelle. Oft reisen Päderasten nach Sofia oder Bukarest und vergnügen sich dort, mittlerweile stellen manche Banden aber auch ein sicheres Setting hier vor Ort. Die freien Grenzen machen das einfacher.«

Winter zögerte einen Moment. »An den Ermittlungen gegen den Hamburger Kinderhändlerring war ich übrigens beteiligt.«

König und Hafen blickten vor sich auf den Tisch. Jetzt verstand Marek Hafen, warum Hauschild ihm diese Frau zugewiesen hatte. Natürlich war ihre Expertise wichtig.

Hafen seufzte. Er glaubte immer noch an die Verfassung, auf die er als junger Beamter einmal einen Eid geschworen hatte. Wenn er allerdings solche Geschichten hörte, war er sich nicht so sicher, ob die Todesstrafe in bestimmten Fällen nicht doch ihre Berechtigung hatte. Wie man sich ein Kind für sexuelle Vergnügungen kaufen und dies mit seinem Gewissen vereinbaren konnte, überstieg seine Vorstellungskraft.

»Und wie kommt Schmidtbauer ins Spiel?«

Marlene Winter überlegte kurz. »Vielleicht ist er nach der Entlassung aus der Psychiatrie in falsche Kreise geraten. Vielleicht ist er von einer Bande auch direkt angesprochen worden. Er hat, wie es aussieht, eine belastete Vergangenheit, und nach der Entlassung steht er erst einmal vor dem Nichts. Vermutlich fehlt die Perspektive, zudem trifft ihn die Verachtung der Familie und des Umfelds. Da kommt ein Sugar-Daddy, bietet Geld, Anerkennung und vielleicht auch Kindersex. Die aus dem Ausland operierenden

Banden brauchen Leute in der Region, um sichere Orte für den Zwischenaufenthalt oder für Partys zu organisieren.«

Hafen dachte an Martha Steinfort. »Und vielleicht auch, um Kinder auszuspionieren und sie abzugreifen?«

»Von dem, was wir bisher wissen, wäre das untypisch. Das Risiko für Kindesentführer ist in Deutschland hoch. Menschenhändler holen sich die Kinder eigentlich nicht aus der westeuropäischen Oberschicht, sondern bei den Armen aus der Zweiten oder Dritten Welt. Denn dort bleibt das folgenlos. Diese Eltern haben kein Geld für Detektive und Anwälte. Und manchmal verkaufen sie ihre Kinder sogar. Nicht zuletzt in der falschen Hoffnung, dass sie von reichen Europäern adoptiert werden.«

Hafen nickte. Dass ein Kinderhändlerring Martha Steinfort aus einem überfüllten Strandbad entführt hatte, machte keinen Sinn.

»Jedenfalls hat Schmidtbauer an das leer stehende Bahnwärterhäuschen seiner Tante gedacht. Als Zwischenaufenthalt für die … *Ware*?«

»Möglich. Zwei Bandenmitglieder, die sich als bulgarisches Ehepaar vorstellen, treten mit den Rentnern in Kontakt, bieten gutes Geld für die Vermietung … Wahrscheinlich steht die Ruine die meiste Zeit leer. Wenn es Kunden im süddeutschen Raum gibt, werden die Kinder dann im schwäbischen Niemandsland versteckt.«

»Jetzt wissen wir nur noch nicht, wie Martha Steinfort ins Spiel kommt.«

»Noch wissen wir überhaupt nichts«, entgegnete Winter. »Noch passt nichts zusammen. Das Kind im Bahnwärterhäuschen ist nicht Martha Steinfort. Ob das Mädchen entführt oder missbraucht worden ist, wissen wir noch nicht. Ebenso wenig, ob Schmidtbauer jemals dort war.«

»Was tun wir jetzt?«, fragte König.

Marek Hafen ergriff das Wort. »Wir müssen die Identität des Mädchens klären und ob sie wirklich entführt wurde. Ihr Foto muss zum BKA und zu Interpol. Dann werden wir das Rentnerehepaar befragen und nach den bulgarischen Mietern suchen. Wahrscheinlich hat es keinen Sinn, in diesem Haus nach Spuren von Martha Steinfort und Werner Schmidtbauer zu suchen. Den

Saustall auszumisten wird wohl Jahre dauern. Aber ganz wichtig: Wir brauchen mehr Informationen zu diesem Schmidtbauer.«

Winter zögerte. »Wo wohnt der eigentlich?«

»Auf dem Hof seiner Eltern. In Litzelstetten«, antwortete König.

Die Kommissarin presste die Lippen aufeinander. »Wir werden das Grundstück der Familie untersuchen müssen.«

Hafen stöhnte, während er sich das liegen gebliebene Stück Bienenstich in den Mund schob. Er kaute.

»Wenn die Presse da Witterung aufnimmt, haben wir einen Super-GAU. Ich sehe schon die Schlagzeile: ›Entlassener Sextäter als Kinderhändler!‹ Euch ist klar, dass wir ihn spätestens dann in Schutzhaft nehmen müssen? Sonst liegt der einen Tag später tot auf dem Misthaufen. Und wenn herauskommt, dass die Konstanzer Psychiatrie ihn hat gehen lassen, möchte ich mir die Proteste nicht ausmalen.«

Winter und König nickten stumm.

»Dennoch sollten wir Schmidtbauer beschatten lassen«, ergänzte der Kommissar.

»Aber sehr diskret«, erwiderte Winter.

Marek Hafen seufzte. »Wir sind in schwerer See.«

Winter stand auf. »Ich schaue, dass ich in dieser psychiatrischen Klinik mit dem Arzt sprechen kann, der Schmidtbauer behandelt hat.«

Hafen nickte. »Und ich knöpfe mir die Besitzer des ehrenwerten Häuschens vor. Tom, du kümmerst dich um die Zigeunerin.«

»Ich hab noch was«, meinte Tom König. »Heute Morgen hat eine Frau aus Dingelsdorf angerufen. Sie hat erzählt, dass ein dunkelhaariger Mann morgens um sechs im Dorf Fotos gemacht habe. Weil es in den letzten Monaten immer wieder Einbrüche gab, wollte sie das melden. Der Mann habe unter anderem einen roten Mercedes mit Freiburger Nummer fotografiert.«

Hafen sah König fragend an.

»Die Dame hat sich die Nummer gemerkt. Der Wagen ist auf Robert Steinfort zugelassen.«

Hafen sah König mit großen Augen und halb offenem Mund an.

»Genau so hab ich auch geguckt. Was macht der Professor morgens um sechs Uhr wenige hundert Meter vom Tatort entfernt?«

»Das wird er uns erklären müssen!«, meinte Hafen.

Gerade wollte er sich erheben, da klopfte es an der Tür. Der Bereitschaftspolizist, der bis zum Eintreffen des Dolmetschers die Frau in einem Vernehmungszimmer beaufsichtigen sollte, kam herein.

Hafen sah ihn leicht entrüstet an, doch angesichts der verstörten Augen schien es sich um etwas Wichtiges zu handeln.

»Der Dolmetscher«, begann er. »Die Frau ist Rumänin. Sie hat gleich zu reden begonnen. Es … es sind zwei Kinder.«

»Was?«, fragte Hafen verwirrt. Der Beamte schluckte nervös. »Drücken Sie sich klarer aus, bitte!«

»In dieser Ruine. Es waren zwei Kinder dort. Kurz bevor Sie das Haus gestürmt haben, ist ein Mädchen von einem Mann abgeholt worden. Einem Deutschen. Sagt die Frau.«

Hafen sah den Mann mit großen Augen an.

Der Polizist schluckte erneut. »Hellbraune Haare. Und etwa sechs Jahre alt.«

»Martha Steinfort«, presste Hafen heraus.

11

Donnerstag, 4. November, vor drei Jahren

Katharina Mink sprang auf. Sie wusste es, sowie sie Sarah, Ruth und Sebastian sah.

Seit vielleicht zehn Minuten hatte sie mit Verena Steinfort im Salon gesessen, hatte versucht, sich mit ihrer neuen Rolle zu beschäftigen, dem Gretchen, sich aber nicht richtig konzentrieren können.

Bald würde die Dämmerung einsetzen.

Die Rolle sollte ihr großer Durchbruch werden: das Gretchen in einer groß angelegten, drei Tage dauernden Inszenierung von Goethes »Faust« am Deutschen Theater in Berlin.

Sofort hatte sie es in den Gesichtern von Sebastian und Sarah Steinfort gesehen!

»Tim!«, schrie sie die Kinder an, so aggressiv, dass Verena von ihren Akten aufschreckte. »Was ist mit Tim?«

Sie lief auf Sebastian zu, der gerade vierzehn geworden war, packte ihn an den Schultern und schüttelte ihn. »Wo wart ihr mit ihm? Wo?«

»Katharina!«, rief Verena, verwundert und verärgert. Sie legte den Aktenordner zur Seite und stand auf. »Was hast du denn? Warum greifst du meinen Jungen an? Beruhige dich!«

Sebastian Steinfort schien so schockiert über Katharinas Benehmen, dass er nichts herausbrachte.

Sarah Steinfort hatte ihre Fassung nicht verloren.

»Wir haben Verstecken gespielt. Wie in den letzten Tagen auch. In einem Waldstück in Richtung Marienschlucht. Ich habe gesucht. Wir haben genau festgelegt, wie weit man gehen darf. Die anderen haben sich versteckt. Und dann ist Tim verschwunden. Zuerst habe ich allein gesucht. Als ich die anderen gefunden hatte, haben wir zu dritt gesucht. Wir haben nach Tim gerufen. Wir dachten, er hätte ein besonders gutes Versteck gefunden und wollte nicht herauskommen. Aber er war nicht da.«

Katharina stand wie erstarrt und sagte nichts. Ihr war nicht entgangen, dass Sarah, während sie sprach, zweimal zu Ruth geblickt hatte.

Erst jetzt ließ Katharina Sebastians Schultern los.

Sarah fuhr fort: »Über eine Stunde haben wir gesucht. Dann sind wir zurückgegangen. Auf dem Weg haben wir ständig gerufen. Aber er war weg.«

Sarah zögerte einen Moment und sah Katharina Mink fest in die Augen. »Wir haben gedacht, dass er schon wieder hier ist.«

Das Mädchen senkte den Blick.

Es sah schuldig aus, fand Katharina.

»Ihr habt ihn im Stich gelassen!«, sagte sie kalt und wandte sich ab. »Ihr hättet anrufen können!«

Sie hatte gespürt, dass etwas passiert war!

Ohne ein weiteres Wort zu sagen, rannte Katharina Mink aus dem Salon, aus dem Hotel und stieg in ihren Porsche Cayenne. Wie immer steckte der Schlüssel. Rasant fuhr sie an und streifte dabei Verenas Audi. Ohne sich darum zu kümmern, fuhr sie viel zu schnell rückwärts aus der Ausfahrt heraus und raste mit achtzig durch den kleinen Ort.

Tim! Ausgerechnet Tim!

Sie glaubte zu wissen, wo er war. Die tote Maus. Schon zwei Mal waren sie alle in diesem Urlaub den Uferweg von Bodman nach Wallhausen gewandert. In der Mitte der Strecke, unweit der Marienschlucht, hatte Tim die tote Maus entdeckt.

»Mama, ich will noch mal zu der toten Maus! Dort gibt es bestimmt noch mehrere, die leben! Und ich habe doch noch nie eine lebende Maus gesehen!«

»Tim, die Mäuse schlafen jetzt! Da müssen wir im Sommer wiederkommen!«

»Aber die kleinen Fische, Mama! Ich habe dort auch kleine Fische im See entdeckt! Ob die Maus die fressen wollte?«

»Mäuse fressen keine Fische, Tim. Die sind jetzt bestimmt weg. Weit weg!«

Hatte Tim nur die Zeit vergessen? Und sich verlaufen?

Bald würde es dunkel sein.

Und der Hang zwischen Weg und Seeufer war steil.

Aber verlaufen konnte man sich eigentlich nicht. Tim kannte den Weg. Direkt am See führte er entlang. Er könnte höchstens in die falsche Richtung nach Wallhausen gelaufen sein.

Katharina ging nicht vom Gas, als ihr Wanderer auf der Straße mitten im Ort entgegenkamen. Die mussten zur Seite springen, um ihr Leben zu retten.

Als sie den Ort verließ und auf einen breiten, geschotterten Weg kam, fuhr sie mit unverminderter Geschwindigkeit weiter.

Sie bremste nicht, als ein großer Hund plötzlich auf den Weg lief. Selbst als sie spürte, wie zwei Räder über den Körper rollten, und sie kurz sah, wie die Besitzerin entsetzt die Hände vor das Gesicht legte, ging sie nicht vom Gas.

Was war schon ein Hund gegen ein Kind?

Dann hatte Katharina das Ende des breiten Weges erreicht und befand sich am Waldrand. Nur ein schmaler Wanderpfad führte jetzt weiter, direkt oberhalb des Sees.

Vielleicht würde Tim ihr doch entgegenkommen, und alles wäre wieder gut.

Sie ließ das Auto offen stehen und lief weiter. Noch etwa einen Kilometer würde sie laufen müssen.

Warum hatte sie erlaubt, dass Tim mit den anderen allein zum Spielen ging? Hatte sie nicht geahnt, insgeheim gewusst, dass es ihn zu der toten Maus am Seeufer ziehen würde?

Es wäre alles aus. Ihre Schuld.

Geschwind! Geschwind!

Rette dein armes Kind!

Sie keuchte laut und schwitzte, als sie die Stelle erreichte.

Gerufen hatte sie die ganze Zeit.

Nichts. Niemand. Keine Antwort.

Keinem Menschen war sie begegnet.

Es dämmerte jetzt. Ein fast voller Mond stand schon am Himmel. Wie ein Urwald sah es aus. Leicht stieg der Hang empor. Dürre, von Efeu überwucherte Stämme mit kahlen Zweigen ragten dicht an dicht aus dem abgeworfenen Laub. An einem Grabstein neben dem Weg blieb ihr Blick hängen. Ein Emil Schleicher war hier tödlich verunglückt. Sie schluckte. Was hatte das zu bedeuten? Wieso stand ein Grabstein mitten im Wald?

Ihr Blick hastete weiter. Es war absolut still. Weiter oben ging der Hang in eine schroff, fast senkrecht abfallende Felswand über. Efeustränge wuchsen wie fallendes Wasser an dem hellen Gestein herunter.

Kein Fortkommen möglich.

»Tim? Bist du hier?«

Nichts. Nur diese Stille.

Langsam wurde ihr Atmen ruhiger.

Vor ihr der eisengraue, glatte, schwere See.

Ohne nachzudenken rutschte sie den Hang zum Seeufer an der erstbesten Stelle hinab. Dabei stieß sie sich an Rücken, Beinen und Armen; so fest, dass sie kurz aufschrie.

Sie richtete sich auf und klopfte den Lehm und das feuchte Laub von ihrer Kleidung. Sie hatte Kratzspuren am linken Handgelenk und Unterarm. Die bluteten leicht.

Ruhig, gespenstisch ruhig lag der Bodensee da. Doch das Wasser schien flach zu sein: So weit sie sehen konnte, war der Grund als helle Fläche zu erkennen.

Wenn die Sonne schien, wie vor ein paar Tagen, schimmerte das Flachwasser türkis.

Sie suchte den Uferkies ab.

Nichts. Die Maus war fort.

Ihr Herz schlug schneller.

»Tim? Tim! Hörst du nicht? Die Mama ist wieder da!«

Ihre Stimme war wie etwas Lebendiges in einer sonst toten Welt. Es blieb vollkommen still. Nichts regte sich, kein Vogel war zu hören.

Sie spürte den Schweiß auf ihrer Haut, der Brust, dem Rücken.

Langsam ging sie am Ufer entlang.

Sie blickte auf die weite Wasserfläche.

Er war tot. Plötzlich wusste sie, dass Tim tot war.

Sie sah, wie sein Körper langsam zum Grund sank.

Meine Mutter, die Hur, die mich umgebracht hat.

Eine Weile war sie wie erstarrt.

Plötzlich ein Geräusch, knackendes Holz. Da war sie wieder wach und fuhr herum. Oben am Hang! Über der Steilwand? Sie kniff die Augen zusammen. Vor ihr nur Bäume, Blätter, totes Holz.

Plötzlich eine Bewegung; sie meinte, weit oben irgendetwas erkannt zu haben. Ein Mensch? Ein Tier? Oder täuschte sie sich?

»Hallo? Haben Sie ein Kind gesehen?« Ihre Stimme war laut, aber voller Angst.

Nichts regte sich. Stand da wirklich jemand? War es ein Stamm, der wie ein Mensch aussah? Oder ein erschrockenes Tier?

»Hören Sie mich? Ich suche mein Kind! Ein Junge. Er heißt Tim.«

Katharina blieb stehen.
Für wie lange?
Doch wer auch immer da stand, rührte sich nicht mehr.

Noch immer stand sie da.
Lauschte.
Nichts.

Sie wusste jetzt, wo Tim war.

Sie würde zu ihm gehen und ihn holen.

Katharina spürte die Kälte nicht, als sie in den See ging.

Es war tiefer, als sie gedacht hatte. Das kalte Wasser reichte bis zum Bauch. Die leichten Wellen, die sie aufwarf, setzten den glatten See in Bewegung.

Sie hörte die Rufe nicht, die weit entfernt aus dem Wald drangen.

Schritt für Schritt ging sie der Tiefe entgegen.

Bald würde die Kante kommen, wo der See steil ins Tiefe abfiel.

Dort war auch Tim. Sie sah ihn, wie er immer noch langsam in die Dunkelheit hinabsank.

Sie merkte kaum, als jemand sie packte.

Das Platschen des Wassers hörte sie nicht.

Hatte jemand gerufen?

Wolfgang, ihr Mann, stand neben ihr und sah sie an.

Angst, Wut, Trauer in seinem Blick. Und Zweifel.

»Er liegt jetzt da unten, Wolfgang«, flüsterte sie.

Wolfgang Mink sah seine Frau nicht mehr an.

»Du bist verrückt, Katharina«, sagte er kalt.

Der Menschheit ganzer Jammer fasst ihn an.

Sie lächelte.

Willenlos ließ sie sich aus dem Wasser heraus ans Ufer führen.

Was danach geschah, wusste sie schon bald nicht mehr.

12

Freitag, 2. August

»Dieser Fall ist absolut unglaublich«, meinte Maria Schellenberger. »Zwei Kinder verschwinden aus einem Freundeskreis innerhalb von drei Jahren! Das kann kein Zufall sein!«

Zusammen mit Thomas Korn saß sie an einem Gartentisch direkt am Seeufer auf dem Grundstück der Familie Schwarz. Die Morgensonne war noch nicht zu heiß, dazu Vogelgezwitscher, das leichte Plätschern kleiner Wellen, der frische Geruch des Sees.

Das Grundstück kam Schellenberger, die in einem kleinen Reihenhaus im Konstanzer Sierenmoos aufgewachsen war, riesig vor. Es lag an einem Hang, der vom Uferweg zum See hin abfiel. Das weiße verwinkelte Einfamilienhaus prangte wie ein kleines Schloss darüber. Der Hanggarten bestand aus einer großen Wiese mit Büschen, einigen Beeten, einer riesigen Pappel nah am Ufer und einer uralten Weide. Ein Fischerboot mit Außenborder lag am Ufer.

Auch Selma Schwarz, Martins Mutter, saß mit am Tisch.

»Ich war mir schon damals sicher, dass die Mutter, diese Katharina Mink, dahintersteckt! Ich habe damals viel über den Fall gelesen. Die war mit Kindern und Schauspielkarriere völlig überfordert. Und der Vater hatte auch keine Zeit. Dazu immer dieser kalte, distanzierte Blick auf den Fotos! Und ihre Mutter war schizophren.«

»Aber warum«, erwiderte Schellenberger, »sollte sie jetzt die Tochter ihrer Freundin umbringen? Schließlich hat Verena Steinfort sie damals verteidigt.«

Selma Schwarz neigte den Kopf. »Vielleicht war sie auf die Tochter ihrer Freundin neidisch? Oder diese Martha hat sie an ihre Schuld erinnert. Da ist bei ihr vielleicht eine Sicherung durchgebrannt. Wenn ihr mich fragt, solltet ihr in diese Richtung ermitteln.«

Martin Schwarz hatte, nachdem er vom Dingelsdorfer Strandbad zurückgekommen war und geduscht hatte, Gartentisch und Stühle zum See hinuntergetragen. Schließlich war der Sommer kurz genug. Jetzt kam er mit einem Pott Kaffee den Hang hinunter. Hier war es angenehmer als in dem heißen Büro im Industriegebiet.

Schwarz verdrehte leicht die Augen, als er seine Mutter so bestimmt reden hörte. Selma Schwarz war eine gebildete Frau und als begeisterte Deutschlehrerin in der Weltliteratur zu Hause. Aber daneben hatte sie schon immer einen Hang zu Boulevardnachrichten gehabt.

»Mama!«, sagte er streng, als er den Kaffee auf dem Gartentisch abstellte. »Und weil Katharina Mink mit ihren Kindern überfordert ist, erdrosselt sie ihren Sohn? Im Urlaub? Und hat sich gestern Martha geschnappt und in einem überfüllten Strandbad vor aller Augen ermordet? Die Dinge sind vielleicht nicht immer so einfach, wie es in der Regenbogenpresse steht.«

»Aber vielleicht auch nicht so verworren und kompliziert, wie du sie dir denkst!« Selma Schwarz seufzte und stand auf. »Na ja, dann schafft ihr mal was. Ich hab eh noch im Haus zu tun. Aber denkt an meine Worte! Dahinter steckt diese Katharina Mink! Die war mir nie sympathisch, die arrogante Ziege! Und diese übertriebene Spielweise! Hab sie damals in Zürich gesehen. Die Herren Kritiker hatten vor allem ihre dicken Titten im Blick.«

Beim letzten Satz blickte Selma kurz zu ihrem Sohn. Dann stand sie auf und ging die schmale Steintreppe zum Haus hinauf. Sein Vater hatte sie damals angelegt.

Martin Schwarz wurde ein wenig rot.

»Sei doch nicht immer so grob zu deiner Mutter!«, meinte Maria Schellenberger vorwurfsvoll. »So unwahrscheinlich ist es nicht, was sie sagt.«

Martin Schwarz schüttelte den Kopf. »Halb Deutschland hat damals geglaubt, dass Katharina Mink ihren Sohn getötet hat. Fast jede Zeitung hat darüber geschrieben. Jeder Idiot hat dazu eine Meinung gehabt. Tausende Talkshows zu dem Thema. Es gab aber, soweit ich mich erinnere, nur Indizien, mehr nicht. Was, wenn Katharina Mink wirklich unschuldig ist? Kannst du dir vorstellen, was das für sie, ihren Mann und ihre Tochter bedeutet haben muss? Noch immer bedeutet? Die Medien haben sie hingerichtet.«

Jetzt schaltete sich Thomas Korn ein.

»Wäre Wolfgang Mink kein einflussreicher Unternehmer, säße

seine Frau heute im Knast. Hundertprozentig. Mink hat mit seinen Beziehungen diesen Prozess verhindert.«

»Es gab keine Leiche, es gab kein Geständnis, und es gab keine eindeutigen Beweise. Nur widersprüchliche Gutachten und ein paar Indizien. Niemand wäre auf dieser Grundlage verknackt worden. Im Zweifel für den Angeklagten. Außerdem, nur zur Erinnerung, arbeiten wir jetzt für Wolfgang Mink.«

»Wie auch immer!«, erwiderte Maria Schellenberger und berührte dabei sanft den Oberschenkel ihres Freundes, um ihn an einer Antwort zu hindern. »Wir sollten jetzt keinen Stammtisch aufmachen. Thomas und ich haben heute Morgen schon einiges recherchiert.«

Martin Schwarz lächelte. Er sah der blonden, molligen Frau in die immer strahlenden hellblauen Augen. »Danke, Maria. Du hast recht. Ich war heute früh schon am Tatort. Dazu später mehr. Fangt ihr mal an!«

»Zum Fall Tim Mink brauche ich noch etwas Zeit«, meinte Maria. »Es gibt unzählige Internetbeiträge, Zeitungsartikel und inzwischen auch zwei Bücher zu dem Fall. Da bekommst du frühestens morgen Abend einen ersten Bericht. Aber zu den Personen haben wir schon einiges.«

Maria nickte ihrem Lebensgefährten zu. Der große und korpulente Thomas Korn begann.

»Wolfgang und Katharina Mink haben zwei Kinder. Tim ist seit drei Jahren verschwunden, er wäre heute neun. Seine Schwester Ruth ist fünfzehn Jahre. Damals war sie zwölf. Wolfgang Mink, dreiundfünfzig, ist Inhaber von Mink Solutions. Hat mit zweiundzwanzig den kleinen mittelständischen Betrieb seines Vaters übernommen und daraus ein großes Unternehmen mit mehreren tausend Mitarbeitern und Standorten in Osteuropa und den USA gemacht. Gegründet wurde der Betrieb bereits von Wolfgangs Großvater.

Wolfgang Mink kommt aus einer typischen schwäbischen Unternehmerfamilie bei Pfullendorf. Die Eltern lebten bescheiden und sparsam, kleines Einfamilienhaus, ein zehntägiger Campingurlaub am Bodensee im Jahr, sonntags Kirche. Süßigkeiten waren, außer an Festtagen, ein Tabu, Fleisch gab es nur zweimal die Woche, und wenn sich der kleine Wolfgang ein VfB-Stuttgart-Trikot kaufen wollte, musste er sich das Geld durch kleine Arbeiten im Betrieb verdienen. So hat das Mink zumindest in Interviews für das HANDELSBLATT und die SÜDZEITUNG beschrieben, die ich im Netz gefunden habe. Ein völlig unspektakuläres, bescheidenes, arbeitsames Leben, zunächst einmal.

Als Wolfgang fünfzehn war, ist allerdings eine Katastrophe passiert. Der Vater starb an einem Herzinfarkt. Ging eines Morgens in den Keller zum Wasserholen und kam nicht mehr hoch. Die Frau fand ihn Stunden später und hat das wohl nie verkraftet. Jedenfalls hat Wolfgang dann die Verantwortung für die Familie und zum Teil auch für den Betrieb übernommen. Hat seiner elfjährigen Schwester das Frühstück gemacht, sie in die Schule gebracht, später die Hausaufgaben kontrolliert und nebenbei mit einem älteren Mitarbeiter den Betrieb geführt, während seine Mutter mit Depressionen im Bett lag. Sie starb drei Jahre nach ihrem Mann an Herzversagen. Hatte wohl angefangen zu trinken.

Trotz dieser Belastungen hat Wolfgang Mink die Realschule abgeschlossen, das Wirtschaftsabitur gemacht und an der Dualen Hochschule Ravensburg Betriebswirtschaft studiert, mit sehr gutem Abschluss. Während seines Studiums hat er weiterhin den väterlichen Betrieb mitgeleitet. Nach dem Studium ist Mink dann voll eingestiegen, und die Erfolgsgeschichte von Mink Solutions begann. Der einzige Luxus, den sich Mink mittlerweile gönnt, sind teure Autos. Er fährt einen Porsche Panamera und hat wohl noch verschiedene Oldtimer-Porsche in seiner Garage.«

»Wie passt so jemand zu Katharina Mink?«, fragte Schwarz nachdenklich. »Feinsinnige Schauspielerin und bodenständiger Unternehmer. Gegensätzlicher geht es doch nicht, oder?«

»Da gibt es mehr Parallelen, als du denkst«, erwiderte Maria Schellenberger. »Katharina Mink ist erst vierzig, aber es gibt im Netz schon unzählige Interviews, Berichte und psychologische Einschätzungen über sie, nicht zuletzt auch wegen des rätselhaften Verschwindens ihres Sohnes. Jedenfalls kommt Katharina aus schwierigen Familienverhältnissen. Die Eltern haben sich getrennt, als sie vierzehn Jahre alt war. Die Mutter scheint an einer schweren paranoiden Schizophrenie gelitten und Vater und

Tochter mehrfach bedroht zu haben. Das sagt Katharina selbst in einem Interview für DIE ZEIT. Während die Mutter nach der Trennung nach Berlin zog, blieb Katharina zunächst beim Vater in Friedrichshafen. Der heiratete zwei Jahre später erneut. Katharina fühlte sich wohl beim Vater und verstand sich auch gut mit ihrer Stiefmutter. Sie machte in Friedrichshafen Abitur und zog dann nach Berlin, um an einer Schauspielschule zu studieren. Ob sie auch wegen der Mutter nach Berlin ging, weiß ich nicht. Aber in dem ZEIT-Interview beschreibt sie, wie sie sich um ihre Mutter gekümmert hat und wie belastend das für sie war.«

Martin Schwarz nickte langsam. »Wolfgang und Katharina haben also ganz ähnliche Erfahrungen gemacht. Sie mussten beide ziemlich früh Verantwortung übernehmen. Vielleicht mehr, als sie tragen konnten.«

»Dennoch haben beide außergewöhnliche Karrieren hingelegt«, fuhr Schellenberger fort. »Schon während ihres Studiums an der Ernst-Busch-Schauspielschule hatte sie erste Auftritte an der Berliner Volksbühne. Ihr Talent wie ihr Arbeitseifer sind schnell entdeckt worden. Am Berliner Ensemble bekam sie nach dem Studium ziemlich schnell eine Festanstellung. Später wechselte sie nach Zürich. Diese Frau hat schon ziemlich viele große Rollen gespielt. Sie scheint eine Vorliebe für tragische Frauenfiguren zu haben. Lessings Emilia Galotti, Ibsens Nora, Desdemona aus ›Othello‹. Ihre Interpretation der Mathilde von Zahnd aus Dürrenmatts ›Physiker‹ war wohl ihr bisheriges Glanzstück. Dafür ist sie mit dem Deutschen Schauspielerpreis ausgezeichnet worden.

Daneben hatte sie immer wieder Auftritte im Fernsehen. Angeblich war sie damals für die Rolle einer ›Tatort‹-Kommissarin im Gespräch. Als Tim verschwand, arbeitete sie gerade an Goethes Gretchen. Es war eine bedeutende ›Faust‹-Inszenierung am Deutschen Theater in Berlin, mit Bruno Ganz als Faust. Aber das hat sie dann abgesagt.«

Maria Schellenberger trank einen Schluck Kaffee.

»Seitdem ihr Sohn verschwunden ist, hat sie sich völlig von der Schauspielerei zurückgezogen. Allerdings habe ich einen aktuellen Bericht in der NEUEN ZÜRCHER vom Juni gefunden, wonach sie ein Comeback in Zürich plant.«

Schwarz nickte nachdenklich. »Gute Arbeit! Da habt ihr ja einiges herausbekommen. Klingt nach ziemlich starken Menschen, die einiges verkraften können.«

»Wobei Wolfgang Mink noch robuster zu sein scheint als seine Frau«, meinte Thomas Korn. »Während sie ihre Karriere nach dem Verschwinden des Sohnes aufgegeben hat, blieb er weiter im Geschäft. Und das Unternehmen ist seitdem rasant gewachsen.«

»Aber vielleicht ist es auch schwieriger, nach so einem Vorfall als Schauspielerin weiterzuarbeiten«, vermutete Schwarz. »Denk daran, als wir damals im Schultheater gespielt haben. Du trägst immer deine Persönlichkeit in die Rolle hinein. Und gerade Katharina Mink war eine hochsensible Schauspielerin. Ich habe sie selbst einmal in Zürich gesehen. Die hat diese wahnsinnige Irrenärztin nicht gespielt, die *war* dieses Fräulein Dr. von Zahnd! So kam es mir zumindest vor.«

Kurze Stille.

»Habt ihr auch schon etwas zur Tochter?«, fragte Schwarz dann. »Dieser Ruth Mink? Immerhin ist Tim Mink damals angeblich beim Spielen mit den anderen Kindern verschwunden. Wobei das in den Medien nie thematisiert worden ist.«

»Nein. Allerdings gehen Ruth Mink, Sebastian und Sarah Steinfort auf das noble See-Internat in Horn am Untersee.«

»Tja ja«, seufzte Korn, »die internationale Elite ganz unter sich! Monatliche Schulgebühr: sechstausend Euro.«

»Und Wolfgang Mink ist im Vorstand des Internats«, ergänzte Schellenberger.

Schwarz hob die Brauen. »Interessant!«

»Auch Martha war auf der Schule. Die bieten Grundschule und Gymnasium an.«

Schwarz lächelte. »Ich bin beeindruckt. Wann seid ihr eigentlich heute Morgen aufgestanden?«

Korn verdrehte die Augen in Richtung Schellenberger. »Dieses Wahnsinnsweib hat mich um fünf aus dem Bett geschmissen. Wir sollten schon mal etwas arbeiten, bevor Natascha aufwacht, hat sie gemeint.«

Schwarz grinste. Die vierjährige Natascha war Schellenbergers Tochter aus einer missglückten Ehe. Seit einem guten halben Jahr waren Korn und Schellenberger zusammen, und Natascha hatte den großen Mann mit den dicken schwarzen Haaren und der Hornbrille schnell als neuen Papa akzeptiert.

»Willst du noch etwas zu den Steinforts hören?«, fragte Maria Schellenberger nicht ohne Stolz.

»Nur zu gern!«

»Auch hier sind wir bei den Schönen, Reichen, Guten«, frotzelte Korn.

»Robert Steinfort ist Soziologieprofessor«, fuhr Schellenberger fort. »Hat schon viel publiziert, darunter einen richtigen Bestseller, der ihn auch außerhalb von Fachkreisen bekannt gemacht hat. War viele Jahre an der ETH in Zürich und hat jetzt eine Professur an der Pädagogischen Hochschule in Freiburg.«

»Von der renommierten ETH an eine Provinz-PH?« Schwarz staunte. »Wenn das kein Abstieg ist! Ich habe diesen Bestseller vor Jahren gelesen. Es ging um das Leben von Topmanagern, die er mit einem Forscherteam interviewt hat. Das Buch war wirklich gut. Robert Steinfort galt als neuer Stern am Soziologenhimmel.«

Schellenberger zuckte mit den Achseln. »Soweit ich das recherchieren konnte, ging der Wechsel an die PH von ihm aus.«

»Interessant.« Schwarz wiegte den Kopf. »Wann war das?«

»Vor etwa zwei Jahren.«

»Also nach dem Verschwinden von Tim Mink.«

»Du hast ihn im Verdacht?« Schellenberger klang überrascht.

»Mach erst einmal weiter«, entgegnete Schwarz.

»Dr. Verena Steinfort ist eine ziemlich renommierte Strafverteidigerin. Partner in der Stuttgarter Großkanzlei Humbert, Meck & Frenz. Verdient wahrscheinlich das Fünffache von ihrem Mann. Ein gemeinsames Haus haben sie in Breisach bei Freiburg. Dann hat Frau Steinfort noch eine Zweitwohnung in Stuttgart. Sie hatte schon zahlreiche prominente Fälle und für ihre Mandanten schon einige Prozesse spektakulär gewendet. Gilt als absolutes Arbeitstier. Sie übernimmt immer wieder auch Mandanten aus armen Verhältnissen, die sie nicht bezahlen müssen.«

»Verena Steinfort ist so etwas wie Robin Hood?«, fragte Schwarz.

»Jedenfalls ist sie mit ihren Fällen immer fett in der Presse«, erwiderte Schellenberger.

Schwarz trank einen Schluck Kaffee. »Ich habe heute Morgen in Dingelsdorf einen roten Mercedes mit Freiburger Nummer gesehen. Und einen Mann, den ich für Robert Steinfort gehalten habe. Der hat am Yachthafen dort nach irgendetwas gesucht.«

»Nein«, entfuhr es Korn und Schellenberger im Chor. Gespannt sahen sie Schwarz an.

»Ein komischer Zufall. Was macht ein Soziologieprofessor im Urlaub morgens um kurz vor sechs auf einer Steganlage dreihundert Meter entfernt von dem Ort, an dem seine Tochter am Tag zuvor verschwunden ist? Aber lasst uns mit dem Spekulieren noch warten. Wer kümmert sich bei diesen viel beschäftigten Menschen eigentlich um die Kinder?«, fragte Schwarz.

Korn zuckte mit den Schultern. »Na, die sind doch im Internat. Eliten-Rundum-Betreuung. Da bleiben sicher keine Wünsche offen.«

Schwarz dachte an seine Kindheit. Wahrscheinlich hatte er in dieser Hinsicht großes Glück gehabt. Seine Eltern waren beide Lehrer gewesen. Wenn er von der Schule kam, war immer jemand da. Seine Mutter hatte nur eine halbe Stelle, als er klein war. Einer von beiden hatte stets Zeit, bei den Hausaufgaben zu helfen oder etwas zu unternehmen. Angeln, Pilze suchen, im Garten arbeiten ... So oft war er mit seinem Vater nachmittags unterwegs gewesen. Am Schreibtisch saßen seine Eltern dann abends.

»Ist das heute so? Ich meine, dass man Kinder einfach von Fremden betreuen lässt?«

»Die Zeiten ändern sich, Martin«, entgegnete Schellenberger.

Schwarz spürte, dass sich Maria, die Natascha lange allein erzogen hatte, angegriffen fühlte.

»Ich weiß nicht, was wäre, wenn meine Großeltern mir mit Natascha nicht geholfen hätten. Sie wäre dann wohl auch in der Ganztagsbetreuung gelandet. Nun ist ja zum Glück Thomas da.« Sie lächelte. »Natascha hat jetzt einen wundervollen Vater.«

Korn senkte stolz den Blick. »Die Zeiten lebenslanger Ehen und hauptberuflicher Mütter sind vorbei«, pflichtete er seiner Freundin bei. Auch Thomas Korn war bei einer alleinerziehenden Mutter und den Großeltern aufgewachsen.

»Ob das für die Kinder ein Fortschritt ist?« Martin Schwarz war skeptisch. »Aber da kann ich wohl nicht mitreden. Egal. Wie sind diese so unterschiedlichen Menschen zusammengekommen?«

Schellenberger übernahm. »Robert Steinfort, Verena Steinfort und Katharina Mink sind gleich alt und stammen aus Friedrichshafen. Vielleicht waren sie zusammen auf der Schule.«

»Wir brauchen zu dem gesamten Freundeskreis noch mehr Informationen«, sagte Schwarz nachdenklich. »Konzentriert euch zunächst einmal auf Robert Steinfort. Das ist bisher unsere heißeste Spur.«

Dann erzählte er von seinen Beobachtungen am Strandbad. Als er fertig war, schwiegen sie eine Weile und blickten hinaus auf den See.

Langsam erwachte dort das Sommerleben. Die ersten Segelboote und Yachten waren zu sehen; ein großer, voll besetzter Ausflugsdampfer fuhr gerade vorbei. Der Bootsverkehr hatte den See in Bewegung gesetzt. Kleinere und größere Wellen rollten mal lauter, mal leiser auf den Uferkies. Eine leichte Brise vom Wasser her machte die ansteigenden Temperaturen erträglich. Unzählige Vögel zwitscherten aus den Bäumen. Die österreichischen und Schweizer Alpen, der mächtige Säntis und die Churfirsten, zeichneten sich klar am Horizont ab. Kein Schnee lag mehr auf den Gipfeln.

»Was genau ist eigentlich unser Auftrag?«, wollte Maria Schellenberger wissen.

»Wir finden heraus, wer hinter dem Verschwinden der Kinder steckt.«

»Und warum kommt Mink damit zu uns?«, fragte Korn skeptisch. »Weiß er nicht, dass wir eigentlich nur zu dritt sind?«

Schwarz grinste. »Doch. Aber er ist ein Freund von Jakob von Werdenberg. Und der hat uns wohl als kriminalistische Genies beschrieben.«

Korn und Schellenberger lachten.

»Das spricht ja für ihn!«, meinte Korn.

»Im Ernst. Ich glaube, Mink vermutet den Täter im Freundeskreis. Das liegt ja auch nahe. Vielleicht verdächtigt er seine Frau. Er will jedenfalls Gewissheit.«

»Heißt das, dass er von vorneherein als Täter ausscheidet?«, fragte Korn.

Schwarz überlegte. Der Gedanke war ihm auch schon gekommen. »Nicht unbedingt. Alles ist möglich. Wir sollten in jede Richtung denken. Ab heute Abend werde ich übrigens als Minks Prokurist in den Freundeskreis eingeführt. Ich wohne dann exklusiv im ›Winzerhof‹.«

»Geil!«, meinte Korn.

»Da beneide ich dich nicht!«, erwiderte Schellenberger. »Möchte nicht wissen, wie die Stimmung da ist. Wahrscheinlich belauern und beschimpfen die sich in einem fort.«

»Aber das Essen ist sicher vom Feinsten!«, sagte Korn.

»Wir werden sehen.«

Schwarz schenkte den beiden und sich noch Kaffee ein.

»Was, wenn es um Rache geht?«

Schellenberger und Schwarz blickten Korn verdutzt an.

»Wir haben es hier mit sehr erfolgreichen und wohlhabenden Menschen zu tun. Die müssen Feinde haben. Und wie kann man Menschen mehr wehtun, als ihre Kinder verschwinden und nie wieder auftauchen zu lassen?«

Martin Schwarz nickte langsam. »Das würde Sinn machen. Allerdings brauchen wir dann jemanden, der sowohl etwas gegen die Minks als auch gegen die Steinforts hat.«

»Oder der Täter hat bei Tim einen Fehler gemacht.«

Schwarz sah seinen Freund erstaunt an. Auf diesen Gedanken war er noch nicht gekommen.

»Vielleicht ging es vor drei Jahren gar nicht gegen die Minks«, fuhr Thomas Korn fort. »Vielleicht hat der Täter einfach das falsche Kind verschwinden lassen.«

»Eher nicht.« Schellenberger blätterte kurz in ihren Unterlagen. »Tim Mink war damals sechs, Martha Steinfort drei, Sebastian und Sarah Steinfort waren vierzehn und Ruth Mink zwölf. Eine Verwechslung ist da unwahrscheinlich. Selbst wenn der Entführer Tim für ein Mädchen hielt: Auch jemand, der keine Kinder hat, kann eine Drei- von einer Sechsjährigen unterscheiden.«

»Also vielleicht doch ein Feind beider Familien?«

Schwarz musste an die gemeinsame Jugend der Steinforts und Katharina Mink denken. Darüber musste er mehr erfahren.

Sie entschieden, dass Maria zu den Steinforts recherchieren

und dazu nach Freiburg und Friedrichshafen fahren sollte. Auch würde sie überprüfen, ob Ruth, Sarah und Verena wirklich im Überlinger Strandbad waren, als Martha verschwand.

Thomas Korn sollte sich um die laufenden Fälle kümmern. Zum Schluss überreichte Schwarz Korn und Schellenberger drei schwere Aktenordner.

»Die hat mir Wolfgang Mink gestern gegeben. In zweifacher Ausführung. Das ist alles, was er zum Fall Tim Mink hat. Vernehmungsprotokolle, Presseberichte, der gesamte Schriftverkehr. Übrigens auch von den Detekteien, die Mink mit der Suche nach Tim beauftragt hat. Ich glaube, es ist gut, wenn wir uns alle da durchfressen. Uns fallen bestimmt ganz unterschiedliche Dinge auf.«

»Und wenn der Täter doch nicht aus dem Freundeskreis kommt?«, fragte Korn.

Schwarz stand auf. »Auch dann werden wir ihn nur finden, wenn wir die Minks und Steinforts besser verstehen.«

13

Freitag, 2. August

Wie ein wundersames Märchenschloss prangte das weiße Kloster auf dem dunkelgrünen Frauenberg. Von drei Seiten fielen steile, zum Teil felsige, dicht bewachsene Hänge ab. Pralle Sonne, Windstille, kein Hauch. Wirklich nichts war hier oben zu hören. Selbst die Fliegen schienen im Schatten zu ruhen. Alles Leben schwieg und ruhte sich aus. Martin Schwarz stand auf einer Holzbank, lächelte und blickte hinab, Richtung Süden.

Am Fuß des Bergs, tief unten, schlief ein sommersatter See. Der azurblaue Himmel spiegelte sich in ihm. Es sah aus, als würden riesige Schlieren die Oberfläche durchziehen. Das mussten kleine Windfelder sein.

Mit den Augen folgte Schwarz dem blauen Band Richtung Süden. Auf der anderen Seite fielen erst steile dunkle, dann liefen sanfte und lindgrüne Hügel ins Wasser hinein. Er sah die hellen Städtchen und Dörfer am Ufer gegenüber: Ludwigshafen, Sipplingen, Überlingen. Weit in der Ferne der Turm der Wallfahrtskirche Birnau; dahinter, im Sommerdunst, die schneelosen Alpen als dunkle Silhouette.

Schwarz hatte den Ort noch in guter Erinnerung. Das letzte Mal war er vor über dreißig Jahren hier gewesen. Zu seiner Kommunion. Seine Eltern wollten ihm an einem besonderen Tag einen besonderen Ort zeigen. Die Landschaft hatte sich ihm tief eingeprägt. Doch seit der Vater gestorben war, hatte er nicht mehr herkommen wollen.

Die Mittagshitze war quälend. Martin Schwarz schwitzte, obwohl der Weg vom Parkplatz nur fünfzehn Minuten gedauert hatte.

Es war der Weg, den Katharina Mink vor drei Jahren gegangen sein wollte zu der Zeit, als ihr Sohn wenige Kilometer entfernt verschwand. Wolfgang Mink hatte ihm dies gestern Abend erzählt und ihm den Ort auf Google Earth gezeigt.

Kein Zweifel, dachte Schwarz, wenn sie auf dem Weg gegangen war, wäre sie einer großen Wandergruppe sicher aufgefallen. Im letzten Drittel vor dem Kloster führte er auf einem Grat entlang. Zu beiden Seiten fielen die Hänge so steil ab, dass Schwarz sich wunderte, wie die großen Fichten, Buchen und Birken sich hier halten konnten. Ohne zu stürzen käme man diese Hänge kaum hinab.

Katharina Mink hatte behauptet, sich vor dem Kloster auf eine Bank gesetzt zu haben. Hier habe sie in Gedanken ihre Rolle durchgespielt und niemanden gesehen. Das war merkwürdig, denn die Reisegruppe hatte sich auch dort länger aufgehalten. Und da sich die Senioren sicher waren, auf dem Weg niemandem begegnet zu sein, hätten sie zumindest hier aufeinandertreffen müssen.

Konnte es wirklich sein, dass die Wanderer Katharina Mink nicht bemerkt hatten? Sie war sich auch völlig sicher, das Kloster nicht betreten zu haben.

Schwarz drehte sich um und stieg von der Bank hinab. Er betrachtete den kleinen Vorplatz des Klosters. Dieser bestand aus einer Rasenfläche, einigen Beeten und Sitzbänken. Beherrscht wurde er von einem mächtigen, bestimmt zehn Meter hohen hölzernen Kreuz. Am Ende, kurz vor dem Abhang, befand sich ein alter Holzschuppen. Eine erhabene Stille herrschte auf dieser Felsspitze hoch über dem See, die von dichten Büschen begrenzt war. Dahinter die abfallenden Hänge.

Schwarz setzte sich auf die Bank. Plötzlich fiel ihm, neben dem Holzschuppen, eine schwarzhäutige Frau in einer einfachen hellgrauen Tracht auf. Bis eben hatte er sie nicht bemerkt. Er schätzte sie auf Anfang zwanzig. Reglos, mit geschlossenen Augen saß sie da und hatte ihr sanft lächelndes Gesicht der Sonne zugewandt. Ihre gefalteten Hände ruhten auf den Knien. Die Haut war auffallend dunkel. Wie eine schwarze Madonna, dachte er. Eine schöne Frau. Eine Sonnenanbeterin. Die Bank, auf der die Schwarze saß, war von großen blühenden Fuchsienbüschen überwölbt. Wie rote Sterne standen die Blüten über der Frau. Ob sie ihn wirklich nicht bemerkt hatte? Oder ob sie ihm einfach gestattete, ihre Schönheit zu betrachten?

Schwarz wusste, dass das Kloster von einer Handvoll Frauen und Männer einer katholischen Glaubensgemeinschaft bewohnt wurde. Er lächelte. Was brachte eine solch schöne und lebenslustig wirkende Frau zu einem solch einsamen Leben? Doch offenbar ging es diesem Menschen gut.

Jedenfalls war die Frau ihm erst nicht aufgefallen. Auch Katharina Mink könnte so reglos dagesessen haben, versunken in ihrer Rolle. Fausts Gretchen, ausgerechnet. Und die ankommenden Wanderer waren vielleicht auf sich bezogen und in kleinen Gruppen ins Gespräch vertieft gewesen. Und vielleicht hatte doch jemand Katharina Mink entdeckt, sie für eine Schwester gehalten und gleich wieder vergessen.

Vielleicht, vielleicht.

Jetzt öffnete die Schöne die Augen, und ihre Blicke trafen sich. Die Frau lächelte ihn offen an, er lächelte zurück und senkte kurz darauf etwas beschämt den Blick. Doch wozu die Scham?, fragte er sich. Sie hatte ihm den Blick offenbar nicht übel genommen, er war auch alles andere als begehrlich gewesen. Er hatte einfach ein wunderschönes Bild genossen.

Elsa Berger kam ihm in den Sinn; die Szene, als sie das erste Mal bei ihr in Waldshut miteinander geschlafen hatten; sie danach aufstand vor dem Kamin, ihn anlächelte und nackt zum Flur ging, um ihren Bademantel zu holen. Elsas Haut war schneeweiß und weich. Damals hatte er sie ähnlich angesehen, einfach nur ihre Schönheit vollkommen genossen.

Mit fast interesselosem Wohlgefallen.

Martin Schwarz lächelte und schloss kurz die Augen, um das Bild noch einen Moment zu bewahren. Doch da war nicht mehr nur Wohlgefallen, seit er sie mit einem anderen beobachtet hatte. Über ein Dreivierteljahr war das her jetzt. Das Bild, wie Elsas südländischer Lover im Novemberregen vor ihrem Haus ihren Arsch befingerte, schmerzte noch immer.

Noch immer traf er sich mit Elsa alle paar Wochen, und er sah sie jedes Mal gern. Aber an jenem Tag war etwas zerstört worden, vielleicht unwiderruflich. Er hoffte nicht.

Immer mischten sich Zorn und Misstrauen in die Erinnerungen.

Die schwarze Frau stand auf und ging, immer noch lächelnd, schweigend an ihm vorbei. Der Stoff der grauen Tracht wirkte schwer und grob. Eine Außentreppe führte einige Stufen hoch zum Klostereingang. Sie öffnete die schwere Holztür und verschwand.

Er war allein. Noch immer Stille und helle Sonne. Dieser Ort, dachte Schwarz, war wie ein Bollwerk des Guten und Schönen gegen die böse Welt.

Schon wollte er zurückgehen, da fiel sein Blick auf die weiße Klosterwand neben den Stufen. Sie war übersät von kleinen dunklen Punkten. Hunderte Marienkäfer ruhten auf der Wand. Jetzt lag sie im Schatten, aber wahrscheinlich hatte die Morgensonne sie aufgeheizt.

Schwarz lächelte. Sicher steckten die Büsche um die Felsspitze herum voller Blattläuse. Da hatten es die kleinen Käfer nicht weit zum Fressen. Doch so friedlich war die Mittagspause nicht. Ein großes, wanzenartiges Insekt hatte einen Marienkäfer erbeutet, seinen Stechrüssel in den Körper des Opfers gebohrt und saugte diesen jetzt aus.

Schwarz schnippte das Tier mit seinem Opfer von der Wand.

Er sah zum Eingang und ging die Treppe hinauf.

Vor ihm lag ein breiter, mit alten Tonsteinen gepflasterter Gang. Durch Rundbogenfenster im dicken Mauerwerk brachen Sonnenstrahlen in das Gemäuer und gaben dem Steinboden eine intensive rote Farbe. Schwarz dachte an den Terrakottaboden daheim, den vor langer Zeit sein Vater verlegt hatte.

Rechts von ihm führte eine schmale Wendeltreppe steil ins Dunkle. Normalerweise schien sie mit einer Falltür abgedeckt zu sein; heute war sie aufgeklappt.

Ob er überhaupt hinunterdurfte? Gab es dort unten eine Krypta?

Er ging hinab.

Eine angenehme Kühle empfing ihn.

Ob die Schwarze hier hinabgestiegen war?

Unten angekommen blieb er stehen. Der Boden war mit polierten weißen, beigefarbenen und braunen Steinen belegt. Im schummrigen Licht erkannte er eine schwere Holztür. Während er auf sie zutrat, schwankte er leicht; der Weg schien uneben zu sein.

Er betrat den Raum. Es war die Krypta. Die Stille war so total, dass Schwarz sie als bedrängend empfand. Sie wirkte so anders als die oben im Licht. Er dachte an Elsa und fühlte sich auf einmal so allein, dass es wehtat.

Zwei schmale graue Säulen in der Raummitte trugen ein schweres Gewölbe. Wände und Decke waren ockergelb gestrichen. Kerzen brannten überall; hinter einem kleinen, auf nur grob behauenen grauen Stelen ruhenden dunkelgrauen Steinaltar befand sich ein kitschiges Jesusbild. »Abba« stand unter dem Erlöser.

Da durchfuhr ihn ein Schreck. Jemand befand sich im Raum. Vor dem Altar kniete ein glatzköpfiger Mann. So regungslos, dachte Schwarz, als wäre er eine Statue. Der Betende hatte ihm den Rücken zugewandt. Seine Gegenwart schien er nicht bemerkt zu haben. Ein starker Schauer lief über Schwarz' Rücken. Der Oberkörper des Fremden war weit nach vorne gebeugt, und er hielt ein Totenlicht in den Händen.

Irgendwie war das ein Ort, dachte Schwarz, an dem man andere übersah. Die Flamme der Kerze stand ganz gerade, sie flackerte nicht, dieser Mann schien versteinert zu sein.

Offensichtlich gedachte der Mann voller Inbrunst eines Verstorbenen. Schwarz bewegte sich nicht. Dann nahm er den eigentümlichen, schweren Geruch wahr, der wahrscheinlich von dem Mann kam; eine Mischung aus feuchter Erde und Schweiß. Seine Hose hatte Erdflecken. Es war … eine grüne Militärhose …

Für einen Moment hörte Schwarz auf zu atmen. Er erinnerte sich an die Suchmeldung der Polizei, die er auf dem Weg zum Frauenberg im Radio gehört hatte: ein kleiner, drahtiger, durchtrainierter Mann mit schwarzer Baseballkappe und Militärkleidung …

Es wurde nach Zeugen gesucht, die den Mann gestern Nachmittag im Wald zwischen Dingelsdorf, Dettingen, Allensbach und Konstanz gesehen hatten.

Die Kleidung passt, dachte Schwarz. Nur eine Mütze war nicht zu sehen. Aber sie befanden sich ja in einer Kapelle.

Auch im Umkreis des Mannes war keine Mütze zu entdecken.

Martin Schwarz atmete tief ein und machte einige leise Schritte in Richtung Altar. Jetzt stand er etwa fünf Meter neben dem Betenden. Er musterte seine Züge. Der Mann war von abstoßender Hässlichkeit. Eine stark gekrümmte, adlerartige Nase sprang sofort ins Auge. Dazu ein breiter Mund mit ungewöhnlich schmalen Lippen. Sein Alter war schwer zu schätzen, vielleicht zwischen Mitte vierzig und Anfang fünfzig.

Sollte er es wagen, den Mann anzusprechen? Oder sollte er nach oben gehen und die Polizei verständigen? Könnte er es wagen, ein Foto zu machen?

Da kam der starre Körper des Fremden in Bewegung; langsam wandte er sich ihm zu. Offenbar hatte er ihn erst jetzt registriert, sein Hineinkommen und das Öffnen der Tür schien er nicht bemerkt zu haben. Schwarz erkannte das Befremden im Blick, gleich darauf eine elementare Angst.

Langsam erhob sich der Mann.

Schwarz setzte ein Lächeln auf, wollte zu sprechen beginnen, irgendetwas Freundliches, und einen Schritt hin zu dem Fremden unternehmen, da rannte der andere plötzlich auf ihn zu und rempelte ihn so heftig an, dass Schwarz rückwärts zu Boden fiel.

Die Augen, dachte Schwarz im Fallen, es waren gefährliche Augen.

Mit seinem Hinterkopf schlug er auf, kurz fühlte er sich benommen, doch gleich war er wieder auf den Beinen. Der andere hatte die Krypta bereits verlassen und stürmte auf die Wendeltreppe zu. Schwarz raffte sich auf, stürzte hinterher, aber als er den Fuß der Wendeltreppe erreicht hatte, fiel die Falltür krachend über ihm zu.

Für einen Moment war es finster, doch Schwarz lief die engen Stufen hinauf, presste seine Schultern mit aller Kraft gegen das Holz und stemmte es hoch.

Es ging einfacher als gedacht. Jetzt stand er wieder im Hellen; sofort blendete ihn das Licht, und die Hitze drückte. Schwarz fühlte sich schwach, doch er lief weiter, Richtung Ausgang.

Mit den Händen das Treppengeländer umfassend, blickte er auf den Vorplatz.

Vor ihm stand das gewaltige hölzerne Kreuz.

Doch der Mann war fort.

Schwarz rannte die Treppe hinunter und bog in den Weg zum Parkplatz; der Fremde konnte nur in diese Richtung geflohen sein.

Keine zweihundert Meter war er gelaufen, da hörte er am Hang links unterhalb das Rascheln von Blättern; kurz darauf das Knacken von Holz.

Er sah hinab. Der Fremde rutschte zwischen den Büschen und

Bäumen den steilen Hang hinunter. Ohne lange zu überlegen, folgte Schwarz ihm. So steil der Hang hier war, so dicht wuchsen auch Brombeer- und Efeuranken; schon nach wenigen Metern hatte er blutige Risse an Armen und Beinen; ein Ast schlug an seine Wange. Sein Rücken und sein Steißbein schmerzten. An einem schweren und bemoosten toten Baumstamm kam er zum Liegen.

Da war es plötzlich wieder still; nur sein Atmen war zu hören. Auch der Fremde bewegte sich also nicht. Schwarz stützte sich auf den Stamm und schaffte es, aufrecht zu stehen. Unter ihm befand sich eine steil abfallende, vielleicht drei Meter tiefe Felswand. Hätte der Stamm ihn nicht aufgehalten, wäre er hinabgestürzt.

Und wo war der andere? War er die Felswand hinabgesprungen? Kauerte er unten in einem der dichten Büsche? Verletzt?

Schwarz sah sich um. Überall wuchsen dürre Buchen und Birken, überwuchert von Efeu und anderen Kletterpflanzen; am Boden Totholz und Felsen; ein selbst mit Blicken schwer zu durchdringendes Dickicht.

Aber er müsste ihn hören, wenn er sich bewegte! Der Hang führte in ein enges Tal, von dem aus man den See und den Ort Bodman erreichen konnte. Wahrscheinlich war das sein Ziel.

Mehrere Minuten blieb Martin Schwarz beinah regungslos. Doch es war nichts mehr zu vernehmen. Offenbar wartete der andere darauf, dass er verschwand. Sollte er hierbleiben? Oder die Felswand hinabklettern?

Doch Schwarz hatte den Eindruck, dass der andere fort war.

So als hätte ihn der Erdboden verschluckt.

Ein wenig warten würde er noch. Doch wenn der andere wirklich in der Nähe war und darauf hoffte, dass er gehen würde, würde Schwarz den Kürzeren ziehen. Denn der andere hatte Zeit.

Da fiel ihm etwas ein. Er könnte jemanden anrufen. Die Polizei? Sie würden ihn fragen, was er hier zu suchen habe. Natürlich würden sie ahnen, worum es ging. Ein privater Ermittler ausgerechnet an einem Ort, der in den laufenden Polizeiermittlungen eine Rolle spielte … Und er kannte Marek Hafen vom Hörensagen. Von privaten Ermittlern hielt der nicht viel. Er würde Schwarz' Tarnung auffliegen lassen, seine Ermittlungen im Kreise der Familien würden unmöglich sein. Ein anonymer Anruf? Er würde noch etwas warten.

Er könnte Schellenberger oder Korn informieren. Doch was sollten sie tun? Den Hang von unten hinaufwandern? Das könnte gefährlich sein.

Und vielleicht hatte er einfach einen tiefgläubigen, trauernden und einsamen Menschen in seiner Andacht gestört und ihm Todesangst eingejagt. Mehr als eine Militärhose und seine äußere Gestalt gab es nicht, was den Mann mit Martha Steinfort möglicherweise verband … Und wer weiß, in welchem Zusammenhang die Polizei den Mann suchte.

Martin Schwarz streckte sich und spürte dabei die Schmerzen im Rücken umso mehr. Er blickte den Hang hinauf und fragte sich, wie er ihn wieder hinaufkraxeln sollte.

Noch zwanzig Minuten würde er warten.

14

Dienstag, 30. November, vor drei Jahren

Bereits einen Tag, nachdem Katharina Mink Kommissar Gregor Weinbrenner einen Bleistift in die Hand gerammt hatte, trafen sie sich wieder im Polizeipräsidium Konstanz. Neben Weinbrenner, Seiffert und ihr war auch Verena Steinfort zugegen.

Gregor Weinbrenners Hand war verbunden. Als Katharina zusammen mit Verena eintrat, rieb er sie sich unwillkürlich. Katharina blickte auf den Verband, sagte aber nichts. Dann lächelte sie Weinbrenner kalt an. Ähnlich, wie er das beim letzten Verhör getan hatte.

»Guten Tag, Herr Weinbrenner.«

Der Kommissar erwiderte nichts. Nach einer unangenehmen Pause übernahm Seiffert. »Frau Mink, Frau Dr. Steinfort, bitte nehmen Sie Platz!«

»Sehr geehrte Herren!«, begann Verena, als sie sich gesetzt hatte. »Ich möchte betonen, dass meine Mandantin und ich Ihrer Bitte um ein erneutes Gespräch freiwillig gefolgt sind. Offenbar haben Sie neue Erkenntnisse, die Sie uns mitteilen möchten.«

»Wir danken für Ihr freundliches Entgegenkommen«, erwiderte Seiffert. Seine übertriebene Freundlichkeit verriet seinen Widerwillen. Auch Weinbrenner wirkte verärgert und irritiert. Zwei attraktive und erfolgreiche Frauen schienen zu viel für die Polizisten zu sein.

Verena fuhr so freundlich wie bestimmt fort: »Frau Mink bittet weiterhin darum, sie diesmal nicht mit unangebrachten Unterstellungen und Mutmaßungen zu konfrontieren, die zu nichts als unnötigen … Verletzungen führen.«

Verena lächelte und blickte für einen Augenblick herablassend auf Weinbrenners Verband.

Katharina war froh, Verena bei sich zu haben. Sie strahlte eine Überlegenheit und Härte aus, die sie von ihrer Freundin nicht kannte und welche die Kommissare sichtlich nervös machten. Es fiel Weinbrenner schwer, sich zu beherrschen. Katharina meinte, ein leichtes Zittern seiner Hände zu bemerken.

»Wäre es Ihnen denn recht, wenn wir das Gespräch aufzeichnen?«, fragte Seiffert.

Verena schüttelte bestimmt den Kopf. »Wir bitten um die Erstellung eines Protokolls. Ich möchte betonen, dass wir in erster Linie hier sind, um über den Stand der Ermittlungen informiert zu werden. Wir hören also, meine Herren!«

Weinbrenner und Seiffert sahen sich unsicher an. Seiffert begann. Sein Tonfall war höher als sonst.

»Frau Mink, wie Sie wissen, haben wir das Hotel kriminaltechnisch untersuchen lassen. Dabei haben wir in Ihrem Zimmer Spuren von Blut entdeckt.«

Seiffert machte eine Pause. Als Verena zum Sprechen ansetzte, präzisierte er: »Tims Blut. Wir haben in Ihrem Zimmer an mehreren Stellen eindeutig das Blut Ihres Sohnes nachweisen können.«

Katharina wollte etwas erwidern, doch Verena legte die Hand auf ihren Arm. »Und was bedeutet das für Sie?«

»Dass Tim sich möglicherweise am Tag seines Verschwindens verletzt hat«, antwortete Seiffert vorsichtig. »Da wollten wir fragen, ob uns Frau Mink dazu etwas sagen kann.«

Katharina blickte unschlüssig zu Verena. »Du musst hier gar nichts sagen, Katharina. Absolut nichts.«

»Wobei natürlich jeder Hinweis Ihrerseits unsere Ermittlungen und damit die Suche nach Ihrem Sohn weiterbringen kann«, meinte Weinbrenner.

Verena lächelte abschätzig. »Lass dich nicht unter Druck setzen, Katharina!«

»Wir gehen noch immer davon aus, dass Ihr Sohn lebt«, fügte Seiffert hinzu.

Katharina gab nach. »Er hatte am Vormittag Nasenbluten. Das hat er öfters, wenn er sich aufregt.«

»Warum hat er sich denn aufgeregt?«, hakte Seiffert schnell nach.

Verena sah sie bestimmt an. »Katharina! Sag jetzt nichts mehr!«

»Lass nur, Verena. Ich habe nichts zu verbergen. Es hat einen Streit mit seiner Schwester Ruth gegeben. Ich weiß nicht mehr, worum es ging. Dann ist er hoch in mein Zimmer. Ich war gerade joggen, und dort hat er sich auf mein Bett gelegt.«

»Die Stellen mit Blut sind gründlich gereinigt worden«, stellte Weinbrenner fest. »Offensichtlich wollte es jemand beseitigen.«

»Natürlich habe ich Teppich und Bett gereinigt.«

»Sie sind in einem teuren Hotel untergebracht. Warum haben Sie nicht das Personal gerufen?«

»Ich bin in einem bodenständigen Haushalt aufgewachsen und brauche nicht für alles Personal.«

»Sie haben nur Teppich und Bett gereinigt?«

»Nur Teppich und Bett. Alle Spuren im Zimmer, die ich gesehen habe.«

Gregor Weinbrenner nickte und machte eine kurze Pause. Dann: »Wir haben auch auf der Treppe zum Hoteleingang Blutspuren gefunden, die gründlich gereinigt worden sind.«

Katharinas Antwort kam reflexartig. »Das wird das Hotelpersonal gewesen sein.«

Auch Weinbrenner reagierte schnell. »Haben wir selbstverständlich auch gedacht. Die haben das aber verneint. Keine Reinigungskraft kann sich erinnern.«

Jetzt schaltete sich Verena ein. Sie sprach bestimmt und laut. »Katharina, ich bitte dich dringend, diesbezüglich keine Angaben mehr zu machen. Du hast gesagt, was du weißt.«

»Frau Dr. Steinfort«, begann Weinbrenner echauffiert, wobei sich Katharina sicher war, dass die Erregung gespielt war. »Wir suchen einen sechsjährigen Jungen! Das Kind Ihrer Mandantin! Da sind wir auf die Unterstützung von Frau Mink angewiesen!«

»Dann möchte ich Sie bitten, meiner Mandantin nicht verfängliche Fragen zu stellen! In Hinblick auf diese Blutflecken haben Sie nun eine befriedigende Antwort erhalten.«

»Es hätte uns sehr geholfen, diese Angaben früher erhalten zu haben. Aber gut.« Weinbrenner machte eine Pause.

Katharina war erstaunt, wie souverän Weinbrenner mittlerweile auf Verena reagierte. Seine anfängliche Unsicherheit schien er überwunden zu haben. Offenbar war er geistig flexibler, als sie vermutet hatte. Ob sie den ehrgeizigen Kommissar unterschätzte?

»Frau Mink, können Sie uns weitere Angaben zu dem Streit zwischen Ihrem Sohn und Ihrer Tochter machen?«

Katharina zögerte. »Wie gesagt, Herr Weinbrenner, ich war joggen.«

»Und Sie haben nicht nachgefragt, als Sie zurückgekehrt sind?«

»Mein Gott, wahrscheinlich habe ich das. Wissen Sie, wie oft sich Kinder streiten? Es wird eine Nichtigkeit gewesen sein. Wie meistens. Wenn Tim oder Ruth es mir erzählt haben, habe ich es vergessen.«

»Vergessen. Am Tag des Verschwindens Ihres Sohnes.«

»Warum soll das wichtig sein? Meinen Sie jetzt, meine zwölfjährige Tochter –«

»Nein, Frau Mink. Aber vom Hotelpersonal hat niemand irgendetwas von einem Streit mitbekommen. Das ist doch merkwürdig, oder? Auch haben Sie uns gegenüber immer wieder betont, wie gut sich Ihre Kinder verstehen.«

»Wer weiß, wo die Kinder sich gestritten haben. Vielleicht haben sie im Garten gespielt.«

»Würden Sie uns denn erlauben, Ihre Tochter hierzu zu befragen?«

Katharina verlor kurz die Fassung. »Unterstehen Sie sich! Lassen Sie Ruth aus dem Spiel!« Sie bemerkte, wie Weinbrenner unwillkürlich seine Hände zurückzog. Wütend fixierte sie den Kommissar.

Der ließ ihren Satz einfach im Raum stehen.

Jetzt schaltete sich Verena ein. »Ich denke, meine Mandantin hat zu diesem Komplex alle Angaben gemacht. Der Befragung eines zwölfjährigen Mädchens werden wir selbstverständlich nicht zustimmen. Aber sehr gerne werden wir Ruth fragen, ob sie sich erinnert. Und natürlich kann es viele Erklärungen geben, warum niemand den Streit bemerkt hat, die Sie sicher schon erwogen haben.«

»Vielleicht ist Ihnen einfach die Hand ausgerutscht, Frau Mink? So etwas kann jedem passieren.« Während der Kommissar das sagte, hob er leicht seine verletzte Hand. Er fixierte sie.

Katharina hielt seinem Blick stand, ohne etwas zu erwidern. Verena stand auf. »Meine Herren, das reicht! Katharina, wir gehen.«

»Wir möchten noch einmal zum Tag des Verschwindens kommen«, fuhr Weinbrenner fort. Katharina blieb sitzen. Sie wollte wissen, ob die Kommissare noch etwas in der Hand hatten. »Warte noch, Verena.«

»Ist dazu nicht schon alles gefragt?« Verenas Ton war schneidend.

Weinbrenner ignorierte die Anwältin. »Warum sind Sie, nachdem Sebastian und Sarah Steinfort ohne Tim vom Spielen kamen, sofort aufgesprungen und haben das Hotel verlassen?«

»Weil ich, wie ich Ihnen bereits gesagt habe, Tim an einer bestimmten Stelle am See vermutet habe. Dort hatten wir beim Wandern eine tote Maus entdeckt.«

»Die sich aber gar nicht dort befand, wo die Kinder mit Tim beim Spielen waren, sondern fast zwei Kilometer entfernt.«

»Diese Maus hat ihn absolut fasziniert. Mein Sohn konnte sich schnell für etwas begeistern. Er hat vermutet, dass es noch mehrere Mäuse dort gibt. Außerdem waren da noch kleine Fische. Und wenn er etwas wollte, dann setzte er dafür alle seine Energie ein.«

»Und weil Sie Ihren Sohn an dieser Stelle vermutet haben, sind Sie – bitte verzeihen Sie den Ausdruck – ohne Rücksicht auf Verluste dorthin gefahren?«

»Das können Sie so ausdrücken, ja. Ich liebe meinen Sohn, Herr Weinbrenner, und würde alles für ihn tun.«

Sie kämpfte mit den Tränen, was dem Kommissar nicht entging.

»Warum sind Sie in den sieben Grad kalten Bodensee gestiegen, Frau Mink?«

»Weil ich nachsehen wollte, ob mein kleiner Junge ertrunken ist.« Katharinas Stimme war leise und ernst. Nur mit Mühe hielt sie die Tränen zurück.

»Nach Aussage Ihres Mannes und von Herrn Professor Steinfort wirkte es nicht so, dass Sie den Uferbereich absuchten, sondern dass Sie zielstrebig in Richtung Seemitte wateten.«

Katharina schwieg. Das Bild war wieder da, wie Tim langsam in die Tiefe sank.

»Ich habe meinen Sohn gesucht, Herr Weinbrenner. Ich war mir sicher, er war da.«

»Katharina!« Verenas Stimme war eindringlich.

»Wir haben eine Zeugenaussage.« Weinbrenner machte eine Pause. »Jemand hat Sie und den Porsche Cayenne gesehen.«

Der Kommissar fixierte Katharina erneut. »Der Zeuge hat ausgesagt, dass Sie einen großen hellen Sack zum See getragen haben, Frau Mink.«

Katharina Mink sah Weinbrenner mit weit geöffneten Augen an. Innerhalb weniger Sekunden war jede Farbe aus ihrem Gesicht gewichen. Dann legte Weinbrenner ein Stück Papier vor sie auf den Tisch.

»Frau Mink, wir werden morgen Ihren Porsche Cayenne sowie das Hotel von Spürhunden durchsuchen lassen. Sie werden nach Blut- und Leichenspuren suchen. Es sind die besten Spürhunde der Republik. Bei über zweihundert Fällen waren sie bereits im Einsatz. Erfolgsquote hundert Prozent. Diese Tiere irren nicht, Frau Mink. Im Moment werden Ihr Wagen und der Ihres Mannes gerade von meinen Kollegen abgeholt.«

Weinbrenner schob ihnen ein Blatt Papier zu. »Dies ist der richterliche Beschluss dazu. Wir würden Sie bitten, bei dieser Untersuchung zugegen zu sein.«

»Du sagst jetzt nichts mehr, Verena, kein Wort!«, sagte Verena bestimmend.

Warum war Verena so nervös? Glaubte die Freundin, dass sie Tim getötet hatte? Warum? Was hatte ihr Wolfgang erzählt?

Katharina Mink stand auf und hatte für einen kurzen Moment das unangenehme Gefühl vollkommener Schwerelosigkeit.

15

Freitag, 2. August

Marlene Winter saß in einem Besprechungszimmer im Haus neun des psychiatrischen Landeskrankenhauses. Es war ein lichtdurchfluteter Raum, dessen große Fenster einen wunderbaren Blick auf den großen Park gaben. In diesem Gebäude befand sich die Station für forensische Psychotherapie, in der Werner Schmidtbauer fast zehn Jahre lang behandelt worden war. Hier waren Straftäter mit psychischen Störungen in einer geschlossenen Station untergebracht. Professor Dr. Volker Engel hieß der Arzt, der Schmidtbauer therapiert hatte. Er stecke noch in einer Sitzung, meinte seine Sekretärin, würde aber bald bei ihr sein.

Winter hatte Engels Bild und seine Vita gegoogelt. Die lange Liste von Publikationen verwies darauf, dass es sich bei diesem siebenundvierzigjährigen Arzt um einen Spezialisten für Pädophilie und aggressive Persönlichkeitsstörungen handelte. Wie würde der renommierte Professor reagieren, wenn sie ihn mit ihrem Verdacht konfrontierte? Auch er hatte Werner Schmidtbauer damals begutachtet und seine Rückkehr in die Gesellschaft als ungefährlich eingestuft.

Allerdings hatte sich ihre erste Annahme, dass möglicherweise Schmidtbauer das zweite Kind aus dem Bahnwärterhaus abgeholt hatte, nicht bestätigt. Sie hatten der Rumänin mehrere Bilder Schmidtbauers gezeigt, doch sie war sich sicher, dass sie diesen Mann noch nie gesehen hatte. Dennoch wäre es ein allzu großer Zufall, dachte Winter, wenn Schmidtbauer nichts mit der Sache zu tun haben würde.

Als sie der Rumänin Fotos von Martha Steinfort gaben, zögerte die Frau eine Weile. Winter war nicht entgangen, wie sich kurz ihre Augen weiteten, für einen Moment Angst aus ihren Zügen sprach. Nein, es handele sich bei dem anderen Kind nicht um Martha Steinfort, meinte sie dann. Sie selbst habe sich seit vorgestern in dem Bahnwärterhäuschen aufgehalten, die Kinder seien getrennt voneinander gestern Nachmittag angekommen. Eine genaue Zeit konnte sie nicht angeben.

Es war unwahrscheinlich, dachte Winter, dass Martha Steinfort in das Haus gebracht worden war. Aber ganz ausschließen konnten sie es nicht. Und ihr Gefühl sagte ihr, dass Werner Schmidtbauer etwas mit dem Verschwinden Martha Steinforts zu tun hatte.

Inwieweit die Frau wusste, was mit den Kindern geschah, konnte Marlene Winter noch nicht einschätzen. Sie behauptete, in Rumänien von einer unbekannten Frau mit schicken Kleidern und einem teuren Auto angeworben worden zu sein. Man habe ihr unglaubliche vierhundert Euro geboten, wenn sie für einige Tage auf zwei Kinder in Deutschland aufpassen würde. Angeblich befinde sie sich das erste Mal auf einer solchen Mission. Als sie dann den verdreckten Ort und die eingeschüchterten Kinder gesehen hatte, habe sie Fragen gestellt, doch die Männer hätten sie mit Pistolen eingeschüchtert und ihr gedroht.

Winter erschien das plausibel; auch ihre Körpersprache gab keine Hinweise darauf, dass sie log. Die einfache Frau, eine Roma, stammte aus einem Armengetto bei Bukarest. Die rumänischen Kollegen hatten ihre Akte geschickt. Zwar sah sie wie Mitte fünfzig aus, war aber erst sechsunddreißig. In der Akte fand sich ein Bild, das sie als gut aussehende Sechzehnjährige zeigte. Damals war sie zum ersten Mal als Prostituierte festgenommen worden, weil sie einen Freier bestohlen hatte.

Auch die Sigmaringer Rentner, die das Bahnwärterhäuschen an zwei Bulgaren vermietet hatten, verhielten sich auffällig. Die Namen, welche die Mieter den Rentnern gegeben hatten, entpuppten sich als falsch. Erste Nachforschungen ergaben, dass die Namen einem Lehrerehepaar aus Sofia gehörten, die aber seit mehreren Jahren im Auslandsschuldienst in China waren. Als man den alten Leuten, denen die ganze Sache sehr unangenehm war, Bilder des Paares zeigte, schüttelten beide spontan den Kopf. Nein, die Mieter hätten ganz anders ausgesehen. Jünger. Ein Beamter versuchte, mit den beiden ein Phantombild zu erstellen, doch die Angaben des Ehepaars erwiesen sich als so widersprüchlich, dass man den Versuch abbrach. Man hätte, entschuldigten sich die Rentner, die beiden ja seit Jahren nicht mehr gesehen.

Die Kommissarin seufzte. Jedenfalls hatte sie sich gefreut, dass Professor Engel ohne Umstände zu einem kurzfristigen Treffen bereit gewesen war. Sie hatte durchblicken lassen, dass sie im Fall Martha Steinfort ermittelten und in diesem Zusammenhang auf Werner Schmidtbauer gestoßen seien.

»Kommen Sie vorbei«, hatte er gemeint. Der Arzt hatte weder überrascht noch erschrocken geklungen.

Auf den Fotos im Internet wirkte er sehr sympathisch. Ein großer und schlanker, zurückhaltend wirkender, früh ergrauter Mann mit feinen Gesichtszügen und krausem Haar.

Ein melancholischer und sensibler Mann, dachte sie, der vielleicht selbst nicht immer fest im Leben stand. Aber wahrscheinlich war das auch nur ein Klischee.

Sie fand ihre Eindrücke bestätigt, als Professor Engel zwanzig Minuten später das Besprechungszimmer betrat. Er hatte eine Akte dabei. Sein milder Händedruck war so angenehm wie das sanfte Lächeln.

Er setzte sich ihr gegenüber und blickte hinaus in den Park.

»Wieder ein wunderschöner Tag«, meinte er mit abwesender Stimme.

Die Kommissarin wusste nicht, ob er das zu ihr oder zu sich selbst gesagt hatte.

»Werner Schmidtbauer also.« Er holte tief Luft und sah sie freundlich an. »Und was hat dieser erfolgreich therapierte Mann mit dem Verschwinden von Martha Steinfort zu tun?«

Marlene Winter zögerte einen Moment. Auf der Fahrt hatte sie sich zurechtgelegt, was sie dem Arzt erzählen konnte. Wenn sie Offenheit wünschte, musste sie ihm auch etwas anbieten. Also schilderte sie, was sie am Morgen in dem Bahnwärterhäuschen erlebt hatten, ohne auf konkrete Örtlichkeiten und Personen einzugehen.

»Ich muss mich darauf verlassen, dass diese Informationen unter uns bleiben. Sie können sich vorstellen, was passiert, wenn die Presse davon etwas erfährt.«

»Dito!«, meinte er. »Wenn Ihr Verdacht publik wird, ist Werner Schmidtbauer Freiwild. Und Ihr Polizeiapparat ist groß.«

Marlene Winter nickte. »Es gibt vorläufig nur eine Handvoll Leute, die den Namen Schmidtbauer kennen.«

»Das sind schon viele.« Er sah sie besorgt an. »Was wollen Sie wissen?«

»Erzählen Sie mir von Schmidtbauer. Seine Tat, seine Persönlichkeit, seine Therapie.«

Professor Engel nahm ein Foto aus der Akte und hielt es ihr hin. »Das war Schmidtbauer kurz nach seiner Festnahme vor zwölf Jahren.«

Winter sah auf das Gesicht eines unscheinbaren, unreif wirkenden jungen Mannes mit fettigen, ungekämmten Haaren. Ein merkwürdig distanzierter, fast entrückter Blick.

Sie sah zu Engel. Der Arzt hatte die Augen geschlossen und sich zurückgelehnt.

»Vor zwölf Jahren – er war damals zwanzig – hat er einen vierzehnjährigen Jungen vergewaltigt. Schmidtbauer hat einen leicht unterdurchschnittlichen IQ, einen schlechten Hauptschulabschluss und keine Ausbildung. Einige Jahre war er als ungelernter Arbeiter tätig.«

»Wissen Sie, wo er gearbeitet hat?«

»Bei Mink Solutions. Im Lager.«

Winters Augen weiteten sich. Offenbar erkannte der Arzt den Zusammenhang nicht.

Engel fuhr fort. »Kurz vor der Tat war er dort entlassen worden. Lagerkapazitäten wurden abgebaut, ein paar ungelernte Arbeiter mussten gehen. Als Grund für die Vergewaltigung hat Schmidtbauer Frust angegeben. Der Vorarbeiter habe ihn in den letzten Wochen immer wieder beleidigt und drangsaliert. Am Tag der Entlassung sei er mit seinem Fahrrad ziellos durch die Gegend gefahren. Im Wald bei Litzelstetten ist ihm dann der Junge begegnet. Er hat ihn vom Fahrrad gestoßen, ins Gebüsch geschleift und vergewaltigt. Der Junge hat sich heftig gewehrt, Schmidtbauer musste einige Gewalt anwenden. Er hat den Jungen wohl eine ganze Weile gewürgt, bis der vor Angst gefügig war.«

Der Arzt machte eine Pause. Noch immer hatte er die Augen geschlossen. »Schmidtbauer hat ihn mehrfach anal penetriert und dabei auch geschlagen. Das Opfer meinte, dass es drei Mal vergewaltigt worden sei, obwohl es um Gnade gefleht und geweint habe. Es hatte mehrere Prellungen und blaue Flecken am Körper, seine Nase war geschwollen, der After blutig, und sogar ein Büschel Haare war ihm ausgerissen worden. Der Junge war schwer traumatisiert und jahrelang in therapeutischer Behandlung.«

Wieder machte der Arzt eine Pause.

Winter blickte hinaus in den Park, wo eine freundliche Sonne auf einen gepflegten Rasen schien. Sie fragte sich, ob der Arzt tatsächlich noch immer von den Vorgängen damals ergriffen war, ob das sein konnte bei der Vielzahl von schlimmen Geschichten, die er tagtäglich mit seinen Patienten aufarbeiten musste.

Doch wie war das bei ihr? Martha Steinfort ließ sie alles andere als kalt.

»Schmidtbauer versicherte glaubhaft, an die Vergewaltigung keine genauen Erinnerungen mehr zu haben. Er sei wie im Rausch gewesen. Das Ganze, so meinte er später in der Therapie, sei spontan über ihn gekommen und nicht geplant gewesen. Danach ist er einfach nach Hause gefahren und hat den Jungen zurückgelassen. Der hat sich sofort an seine Eltern gewandt. Er konnte sich gut an Schmidtbauer erinnern. Ein genaues Phantombild konnte erstellt werden.«

»Und damit hat man ihn gefunden?«

»War nicht nötig. Werner Schmidtbauer hat sich gestellt. Am Morgen nach der Tat, noch vor der Veröffentlichung des Phantombildes. Auf der Polizeistation ist er in Tränen ausgebrochen und hat die Vergewaltigung sofort gestanden.«

»Hat er sonstige Vorstrafen?«

Engel zögerte einen Moment und blätterte in der Akte.

»Nichts. Keine sexuelle Belästigung, keine Schlägereien, keine gequälten Tiere. Schmidtbauer behauptete, vorher noch nie Sexualkontakte gehabt zu haben. Er lebte damals noch bei seinen Eltern. Auch die sind unauffällig. Nach der Entlassung ist er wieder bei ihnen eingezogen. Da wohnt er jetzt. Sie haben die Therapie gut unterstützt und sich zu ihm bekannt.«

»Die Therapie war also erfolgreich?«

»Den Eindruck hatten wir, ja. Er hat sehr gut auf die Psychotherapie angesprochen. Schmidtbauer war zunächst ein vorsichtiger, verängstigter, verschlossener Patient. Es dauerte eine Weile, bis er Vertrauen fasste und in der Therapie eine Chance sah. Plötzlich ging es aber schnell. Auf einmal ist er sehr kommunikativ und gefühlsbetont geworden.«

»Wie ist das zu erklären?«

»Er hat uns vertraut. Und gemerkt, dass es ihm hilft, über seine Probleme zu sprechen. Bisher hatte er alles immer mit sich alleine ausgemacht. Jedenfalls ist er mit guter Prognose entlassen worden. Er hat die Therapie ernst genommen und seine Tat wohl aufrichtig bereut.«

»Tun Ihre Patienten das nicht alle?«

»Schmidtbauer ist kein Genie. So leicht können Sie einem geschulten Psychiater nichts vorspielen.«

Marlene Winter sah ihn skeptisch an. »Vielleicht haben Sie ihn unterschätzt?«

Engel zuckte mit den Achseln. »Wir werden nie ganz in einen anderen Menschen hineinschauen können. Jede Prognose ist bestenfalls eine Wahrscheinlichkeit.«

Winter musste an Hafen denken. »Und jede Entlassung eines Sextäters ein Risiko.«

»So ist es.« Der Arzt sah sie fest an. »Jedenfalls war Schmidtbauers Kernproblem die unterdrückte Homosexualität. Er hat sich dafür geschämt, vor allem vor den Eltern. Auch verfügte er über eine mangelnde Affektkontrolle. In der Schule und auch auf der Arbeit ist er gelegentlich ausgerastet. Die Kündigung bei Mink Solutions hat seine Aggressionsbereitschaft sicher enorm erhöht. Wobei sich seine Attacken zuvor immer nur gegen Sachen gerichtet haben. In der Therapie haben wir vor allem an seiner Affektkontrolle gearbeitet.«

»Steht Schmidtbauer auf Männer oder Kinder?«

»Nach seinen Aussagen und nach meinem Eindruck ist er homosexuell. Er hat sich hier offen dazu bekannt. Während der Therapie hatte er eine Beziehung zu einem mittvierzigjährigen Mithäftling.«

»Aber warum hat er damals einen Jungen vergewaltigt?«

»Die Mehrheit der Männer, die sich an Kindern vergehen, sind nicht pädophil. Sie tun dies, weil sie vor Erwachsenen Angst haben oder sich einfach die Gelegenheit bietet. Werner Schmidtbauer hat das Opfer spontan ausgewählt. Er hatte gerade seine Arbeit verloren, außerdem litt er unter einer lange unterdrückten und nicht ausgelebten Sexualität. Da kam dieser Junge vorbei, der übrigens eher wie siebzehn aussah. Den hat er dann genommen.«

Winter nickte. »Und wie ging es mit Schmidtbauer weiter?«

»Er hat hier sein Talent zur Malerei entdeckt. Parallel zur Psychotherapie begann er eine Gestalttherapie. Gerade über die Kunst hat er zu einer selbstbewussteren Haltung gefunden. In zwei Konstanzer Kneipen hat er seine Bilder sogar schon ausgestellt. Seine Emotionen hat er meiner Ansicht nach gut im Griff. Ein Hang zum Sadismus oder eine aggressive Persönlichkeitsstörung ist während der Therapie nicht erkannt worden. Über seine Eltern hat er nach der Entlassung einen Job bekommen. Er ist Hilfsarbeiter auf einer Bisonfarm bei Bodman. Bisher hat er sich gut gemacht. Aber Garantien gibt es nie. Bei niemandem.«

Winter lächelte den Arzt an. »Ich hoffe wirklich, dass Schmidtbauer nicht unser Mann ist.«

Die Kommissarin sah noch einmal auf das Foto des jungen Mannes von damals. Ein verängstigtes und getriebenes Gesicht. Sie hoffte, dass sie sich irrten. Doch allem Anschein nach zog es diesen Mann nach einer angeblich erfolgreichen Therapie in Schwimmbäder, um fremde Kinder anzustarren. Zeugen, die einen solchen Mann im Strandbad gesehen haben wollten, würden heute Nachmittag ins Polizeipräsidium kommen. Tom König wollte ihnen Fotos von beliebig ausgewählten Männern zeigen, darunter eines von Werner Schmidtbauer. Die Beamten, die ihn seit dem Vormittag beschatteten, hatten bereits eines geschickt.

»Über den Patienten, mit dem Schmidtbauer eine Beziehung hatte, können Sie mir nichts sagen?«

Professor Engel zögerte. »Auch er saß in der forensischen Abteilung.«

»Das heißt, auch er ist ein Straftäter?«

Engel nickte. Sie würden den Namen schnell bekommen. Die Staatsanwaltschaft würde in diesem Fall keine Schwierigkeiten machen.

»Ist er noch hier?«

»Er ist einige Jahre vor Schmidtbauer entlassen worden. Er saß fast fünfzehn Jahre hier. Meines Wissens sind die beiden nicht mehr zusammen.«

»Ich schätze, dieser Freund war der dominante Part in der Beziehung?«

Engel nickte. Winter merkte, dass der so souverän wirkende Arzt plötzlich nervös wurde. Er würde ihr nicht mehr viel sagen.

»Und sein Delikt?«

»Bitte haben Sie Verständnis …«

»Er war gewalttätig?«

»Das sind in dieser Abteilung alle Patienten.«

»Und seine Störung?«

Engel stand auf. »Wir haben ihn erfolgreich bei einer aggressiven Persönlichkeitsstörung therapiert.«

Winter nickte. Sie wusste, dass der Arzt ihr sehr viel mehr anvertraut hatte, als er musste. Doch eine letzte Frage hatte sie.

»Herr Professor Engel, vor drei Jahren ist Tim Mink verschwunden. Da war Schmidtbauer noch bei Ihnen stationär in Therapie?«

Engel nickte. »Das hat die Polizei damals schon überprüft. Schmidtbauer hatte zu der Zeit zwar schon gelegentlich Freigang, aber nicht in der Woche, als Mink verschwand.«

»Und sein Freund? War der damals schon entlassen?«

Der Arzt zögerte und blinzelte kurz. »Er war damals seit einigen Wochen auf freiem Fuß.«

Engel blickte auf den Boden.

»Frau Winter«, fuhr er mit ernster Miene fort, »bitte lassen Sie bei Ihren Ermittlungen höchste Vorsicht walten! Ein verschwundenes Kind heizt die öffentliche Stimmung auf. Verständlicherweise. Aber wenn jetzt der Name Schmidtbauer oder der seines Freundes in den Medien fällt, sind die Konsequenzen gefährlich.«

Marlene Winter lächelte schwer und hielt dem Arzt ihre Hand hin. »Haben Sie keine Sorge. Wir wissen, was wir tun.«

16

Freitag, 2. August

Das Überlinger Strandbad war schon gut besucht, als Maria Schellenberger dort zur Mittagszeit ankam. Bevor sie weiter zur Pädagogischen Hochschule nach Freiburg fuhr, um mehr über Robert Steinfort zu erfahren, wollte sie noch überprüfen, ob Ruth Mink und Sarah und Sebastian Steinfort wirklich hier im Strandbad gewesen waren, als Martha verschwand.

Doch als sie die vielen Menschen sah, die auf der Wiese lagerten oder im See schwammen, zweifelte sie daran, dass dem Bademeister oder dem Kioskbetreiber – an die beiden dachte sie vor allem – drei Jugendliche aufgefallen waren.

Und wahrscheinlich hatte die Polizei hier schon die Angestellten befragt; je nach Situation wollte sie sich als Journalistin oder private Ermittlerin vorstellen. Maria Schellenberger trug ein leichtes helles Sommerkleid mit Blümchenmuster, das bis zu den Knien ging und ihre weibliche Figur stark betonte.

Eine Hoffnung gab es, und die hieß Sarah Steinfort. Schellenberger hatte ein aktuelles Foto der drei ausgedruckt, das Wolfgang Mink gestern noch an Schwarz gemailt hatte.

Die Siebzehnjährige war ein gepiercter Punk mit auffälligem Tattoo am linken Oberarm und leuchtend grünen Haaren. Als sie das Bild betrachtete, fragte Maria Schellenberger sich, warum sich junge Menschen bewusst so entstellten. Verschwenderische Jugend …

Oder wollte Sarah damit sich oder jemand anderen bestrafen?

Der Bademeister, ein braun gebrannter Jüngling mit trainiertem Oberkörper, lehnte lässig an der Leiter, die zu seinem schneeweißen Bademeisterturm führte. Er war umlagert von einem Schwarm pubertierender Mädchen. Während er mit wichtiger Miene so tat, als ob er konzentriert den vollkommen ruhigen See beobachtete, bemerkte Schellenberger, wie er sich immer wieder mit kurzen Blicken der Aufmerksamkeit der Mädchen versicherte.

Schellenberger musste grinsen. Mit vierzehn hätte sie diesen schönen Jungen wohl auch belagert. Und wäre dann bald frustriert gewesen, wenn er sich nach anderen Mädchen mit schlankerer Figur und kleinerer Statur umgeblickt hätte. Schon mit vierzehn hatte sie ihre eins achtzig gehabt.

Tja, die Pubertät war voller Demütigungen für sie gewesen. Sie hatte sich nach einem festen Freund gesehnt, doch die Jungs, die sie damals interessierten, wollten von ihr bestenfalls Zungenküsse und ein bisschen Petting. Sicher keine feste Beziehung.

Sie presste die Lippen zusammen und ging in Richtung des Bademeisterturms.

»Dürfte ich Sie einmal sprechen?«, fragte sie freundlich und zeigte ihren Presseausweis. Den hatte sie noch aus der Zeit, als sie für die SÜDZEITUNG als freie Mitarbeiterin tätig gewesen war.

»Presse?«, fragte er gewichtig, und auch die Augen der Mädchen wurden groß.

»Mhm«, meinte Maria Schellenberger und nickte schwer.

Der Beau löste sich von seinem Turm und dem Schwarm, legte seine Hand auf ihren Unterarm und führte sie weg.

Das wird nix, dachte sie. Sicher hatte der Clown gestern nichts anderes gesehen als den blauen See, die großen Augen und die kleinen Titten seiner süßen Groupies.

Sie zeigte ihm das Bild und erkundigte sich, ob er diese Jugendlichen am Vortag hier im Strandbad bemerkt habe.

Mit ernster Miene musterte er das Foto.

»Nie gesehen. Sicher nicht. Die mit den grünen Haaren wäre mir aufgefallen, bestimmt.«

Da kam ihr eine Idee. »Können Sie mal Ihre Mädels da fragen?«

»Klar!«, meinte er grinsend und stolzierte zum Schwarm.

Immerhin, dachte sie, hilfsbereit ist er. Schellenberger sah, wie sich die Mädchen nah an ihn schmiegten, um das Bild auch wirklich ganz genau sehen zu können.

Niemandem waren die drei aufgefallen.

Ich hätte meine Badesachen mitnehmen sollen, dachte Schellenberger, als sie zu dem Kiosk ging. Trotz des leichten Kleids schwitzte sie. Der See hatte vierundzwanzig Grad, das war genau die richtige Temperatur. Kälter durfte es für sie auf keinen Fall sein.

Eine Schülerin oder junge Studentin stand im Kiosk hinterm

Tresen. Nein, sie habe gestern keinen Dienst gehabt, sondern der Chef, meinte sie und zeigte auf einen ungepflegt wirkenden Mann, der in einem weißen ärmellosen Feinrippunterhemd auf einer Sonnenliege unter einem riesigen Sonnenschirm vor sich hindöste. Das wäre der Herr Oettinger.

Als sie näher kam, sah sie, dass das Unterhemd von gelblichen Schweiß- und bräunlichen Kaffeeflecken übersät war. Dazu ein potthässlicher Kugelbauch und dünne, leicht behaarte Krampfaderbeine, die aus verschlissenen Bermudashorts ragten.

Na wunderbar, dachte sie.

Schellenberger stellte sich neben die Liege und setzte ein verführerisches Lächeln auf.

»Hallo? Herr Oettinger?«

Der Mann hielt die Augen geschlossen. »Wer will das wissen?«, fragte er schlecht gelaunt.

»Die Liebesfee vom Bodensee!«

Oettingers Augen waren sofort offen. »Hä?«

Sie folgte seinem Blick, wie er ihr Gesicht schnell verließ und abwärts wanderte.

Er schluckte und setzte sich auf. »Ja?«

Schellenberger hielt ihm das Foto hin. Oettinger war sichtlich irritiert; vielleicht konnte sie ihn ja überrumpeln.

Sein Blick ging zwischen ihr und dem Foto hin und her.

»Wer will das wissen?«, fragte er erneut. Viel mehr schien er nicht von sich geben zu können.

»Hab ich doch gesagt!«

Seine Miene verfinsterte sich, da setzte sie sich schnell dicht neben ihn auf die Liege und hielt ihm ihren Presseausweis hin. Hinter diesem war ein zusammengefalteter grüner Schein zu erkennen.

Der Mann benutzte ein aufdringliches Aftershave.

Plötzlich hellwach, sah er sie an.

»Verstehe«, meinte er.

Bestimmt nicht, dachte Schellenberger und sah Oettinger zu, wie er den Hundert-Euro-Schein in seiner Shorts verschwinden ließ. Dann zog er seine Nase hoch.

Schellenberger schenkte ihm ein Honiglächeln. Oettinger

brachte weiter nichts zustande, als seinen Mund ein wenig zu öffnen.

Sie zeigte auf das Foto. »Wir suchen diese Kinder. Waren sie gestern hier im Strandbad?«

Hundert Euro verschenkt, dachte sie, als Oettinger auf das Foto schaute.

»Die zwei waren da!«, meinte er und zeigte auf Ruth Mink und Sebastian Steinfort.

Schellenberger war überrascht. »Ach ja? Den Punk haben Sie nicht gesehen?«

»Red ich Türkisch?«, fragte Oettinger verärgert und glotzte sie an.

Ein Gesicht, dachte sie, das nur eine betrunkene Mutter lieben kann.

»Ein kleines Luder!«, meinte Oettinger süffisant und zeigte auf Ruth Mink. »Lagen hinten bei den Büschen und haben dauernd geknutscht und gefummelt! Widerlich! Der Lümmel hatte die ganze Zeit seine Schmutzfinger an ihren Knödeln. Die haben sich auch von den Helis nicht stören lassen.«

Schellenberger schloss lächelnd die Augen. Also deshalb konnte er sich so genau erinnern. Sicher war ihm nichts von dem Liebesspiel entgangen. Sie stellte sich vor, wie er mit einem großen Fernglas hinter einem kleinen schmutzigen Fenster seines Kiosks auf der Lauer lag.

»Und Sie sind sich wirklich sicher?«

Auch diese Nachfrage fasste Oettinger offenbar als Beleidigung auf. Er erwiderte nichts, guckte nur bös.

»Also keine Zweifel. Und wie lange waren die hier?«

Oettinger beugte sein Gesicht nah an ihres und öffnete wieder seinen Mund. Wahrscheinlich sollte das so etwas wie ein Grinsen sein.

»Die haben lange gebraucht. Aber schöne Knödel hat sie gehabt! Wie du!«

Ein Moorleichenatem schlug ihr entgegen.

Sie rückte ein wenig von ihm weg. »Danke!«, erwiderte sie lächelnd und ließ jetzt ihren Blick abwärts wandern, an den schmalen Schultern vorbei hin zum Kugelbauch und weiter hinunter zwischen seine Beine. Das war Oettinger sichtlich unangenehm, machte ihn aber eher ärgerlich als unsicher.

»Also bis wie viel Uhr?«

»Sie wollen alles ganz genau wissen, was?«, fragte er und machte mit seiner Hand eine eindeutige Handbewegung.

Sie holte einen weiteren Hundert-Euro-Schein aus der Tasche.

Schon wollte er danach greifen, da zog sie das Geld weg.

»Moment, Süßer!«, meinte sie lächelnd. »Bis wann?«

Noch einmal zog er die Nase hoch. »Gegen sechzehn Uhr dreißig hat sie der Papa von dem Bübchen abgeholt. So ein großer Dunkler. Hat sie mittendrin erwischt.«

Oettingers Lippen versuchten so etwas wie ein Lächeln. »Das Mädel musste sich erst mal das Bikinioberteil wieder zumachen. Haben ziemlich bedripselt dreingeschaut. Dann sind sie abgezogen.«

Schellenberger stand auf. »Sie haben mir sehr weitergeholfen, Herr Oettinger! Danke!«

»Lust auf einen Drink?«, fragte er.

»Ein andermal!«, erwiderte sie, drehte sich um und ging langsam mit wogenden Hüften davon. Nach einigen Metern drehte sie sich um, Oettinger starrte noch immer mit halb offenem Mund hinter ihr her, und sie winkte ihm zu.

»Bye bye!«, sagte sie.

Doch Oettinger winkte nicht zurück und blieb wie verzaubert sitzen.

***

Als er sich den steilen Hang endlich ganz nach oben gekämpft hatte, ging Martin Schwarz, einer plötzlichen Eingebung folgend, noch einmal zum Kloster zurück, hinab in die Krypta.

Dort fand er auf einem Stuhl an der Wand eine schwarze Baseballkappe.

Jetzt war sich Schwarz sicher, dem Mann begegnet zu sein, den die Polizei offenbar suchte. Was sollte er tun? Die Polizei verständigen?

Als er die Krypta gerade verlassen wollte, kam ihm die schöne schwarze Frau entgegen. Ob sie den Fremden kannte? Kam er öfters her? Wollte sie mit ihm sprechen?

Sie lächelte ihn an; voller Sympathie, Lebensfreude und Herzlichkeit.

Er lächelte zurück und hielt ihr die schwarze Mütze hin.

»Sie kennen den Mann?«

Sie blickte überrascht. »Das ist ihm ja noch nie passiert!« Die Frau sprach akzentfreies Deutsch.

»Er ist also öfters hier?«

Sie nickte. »Immer mal wieder. Seit vielen Jahren. Im Sommer wie im Winter. Manchmal kommt er in der Woche mehrmals, dann sehen wir ihn einen Monat nicht. Er betet, meist für mehrere Stunden.«

Für einen Moment hielt sie inne. »Ein scheuer Mann. Er spricht nie mit uns. Auch lächelt er nicht. Und immer ist er allein. Ein scheuer, einsamer, trauriger Mann.«

»Er hielt ein Totenlicht in den Händen. Tut er das immer?«

Die Frau schüttelte den Kopf.

»Nein. Das habe ich noch nie gesehen. Auch ich bete oft hier. Manchmal sitzen wir zusammen da. Aber er blickt immer vorne aufs Kreuz. Nichts lenkt ihn ab. So gut kann ich mich nur selten konzentrieren.«

Schwarz nickte. Ob die Frau ihn informieren würde, wenn er wieder auftauchte?

Er blickte sie an. Natürlich nicht. Warum sollte sie?

»Und Sie wissen sonst nichts über ihn?«

Sie schüttelte den Kopf. »Nur dass er manchmal auch nachts herkommt. Unser Kloster ist immer offen. Und auch in der Nacht suchen manche Trost.«

Schwarz lächelte. »Danke!«, sagte er. Ein letztes Mal sah er sich um in dieser Krypta, in der er sich so fernab der Welt und bedrängt fühlte wie damals in den Steinwüsten Afghanistans.

Als er wieder oben in der Sommerhitze stand, nahm er sein Smartphone und vergewisserte sich, dass die Rufnummernunterdrückung aktiviert war. Dann wählte Schwarz die Nummer der Polizei. Ohne seinen Namen zu nennen, informierte er die Beamtin, dass er den gesuchten Verdächtigen mit ziemlicher Sicherheit im Kloster Frauenberg gesehen habe und dieser dort regelmäßig erscheine. Dann legte er auf.

Schwarz atmete tief ein. Kurz hatte er überlegt, seinen Namen zu nennen. Aber das hätte seine Ermittlungen im Freundeskreis gefährdet. Und er wollte diesen Fall.

Da klingelte sein Handy. Erschrocken sah er auf die Nummer. Maria Schellenberger war am Apparat.

***

So etwas Bedrückendes wie die kleine Wohnung Franz Gaars hatte Marek Hafen lange nicht mehr gesehen, und es lag nicht an der Ärmlichkeit. Bevor die Spurensicherung kam, wollte er sich ein Bild machen. Wer war dieser Mann, den die SEK-Beamten gestern Nacht im Wald gestellt hatten?

Auch Hafen war in einer kleinen Zweizimmerwohnung im sozialen Wohnungsbau groß geworden, doch dafür hatte er sich nie geschämt. Sein Vater war Lastkraftwagenfahrer gewesen und hatte auf einer Fahrt durch den Eisernen Vorhang Anfang der sechziger Jahre seine Mutter kennengelernt, in der damaligen Tschechoslowakei. Zwei Fahrten später hatte er sie in einem Container über die Grenze geschmuggelt. Achttausend Dollar war ihm diese Entführung wert, dass der tschechische Grenzbeamte nicht allzu genau hinschaute.

Sie mussten sehr verliebt gewesen sein.

Doch die große Liebe hielt nicht, was sie versprach. Als Marek drei Jahre alt war, trennten sich die Eltern. Zum Vater hatte er seitdem keinen Kontakt mehr, wusste nur, dass er inzwischen eine neue Familie und mit der Vergangenheit abgeschlossen hatte. Die Mutter arbeitete als Schuhverkäuferin. Nach der Schule musste er sich um den Haushalt kümmern. Aber er empfand das nie als Problem. Er wusste, wie sehr die Mutter ihn liebte. Er hatte immer schicke Klamotten und konnte jede Schulfahrt mitmachen. Sie hatte ihm beigebracht, stolz auf die eigene Kraft zu sein.

Sein Kinderzimmer maß keine zehn Quadratmeter, die Möbel kamen aus billigen Möbelhäusern, aber er hatte sich trotzdem wie ein König gefühlt.

Hafen lächelte. Er war immer Mamas Liebling gewesen. Einen anderen Mann hatte es in ihrem Leben nicht mehr gegeben. Diese Liebe hatte ihn stark und selbstbewusst gemacht. Wieder kam ihm der Fliehende vom Bodanrück in den Sinn. Mit Fehlern umzugehen war ihm schon immer schwergefallen. Das musste er noch lernen.

Hier in dieser Wohnung gab es weder Fotos noch Bilder. Die kleinen Räume wirkten so ordentlich wie leer. Penibel eingeräumt waren Schränke und Regale. Franz Gaar hatte keinen Computer, keine Musikanlage, nur einen Röhrenfernseher und eine kleine DVD-Sammlung. Es handelte sich fast ausschließlich um Tierdokumentationen. Als er auf die gesammelten »Heidi«-Episoden stieß und sich vorstellte, wie Gaar diese allein anschaute, fühlte Hafen sich beklommen.

Die Möbel sahen billig aus, die Zusammenstellung verriet einen nicht existenten Geschmack. Im Kühlschrank fanden sich Margarine, Konfitüre, eine Packung Schmelzkäse und Salami. Alles aus dem Discounter. In der Küche standen Mineralwasser und Fruchtsäfte. Kein Alkohol.

Das Einzige, was diesem Leben Kontur gab, schien der Sport zu sein. Es bestand kein Zweifel, dass Franz Gaar begeisterter Läufer war. Hafen fand zwei Paar Markensportschuhe und spezielle Laufkleidung. Hier schien der Mann nicht zu sparen. Auf dem Nachttisch lagen neben alten Tiermagazinen, die sich Gaar vermutlich aus der Altpapiertonne fischte, zahlreiche Laufmagazine.

Das passt nicht zusammen, dachte Hafen.

Auf dem Weg in den Keller dachte er an Marlene Winter. Er hatte sich ein wenig umgehört bei einem befreundeten LKA-Kollegen. Ihr Ruf war tadellos, der Lebenslauf ähnlich beeindruckend wie ihr Aussehen. Winter hatte als Bereitschaftspolizistin angefangen, dann neben der Arbeit das Abitur nachgeholt und an einer Fernuniversität forensische Psychologie studiert. Danach wechselte sie zum LKA und ließ sich zur operativen Fallanalytikerin ausbilden. Winter hatte früh geheiratet, die große Liebe, wie es hieß. Doch nach einigen Jahren ließ die große Liebe sie sitzen. Kurz darauf begann sie mit dem Abendgymnasium. »Wenn es mit Familie nicht klappt, mach ich halt Karriere«, soll sie einmal gesagt haben.

Das war ihr gelungen.

Franz Gaars Keller war praktisch leer. Ein billiges Herrenfahrrad stand darin, eine Kiste mit Kartoffeln und Zwiebeln, ein paar ausrangierte Möbelstücke.

Dann stieß er auf einen kleinen Karton mit Privatem. Es gab etwa zehn Fotografien, von seiner Taufe, der Einschulung und ein paar Familienbilder. Die Eltern wirkten kühl und trotz des Lächelns unglücklich. Es war zwar ein Familienbild, aber es wirkte, als hätten die drei Menschen darauf nichts miteinander zu tun. Drei Fremde, die Distanz zueinander hielten. Geschwister schien Gaar keine zu haben.

Welche Gründe kann es geben, dass ein solcher Mann ein junges Mädchen entführt?, fragte sich Hafen.

Vermutlich alle und keine.

Ob eine Verbindung zu den Kinderhändlern existierte? Als zurückhaltend lebender, unbescholtener Bürger wäre er für die organisierte Kriminalität ein Traum.

Sie würden sehen.

17

Mittwoch, 1. Dezember, vor drei Jahren

»Eltern im Visier der Fahnder«, titelte die SÜDZEITUNG auf der ersten Seite. Obwohl Katharina Mink seit den letzten Befragungen längst damit gerechnet hatte, konnte sie sich vor Schreck kaum bewegen, als sie die Zeitung beim Gang zum Esszimmer des Hotels entdeckte.

Sie nahm die Zeitung und setzte sich an den Frühstückstisch. Gott sei Dank war sonst niemand da. Es war bereits neun Uhr.

Gestern Nacht hatte sie durchgeschlafen. Trotz allem. Eigentlich zum ersten Mal, seit Tim verschwunden war. In den ersten Tagen danach hatte sie überhaupt kein Auge zugetan und auch in den folgenden Wochen nie länger als zwei, drei Stunden am Stück.

Sie schenkte sich Kaffee ein und nahm einen großen Schluck. Wo nur Wolfgang war? Wahrscheinlich saß er in seinem Zimmer am Laptop. Die Firma musste schließlich weiterlaufen. Und für Wolfgang war Arbeit schon immer die beste Therapie gewesen. Das hatte sie auch stets gefunden. »Ein voller Terminkalender ist der beste Schutz vor persönlichen Krisen«, war einer ihrer Lieblingssätze. Doch in der Krise steckte sie jetzt schon.

Katharina hatte Wolfgang gebeten, in ein anderes Zimmer zu ziehen, nachdem Tim verschwunden war. Ertragen konnte sie seine Nähe im Moment nicht. Sie wollte keine tröstenden Worte, keine Umarmungen, keine Verbündeten in ihrem Leid.

Sie war allein.

Letzte Woche war Robert Steinfort abgereist. Zwei Wochen hatte er ihnen beigestanden. Auch Verena war gestern Nachmittag zurück nach Stuttgart gefahren. Sie musste zu einem dringenden Termin in die Kanzlei, hatte aber versprochen, sofort zurückzukommen, falls Katharina von der Polizei noch einmal verhört werden sollte.

Sarah und Sebastian Steinfort waren schon vor zwei Wochen auf ihren eigenen Wunsch hin ins Internat zurückgekehrt, Martha Steinfort befand sich bei Roberts Eltern, Ruth Mink bei Katharinas Vater.

Katharina war froh, dass alle fort waren. Sie empfand Dankbarkeit, dass sie so lange ausgehalten hatten. Aber natürlich hatte sie gespürt, wie es die anderen fortgedrängt hatte. Vor allem Verena und Robert. Wie der

Alltag nach ihnen rief. Wie sie sich dem Leid und dem Schmerz und der Nähe eines ungeklärten Verbrechens entziehen wollten.

Und sie hatte deutlich gespürt, dass auch Verena heimlich an ihr zweifelte. Dass sie kurz gezögert hatte, als sie die Freundin fragte, ob sie ihre Verteidigung übernehmen würde.

In einer knappen Stunde mussten sie im Polizeipräsidium in Konstanz sein. Im Parkhaus dort sollte ihr Auto von Spürhunden untersucht werden.

Verena hatte davon abgeraten, der Aufforderung der Polizei Folge zu leisten und dort zu erscheinen. Doch sie wollte wissen, ob sie etwas finden würden. Sie wollte es sehen. Und sie wusste, dass Wolfgang dies auch wollte.

»Du kommentierst dort jedenfalls nichts! Unter keinen Umständen!«, hatte Verena ihr noch eingeschärft.

Anschließend würden die Spürhunde ihre Zimmer im Hotel untersuchen. Die Polizei wollte wissen, ob Tim im Hotel zu Tode gekommen war. Und sie den eigenen Sohn dann in ein Auto gesteckt und im See versenkt hatte.

Wolfgang, die Kinder und sie hatten seit gestern neue Zimmer bezogen. Ihre waren versiegelt worden. Noch einmal sollten sie gründlich untersucht werden.

Mittlerweile ging die Polizei also davon aus, dass Tim tot war. Und für die Presse war sie die Täterin. Die berühmte Schauspielerin, die Fausts Gretchen spielen wollte, als Kindsmörderin. Wenn das keine Story war!

Was, wenn der Hund etwas fand? War einem Tier denn zu trauen?

Verena hatte ihr gestern noch mitgeteilt, dass die Aussage eines Hundes, wie sie es spöttisch genannt hatte, vor deutschen Gerichten keine Beweiskraft habe und bestenfalls als Indiz zu werten sei.

Katharina nahm widerwillig die Zeitung und begann zu lesen.

Neben dem Bericht war ein großes Foto von ihr zu sehen, wie sie gestern mit Verena das Polizeipräsidium verlassen hatte. Kühl, distanziert war ihr Ausdruck. Als wäre sie in einer anderen Welt. Ja, so stellte man sich eine Kindsmörderin vor.

Diese Schweine, dachte sie. Natürlich fütterten Weinbrenner und Seiffert die Journalisten; natürlich hatten die Fotografen gestern gewusst, dass sie vernommen werden würde.

Katharina starrte aus dem Fenster, hinaus auf einen regengrauen See. Sie wollen den Druck erhöhen, dass du brichst.

***

Weinbrenner und Seiffert begrüßten sie mit Totengräbermienen. Es war kalt und nass. Sie befanden sich vor dem Eingang des Polizeipräsidiums. Der große Platz war menschenleer. Fotografen konnte Katharina keine erkennen.

Schweigend stieg sie aus. Ein eisiger Wind wehte. Sie fror, als sie in das Parkhaus im Untergeschoss des Präsidiums gingen. Wolfgang sah sie nicht an. Auf der Fahrt mit dem Taxi hatten sie kein Wort miteinander gesprochen. Sie spürte, dass ihr Mann zunehmend an ihr zweifelte. Spätestens seit gestern, als sie ihre Autos abgeholt hatten.

Eine Sicherheitsmaßnahme, hieß es. Wahrscheinlich fürchtete Weinbrenner, dass sie die Wagen über Nacht mit Putzmitteln bearbeiten würden. Wie lächerlich dieser Weinbrenner doch war.

Katharina Mink ahnte, dass Wolfgang seine Erinnerungen immer wieder durchstöberte nach Episoden, wo es in ihrem Verhalten Anzeichen von Wahnsinn gegeben hatte. Dass er daran dachte, wie sie als Schauspielerin ihren Geist und ihren Körper beherrschen konnte. Was verbarg sie wohl vor ihm? Konnte sie ihren Wahnsinn verstecken? Lebte sie ihn in den kaputten Frauenfiguren der Weltliteratur aus, denen sie so gern Atem und Seele gab? Und wie konnte sie normal sein, wenn doch ihre Mutter verrückt gewesen war?

Und auch schon Ruth die Zeichen trug.

Doch seine Mutter war ebenfalls in schwere Depressionen gefallen nach dem Tod von Wolfgangs Vater. Aber das vergaß er gern.

In dem großen Parkhaus roch es leicht nach Benzin.

Katharina erschrak, als sie nicht nur ihren Porsche in der Autoreihe unter der großen Autobahnbrücke sah, sondern auch die Autos von den Steinforts. Die Polizei hatte sie offenbar aus Freiburg und Stuttgart herbeigeschafft. Was hatte das zu bedeuten? Was dachten die Freunde jetzt? Sollten sie auch hergekommen sein?

»Keine Sorge«, sagte Weinbrenner kalt und herablassend. »Ihre« – hier machte der Kommissar bewusst eine Pause – »Bekannten haben keinerlei Unannehmlichkeiten und sind von uns mit Mietwagen versorgt

worden. Sie haben es allerdings vorgezogen, persönlich nicht bei dieser Untersuchung anwesend zu sein.«

Sie wollen mich isolieren, dachte Katharina. Wahrscheinlich haben sie die Wagen meiner Freunde nur herbeigekarrt, um sie zu schikanieren.

Zwölf Autos standen in einer Reihe. Ihr Porsche Cayenne, Wolfgangs Panamera, Roberts Mercedes SLK und Verenas Audi Q7. Dazu noch acht weitere Fahrzeuge, die sie nicht kannte.

Katharina sah zwei Männer, die mit zwei Hunden, einem weiß-braun gefleckten Spaniel und einem Schäferhund, auf sie zukamen. Das also waren die Träger von Weinbrenners großer Hoffnung. Beide Hunde hechelten und wedelten mit dem Schwanz. Sie waren aufgeregt. Sie wollten jagen.

»Darf ich vorstellen?«, begann Weinbrenner freundlich und zeigte auf den Hundeführer des Spaniels. »Kollege Bernd Haupt mit seiner Hündin Leika.«

Bernd Haupt, ein sympathisch aussehender Mittfünfziger, schüttelte ihre Hand. Katharina merkte ihm an, dass er sich unwohl fühlte, was ihr sehr normal vorkam. Womöglich hatte er es ja mit einer Kindsmörderin zu tun.

Den anderen Polizisten stellte Weinbrenner als Fritz Stern vor. Der Schäferhund hieß Rheingold.

»Und wie läuft das jetzt ab?«, fragte Wolfgang Mink.

Weinbrenner ergriff das Wort. »Leika ist auf den Geruch menschlicher Leichen trainiert. Wenn in einem der Wagen für eine gewisse Zeit eine menschliche Leiche gelegen haben sollte, wird Leika das riechen. Sie kann den Geruch auch Monate später erkennen. Rheingold ist auf menschliches Blut trainiert. Er findet auch kleinste Spuren. Sollte er anschlagen, werden wir die Stellen auf Blut- und DNA-Spuren untersuchen.«

Weinbrenner machte eine Pause und blickte abwechselnd zu Katharina und Wolfgang. »Wenn wir hier fertig sind, fahren wir zu Ihnen ins Hotel und lassen die Hunde dort arbeiten. Das kann mehrere Stunden dauern.«

Wieder eine Pause, wieder die fixierenden Blicke. Ob Weinbrenner sich ein Geständnis erhoffte? Eine in Tränen ausbrechende Katharina Mink, die vor ihm zusammensank und alles gestand? Wartete er auf solche Bilder?

Katharina blickte sich um. Sicher lag irgendwo einer von Weinbrenners Presse-Paladinen auf der Lauer. Ein Foto mit Beweiskraft: wie Katharina Mink vor Weinbrenner zusammenbricht, nachdem er ihr seine Folterinstrumente gezeigt hat.

Katharina nahm alle Kräfte zusammen und lächelte. »Dann können wir sicher in der Zwischenzeit in die Stadt zum Einkaufen?«

Sie spürte den verständnislosen Blick ihres Mannes.

Weinbrenners Lächeln gefror. »Wir werden sehen, Frau Mink.« Mit einem leichten Kopfschütteln sah er zu Wolfgang Mink, der den Blick senkte.

Dann ging es los.

Bernd Haupt schritt mit dem Leichenhund Leika die Wagenreihe ab. Der Spaniel lief aufgeregt hin und her. Haupt rief ihn zu den einzelnen Wagen, ließ ihn schnüffelnd herumlaufen, öffnete die Türen und ließ den Hund hinein. War er mit einem Wagen fertig, kam der nächste dran.

Roberts Mercedes: nichts.

Verenas Q7: nichts.

Auch nicht bei Wolfgangs Porsche Panamera.

Dann der Cayenne.

Es schien, als schnüffle der Hund intensiver als zuvor. Von den Vordersitzen sprang er zur Rückbank.

Hatte der Hundeführer ihm ein verstecktes Signal gegeben? Spürte der Hund, dass sein Herrchen wollte, dass er hier gründlicher suchte? Merkte das Tier, dass sein Herrchen hier einen Fund erwartete?

Katharina fror. Ihre Beine zitterten.

Leika hielt kurz inne und blickte zu Bernd Haupt.

Dann sprang sie aus dem Wagen.

Haupt öffnete den Kofferraum, Leika sprang hinein. Schnüffelte wieder. Wedelte aufgeregt.

»Such, Leika!«, sagte Bernd Haupt ermunternd.

Aber kein Bellen. Kein Bellen!

Katharina atmete auf. Schnell blickte sie zu Weinbrenner, der wegsah und sich mit der verletzten Hand die Stirn rieb.

»Ein süßer Hund!«, setzte Katharina nach. »Ist offensichtlich gut trainiert.«

Nach zwanzig Minuten war Leika fertig. Auch bei den anderen Wagen hatte sie nichts gefunden. Erwartungsvoll sah die Hündin Bernd Haupt an. Der gab ihr aus seiner Jackentasche etwas zu fressen.

Jetzt kam Rheingold, der Bluthund. Dasselbe Spiel wie vorher. Fritz Stern gab dem Schäferhund ein Kommando, dann lief er los. Mit kurzen Rufen führte Stern den Hund zu den verschiedenen Wagen.

Der Cayenne stand in der Mitte.

Es schien Katharina, als brauche Rheingold für jedes Auto länger als Leika. Wie eine Ewigkeit kam es ihr vor. Der Hund war älter und langsamer. Wahrscheinlich sorgfältiger. Ihre Füße waren wie Eis, und sie zitterte jetzt auch am Oberkörper. Nichts würden sie finden!

Sie sah, wie Rheingold am Cayenne vorbeilaufen wollte. Stern rief ihn zurück. Der Schäferhund zögerte, der Hundeführer rief ein zweites Mal. Da begann der Schäferhund zu schnüffeln.

War das nicht schon eine Beeinflussung des Hundes? Das Tier suchte, an den Reifen, am Kühlergrill, den Türen …

Nichts. Natürlich.

Dann öffnete Stern eine Hintertür. Rheingold sprang hinein.

Nichts.

Kofferraum auf, Sprung. Und Rheingold schlägt an.

Ein freudiges, aufgeregtes Bellen, das nicht aufhören will.

Katharinas Blick wurde starr. Sie zwang sich, nicht zu Weinbrenner zu schauen. Der Schäferhund stand im Kofferraum von ihrem Cayenne und bellte sich das Herz aus dem Leib.

Katharina schloss für einen Moment die Augen.

Immer noch das Bellen: aufgeregt, voller Freude.

Sie öffnete die Augen und blickte zu ihrem Mann. Der sah sie wortlos an.

»Ich war es nicht«, flüsterte Katharina ihm zu.

Bevor Wolfgang Mink den Blick von ihr abwandte, meinte sie ein leichtes, kaum merkliches Kopfschütteln entdeckt zu haben.

Der Hund bellte noch immer.

Dann führte Fritz Stern Rheingold fort.

Gregor Weinbrenner gab Bernd Haupt noch einmal ein Zeichen.

Leika wurde erneut zum Cayenne geführt. Haupt öffnete den Kofferraum, der Hund sprang hinein. Schnüffelte. Wedelte.

Und schlug an. Heftig, als gebe es keinen Zweifel.

»Frau Mink«, hörte sie Weinbrenners Stimme. »Ich möchte Sie bitten, uns nach oben zu begleiten.«

»Hilf mir!«, sagte sie tonlos zu ihrem Mann. »Ruf Verena an!«

18

Freitag, 2. August

»Ich hab doch gehört, wie du mit deinem Vater gesprochen hast!« Sie senkte ihre Stimme. Plötzlich klang die Mutter bedrohlich. »Ihr redet heimlich über mich! Trefft euch nachts, wenn ihr glaubt, dass ich schlafe.«

»Nichts habe ich gemacht, Mama! Es stimmt nicht, was du sagst!«

»Verlogen bist du! Wie dein Vater!« Die Stimme der Mutter klang streng, durchdringend, unerbittlich.

Sie spürte, dass es unmöglich sein würde, sie von ihrer Überzeugung abzubringen. War sie damals sechs? Oder acht? Keinesfalls älter.

Dann, leiser, fuhr die Mutter fort: »Du hast ihm gesagt, dass du die Mama nicht mehr lieb hast. Und dass du wünschst, ich wäre fort.«

»Nein! Das stimmt nicht!«, flüsterte sie.

Der Mutter Stimme bebte. »Wo ich alles für dich getan habe! Wo ich dich über alles liebe! Aus meinem Bauch bist du gekrochen!« Dann lachte sie kurz auf. »Und ich sehe, was ihr im Haus versteckt.«

Vernichtend sah die Mutter sie an. Darauf ein Flüstern. »Tabletten. Gift.«

Dann ging die Mutter fort, mit gesenktem Kopf.

Ließ sie einfach in ihrem Zimmer stehen.

Mit allem.

Da warf sie sich aufs Bett und weinte, weinte und weinte, bis sie keine Kraft mehr hatte.

Katharina Mink öffnete die Augen. Es dämmerte. Das tat ihr gut. Nur keine Sonne, dachte sie. Vor ihr der See. Blau, glatt. Auf einem Ponton ein regungsloser weißer Reiher.

Die Stimmen von Wolfgang, Robert und Verena hinter ihr. Die Kinder.

Irgendjemand kam, ein Fremder, Wolfgang begrüßte ihn.

Sie saßen am Tisch des Hotelgartens und aßen zu Abend.

Katharina hatte keinen Hunger.

Wieder saß sie im Liegestuhl und konnte sich nicht bewegen. Sich nicht lösen.

Ihre Mutter. Die Krankheit.

Als Kind hatte sie nicht verstanden, was vor sich ging: dass sie gequält wurde von einer Gequälten. Hätte der Vater nicht früher weggehen, sie in Sicherheit bringen müssen?

Die Vorwürfe! Immer diese Vorwürfe.

Sie konnte niemals etwas richtig machen.

Warum tuschelt ihr hinter meinem Rücken? Wo habt ihr die Tabletten versteckt? In den Schränken? In den Zwischenräumen unter den Dielenbrettern?

Der Papa trifft sich mit anderen Frauen! Du liebst mich nicht!

Einmal hatte sie der Mama eine Kette gebastelt, zu Weihnachten.

»Für dich! Hab ich selbst gemacht!« Katharinas Stimme war zittrig. Weil sie ahnte, was kommen würde. Obwohl sie erst zehn war.

Die Mutter lächelte matt. »Warum lügst du?«, fragte sie.

»Was?«

»Ich hab doch gesehen, wie du sie gekauft hast in der Stadt!«

Da wurde ihr Vater zornig. »Wie kannst du das sagen? Sie hat drei Nachmittage daran gearbeitet! Für dich! Weil sie dich liebt!«

»Warum hasst ihr mich?«, fragte die Mutter.

Dann schaute sie auf die Weihnachtsplätzchen. Lange. Vorwurfsvoll.

»Ich fühle mich unwohl, wisst ihr? Seit ich von den Keksen gegessen habe.«

Ein kurzes, irres Gelächter, das überhaupt nicht zu passen schien.

Es gab Zeiten, da war die Mama ganz normal.

Aber der Wahnsinn kam immer wieder. Immer öfter.

Bald warteten sie nur noch darauf, dass er wiederkam.

Katharina wusste nicht, wann es begonnen hatte: die Unterstellungen, die Vorwürfe, der Wahn. Und sie wusste auch nicht, wann sie begonnen hatte, an sich zu zweifeln. Ihren Taten. Gefühlen. Erinnerungen.

Hatte sie wirklich etwas Falsches zum Vater gesagt, das die Mutter zufällig aufgeschnappt hatte? Hatte sie die Mutter tatsächlich beim Abendessen unterm Tisch getreten und wusste es nicht mehr?

Hatte sie die Kette wirklich gekauft und nicht gebastelt?

Aber sie wusste es doch, dass sie die Kette gebastelt hatte!

Wirklich?

Sie hatte doch am Tisch in ihrem Zimmer gesessen!

Oder doch nicht?

Manchmal glaubte sie, dass es stimmte, was die Mutter behauptet hatte.

Liebte sie die Mama denn wirklich? Wünschte sie nicht manchmal, dass sie weit, weit weg wäre? Und war die Mutter oft nicht wirklich schlapp? Der Vater! Führte er doch etwas im Schilde?

»Die Mama ist krank, Katharina!«, hatte der Vater gesagt.

Oder wollte er sie vielleicht töten?

»Deine Mutter kann nichts dafür«, hatte der Arzt ihr gesagt, als sich die Eltern trennten. »Sie hat eine gestörte Wahrnehmung. Sie glaubt wirklich, was sie sagt. Sie sieht Dinge, die es nicht gibt. Sie hört eure Stimmen, auch wenn ihr nicht sprecht. Sie leidet. Aber mit Tabletten können wir ihr helfen.«

Tabletten! Was denn für Tabletten!

»Was machen die Tabletten?«, fragte sie den Arzt. Da war sie vierzehn.

»Dass sie nur noch hört und sieht, was es wirklich gibt.«

Katharina Mink schloss die Augen. Sie sah und hörte nichts mehr um sich herum. Jetzt war es wie früher. Als die Mutter noch lebte. Sie war tot, doch die Vergangenheit hatte sie wieder eingeholt.

Verena sagte es mit ihren Blicken, Wolfgang mit seinem Schweigen.

Und Ruth?

Wir wissen, dass du Martha umgebracht hast!

Warum hast du mein Kind getötet?

Warum weißt du nicht, was du damals getan hast?

Katharina zwang sich, ihre Augen zu öffnen.

Sie wusste, sie fiel. Es durfte nicht sein!

Gab sie nach, wäre sie bald tot.

***

Martin Schwarz kam gegen zwanzig Uhr in den »Winzerhof« unterhalb der Birnau. Die barocke Wallfahrtskirche thronte mit ihren rosafarbenen Fassaden inmitten von Weinbergen über dem Nordufer des Überlinger Sees.

Eine Hotelangestellte an der Rezeption führte ihn in den großen Garten direkt am Ufer. Wohltuende ruhige Klaviermusik. Von außen war das Hotel klein, unscheinbar. Perfektes Understatement. Schwarz hatte sich die Homepage angesehen; der »Winzerhof« gehörte zu den teuersten Übernachtungsmöglichkeiten am Bodensee. Die Qualitäten eröffneten sich erst auf den zweiten Blick: ein Sternekoch während der Sommermonate exklusiv für die wenigen Gäste; Suiten mit zwei und drei großen Zimmern und edlem Interieur; ein Pianist, der abends in der Lounge oder im Garten für die Gäste spielte, und genügend Personal, das fast jeden Wunsch erfüllen konnte.

Und dann dieser Garten im Abendlicht! Schwarz kannte den See von Kindesbeinen an, aber die Ruhe und Schönheit dieses Ortes war auch für ihn ergreifend: auf der großen Terrasse ein Flügel mit Pianist, die große Wiese, mehrere Esstische aus Holz darauf, Liegestühle verstreut im Garten; große Bäume, blühende Büsche; ein alter Bootssteg am schilfgesäumten Ufer. Insekten schwärmten in der Luft, und kleine Fische tupften Ringe an die Wasseroberfläche.

Der Pianist spielte eine Nocturne von Chopin, passend zur Stimmung. Schwarz blickte auf den See. Das Abendlicht war orange, so auch der See, als wäre die Sonne in ihm versunken. Weit im Süden, im Dunst, der gewaltige Säntis und die Churfirsten. Dunkel der Himmel dahinter: Eine mächtige Gewitterfront schob sich heran. Bald würden die Alpen verschwunden sein. Am anderen Ufer, im Westen, lagen die Mainau, die Wälder des Bodanrück, Litzelstetten. Und Dingelsdorf.

Das Strandbad, in dem Martha Steinfort gestern verschwunden war, war vom Ufer aus zu sehen. Es lag praktisch gegenüber.

Wie konnten die Steinforts den Blick dorthin ertragen?

»Ach! Herr Schwarz!« Wolfgang Mink winkte von einem der Holztische her. Er erkannte Verena und Robert Steinfort am Tisch. Gefüllte Weingläser, leer gegessene Teller und Beilagenschüsseln, als wäre nichts geschehen. Etwas entfernt, an einem kleineren Tisch, drei Jugendliche.

Direkt am Ufer, in einem Liegestuhl, lag eine Frau. Wahrscheinlich Katharina Mink.

Martin Schwarz lächelte und schritt auf den Esstisch zu. Sie schienen die einzigen Gäste im Hotel zu sein. Viele Zimmer gab es sowieso nicht. Und wer hier Urlaub machte, hatte neben Geld das Bedürfnis nach Ruhe. Wollte viel Raum haben um sich. Auf dem Weg zum Hotel hatte Schwarz zwei Übertragungswagen von TV-Sendern entdeckt. Sollte es noch weitere Gäste gegeben haben, waren die sicher längst fort.

Während er zum Esstisch ging, blickte er an den Begrenzungen des weitläufigen Grundstücks entlang. Wie er erwartet hatte: hohe Hecken, dicht bewachsene Büsche und wahrscheinlich, im dichten Grün versteckt, ein stabiler Zaun. Eine exklusive Urlaubswelt jenseits des sommerlichen Touristengewimmels.

Martin Schwarz hatte sich ein wenig verwandelt. Schließlich trat er auf als Prokurist von Wolfgang Mink. Sein Friseur hatte ihm einen trendigen Kurzhaarschnitt verpasst. Und zum ersten Mal in seinem Leben hatte er sich die Hände maniküren lassen. Dann hatte er sich noch einen teuren Anzug gekauft, eine Edeljeans, eine leichte Sommercordhose, elegante Segelschuhe und Lederslipper.

Schwarz konnte sich nicht erinnern, jemals so viel Geld für Kleidung ausgegeben zu haben. Und das auf Spesen! Vielleicht hätte er doch Betriebswirtschaft studieren sollen. Er lächelte. Auch den Silberring im linken Ohr hatte er herausgenommen. Als er dann geduscht, parfümiert und extraglatt rasiert vor dem Badezimmerspiegel stand, fühlte er sich fremd, aber nicht schlecht.

»Hackt's bei dir jetzt?«, fragte seine Mutter, als er mit der beigefarbenen Feincordhose und dem Versace-Hemd die Treppe hochkam. Befremdet sah sie auf die alte Breitling-Uhr seines Vaters. Normalerweise trug er nie eine Armbanduhr.

»Du siehst aus wie ein Hochstapler!«

Das Rotwerden konnte er nicht verhindern. Doch in seinem Dienstwagen, einem nagelneuen Mercedes, fühlte er sich gleich wieder wohl.

Mink hatte sich eine mustergültige Biografie für ihn ausgedacht. Der erste Teil stimmte sogar mit seinem Leben überein: aufgewachsen in Konstanz, Abitur am humanistischen Jesuitengymnasium. Dann das Neue: Studium der Betriebswirtschaft an der edlen und teuren Hochschule in Sankt Gallen mit einem Auslandsjahr in Harvard; Arbeitsstationen bei internationalen Unternehmensberatungen in Dublin und London. Dazu hatte er ein Portfolio zu Mink Solutions erhalten, mit Unternehmensstruktur, Produktpalette, aktuellen Entwicklungsvorhaben und Bilanzen.

Schwarz musste grinsen, als er diese neue Biografie mit seinem wirklichen Leben verglich: seine linksradikale Schulzeit, die vielen Fahrten zu Demos nach Wackersdorf, in die Hamburger Hafenstraße und an die Frankfurter Startbahn West, politische Graffiti in der Konstanzer Altstadt, ein paar gesprengte Bagger. Dann die zwei Jahre nach dem Abitur, in denen er als Backpacker ziemlich ziellos durch die Welt gereist war. Schließlich die Hundertachtzig-Grad-Wende, die er noch immer nicht so ganz verstanden hatte: Studium an der Bundeswehr-Hochschule in München, Berufssoldat, Offizierslaufbahn, dann Spezialeinsätze als KSK-Soldat in Afghanistan.

Aus dem entschiedenen Gegner war ein überzeugter Verteidiger der kapitalistischen Bundesrepublik und ihrer freiheitlich-demokratischen Grundordnung geworden.

Dann die fatale Fehlentscheidung.

Die Toten … das Trauma … der tiefe Fall …

Schwarz hatte sich vorgenommen, möglichst nichts von sich zu erzählen. Auch wenn die anderen nicht aus der Welt des Business kamen, hatte er Angst, sich mit seinen praktisch nicht existenten Kenntnissen des Wirtschaftslebens und seinen Umgangsformen schnell zu verraten.

Auf den ersten Blick wirkte die kleine Gesellschaft, als wäre nichts passiert. Freundlich wurde er begrüßt; Mink stellte ihn den anderen vor.

Ob er noch Lust auf gedünsteten Steinbutt und Tagliatelle mit weißen Trüffeln habe? Aber gern! Die anderen hatten schon gegessen.

Dann ging Schwarz noch zu dem etwa zehn Meter entfernt stehenden Tisch mit den drei Jugendlichen. Ruth Mink hatte silbern gefärbte Haare und war ansonsten schwarz gekleidet. Ein blasser, ungesunder Teint. Der siebzehnjährige Sebastian Steinfort trug ein sauberes und gebügeltes weißes Hemd und Bluejeans. Er sah fünf Jahre älter aus, war braun gebrannt und wirkte wie ein erfolgreicher Jungunternehmer nach einem Segeltörn. Dann seine Zwillingsschwester Sarah Steinfort. Sie hatte grün gefärbte, an den Schläfen bis zur Schädeldecke ausrasierte Haare, Piercings an Oberlippe, Nase und Augenbrauen, dazu trug sie halb zerrissene schwarze Netzstrümpfe, eine abgeschnittene und fransige kurze Hose und ein Nirvana-T-Shirt.

Sein Freund Frank Zwille wäre begeistert, dachte Schwarz.

Während Sebastian ihn freundlich, aber distanziert grüßte, gaben Ruth und Sarah ihm nur stumm die Hand. Ruth senkte dabei den Blick. Kein Lächeln.

Merkwürdiges Trio, dachte Schwarz. Schellenberger hatte ihm am Telefon erzählt, dass Sebastian und Ruth im Strandbad herumgeknutscht hatten. Er konnte das kaum glauben, so gegensätzlich kamen ihm die beiden Jugendlichen vor. Liebe macht's möglich, dachte er. Bevor er sich abwandte, fiel ihm auf, dass Ruth und Sarah Händchen hielten.

Zurück am großen Esstisch, an dem die Erwachsenen saßen, waren jetzt, auf den zweiten Blick, die Spannungen zu spüren.

Dr. Verena Steinfort wirkte aufgekratzt, fahrig, nervös. Sogleich sprach sie ihn an.

»Sie waren sicher begeistert, dass Sie auf dieses Himmelfahrtskommando geschickt worden sind, nicht wahr?«

Schwarz zwang sich zu einem Lächeln. Der Teller vor Verena Steinfort war sauber und leer, auch ihr Mann schien nichts gegessen zu haben.

»Ich hoffe, Wolfgang zahlt gut! Nicht dass Sie sich später gezwungen sehen, Ihr Insiderwissen an die Presse zu verkaufen.«

Martin Schwarz sah, wie Professor Dr. Robert Steinfort seiner Frau einen vernichtenden Blick zuwarf. Voller Abscheu, fand er.

Schwarz musste jetzt etwas entgegnen.

»Frau Dr. Steinfort, Herr Professor Steinfort, es tut mir sehr leid, was passiert ist. Herr Mink hat mich über diese spezielle Situation informiert. Natürlich haben Sie in dieser Hinsicht von mir nichts zu befürchten.«

Schwarz machte eine Pause und bemühte sich um einen überforderten Blick. Verena Steinfort sah ihn abschätzig an.

»Und ja, ich war alles andere als begeistert, Sie hier mit meiner Gegenwart belästigen zu müssen.«

Kurz war es still.

»Spezielle Situation, soso. Na, ehrlich scheint er wenigstens zu sein«, meinte Verena Steinfort und blickte dabei zu Wolfgang Mink.

Plötzlich wirkte sie, als täte ihr der Affront leid.

Sie zwang sich zu einem Lächeln.

»Bitte verzeihen Sie meine Gereiztheit, Herr Schwarz. Aber immerhin erleben wir das jetzt zum zweiten Mal innerhalb von drei Jahren. Erst Tim, dann Martha. Ich weiß nicht, haben Sie schon einmal gehört, dass der Bodensee Kinder verschluckt?«

»Verena!«, sagte Robert Steinfort laut.

»Was willst du denn!« Ihre Antwort kam so heftig und laut, dass für eine ganze Weile erschrockene Stille herrschte.

Der Hass in Verena Steinforts Stimme war kaum zu überhören. Schwarz musterte den Professor. Ein sympathischer Mann mit freundlichen, traurigen, verträumten Augen und einem Mund, der früher bestimmt einmal viel gelacht hatte. Jetzt wirkte er verletzt, unendlich traurig und beschämt.

Wolfgang Mink blickte peinlich berührt und getroffen.

Hier erlebte Martin Schwarz eine ganz andere Verena Steinfort als die beherrschte, souveräne Person aus dem Fernsehen.

Sie stand auf. »Entschuldigt mich. War heute etwas viel.«

Mit einem Glas Wein in der Hand ging sie zum Hotel zurück.

Schweigen. Kurz darauf verließen auch die drei Jugendlichen stumm den Garten.

Der Steinbutt kam. Die Atmosphäre war unerträglich, aber der Fisch und die Trüffel rochen phantastisch. Schwarz wusste nicht, ob er unter diesen Umständen überhaupt mit dem Essen beginnen konnte.

Unsicher sah er zu Robert Steinfort und Wolfgang Mink.

Der Professor erhob seine Stimme. »Wolfgang, du kannst gehen. Ich bleibe gerne noch ein bisschen bei Herrn Schwarz.«

Wolfgang Mink blickte zu seinem Freund. »Bist du sicher? Ich …«

»Schon gut«, antwortete Steinfort. »Ich bin heute Abend froh, wenn ich nicht allein sitzen muss. So wird das Warten vielleicht weniger lang.«

Mink nickte. »Gute Nacht, Robert.«

Er wandte sich an Schwarz.

»Ist es in Ordnung, wenn ich mich zurückziehe?«

»Natürlich. Ich plaudere gern mit Herrn Professor Steinfort. Und der Steinbutt ist ja auch noch da.«

Mink lächelte. »Wir treffen uns morgen acht Uhr dreißig in meiner Suite.«

Schwarz nickte. Mink ging zum Haus.

Er wunderte sich. Steinfort hätte den besten Grund gehabt, aufzustehen und sich zurückzuziehen. Wahrscheinlich blieb er auch aus Höflichkeit und Respekt, weil er sich für das Verhalten seiner Frau schämte und es ein Stück weit wiedergutmachen wollte.

Für Martin Schwarz bestand kein Zweifel mehr, dass er gestern Morgen Robert Steinfort am Dingelsdorfer Yachthafen gesehen hatte.

Plötzlich war es ganz still. Auch die Sonne hatte sich zurückgezogen. Tief im Westen, hinterm Bodanrück, war noch ein schmaler, aber kräftiger dunkelorangener Streif zu erkennen. Die Gewitterfront hatte die Alpen verschlungen. Unmerklich rückte sie näher. In spätestens einer Stunde würden die schwarzen Wolken hier sein. Die Frau, vermutlich Katharina Mink, saß noch immer regungslos in ihrem Liegestuhl.

Noch ging kein Wind. Die Ruhe vor dem Sturm.

Schwarz blickte zu Robert Steinfort. Der große, durchtrainierte Mann stopfte eine Pfeife und zündete sie an. Sie schwiegen. Dass der Professor ihm so sympathisch war, hatte auch damit zu tun, dass er nicht so dominant auftrat wie seine Frau und Wolfgang Mink.

Steinfort zog an seiner Pfeife. Ein angenehmer, süßlicher Whiskeygeruch. Kurz musste Schwarz an Kommissar Heinz Dörflinger denken, mit dem er beim letzten großen Fall zusammengearbeitet und mit dem er sich angefreundet hatte. Ein begeisterter Angler wie er. Bei ihrer ersten Begegnung hatten sie in Dörflingers Wohnzimmer gesessen und Laphroaig Single Malt aus der Flasche getrunken. Vormittags um elf. Erst später erfuhr er, dass der Kommissar kurz zuvor seine Frau verloren hatte.

»Das muss hier ziemlich schwer für Sie sein«, begann Martin Schwarz und probierte ein Stück Steinbutt. Er liebte das fette, kräftig schmeckende Plattfischfleisch. Ein Hauch von Salbei, Thymian und Rosmarin, Weißweinsauce, eigentlich köstlich. Aber so richtig schmeckte es ihm heute nicht.

Robert Steinfort blieb stumm. Er wirkte abwesend und blickte hinaus auf den See.

Sollte er schweigen? Aber Steinfort hatte angeboten, mit ihm zu plaudern. Die Chance musste er nutzen.

»Ihre Familien kennen sich schon lange?«

Es dauerte eine Weile, bis Steinfort antwortete.

»Ich bin mit Katharina und Verena in die Schule gegangen. In Friedrichshafen. Seit der Oberstufe waren wir eng befreundet. Hatten Deutsch und Englisch als Leistungskurse, liebten Literatur und Musik und zogen zusammen durch die Nächte. Wir waren unzertrennlich.«

Steinforts Tonfall klang wehmütig. Schwarz dachte an Korn, Zwille und Elsa Berger. An seine wilden Zeiten während des Abiturs. Durchtanzte Nächte mit viel Tequila und Gras.

»Und Sie haben sich nie aus den Augen verloren?«

»War wohl eine Seelenverwandtschaft. Wir haben ähnliche Interessen. Ich studierte Soziologie und Philosophie und blieb nach dem Studium an der Uni. Katharina ging nach Berlin auf die Schauspielschule. Und meine Frau studierte Jura und wurde eine sehr erfolgreiche Anwältin.«

Schwarz meinte, eine kurze Unsicherheit gespürt zu haben, als Steinfort vom beruflichen Werdegang seiner Frau gesprochen hatte.

»Ich habe Ihr Buch gelesen. ›Die drängende Moderne und der Zerfall des Menschen‹. Es hat mich sehr beeindruckt.«

»Ach ja?« Steinfort lächelte.

Er schien sich darüber zu freuen und seufzte.

»Das stammt aus einem anderen Leben.«

Das Buch basierte auf der Auswertung von zahlreichen Interviews, die Steinfort und sein Forscherteam mit europäischen und US-amerikanischen Topmanagern geführt hatten. Steinfort wollte herausfinden, wie sich die extremen Anforderungen des globalisierten Kapitalismus auf das Leben und die Psyche der Akteure auswirkten.

»Was hat Sie denn am meisten beeindruckt?«

»Ich habe in Topmanagern immer souveräne, über den Dingen stehende, fast gottähnliche Wesen gesehen. Die Helden unserer Zeit. Und in Ihrem Buch werden die meisten von ihnen als Getriebene und Heimatlose beschrieben, welche die Grenze ihrer Kräfte ständig überschreiten. Menschen, für die Leistung Selbstzweck und Geißel ist. Leistung als Obsession. Menschen, die keine wirklichen Ziele mehr haben, die von Job zu Job durch die Welt ziehen und sich selbst immer mehr entfremden. Trotz Wellness und Work-Life-Balance. Eben Menschen, die zerfallen und zu ständig überhitzten Maschinen werden.«

Robert Steinfort sah ihn an. Die Schwere war plötzlich aus seinen Zügen gewichen.

»Ein schönes Fazit.« Steinfort sog tief an seiner Pfeife. »Ungewöhnlich, dass ein Manager mein Buch liest«, meinte er mit einem Lächeln.

»Ich frage mich selbst manchmal«, meinte Schwarz, »was ich eigentlich jeden Tag tue. Und warum.«

Robert Steinfort holte tief Luft. »So ging das bei mir auch los. Und vor zwei Jahren habe ich die Konsequenzen gezogen. Viel zu spät.«

»Ach ja?«

»Ich habe meine ETH-Professur an den Nagel gehängt. Jetzt unterrichte ich an einer Pädagogischen Hochschule in Freiburg. Mein Versuch von Downshifting.«

»Und er war erfolgreich?«

Steinfort blies den Whiskeyrauch in den Himmel.

»Man wird die Geister, die man einmal rief, nur schwer wieder los.«

Schwarz nickte. Er wunderte sich über die Offenheit dieses Mannes.

Plötzlich standen Tränen in Steinforts Augen.

Schwarz schluckte. Ihm war der Appetit vergangen. Der Steinbutt und die Trüffelnudeln wurden allmählich kalt.

Eine ganze Weile saßen sie stumm da und sahen zu, wie die dunklen Wolken näherkamen.

Dann wischte Robert Steinfort die Tränen weg und stand auf.

»Sie entschuldigen mich?« Der Professor lächelte. Doch die Schwere war wieder da. »Danke, dass Sie mich für einen Moment auf andere Gedanken gebracht haben.«

»Ich danke Ihnen, dass Sie mir Gesellschaft geleistet haben.«

Robert Steinfort wandte sich ab und ging zum Hotel.

19

Freitag, 2. August

Katharina Minks Augen waren immer noch geschlossen. Hinter ihr war es ruhig. Es schien niemand mehr im Garten zu sein. Sie spürte den stärker werdenden Wind; sie ahnte, dass es bald ein Gewitter geben würde. Aber sie konnte und wollte sich nicht bewegen.

Da war wieder die Erinnerung. Wie oft hatte sie die schon in Gedanken durchgespielt? Es gab keine andere Erinnerung, die so mächtig war. Die sie zu lähmen, zu beherrschen imstande war. Als die Mutter starb, hatte sie gehofft, dass sie verschwinden würde.

Aber dem war nicht so.

Mal kam sie langsam, mal plötzlich.

Wie die Mutter nackt, abgemagert, schreiend und sabbernd mitten auf der Oranienstraße in Kreuzberg zwischen fahrenden Autos spazierte und nach ihr rief. Unerträglich laut. Am Heiligabend. Welches achtzehnjährige Mädchen hätte sich da nicht für die Mutter geschämt?

Paranoide Schizophrenie.

Sie hatte die Mutter besuchen wollen in Berlin. Katharina lebte damals in Friedrichshafen bei ihrem Vater und seiner Lebensgefährtin. Er hatte sich das Sorgerecht erkämpft, nachdem die Ehe gescheitert war. Weil die schizophrenen Episoden der Mutter immer häufiger gekommen waren und immer länger gedauert, weil der Vater und sie sich immer mehr von der Mutter bedroht gefühlt hatten. Weil die Mutter jegliche Therapie verweigerte.

»Ihr wollt mich nicht verstehen«, meinte die Mutter immer wieder. »Ihr lasst mich im Stich!«

Nach der Scheidung war die Mutter nach Berlin gezogen. Auf der Suche nach einem freien und glücklichen Leben. Und machte ihr, der Tochter, immer neue Vorwürfe.

Dass sie die Mutter verlassen, ja verraten habe.

Dass sie die Mutter gar nicht liebe.

Dass sie es zulasse, dass der Vater sie töten wolle.

Nach der Scheidung ging die Mutter ein ganzes Jahr in die Psychiatrie. In den Jahren zuvor hatte sie die Psychiatrie immer abgelehnt und sie meist wenige Wochen nach einer akuten Psychose wieder verlassen. Doch diesmal schien sie besser zurechtzukommen. Sie war bereit, die Medikamente regelmäßig zu nehmen und nicht wieder abzusetzen, wie sie es zuvor stets getan hatte.

Wie sie die Mutter dafür hasste, wenn sie heimlich die Tabletten absetzte. Nie sprachen sie darüber, aber schon als Kind ahnte sie: Wenn die Mutter plötzlich wieder übermäßig fröhlich wurde, kicherte, durch die Wohnung tanzte ... Sie vergaß, einkaufen zu gehen, das Essen zu machen, sie vom Kindergarten abzuholen ...

Da wusste sie, dass die Stimmung bald wieder kippen würde, bald fremde Stimmen die Mutter mahnen würden, sie das Gift im Essen schmecken würde.

Doch seit sie in Berlin war, sprach sie am Telefon nicht mehr von Verschwörungen. Sie fand sogar einen Job als Verkäuferin in einem Modeladen. Ihre Mutter sah sehr gut aus, und trotz der Tabletten nahm sie kaum zu.

An jenem Weihnachtsabend, als die Mutter nackt und schreiend durch Kreuzberg irrte, hatte Katharina sich anderthalb Stunden verspätet. Hatte einen Anschlusszug verpasst, weil sie in einem Bahnhofscafé mit einem hübschen jungen Mann so nett geplaudert hatte.

Sie wusste erst gar nicht, was sie tun sollte, als sie die Mutter sah. Die Oranienstraße war voller Menschen. Manche lachten die Mutter aus – umherirrende Verrückte waren in Kreuzberg nichts Ungewöhnliches –, andere blickten peinlich berührt.

Was sollte sie tun?

Die Mutter rief ihren Namen, immerzu. Laut, schrill, wütend.

»Katharina! Katharina! Er ist in meiner Wohnung! Die Strahlung! Auf dem Dach!«

Immer wieder rief sie etwas von Strahlung. Das war neu damals. Sie starrte auf die Mutter und konnte nicht zu ihr gehen. Sie sah aus wie ein Skelett. Als sie dann, später, ins Krankenhaus fuhren, meinte der Arzt, dass die Mutter bei eins fünfundsiebzig keine vierzig Kilo wiege.

Und dass ihre Mutter allein nicht lebensfähig sei.

Es klang vorwurfsvoll.

Nicht lebensfähig! Was sollte sie dazu sagen?

Was erwartete man denn von ihr? Dass sie ihr Leben einer verrückten und uneinsichtigen Mutter widmete? Die vor ihrer Krankheit floh, statt sich ihr zu stellen?

Irgendwann hatte sie sich wieder gefasst und ging der Mutter hinterher. Die Mutter lief mitten auf der Straße, zwischen hupenden und aufblendenden Autos hindurch. Katharina folgte ihr auf dem Bürgersteig, tat unbeteiligt, als gehe die schreiende Verrückte sie nichts an.

Dann hielt sie es nicht mehr aus und rief nach der Mutter. Doch die reagierte nicht. Hörte die Mutter sie nicht oder wollte sie nicht?

Da lief sie zu ihr auf die Straße und packte sie an den Schultern. Das Erste, was sie empfand, war Ekel: die speckige, schmierige Haut; der beißende Gestank von Schweiß, Kot, Urin … Wie lange hatte sie sich nicht gewaschen? Sie musste sofort daran denken, wie es wohl in der kleinen Wohnung der Mutter aussah.

Sie würde heute Nacht in Gestank und Dreck schlafen müssen.

Am Heiligabend.

Voller Wut riss sie die Mutter herum.

»Was machst du Teufel hier nackt auf der Straße?«, schrie sie sie an. Hatte sie wirklich »du Teufel« gesagt? Später behauptete die Mutter das immer wieder. Wahrscheinlich, bestimmt hatte sie nur »zum Teufel« gesagt.

Jedenfalls hatte die Mutter sie damals nur angesehen mit einem leeren, verständnislosen, unbeteiligten Blick.

So als erkenne sie die eigene Tochter nicht.

Katharina geleitete sie zunächst von der Straße auf den Bürgersteig. Die Mutter ließ sich willenlos führen.

»Krasse Alte, Süße!«, meinte ein Punk mit Nikolausmütze im Vorbeigehen. »Ist aber eigentlich nicht dein Problem! Mein Tipp: Ruf den Krankenwagen und komm mit ins SO 36!«

»Verpiss dich!«, rief sie ihm hinterher.

»Happy Christmas!«, meinte der Punk.

Katharina zog ihre Jacke aus und legte sie der Nackten um die Schulter. Am liebsten hätte sie die Mutter stehen lassen. Was für Weihnachten sollten das werden? Der Punk hatte recht. Sie hätte einfach den Notarzt rufen und mit dem Punk feiern gehen sollen. Trinken und kiffen, bis alles egal war.

Aber sie brachte die Mutter zurück in die Wohnung. Sofort fiel ihr auf, dass Wände und Fenster mit Alufolie verkleidet waren.

»Jetzt bist du doch da, Kat!«, meinte die Mutter, als sie die Tochter wieder erkannte. »Und ich wollte gerade zum Bahnhof gehen und dich holen! Katharina, es ist ganz schlimm!«

Sie zog ihre Tochter ans Fenster, schob die Alufolienvorhänge zur Seite und zeigte auf die gegenüberliegenden Dächer.

»Da hat er überall Radioaktiv-Generatoren aufgestellt! Die zielen auf die Wohnung!«

»Wer, Mama?«

»Dein Vater! Und wenn ich nachts schlafe, kommt er in die Wohnung und verstrahlt meine Kleider und vergiftet mein Essen! Er trägt einen silbernen Schutzanzug.«

Katharina wusste nicht, was sie erwidern sollte.

»Ich bin mir ganz sicher! Die Leute im Fernsehen reden darüber. Heimlich, sie benutzen einen Code. Aber ich verstehe sie.«

Es würde nichts nutzen, ihr zu sagen, dass dort drüben auf den Dächern nur Satellitenschüsseln und Antennen befestigt waren; dass nachts niemand in ihre Wohnung eindrang; dass im Fernsehen niemand über sie sprach, ihr Vater in Friedrichshafen war und mit ihr nichts mehr zu tun haben wollte.

Aber womöglich war genau das ja ihr Problem.

Plötzlich schaute die Mutter sie streng an. »Du hast doch gesagt, dass du früher hier sein wirst. Wo du doch so selten kommst!«

Sie hätte überhaupt nicht kommen müssen!

»Bleib doch bei uns, Kat«, hatte die Lebensgefährtin des Vaters gemeint. »Hier hast du Ruhe und Frieden!«

Sie verstand sich gut mit ihr. Auch heute noch.

Besser als mit ihrer Erzeugerin.

Warum war sie damals bloß nach Berlin gefahren? Sicher nicht, weil sie sich eine schöne Zeit erhoffte. Und wohl auch nicht, weil sie allzu viel Sehnsucht nach der Mutter hatte.

Aus Pflichtgefühl. Weil sonst niemand bei ihr war.

Schon oft hatte sie es verflucht, ein Einzelkind zu sein.

In der Wohnung sah es, abgesehen von der Alufolie, genauso aus, wie sie es erwartet hatte. Teller mit stinkenden und zum Teil verschimmelten Essensresten; Berge schmutziger Wäsche; der

Geruch von Schweiß, Kot und Urin; ein verdrecktes Badezimmer; ein laufender Fernseher.

Und natürlich kein Weihnachtsschmuck, kein Baum.

»Bevor wir ins Bett gehen, müssen wir uns nackt ausziehen und uns in Alufolie einwickeln, hörst du? Dass er uns nicht im Schlaf verstrahlen kann! Er ist hier, Katharina, dein Vater! Jede Nacht läuft er unten auf der Straße vorbei. Und manchmal ist er auf dem Dach gegenüber! Er versteckt sich hinter den Generatoren, aber er ist da.«

Sicherheitshalber hatte sie vier Tage vor Weihnachten noch einmal angerufen. Entspannt, ja fröhlich hatte die Mutter da geklungen. Ein wenig überdreht vielleicht, aber das wollte sie nicht hören.

»Wie ich mich auf dich freue! Der Weihnachtsbaum wird leuchten! Es ist alles in Ordnung bei mir! Wie? Aber natürlich nehme ich die Tabletten!«

Deshalb war sie gekommen.

In der Hoffnung, dass die Mutter gesund war.

Und wohl auch, dass es später keine Vorwürfe geben würde.

Dass die Mutter vielleicht erkennen würde, wie sehr die Tochter sie liebte.

Konnte es sein, dass die Mutter ihre schizophrenen Schübe selbst veranlassen konnte? Sie schämte sich für diesen Gedanken, aber der Verdacht war ihr schon oft gekommen.

Es fiel Katharina Mink schwer, ihn nicht zu denken. Und zu glauben.

Jetzt war die Mutter tot.

Aber eigentlich stimmte das nicht.

Da hörte sie, wie jemand ihren Namen sprach.

***

Martin Schwarz wartete noch etwa fünfzehn Minuten und trank den Wein aus. Es war schon fast dunkel. Ein warmer Südwind war aufgekommen, der zunehmend stärker wurde. Das Gewitter rückte näher. Der See war in Bewegung geraten, Wellen plätscherten sanft gegen den Uferkies. Grillenzirpen im Gras und der

Duft des Sees. Ein Hauch von Moder lag darin. Wahrscheinlich starben im Wasser schon die ersten Pflanzen, die der Wind jetzt ans Ufer trieb.

Ein Bote des Herbstes.

Schwarz stand auf.

Katharina Mink lag immer noch regungslos im Liegestuhl.

Langsam ging er zu ihr ans Ufer. Als er sie fast erreicht hatte, sah er, wie sich ein Silberreiher von einem Ponton unweit des Ufers aufschwang und mit lautlosen Schlägen davonflog. Diese mediterrane Vogelart war immer häufiger am Bodensee zu beobachten.

»Guten Abend«, sagte Schwarz.

Die Frau reagierte nicht auf ihn. Katharina Mink war wunderschön. Dunkle Haare, heller Teint, hohe Wangenknochen, slawischer Typ; volle Lippen, große Augen, schmale Augenbrauen. Jung, stark und zerbrechlich wirkte sie auf ihn.

»Guten Abend. Martin Schwarz mein Name. Ich bin ein Mitarbeiter Ihres Mannes und werde in den nächsten Tagen hier wohnen.«

Schwarz meinte, ein kurzes Nicken wahrgenommen zu haben. Aber er konnte sich auch täuschen.

»Ein schöner Abend.«

Dann wandte sie ihm ihr Gesicht zu. Große dunkle Augen sahen ihn an. Ein leerer, in sich gekehrter Blick. Schwarz musste an ein sterbendes Reh denken.

»Lassen Sie mich bitte, Herr Schwarz.«

Die tonlose Stimme ergriff ihn zutiefst.

Der Blick, die Stimme, die Bewegungen: Er wusste, was diese Frau fühlte.

Kurz sah er den blutenden Körper des Kindes in diesem Berghof in Afghanistan. Die toten Kameraden. Hörte seine eigenen verzweifelten Schreie. Wie er fiel.

Jahrelang war auch er in einem leblosen Dunkel gefangen gewesen. Er musste jetzt zu dieser Frau sprechen.

»Ihnen ist Schlimmes widerfahren, Frau Mink. Es ist keine Floskel, wenn ich sage, dass ich eine sehr genaue Vorstellung davon habe, was Sie gerade fühlen.«

Schwarz meinte, in ihrem leeren Blick eine Regung, so etwas wie Verwunderung zu erkennen.

»Wenn Sie nicht aufstehen und sich den Dämonen stellen, Frau Mink, werden Sie nie mehr lebendig werden.«

Nachdem Katharina Mink kurz ihre Fäuste geballt, ihre Augen geschlossen, sich von ihm abgewendet hatte und wieder in sich versunken war, ging Martin Schwarz missmutig zum Hotel zurück.

20

Samstag, 4. Dezember, vor drei Jahren

»Frau Mink, für uns bestehen keine Zweifel mehr, dass Sie für das Verschwinden Ihres Sohnes verantwortlich sind. Wir haben die Ergebnisse des Labors: Die Blutspuren in Ihrem Cayenne sind von Tim!«

Wieder der kleine, muffige Befragungsraum. Wieder Weinbrenners Blicke: gierig, herablassend, triumphierend.

»Was macht Sie denn so sicher? Und wo ist dann der Haftbefehl?«

Dr. Verena Steinfort trat selbstbewusst auf. Sie war auf Katharinas Bitten sofort von Stuttgart nach Konstanz gekommen. Doch Katharina zweifelte daran, dass die Freundin sie immer noch für unschuldig hielt.

»Es geht um Beweise, Herr Weinbrenner, nicht um Vermutungen und Wunschvorstellungen. Davon haben wir inzwischen genug gehört.«

Katharina bemerkte, wie die Wut in Weinbrenner hochstieg. Doch wieder konnte er sich beherrschen. Natürlich, es war jetzt leicht für ihn. Sein Triumph schien zum Greifen nah.

»Wie können Sie mir das Blut erklären?«

»Meine Mandantin hat nie bestritten, dass Tim geblutet hat.«

»Es war nie davon die Rede, dass Tim im Cayenne war.«

»Das Auto ist stets unabgeschlossen. Was alle Freunde, einschließlich mir, bezeugen können. Tim hätte jederzeit in das Auto steigen können. Tim liebte den Wagen und spielte gern darin.«

»Auch mit Nasenbluten? Im Kofferraum?«

»Beweisen Sie das Gegenteil, Herr Weinbrenner! Und wir fragen uns etwas ganz anderes. Warum hat denn Ihr Leichenhund zuerst nichts gewittert? Warum bellt er erst, nachdem der andere Hund angeschlagen hat? Wollen Sie mir erzählen, dass Ihre Hundeführer die Tiere nicht manipuliert haben? Mit Ihren einseitigen Ermittlungen ruinieren Sie den Ruf einer Familie! Und vor Gericht wird das alles keinen Bestand haben.«

»Normalerweise muss eine Leiche mehrere Stunden an einem Ort gelegen haben, damit der Hund etwas findet. Es ist ein Wunder, dass er überhaupt schon etwas wahrgenommen hat.«

»Umso fragwürdiger ist Ihr Vorgehen!«

Jetzt schaltete sich Katharina ein. »Wann hätte ich Tim denn … töten können?«

Seiffert nahm ein Blatt zur Hand und begann.

»Wir haben den mutmaßlichen Tathergang rekonstruiert. Tim verließ um dreizehn Uhr zehn mit seiner Schwester Ruth und Sarah und Sebastian Steinfort das Hotel, um im Wald zu spielen. Kurz darauf fuhren Sie nach Aussage des Personals davon. Ihr Mann befand sich zu der Zeit auf dem Weg zu seinem Werk in Singen, wo er gegen dreizehn Uhr dreißig ankam. Robert Steinfort arbeitete seit dem Vormittag in der Konstanzer Universitätsbibliothek und Sie, Frau Dr. Steinfort, im Hotel auf Ihrem Zimmer. Nach Ihrer Aussage, Frau Mink, hielten Sie sich am Frauenberg auf, was allerdings die Wandergruppe, die erwiesenermaßen zu dieser Zeit dort war, nicht bestätigen kann. Wir vermuten, Frau Mink, dass Sie früher zurückgekehrt sind. Vielleicht wollten Sie in Ruhe auf Ihrem Zimmer an Ihrer Rolle arbeiten. Wahrscheinlich kam auch Tim früher zurück. Ihm war langweilig. Er wollte mit Ihnen spielen. Sie waren angespannt wegen Ihrer großen Rolle. Möglicherweise kam es zum Streit. Sie haben Tim geschlagen, er stürzte.«

Weinbrenner übernahm. »Sie wollten das nicht, da sind wir uns sicher. Wir wissen, dass Sie gelegentlich sehr impulsiv reagieren. Doch dann lag Ihr toter Sohn vor Ihnen. Da überfiel Sie Panik.«

Seiffert setzte nach. »Ihr Mann war in Singen, Robert Steinfort in der Universitätsbibliothek und Sie, Frau Dr. Steinfort, bis gegen vierzehn Uhr fünfundvierzig auf Ihrem Zimmer. Niemand hat etwas mitbekommen.«

Verena Steinfort schaltete sich ein. »Ich soll von einem Streit nichts mitbekommen haben? Das Hotel ist klein, wir waren die einzigen Gäste, und unsere Zimmer liegen auf demselben Flur.«

»Sie haben ausgesagt, ausgiebig geduscht zu haben«, entgegnete Seiffert.

Weinbrenner übernahm. »Sie steckten Ihren Sohn in einen Bettbezug – das Hotel hat uns bestätigt, dass ein im Schrank deponierter Extrabezug fehlt –, trugen ihn schnell die Treppe hinunter und legten ihn in den Cayenne. Dann gingen Sie zurück und setzten sich gegen fünfzehn Uhr fünfzehn in die Lounge.«

»Das soll keiner bemerkt haben? Und warum ist sie nicht gleich davongefahren?«, hakte Verena ein.

»Zu auffällig. Man hätte sich später gefragt, wo sie gewesen war.«

Wieder unterbrach Verena Steinfort. »Ach ja? Eine Mutter, die gerade Ihr Kind umgebracht hat, trägt die Leiche zuerst in den Kofferraum ihres

Wagens und setzt sich dann ruhig und entspannt in die Lounge? Herr Weinbrenner, ich befand mich dort! Ich habe Katharina gesehen!«

»Ich muss Ihnen nicht sagen, dass Frau Mink als preisgekrönte Schauspielerin über eine perfekte Emotionsregulation verfügt. Wenn Frau Mink Ihre Gefühle verbergen will, dann tut sie das!«

»Sebastian und Sarah Steinfort«, fuhr Seiffert fort, »haben beim ersten Gespräch ausgesagt, dass Sie, Frau Mink, als sie vom Spielen im Wald zurückkehrten, ungewöhnlich fahrig und aufgebracht gewesen seien. Ich zitiere Sarah Steinfort: ›Es war fast so, als habe sie geahnt, dass etwas Schlimmes passiert ist.‹ Kurz darauf stürmen Sie aus der Tür heraus und rasen mit dem Cayenne davon.«

»So stellten Sie sicher«, ergänzte Weinbrenner, »dass Ihnen keiner folgen konnte. Wir wissen nicht, ob Ihr kleiner Ausbruch vor den Jugendlichen inszeniert war oder ob Sie plötzlich vielleicht doch Schuldgefühle gepackt haben. Jedenfalls stürzen Sie zum Auto und fahren los, so weit es geht, dann – und da haben wir eine Zeugenaussage – steigen Sie aus dem Cayenne und befördern etwas Schweres aus dem Kofferraum. In dem wir heute Morgen Blutspuren gefunden haben.«

»Und dann? Hat sie die Leiche weggezaubert?«

»In den See gelegt, Frau Steinfort.«

»Wo nie eine Leiche gefunden wurde.«

»Der Seegrund fällt an dieser Stelle fast senkrecht ab. Und die Strömungen sind stark. Wir hatten in den Tagen vor Tims Verschwinden starken Südwind und niedrige Temperaturen. Das bewirkt jetzt im Herbst nach Aussage des Limnologischen Instituts eine Umwälzung von Wasserschichten im See. Tiefenwasser steigt auf, das kalte Oberflächenwasser sinkt zum Grund. Da kommt es zu Strömungsverhältnissen wie in einem Fluss.«

»Möglicherweise, wahrscheinlich, unter der Bedingung, dass …! Eine kaum zusammenhängende Kette von scheinbaren Indizien! Nichts, was vor Gericht Bestand haben wird! Ich erinnere Sie nur, dass Ihre Zeugin, die meine Mandantin mit einem schweren Bündel gesehen haben will, über zweihundert Meter entfernt vom Wagen stand und sich außerdem weder an die genaue Zeit erinnern kann noch an das Wagenmodell.«

Seifferts Ton war gereizt. »Das Gelände ist gut einsehbar und sie weiß, dass es zwischen fünfzehn und sechzehn Uhr war.«

Eine kleine Pause entstand.

Katharina Mink merkte, dass Weinbrenner sie beobachtete. Unsicher blickte sie zu Verena.

Seiffert sprach weiter, jetzt leise. »Sie legten den Körper in den See, dann liefen Sie weiter Richtung Marienschlucht. So lenkten Sie die ersten Ermittlungen und Suchaktionen an eine andere Stelle.«

Katharina sah, wie Verena kurz unsicher zu ihr blickte.

Weinbrenner wandte sich an sie. »Frau Mink, es war ein Unfall mit Todesfolge. In größter Verzweiflung haben Sie versucht, den toten Körper Ihres Kindes zu beseitigen. Jeder Richter wird Ihre Handlungsweise verstehen. Oft setzt nach einem solch traumatischen Ereignis eine episodische Gedächtnisstörung ein. Vermutlich haben Sie in der ersten Zeit danach selbst gezweifelt, dass es überhaupt passiert ist. Ich habe in den Vernehmungen den Eindruck gewonnen, dass Sie selbst unsicher sind, was eigentlich geschehen ist.«

»Katharina, du sagst jetzt nichts!«, meinte Verena bestimmt.

Weinbrenner sprach weiter. »Geben Sie sich und der Wahrheit eine Chance! Sagen Sie uns, was passiert ist! Ersparen Sie sich und Ihrer Familie einen langwierigen Indizienprozess! Wenn wir klagen müssen, werden die Medien eine Hetzjagd veranstalten. Auch wenn wir natürlich versuchen werden, das zu verhindern.«

Warum gestand sie nicht einfach?

Schuld hatte sie in jedem Fall.

Die Jagd, die noch gar nicht richtig begonnen hatte, wäre dann zu Ende.

Keine Ungewissheit mehr.

Aber Ruth?

Sie blickte zu Verena und wusste nicht, was sie tun sollte.

21

Freitag, 2. August

»Was zur Hölle ist das?«, fragte Marek Hafen und fingerte eine Zigarette aus seiner Marlboro-Schachtel. Es dämmerte bereits, und vom Süden her näherte sich ein Gewitter.

Er befand sich in dem Waldstück, in dem gestern Nachmittag der Mann mit der großen Tasche verschwunden war. Hafen hatte dieses Gebiet von einer Hundertschaft besonders gründlich absuchen zu lassen. Tom König hatte ihn gerade über die Ermittlungen zu Franz Gaar unterrichtet, als der Anruf kam. Die Befragung der Nachbarn hatte ein ähnliches Bild ergeben, das Hafen aufgrund der Inspektion der Wohnung gewonnen hatte. Gaar galt als distanzierter, unauffälliger Mann, der regelmäßig und gründlich das Treppenhaus reinigte, die Straße fegte, kaum sprach und nie Besuch empfing.

Der Einsatzleiter der Hundertschaft hatte ihn gerade zu einem unscheinbaren Loch in der Erde von etwa einem Meter Durchmesser geführt. Es lag keine zweihundert Meter entfernt von der Stelle, wo der Fremde gestern im Dickicht verschwunden war.

»Das gibt es nicht!«, meinte Hafen und schüttelte den Kopf. »Der Typ ist tatsächlich vom Erdboden verschluckt worden.«

Vor einer Stunde, so der Einsatzleiter, sei ein Beamter zufällig auf den verdeckten Eingang der Höhle gestoßen. Es handelte sich um eine Holzplatte, auf der ein Tarnnetz mit Zweigen und Blättern befestigt war.

»Die Tarnung ist perfekt«, meinte der Einsatzleiter. »Der Kollege hat versucht, genau dort den Hang hinaufzuklettern, und ist dabei zufällig auf das Brett getreten. Ansonsten hätten wir die Höhle sicher nicht entdeckt.«

Marek Hafen musterte das Brett, das jetzt neben dem Erdloch lag. Mit bloßem Auge konnte man es wirklich kaum von der Umgebung unterscheiden.

Gaar, Schmidtbauer und dieser Waldmann, dachte Hafen, hängt das alles zusammen? Sind wir einem Kinderhändlerring auf der Spur?

Er zog an seiner Marlboro und blickte auf das Loch im Hang. Wurde hier Martha Steinfort nach der Entführung versteckt?

»Es war bisher noch keiner von euch da drin?«

Der Einsatzleiter schüttelte den Kopf.

»Wir haben reingeleuchtet, das ist alles. Da drinnen ist niemand.«

»Gut.«

Marek Hafen zog sich einen weißen Schutzanzug an, dann ging er auf die Knie und krabbelte mit einer Taschenlampe in die Höhle. Es roch nach feuchtem Lehm. Hafen dachte an den Geruch des Fremden. Ja, das passte. Er hatte wie jemand gerochen, der sich lange in einem solchen Erdloch aufhielt.

Einen Meter hinter dem Eingangsbereich weitete sich der Erdbau, sodass Hafen mit seinen eins siebzig aufrecht stehen konnte.

Im Licht der Taschenlampe erkannte er ein Feldbett, einen kleinen Campingtisch mit Klappstuhl, ein Regal mit Konserven, Geschirr, Handtüchern und Werkzeug, zudem einige Zeitschriften. Die dicken Wolldecken auf dem Bett waren ordentlich zusammengefaltet. Auf dem kleinen Nachttisch neben dem Feldbett befand sich eine batteriebetriebene Tischleuchte. Der Erdboden war nackt, keine Teppiche oder Matten.

Für Hafen sah das nicht wie die Behausung eines verwahrlosten Obdachlosen aus. Wer immer diesen fast runden Bau gegraben hatte, hatte sich große Mühe gegeben und genau gearbeitet. Saft und Wasser befand sich in den Holzregalen. Die Konserven waren geordnet – Fisch, Wurst, Obst –, Geschirr und Besteck wirkten sauber. Kein Müll auf dem Boden.

Franz Gaar, dachte er, ist das dein kleines Ferienhaus? Vor einer Stunde waren die Laborergebnisse des LKA per Fax angekommen. An Gaars Kleidung hatten sich keine Spuren von Martha finden lassen. Doch er hatte sie ja gewechselt. Und sein Gefühl sagte ihm, dass mit Gaar etwas nicht stimmte.

Marek Hafen musste sich eingestehen, dass er froh war, als sich nach zwanzig Minuten Marlene Winter an der Höhle einfand. Mittlerweile war auch die Spurensicherung eingetroffen und hatte den Eingangsbereich abgesperrt. Hafen hatte sie gebeten, mit der Untersuchung der Höhle noch zu warten.

Er wusste, dass operative Fallanalytiker zuerst gern allein den Tatort inspizierten, noch bevor irgendetwas von Beamten der Spurensicherung durcheinandergebracht worden war. Es hatte ihn einige Überwindung gekostet, Winter anzurufen. Reichte es nicht, wenn er sich von diesem Erdloch ein Bild machte? Aber er wollte auch sehen, ob die Dame in dieser Höhle etwas fand, das ihm verborgen geblieben war.

Es war schon ziemlich dunkel und die Wipfel der Bäume rauschten. Hier am Boden spürte man kaum einen Hauch. Vor der Höhle standen die Scheinwerfer der Spusi, und über ihnen schwirrten Millionen Mücken. Im Sommer hatte Hafen immer eine Flasche Mückenspray im Auto. So hielten sich die kleinen Blutsauger von ihm fern.

Hafen musste grinsen, als Marlene Winter, verfolgt von einem Mückenschwarm, mit fuchtelnden Armen im Scheinwerferlicht auftauchte. Ihre hohen Absätze sanken im Waldboden ein, und immer wieder verlor sie für Momente ihre Haltung. Hafen wusste, dass sie am Nachmittag zum psychiatrischen Zentrum gefahren war. Wegen Schmidtbauer. Wahrscheinlich hatte sie sich in Schale geworfen, um den Arzt gesprächig zu machen.

Der Kommissar reichte ihr das Mückenspray. Sie nahm es dankbar entgegen.

Während sie Arme und Beine einsprühte, brachte er die LKA-Beamtin auf den aktuellen Stand.

»Ach was«, war ihr trockener Kommentar.

Dann wollte sie sich selbst ein Bild von der Höhle machen.

Allein.

Nach zwanzig Minuten wurde Hafen unruhig. Schließlich hatten sie noch anderes zu tun.

Die Hinweise gingen immer noch im Minutentakt ein. Allein drei Sichtungen Marthas in der letzten Stunde. Mehrere Boote, die auf die Beschreibung des Berufsfischers passten, waren ausfindig gemacht worden. Ein weiterer Badegast wollte beobachtet haben, wie sich eine groß gewachsene Frau mit Kurzhaarfrisur und einem Kind auf dem Arm rasch vom Strandbad entfernt hatte. Als man ihm verschiedene Fotos vorlegte, auch welche von Katharina Mink und Verena Steinfort, gab er an, sich an kein Gesicht erinnern zu können.

Zudem hatte man den Zeugen, denen ein Mann mit Dreitagebart im Strandbad beim Beobachten von Kindern aufgefallen war, zehn Fotos von verschiedenen Männern gezeigt. Unter ihnen war auch eines von Werner Schmidtbauer gewesen, die anderen hatten die Kollegen beliebig ausgewählt. Ein Zeuge meinte in einem Einbrecher aus Hamburg den Mann vom Strandbad zu erkennen. »Hundertprozentig«, wie er sagte. Ein anderer tippte auf einen Trickbetrüger aus Frankfurt, und die Übrigen wollten sich nicht festlegen.

Nur die junge Jurastudentin, die einen großen Mann mit einem leblos wirkenden Kind auf dem Weg zum Parkplatz gesehen haben wollte, tippte auf Schmidtbauer. War sich dann aber auch wieder nicht ganz sicher.

Erinnerungen lügen, dachte Hafen, als Tom König ihn über die Ergebnisse informierte.

Der Kommissar wurde nervös. Noch immer studierte Marlene Winter das etwa fünf Quadratmeter große Erdloch.

Von operativen Fallanalytikern hatte er nie viel gehalten. Schon häufiger hatte er bei Mordfällen mit ihnen zusammengearbeitet, aber was sie ihm über das Geschehen am Tatort, die Motive und Persönlichkeit des Täters berichteten, hatte ihn nie beeindruckt. Auf das meiste war er selbst gekommen, und viele Angaben waren zu allgemein, als dass sie die Ermittlungen tatsächlich weiterbrachten. Die Wirklichkeit war halt komplizierter als in amerikanischen Krimiserien.

Jetzt war er gespannt, was Marlene Winter ihm sagen würde. Immerhin schien diese Frau nicht so arrogant und abgehoben zu sein wie viele dieser Profiler. Nur weil sie ein paar Zusatzkurse in Psychologie und Tatortanalyse belegt hatten, hielten sich die meisten für etwas Besseres. Als Sonderermittler, die sich mit dem Kleinkram polizeilichen Arbeitens nicht mehr abgeben mussten.

»Ist das nun ein Versteck für ein entführtes Kind?«, wollte Hafen wissen, als Winter nach etwa dreißig Minuten endlich wieder aus dem Erdloch herausgekommen war.

Aber Marlene Winter ließ sich nicht drängen. In aller Ruhe

holte sie eine Packung John Player aus ihrer Handtasche, nahm sich eine und hielt sie dann Hafen hin.

John Player schmeckte ihm auch.

Er griff zu, und sie gab ihm Feuer.

Nach einem langen Zug begann Winter zu sprechen.

»Sehr unwahrscheinlich. Es gibt keine Sicherheitsvorkehrungen. Kein Hinweis auf Fesseln. Ein schreiendes Kind könnte hier außerdem leicht gehört werden. Ganz in der Nähe befindet sich der Weg. Dort sind sicher viele Spaziergänger unterwegs. Außerdem wirkt die Höhle wie eine feste Behausung. Nicht wie ein provisorisches Versteck.«

Hafen nickte. Das hatte er sich auch zusammengereimt.

»Mit wem haben wir es bei diesem Höhlenbewohner zu tun?«

Winter zuckte mit den Achseln.

»Der Mann sucht offensichtlich die Distanz zu anderen Menschen. Vielleicht ist er schwer frustriert worden, vielleicht fühlt er sich allein am wohlsten. Allerdings ist auffällig, dass er seine Höhle in der Nähe des Weges gegraben hat. Hier gibt es entlegenere Orte.«

»Eine Frau scheidet aus?«

»Ziemlich sicher. Die Einsamkeit der Wälder suchen eher Männer. Außerdem waren viel Kraft und handwerkliches Geschick vonnöten, um in diesen Waldhang eine Höhle zu graben.«

»Wohnt der Mann immer hier?«

»Eher unwahrscheinlich. Dafür wird die Gegend vermutlich zu stark frequentiert: Spaziergänger, Hundebesitzer, Pilzesucher. Die Gefahr, hier entdeckt zu werden, ist groß.«

»Warum sucht er sich dann nicht einen anderen Ort?«

»Das kann viele Gründe haben. Vielleicht gefällt ihm die Lage, die Nähe zu den Teichen. Möglich ist, dass er nur zeitweise im Wald lebt und hauptsächlich ganz normal in einer Wohnung. Denkbar ist auch, dass er mehrere solcher Höhlen im Umkreis unterhält. Ich habe mir die Zeitschriften angesehen. Sie stammen alle von Herbst und Winter des letzten Jahres. Möglicherweise benutzt er diese Höhle vornehmlich in der kalten Jahreszeit, wenn hier weniger los ist.«

Hafen nickte langsam. Er dachte wieder an Franz Gaar.

»Es kann allerdings auch sein«, ergänzte die Fallanalytikerin, »dass er sich die Magazine irgendwo aus der Mülltonne fischt. Zumindest scheint er manchmal auch im Sommer hier zu sein. Im Regal steht ein Mückenmittel.«

Nicht schlecht, dachte Hafen. »Noch etwas entdeckt?«

Marlene Winter zuckte mit den Schultern. »Der Mann liest vornehmlich Fachmagazine. NATIONAL GEOGRAPHIC, NATURE und GEO. Er versteht offenbar Englisch, hat womöglich Abitur, vielleicht auch studiert.«

Winter nahm einen weiteren Zug. Hafen dachte an die Tierdokumentationen in Gaars Wohnung. Doch Franz Gaar hatte kein Studium hinter sich gebracht.

Die Kommissarin fuhr fort. »Die Höhle ist sehr genau bearbeitet worden. Wurzeln wurden gekappt. Die Wände sind auffallend glatt. Wahrscheinlich bessert er sie immer wieder nach. Der Mann mag es ordentlich. Auch die Regale sind auffällig geordnet und sortiert: hier Nahrungsmittel, da Getränke, an einer anderen Stelle Werkzeuge. Behaglichkeit scheint hingegen keine Rolle zu spielen. Ansonsten hätte er die Behausung vielleicht mit Postern oder Bildern, Matten oder Teppichen ausgestattet.«

Hafen musste sich eingestehen, dass er ein wenig beeindruckt war.

Winter fuhr fort. »Auch haben wir es mit einem Menschen zu tun, der entweder absolut keinen Sinn für Luxus oder sehr wenig Geld zur Verfügung hat. Die Dosen sind allesamt Fertiggerichte aus dem Discounter. Der Saft ist billiger Nektar. Ansonsten gibt es Pflaster, Zahnputzzeug und zwei ziemlich unansehnliche alte Wollpullis. Größe M. Die Pullis passen vom Stil zu einem Herren jenseits der Vierzig. Und der Mann ist wohl ziemlich klein. Ich jedenfalls kann nicht aufrecht in der Höhle stehen.«

Hafen blickte auf zu Marlene Winter. Er hatte sich daran gewöhnt, zu Frauen hochschauen zu müssen.

»Mit wem haben wir es also zu tun?«

»Meine Vermutung: ein Mann zwischen fünfunddreißig und fünfundfünfzig, etwa eins fünfundsechzig groß, schlank, höherer Bildungsabschluss. Verdient eher wenig, ist anspruchslos, asketisch, handwerklich geschickt und hat einen Hang zu strenger Ordnung.

Er ist ledig und hat keine oder wenige Sozialkontakte außerhalb der Arbeit.«

»Der hat Arbeit?«

»Vermutlich. Jedenfalls sieht diese Behausung nach einem Menschen aus, der eine feste Struktur in seinem Leben hat.«

Hafen zog die Mundwinkel nach unten und nickte gewichtig. Franz Gaar hatte keine Arbeit, schien aber dennoch eine Struktur in seinem Leben zu haben.

»Hut ab. Ich muss zugeben, dass mir bei der Betrachtung der Höhle das ein oder andere Detail entgangen ist.«

Winter lächelte, sog fest an ihrer John Player und blies dann den Rauch in die Luft.

»Du denkst an Franz Gaar?«, fragte sie.

Marek Hafen nickte. »Er springt ins Auge. Was sind das für Leute, die sich im Wald vor der Welt verstecken? Entführen oder missbrauchen oder töten die Kinder?«

»Es kann viele Gründe für ein solches Leben geben. Aber häufig haben wir es bei solchen Einsiedlern mit schizoiden Persönlichkeiten zu tun.«

Hafen sah die Kommissarin unsicher an. »Schizo was? Wie bei der Mutter von Katharina Mink? Leute, die sich für Jesus halten und mit ihrer Heizung reden?«

Winter lachte kurz auf.

Es ist das erste Mal, dass ich sie zum Lachen gebracht habe, dachte Hafen.

»Nein. Das sind Schizophrene. Schizoide haben mit schizophrenen Menschen eigentlich wenig gemeinsam. Leute mit einer schizoiden Störung sind einfach am liebsten allein. Sie sind nicht in der Lage, tiefer gehende Beziehungen zu führen. Sie vermeiden nach Möglichkeit soziale Kontakte. Sie reden ungern mit anderen Menschen. Sie wollen von anderen auch nicht berührt werden. Sie haben meist ein sehr eingeschränktes emotionales Empfinden. Auf andere wirken sie kalt, distanziert und gefühllos.«

»Will so jemand ein Kind entführen?«

»Eher unwahrscheinlich. Schizoide wollen keine Beziehungen, auch keine sexuellen. Auch vermeiden sie nach Möglichkeit

Abweichungen von ihrer Routine. Veränderungen jeglicher Art bedeuten für sie gewaltigen Stress.«

Hafen lächelte. »Und der Grund ist, schätze ich, in einer verkackten Kindheit zu suchen?«

Winter sah ihn missbilligend an. »Danke Gott, dass du offensichtlich in einem guten Elternhaus aufgewachsen bist. Schizoide haben in der Regel ihre Kindheit als chaotisch und gefühlskalt erlebt. Es handelt sich eigentlich immer um vernachlässigte oder verwahrloste Kinder. Häufig waren die Eltern Alkoholiker oder psychisch krank.«

Hafen dachte an das Foto von Gaar und seinen Eltern, diese merkwürdig distanzierten Blicke. Die Menschen hatten kalt auf ihn gewirkt.

»So ein Schizoider muss doch auffallen.«

»Nicht unbedingt. Viele Schizoide können ihre Störung ganz gut verbergen. Die führen ein relativ normales Leben und entwickeln hohe kompensatorische Fähigkeiten. Ich hatte mal mit einem zu tun, der Außendienstmitarbeiter bei einer Telefongesellschaft war. Der hatte ständig Kundenkontakt. Er konnte freundlich und jovial auftreten, allerdings nur im Zusammenhang mit seiner Arbeit. Kaum war er zu Hause, verstummte er. Er lebte sogar mit einer Frau zusammen, aber das Paar sprach kaum miteinander. Allerdings schätzte sie seine Zuverlässigkeit und seine praktischen Fähigkeiten. Und dass er an Sex kein Interesse hatte. Er war ein hervorragender Handwerker und Gärtner. Diese Schizoiden entwickeln oft auch eine erstaunliche intellektuelle Differenziertheit. Es gibt hervorragende schizoide Physiker oder Mathematiker.«

Hafen sah sie ungläubig an. »Und was ist mit denen, die ihre Krankheit nicht so gut verstecken können?«

»Die sind meist hoffnungslos verwahrlost. Leben allein, oft auf der Straße. Manche sind Junkies. Dieser Typ stiehlt und raubt, um zu überleben. Pendelt zwischen Gefängnis, Psychiatrie und Obdachlosigkeit.«

Hafen dachte kurz nach. »Dann haben wir es hier also mit dem ersten Typ zu tun. Die Höhle ist ordentlicher als mein Büro.«

Winter grinste und nickte. »Wohl eher. Ist aber nur eine Hypothese.«

»Könnte ein solcher Schizoider ein Kind entführen, um an Geld zu kommen?«

»Schizoide, die ihre Störung so gut kompensieren können wie mein Außendienstler, haben oft einen Beruf und ihr Auskommen. Aber natürlich ist es denkbar. Wie übrigens bei vielen Menschen, die ihren Job verlieren und gedemütigt werden. Schizoide können jedoch, wie gesagt, sehr schwer mit Veränderungen umgehen. Sie vermeiden stressige Situationen.«

Marek Hafen nickte. Er dachte an den Mann, den sie mit dem Heli gejagt hatten, wie er mit einer großen Tasche auf der Schulter durch diesen Wald rannte. Als er damals auf dem Damm auf ihn zuhielt, wirkte er auf Hafen wie ein panisches Wildtier.

Hafen kam eine spontane Idee. »Passt das alles zu Werner Schmidtbauer?«

Marlene Winter schüttelte den Kopf. »Von der Persönlichkeit her könnte es passen. Schmidtbauer ist sicher jemand, der manchmal vor der Welt fliehen will. Aber Schmidtbauer ist deutlich größer. Und du hast den Flüchtigen ja gesehen.«

»Franz Gaar könnte passen. Von der Größe und der Statur. Wir müssen mehr über ihn herausfinden.«

Er machte eine Pause. Auf seiner Haut spürte er einen Regentropfen. In der Ferne blitzte es, kurz darauf grollte ein Donner. Er hatte keine Lust auf eine Dusche.

»Lass uns ins Polizeipräsidium fahren«, schlug Hafen vor.

22

Samstag, 3. August

Edel und geräumig war die Zwei-Zimmer-Suite von Martin Schwarz, mit einem herrlichen Blick vom Balkon auf Garten und See. Doch keine halbe Stunde, nachdem er sie betreten hatte, begann das Gewitter: Der prasselnde Regen war wie ein rauschender Schleier; dahinter tobten Blitz und Donner. Nach der bedrückenden Stimmung des Abends wirkte das Krachen und Blitzen befreiend. Lange betrachtete er es.

Jetzt hatte der Regen aufgehört. Mitternacht war längst vorbei und die Welt noch da. Doch an Schlaf war nicht zu denken. Schwarz wollte noch einmal hinaus.

Totenstille, als er die Treppe hinabging. Die Rezeption war nicht mehr besetzt. Er trat vor das Hotel, atmete die frische, vom Regen gereinigte Nachtluft mit tiefen Zügen ein. Die Übertragungswagen der Fernsehsender waren fort.

Er spazierte am See entlang Richtung Uhldingen. Wege und Wiesen waren nass. Ein schwerer, herber Geruch von feuchter Erde lag in der Luft. Das geschäftige Sommertreiben des Tages war schon lange zur Ruhe gekommen: keine Radfahrer, Wanderer, Walker mehr, die sich auf dem engen Seeuferweg drängten.

Die Gewitterwolken hatten sich schon fast verzogen, im Süden stand ein heller Mond. Die Umrisse des gegenüberliegenden Seeufers waren zu erkennen, ebenso die Lichter von Litzelstetten, Dingelsdorf und Wallhausen sowie die der Dörfer am weit entfernten Schweizer Seeufer im Süden. Die Alpen waren als mächtige Schatten am Horizont zu erahnen. Auf der Spitze des Säntis brannte ein Licht, wie ein großer Stern.

Wunderschön. Martin Schwarz konnte sich nicht vorstellen, irgendwo anders zu leben als hier.

Er dachte an Katharina Mink. Tief berührt, ergriffen hatte ihn ihr Anblick. Eine so wunderschöne und warmherzige wie zutiefst verzweifelte Frau.

Vor einigen Jahren hatte er sie in der Rolle der Irrenärztin Mathilde von Zahnd erlebt: Die unglaubliche Energie und Überzeugungskraft, mit der sie diese größenwahnsinnige alte Jungfer spielte – oder besser zum Leben erweckte –, hatte ihn beeindruckt. Damals, als er, gerade aus Afghanistan zurück und traumatisiert, in einer freudlosen Schattenwelt lebte, hatte er Katharina Mink für ihre unermesslich scheinende Vitalität bewundert. Und sie darum beneidet.

Und jetzt? War sie ein Wrack. Selbst gefangen in einer Schattenwelt. Wie er damals.

War Katharina Mink gebrochen? Doch wer konnte das schon mit Bestimmtheit sagen? Damals, als er die Therapie begann, hatte er bezweifelt, jemals wieder Lebenskraft und Lebensfreude empfinden zu können. Doch es war ihm gelungen.

Und warum hatte sie alle Kraft verloren? Konnte es wirklich sein, dass diese hochsensible und einst so lebensfrohe Frau ihr Kind getötet hatte? Und jetzt Martha Steinfort? Es musste keine Verbindung zwischen den beiden Fällen existieren, aber sie lag nahe.

Schwarz dachte an die großen dunklen Augen der schönen Frau und wollte es nicht glauben. Welches Motiv könnte es dafür geben? Er musste mehr über sie herausfinden. Morgen früh wollte Maria Schellenberger nach Zürich ins Theater fahren. Dort kannte sie einen Regisseur, der mit Katharina Mink gearbeitet hatte.

Wenn jemand aus dem Kreis der Minks und Steinforts für das Verschwinden der beiden Kinder verantwortlich war, würden sie das nur über ein Geständnis beweisen können. Solange es keine Leichen gab, konnten sie nicht einmal mit Gewissheit davon ausgehen, dass die Kinder tot waren. Die Leiche von Tim Mink war nie aufgetaucht. Wenn sie bisher, nach drei Jahren, noch nicht gefunden worden war, würde es wahrscheinlich nie mehr geschehen.

Wenn es – das musste er sich immer wieder sagen – überhaupt eine Leiche gab.

Er erinnerte sich, wie damals, etwa zwei Wochen nach dem Verschwinden Tims, Tornados der Bundeswehr über den Landkreis donnerten. Mit Wärmebildkameras scannten sie ein Gebiet im Umkreis von fünfzig Kilometern. Ihr Lärm war für die Bürger wie ein Mahnmal, dass auch am Bodensee die Welt aus den Fugen geraten war. Spektakuläre Kindesentführungen hatte es bisher am See noch nicht gegeben.

In der SÜDZEITUNG wurde damals der Hintergrund der Tornadoflüge erklärt: Leichen entwickelten während des Verwesungsprozesses sehr hohe Temperaturen, von über neunzig Grad war die Rede, und die Polizei erhoffte sich dadurch, doch noch die Überreste von Tim zu finden.

In der Folge wurde in den Medien diskutiert, ob ein solcher Aufwand auch bei einem Kind betrieben werden würde, dessen Vater weniger einflussreich war als Wolfgang Mink. Letztlich blieb die Suche erfolglos. Außer ein paar verwesenden Wildtieren wurde nichts gefunden.

Nach etwa einem Kilometer kam Schwarz in das kleine Dorf Seefelden. Nachts, im Mondlicht, hatte er es noch nie erlebt. Sofort fühlte er sich in eine längst vergangene Zeit versetzt. Das romanische Kirchlein, davor der Gottesacker, das prächtige Pfarrhaus mit dem großen Garten, zahlreiche Apfelbäume, dahinter der See.

Er blieb stehen und schloss die Augen. Ob die Leben der Menschen damals so friedlich und idyllisch waren, wie der Ort heute erschien? Ob auch sie die Kirche und die Häuser und Gärten so empfunden hatten wie er heute? Wohl nicht.

Und natürlich waren auch damals schon Kinder verschwunden. Hatte es genügend verzweifelte Frauen gegeben, die ungewollt schwanger geworden waren und wählen mussten zwischen gesellschaftlicher Ächtung oder einem heimlichen Kindesmord. Waren Kinder gestorben, von deren kurzer Existenz außer den gequälten Müttern nie jemand etwas erfuhr.

Schuld und Scham blieben ihnen in jedem Fall bis zum Tod.

Wie viele Neugeborene im Lauf der Jahrhunderte wohl im See ertränkt worden waren? Was, wenn eines der ledigen Dienstmädchen des Seefeldener Pfarrers schwanger und dies bekannt geworden wäre? Dann hätte sich das idyllische Dorf wohl in einen eisigen Ort der Ausgrenzung und Ablehnung verwandelt. Schwarz dachte an Gretchen, Evchen, Marie Farrar. Kindsmörderinnen der Weltliteratur. Nach der Schuld der Väter war damals kaum gefragt worden.

Aber warum sollten Frauen wie Verena Steinfort oder Katharina Mink ihre Kinder töten? Beruflich erfolgreiche, gesellschaftlich anerkannte Frauen ohne Geldsorgen. Sollte eine von ihnen dahinterstecken, musste es in ihren Leben Geheimnisse geben, die er noch nicht kannte.

Oder war es einer der Väter? Schwarz dachte an Robert Steinfort. Ihn hatte er am Morgen nach dem Verschwinden Marthas am Tatort gesehen. Zu seiner Frau schien er ein sehr distanziertes Verhältnis zu haben. War Hass auf die Ehefrau ein Motiv, das eigene Kind zu töten? War Martha vielleicht gar nicht sein Kind?

Sehr viel hatte Maria Schellenberger nicht über ihn in Erfahrung bringen können. In der Bibliothek der PH fand sie einige Studenten, die Steinfort kannten. Er schien beliebt zu sein, stand aber im Ruf, schlampig zu arbeiten, Hausarbeiten und Klausuren nicht pünktlich zu korrigieren und Vorlesungen wie Gesprächstermine zu vergessen. Sie beschrieben ihn als sympathischen wie verpeilten Dozenten, der weder an der Lehre noch an der Forschung allzu großes Interesse zu haben schien.

Schellenberger hatte ihm auch von den Aussagen des Kioskbetreibers im Überlinger Strandbad erzählt. Sebastian Steinfort und Ruth Mink schienen also ein Liebespaar zu sein.

Schwarz wusste noch nicht, was er mit diesen Informationen anfangen sollte.

Er spazierte weiter. Er wollte noch zur Seefelder Aach, einem kleinen Fluss unweit des Dorfes, der kurz vor seiner Mündung in den Bodensee durch ein kleines und wildes Stück Auwald floss. Vielleicht würden im Licht einer Straßenlaterne Fische in dem Flüsschen zu entdecken sein. Er war sich sicher, dass nachts Brachsen, Döbel und Karpfen aus dem Bodensee hinaufzogen, um zu fressen.

Schon von Weitem hörte er lautes, angstvolles, panisches Rufen. Es kam aus dem Auwald, vom kleinen Fluss her. Die Worte verstand er nicht. Schwarz begann zu laufen, es schien eine Frau in Not zu sein.

Als er auf der kleinen Brücke über der Seefelder Aach stand, hämmerte der Puls in seinen Schläfen. Es roch nach Moor.

»Lass mich, geh weg!«, schrie da jemand. Sonst war niemand

zu hören. Die Stimme klang nah, aber es war nichts zu sehen. Sie drang aus dem Dickicht des Auwaldes.

Dann ein lautes Platschen, so als gehe jemand schnell durch den Fluss. Als wäre jemand aus Angst ins Wasser gestiegen und laufe vor irgendetwas davon.

»Lass mich in Ruhe! Hau ab! Du Drecksau!«, schrie plötzlich eine Frau in höchster Verzweiflung.

Dann Stille. Keine Stimme, kein Platschen.

Schwarz zögerte nicht und rannte in den Auwald, in die Richtung, aus der die Stimme gekommen war.

Das helle Mondlicht drang kaum ins Dickicht. Nach wenigen Schritten fiel er in ein meterhohes Brennnesselfeld; überall Totholz auf dem Boden und schlammiger Morast. Modergeruch. Der heftige Gewitterregen hatte diese Flusslandschaft in einen Sumpf verwandelt. Seine Haut brannte. Über ihm die dichten Kronen von Erlen und Weiden. Stickige Schwüle. Er hörte das unangenehme Summen unzähliger Stechmücken.

Schwarz stand auf. Er schwitzte, nur langsam kam er voran, ständig sank er in den weichen Untergrund ein. Einen seiner teuren Lederslipper hatte er schon verloren. Auch seine Edelcordhose und das Versace-Hemd waren sicher hoffnungslos ruiniert.

Dann, keuchend, mit brennenden Armen und Händen, sah er die Frau. Sie war jung und stand mitten im Flüsschen, das Wasser reichte ihr bis zum Bauch. Ihre Bluse war nass.

Unnatürlich helles Haar.

Schwarz schluckte. Stand dort Ruth Mink?

Gebannt starrte sie in eine Richtung. So, als sei da noch jemand außer ihnen im Wald. Schwarz hielt den Atem an. Kein Zweifel. Das war Ruth Mink.

Jetzt sprach die junge Frau ruhiger, aber hasserfüllt, mit kalter Verzweiflung ins Dunkel. »Ich seh dich! Ich weiß, was du willst.« Stille.

Mit wem sprach sie? Schwarz konnte nichts hören oder sehen. Dann trat er auf einen Ast. Ein lautes Knacken ging durchs Dickicht. Die junge Frau fuhr herum und schaute in seine Richtung.

»Da bist du jetzt?« Ihre Stimme klang irritiert, unsicher. »Komm nicht näher! Komm auf keinen Fall näher!«

Langsam, voller Konzentration, mit angespannten Gliedern stieg sie rückwärts aus dem Wasser, von ihm weg. Ihr Blick ging hin und her: zu ihm und zu der Stelle, wo sie zuvor jemanden vermutet oder gesehen hatte.

Wie ein Tier auf der Flucht.

Dann sagte sie kalt, zu ihm gewandt: »Du kriegst mich nicht.«

Unmöglich, dass sie ihn sah. Regungslos kauerte er hinter einem umgestürzten Baum.

»Komm doch! Hol mich!« Plötzlich ein laszives Lächeln, ein fordernder Ton.

Ruth Mink starrte zu ihm und riss an ihrer Bluse, dass sie sich öffnete.

Schwarz schloss die Augen. Wo war er hier hineingeraten? Mit wem glaubte Ruth zu sprechen? Sebastian Steinfort? Außer ihr war niemand zu sehen oder zu hören. Er schien mit dem Mädchen allein im Wald zu sein.

Ruth war fünfzehn. Er musste diesem verängstigten und verwirrten Mädchen helfen.

Aber wie? Was, wenn sie vor ihm weglief?

Schwarz stand auf und ging langsam zum Flussufer. Immer wieder sank er ein im Morast. Das Feuer der Brennnesseln spürte er nicht mehr. Auf der anderen Seite war Ruth, die stehen blieb und ihn fixierte. Keine acht Meter war das Flüsschen breit.

»Wag es nicht!«, sagte sie aggressiv und sah ihn an, als kennte sie ihn.

»Alles in Ordnung, Ruth? Ich bin es, Martin Schwarz von Mink Solutions. Wir haben uns heute im Hotel gesehen. Ich helfe dir hier heraus, und dann gehen wir nach Hause zu deinen Eltern.«

»Verpiss dich! Du Scheiß-Ficker! Ich weiß, was du willst!«

Panische und wütende Augen; ein starrer Körper, von Zorn und Todesangst erfasst.

Schwarz ging auf Ruth zu und bemühte sich, ruhig und gelassen zu sprechen. »Ruth! Bleib stehen! Du bist ja ganz nass. Dir wird kalt. Ich komme jetzt zu dir, und dann gehen wir gemeinsam zurück.«

Er war schon ein paar Schritte in den Fluss gewatet, da drehte sich Ruth Mink abrupt um und stürzte los, weg von ihm, ins Dickicht des Auwalds.

Schwarz zögerte. Er hörte das Knacken von Ästen. Wenn er sie verfolgte, riskierte er, dass das Mädchen vollends in Panik geriet und sich verletzte.

Aber konnte er jetzt gehen? War denn nicht noch jemand im Wald, der sie bedrohte? Doch dieser Verfolger müsste ihn jetzt gesehen und gehört haben. Wenn dieser Jemand das Mädchen hatte überfallen wollen, war er inzwischen sicher geflohen.

Schwarz hielt inne. Es war wieder still. Ruth schien sich nicht mehr zu bewegen. Oder hatte sie den Wald bereits verlassen und ging jetzt auf einer Wiese oder einem Feld? Vielleicht hatte sie sich ja beruhigt.

»Ruth?«, fragte er laut in den Wald.

Eigenartig dumpf klang seine Stimme im nächtlichen Dickicht.

Warten.

»Ruth?«

Nichts. Keine Antwort. Kein Geräusch.

Stand Ruth reglos im Wald und lauschte seinen Bewegungen?

Dann sollte er dem Mädchen Gewissheit geben, dass er sie nicht mehr verfolgte.

Und der andere? Wenn es ihn überhaupt gab.

Schwarz stolperte zurück zum Weg. Als er ihn erreicht hatte, blieb er stehen und lauschte. Er war froh, wieder festen Boden unter den Füßen zu haben.

Immer noch nichts zu hören. Kannte sie den Ort vielleicht?

Wieder war er durch das Brennnesselfeld gegangen. Das Hemd klebte an seinem Körper, Schweiß rann über die Stirn und den Hals hinab. Das Brennen auf der Haut. Er nahm den anderen Lederslipper vom Fuß und schmiss ihn ins Dickicht. In seiner Hose war ein Riss. Erst jetzt bemerkte er das Jucken unzähliger Mückenstiche. Heerscharen der Blutsauger schwirrten um ihn herum.

Schwarz ging zurück in Richtung Hotel. Was hatte er da gerade erlebt? Hatte er möglicherweise Ruth Mink vor einer Vergewaltigung bewahrt? Oder hatte er es mit einem psychotischen Mädchen zu tun, und er war Teil ihres Wahns geworden? Und was machte ein fünfzehnjähriges Mädchen nachts in einem verlassenen Auwald?

Martin Schwarz erinnerte sich, dass Katharina Minks Mutter an einer paranoiden Schizophrenie gelitten hatte. Ausgerechnet jetzt hatte er sein Smartphone nicht dabei! Er musste so schnell wie möglich Wolfgang Mink und die Polizei verständigen.

Kurz vor Seefelden bemerkte Schwarz, dass vor ihm jemand lief, in etwa fünfzig Meter Entfernung. Eine schmale, junge Frau mit hellen Haaren und unordentlichen Kleidern. Sie ging schnell, mit starrem Oberkörper und ohne sich umzudrehen.

So, als würde sie verfolgt.

Es war Ruth Mink.

Sollte er zu ihr laufen? Und wenn er sie wieder erschreckte?

Nein. Solange sie in Richtung Hotel lief, würde er ihr einfach folgen. So konnte nichts passieren.

Als sie durch Seefelden kamen, sah Schwarz im Licht der Straßenlaterne die junge Frau: die zerzausten Haare; die zerrissene, nasse Bluse; Hose und nackte Füße voller Morast. Ein zutiefst verstörter Mensch irrend durch eine nächtliche Dorfidylle.

Plötzlich, am Dorfausgang, drehte sich Ruth Mink ruckartig zu ihm um. Sie war etwa dreißig Meter vor ihm und sah ihn direkt an. Ihr Ausdruck wirkte erschrocken, beschämt, aber nicht mehr entsetzt oder panisch. Fast schien es Schwarz, als handelte es sich um einen anderen Menschen.

Schwarz blieb stehen und lächelte sie an. Da begann Ruth zu rennen. Schnell. Er ging ruhig weiter. Bald sah er sie nicht mehr vor sich auf dem Weg.

Kurz vor dem Eingang zum Hotel packte jemand Schwarz von hinten. Er fuhr herum: Ruth Mink. Eine zugleich zornige und ängstliche junge Frau blickte ihn an. Sie war zwei Köpfe kleiner als er und sehr zierlich. Dunkle Augen, eine etwas zu große Nase, eine volle Unter- und eine schmale Oberlippe. Die gebleichten Haare noch immer zerzaust, die nasse Bluse klebte an ihrem Körper und zeigte deutlich die Konturen ihres mädchenhaften Busens.

Sie bemerkte seinen Blick. »Du hast nichts gesehen, verstanden? Wenn du meinen Eltern etwas erzählst, sag ich, dass du Sau mich ficken wolltest.«

Der aggressive Ton, die obszöne Sprache passte für Schwarz überhaupt nicht zu dem, was er vorhin im Auwald erlebt hatte.

Er bemühte sich, ruhig und freundlich zu sprechen. »Du bist verfolgt worden, Ruth. Wir sollten deine Eltern und die Polizei verständigen.«

»Ein Wort, und ich zeig dich an!«

Plötzlich, blitzschnell hob sie ihren Arm und kratzte ihn ins Gesicht. Zu spät konnte er ihr Handgelenk greifen.

Verständnislos sah er sie an. Die frisch geschlagene Wunde brannte. Mit einer schnellen Armdrehung befreite sie sich aus seinem Griff, lachte ihn überlegen an und hielt dabei ihre gespreizte Hand vor sein blutendes Gesicht.

»Du bist jetzt unter meinen Fingernägeln. Pass also auf, was du sagst. Wenn du kein böser Kinderficker werden willst.«

Bevor er reagieren konnte, war sie die drei Stufen zum Hotel hinaufgelaufen. Sie öffnete die Tür und verschwand.

Ängstlich sah Schwarz sich um. Sollten noch Journalisten unterwegs sein? Besorgt blickte er auf seinen Körper hinab: ein verschmutztes weißes Hemd, eine zerrissene Hose voller Morast und nasse Strümpfe. Wer sollte da nicht glauben, dass er dieses Mädchen vergewaltigen wollte? Man würde im Wald seine Schuhe finden. Im dichten Unterholz, fernab des Wegs. Und Hautpartikel unter Ruth Minks Fingernägeln.

Zum Glück war kein Wagen zu entdecken.

Auch die Fenster des Hotels waren dunkel.

Hatte er noch einmal Glück gehabt?

Diesem verrückten Mädchen war er jetzt ausgeliefert.

Morgen früh würde er mit Wolfgang Mink reden müssen.

***

An Schlaf war nicht mehr zu denken. Im Haus war es zum Glück still. Ruth Mink schien auf ihrem Zimmer zu sein. Schwarz kam sich wie ein Verbrecher vor, als er in seine Suite schlich.

Nachdem er die Tür hinter sich geschlossen hatte, atmete er auf. Jetzt brauchte er sofort etwas Starkes. Im Kühlschrank fand er Eiswürfel, in der Bar kleine Single-Malt-Flaschen. Als die bernsteinfarbene Flüssigkeit über die Eiswürfel lief, sich der süßliche Duft ausbreitete, beruhigte er sich langsam.

Er nahm den Tumbler, öffnete leise die Balkontür und trat hinaus. Er trank, die Eiswürfel klackten im Glas. Die Weite des Sees tat gut. Dazu der Geschmack von Rauch und Seetang. Schwarz dachte an den Auwald und das verstörte Mädchen. Die junge Frau.

Warum durfte er nichts erzählen? Hatte sie sich in dem Wald mit einem Mann getroffen? Mit Sebastian? Oder wollte sie einen schizophrenen Schub verheimlichen? Von Schizophrenie hatte er keine Ahnung. Er musste Elsa treffen. Sie war Psychoanalytikerin und kannte sich da sicher aus. Sein Gefühl sagte ihm, dass dieses Mädchen psychologische Hilfe brauchte. Dieses aggressive Sprechen! Er, der in Afghanistan gekämpft und einige Menschen getötet hatte, hatte in Gegenwart einer Fünfzehnjährigen Angst bekommen.

Da hörte er eine flüsternde Stimme über sich. Offenbar war er nicht der Einzige, der nicht schlafen konnte.

»Verena!« Es war Robert Steinfort. Ein kühler, genervter Ton.

»Robert? Wo kommst du jetzt her? Was willst du?«

Die Eheleute befanden sich offenbar auf dem Balkon über ihm. Anscheinend war auch Robert Steinfort jetzt erst nach Hause zurückgekehrt.

»Warum gehst du nicht ins Bett?«, fragte der Professor. »Du brauchst Schlaf.«

»Einer von uns muss sich darum kümmern, dass Martha wiederkommt.«

Er hörte ein kühles, unterdrücktes, abwehrendes Lachen des Professors.

»Wieder Vorwürfe? Mach dir doch nichts vor, Verena! Du versteckst dich hinter deiner Geschäftigkeit.«

»Ach ja? Und du? Suhlst dich mal wieder in deinem Selbstmitleid! Robert, solang es noch Hoffnung gibt, werde ich kämpfen. Das unterscheidet uns. Ich kämpfe, wenn es schwierig wird, und du versteckst dich in dir selbst.«

Kurze Stille. Schwarz hielt den Atem an. Die Eheleute sprachen mit gedämpften Stimmen.

»Ich verstehe dich nicht mehr, Verena. Nichts scheint an dich heranzukommen. Die Souveränität, mit der du gestern im Fernsehen aufgetreten bist … diese Coolness und Routine, mit der du heute die ›Kampagne‹, wie du das nennst, angekurbelt hast. Das ist mir fremd. Das ängstigt mich. Wo sind deine Gefühle? Warum weinst du nicht? Schreist mich nicht an? Das ist keine natürliche Reaktion für mich.«

»Herrgott, Robert, das ist jämmerlich! Unser Kind ist weg, wahrscheinlich in den Händen von irgendeinem Dreckschwein. Und da hast du Zeit, dir leidzutun und mein Verhalten unbehaglich zu finden? Statt mitzuhelfen! Oder wenigstens Sarah und Sebastian beizustehen!«

Sie machte eine Pause. Fast so, als wollte sie den Vorwurf erst wirken lassen.

Dann fuhr sie fort. »Vor drei Jahren ist Tim verschwunden. Weißt du, warum man ihn nicht gefunden hat? Weil Katharina und Wolfgang nicht schnell genug das Heft des Handelns an sich gezogen haben! Weil sie der viel zu langsamen Polizei zu sehr vertraut haben! Sie haben dem Entführer Zeit gegeben, die Leiche verschwinden zu lassen. Oder Tim zu verschleppen. Oder sich an ihm zu vergehen. Aber gut: Mach es nur wie Katharina! Flüchte dich in Depressionen! Beweine dein Schicksal! Aber erwarte kein Mitleid von mir. Gott sei Dank ist Wolfgang aus anderem Holz geschnitzt! Ohne seine Tatkraft und seine Kontakte hätten wir keine Helikopter und keine SOKO mit hundertzwanzig Mann!«

»Wie kalt du geworden bist. Ich kenne dich nicht mehr.«

Stille. Schwarz hielt die Luft an.

»Robert, das ist mir egal. Wenn du mir schon nicht mit Martha helfen willst, dann sieh wenigstens nach deiner Tochter und deinem Sohn! Sebastian kapselt sich von allem ab, immer mehr, weil er keinen Vater hat. Und Sarah? Die haben wir irgendwann verloren. Aber sie brauchen uns jetzt, Robert! Ihre Schwester ist verschwunden, und du hast heute den ganzen Tag nicht mit ihnen gesprochen!«

Schwarz hörte, dass die Balkontür über ihm geschlossen wurde. Waren jetzt beide in die Suite zurück oder saß Verena Steinfort noch draußen?

Er brauchte dringend einen weiteren Schluck Whiskey, aber

er traute sich nicht, das Glas zu bewegen. Womöglich hörte sie oben, wie die Eiswürfel gegen das Glas schlugen.

Martin Schwarz blickte hinaus in den Garten. Der Mond stand hoch am Himmel. Am Spielplatz blieb sein Blick hängen. Auf der Schaukel, die mit langen Seilen am Ast einer großen Kastanie befestigt war, saß jemand.

Schlief hier denn niemand? War es Ruth?

Schwarz sah, wie eine Zigarette kurz aufglomm. Nein. Nicht Ruth. Es war Sarah Steinfort, der Punk. Welche Gedanken sie wohl aus dem Zimmer getrieben hatten?

Hotel der ruhelosen Seelen, dachte Schwarz.

Als er endlich hörte, wie über ihm jemand aufstand, seufzte, die Balkontür öffnete und wieder schloss, leerte er gierig in einem Zug seinen Whiskey. Das kurze Feuer in der Seele tat gut. Er musste ins Bett.

Er hatte sich fest vorgenommen, morgen vor dem Frühstück joggen zu gehen.

Richtung Auwald.

23

Montag, 6. Dezember, vor drei Jahren

Ockhams Skalpell und der Fall Tim Mink

Kim Braun ist eine der renommiertesten Profilerinnen Mitteleuropas. Nach ihrem Studium der forensischen Psychiatrie arbeitete die Berlinerin fünf Jahre für Interpol und das Bundeskriminalamt. Mittlerweile ist sie als Autorin, Beraterin und Kommentatorin für zahlreiche Fernsehsendungen tätig. Ihr Sachbuch »Auf der Jagd – die Fahndung nach Serienmördern und Psychopathen« erreichte eine Millionenauflage. Exklusiv für unsere Zeitung gibt sie eine persönliche Einschätzung des Falls Tim Mink.

Von Kim Braun

Kennen Sie Ockhams Skalpell? Nein? Die Idee dieses wissenschaftlichen Prinzips ist einfach: Gibt es mehrere Erklärungen für ein Phänomen, sollte man die einfachste nehmen.

Von Pädophilen und Menschenhändlern

Ich glaube, dieses Prinzip kann uns im Fall Tim Mink weiterhelfen. Fangen wir mit den Motiven an. Welches ist das naheliegende?

Ist es wahrscheinlich, dass ein internationaler Pädophilen-Ring Tim entführt hat? Eher nicht. Solche Organisationen – von denen es im Übrigen viel weniger gibt als gemeinhin angenommen – operieren in Osteuropa und in der Dritten Welt. Dort, wo Menschen arm sind und aus bitterer Not ein Kind verkaufen. Und wo sich niemand kümmert, wenn ein Kind verschwindet.

War es eine Möchtegern-Mama? Also eine Frau, die selbst keine Kinder bekommen kann, aber unbedingt Mutter sein will? Eher nicht. Solche Frauen rauben Babys, die wehrlos sind und so jung, dass sie sich an ihre wirklichen Mütter bald nicht mehr erinnern.

Ein Pädophiler also? Möglich. Tim ist ein hübscher Junge. Und mit sechs Jahren ist er für bestimmte Täter im Beuteschema. Zusammen mit Freunden spielte er – unbeaufsichtigt von den Eltern – im Wald. Vielleicht wurde Tim schon seit mehreren Tagen beobachtet. Die Gelegenheit war günstig.

Dennoch wäre es für einen Pädophilen riskant gewesen. Er musste wissen, wen er da raubte – das Kind sehr einflussreicher Leu-

te. Die alle Hebel in Bewegung setzen würden, um den Täter zu jagen.
An Frischfleisch kommen diese Leute leichter in Osteuropa.

Katharina Minks Motiv

War es die Mutter? Gut möglich! Oft stecken Eltern, Freunde oder Verwandte hinter dem Verschwinden eines Kindes. Aber wo liegt das Motiv?
Katharina Mink ist eine brillante Schauspielerin, die ich immer bewundert habe. Sie ist mit einem erfolgreichen Unternehmer zusammen. Herr und Frau Mink haben alles, wovon die meisten von uns träumen! Nur eins nicht: Zeit. Wer zwei Kinder hat und keine Zeit, kommt in Schwierigkeiten.
Die Minks haben dafür gesorgt, dass sie mit den Kindern kaum Zeit verbringen müssen. Zehn Monate von zwölf sind sie in einem teuren Elite-Internat. Übrigens auch an vielen Wochenenden. Für die Ferien gönnen sich die Minks den Luxus einer Nanny. Auch beim »gemeinsam« verbrachten Urlaub ist gewährleistet, dass die Eltern eigentlich keine Zeit mit den Kindern verbringen müssen – einer exklusiven Rundum-Ferienbetreuung sei Dank. Nur während der Mahlzeiten, an manchen Nachmittagen und in der kurzen Zeit vor dem Zubettgehen müssen sich die Minks selbst kümmern. Die Armen!
Aber vielleicht war das schon zu viel verlangt? Auch in den Ferien musste Herr Mink täglich in die Singener Fabrik. Und Frau Mink arbeitete an der Rolle, von der alle deutschen Schauspielerinnen träumen – dem Gretchen aus Goethes »Faust«.
Frau Mink, ich verstehe Sie! Natürlich ist die Kindsmörderin Margarete für jede deutsche Schauspielerin die Rolle!
Da muss ein Kind schon zurückstecken können, nicht wahr? Und wenn Tim nicht zurückstecken wollte?
Vielleicht forderte Tim mehr, als die Mutter geben konnte. Oder zu geben bereit war.
Tims Schwester Ruth war ja schon einmal pharmazeutisch ruhiggestellt worden. Als Grundschulkind. Mit Ritalin.
Mir liegen die ersten Aussagen der Erzieher und Lehrer vor. Tim und Ruth sind schwierige, psychisch auffällige Kinder. Auch wenn diese Aussagen vorgestern zurückgezogen worden sind und plötzlich auch von Ritalin keine Rede mehr ist: Ich glaube diesen ersten Aussagen. Und nicht denen, die unter dem Druck von Minks Freundin, der Nobel-Anwältin Dr. Verena Steinfort, entstanden sind.
Warum waren die Kinder auffällig? Weil die Eltern keine Zeit hatten. Sie sich abgeschoben fühlten. Und sie dagegen revoltierten.
Kommen wir zurück zu Ockhams

Skalpell: Was ist die einfachste Erklärung? Dass Tim vor der Zeit vom Spielen zurückkam. Dass Katharina Mink sich beim Arbeiten gestört fühlte und die Fassung verlor.
Eine Ohrfeige.
Ein unglücklicher Sturz. Ein Unfall mit Todesfolge. Und eine Mutter, welche die Konsequenzen nicht tragen konnte. All die Beweise – die Blutspuren im Hotel, der Leichengeruch in Katharinas Porsche, der fehlende Bettbezug, die Zeugenaussage – sind längst bekannt.

Wer ist Katharina Mink?
Sie erinnern sich noch an Ockhams Skalpell? Natürlich ist es möglich, diese erdrückenden Indizien anders zu erklären. Es gibt immer irgendeine entlegene Theorie. Kein Problem, wenn man genug Geld für spitzfindige Anwälte hat!
Eins ist sicher: Wäre Katharina Mink eine übergewichtige und ungepflegte Vorstadtghetto-Erscheinung mit pinkfarbenen Leggings und einem Alkoholproblem, säße sie längst in Untersuchungshaft! Und zu Recht! Denn mir erscheint diese Indizienkette, die wir hochqualifizierter Polizeiarbeit zu verdanken haben, mehr als triftig. Wir brauchen einen Prozess!
Wer also ist Katharina Mink? Eine grandiose Schauspielerin! Eine Frau, deren Beruf es ist, in die Haut eines anderen zu schlüpfen. Die davon lebt, uns zu täuschen. Die ihre Gesten, ihre Mimik, ihren Tonfall perfekt kontrollieren kann. Meistens zumindest. Wenn es Katharina Mink war, wird sie es uns nicht verraten!
Aber – da liegen eindeutige Aussagen aus ihrem Umfeld vor – Katharina Mink kann sich gelegentlich nicht beherrschen. Es wird von heftigen Ausbrüchen während der Proben berichtet. Offenbar ist der Druck in ihr manchmal zu hoch.
Einer Schauspielerin hat sie einmal das Gesicht zerkratzt. Requisiten sind von ihr in Rage zertrümmert worden. Eine Erzieherin wollte nicht ausschließen, dass Tim mit einem harten Gegenstand geschlagen worden ist.
Ich frage mich: Wie stabil ist Katharina Mink? Ist der Erfolgsdruck des harten Film- und Schauspielbusiness zu stark geworden?
Wir wissen, dass Katharina eine schwierige Kindheit hatte. Dass die Mutter schizophren war. Natürlich hat das Spuren hinterlassen. Bei ihren Kindern. Und bei ihr.
Bitte missverstehen Sie mich nicht. Ich kann nicht mit absoluter Gewissheit sagen, ob Katharina Mink ihren Sohn getötet hat. Aber eines sagt uns Ockhams Skalpell: dass ein Unfall mit Todesfolge im Beisein der Mutter die einfachste und wahrscheinlichste Erklärung für das Verschwinden von Tim

Mink ist. Um die Wahrheit herauszufinden, brauchen wir einen Prozess.
Und noch etwas kann ich sagen: Dass Tim Mink mit an Sicherheit grenzender Wahrscheinlichkeit nicht mehr lebt. Denn jeder in Deutschland kennt das markante Gesicht dieses Jungen. Wenn also doch ein Pädophiler, ein Menschenhändler, eine Möchtegern-Mutter dahintersteckt, wird derjenige nicht riskieren, Tim am Leben zu lassen.
Das ist die traurige Wahrheit.
Wir sollten ihr ins Gesicht sehen.

24

Samstag, 3. August

Martin Schwarz hatte sich den Wecker wie üblich auf sechs Uhr dreißig gestellt. Lange war ihm das Aufstehen nicht mehr so schwergefallen. Sein Schlaf war unruhig gewesen, die alptraumhaften Bilder der letzten Nacht hatten ihn immer wieder aufgeschreckt. Auch war er an zwei Gläser Wein und einen dreifachen Scotch nicht mehr gewöhnt.

Eigentlich ein gutes Zeichen. Es gab Zeiten, da hatte er den ersten Scotch bald nach dem Aufstehen zu sich genommen. Wobei er damals vor elf Uhr nicht aus den Federn gekommen war.

Die Sonne war gerade aufgegangen, über dem See lag warmes Morgenlicht. Kormorane gingen nicht weit vom Ufer auf die Jagd.

Das Joggen fiel ihm nicht so leicht wie sonst. Irgendwie fand er seinen Rhythmus nicht. Und durch den heftigen Regen der letzten Nacht war es schwül. Zum Glück musste er nur eine kleine Strecke bewältigen: zum Auwald, und dann mal sehen.

Seefelden lag noch immer im Dornröschenschlummer. Die Friedlichkeit des Ortes im Morgenlicht war fast unerträglich.

Auf der Brücke über die Seefelder Aach blieb er stehen. Von hier hatte er gestern Nacht Ruth Mink schreien gehört. Auch bei Tag sah das Wäldchen wie eine Wildnis aus. Brennnesseln, Springkraut, Gräser, Büsche und Bäume: ein wucherndes Wirrwarr, in das er sich da gestern gestürzt hatte.

Wegen der Brennnesseln hatte er sich eine lange Jogginghose angezogen. Er sah seine Fußspuren und folgte ihnen. Den ersten Lederslipper hatte er schnell gefunden. Er steckte noch im Morast. Zweihundertfünfzig Euro für die Katz. Für den anderen Schuh, den er gestern Nacht in den Wald hineingeworfen hatte, brauchte er etwas länger.

Er steckte die Slipper in eine Plastiktüte und dann in seinen Rucksack.

Dieser Ruth Mink war nicht zu trauen.

Bald brannten die Hände und Beine wieder von den Brennnesseln, seine Joggingschuhe waren voller Morast, die Socken nass, dazu der modrige Geruch, und im Morgenschatten stürzten sich die Stechmücken gierig auf ihn. Diese Kreaturen waren für Martin Schwarz einer der vielen nicht zu leugnenden Fehler, die Gott bei der Erschaffung der Welt unterlaufen waren.

Auch die Stelle, wo er gestern Nacht gekauert und Ruth Mink beobachtet hatte, fand er bald. Sie hatte in einer Flussbiegung gestanden. Das Wasser war trüb, floss nur langsam, und das Ufer war teils sandig, teils schlammig.

Warum war Ruth Mink in das Flüsschen gegangen? Was hatte sie in diesem Wald getan?

Plötzlich sah Schwarz, wie ein Biber durch den Fluss schwamm.

»Unglaublich«, sagte er leise lächelnd zu sich.

»Buh!«, rief er kurz. Sofort schlug das Tier mit seinem Schwanz fest aufs Wasser und tauchte unter. Wahrscheinlich hatte auch der Biber gestern Nacht nicht gut schlafen können.

Schwarz erinnerte sich, dass Ruth, bevor sie auf ihn aufmerksam geworden war, vom Fluss aus in eine bestimmte Richtung gestarrt hatte. Wenn dort tatsächlich jemand gewesen war, müsste er dort Spuren finden. Dass Touristen sich in dieser Wildnis herumtrieben, war unwahrscheinlich. In den letzten beiden Nächten hatte es geregnet, und der Matsch ruinierte jedes Paar Schuhe. Auch half gegen diese Brennnesseln und Stechmücken keine Hose. Niemand würde freiwillig in diesen Urwald gehen.

Schwarz stakste zum Ufer. Je näher er dem Flüsschen kam, umso tiefer wurde der Morast. Jeder Schritt strengte an; nur schleppend kam er voran. Manchmal versank er bis zu den Knien und stolperte, sodass er sich mit seinen Händen in dem Matsch auffangen musste. Er sah aus wie ein Wildschwein nach dem Schlammbad. Aber für seine Fitness war diese Expedition sicher gut.

Hinter der Flussbiegung entdeckte er Fußspuren. Hier also war Ruth Mink gestern Nacht ins Wasser gegangen. Er folgte den tiefen Stapfen rückwärts auf ihrem Weg.

Der Marsch durch den Morast musste für das zierliche Mädchen eine enorme Anstrengung gewesen sein. Ihre Spuren kamen ungefähr aus der Richtung, in die Ruth gestern Nacht voller Angst gestarrt hatte. War ihr also tatsächlich jemand gefolgt? Hatte sich Ruth Mink doch nicht in einem schizophrenen Wahn befunden?

Oberhalb der Uferböschung wurde der Boden etwas fester. Schwarz sah eine Erle, die von einem Biber gefällt und deren Rinde abgenagt worden war.

Nach etwa zwanzig Metern blieb Martin Schwarz abrupt stehen.

Ungläubig starrte er auf den Boden.

Im Morast erkannte er neben der Fußspur von Ruth Mink noch eine zweite. Die Stapfen waren eindeutig größer als die des Mädchens. Auch war der Verfolger tiefer im Morast eingesunken. Er musste also schwerer sein. Wahrscheinlich ein Mann. Das konnte kein Zufall sein. Es war gestern Nacht also doch noch jemand hier im Auwald gewesen!

Schwarz hielt seinen Fuß neben eine der Spuren. Es war ungefähr seine Größe.

Plötzlich fühlte er sich beklommen. So dicht war hier das Pflanzengewirr, dass er nur wenige Meter weit sehen konnte. Er lauschte, drehte sich langsam um seine eigene Achse, sah und hörte aber nichts.

Es war merkwürdig, er befand sich keine hundert Meter vom Bodenseeuferweg entfernt, der sich bald mit Joggern, Spaziergängern und Radfahrern füllen würde, und kam sich vor wie in einem einsamen Dschungel.

Bis zu diesem Punkt war der Mann Ruth also gefolgt, dann stehen geblieben. Warum? Weil er ihn, Schwarz, rufen hörte? Hatte er vorgehabt, Ruth zu überfallen? War Ruth nachts allein spazieren? Bemerkte sie dann, dass ihr jemand folgte, und war aus Angst in den Auwald geflüchtet, um sich hier zu verstecken? So könnte es gewesen sein.

Schwarz sah sich um. Vielleicht hatte der Verfolger ja etwas verloren, was auf seine Identität verwies.

Doch es war nichts zu entdecken.

Er folgte den beiden Fußspuren. Sie führten aus dem Wald hinaus. Ein Maisfeld schloss sich an, es waren keine Abdrücke mehr zu erkennen. Doch einige Halme waren umgeknickt. Bald befand sich Schwarz wieder auf dem Uferweg, unweit der Brücke.

Mit ziemlicher Sicherheit war Ruth Mink also verfolgt worden. Als sie das erkannte, verließ sie den Weg und lief durch das Maisfeld, in Richtung Auwald. Im finsteren Dickicht bekam Ruth es dann mit der Angst zu tun. Schon jetzt bei Tage konnte man kaum drei Meter weit sehen. Dann erst in der Nacht: Man fiel in Brennnesselfelder, stieß sich an Ästen, kratzte sich an Dornen …

Möglicherweise hatte sie immer wieder angehalten, um zu lauschen. Wahrscheinlich folgte der Unbekannte ihr so leise wie möglich. Schlich vorsichtig durch den Dschungel. Irgendwann musste sie auf das Flüsschen gestoßen sein. Hier hatte sie ein freieres Blickfeld und würde sehen, wenn er kam. Und als sie ihn dann durchs Unterholz brechen hörte, dachte sie wohl, er sei der Verfolger.

Und dass Ruth Mink vor ihm ihre Bluse zerriss, bedeutete wohl, dass sie eine Vergewaltigung erwartet hatte.

Aber warum beruhigte sie sich nicht, als er ans Ufer getreten war? Sie musste ihn deutlich gesehen haben! Erkannte sie ihn wirklich nicht? Glaubte sie, *er* habe sie verfolgt und vergewaltigen wollen? Oder war sie doch im Wahn? Aber die Fußspuren bewiesen, dass gestern Nacht noch jemand hier war.

Vielleicht war sie von einem Unbekannten verfolgt worden.

Schwarz schluckte. Was, wenn es der Täter auf alle Kinder der Minks und Steinforts abgesehen hatte? Er dachte an Thomas Korns Verdacht, dass es bei diesen Fällen um Rache gehen könnte.

Er musste mit Wolfgang Mink sprechen. Dringend.

Ruth Mink war möglicherweise in großer Gefahr.

***

Als Verena Steinfort erwachte, fühlte sie sich frei und leicht, als wäre eine gewaltige Last von ihr gefallen. Der Schlaf war tief und erholsam gewesen.

Sie öffnete die Augen, und plötzlich war alles wieder da, brach das Leid mit unaufhaltsamer Wucht auf sie herein und erfasste sie wie eine Flut.

Sie sah Martha vor sich, und sofort stürzte sie in schwarze Abgründe. Verena schloss die Augen. Sie spürte das schnelle Fallen an ihrer Haut und ihren Organen; alles zog sich zusammen; ein Kribbeln, ein Ziehen und ein unangenehmer Schwindel. Ihr Mund war trocken, und die Lippen bebten.

Alles wie gestern.

Sie sah wieder die Hubschrauber, die Suchboote, die Polizisten – in rasenden Bildern. Die mitleidigen, ratlosen, entsetzten Gesichter der Freunde.

Und wie sie gestern mit Sebastian stundenlang am See entlangspaziert war, wie sie ihn gehalten hatte, wie er sie lange nicht loslassen wollte, sich an sie presste und ohne Zurückhaltung in ihren Armen heulte.

So hatte sie ihren Sohn, der doch so ganz wie sie war, noch nie erlebt. Aber Martha war fort, und Sebastian hatte seine kleine Schwester auf eine ganz besondere Art geliebt.

Und Sarah? Verena wusste nicht, was in ihr vorging. Sarah war inzwischen perfekt darin, niemanden in sich hineinblicken zu lassen. Nur eins konnte Verena immer spüren: dass die Tochter ihre Mutter verachtete.

Das Morgenlicht versuchte durch ihre Lider zu dringen, also legte sie ihre Hände vors Gesicht und presste die Fingerkuppen in ihre Augen. Es sollte schwarz sein und schmerzen.

Katharina …

Warum hatte sie nicht *einmal* aufpassen können? Als sie gestern zu ihrem Liegestuhl kam und die Freundin wie tot darin liegen sah, hätte sie Katharina am liebsten erwürgt.

Da war plötzlich nicht mehr dieses Mitgefühl für die gequälte Freundin, die eine verrückte Mutter hatte ertragen müssen und den Verlust eines Kindes; alle Liebe und alles Verständnis wandelte sich plötzlich in Zorn und – ja, Hass.

Diese Verantwortungslosigkeit! Sie war doch angeblich wieder so stark! Hätte sich stemmen können gegen das, was sie immer wieder hinabzog in dieses Dämmern und Träumen.

»Ich hab das überwunden!«, hatte sie noch am Abend zuvor getönt! Und gestrahlt hatte sie wieder, fast wie früher. Schien wieder ganz die schöne, verführerische, große Katharina zu sein!

Die alle gern klein machte.

Warum hätte sie der Freundin nicht vertrauen sollen? Wo Katharina ihr so viel verdankte? Denn es wäre anders gelaufen vor drei Jahren, wenn Verena nicht an ihrer Seite gestanden und gegen die Anschuldigungen von Polizei und Presse gekämpft hätte!

»Ich gesteh einfach!«, hatte Katharina einmal zu ihr gesagt. »Schuld hab ich sowieso.«

Verena wollte schreien vor Zorn und konnte es nicht.

Sie hätte es wissen müssen.

Hatte damals manchmal an der Freundin gezweifelt. Und sich dafür geschämt. Warum war Katharina gleich so gereizt gewesen, als die Kinder vom Spielen zurückkamen, und hatte Sebastian angeschrien und gepackt? Wirklich eine Vorahnung, dass Tim etwas zugestoßen war? Oder wollte sie ihre Schuld auf Sebastian übertragen? War es doch sie gewesen?

Schuld!

Verena grub die Finger fester in ihre Augen, dass der Schmerz kaum auszuhalten war.

Warum nur hatte sie ihr Kind in der Obhut einer Depressiven gelassen?

Es war bequem gewesen.

Es war ihre Schuld.

Mit einem Ruck löste Verena die Hände vom Gesicht und warf die Arme auf das Bett. Ihre Zunge klebte am Gaumen, der Geschmack in ihrem Mund war widerlich. Sie zwang sich, die Lider zu öffnen, und sah, wie die Strahlen der Morgensonne durch die Ritze der Jalousien ins Zimmer fielen. Sie wusste, sie musste aufstehen und die Jalousien hochziehen, dem hellen Morgen ins Gesicht sehen!

Für Martha – und für Sarah. Für Sebastian.

Der Hass, der Zorn, die Verzweiflung – sie schwächten sie jetzt nur, wo sie alle Kräfte für die Kinder brauchte.

Sie versuchte es, aber sie konnte nicht aufstehen.

Sie wollte nicht. Alles tat weh und war unendlich schwer.

Ihre Gedanken drängten zurück zum gestrigen Tag, zu Martha, zu Katharina ... Sie wollte einfach nur liegen und in den quälenden Bildern zerfließen.

Das hatte Verena Steinfort noch nicht erlebt. Dass sie so tief fallen könnte, hätte sie lange nicht von sich vermutet. Doch als Tim verschwunden war, hatte sie eine Ahnung von ihren Abgründen bekommen. Sie alle hatten sich seitdem verändert.

Es gab eine Zeit, da hatte sie existenzielle Probleme nicht gekannt. Sie stammte aus einer intakten, angesehenen und wohlhabenden Familie. Als Kind hatte sie Geborgenheit und Ansporn erfahren, vor allem vom Vater. Schule, Studium, Beruf – sie hatte immer hart gearbeitet, es war nicht leicht gewesen, aber niemals bedrohend.

Das hatte sie früh gelernt: hart zu arbeiten für die eigenen Ziele. Sie erinnerte sich, wie sie einmal eine Vier in Mathe erhalten hatte. Damals war sie in der vierten Klasse. Bis dahin hatte sie immer nur Einsen und ab und zu mal eine Zwei geschrieben. Schon für eine Zwei hatte sie sich immer ein bisschen geschämt.

Auf dem Nachhauseweg quälte sie furchtbare Scham und vor allem die Angst, womöglich nicht auf das Gymnasium zu dürfen.

Das würde sie nicht überleben!

Sie wusste, dass zu Hause die Eltern mit dem Mittagessen auf sie warteten. Normalerweise war es immer ein Triumphzug, wenn sie mit einer Arbeit nach Hause kam.

»Ich habe eine Eins!«, rief sie dann voller Stolz, sowie die Mutter die Haustür öffnete.

»Mein Goldkind!«, lachte der Vater immer. Er saß am Küchentisch und breitete die Arme aus. Da lief sie zu ihm und setzte sich auf seinen Schoß.

Über Mittag war seine Arztpraxis immer geschlossen, und er kam zum Essen nach Hause. Dann schmiegte sie sich an ihn und fühlte alles Glück der Welt.

Wie würde es heute werden?, fragte sie sich damals.

Auf dem Heimweg stellte sie sich das tief enttäuschte Gesicht des Vaters vor.

Dann stand sie vor dem Esstisch.

Kein stolzes Rufen. Sie weinte.

Der Vater sah sie nachdenklich an.

»Was ist los, mein Mädchen?«, fragte er.

»Ich hab eine Vier in Mathe!«, schluchzte sie. Und es klang, als wäre der Himmel auf die Erde gefallen.

Da breitete der Vater die Arme aus.

»Komm her, mein Mädchen«, sagte er sanft.

Sie ging zu ihm und vergrub ihr Gesicht in seiner Brust.

Der Vater umarmte sie und drückte sie fest.

»Das kann passieren, mein Kind. Du wirst dich das nächste Mal einfach besser vorbereiten und härter arbeiten. Hab ich recht?«

Sie schluchzte und fühlte sich von einer unendlichen Last befreit. »Ja, Papi, das werde ich!«

Es war die letzte Note in ihrer gesamten Schulzeit und ihrem Studium, die schlechter als »gut« war. Ihr Erstes Staatsexamen in Jura schloss sie mit einem großen Prädikat als Jahrgangsbeste ab.

Sie stand immer mit beiden Beinen fest auf dem Boden.

Aber jetzt …

Wieder schloss Verena Steinfort die Augen und zwang ein Bild herbei. Martha in ihrem Haus in Breisach, im Garten, wie sie lachend und mit fliegenden hellbraunen Haaren über die Blumenwiese auf sie zulief. Verena lächelte, als das Kind mit weit ausgebreiteten Armen immer näher kam, und dann war es ihr, als spürte sie den kleinen Körper, seine Wärme und Kraft …

Mit einem Ruck richtete sich Verena auf. Alles in ihr sträubte sich dagegen, noch immer schien sie zu fallen, doch sie schob ihre Beine vom Bett, zog die Decke weg und stand auf. Sie schwankte leicht, gewann aber doch die Kontrolle über ihren Körper, ging mit kleinen Schritten zu den Jalousien und zog sie hoch.

Das Licht blendete sie, noch immer schmerzten ihre Augen, doch dann konnte sie nach draußen sehen. Ruhig und glatt lag der See da. Schwarze Vögel schwammen auf dem Wasser. Robert saß unten am Frühstückstisch und blickte gedankenverloren in die Ferne. Neben ihm Sebastian. Der Junge schien ganz ruhig zu sein. Gefasst. Das Gespräch mit Robert gestern Nacht hatte gewirkt. Ihr Mann erinnerte sich offenbar daran, einen Sohn zu haben. Ihr wurde ein wenig leichter. Aber wo war Sarah?

Vielleicht … Doch sie verwarf den Gedanken.

Die beiden sahen sie nicht.

Sie öffnete das Fenster, und der warme Geruch des Sommers drang mit Vogelgezwitscher in die Suite.

Tief atmete sie ein.

Langsam bekam sie wieder festen Boden unter die Füße.

Sie brauchte ihre Kraft jetzt.

Noch fühlte sich Verena träge, aber sie hatte das Schlafmittel gut dosiert. Sie war gestern schnell weg gewesen, und dennoch hatte ihre innere Uhr sie geweckt. Sonst nahm sie nie Medikamente, sie trank auch fast keinen Alkohol, aber sie musste jetzt stark sein, trotz unermesslicher Schmerzen.

Sie ging in die Küche ihrer Suite und setzte Wasser auf. Kaffee sollte den letzten Rest Müdigkeit vertreiben. Während das Wasser langsam heiß wurde, fuhr sie ihren Laptop hoch. Sie wollte sehen, wie die großen Zeitungen und Online-Magazine über Martha berichteten, ob es eine breite Berichterstattung gab.

Darum ging es. Martha musste sich tief ins Bewusstsein der Menschen einprägen.

Sie sah auf die Uhr. In einer guten Stunde würde das Filmteam da sein.

Verena wünschte, der Tag wäre schon wieder vorbei.

25

Samstag, 3. August

Als Martin Schwarz gegen acht Uhr das Hotel erreichte, war dort schon reger Betrieb. Zwei Kleinbusse einer Produktionsfirma standen vor der Tür. Menschen kamen mit leeren Händen aus dem Haus und gingen mit schweren Gerätschaften hinein.

Auf der Terrasse war offensichtlich eine Aufzeichnung geplant: Scheinwerfer wurden gerade positioniert, und zwei Kameras standen auf großen Stativen. Verena Steinfort war mit einem Mann ins Gespräch vertieft. Sie sah Schwarz, grüßte kurz und schien ganz gefasst. Robert Steinfort war nirgends zu sehen. Ob sich Verena Steinfort tatsächlich hier im Hotel interviewen lassen wollte?

Schwarz nickte ihr zu und suchte rasch sein Zimmer auf. Nur weg von dem Trubel. Schnell noch duschen. In einer halben Stunde wollte er sich mit Wolfgang Mink treffen.

»Was für ein Kind ist Ruth?«, fragte Martin Schwarz. Er saß Wolfgang Mink in dessen Suite an einem großen Holztisch gegenüber.

Mink sah ihn fest an. »Warum fragen Sie?«, fragte er.

Lange hatte Schwarz überlegt, wie er das Gespräch beginnen, ob er Mink von der seltsamen Begegnung mit seiner Tochter letzte Nacht berichten sollte. Doch er hatte sich dagegen entschieden. Was, wenn Mink ihn verdächtigen und er seiner Tochter glauben würde? Schwarz käme sofort unter Rechtfertigungsdruck. Und je nachdem, was Ruth dann erzählen würde, könnte es ziemlich schlecht für ihn ausgehen. Das Mädchen wollte sein Schweigen; sollte sie es haben! Und selbst wenn sie es dem Vater doch erzählt haben sollte, wäre seine Lage wohl besser, wenn er auf ihre Version reagieren könnte.

Schwarz gab sich arglos. »Ich habe gestern ja zur Begrüßung kurz mit ihr gesprochen. Sie und Sarah scheinen irgendwie … sehr distanzierte und ein wenig traurige junge Menschen zu sein.«

Mink fischte sich eine Marlboro aus der Schachtel, lachte kurz unwillig und zündete die Zigarette an.

»Was soll ich sagen? Da haben Sie es wohl getroffen.«

Mink rauchte und überlegte wohl, was er dem Detektiv anvertrauen sollte. Schwarz wartete.

»Sie war schon immer ein sehr schwieriges Kind, Herr Schwarz. Es ging schon los, als sie auf die Welt kam. Wenn sie nicht schlief, schrie sie. Und sie schlief immer nur zwei, drei Stunden am Stück. Sie schrie, wenn sie im Kinderwagen lag; sie schrie, wenn sie im Tragetuch war; sie schrie, wenn sie Essen bekam, wenn sie auf dem Sofa lag, sie gewickelt wurde, der Fernseher lief, wenn es still war. Nicht einmal in unseren Armen wollte sie sich beruhigen. Das ging sechs lange Monate.«

Mink fuhr mit seiner Hand über das Gesicht. »Katharina und ich lebten wie Einsiedler. Unter Dauerbeschallung. Ruth hat uns vollständig in Beschlag genommen. Wir luden keine Freunde ein, gingen nicht aus. Und deshalb hatten wir von Kindern auch erst mal die Nase voll.«

Die letzten Sätze sollten wohl ironisch klingen, aber auf Schwarz wirkten sie kalt und deplatziert.

»Hatte sie denn Koliken?«

Schwarz kannte sich mit kleinen Kindern so gut aus wie mit der dunklen Seite des Mondes, aber er wusste von Maria Schellenberger, dass ihre Tochter Natascha in den ersten Lebensmonaten wegen Koliken auch ständig geschrien hatte.

Mink lächelte missmutig. »Das haben uns die Ärzte natürlich erzählt. Koliken, das ist eine Erklärung, die für alle erträglich ist. Für Koliken kann ja keiner was, und man hat die Hoffnung, dass sie bald vergehen.«

Schwarz wartete, ob Mink ihm seine Erklärung für Ruths Schreien mitteilen würde. Doch er schwieg.

»Und es wurde dann besser?«

»Ruth blieb extrem reizbar. Sie war schreckhaft, brach schnell in Tränen aus, reagierte sehr ängstlich auf Fremde oder Ortsveränderungen oder Geräusche … Ruth ist ein extrem feinfühliges Kind gewesen. Ist sie immer noch. Ich wünschte ehrlich, sie wäre weniger sensibel.«

Schwarz schwieg. Er wunderte sich, dass der Vater gar nichts Positives von seiner Tochter erzählte. Es schien, als grüble er über etwas nach.

Schwarz nahm das Gespräch wieder auf. »Und wie ging es dann in Kindergarten und Schule?«

Minks Stimme klang gereizt. Er kratzte sich oberhalb der rechten Augenbraue.

»Haben Sie die Presseberichte von damals nicht gelesen? Das Schlimme ist: Sie stimmen. Ruth war eine Einzelgängerin, tat sich schwer mit anderen Kindern, mit Regeln, mit den Erziehern und den Lehrern. Nach drei Monaten mussten wir sie zuerst einmal aus dem Kindergarten nehmen. Ruth sei von ihren sozialen und sprachlichen Fähigkeiten her noch nicht so weit, hieß es. Offenbar sagte sie im Kindergarten kein Wort. Wenn ihr etwas nicht passte, warf sie sich auf den Boden und schrie. Oder setzte sich stumm in eine Ecke und reagierte auf nichts. Zu Hause war es etwas erträglicher. Zumindest, wenn einer von uns da war.«

Schwarz blickte aus dem Fenster. Die ersten Segelboote auf dem See warteten noch vergeblich auf Wind. Es würde ein schwüler, heißer Tag werden.

Ruth Mink. Da schrie ein Kind nach Aufmerksamkeit, und die Eltern schienen es nicht zu merken. Oder wollten es nicht wahrhaben.

»Aber jetzt, in der Schule, ist es besser?«

»Herr Schwarz, ich bin im Vorstand des See-Internats. Es muss besser werden. Aber fragen Sie nicht nach den zusätzlichen Therapiekosten.«

»Ruth ist in Therapie?«

»Seit sie sechs ist. Nicht durchgängig, aber immer wieder.«

»Und die Diagnose?«

Schwarz zuckte mit den Achseln. »Auf eine handfeste Diagnose wollen sich die Ärzte nicht einlassen. Ruth sei noch zu jung. Extreme Vulnerabilität, Anpassungsstörung, Zeichen frühkindlicher Depressionen … So heißt das im Psychiater-Deutsch, wenn man nichts Wirkliches weiß.«

Schwarz hatte den Eindruck, als spreche Mink von einem lästig gewordenen Gegenstand. Aber vielleicht war er ungerecht gegenüber seinem Auftraggeber, hatte Mink diese Geschichte schon zu oft erzählen müssen, waren die Sorgen zu übermächtig und drückend, seine Liebes- und Leidensreserven aufgebraucht.

»Und woher kommt diese übergroße Empfindsamkeit?«

Wolfgang Mink sah ihn leicht verärgert an. »Na, der Apfel fällt nicht weit vom Stamm. Dass meine Schwiegermutter an paranoider Schizophrenie litt, wissen Sie ja.«

Minks Tonfall hatte etwas Herrisches bekommen, dennoch wollte Schwarz noch ein paar Fragen stellen.

»Gab es im Vorfeld von Tims Verschwinden irgendetwas Auffälliges?«

Mink zuckte mit den Achseln. »Einige Wochen zuvor ist Katharinas Mutter gestorben. Aber für meine Frau ist das eher eine Erleichterung gewesen. Sie hat ihre Mutter, zumindest in den letzten Jahren, vor allem als Belastung erlebt. Und Ruth hatte in dieser Zeit kaum Kontakt zu ihrer Großmutter.«

Der Unternehmer machte eine Pause.

»Was kann Ruth denn gut?«

»Klavier spielen«, antwortete Mink sofort. »Da hat sie wohl ein ungewöhnliches Talent. Ohne das könnte auch ich sie wohl nicht im Internat halten. Jedenfalls gibt es kein Schulkonzert ohne sie. Und singen kann das Mädchen! Ja, das ist großartig.«

Schwarz hatte das Gefühl, dass Mink mit den Tränen rang.

»Rachmaninow. Sie liebt Rachmaninow. Den hat sie schon mit zehn geliebt. Mit zehn! Da hab ich angefangen, Beatles zu hören. Und darüber ist es bei mir auch zum Glück nicht hinausgekommen.«

Zum Glück, aha, dachte Schwarz. Langsam machte ihn dieser Mann wütend. Er spürte, dass Mink ihm nicht mehr lange bereitwillig Rede und Antwort stehen würde. Er blickte zu seinem Notebook, dann zum Fenster und tappte mit seinen Fingern auf dem Tisch.

»Wie verstand sich Ruth denn mit Tim?«

Mink lächelte. Zum ersten Mal entspannten sich seine Gesichtszüge ein wenig. Gleich war er wieder auf das Gespräch konzentriert.

»Den hat sie vergöttert! Kaum war der Kleine auf der Welt, wich sie nicht von seiner Seite. Sie war schon sechs, als Tim zur Welt kam. Tim war ganz anders als Ruth: ruhig, fröhlich, entspannt, unkompliziert. Als Baby schlief er ständig und schrie eigentlich nie. Ruth war immer um ihn herum, hat ihn gefüttert, gewickelt, ihm vorgelesen. Sie, die Gleichaltrigen und Fremden stets aus dem Weg gegangen ist. Wir hatten mit großer Eifersucht gerechnet.«

»Und Tim?«

»Hat diese ungeheure Liebe erwidert. Die beiden waren unzertrennlich.«

Mink stoppte plötzlich. Etwas hatte er noch sagen wollen, unterdrückte es aber.

»In den Presseberichten von damals ist davon die Rede, dass sich auch Tims Gemütszustand in den Wochen vor seinem Verschwinden verändert hat.«

Mink zögerte. »Ja, das stimmt. Wir haben uns das nicht erklären können. Katharina war beruflich viel unterwegs, aber das hat dem Jungen eigentlich nie etwas ausgemacht. Zumindest haben wir das geglaubt. Er hatte viele Freunde im Kindergarten, und damals kam Ruth jedes Wochenende vom Internat nach Hause. Darauf hat er sich immer gefreut.«

»Und wie ist die Beziehung zu Sebastian und Sarah?«

»Sebastian gibt Ruth Nachhilfe. Ich glaube, meine Tochter bewundert ihn. Ist auch ein toller Junge: tatkräftig, klug, mitfühlend. Erstklassige Leistungen in der Schule. Ein Mensch mit klaren Zielen. Der weiß, wo er hinwill im Leben.«

So, wie er sich seine Kinder gewünscht hat, dachte Schwarz.

»Sie wissen, dass Ruth und Sebastian ein Liebespaar sind?«

Wolfgang Mink lachte ungläubig auf. »Was erzählen Sie da?«

Schwarz berichtete ihm, was Schellenberger im Überlinger Strandbad herausgefunden hatte.

»Ob ich das wirklich glauben soll?«, erwiderte Mink nachdenklich.

Schwarz ahnte, was Mink dachte. Was wollte ein perfekter junger Mann wie Sebastian von einem schwierigen und nicht allzu hübschen Mädchen?

Kurz war es still. Wieder Minks Blicke nach draußen, das Tappen auf dem Tisch.

»Was kann ich noch für Sie tun, Herr Schwarz?«

Plötzlich klang der Unternehmer geschäftsmäßig und drängend.

Schwarz stand auf.

»Das reicht. Was geht da draußen eigentlich vor? Ein Fernsehinterview?«

Mink schüttelte den Kopf. »Verena will zusammen mit einer Produktionsfirma einen Clip über Martha drehen. Der soll dann im Fernsehen und im Internet laufen. Sie will um alles in der Welt ihr Kind wiederhaben.«

Mink sah missmutig vor sich hin.

»Wahrscheinlich hätten wir damals das Gleiche tun sollen.«

***

Marek Hafen sah Marlene Winter an, dass sie ebenfalls eine kurze Nacht gehabt hatte. Die Ränder unter den Augen waren trotz Make-up sichtbar, und die so souveräne Frau wirkte fahriger als sonst. Tom König sah entspannter aus. Das war er selbst damals bei der SOKO Tim auch gewesen, als er noch keine Hauptverantwortung trug.

Tausend Gedanken hatten ihn schlecht schlafen lassen. »Ich habe immer gedacht, eine SOKO zu leiten heißt, Komplexität zu beherrschen. Aber jetzt weiß ich das besser. Es geht eher darum, sie auszuhalten.«

Winter grinste und trank einen Schluck Kaffee.

»Das hast du schön gesagt!«

Er lächelte und nahm sich ein Schweinsohr. König wohnte im Königsbau und holte die Backwaren immer bei Hafens Lieblingsbäcker.

»Was haben wir zu der Erdhöhle und unserem Waldmann, Tom?«, fragte Hafen nach einem herzhaften Biss.

»Das Labor arbeitet mit Hochdruck an den Funden aus der Höhle. Auf dem Boden und auf dem Bett ist Blut sichergestellt worden. Wir werden sehen, ob es Marthas ist. Außerdem hat man Haare und Hautschuppen gefunden. Es gibt auch noch DNA-Proben von Schmidtbauer, von seiner Vergewaltigung vor zehn Jahren. Und dann haben wir Haarproben von Gaar. Aus seiner Wohnung. Es wird sich zeigen, ob einer von ihnen in der Höhle war.«

»Gut«, meinte Hafen. »Haben wir Hinweise zu dem Waldmann? Ist er irgendjemandem aufgefallen?«

König schüttelte den Kopf. »Nichts Konkretes. Es gibt unzählige Meldungen von Anwohnern aus Dettingen, Langenrain und Wallhausen, darunter auch einige anonyme. Die wollen einen Mann gesehen haben, der sich in den Dörfern oder im Wald herumgetrieben hat. Aber die Angaben zu Kleidung und Aussehen passen nicht zusammen. Es gibt viele Obdachlose und Backpacker, die sich im Sommer am Bodensee tummeln. Ich habe auch einmal die Anzeigen wegen Landfriedensbruchs und Diebstahls aus dem letzten Jahr durchgehen lassen. Bisher nichts, was passt.«

»Wenn dieser Mann wirklich hier im Wald lebt, muss er jemandem aufgefallen sein«, meinte Hafen. »Ich habe die Jagdpächter des Bodanrück für heute Nachmittag einbestellt. Die Jäger sind oft und lange im Wald. Vielleicht hat einer von ihnen etwas gesehen oder gehört.«

Er nahm noch einen Bissen vom Schweinsohr.

»Gibt es Neuigkeiten zu dem Mädchen, Sanya?«

»Weder das BKA noch Interpol haben bisher etwas. Aber das wird auch noch dauern. Sie überprüfen die Vermisstenfälle. Wir sollten überlegen, mit dem Foto an die Presse zu gehen.«

Winter ergriff das Wort. »Damit warten wir noch. Wir wissen nicht, wo dieses zweite Mädchen ist, das abgeholt wurde. Möglicherweise gefährden wir es.«

Hafen nickte und wandte sich an die Kollegin. »Wissen wir inzwischen, wer der Lebensgefährte von Werner Schmidtbauer während der Therapie war?«

»Thomas Wegener, Ende vierzig. Vorbestraft wegen schwerer Körperverletzung und Raub. Wurde fünfzehn Jahre lang wegen einer aggressiven Persönlichkeitsstörung in der Konstanzer Psychiatrie therapiert. Lebt seit fünf Jahren in Freiheit. Er wohnt in Singen. Ist meistens arbeitslos, hin und wieder hat er Gelegenheitsjobs. Wegener hat mit fünfzehn die Schule abgebrochen und keine Berufsausbildung. Straffällig ist er seit der Entlassung nicht mehr geworden. Auch hält er die Termine mit seinem Therapeuten ein. Seit heute Morgen wird er überwacht. Wie auch Schmidtbauer.«

»Gut. Wenn wir es hier mit Kinderhandel zu tun haben und wenn Wegener oder Schmidtbauer da mit drinhängen, werden sie möglicherweise etwas tun. Wir sollten sie noch ein paar Tage beobachten. Dann entscheiden wir weiter. Und die Rumänin soll sich Fotos von Wegener ansehen.«

König und Winter nickten zustimmend.

»Das Sigmaringer Rentnerehepaar habe ich mir vorgeknöpft. Die scheinen wirklich nicht zu wissen, was in dem Bahnwärterhäuschen vor sich ging. Sie kassierten regelmäßig ihre viel zu hohe Miete, und damit war für sie alles gut. Zu den Schmidtbauers in Litzelstetten haben sie praktisch keinen Kontakt. Die Rentner glauben nicht, dass Werner Schmidtbauer etwas von dem Häuschen weiß.«

Kurz schwiegen sie.

»Die Sache mit dem Mädchen auf der Yacht hat sich aufgeklärt«, fuhr König fort. »Die Yacht gehört einem Bildhauer, und er hat mit seiner achtjährigen Nichte eine abendliche Spritztour auf dem Untersee gemacht. Der Herr hat sich über den Polizeibesuch ziemlich aufgeregt.«

Hafen grinste. »Eine Spur weniger, die wir verfolgen müssen.«

König verdrehte die Augen. »Dafür gibt es hundert neue. Martha wird inzwischen im gesamten Bundesgebiet gesichtet, der breiten Berichterstattung sei Dank. Leute rufen an, die glauben, dass im Haus nebenan ein Kind versteckt wird. Andere haben ihre Nachbarn belauscht und meinen, dass diese über eine Martha Steinfort gesprochen hätten. Es wird Wochen dauern, bis wir den Hinweisen nachgegangen sind.«

»Und Franz Gaar?«, fragte Winter.

»Nichts«, antwortete König. »Absolut unauffälliger, wenn auch trauriger Lebenslauf. Gaars Vater war Hilfsarbeiter, die Mutter Kellnerin. Er hat einen Hauptschulabschluss gemacht, dann keine Lehrstelle gefunden, hatte ein paar Jobs, seit fünf Jahren ist er arbeitslos. Keine Vorstrafen, nichts. Er hat nicht einmal Pornos daheim. Er guckt Tierfilme. Ich glaube, Gaar war wirklich nur nachts im Wald joggen.«

»Beschattet ihn weiter«, meinte Hafen. »Ich traue diesem Mann nicht.«

Eine kurze Pause entstand.

Hafen blickte auf die Uhr. »Ich habe übrigens mit Robert Steinfort gesprochen. Er hat zugegeben, dass er gestern Morgen in Dingelsdorf war. Er hat behauptet, dass er am Tag zuvor in dem

Hafen eine Pause gemacht und dabei seine Armbanduhr verloren hätte. Angeblich ein teures Erbstück.«

Winter sah ihn erstaunt an. »Also war er etwa zu der Zeit, als seine Tochter verschwand, in der Nähe des Abgreiforts? Und dann fährt er am Morgen nach dem Verschwinden seiner Tochter los, um dort seine Uhr zu suchen?«

Hafen zuckte mit den Achseln. »Es war ihm ziemlich peinlich. Zumindest wirkte er so. Aber er hatte wohl Angst, dass er sonst ähnlich in Verdacht geraten würde wie Katharina Mink vor drei Jahren. Und er habe sowieso die ganze Nacht wachgelegen. Deshalb sei er früh mit dem Boot raus, um nicht durchzudrehen, wie er sagte.«

Winter lachte kurz auf. »Das glaubst du?«

»Es kommt noch besser. Angeblich hat er seine Uhr wiedergefunden.«

Tom König schaltete sich ein. »Du meinst, er könnte etwas damit zu tun haben?«

Hafen wiegte den Kopf. »Ich weiß es nicht. Die Geschichte klingt zu verrückt, um erfunden zu sein. Mein Gefühl sagt mir, dass wir den Täter außerhalb der Familien suchen müssen. Aber wir sollten nichts ausschließen. Jedenfalls lasse ich den Hafenmeister in Dingelsdorf befragen. Vielleicht hat er etwas beobachtet.«

Marlene Winter stand auf. »Und ich werde mich mit der Akte Katharina Mink beschäftigen. Ich will mir noch einmal ein genaues Bild von Gregor Weinbrenners Ermittlungen machen. Auch Katharina Mink hat übrigens kein Alibi. Das sollten wir nicht vergessen. Wir haben keinen Zeugen, der sie im Liegestuhl oder sonst wo gesehen hat.«

26

Donnerstag, 9. Dezember, vor drei Jahren

»Du musst reagieren, Katharina. Sonst hört es nicht auf!«

Verena Steinfort sah sie zornig und kampfbereit an. So sollte sie eigentlich auch sein. Zusammen mit Robert und Wolfgang saßen sie in Verenas Hotelzimmer, bei geschlossenen Fenstern. Dort waren sie einigermaßen sicher vor der Pressemeute.

Zum See hin hatten sie die Rollläden heruntergelassen. Tag und Nacht lagen jetzt Boote mit Paparazzi vor dem Hotel. Gestern hatten sie einen Journalisten entdeckt, der sich in den Garten geschlichen und auf Katharinas Balkon versteckt hatte. Als sie ihn zur Rede stellen wollten, sprang er mit einem höhnischen Lachen in den Garten und lief davon.

Katharina sah, wie Wolfgang Verena bewundernd ansah. Sie spürte schon seit Jahren, dass er sich zu der Anwältin hingezogen fühlte.

Und sie? War erstarrt. Das schamlose Pamphlet dieser Kim Braun vor drei Tagen in einer großen Boulevardzeitung hatte sie vollends aus dem Gleichgewicht gebracht. Und es war nur der Anfang gewesen. Seitdem dieses Fanal zur Menschenjagd veröffentlicht worden war, verging kein Tag ohne neue »Beweise« für ihre Täterschaft. Es gab nur wenige Stimmen, die noch für sie eintraten.

Eine ehemalige Schauspielkollegin berichtete in einem Magazin von ihrem angeblich unersättlichen Männerhunger. Eine andere von ihren aggressiven Ausbrüchen während der Proben. Dass Kollegen immer Abstand zu ihr hielten, um nicht körperlich angegriffen zu werden.

Eine ehemalige Mitstudentin von der Schauspielschule, die sich nicht als Schauspielerin durchgesetzt hatte, wusste zu berichten, wie sie schon immer Dozenten um den Finger gewickelt und sich Hauptrollen mit Sex erschlichen habe. Auch zog sie ihre schauspielerischen Fähigkeiten in Zweifel.

Eine Erzieherin Ruths wollte nicht ausschließen, dass das Kind mehrfach zu Hause geschlagen worden sei. Auch äußerte sie die Vermutung, dass das Mädchen von ihren Eltern immer wieder Schlaf- und Beruhigungsmittel bekommen habe.

Journalisten zählten die wenigen Stunden, die sie und ihr Mann gemeinsam mit den Kindern im Urlaub verbracht hatten, und zeigten sich empört. Von einer fremdverwalteten Kindheit und karrierefixierten Eltern war die Rede. Natürlich wurde die Verantwortung für die angeblichen psychischen Probleme der Kinder vollständig ihnen, vor allem der Mutter zugesprochen.

Psychiater und Psychologen, die Katharina noch nie gesehen und noch nie mit ihr gesprochen hatten, erstellten in Talkshows auf der Grundlage von all diesen fragwürdigen Informationen bedrohliche Ferndiagnosen: Manche meinten eindeutige Symptome einer paranoiden Schizophrenie wahrzunehmen, andere sprachen von einer Borderline-Störung, einer bipolaren Störung, von pathologischer Beziehungsunfähigkeit, einer narzisstischen oder aggressiven Persönlichkeitsstörung.

Und alle waren sich einig, dass Katharina Mink immer noch unter einer übermächtigen Mutter leide und dringenden Therapiebedarf habe. Wahrscheinlich, hieß es, habe der Tod der Mutter zu einer Regression und destruktivem Verhalten geführt.

Überall tauchten Paparazzi-Fotos von ihr auf. Heute Morgen nach dem Aufstehen hatte sie drei Boote auf dem See gezählt. Durch ein Fernglas sah sie Männer, die mit gigantischen Tele-Objektiven auf das Hotel zielten.

Von angeblichen Experten für Körpersprache wurden ihre Gesichtszüge und Bewegungen analysiert. Manche waren sich sicher, eine unnatürliche, krankhafte Distanziertheit in ihrem Mienenspiel zu erkennen, andere lasen posttraumatische Belastungen in ihren Blicken, die meisten Schuld.

Und warum trug die Mutter so elegante Kleidung nach dem Verschwinden ihres Sohnes? War das nicht schamlos? Zeigte das nicht ihre unmenschliche Kälte und Eitelkeit?

Katharina Mink, die Sexsüchtige.

Katharina Mink, die böse, kalte Rabenmutter.

Katharina Mink, die vom Ehrgeiz Zerfressene.

Katharina Mink, die von der toten Mutter Getriebene.

Die Schizophrene. Narzisstische. Aggressive. Emotional Instabile.

Eigentlich sollte sie gestehen.

Sie fiel bereits.

Der Boden unter ihren Füßen war verschwunden.

Und es gab niemanden, der sie hielt.

Sie sah nicht mehr fern, sie las keine Zeitung und hörte kein Radio mehr. Sie blieb in ihrem Hotelzimmer, weil sie niemanden sehen wollte.

Für Stunden lag sie einfach nur auf dem Bett. Sie mied Wolfgang, und Wolfgang mied sie. Da begannen die dunklen Gedanken zu kreisen, immerzu. Immer öfter dämmerte sie vor sich hin. Wie ein wundes Tier, das geduldig auf die sanfte Erlösung von den Schmerzen hoffte.

Sie versuchte, sich wieder auf Verena zu konzentrieren.

Verena wusste, was zu tun war. Natürlich.

»Ihr müsst endlich in die Offensive gehen! Ich habe lange mit einem befreundeten PR-Experten geredet. Wenn ihr der Gegenseite das Feld überlasst, werdet ihr verlieren.«

»Verlieren?«, entgegnete Katharina. Was Verena sagte, machte sie wütend. »Was sollen wir denn noch verlieren?«

»Eure Würde, Katharina. Eure Selbstachtung. Die Zuneigung der Menschen.«

Darauf wusste sie nichts zu sagen. Sie merkte nur, wie ihr alles immer schwerer fiel.

»Und was schlägt dein Experte vor?«, fragte Wolfgang.

Auch er wirkte auf Katharina matt und kraftlos. Und sie wusste, warum. Weil er nicht mehr an ihre Unschuld glaubte. Weil auch er sie insgeheim für krank hielt und sie eigentlich nicht mehr verteidigen wollte. Es nur noch aus Pflichtgefühl tat.

Und Verena?

Sie fuhr fort. »Ihr müsst einen PR-Experten engagieren, der eure Kampagne managt. Mein Bekannter empfiehlt als Erstes die Einrichtung einer Website. Diese kann professionell betreut werden. Ideal wäre, wenn ihr einen Blog unterhalten würdet, in dem ihr euren Alltag beschreibt. Ein paar Sätze jeden Tag, das reicht. Dort könnt ihr den Vorwürfen ganz persönlich begegnen. Der Experte wird euch helfen, das Richtige im passenden Ton zu schreiben. Ich bin mir sicher, dass die meisten Leute noch genügend gesunden Menschenverstand haben und euch für unschuldig halten. Deshalb ist es wichtig, dass ihr euch diesen Menschen zeigt, mit ihnen sprecht, euren Kummer mit ihnen teilt. Sie als Verbündete gewinnt.«

»Wir sollen beweisen, dass wir unschuldig sind?«, fragte Katharina zornig.

»Das ist pervers, ich weiß, aber so funktioniert unsere Mediengesellschaft nun einmal. Wer schweigt, hat unrecht.«

Katharina schüttelte den Kopf. Sie glaubte das nicht. Und sie wollte das nicht.

Wolfgang schaltete sich ein. »Und was schlägt dein Bekannter noch vor?«

»Ihr solltet eine Suche für Tim starten. Überlasst nicht alles der Polizei! Ihr müsst euch als Eltern präsentieren, die mit allen Kräften nach ihrem Kind suchen. Macht dabei euren Einfluss geltend. Ihr habt Kontakte ins Show-Biz, zur Wirtschaft und Landespolitik! Findet Prominente, die für euch einstehen und öffentlich für euch Stellung beziehen! Werdet vorstellig bei Landräten und Abgeordneten! Und bittet die Öffentlichkeit um Unterstützung bei der Suche. Gebt Interviews! Macht Aufrufe in Zeitungen, mit Fotos von Tim! Wenn die Leute sehen, dass ihr euch für Tim einsetzt, werden sie euch glauben.«

Verena blickte sie eindringlich an. »Mein Bekannter meint auch, dass Tim im Fokus der Öffentlichkeit bleibt. Denn erfahrungsgemäß lässt der Medienhype nach spätestens drei Wochen nach, wenn ihr die Maschine nicht mit neuen Informationen füttern könnt. Eine weitere Idee: Richtet einen Spendenfonds ein, der Eltern von vermissten Kindern hilft. Zeigt, dass ihr nicht nur an euch denkt. Macht euch stark für die vermissten Kinder dieser Welt! Für Tim!«

»Hör auf!«, rief Katharina. Was Verena vorschlug, kam ihr lächerlich vor.

»Zu einem solchen Zirkus haben wir nicht die Kraft. Ich nicht. Und ich biedere mich auch nicht diesen Aasgeiern an! Hast du mal vor die Tür geschaut? Vier Übertragungswagen stehen draußen! Vom See aus sind permanent Kameras auf das Hotel gerichtet. Ich will einfach, dass sie verschwinden!«

Verena sah sie bestimmt und mitleidig an. »Sie werden so schnell nicht gehen, Katharina. Erst wenn Tim wieder auftaucht. Oder dein Kopf rollt.«

Doch auch Wolfgang schien nicht überzeugt. Oder wollte er seine Kräfte nicht mehr für sie mobilisieren?

Seine Stimme klang matt. »Ein solcher Aktionismus kann uns auch schaden, Verena. Dieselben Experten, die unsere Untätigkeit jetzt als Schuldeingeständnis deuten, werden ein großes Engagement ebenso bewerten. Ich weiß schon, was sie schreiben werden: Schaut nur, die Minks! Wie sie von ihrer Schuld ablenken wollen! Wie sie selbst vergessen wollen, was sie ihrem Kind angetan haben! Wie sie ihren Narzissmus ausleben! Und dieselben Leute, die Katharinas Kleidung jetzt als Hinweis für ihre Kälte deuten, werden es als Schuldeingeständnis verstehen, wenn sie in schmuddeligen Joggingsachen herumläuft. Die wollen uns als Schuldige sehen. Da ist es egal, was wir tun.«

Verena zuckte mit den Schultern. »Das Risiko müsst ihr eingehen. Aber wenn ihr den Kampf überhaupt nicht beginnt, werdet ihr bestimmt verlieren.«

Wolfgang schüttelte den Kopf. »Nein, Verena. Wir schweigen. Wir reagieren nicht in der Öffentlichkeit. Ich werde bei den entscheidenden Stellen deutlich machen, dass Mink Solutions seine Produktion vollständig verlagert, wenn es zum Prozess kommen sollte. Es geht um mehrere tausend Arbeitsplätze und Millionen an Steuern. Das muss genügen. Wir bleiben hier, wir sitzen das aus. Und wenn es wider Erwarten nicht aufhört, dann gehen wir weg.«

Er blickte zu Katharina. Was er sagte, überraschte sie. Würde er wirklich für sie seine Fabriken verlagern? Oder hatte er das sowieso vor? War das nur ein Vorwand, mit dem er eine längst gefällte Entscheidung begründen konnte?

27

Sonntag, 2. Januar, vor zwei Jahren

Der Bodensee war grau, an den Straßenrändern lag schwarzer Schnee. Es regnete heftig. Doch dieses Wetter war für Katharina angenehmer als die grelle Sonne auf den Bahamas.

Sie fuhren zurück vom Flughafen Zürich. Ruth hatten sie gerade bei ihrem Vater in Friedrichshafen abgesetzt. Wolfgang saß am Steuer, sie starrte aus dem Fenster. Auf dem Flug und jetzt auf der Fahrt hatten sie praktisch kein Wort miteinander geredet.

Wolfgang hatte recht behalten. Zu einem Prozess war es nicht gekommen. Er sagte ihr nicht, wie er das verhindert hatte. Aber sie wusste, dass er einige Male nach Stuttgart gefahren war.

Nur einmal trat Wolfgang Mitte Dezember im Rahmen einer Pressekonferenz vor die Öffentlichkeit. Er machte mit knappen Worten deutlich, dass die Anfeindungen sie tief träfen, sie sich aber entschieden hätten zu schweigen. Er betonte, dass sie die Ermittlungen der Polizei nicht behindern wollten. Die Staatsanwaltschaft gab wenige Tage später bekannt, dass auf Grundlage der bisherigen Ermittlungen keine Anklage gegen Katharina Mink erhoben werde. Man begründete das damit, dass die Leiche Tims noch immer nicht aufgetaucht sei und eindeutige Beweise fehlten.

Dann, kurz vor Weihnachten, flogen sie in die Karibik. Wolfgang hatte vermutet, dass nach der Ankündigung der Staatsanwaltschaft die Wogen noch einmal hochschlagen würden. Noch immer war der Fall Tim Mink in den Nachrichten, wenn auch nicht mehr so prominent. Andere Themen drängten in den Vordergrund, zumal die Polizei nicht mit neuen Ergebnissen aufwarten konnte. Der Hype ebbte ab.

Wolfgang gelang es, für sie beide und Ruth unbemerkt eine Reise auf die Bahamas zu buchen. Auch Katharinas Vater hatte angeboten mitzukommen, aber sie wollte das nicht.

Sie wollte eigentlich nur allein sein.

Sie verstand, was Wolfgang mit der Reise bezweckte, und dankte ihm dafür. Er hoffte, dass sie Abstand gewinnen, vergessen könnten.

Vielleicht gelang es Wolfgang, aber nicht ihr.

Die Bahamas waren der falsche Ort für sie. Die grelle Sonne und die Hitze quälten sie. Wenn sie auf das türkisfarbene karibische Meer blickte, sah sie, wie Tim im grauen Bodensee versank. Die vielen Anschuldigungen gingen nicht aus ihrem Kopf. Ihr fehlte die Kraft, den Kampf aufzunehmen.

Katharina blickte nach draußen. Sie sah einen Fuchs, der über ein schneebedecktes Feld lief.

Hatten sie nicht alle recht? War sie nicht eine Getriebene? Eine Rabenmutter? Vom Ehrgeiz zerfressen? Kreiste sie nicht ausschließlich um sich selbst? Warum hatte sie so wenig Zeit mit Ruth und Tim verbracht? Warum war ihr der Beruf so wichtig? Warum hielt sie Ruth von sich fern – immer mehr, je schlechter es ihr ging?

Die Medien sagten: Weil Katharina Mink immer noch auf der Flucht vor der eigenen Mutter war. Stimmte das denn? Oder war das egal?

Auf den Bahamas konnte sie nichts essen, und sie konnte nicht reden. Während der gemeinsamen Abendessen auf der Hotelterrasse blickte sie schweigend und starr vor sich hin. Tagsüber verbarg sie sich im Hotelzimmer und hielt mit den Rollläden die sonnige Welt von sich fern, während Wolfgang und Ruth versuchten, zurück ins Leben zu finden.

Sie konnte das nicht.

Wenn sie auf dem Bett lag, wusste sie, dass sie eigentlich zu Ruth gehen und sie in den Arm nehmen sollte. Sie wusste, dass sie mit Wolfgang reden, mit ihm über alles sprechen und die Zukunft planen sollte. Aber sie konnte nicht.

Sie wusste, dass sie sollte. Dass Ruth gefährdet und es nur eine Frage der Zeit war, bis sich ihre Gereiztheit, ihre Trauer und Aggressivität entluden. Dass Ruth sich vielleicht selbst Schuld gab: Warum nur hatte sie nicht auf ihren Bruder aufgepasst?

Sie müsste sich um ihre Tochter kümmern.

Wollte sie denn nicht?

Nein. Sie konnte nicht mehr.

Nur eins: sterben.

Wolfgang bog in die Auffahrt, vor ihnen lag das Haus. Der Regen war zu Schnee geworden, dicke Flocken fielen, die Dächer und Wiesen waren weiß.

Wolfgang hatte eine private Sicherheitsfirma beauftragt, ihr Grundstück zu überwachen. Doch jetzt, fast zwei Monate nach dem Verschwinden von Tim, gab es keine Paparazzi mehr.

Als sie das Haus betrat, überfiel sie plötzlich eine unermessliche Wut. Woher auf einmal die Kraft kam, wusste sie nicht.

Sie ließ ihre Tasche fallen und rannte die Treppe hoch in Tims Zimmer. Sie riss das Fenster auf und begann, Tims Sachen nach draußen zu werfen: was auf dem Schreibtisch stand, seine Kleider, das Bettzeug, die Spielsachen, die Kuscheltiere, die Bilder an der Wand, den Schreibtischstuhl, die Regale. Was sie heben und losreißen konnte, warf sie hinaus.

Irgendwann merkte sie, dass Wolfgang im Türrahmen stand.

Sie wusste nicht, wie lang sie schon tobte.

Er sah ihr zu, mit Tränen in den Augen.

Sie hörte erst auf, als sich außer Bettgestell, Schreibtisch und Schrank nichts mehr im Zimmer befand.

Aber natürlich war Tim noch da.

Sie sank zu Boden und weinte nicht.

Sie fühlte sich leer und erschöpft.

Sie saß da und starrte vor sich hin.

Wolfgang war inzwischen geflohen.

28

Samstag, 3. August

Sie schloss die Tür. Es war stockdunkel.

Die Halle musste gigantisch sein, aber sie sah nichts und niemanden. Es war auch nichts zu hören, obwohl einige Leute in dem Raum sein mussten. Eine spürbare Spannung lag in der Luft. Wie angewurzelt blieb sie stehen.

Dann, vielleicht fünfzehn Meter über dem Boden, eine zierliche, hagere, junge Frau mit einer Kerze. Sie trug ein weißes Kleid. Es war, als schwebe sie durch die Finsternis. Aber nicht aufrecht, sondern tief gebeugt, schleppend, so als koste jede Bewegung die letzte Kraft.

»Und immer noch ein Fleck!« Schwach, gedrückt, kraftlos hallte die Stimme in dem riesigen Raum. Nur ihr zitternder Atem war jetzt zu hören. Sie schwebte weiter, weit oben an einer unsichtbaren Wand entlang, wie eine Marionette, die gleich zusammenfallen würde.

Plötzlich zog jemand an den Fäden, mit einem Ruck führte die Frau ihre Hände vors Gesicht. Wie irr starrte sie auf ihre Handrücken. Und zu Tode geängstigt, gepeinigt, getrieben: »Weg da, verdammter Fleck! Weg, sag ich!«

Besessen rieb die Frau ihre Hände aneinander.

Ein Jammern, ein unterdrückter Schrei.

Dann nichts mehr.

Von einem Moment zum anderen beruhigte sich die Frau. Unheilvoll sah sie umher, als lauerten tausend Feinde in der Finsternis. Sie blieb stehen und schloss vor ihnen die Augen.

Dann wiegte sie den Kopf wie eine demente Alte hin und her und sprach mit einer unerträglichen Schwere: »Eins; zwei; ja, dann wird's Zeit, es zu tun. – Schwarz ist die Hölle.«

Wieder erwartete sie, dass die Frau zusammenbrechen würde. Stattdessen fuhr sie plötzlich herum, als stünde jemand hinter ihr. Erschrocken, zugleich erzürnt sprach sie weiter. »Pfui, mein Gemahl, pfui! Ein Soldat und grault sich?«

Ein triumphales Lächeln, ein unerschrockener Tonfall: »Wozu

sich graulen, wer's erfährt, wenn keiner rechten darf mit unsrer Macht?«

Sie ließ die Sätze wirken. Doch es war nirgendwo ein Gemahl zu entdecken.

Jetzt blickte sie genau in ihre Richtung. Fast so, als könnte die Frau sie sehen in der Finsternis! Als wäre sie der Gemahl! Aber das war unmöglich.

Sie lächelte ein teuflisches Lachen. »Jedoch wer hätt gedacht, dass der alte Mann so viel Blut in sich hatte? Der Than von Fife, der hatte ein Weib. Wo ist sie jetzt?«

Noch immer starrte sie zu ihr hinunter. Dann richtete sie den Blick langsam auf ihre Hände. »Was, wollen diese Hände nie mehr sauber sein?«

Wieder atemlose Stille.

Plötzlich ergriff ein Tremor den Körper der dürren Frau. Erst ein leichtes Zittern der Arme, der Beine; dann schüttelte sich ihr Körper, endlose Sekunden lang, als habe ihn ein plötzlicher Fieberschauer erfasst.

Hysterisch schrie sie: »Hier stinkt noch immer Blut!«

Ein lang anhaltender, quälender, nicht verebbender Schrei.

Und sie brach zusammen.

Danach ein Jammern, ein Weinen, ein Stammeln, wie von einer zutiefst gedemütigten Kreatur.

»Alle Wohlgerüche Arabiens waschen diese Hand nicht rein.«

Wieder sah die Wahnsinnige zu ihr. Eindringlich, angsteinflößend.

»Getan wird nie mehr ungetan.«

Langsam richtete sie sich auf. Und dann, im Weggehen, wiederholte sie noch einmal: »Getan wird nie mehr ungetan.«

»Danke, aus!« Eine laute Männerstimme.

Maria Schellenberger erschrak. Das Licht ging an.

Sie blinzelte.

Applaus brandete auf.

»Bravo, Kirsten, bravo!«

Schellenberger erkannte ihren Schulfreund Jonathan Friedel. Noch immer sah er wie ein Freak aus: lange, ungekämmte, fettige, graublonde Haare, Birkenstock-Sandalen, ein buntes Hawaiihemd, das über einem Kugelbauch und zerschlissenen Cordhosen hing.

Sie musste grinsen. Schon zu Schulzeiten hatte Friedel einen schrillen Kleidungsstil gepflegt. Er hatte die Schule nach der zehnten Klasse abgebrochen und war nach drei Jahren des Herumreisens in der Welt bei der Schauspielerei gelandet. Nach einer Zeit bei Straßengruppen und kleinen Off-Theatern war er in eine Schauspielschule aufgenommen worden und hatte dann, nach einigen Jahren am Stuttgarter Theater, ins Regiefach gewechselt.

Friedel sah sie freundlich an und breitete seine Arme aus. »Nein! Maria Schellenberger!! Endlich! Endlich kehrt die Geliebte heim!«

Schellenberger lachte laut und umarmte den Mann. Friedel war der einzige Junge in ihrer Schulzeit, der wirklich eine Beziehung mit ihr gewollt hatte. Einmal hatten sie auf einer Party wild herumgeknutscht. Aber sosehr sie sich damals eine feste Beziehung wünschte: Mit Jonathan Friedel, seinen ungepflegten langen Haaren und den ausgelatschten Birkenstöcken ging das nicht.

Friedel wandte sich an die Schauspieler und Techniker. »Okay, Leute, hab jetzt unerwarteten Besuch von einer Verflossenen! Ich will sie jetzt sofort heiraten. Zwanzig Minuten Pause!«

Die Leute lachten. Friedel nahm sie noch einmal in die Arme.

Gestern Nachmittag hatte sie beim Zürcher Schauspiel angerufen. Dort teilte man ihr mit, dass Jonathan Friedel an einer Inszenierung arbeite und den ganzen Tag über im Haus am Schiffsbau probe.

Schellenberger hatte recherchiert, dass Mink und Friedel vor einigen Jahren für ein paar Inszenierungen eng zusammengearbeitet hatten. Dürrenmatts »Physiker« mit Katharina Mink als verrückte Irrenärztin war Friedels erste Regiearbeit in Zürich gewesen und gleich ein durchschlagender Erfolg. Nicht zuletzt dank Katharina Minks herausragender Leistung. Schellenberger wollte Friedel überraschen, um seine Erinnerungen und Einschätzungen möglichst unvermittelt zu erfahren. Nach dem Termin plante sie noch einen Einkaufsbummel über die Zürcher Bahnhofsstraße.

»Und?« Friedel schaute dorthin, wo vor Kurzem noch die Frau geschwebt hatte. »Hast du das erkannt?«

Schellenberger sah Friedel gespielt entrüstet an. »Jonathan! Ich lese doch nur leichte Lektüre. Mit Weltliteratur hab ich nichts am Hut!« Sie zögerte. »Aber das war beeindruckend! Ich habe richtig Angst gekriegt. Eine tolle Schauspielerin.«

Friedel seufzte. »Das war ›Macbeth‹. Shakespeare. Die Schlafwandelszene von Lady Macbeth. Sie hat ihren Mann zu mehreren Morden angestiftet. Jetzt ist sie besessen von ihrer Schuld und wandelt nachts durch das Schloss.«

Friedel machte eine Pause und sah sie vorwurfsvoll an. »Schätzchen, das muss man kennen!«

»Ich muss gar nix!«, sagte Schellenberger trotzig und lachte ihn dann an. »Aber zu dem Stück komm ich. Versprochen!«

Auch das Bühnenbild wirkte imposant. Die Wand, welche die Frau vorhin entlanggegangen war, sah aus wie die uralte graue Mauer einer verwitterten Burg. Sie schien aus gigantischen Quadersteinen geformt, von denen jeder einzelne viel größer war als die wahnsinnige Schlafwandlerin. Doch bei genauerem Hinsehen erkannte sie in der unzerstörbar wirkenden Mauer Risse. Wie in der Seele dieser schuldkranken Frau.

»Jaa, Kirsten ist gut. Sie arbeitet hart an jeder Rolle.«

»Ist sie so gut wie Katharina Mink?«

Friedel zögerte. Leicht verwundert sah er sie an.

»Du bist also nicht meinetwegen da? Um einem großen Regisseur bei der Arbeit zuzusehen und ihm endlich deine Liebe zu gestehen? Sondern wegen Katharina Mink?«

Schellenberger spitzte ihre Lippen und gab Friedel einen Luftkuss. Kurz erklärte sie ihm, für wen sie arbeitete.

Friedel lachte. »Privatdetektivin? Das ist gut! Das musst du mir erzählen! Einen Kaffee?«

»Gern!«

Schellenberger folgte Friedel zu einem Tisch, auf dem Thermoskannen und Tassen standen. Friedel schenkte ihnen ein, dann setzten sie sich auf zwei Stühle in der Mitte des riesigen Raumes. Schellenberger staunte über das Ausmaß der ehemaligen Schiffbauhalle.

Jonathan Friedel ließ sich nicht lange bitten.

»Katharina Mink ist die beste Schauspielerin, mit der ich jemals zusammengearbeitet habe. Diese Professionalität! Diese Intelligenz!

Diese absolute Körperbeherrschung! Wow! So etwas findest du heute selten. Kirsten, die du eben erlebt hast, ist wirklich gut. Aber Katharina … mindestens eine Liga darüber.«

»Ehrlich? Und was macht Katharina Mink so speziell? Warum ist sie so gut?«

Friedel nahm einen großen Schluck Kaffee.

»Letztlich ist es wohl ihre Besessenheit. Diese Frau hat sich in Rollen gestürzt wie keine andere. Für die Mathilde von Zahnd aus den ›Physikern‹ hat sie eine achtzigseitige Biografie geschrieben und Tagebuch geführt. Verstehst du? Dürrenmatt hat Zahnd eigentlich als Typus entworfen, nicht als komplexe Figur. Aber Typen konnte und wollte Katharina nicht spielen. Sie ist eine überzeugte Stanislawski-Schülerin. Also dachte sie sich eine Lebensgeschichte für Mathilde von Zahnd aus, inklusive Stammbaum. Darin zeichnete sie ein komplexes Bild von ihrem Abgleiten in den Wahnsinn. Dann schrieb sie während der Probenphase ein Tagebuch als Mathilde von Zahnd. Sie versuchte, in dieser Zeit einen neuen Menschen zu erschaffen. Und beobachtete sich gleichzeitig dabei. Sie suchte verschiedene Kostüme aus, probierte Frisuren und Schuhe … Stundenlang konnte sie vor einem Spiegel stehen … Manchmal hat mich ihr Perfektionismus zur Weißglut getrieben! Einmal hat sie die Proben verlassen und ist in dieses gottverlassene Pfullendorf getuckert, weil sie ihr Zahnd-Kleid zu Hause vergessen hatte!«

»Und dieser Aufwand ist tatsächlich nötig, um gut zu spielen?«

Friedel wiegte den Kopf. »Es gibt verschiedene Arten von Schauspielern. Da sind zum einen die Marionetten. Das sind oft ziemlich gut aussehende Kleinhirne mit beweglichen Gesichtern und Körpern. Die verstehen gar nicht, was sie spielen. Die begeben sich gar nicht erst in die Rolle. Die hängen vollkommen vom Regisseur ab. Der sagt ihnen, wie sie sich in welcher Szene zu verhalten und wie sie zu gucken haben. Die sind Ton in den Händen eines Bildhauers. Manche Regisseure stehen auf diesen Typ. Denn ihn kann man formen wie ein Gott. Ich hasse ihn. Für mich heißt Regiearbeit vor allem Auseinandersetzung mit den Schauspielern. Ich weiß vorher nicht, wie die Inszenierung aussehen wird. Ich habe bestimmte Vorstellungen von den Orten und Personen, mehr nicht. Ich erwarte von den Schauspielern, dass sie gemeinsam mit mir die Figuren und das Stück zum Leben erwecken. Und deshalb habe ich Katharina Mink verehrt! Sie hat die Rollen weitergeschrieben. Ganz sicher hätte sie das Zeug zur Schriftstellerin. Aber sie brauchte das Spiel vor Publikum: die allabendliche Herausforderung, die Menschen in ihren Bann zu ziehen. Sie wollte die Menschen überwältigen. Und dann den erlösenden und rauschenden Applaus.«

»Die absolute Anerkennung.«

Friedel lachte. »Noch mehr: Sie wollte angebetet werden.«

»Nur vom Publikum?«

Friedel zögerte.

Schellenberger sah ihn flehend an. »Bitte, bitte, Friedelchen!«

»Also gut. Sie war eine ziemliche Männerfresserin. Eine Zeit lang hatte sie Affären am laufenden Band.«

Schellenberger sah ihn fragend an.

Friedel hob abwehrend die Hände. »Aber nicht mit mir! Bin glücklich verheiratet!« Er lachte. »Aber Schauspielerkollegen, andere Regisseure ... Da war ein unglaublicher Hunger nach Bewunderung in ihr.«

»Lief das auch noch während ihrer Ehe?«

Friedel nickte. »Wenn auch nicht mehr so offen. Sie hat sich bemüht, es ein wenig zu verstecken. Aber nach einer erfolgreichen Premiere oder einer besonders gelungenen Vorstellung – da musste manchmal ein Mann her. Und wenn es irgendein Bühnenarbeiter war.«

»Wusste Wolfgang Mink davon?«

»Anfangs hat hier keiner verstanden, warum sich Katharina so jemanden ausgesucht hat. Sie behandelte diesen Mink ziemlich herablassend, wenn er sie bei Proben besuchte. Oder auf Empfängen. Sie vermittelte den Eindruck, als müsse Wolfgang Mink dankbar sein, dass sie ihn in diese erhabene Welt eingeführt hat. Dabei war der damals schon ein erfolgreicher Unternehmer. Jedenfalls hat er sich in unserer extrovertierten Theaterwelt nie wohlgefühlt.«

»Und die Affären? Hat er das gewusst?«

Friedel zuckte mit den Schultern. »Ich kann mir nicht vorstellen, dass ein Mann das nicht merkt. Gut möglich, dass einmal jemand eine Anspielung gemacht hat.«

Schellenberger kam ein Gedanke. »Gab es damals keinen Liebhaber, der mehr von Katharina wollte? Der ihr die Heirat vielleicht übel nahm?«

Friedel lachte. »Möglich. Aber von einem Eklat habe ich nichts mitgekriegt.«

»Dieser Hunger nach Anbetung – wo kam der her?«

»Mein Gott! Warum ist der Mensch, wie er ist? So gut kenn ich Katharina nun auch wieder nicht. Aber wir Schauspieler haben vielleicht ein besonders ausgeprägtes Bedürfnis nach Anerkennung.«

»Und dann hat sie ihre Tochter Ruth bekommen … Katharina war damals sechsundzwanzig.«

Friedel schüttelte den Kopf. »Wir haben das nicht verstanden. Unser Workaholic Katharina und ein Kind! Aber sie war begeistert. Sie freute sich wirklich unbändig auf das Baby.«

»Und nach dem Verschwinden ihres Sohnes?«

»So viel weiß ich darüber nicht. Wir haben ja nur einige Male zusammengearbeitet. Sie hat damals an Goethes Gretchen gearbeitet. Eine groß angelegte ›Faust‹-Inszenierung am Deutschen Theater in Berlin. Doch dann hat sie alles hingeschmissen. Wir sind eigentlich davon ausgegangen, dass sie nach ein paar Wochen oder zumindest Monaten wieder mit der Arbeit anfängt, aber dazu kam es nicht. Sie fiel in eine schwere Depression.«

»Warum?«

»Na ja. Du hast Lady Macbeth gesehen. Schuld frisst Seele auf.«

»Aber diese Lady Macbeth *hatte* schuld. Sie hat ihren Mann zum Morden getrieben.«

»Gibt man sich nicht immer die Schuld, wenn das eigene Kind verschwindet? Und dann war da ja diese furchtbare mediale Hetzjagd, das haben wir selbst hier in Zürich mitbekommen. Alle Welt schien überzeugt, dass Katharina Mink ihr Kind getötet hat.«

Friedel machte eine kurze Pause.

»Stell dir das vor: Da bist du die uneingeschränkte Liebe und Bewunderung der Menschen gewohnt, und dann brechen Hass und Neid über dich herein. Das geht tief. Gerade bei empfindsamen Schauspielernaturen.«

Schellenberger presste die Lippen zusammen. So ganz überzeugte sie das nicht. »Stimmt es, dass Katharina Mink bei den Proben manchmal gewalttätig wurde?«

»Gewalttätig ist vielleicht übertrieben. Aber wenn sie mit sich nicht zufrieden war, konnte schon einmal etwas zu Bruch gehen.«

»Und gegenüber anderen?«

Friedel überlegte. »Doch. An eine Episode kann ich mich erinnern. Das war bei den Proben zu den ›Physikern‹. Sie war mit einem Schauspieler nicht zufrieden. Ein unkonzentrierter und etwas nachlässiger junger Mann. Als er sich in einer Probe ständig versprach, hat Katharina ihm eine Ohrfeige gegeben und eine ziemliche Szene gemacht.«

»Hattest du irgendwann den Eindruck, dass Katharina psychisch krank sein könnte?«

»Was heißt das für dich?«

Maria überlegte kurz. »Dass ihr Verhalten stark von der Norm abweicht.«

Friedel schmunzelte. »Wenn normabweichendes Verhalten das Kriterium ist, kannst du hier fast alle in die Klapse schicken. Am Theater arbeiten viele extrem empfindsame Menschen. Und der Job ist stressig. Anfällig für Krisen sind wir alle. Und Katharina? Na ja. Abwechslungsreiches Liebesleben, ein manchmal ungezügeltes Temperament, eine besessene Professionalität – das kann ich attestieren. Aber sie hörte keine Stimmen und sah auch keine Blutflecke auf ihrer Haut wie Lady Macbeth. Zumindest habe ich das nicht mitbekommen. Katharina hatte, solange sie hier war, keine Psychosen. Und auch keine erkennbaren Depressionen.«

Friedel sah auf die Uhr.

Natürlich, sie hielt den Mann von seiner Arbeit ab. Doch eine letzte Frage hatte sie noch. »Kannst du dir vorstellen, dass Katharina Mink etwas mit dem Verschwinden ihres Kindes zu tun hat?«

Der Regisseur überlegte. »Wir Schauspieler beschäftigen uns ständig mit komplexen und schwer zu durchschauenden Figuren. Das alltägliche wie das abgrundtiefe Böse ist in unserer Arbeit allgegenwärtig. Von daher überschätzen wir vielleicht die Zerrissenheit und Ambivalenz der menschlichen Natur. Aber Katharina?«

Friedel hielt inne. Schellenberger sah ihn fest an.

»Katharina hat Tim geliebt. Sie ist manchmal impulsiv und oft im Stress. Vielleicht ein Unfall. Etwas anderes kann ich mir nicht vorstellen.«

29

Samstag, 3. August

»Pass auf Autos auf!«, meinte Thomas Wegener am Handy. Für Fälle wie diesen hatten sie Prepaid-Geräte parat. »Die haben dich kleinen Kinderficker vielleicht schon im Visier!« Wegener lachte kalt. Kurz darauf war er wieder streng und hart. »Du fährst erst los, wenn absolut keiner zu sehen ist. Hörst du? Nur dann! Mach mir keinen Ärger!«

Wenn Wegener in diesem Tonfall sprach, bekam es Werner Schmidtbauer mit der Angst zu tun. Wegener konnte brutal werden, und auch da hatte er ihm nichts entgegenzusetzen.

Schmidtbauer bebte. Der Mistkerl lachte ihn am Telefon aus und machte seine Witze, als ginge es um nichts. Doch er konnte nicht mehr. Schmidtbauer fühlte sich schmutzig, immerzu. Er musste heraus aus diesem Dreck, weg von diesem Mann, wie auch immer.

Heute konnte er seine Wut und seine Verzweiflung nicht zurückhalten. Er schrie ins Telefon. »Ich hasse das! Ich will nicht mehr! Ich kann es nicht!«

Am anderen Ende war es still. Er kannte Wegener. Jetzt hatte er gemerkt, dass er zu grob gewesen war.

»Mein Baby!«, begann er. Plötzlich klang seine Stimme wieder sanft und verführerisch. So wie er es früher gemocht hatte. »Meinst du, mir geht das einfach so am Arsch vorbei? Meinst du, ich bin nicht am Anschlag? Entschuldige meinen Ton! Aber ich mach mir auch Sorgen um dich.«

Wieder Pause.

Schmidtbauer vernahm den schweren Atem seines Freundes. War er ungerecht gewesen? Hatten sie es nicht beide so gewollt?

»Pass auf. Wir hören auf.« Wegeners Stimme war ganz ernst, als habe er auch Zweifel. So kannte er den Freund nicht.

»Was?«, fragte Schmidtbauer.

»Wir hören auf, Baby. Meine kleine Überraschung. Das wollte ich dir eigentlich erst nachher sagen. Wir bringen das zu Ende, und dann hauen wir zwei Süßen ab.«

»Du meinst …«

»Ich hab Bahntickets, ich hab falsche Pässe. Heute Abend sind wir in einem anderen Land, und morgen fliegen wir ins Paradies.«

Werner Schmidtbauer rang mit den Tränen. Am liebsten hätte er sich in Wegeners Arme geworfen. Er wusste nicht, was er sagen sollte.

Wegener fuhr fort. »Du bleibst ruhig, Baby. Du holst die Ware wie besprochen und bringst sie zu dem Platz. Ich erledige den Rest. Damit hast du nichts zu tun. Und dann tauchen wir ab. Nur wir beide. Ich schwör!«

»Scheiße, Thomas!«, brach es aus ihm heraus. Die Tränen liefen, Wegeners Stimme wirkte noch, aber er glaubte ihm eigentlich kein Wort mehr. Oder irrte er sich?

Nie, nie, nie hätte er sich auf diesen Mann einlassen sollen, das wusste er jetzt.

»Nutzt er Sie nicht aus?«, hatte der Therapeut, dieser Dr. Engel, schon damals gefragt.

Keine zwei Wochen war er draußen, da kam Wegener mit dieser Idee. Er kenne da Leute, meinte er, Leute mit viel Geld, die suchten einen diskreten Ort. Sie würden gut zahlen. Mehr als gut. Sein Sigmaringer Onkel hätte da doch dieses alte Bahnwärterhäuschen? Er solle sie dazu bringen, es zu vermieten. An ein Paar aus Bulgarien. Mehr müssten sie nicht tun. Ab und zu noch eine Person von A nach B fahren, absolut gefahrlos. Dafür bekämen der Onkel eine Miete und sie eine Art Gehalt.

Es würde um ihre Zukunft gehen, hatte Wegener mit verliebten Augen gemeint. Sie wollten es doch schön haben.

Reisen, weiße Strände, nur sie beide.

Er hatte das nicht gewollt. Er hatte wirklich gut sein wollen!

»Werner?«

Die Stimme klang sanft und ernst. Irrte er sich doch? Und er liebte diesen Scheißkerl immer noch.

Ihm blieb keine andere Wahl.

»Ist gut. Ich fahr los.« Dann legte er auf.

Mit einem wilden Gefühl ging Werner Schmidtbauer aus seinem Zimmer im elterlichen Hof. Die letzten Tage hatte er es kaum verlassen. Im Fünfminutentakt hatte er online die Newsseiten gecheckt. Seit Stunden. Immer und immer wieder. Und wenn er nicht auf den Bildschirm glotzte, lief er panisch in seinem kleinen Zimmer auf und ab. Doch noch war sein Name nicht gefallen und vor dem Hof kein Lynchmob versammelt.

Im Vorbeigehen sah er seine Eltern, wie sie schweigend in der Küche am Abendbrottisch saßen. Jetzt hieß es Abschied nehmen, für immer. Natürlich hatten sie von dem Mädchen gehört. Sie sagten nichts, aber sie sahen ihn beschämt an.

»Warst du das?«

»Was tust du uns an?«

So sprach es aus ihren Blicken. Er hatte das satt, so satt. Zwar hatten sie nach außen immer zu ihm gestanden, ihm aber insgeheim doch nicht getraut. Er nickte ihnen zu, wollte ihnen in die Augen sehen, aber sie taten so, als bemerkten sie ihn nicht.

Dann halt nicht.

»Adieu«, flüsterte er, als er die Wohnungstür schloss.

Schmidtbauer sah sich um. Auf dem Hof war niemand, sicher nicht. Aber wer weiß, wo sie auf der Lauer liegen.

Ein paar schöne Erinnerungen hatte er. Verstecken als Kind in der Scheune, Fußballspielen auf den Feldern. Aber irgendwie war dieses Leben nie seins geworden.

Er stieg in den alten Skoda seiner Eltern, startete den Wagen und fuhr langsam aus dem Hof heraus. Den Schlüssel hatte er einfach mitgenommen. Er würde die Karre irgendwo stehen lassen und ihnen irgendwann einen Batzen Kohle zukommen lassen. Ganz verdient hatten die Eltern diesen Abschied nicht, aber anders ging es nicht.

Wenn sie jemals die Wahrheit erfahren würden, überlebten sie das nicht.

Bevor er in die Landstraße einbog, schaute er nach rechts und links.

Sein Blick erstarrte.

»Scheiße!«, flüsterte er.

Links, auf seinem Weg, stand ein silberner Astra. Er atmete tief ein. Sollte er umkehren, aussteigen und sich in seinem Zimmer einschließen?

Er schüttelte den Kopf.
Im Schritttempo fuhr er an dem Astra vorbei.
Soweit er sehen konnte, befand sich niemand darin.
Schmidtbauer atmete auf. Eine Riesenlast fiel von ihm ab. Wahrscheinlich Wanderer oder Leute, die mit ihrem Hund unterwegs waren. Die Bullen hatten ihn also doch noch nicht auf dem Schirm.
Er würde jetzt ein allerletztes Mal die Ware bei diesem Kowalski abholen und dann für immer aussteigen. Egal, ob Wegener gelogen hatte oder nicht!
Ware. Er hatte sich angewöhnt, zu Kindern Ware zu sagen.
Er hielt das nicht mehr aus. Es fraß ihn auf.
Zwölftausend Euro hatte er bisher abgezogen, nur für die Transporte. Doch es war alles andere als leicht verdientes Geld.
Er sah den Kindern an, was ihnen widerfahren war, obwohl er das gar nicht wissen wollte. Gerade, wenn sie von diesem Kowalski kamen. Kowalski, der natürlich nicht wirklich Kowalski hieß, war das größte Schwein von allen. Obwohl er eigentlich ziemlich sympathisch und harmlos aussah.
Und viel Gewalt brauchte er auch nicht. Jedenfalls gab es auf den ersten Blick keine blauen Flecke, Kratzspuren, Blutergüsse – da hatte er schon Schlimmeres gesehen.
Er war keiner von den Sadisten.
Aber Kowalski hinterließ Spuren in der Seele. Obwohl er die Mädchen wie ein Märchenprinz empfing. Jedenfalls hatte es Wegener so erzählt.
Doch es war wohl eher die Hölle. Schmidtbauer konnte sie kaum ansehen, wenn er sie in sein Auto lud. Kowalskis Mädchen waren immer zwischen sechs und acht. Immer nur eines wollte er. Lange helle Haare, scheuer Blick. Es mussten, meinte Wegener, kleine Jungfrauen sein. Unberührt, aber möglichst *wohlerzogen.* So nannte man das, wenn die Ware machte, was der Kunde wollte.
Kowalski buchte die Ware immer gleich für drei Tage.
»Frag nicht«, hatte Wegener gemeint. »Damit haben wir nichts zu tun!« Und so war es ja irgendwie auch.
Wie Zombies sahen sie aus, apathisch, stumm. Als müssten sie gleich sterben. Manchmal waren sie so teilnahmslos, dass er die

Dinger zum Wagen führen musste. Eine hatte mal in sein Auto gekotzt. Seitdem legte er immer sicherheitshalber eine Tüte auf den Rücksitz. Und ein paar Decken.

Meistens saßen sie reglos hinten und starrten ins Leere, manchmal zitterten sie, da warf er Decken auf ihre Beine.

Ihm taten sie leid. Nach dem ersten Transport musste er flennen und tat die ganze Nacht kein Auge zu. Aufhören wollte er, doch da hatte ihn Wegener getröstet und gemeint, dass sie damit nichts zu tun hätten!

Sie waren Transporter, wie in dem Film mit Jason Statham, mehr nicht, sie trugen da keine Verantwortung. Ihn hatte das nicht ganz überzeugt, aber Wegener meinte dann noch, dass die Mädels eh aus irgendeiner Hölle im armen Osten kämen und schon Schlimmeres erlebt hätten. Dass letztlich die Arbeit hier das kleinere Übel sei.

Schmidtbauer hatte sich angewöhnt, den verstörten Dingern Zwanzigeuroscheine zuzustecken.

Aber die hatten das meist gar nicht registriert.

Hinter ihm fuhr jetzt ein blauer Golf.

Schmidtbauer verlangsamte die Fahrt, mit vierzig kroch er über die Landstraße.

Der Golf kam näher, die Angst stieg in ihm hoch.

Dann überholte ihn der Golf, ohne das Tempo gedrosselt zu haben. Ein Mann und eine Frau Mitte dreißig saßen darin und nahmen von ihm keine Notiz.

Schmidtbauer fuhr rechts heran und stoppte.

Sicherheitshalber ein bisschen warten.

Er stützte die Ellbogen auf das Lenkrad und legte den Kopf in die Hände.

Das war der Deal: Wegener mietete für die Kunden ein schickes und einsam liegendes Quartier, lud die Ware beim Bahnwärterhäuschen ein und fuhr sie dann hin. Schmidtbauer war heilfroh, dass er die Dinger nicht von Onkels Häuschen abholen musste. Er wollte nicht wissen, was dort vor sich ging.

So hatte es ihm Thomas versprochen.

Und er holte die Ware dann ab.

Schmidtbauer tippte die GPS-Daten in sein Navi. Extralangsam schlich er auf der Landstraße von Litzelstetten Richtung Wallhausen. Seine Augen klebten am Rückspiegel. Aber niemand folgte ihm.

Hinter Güttingen fuhr er auf die Autobahn. Siebzig Minuten noch nach Geißlingen laut Navi. Eine Stunde hin, eine zurück, den Rest organisierte Wegener.

In gut zwei Stunden war er aus allem raus.

Aber was hatte Wegener vor? Würden die Russen wirklich riskieren, das Kind unter diesen Umständen zu übernehmen? In den Nachrichten war ja alles voll von dieser Martha.

Und wenn Wegener die Ware gar nicht überstellen wollte?

Schmidtbauers Augen weiteten sich. Ein Kindsmord?

»Nein!«, rief er laut im Wagen. Nicht mit ihm!

Das kam nicht in Frage. Niemals!

Aber was tun? Das Mädchen laufen lassen?

Oder einfach weiterfahren. Er könnte weiterfahren, und von irgendwo könnte er die Polizei verständigen. So schwer konnte Abtauchen nicht sein. Die Zwölftausend hatte er ja dabei.

So wenig er wusste, wie Kowalski wirklich hieß, kannte der seinen Namen. Und Wegener? Ob er ihn suchen würde?

Schmidtbauer blickte in den Rückspiegel.

Seine Augen weiteten sich.

Da war wieder ein silberner Astra hinter ihm.

»Idiot!«, sagte er zu sich.

Er hatte sich die Nummer nicht gemerkt.

Er spürte, wie plötzlich Schweiß auf seiner Stirn stand.

Werner Schmidtbauer drückte aufs Gas.

Mal sehen, ob der Astra ihm folgen würde.

Er schluckte.

»Scheiße!«, entfuhr es ihm.

Es war nicht nur, dass der Astra beschleunigte. Hinter dem war jetzt auch ein blauer Golf.

Der schneller wurde.

Die Wagen blieben an ihm dran.

Ihm war zum Heulen! Er könnte anhalten, aussteigen, Hände hoch, sich dumm stellen … Wann hatte er den Skoda das letzte Mal gereinigt? Spuren von den anderen Kindern sollten keine mehr drin sein. Okay, der Onkel könnte petzen, dass er den Kontakt zu den Bulgaren vermittelt hatte. Aber was hieß das schon? Und die Bulgaren würden sie nie finden. Und schon gar nicht die Russen, die hinter allem standen. »Das ist eine mächtige Mafia«, hatte Wegener immer gemeint, so als wüsste er mehr als er.

Im Bahnwärterhäuschen war er nie gewesen … Sollte Kowalski doch sehen, wie er seine Kindsbraut loswurde!

Eigentlich war alles egal.

Hundertfünfzig, hundertsechzig, und der Golf und der Astra waren immer noch hinter ihm. Schneller ging es nicht mit dem alten Skoda, aber er würde einfach immer weiterfahren, bis der Tank leer war.

Plötzlich sah er Blaulicht hinter sich.

Der Golf hatte eins aufs Dach gesetzt. Die Schweine!

Sie hatten ihn doch beschattet! Wie konnte das sein? Warum hatte er nichts gemerkt? Waren es noch mehr Wagen?

Der Golf holte auf, gleich würde er neben ihm sein!

Die Autobahn war frei, und Schmidtbauer öffnete alle Fenster.

Der Wind war warm, und der rauschende Lärm tat ihm gut.

Wie weit würden sie ihn fahren lassen?

Da war der Golf neben ihm. Die Frau auf dem Beifahrersitz sah ihn direkt an und machte Handbewegungen, dass er das Tempo reduzieren sollte.

Schmidtbauer lächelte die Polizistin an und schüttelte den Kopf. Er fuhr jetzt einfach weiter. Mit dem Tank käme er noch fast bis Frankfurt.

Hinter der nächsten Kurve sah er mehr Blaulicht: drei Wagen, die vor ihm nebeneinanderfuhren auf der zweispurigen Autobahn.

Schmidtbauer fiel auf, dass gar keine anderen Autos mehr da waren. Wahrscheinlich hatten sie die Autobahn hinter ihm schon abgesperrt.

Er hätte Radio hören sollen. Wegener wäre stinksauer.

Ein paar hundert Meter vor ihm kam eine Baustelle. Die rechte Fahrspur war mit rot-weißen Signalständern abgesperrt.

Er müsste abbremsen. Die Polizeiwagen vor ihm rückten zusammen.

Da löste Werner Schmidtbauer den Anschnallgurt.

Wer würde ihm schon glauben?

Die Baustelle kam immer näher, er erkannte Baufahrzeuge, und sein Fuß blieb auf dem Gas.

Keine fünfzig Meter; da sah er einen großen Bagger. Den wollte er nehmen.

Zwischen zwei Ständern hindurch fuhr er auf die abgesperrte Bahn. Er schloss die Augen, lächelte und drückte mit ganzer Kraft auf das Gaspedal.

Noch einmal sah er, wie er sich als Kind in einem Weizenfeld vor der Welt versteckte. Gelitten hatten schon genügend Menschen durch ihn.

Nur kurz spürte er den Aufprall und den verdammten Schmerz, hörte den Krach, wie sein Körper nach vorne gerissen wurde …

***

Die Autobahn war noch gesperrt, als Marek Hafen und Marlene Winter zwanzig Minuten später die Unfallstelle erreichten. Der Notarzt war umsonst gekommen, Schmidtbauer beim Aufprall sofort gestorben.

Während die Leiche Schmidtbauers auf eine Bahre gelegt wurde, inspizierte Hafen den Skoda. Der Motorraum war völlig eingedrückt, die Motorhaube zusammengefaltet und die Fahrertür aufgebrochen worden, der Innenraum mit Bruchglasstücken übersät.

»Ich schätze, er ist mit hundertvierzig Stundenkilometern auf den Bagger gefahren«, meinte ein Autobahnpolizist. »Unangeschnallt. Beim Aufprall auf das Lenkrad dürften alle Rippen zerbrochen sein. Mit dem Kopf ist er gegen die Windschutzscheibe. Der Skoda ist fast zwanzig Jahre alt. Der hat noch keinen Airbag. Der hätte aber auch nicht viel genutzt. Dieser Mann wollte sterben.«

Hafen nickte. Was die Presse daraus machen würde, darüber wollte er erst gar nicht nachdenken.

Er blickte in den Innenraum des Wagens.

Seine Augen weiteten sich. Auf dem Boden vor dem Beifahrersitz hatte er etwas entdeckt. Er beugte sich in das Unfallauto und holte das viereckige Gerät heraus.

»Das gibt es nicht!«, sagte er zu sich.

Schnell ging er zu Winter und hielt es ihr hin.

Es dauerte einige Momente, dann schien sie zu verstehen.

»Das Navi geht noch«, meinte Hafen. »Und das Ziel ist immer noch programmiert. GPS-Koordinaten. In einer knappen Stunde sind wir da.«

Marlene Winter nickte. »Dann lass uns uns keine Zeit verlieren!«

30

Samstag, 3. August

Es ging ganz schnell: Zwei Beamte hatten die alte Kellertür aufgebrochen, Winter und er drängten hinein mit gezogenen Waffen, die Treppe hoch, dahinter zwei Polizisten; sie standen in der Garderobe, dann riss er eine Tür auf …

Und das Erste, was er erblickte, noch bevor er in das Zimmer trat, war Winters Gesicht … Für einen kurzen Moment … Wie sich, kaum sah sie, was in dem Raum vor sich ging, ihre Augen plötzlich voller Abscheu weiteten, sie mit ihrem Oberkörper ruckartig zurückwich; wie sie kurz darauf ihre Brauen zornig zusammenzog und sich ihr Mund kurz öffnete …

Diese Augenblicke – Hafen kam es später so vor, als wären sie in Zeitlupe verronnen. Nie würde er sie vergessen.

Oh nein, dachte Hafen, als er seinen Blick von Winter löste und in den Raum richtete – oh nein, was muss ich jetzt sehen?

Auf einem großen zerwühlten Bett kniete ein nackter Mann. Groß, schlank, durchtrainiert, kaum behaart, mit sonnengebräunter Haut. Musik spielte, laut, irgendwelche fröhlichen Kinderlieder.

Der Mann hatte sie bisher nicht bemerkt.

Vor ihm lag ein Kind auf dem Rücken, an ein großes Kopfkissen gelehnt. Ein kleines Mädchen. Wie benommen lag es da, mit weit gespreizten Beinen. Die Augen des Kindes waren geschlossen.

Es trug ein glänzendes, lilafarbenes Tutu. Eines, so stellte Hafen sich das vor, wie es sich jedes Mädchen einmal wünschte.

Der Mann drehte sich schnell zu ihnen um.

»Was erlauben Sie sich!«, rief er laut, sprang auf und lief einige Meter in ihre Richtung. Er sah zornig aus. Es kam Marek Hafen so vor, als verstehe der Mann nicht, worum es hier ging.

»Halt!«, rief Hafen streng und richtete die Waffe auf ihn. Sofort blieb der Mann stehen. Er hatte eine starke Erektion und blickte abwechselnd zu ihm und zu Winter. Allmählich schien ihm zu dämmern, wer sie waren. Und was das bedeutete. Er rührte sich nicht und starrte ihn mit einem plötzlich verlorenen Ausdruck an.

»Ich …«, begann der Mann. Dann brach er ab. Noch immer

hatte Hafen die Waffe auf ihn gerichtet. In den Zügen des Mannes stand plötzlich Verzweiflung. Oder Schuld? Langsam hob er die Hände hoch.

So jemanden hatte Hafen nicht erwartet. Er hatte mit einem rücksichtslosen, anmaßenden und kalten Unhold gerechnet. Hafen schätzte den Mann auf Mitte dreißig. Er wirkte sympathisch mit seinen erschrockenen dunklen Augen und den schulterlangen braunen Haaren. Ein gut aussehender, offener, gepflegter Mann. Jemand, so schien es ihm, der leicht Kontakte zu anderen Menschen schloss, gesellig war und Humor hatte.

»Legen Sie sich auf den Bauch!«, sprach Marlene Winter streng und ruhig.

Der Mann gehorchte sofort. Während er sich hinkniete, ging sein Blick für einen Moment in eine Ecke an der Zimmerdecke.

Als der Mann auf dem Bauch lag, trat Winter zu ihm, steckte ihre Waffe in das Holster, kniete sich hin und legte ihm Handschellen an.

Hafen senkte seine Pistole und sah hoch zu der Stelle an der Decke. Er lachte in sich hinein und schüttelte den Kopf.

»Er hat eine Kamera installiert«, stellte er fest.

Winter sagte nichts und wandte sich zu dem Kind.

Es lag noch immer auf dem Bett und hatte die Augen geschlossen.

Als Hafen mit Entsetzen sah, dass die Oberschenkel des Mädchens blutig waren, musste er mit den Tränen kämpfen. Es rührte ihn, wie Winter das Mädchen an sich zog und in die Arme nahm.

Sie begann, das Kind hin und her zu wiegen, und summte eine Melodie. Das Mädchen wehrte sich nicht, doch es schmiegte sich auch nicht an. Die Lider blieben geschlossen und das Gesicht ausdruckslos. Das Kind wirkte leblos oder wie in Trance.

Marek Hafen ging einige Schritte in ihre Richtung und kniete sich neben den nackten Mann am Boden. Seine Augen waren weit geöffnet, er starrte gegen die Wand und atmete schwer.

Ein sensibler Mann, dachte Hafen. Kann das sein?

Er beugte sich dicht an sein Ohr. Er flüsterte und bemühte sich um einen kalten und überlegenen Ton.

»Was glaubst du Schwein, wie viele mich im Knast kennen?

Was meinst du, wie viele mir da gern einen Gefallen tun? Verlass dich drauf, es wird jeder wissen, was du getan hast. Du wirst dich so oft nach Seife bücken müssen, bis du nicht mehr sitzen kannst. Du wirst niemals sicher sein, was passiert, wenn du schläfst. Du sollst das hier und mich niemals vergessen.«

Der Mann schloss kurz die Augen. Dann begann er zu schluchzen, und Hafen sah, wie ihm Tränen aus den Augen liefen. Er spürte, dass diesem Ungeheuer bewusst wurde, was ihm blühte; dass ihn aus dieser Situation auch nicht der teuerste Anwalt herausholen würde.

Ein Ungeheuer. War dieser Mann vor ihm ein Ungeheuer? Er heulte jetzt wie ein Kind, sein Körper zuckte immer wieder zusammen. Hatte er Mitleid mit sich oder mit dem Kind?

Hafen hatte erwartet, dass er in diesem Moment tiefe Befriedigung und endlosen Zorn empfinden würde. Er hatte sich eigentlich vorgenommen, den Täter zu Boden zu schlagen oder sonst irgendwie zu misshandeln und zu demütigen. Doch das konnte er jetzt nicht.

Marek Hafen war vor allem erschüttert. Er fühlte unendliches Mitleid mit diesem Mädchen, das für immer von dieser Gewalttat gezeichnet sein würde. Er empfand auch starken Zorn, aber merkwürdigerweise mehr auf diese unsägliche Gewalt, die diesem Mädchen angetan worden war, als auf den Täter selbst. Natürlich war er auch zornig auf diesen Mann, aber noch mehr fand er ihn jämmerlich und – er konnte sich nicht dagegen wehren – bemitleidenswert.

Da begann der Mann, schluchzend zu sprechen. »Ich … sie hat doch nichts mitbekommen. Ehrlich! Ich habe sie betäubt. Sie wird alles vergessen haben. Und zuvor haben wir gespielt. Sie hat … Spaß gehabt.«

Hafen wollte dem Mann hart in die Seite treten, doch er konnte nicht. Der Mann hatte alles andere als überzeugt geklungen.

Marlene Winters Stimme war fest und eindringlich.

»Das Mädchen wird niemals vergessen. Sie werden diesen Menschen als ein schrecklicher Alptraum immer verfolgen.«

Für eine Weile herrschte Schweigen.

Hafen schluckte. Winters Worte hatten ihn tief beeindruckt.

Der Vergewaltiger hatte plötzlich mit dem Schluchzen aufgehört und lag wie tot auf dem Boden.

»Bringen Sie ihn weg«, meinte Winter zu den beiden Beamten hinter ihm. Sie hatten sich bisher nicht gerührt, waren wahrscheinlich genauso von diesem Schrecken gebannt wie er. »Legen Sie ihm irgendetwas um. Und dann brauche ich eine Psychologin, die sich um das Kind kümmert. Schnell.«

Sie wandte sich wieder dem Mädchen zu.

»Es ist alles gut!«, sagte Winter in einem zärtlichen Ton.

Doch das Kind schien überhaupt nicht auf sie zu reagieren.

Hafen sah sich in dem riesigen Zimmer um. Es wirkte wie nach einem Kindergeburtstag: Girlanden hingen von der Decke, Luftballons lagen auf dem Boden, Kinderkleider, DVDs und Spiele auf der Couch, und auf der Theke der Wohnküche standen Kuchen und Chips und Fanta-Flaschen.

Zwei Tage war das Kind hier gewesen. Offenbar hatte der Mann erst mit dem Kind gespielt, Kuchen gegessen und sich Kinderfilme mit ihm angesehen. Wollte sich die Sympathie des Mädchens erschleichen.

Hafen vermutete, dass der Mann auf Kinder sympathisch wirkte, dass er gut mit ihnen sprechen und spielen konnte. Dass Kinder ihm schnell Vertrauen schenkten. Nach dem furchtbaren Bahnwärterhäuschen war dem Mädchen dieser Ort hier womöglich zuerst wie der Himmel vorgekommen.

Um dann zu einer noch schlimmeren Hölle zu werden.

***

Lange sprachen sie kein Wort, als sie im Wagen saßen.

Winter wollte fahren.

Das Haus befand sich in der Nähe eines Kiestagebaus bei Geißlingen. Keine hundert Meter entfernt waren große Förderanlagen und Bagger zu erkennen, die bereits ein gewaltiges graues Loch in die Landschaft gefressen hatten. Irgendwann würde vermutlich auch dieses Haus abgerissen werden und das Land darunter verschwinden.

Marek Hafen gingen die Bilder des kleinen Mädchens mit dem lila Tutu nicht aus dem Kopf. Auch an das blonde Mädchen, das sie aus dem Bahnwärterhäuschen befreit hatten, musste er denken. Noch immer wussten sie nicht, wer es war und woher es kam. Es sprach Rumänisch und wollte über seine Herkunft nichts verraten, so als wollte es keinesfalls nach Hause zurück.

Was auch kein Wunder war. Inzwischen hatte eine junge Ärztin das Mädchen untersucht. Das Kind wies an den Beinen mehrere schlecht verheilte Knochenbrüche auf, zudem Verletzungen im Vaginal- und Analbereich, die auf mehrfache Vergewaltigungen hindeuteten. Striemen auf dem Rücken verrieten, dass man sie erst vor Kurzem mit einem Stock heftig geschlagen hatte.

Welche Verletzungen die Ärztin wohl bei diesem Mädchen feststellen würde? Er wollte es gar nicht wissen. Und die wirklich schlimmen sah man nicht.

Hafen seufzte. Jedenfalls handelte es sich bei dem Kind nicht um Martha Steinfort. Wieder eine Spur weniger. Auch das Gespräch mit den Jagdpächtern hatte nichts ergeben, niemand hatte in seinem Revier eine auffällige Person gesehen. Dieser Waldmann schien ein Phantom zu sein.

Aber immerhin hatten sie ein Kind aus den Klauen eines Verbrechers befreit und diesen gestellt.

Mittlerweile wussten sie, wer der Mann war. In seinem Jackett hatten sie Ausweis und Führerschein gefunden. Es handelte sich um einen Hausarzt aus Kaiserslautern, einen Dr. Richard Arnold. Tadelloser Ruf, hatte ein Polizeikollege vor Ort bei einem ersten Telefonat gemeint, beliebt bei den Patienten. Er selbst sei bei ihm schon in Behandlung gewesen. Der Polizist war ehrlich entsetzt gewesen. Dr. Arnold war ledig und sechsunddreißig Jahre alt.

Er hatte die Vergewaltigung des Mädchens tatsächlich aufgenommen, und zwar mit insgesamt drei Kameras aus verschiedenen Positionen. Hafen hatte einen kurzen Blick auf die Aufzeichnungen geworfen. Dieser Kinderschänder würde für lange Jahre hinter Gittern verschwinden.

Und dennoch: Hafen konnte den Mann nicht hassen.

Als Tränen seine Wangen hinabliefen, ließ er das einfach geschehen. Er merkte, dass Winter zu ihm blickte.

»Ich verstehe nicht, warum ich diesen Mann nicht hassen kann«, sagte er tonlos.

Marlene Winter antwortete nicht sofort.

»Weil er trotzdem ein Mensch ist. Ein kranker Mensch. Was er getan hat, ist schlimm. Dafür wird er seine Strafe erhalten. Und er wird hoffentlich nie wieder Gelegenheit haben, ein Kind zu missbrauchen. Immerhin das haben wir erreicht.«

»Der Mann ist Arzt. Offenbar sind ihm seine Patienten wichtig. Er wirkt sympathisch und mitfühlend. Wie kann er trotzdem ein kleines Kind vergewaltigen?«

Hafen sah, wie sich Winter eine Träne aus dem Auge wischte.

»Indem er sich belügt. Er ist kein Sadist. Vielleicht redet er sich ein, dass das Kind ihn liebe und es genauso wolle wie er. Deshalb beschenkt er es, gewinnt sein Vertrauen und spielt mit ihm. Vielleicht stellt er sich später vor, dass eigentlich das Kind ihn verführt habe. Vielleicht sagt er sich, dass das Schicksal des Kindes eh schon feststehe und er es wenigstens mit Respekt behandle. Vielleicht hatte er vor, ihm hinterher Geld zu geben. Oder er tröstet sich damit, dass es ja betäubt war. Du weißt, wie gut sich der Mensch selbst belügen kann, wenn es angenehm für ihn ist.«

Winter startete den Wagen und fuhr los.

Hafen starrte auf die Straße. Der Abend kam, das Sonnenlicht war warm, die grünen Felder und Hügel des Klettgaus wirkten lieblich. Er wünschte sich eine graue, kalte, neblige Landschaft.

»Manchmal denke ich mir, wir sollten alle Pädophilen wegsperren. Für immer.«

»Zweihunderttausend oder dreihunderttausend pädophile Männer allein in Deutschland? Wie willst du die alle finden? Und wo internieren? In Lagern? Und was ist mit den Tätern, die gar nicht pädophil sind, aber trotzdem Kinder missbrauchen? Was ist mit Pädophilen, die nicht straffällig werden?«

Hafen schwieg.

Winter fuhr fort. »Ich habe lange so gedacht wie du. Aber jetzt weiß ich, dass wir mit pädophilen Menschen leben müssen. Sie sind verantwortlich für ihre Taten, aber sie können nichts für ihre Sexualität. Die haben sie sich so wenig ausgesucht wie du und ich. Sexualität kann ein böses Verhängnis sein. Wir werden Pädophile auch nicht von ihrer Neigung heilen können. Vielleicht können wir sie dazu bringen, dass sie keine Kinder vergewaltigen oder sonst auf irgendeine Art ausbeuten. Es gibt Pädophile, die mit ihrer Krankheit verantwortlich umgehen. Die sich in ihrem Freundeskreis outen und sich mit Selbstbefriedigung begnügen. Und wir müssen versuchen, unsere Kinder bestmöglich zu schützen, die Täter zu bestrafen und wirksam vor einer Wiederholungstat zu bewahren. Aber all dies wird uns nicht immer gelingen.«

Sie machte eine kurze Pause.

»Mehr geht nicht, Marek. Damit müssen wir alle leben.«

Hafen schwieg. Er mochte nicht, was Winter sagte. Aber er wusste, dass sie recht hatte.

Das Handy klingelte. Er gab der Kommissarin seinen Apparat, er konnte jetzt nicht reden, und sie nahm das Gespräch entgegen.

»Winter?«, sprach sie ins Telefon.

Gespannt hörte sie zu.

»Ach was?«, meinte sie überrascht und blickte zu Hafen. »Bringen Sie ihn zum Polizeipräsidium. Sofort. Wir kommen.«

Sie legte das Handy weg und sah ihn an.

»Thomas Wegener. Er hat seine Koffer gepackt und versucht zu fliehen. Mit einer Waffe und über hunderttausend Euro im Gepäck. Die Kollegen haben ihn vor seinem Auto gestellt. Er hat sich widerstandslos festnehmen lassen.«

Hafen lächelte matt. »Das ist gut. Ich bin mir sicher, Dr. Arnold wird reden wie ein Buch.«

31

Samstag, 3. August, auf Sonntag, 4. August

Martin Schwarz traute seinen Augen nicht, als er gegen zweiundzwanzig Uhr die Zimmertür öffnete. Vor ihm im Gang stand Katharina Mink und lächelte ihn fröhlich an.

»Guten Abend, Herr Schwarz. Ich möchte heute Abend ausgehen und wollte fragen, ob Sie mich begleiten möchten.«

Die Stimme klang entspannt. Unbeschwert. Konnte das sein? Hatte sie getrunken?

Schwarz, der schon seinen Schlafanzug anhatte, war für einige Augenblicke sprachlos. Er schien eine vollkommen andere Frau vor sich zu haben als die gebrochene Existenz, welche er gestern, matt im Liegestuhl hängend, kennengelernt hatte.

Katharina Mink war dezent geschminkt, nur der pinkfarbene Lippenstift fiel auf, dazu trug sie einen schwarzen knielangen Rock und eine rote Satinbluse. Ihre schulterlangen, glatten dunkelbraunen Haare waren frisch geföhnt. Sie hatte einen Scheitel, der mit einer unauffälligen Spange fixiert war. Fast mädchenhaft wirkte sie. Und vor allem: Ihre großen dunklen Augen strahlten, als hätten sie nie ein Leid gekannt. Ungewöhnlich klar waren sie und ausdrucksstark, keine Zeichen von Alkohol oder sonstigen Drogen zu erkennen. Auch ihre Körpersprache schien eine Lebensfreude zu offenbaren, als hätte es die letzten Jahre nicht gegeben.

Martin Schwarz schluckte. Konnte er das tun? Mit der Frau seines Auftraggebers ausgehen? Die gerade von den Toten wiederauferstanden war? Aber war das nicht Teil seines Auftrages? Und außerdem hatte er Lust. Und eine Idee.

Er schaute auf die Uhr und lächelte sie an.

»Mögen Sie Punkrock?«

Katharina Mink lachte kurz auf. »Klar!«

»Geben Sie mir fünf Minuten. Ich zieh mich um.«

Da fiel Schwarz etwas ein. »Wir müssen nach Konstanz. Soll ich fahren?«

Sie schüttelte den Kopf. »In fünf Minuten im Garten!«

Keck drehte sie sich um und lief fröhlich wie ein Teenager die Treppe hinab.

Schwarz brauchte eine Weile, bis er sie fand. Er hatte sich die neue Edeljeans, ein kurzärmeliges weißes Hemd und die neuen Segelschuhe angezogen. Außerdem die Breitling seines Vaters. Fast schon glaubte er an einen Scherz.

Katharina Mink saß in dem gleichen Liegestuhl am Seeufer wie am Tag zuvor.

»Hallo?«, sagte er unsicher.

Sofort sprang sie auf. Leicht, federnd, voller Energie. Vielleicht ein wenig überdreht.

»Na endlich!« Sie lachte ihn an.

Katharina Mink nahm seine Hand und geleitete ihn zum Bootssteg des Hotels, der durch einen breiten Schilfgürtel führte. Am Stegende lag ein einfaches weißes Motorboot ohne Kabine, so wie er eins hatte, mit einem Vierzig-PS-Außenborder.

»Sie können fahren?«, fragte Schwarz überrascht.

»Klar. Ich bin ein Seekind wie Sie, Herr Schwarz. Aus Friedrichshafen. Aber das wissen Sie ja längst.«

Behände kletterte Katharina die Stegleiter hinab zum Boot. Kurz darauf betätigte sie den Zündknopf. Auch Schwarz stieg ein. Während Katharina die Leinen löste, setzte er sich in den Bug.

Eine sternenklare Nacht. Schwarz atmete tief ein und fühlte sich wie ein Jugendlicher beim ersten Date. Zuletzt hatte er sich mit Elsa Berger so gefühlt. Kurz sah er sie in der eigenartig leeren Wohnung in Waldshut. Und den Wolkenpilz des Atomkraftwerks, den man von ihrem Wohnzimmer aus immer vor Augen hatte. Er schob die Gedanken weg und wollte gar nicht erst versuchen zu verstehen, was gerade vor sich ging.

Nach schweigsamen fünfhundert Metern gab Katharina Vollgas. Die vierzig PS hoben das kleine Boot fast vollständig aus dem Wasser. Schwarz drehte sich halb in den Wind und schloss die Augen. Ab und zu benetzte aufspritzende Gischt seine Haut.

Er fühlte sich gut mit dieser rätselhaften Frau.

Nach einigen Kilometern, weit draußen auf dem Überlinger See, stoppte Katharina den Motor. Die Bootswellen verebbten schnell, dann war es still. In der Ferne sah Schwarz zwei hell erleuchtete Fähren der Linie Konstanz–Meersburg, die sich wie schwerelose Raumschiffe gleichmäßig durch die Nacht bewegten. Sie befanden sich unweit der Insel Mainau, die wie ein dunkler Berg aus dem See ragte. Das Schloss darauf war in einem orangefarbenen Licht angestrahlt, und Schwarz stellte sich einen König mit weißem Hermelin und edelsteinbesetzter Krone vor, wie er, eine wunderschöne Königin an seiner Seite, vom Balkon auf den schwarzen See hinabsah.

Katharina Mink holte eine Flasche Sekt und zwei Gläser aus ihrem Lederrucksack. Ein Plopp, dann schenkte sie die Gläser voll.

»Auf diesen Abend, Herr Schwarz! Und danke.«

»Wofür?«

»Das wissen Sie schon!«

Sie sah ihn vielsagend an. Er war nicht sicher, ob er verstand. Ihre Stimme war jetzt ernst, klang aber immer noch fest und entspannt.

»Die wichtigsten Gespräche im Leben sind kurz.«

Spielte sie auf das an, was er ihr gestern am Ufer gesagt hatte? Offenbar.

»Es freut mich, dass ich Ihnen helfen konnte«, meinte Schwarz verlegen.

»Und damit wir diesen Abend richtig genießen können, machen wir reinen Tisch. In Ordnung?«

Sie sah ihn fest an. Wieder hatte ihre Stimme diese unglaubliche Leichtigkeit. Unsicher erwiderte er ihren Blick. Was jetzt wohl kommen würde?

»Was zahlt Ihnen mein Mann denn?«

»Was?«

Dann war Schwarz sprachlos. Kurz lachte Katharina auf.

»Herr Schwarz! Sie mögen ein hervorragender Detektiv sein. Aber als Schauspieler taugen Sie nicht viel. Sie als Prokurist meines Mannes?«

Sie lachte so laut, dass Schwarz Angst hatte, man könne sie am kilometerweit entfernten Ufer hören.

»Ich kenne die hohen Mitarbeiter meines Mannes. Die sehen anders aus. Die schauen anders, die bewegen sich anders. Die strahlen etwas ganz anderes aus. Alles hochintelligente Erbsenzähler mit sauertöpfischen Mienen und absolut humorfrei. Außerdem …«, sie machte eine kurze Pause und sprach ganz tief weiter, »haben die Dollarzeichen in ihren Pupillen. Da passen Sie in mehrfacher Hinsicht nicht ins Bild.«

Schwarz sah sie verdutzt an.

»In Ihren Klamotten und mit dieser grauenhaften Frisur und dieser hässlichen Armbanduhr wirken Sie wie ein Hochstapler.«

Er leerte seinen Sekt in einem Zug.

»Das hat meine Mama auch gesagt«, antwortete er kleinlaut.

Wieder das unbeschwerte Lachen. War es wirklich echt? Oder spielte ihm die große Schauspielerin doch etwas vor?

Er hielt ihr sein leeres Glas hin. »Noch eins, bitte.«

Sie schenkte nach. Dann warf sie den Motor wieder an. Das leise Knattern des Motors war zu hören.

»Gut, Herr Detektiv. Wir machen das jetzt so: Wir tuckern langsam nach Konstanz, und in der Zeit dürfen Sie die Fragen stellen, die Sie interessieren. Dass ich auf alles antworten werde, kann ich allerdings nicht versprechen. Dann gehen wir zu dem Konzert. Und dann reden Sie mit mir als Frau und nicht als Verdächtige. Okay?«

»Okay«, sagte Schwarz und grinste unbeholfen.

Zunächst blieb er still. Er wusste nicht, wie er anfangen und wohin das führen sollte. Wie stabil war Katharina Mink? Waren diese Fröhlichkeit und Unbeschwertheit echt? Konnte man so etwas spielen? Und was beabsichtigte diese Frau mit diesem Ausflug? War das tatsächlich der spontane Ausbruch einer wiedergefundenen Lebensfreude? Hatte er mit seinen wenigen Sätzen gestern Abend wirklich Katharinas Wiederauferstehung bewirkt?

Doch, es konnte sein, er erinnerte sich. Auch er hatte diese plötzlichen glücklichen Phasen zweimal kennengelernt. Für eine wundersame und unvergessliche kurze Zeit hatten sie ihn aus den dunklen Tiefen der Depression gerissen. Damals, nach Afghanistan. Plötzlich schien das Leben so leicht, gelang auf einmal alles, roch und schmeckte die Welt so intensiv wie nie zuvor. War der Schlaf plötzlich wieder süß und alles gut. Nicht, dass er in dieser Zeit seine Probleme vergessen hätte, aber sie schienen weit weg und überhaupt nicht mehr unüberwindbar.

Zu verdanken hatte er die erste Phase Maria Schellenberger.

Er saß während dieser dunklen Zeit abends immer im »Seehas«, einer alternativen Kneipe in der Konstanzer Altstadt. Irgendwann sprach ihn eine junge hübsche Frau an: Maria Schellenberger. Sie war ihm noch nie aufgefallen, er ihr angeblich schon. Sie kamen ins Gespräch, sie mochten sich. Marias Warmherzigkeit, Fröhlichkeit und Herzlichkeit hatten aus ihm innerhalb weniger Minuten einen anderen Menschen gemacht. Als hätte jemand in seinem Kopf plötzlich einen Schalter umgelegt. Sie trafen sich dann regelmäßig, er öffnete sein Herz. Doch im Bett landeten sie nicht. Was Maria damals vielleicht bedauert hatte. Aber sie war einfach nicht sein Typ.

Ungefähr zwei Wochen hatte diese Phase damals gedauert. Zwei Wochen spazierte er mit einem souveränen Lächeln durch die Welt. Es war, als wäre sein verzweifelter Geist zwei Wochen auf Urlaub und ein fröhlicher Untermieter solange bei ihm eingezogen.

Doch der Absturz kam. Die Trauer, die Verzweiflung, die Schwere kehrten bald nach Hause zurück. Wie sollte es auch anders sein? Innerhalb weniger Tage fiel er aus lichtesten Höhen in schwärzeste Finsternis. Das tat weh. Aber letztlich war es für ihn wichtig gewesen: zu spüren, wie das Leben auch sein kann.

Unsicher blickte er Katharina Mink an. Die saß konzentriert am Steuer und beobachtete mal ihn, mal den See.

Vor ihm saß eine Frau, die mit jeder Faser ihres Körpers lebte. Hatte er eine ähnliche Wirkung auf sie gehabt wie Maria Schellenberger damals auf ihn?

»Nun?«, fragte sie. Verspielt, fröhlich, liebenswürdig.

So unwiderstehlich leicht war sie. Und so schön.

Was würde passieren, wenn er sie auf Tim ansprach? Fiel sie dann gleich ins Bodenlose? Und durfte er eine psychisch Labile so konfrontieren? Ihr die kurze Auszeit vom Leid wieder stehlen? Er wusste, wie unvorsichtig und risikofreudig er in seinen manischen Phasen gewesen war.

Die Welt war seine Auster gewesen. Bis sie wieder zuschnappte.

»Sie haben noch dreißig Minuten!«, sagte sie mahnend.

Gerade passierten sie den Staader Fährhafen. Hinter ihnen fuhr eine der großen Fähren aus dem Hafen. Eine Insel des Lichts. Katharina drehte sich um und winkte, Passagiere auf dem Oberdeck erwiderten den Gruß.

»Wie würden Sie die Beziehung zu Ihrem Mann beschreiben?«

Sie sah ihn konzentriert und bestimmt an.

»Wahrscheinlich haben Sie die Berichterstattung vor drei Jahren bereits recherchiert. Unser Eheprofil wurde damals in etwa wie folgt beschrieben: Hochsensible Schauspielerin mit schwieriger Kindheit sucht sich bodenständigen Mann mit viel Geld. Aber das stimmt nicht. Oder nur zum Teil. Was uns verband, war viel mehr. Wir teilten eine hohe Sensibilität, eine schwierige Kindheit und Jugend wie auch einen großen Ehrgeiz.«

Katharinas Offenheit wirkte souverän.

»Und das ist nicht mehr so?«

Für einen Moment schwieg sie.

Dann, mit ernster Stimme: »Mein Mann hat mich damals im Stich gelassen.« Eine Pause. »Er hat insgeheim geglaubt, dass ich Tim getötet habe. Und er glaubt das immer noch. Deshalb hat er Sie engagiert. Das verzeihe ich ihm nicht.«

»Sagt er das?«

»Das würde er niemals sagen. Aber ich spüre, was er denkt und fühlt. Es war für mich kaum zu ertragen, wie er sich dazu zwang, mir offen und liebevoll zu begegnen. Zärtlich zu mir zu sein. Aber ich hatte immer den Eindruck, er sieht neben mir seinen toten Sohn. Er hat Tim über alles geliebt.«

Sie schwiegen. Katharina Mink lenkte das Boot um das Hörnle, eine in den See ragende Halbinsel, auf der sich ein beliebtes Strandbad befand. Jetzt fuhren sie in die Konstanzer Bucht. In der Ferne war die erleuchtete Spitze des Münsters zu sehen.

»Was für ein Kind war Tim?«

Schwarz merkte, dass seine Stimme leicht bebte. Möglicherweise hätte er diese Frage nicht stellen dürfen.

Doch Katharina schien ungerührt. Während sie sprach, blickte sie auf den See.

»Ich habe ihn geliebt. Wie sonst nichts auf der Welt. Wohl mehr als Ruth und meinen Mann. Tim war so leicht, so klug, so schön. Wie ein seltener Edelstein.«

»Und Ruth ist da anders?«

Katharina sah ihn an.

»Ruth erinnert mich an meine Mutter, Herr Schwarz. Sie ist

extrem sensibel und immer schwierig gewesen. Sie ist hart und zugleich verletzlich. Unerbittlich und dann wieder weinerlich. Willensstark und schwach. Ich liebe meine Tochter, aber ich habe zu ihr nie wirklich Zugang gefunden. Ich glaube, ich bin vor ihr geflohen. Verstehen Sie? Ich habe mich vor ihren Zornesausbrüchen, ihren Vorwürfen, ihrem Weinen in die Arbeit geflüchtet. Als Tim dann da war, wollte ich gar nicht glauben, dass Erziehung so einfach sein kann. Tim war fröhlich, ausgeglichen. Schon mit drei beschäftigte er sich stundenlang selbst. Er liebte es zu malen, sich Bücher anzusehen. Er konnte sich für alles begeistern.«

Schwarz sah, dass Katharina Tränen in den Augen standen. Er dachte daran, was er in den Zeitungsberichten gelesen hatte, dass sich auch Tim Mink in den Wochen vor der Tat verändert haben sollte. Aber das wagte er nicht zu fragen.

»Und wie war das Verhältnis zwischen Ruth und Tim? War Ruth eifersüchtig?«

»Ruth hat Tim verehrt. Sie war stolz auf ihren kleinen Bruder. Klar gab es auch mal Streit.«

Katharina zögerte kurz. »Ich weiß, dass die Polizei damals auch Ruth in Verdacht hatte. Die Theorie war, dass Ruth Tim in einem Streit getötet hatte und ich, um Ruth zu decken, Tims Körper verschwinden ließ. Aber Ruth hat ihren Bruder niemals angefasst! Wenn sie sich stritten, berührte Ruth ihn nie. Sie schrie ihn an, machte ihm Vorwürfe, aber nie erhob sie die Hand gegen ihren kleinen Bruder. Glauben Sie mir, ich habe Schwierigkeiten mit meiner Tochter, aber ich verstehe Ruth besser als sie sich selbst. Sie würde Tim niemals etwas tun.«

Er hatte noch tausend Fragen. Aber er merkte, dass Katharinas Kräfte schwanden. Auch ihre Leichtigkeit. Und der Hafen kam unerbittlich näher. Eine letzte wollte er noch stellen.

»Haben Sie Tim umgebracht, Frau Mink?«

Katharina Mink stellte den Motor aus. Sie schwieg, während die Wellen verebbten. Die Geräusche der Stadt waren schon zu hören. Um sie herum der schwarze See und die Lichter von Konstanz.

»Sie sind sehr offen und direkt, Herr Schwarz. Das gefällt mir. Deshalb werde ich Ihnen ebenso antworten. Ich bin bei einer Mutter mit paranoider Schizophrenie aufgewachsen. Ich kann mir für ein

Kind kaum etwas Schlimmeres vorstellen. Meine Mutter ließ mich schon als junges Mädchen an meiner Wahrnehmung und meinen Erinnerungen zweifeln. Was sie sah und hörte, passte nicht zu meiner Wirklichkeit. Sie glaubte, ich wolle sie mit meinem Vater zusammen langsam vergiften und töten. Sie unterstellte mir Dinge, die ich nie getan hatte. Zweifel ließ sie keine zu. Sie bestand auf ihrer Wahrnehmung. Und was macht ein Kind, dessen Wahrnehmungen und Erinnerungen ständig in Zweifel gezogen werden?«

»Es traut sich selbst nicht mehr.«

Katharina flüsterte jetzt. »So ist das, Herr Schwarz. Das Kind weiß bald nicht mehr, was wirklich passiert ist und was ihm eingeredet worden ist. Es zweifelt ständig. Es weiß nicht mehr, welche Erinnerungen echt sind. Und dann wird das Kind Schauspielerin. Verstehen Sie das?«

Schwarz sah Katharina gebannt an.

Sie fuhr fort. »In seinen Rollen hat das Kind eine Gewissheit, die es im sogenannten wirklichen Leben nicht kennt. Es weiß: In diesem Leben hat es alles selbst erfunden! Das ist besser als das andere. Viel besser. Und in vielerlei Hinsicht auch realer.«

Martin Schwarz konnte nicht sprechen. Was bedeutete das? Wusste Katharina nicht, was damals passiert war? Oder zweifelte sie an ihren Erinnerungen?

»Aber eines weiß ich, Herr Schwarz. Ich habe weder mit dem Verschwinden von Tim noch dem von Martha etwas zu tun.«

Schwarz nickte.

Und Katharina Mink nickte. Lange sahen sie sich an.

Dann machte sie den Motor an, drehte ihn voll auf und, eine breite weiße Gischtspur hinter sich lassend, glitten sie den Positionslichtern des Konstanzer Hafens entgegen.

Als sie langsam in den Hafen einfuhren, schwiegen sie. Auch als sie an einem Steg anlegten und Katharina das Boot vertäute, sprachen sie kein Wort. Schwarz fühlte sich beklommen, als er ausstieg. Die Leichtigkeit und Unbeschwertheit waren dahin.

»So, jetzt wissen Sie mehr von mir als die meisten Menschen, Herr Schwarz. Und ich weiß noch nicht mal, wie die Band heißt, die wir gleich erleben werden.«

»Fickschweiß«, sagte er und wurde sofort rot.

Katharinas Augen weiteten sich, dann brach sie wieder in dieses Gelächter aus, das von Leid noch nie etwas gehört zu haben schien. Auch er musste lachen.

Sie nahm seine Hand. »Na dann? Ich heiße Katharina!«

»Martin. Hi!«

Das Konzert war schon in vollem Gange, als sie den Club »Belle de jour« betraten. Die Szenekneipe war einmal eine Stripteasebar gewesen und jetzt ein Ort, in den gegen Mitternacht das Strandgut des Bodensees driftete: Punks, Rocker, Studenten, Homosexuelle. Die auftretende Band entschied, welche Gruppe das Übergewicht hatte.

Schon von Weitem waren die harten Bässe von Frank Zwilles Punkband zu hören. Sein Schulfreund war Sänger und Songwriter von Fickschweiß.

»Wow«, meinte Katharina, als sie den Club betraten. Es war dunkel, die Bässe und Drums ließen das Trommelfell erbeben, man spürte die Musik auf der Haut. Zwei Scheinwerfer waren auf Frank Zwille gerichtet, die E-Gitarre spielte eine melancholische Melodie.

Das Gesicht und der rasierte Schädel des zwei Meter großen, breitschultrigen Hünen waren weiß geschminkt, die Lippen und Augenlider schwarz. Wie die Fingernägel. Wie die langen Stacheln seiner Irokesenfrisur. Jacke und Hose? Schwarzes Leder. Er hatte seine Arme weit ausgebreitet.

Frank Zwille stand wie erstarrt da, wirkte zugleich bedrohlich und zerbrechlich, dann umklammerte er mit beiden Händen das Mikrofon und sang mit seiner mächtigen und melancholischen Bassstimme:

»Und meine Seele spannte
Weit ihre Flügel aus,
Flog durch die stillen Lande,
Als flöge sie nach Haus.«

Er sah aus und hörte sich an wie ein unheilvoller, von Sehnsucht gepeinigter, mächtiger Geist aus dem Totenreich.

Die Zeilen Eichendorffs und der melancholische Sound gingen unter die Haut. Schwarz sah, dass Katharina gebannt zur Bühne blickte und ihr Kopf sich im Rhythmus zur Musik bewegte.

»Ein Schulfreund von mir!«, sagte Schwarz stolz.

»Interessante Freunde hast du da!« Sie lächelte ihn an. »Holst du mir ein Bier?«

Während er zum Tresen ging, sah er, wie sie in der tanzenden Menge verschwand.

Auch er hatte Lust zu tanzen.

»Noch ein bisschen vorglühen«, sagte er leise.

Er bestellte drei Tequila. Beim Warten suchte er sie in der Menge. Wie entrückt, mit geschlossenen Augen, nur für sich, tanzte sie.

Coming to life, dachte er.

Als die Getränke kamen, spülte er gleich einen Tequila herunter. Ihm war klar, dass das, was sich gerade anbahnte, absolut keinen Sinn machte. Und gefährlich war. Aber das war ihm jetzt egal.

Stunden später auf dem Weg zurück zum Boot – die leere Bodanstraße hinunter, die Brücke über die Bahngleise, am Hafenkai entlang – war es, als fielen sie durch eine andere Welt.

Lachten, redeten, stolperten. Hielten sich an den verschwitzten Händen, als wollten sie sich nie mehr loslassen.

Wie sie ins Boot stiegen, es vom Ufer lösten, aus dem Hafen fuhren.

Wie Katharina mitten auf dem See anhielt, sich auszog und ins Wasser sprang. Er gebannt ihren Körper betrachtete und ihr ins Wasser folgte.

Wie sie sich dann – er lag auf dem harten Boden des Bootes – nackt küssten, er ihre Brüste und Hüften berührte und sie …

Als Martin Schwarz in den frühen Morgenstunden in seinem Hotelzimmer lag, ermattet und glücklich, schlief er ein mit dem Gedanken, gerade einen Traum gelebt zu haben.

32

Sonntag, 4. August

»Ruth!«

Sofort blieb sie stehen und fuhr herum.

Ihr Herz schlug schneller, und ihr Atmen stoppte.

Wer war ihr gefolgt? Es war ein Mann, aber sie erkannte die Stimme nicht. Sie hatte gedacht, dass Sebastian ihr vor zwei Tagen nachts gefolgt war, warum auch immer. Doch gesehen hatte sie ihn nicht.

Seit Martha verschwunden war, erkannte sie ihn nicht wieder.

Wer sonst könnte es sein?

Sie stand auf dem großen Platz vor der Kirche; sie blickte zum Eingangsportal, die rosafarbenen Fassaden hinauf, drehte sich dann langsam um ihre eigene Achse …

Niemand da. Keine Menschenseele auf dem Platz! Die Vögel zwitscherten, als wäre nichts geschehen. Es war schon fast hell. Der Überlinger See lag weit unten ruhig in der Morgendämmerung.

Sie hatte nicht schlafen können, das Hotel verlassen und war zur Klosterkirche Birnau gegangen. Gerannt. Seit Martha verschwunden war, träumte sie jede Nacht von Tim. Und auch am Tag dachte sie an ihn. Wie Tim vor drei Jahren mit einem frechen Lachen im Wald verschwand, als sie mit dem Versteckspiel begannen.

Sie hatte rausgemusst, weg aus dem Zimmer, weg von den anderen, dem Hotel. Diese Unruhe wollte sie nicht loslassen …

Dieses Nicht-mehr-schlafen-, das Nicht-still-liegen-Können …

Auch als sie aufstand, wurde es nicht besser: die umherfahrenden Blicke; die Hände, die alles anfassen und gleich wieder loslassen wollten.

Und der Geruch; plötzlich stank es wieder. Überall. Ihr Körper, der Schweiß in den abgelegten Kleidern, die Putzmittel … Wie es stickig, der Staub in ihrer Kehle zu einem Klumpen wurde!

War der Ruf unten aus dem Weinberg gekommen? Sie ging zur Mauer, die den ebenen und gepflasterten Kirchplatz vom steilen Rebhang trennte.

Noch war die Sonne nicht aufgegangen, es musste kühl sein, doch sie schwitzte.

Ihr Blick hüpfte zwischen den Reben von Schneise zu Schneise, zur Mauer, diese entlang, dann wieder hinab …

Nirgendwo bewegte sich ein Blatt oder Ast.

Noch einmal sah sie auf den Kirchplatz, zum Eingang …

Hatte sie sich getäuscht?

Ihr Atmen wurde gleichmäßiger. Noch einmal drehte sie sich um die eigene Achse; prüfte, spähte, schaute. Schweiß brannte in ihren Augen.

Sie setzte sich auf den Boden und lehnte ihren Rücken an die Mauer. Sie musste sich geirrt haben. Der Hof bestand aus großen Pflastersteinen. Sie waren unterschiedlich gefärbt, und sie glaubte, ein Muster zu erkennen.

Ein Kreuz.

Hörte sie jetzt auch Stimmen? Seit Jahren hatte sie Angst davor und wartete nur darauf, dass es losging.

Sie wusste, dass diese Krankheit vielleicht auch in ihr war.

Wusste, dass ihre Eltern das schon immer glaubten.

Schon als Kind hatte sie ihre Mutter Katharina gefragt, warum die Großmutter denn in einem Krankenhaus sei.

»Warum holen wir die Oma nicht zu uns?«, fragte sie. Die Oma war zu Besuch gewesen, sie hatten sie zurück in die Klinik gebracht, und jetzt fuhren sie wieder nach Hause.

Die Mutter atmete schwer, bevor sie antwortete. »Die Oma sieht und hört manchmal Dinge, die es nicht gibt.«

Darunter konnte sie sich damals nichts vorstellen. »Ist das denn schlimm?«

Wieder zögerte die Mutter. »Es ist wichtig, dass sie unter der Aufsicht von Ärzten ist und regelmäßig ihre Tabletten nimmt.«

»Aber das kann sie doch auch zu Hause! Ich kann auf die Oma aufpassen.«

Wieder zögerte Katharina. »Die Oma kann sich in Gefahr bringen.«

Das verstand Ruth damals nicht. Aber mehr wollte die Mutter nicht sagen.

»Wenn du älter bist, verstehst du das«, meinte sie.

Nur alle paar Wochen sah Ruth die Oma. Die Oma freute sich immer, wenn sie von ihnen aus der Klinik abgeholt wurde. Doch wenn sie zurückfuhren, war die Oma stets traurig und sprach nichts. Eisiges Schweigen herrschte dann im Auto. Wenn Ruth die Oma etwas fragte oder erzählte, reagierte sie nicht. Als wäre sie in eine andere Welt versunken.

Sosehr Ruth sich auf die Oma freute, sosehr hasste sie es, wenn sie die Oma zurückbrachten. Sie spürte, dass etwas nicht stimmte zwischen Mama und Oma.

Da waren immer, das verstand sie erst später, unterdrückte Wut, stille Vorwürfe und Trauer gewesen. Das hatte sie beklommen gemacht.

Ruth liebte die Oma. Sie hatte immer Zeit. Wenn sie zu Besuch kam, spielten sie »Mensch ärgere dich nicht« oder »Malefiz«. Oft las die Oma ihr Geschichten vor. Stundenlang manchmal. So viel Zeit hatten die Eltern nur ganz selten für sie. Eigentlich nie.

»Die Oma kann doch auf mich aufpassen!«, sagte sie einmal, als sie zusammen Kaffee tranken. Es war Sonntag, und der Papa war noch mal in die Firma gefahren.

»Das Kindermädchen mag ich nicht«, fuhr Ruth fort. »Mit der Oma will ich spielen.«

Damals war sie sechs Jahre alt. Die Oma grinste voller Freude, als sie das sagte, und Katharina schaute verlegen auf ihr Stück Kuchen.

»Die Mama mag mich nicht«, meinte die Oma dann in einem merkwürdigen Ton, der Ruth erschreckte. »Das ist schade.«

»Wir müssen jetzt zurückfahren«, meinte die Mutter und stand hastig vom Tisch auf. »Ruth, bitte zieh dich an!«

Katharina sammelte die Teller ein und verließ das Zimmer.

Ruth sah, wie die Oma zu weinen begann. So ungerecht kam ihr das vor!

Und dann, vielleicht ein Jahr später, verstand sie, was die Mama meinte.

Die Oma war wieder da, sie hatten zusammen »Dame« gespielt. Die Oma wirkte anders als sonst, nervös. Die Oma hörte überhaupt nicht zu, was sie erzählte! Als Ruth von der Toilette zurückkam und sich wieder setzte, schlug die Oma sie plötzlich ins Gesicht.

Erschrocken sprang Ruth auf. »Warum tust du das?«

Die Oma sah sie zornig an. »Das weißt du ganz genau!«

Sofort kam Katharina ins Zimmer. Ruth sah die Mutter verständnislos und tief getroffen an und begann zu weinen.

Später fragte sie sich, ob die Mutter immer in Reichweite war, wenn sie mit der Oma spielte.

»Komm mit, Ruth!«, sagte die Mutter streng. »Ich muss die Oma jetzt nach Hause fahren.«

»Deine Tochter hat ›alte dumme Sau‹ zu mir gesagt!«

»Das stimmt nicht!«, rief Ruth entrüstet.

»Du hetzt das Kind gegen mich auf!«, sprach die Oma in einem anklägerischen Ton.

»Ruth!«

Ruth fuhr zusammen. Sie stand auf und fühlte, dass sie schwächer wurde, sich kaum auf den Beinen halten konnte.

Sie lehnte sich an die Mauer und hielt sich mit den Händen an den Steinen fest. Sie sah nach oben in den Himmel, doch es war alles nur verschwommen und dunkel.

Sie lauschte ihren Atemzügen, wie sie immer kürzer wurden.

Sie wollte weitergehen, wegrennen! Und konnte es nicht.

»Verschwinde!«, rief sie auf den Platz.

Wieder Stille. Sie schluckte und versuchte, einen Schritt nach vorne zu setzen.

»Ruth!«

Schneidend war die Stimme und kalt. So als habe ein Richter das schreckliche Urteil gesprochen. Ihr Atem stand still. Sie spürte die Gänsehaut auf ihren Armen. Wie erstarrt stand sie da.

Doch sie ahnte, woher die Stimme kam.

Der Busch rechts neben der Kirche, eindeutig …

Sie würde da jetzt hingehen und nachsehen!

Ruth schloss für einen Moment die Augen: Sie musste dorthin! Sie zwang sich, langsam ging sie los, dabei schlugen ihre Arme unwillkürlich aus, so als wehrten sie sich gegen jeden Schritt.

Sie begann zu laufen. Trotz der Schwäche.

»Ich seh dich!«, log sie. Sie lief, und ihre Stimme war jetzt laut. »Was willst du?«

Immer weiter näherte sie sich dem Busch. Aber sie wurde nicht langsamer.

Da raschelte es in dem Gebüsch. Sie sah, wie Äste hin und her schlugen. Jemand hatte sich darin versteckt und ihren Namen gerufen!

Warum?

Und wer?

Sebastian?

Die Stimme war tief. Konnte er seine Stimme so verstellen?

Sie hatten sich im Überlinger Strandbad geküsst und gestreichelt, als seine Schwester verschwand. Und plötzlich stand Sebastians Vater Robert vor ihnen. Dieser wütende, vorwurfsvolle, hasserfüllte Blick, als sie erschrocken ihr Bikini-Oberteil anzog … Wie er Sebastians Handgelenk griff und ihn mit Kraft von ihr wegzog.

»Deine Schwester ist verschwunden«, sagte Robert Steinfort vorwurfsvoll, als trügen sie Schuld daran oder hätten davon gewusst.

Sie hatte Robert Steinfort noch nie gemocht.

Niemand war zu sehen, als sie an dem Busch ankam.

Es war eine große Forsythie. Nah am Boden sah sie abgebrochene Zweige.

Es gab keinen Zweifel.

Jemand hatte sie verfolgt und dann ihren Namen gerufen.

Ruth wusste, warum.

33

Sonntag, 4. August

FORUM DER WEBSITE »Martha-Mysterien«

»Habt ihr heute Morgen Zeitung gelesen? Jetzt soll also ein Kinderhändlerring dahinterstecken. Dem wird jetzt wahrscheinlich auch noch der Tod von Tim Mink angehängt. Jetzt hat die Welt ihre Täter, und der Bonzenclub ist fein raus. Für mich stinkt die Sache bis zur Hölle.«
Gesendet von: Firefly; 4.8.13, 9.02 Uhr

»Auch ich glaub nicht an die Kinderhändler. Ist ja bisher auch noch nichts erwiesen. Die haben zwei Kinder aus Osteuropa entdeckt, keine deutsche Martha. Und die entscheidenden Fragen bleiben noch. Ich frage euch: Wer lässt sein Kind am Strand von einer Depressiven hüten? Die vielleicht mit dem Verschwinden von ihrem eigenen Kind was zu tun hat? Da stimmt etwas nicht …«
Gesendet von: Citycruiser; 4.8.13, 9.03 Uhr

»Ich stimme Citycruiser zu. Total komisch, wie die Steinfort sich verhält. Immer cool, als geht sie das alles nur entfernt etwas an. Eine normale Mutter wäre doch total fertig und würde im Frustkoma oder bei einem Therapeuten auf der Couch liegen. Aber diese Steinfort macht Dampf in allen Gassen. Gibt Interviews, jetzt noch dieser Videoclip und die Website … immer topgestylt und geschminkt. Für mich ist die kalt wie Eis. Ich wette, der war ihre eigene Tochter im Weg.«
Gesendet von: Little John; 4.8.13, 9.05 Uhr

»Also ich wohn in Konstanz und kenn einen Journalisten, der bei dem ersten Interview von den Steinforts dabei war. Im Fernsehen steht der Steinfort ja die Trauer ins Gesicht geschrieben, und sie ist auch blass und so, und er druckst rum. Aber hinterher, hat mir der Journalist erzählt, hat Verena Steinfort gelacht und den

Pressefritzen die Hand geschüttelt. Als wär nix gewesen, hat er gemeint … Die ganze Trauer war nur gespielt.«
Gesendet von: Lady Di, 4.8.13, 9.07 Uhr

»Die stecken da mit drin. Ist euch aufgefallen, dass die Steinfort gleich von Entführung gesprochen hat? So als wär das die klarste und naheliegendste Sache der Welt! Da passt dieser Kinderhändlerring natürlich toll ins Bild. Die Steinfort will die Ermittlungen gleich in eine ganz bestimmte Richtung lenken. Als Anwältin weiß sie ja, wie so was geht. Damit nur keiner im Familienumfeld nachschaut? Mit ihrem Presseauftritt ist es ihr jedenfalls fein gelungen, die Medien und die Polizei in ihrem Sinne zu beeinflussen.«
Gesendet von: Firefly, 4.8.13, 9.07 Uhr

Verena Steinforts Hände zitterten, als sie fertiggelesen hatte. Es kostete Mühe, nicht in Tränen auszubrechen.

»Den Gefallen tu ich euch nicht«, sagte sie zum Bildschirm und legte ihre Hände vor sich auf den Tisch.

Es ging also los. Schneller, als sie erwartet hatte. Und das, obwohl die Polizei jetzt eine heiße Spur hatte. Marek Hafen hatte sie gestern Abend spät angerufen und sie informiert.

»Wir haben bisher keine Hinweise, dass diese Kinderhändler etwas mit dem Verschwinden Ihrer Tochter zu tun haben«, hatte der Kommissar gemeint. »Die Entführung eines deutschen Kindes aus guten Verhältnissen passt nicht so ganz ins Bild.« Aber Verena hatte gespürt, dass der Kommissar eine Verbindung für möglich hielt.

Und jetzt das. Auch vor drei Jahren war der Schmutz zunächst aus dem Internet gesickert … Und war dann von den Medien begierig aufgesogen worden …

Die Website »Martha-Mysterien« schien erst einen Tag alt zu sein. Es wurde behauptet, neben der »manipulierten Berichterstattung der kommerziellen und der Staatsmedien« einen »zweiten, klaren Blick auf den Fall Martha Steinfort« zu werfen.

Noch gab es nur wenig auf der Website: Fotos von Martha, das bisher einzige TV-Interview mit Robert und ihr, ein Archiv mit Presseberichten, dazu ein Forum mit Kommentaren und Analysen zu den angeblichen Hintergründen.

Und ihr Video.

Verena Steinfort war sehr zufrieden mit der Arbeit der Produktionsfirma. In dem dreiminütigen Clip wurden zahlreiche Fotos und Filmaufnahmen ihrer Tochter gezeigt. Ganz ohne Text, nur Bilder und Musik.

»Es geht darum, dass sich Marthas Gesicht allen einprägt, dass jeder Mitleid bekommt und dass jeder sie finden will«, hatte sie dem Regisseur gesagt.

Das gelang dem Video perfekt, fand Verena. Als sie es das erste Mal sah, ertrug sie es fast nicht. Auch Robert wandte sich ab, als es lief.

Es begann mit einem Foto von Marthas Gesicht, ihrem Lieblingsbild. Es war in diesem Mai entstanden, kurz vor Marthas erster Fahrt mit einem TGV am Bahnhof in Straßburg. Sie wollten gemeinsam ein verlängertes Wochenende in Paris verbringen.

Martha lachte, und die Augen strahlten. Ihre Neugier, die Fröhlichkeit und ihr Charme, ihr Selbstbewusstsein und zugleich ihre Schüchternheit sprachen aus den Zügen. Ein kleiner Mensch, der die Welt erobern wollte.

Dann wurde ein großer Schriftzug eingeblendet: »Bitte sucht nach Martha!«

Es folgten weitere Fotos von ihr im Profil und von der Seite.

Der kleine Filmausschnitt – er stammte von diesem Sommer – zeigte Martha in ihrem Garten in Breisach beim Spielen und Toben. Er sollte den Menschen einen Eindruck vermitteln, wie sie sich bewegte.

Darauf wurde ein Link mit der neu eingerichteten Website »Findet Martha!« eingeblendet, dann das Logo des Internationalen Zentrums für vermisste Kinder. Verena hatte gestern Kontakt zu dem Verein aufgenommen, der Eltern von vermissten Kindern mit Rat und Tat zur Seite stand. Der Verantwortliche hatte sich gefreut, dass in dem Clip auf sie verwiesen wurde.

Unterlegt war das Video mit einem Song von Simple Minds, »Don't you forget about me!« Es war ein Vorschlag des Regisseurs gewesen. Er meinte, dass das Lied ergreifend, aber nicht zu ruhig sein sollte. Schließlich wollte man die Menschen zur aktiven Mithilfe animieren.

Und am Schluss zeigten sie das Phantombild von diesem Fremden, dem Waldmann. Viel zu sehen war nicht, nur diese schmalen Lippen und die schwarze Baseballkappe. Daneben ein Foto mit Militarykleidung, wie sie der Unbekannte getragen hatte. Größe des Mannes: etwa ein Meter siebzig. Robuste Statur, sehr guter Sportler.

Gestern Abend hatte sie den Kommissar noch gefragt, ob der Waldmann nach den Festnahmen immer noch verdächtig sei. »Wir können nichts ausschließen«, hatte er geantwortet.

Das Video war erst seit gestern Nacht im Netz, und allein auf Youtube hatte es schon über zweihunderttausend Klicks.

Und natürlich die Aasgeier angezogen.

Verena Steinfort drückte den »Kontakt«-Button auf der Website »Martha-Mysterien«. Sie wollte wissen, ob sich diese Menschen, die ohne Skrupel bösen Gerüchten ein Forum boten, wenigstens dazu bekannten. Aber natürlich stand dort kein Name – wie sie es erwartet hatte. Es gab nur Links auf die fragwürdigen Websites zu anderen Vermisstenfällen, darunter auch zu »Wo ist Tim Mink?«.

Sie seufzte und klickte die Seite weg. Dieser Abschaum würde sie nicht aus der Fassung bringen.

Verena wusste, wie man kämpft.

Sie wählte die Nummer eines befreundeten Medienanwalts. Er sollte die Website im Auge behalten und rechtliche Schritte prüfen.

Dann suchte sie in ihren Kontakten nach Rolf Deißen.

Deißen war Moderator bei RTL. Sie kannte ihn gut; bei einigen prominenten Prozessen, bei denen sie die Verteidigung vertreten hatte, hatte sie ihm exklusive Gesprächspartner vermittelt und Hintergrundinformationen besorgt. Sie hatte seine Privatnummer. Er war ihr etwas schuldig.

Deißen ging gleich ran.

***

Gerade wollte Martin Schwarz die Zimmertür öffnen, da klopfte es. Katharina vielleicht? Er sah auf die Uhr. Es war kurz nach neun.

Mit einem Lächeln machte er auf, da drängte Wolfgang Mink

ihn schon in sein Zimmer zurück. Schwarz war so überrascht, dass er es einfach geschehen ließ. Mink drückte ihn mit seinem Körper gegen eine Schrankwand. Fast berührten sich ihre Gesichter. Minks Haut schien aschgrau, die Augen waren gerötet, als wären sie diese Nacht nicht geschlossen worden.

Schwarz wusste gleich, worum es ging. Natürlich könnte er sich befreien, den beleibten und untrainierten Körper überwältigen. Aber Mink hatte ja recht mit seiner Reaktion.

»War es schön in meiner Frau, Herr Schwarz?«

Minks Stimme klang eiskalt.

»Haben Sie sich schön von ihr ficken lassen? Das macht sie gut, gell? Wenn sie will!«

Martin Schwarz schwieg. Was sollte er sagen? Dass es ihm leidtat? Das wäre gelogen. Mink hatte sie also gesehen und einige Stunden zum Nachdenken gehabt. Hätte er ihn verprügeln oder töten wollen, hätte er das schon längst tun können. Er würde ihm schon mitteilen, was er vorhatte.

Minks Griff lockerte sich. Schwarz sah, wie der Zorn allmählich aus seinen Augen wich.

Dann ließ er ihn los.

»Verdammte Scheiße, Schwarz! Sie sollen zu meiner Frau ermitteln und sie nicht vögeln.«

Schwarz setzte an zu sprechen.

Mink hob drohend die Hand. »Ich will nichts hören!«

Der Unternehmer blickte ihm eindringlich in die Augen. »Wenn Sie liefern, vergesse ich das. Wenn nicht, wird das Folgen für Sie haben.«

Er machte eine Pause und lächelte kalt. »Sie müssen sich beeilen, denn die Polizei scheint ja jetzt einem Kinderhändlerring auf der Spur zu sein. Ich hoffe, Sie sind mittlerweile wieder stabil genug, um mit Druck umgehen zu können.«

Schwarz sah ihn fest an. Die Nachrichten hatte er heute Morgen schon gelesen.

»Sie können mir nicht drohen, Herr Mink. Niemand kann das.«

»Warten wir es ab!«, erwiderte Wolfgang Mink, drehte sich um und verließ den Raum.

Martin Schwarz öffnete die Terrassentür und blickte auf die Wiese und den glatten blauen See. Schwalben jagten nach Fliegen. Weit draußen holte ein Fischer mit einem weißen Boot sein Treibnetz ein. Der Klee blühte in Pink.

Dieser helle, reine Morgen passte nicht zu diesem Fall und seiner Stimmung. Zwei verschwundene Kinder, ein wolkenloser Himmel, und er hatte eine wilde Nacht mit der Frau seines Auftraggebers verbracht.

Schwarz atmete tief ein. Jetzt brauchte er ein paar Tassen Kaffee und etwas zu essen. Früher hätte er sich wahrscheinlich einen Scotch eingeschenkt. Er hatte schon fast vergessen, wie sich eine durchlebte Nacht anfühlte.

Beim Aufstehen, bevor Wolfgang Mink in sein Zimmer eingedrungen war, hatte er an Elsa gedacht. Er hatte ein schlechtes Gewissen, und er ärgerte sich deshalb. Sie hatte ihm unmissverständlich klargemacht, dass sie keine feste Partnerschaft mit ihm wollte, und er hatte sie mit einem anderen gesehen. Warum sollte er das dann nicht dürfen?

Irgendwie überforderte ihn eine solche Art von Beziehung.

An dem großen Holztisch auf der Wiese saß Katharina Mink. Sonst war niemand zu sehen. Ihr offener, herzlicher Blick, das freudige und unbeschwerte Lächeln ließen auch in ihm die Sonne scheinen.

Er lächelte zurück, winkte ihr und hatte plötzlich großen Hunger. Er freute sich, dass es ihr offensichtlich immer noch gut ging, sie ihre Trauerstarre vielleicht doch für länger überwunden hatte.

Auf der Terrasse war das Frühstücksbuffet aufgebaut. Es ließ keine Wünsche offen. Ein Kellner stand dort und lud ihm das Essen auf den Teller. Schwarz wählte Wassermelonenstücke, ein paar Ananasscheiben, Stremel-Wildlachs, zwei Matjesfilets mit Apfel- und Zwiebelringen, Butter und Baguette. Es gab auch Räucherfelchen und Kretzer-Carpaccio, aber Bodenseefisch hatte er zu Hause genug.

Er setzte sich Katharina gegenüber. Sie trug einen großen Sommerhut aus Stroh, dazu beigefarbene Shorts und eine braune Bluse. Ihr dunkles Haar hatte sie zu einem langen Zopf geflochten.

»Verena ist gerade gegangen. Sie hat wieder einiges vor, glaube ich. Sie ist überzeugt, dass diese Kinderhändler Martha in ihrer Gewalt haben.«

Schwarz schüttelte den Kopf. »Unglaublich, diese Frau. Woher kommt diese Energie?«

»Die Beschäftigung lenkt sie vom Schmerz ab. Es ist ihre Form der Trauer. Verena muss immer etwas Nützliches tun. Das sitzt ganz tief in ihr. Sie tut nie etwas ohne vernünftigen Grund. Sie glaubt fest daran, dass sie Martha noch retten kann.«

Für einen Moment machte Katharina eine Pause, und ihre Miene wurde ernst. »Außerdem zeigt sie ihre Schwäche nicht. Nie.«

»Warum eigentlich nicht? Auf Dauer ist das ungesund. Und für Freunde und Familie eine Katastrophe.«

Katharina lächelte schwer. »Da hast du recht. Ich glaube, da war ich ihr ziemlich ähnlich.«

»Warum ist Verena so?«

Katharina hob die Augenbrauen.

»Du bist schon wieder bei der Arbeit?«

Schwarz lächelte und zuckte mit den Achseln.

»Also gut.« Katharina blickte zurück zum Haus. Wahrscheinlich wollte sie sichergehen, dass ihnen niemand zuhörte.

»Verena kommt aus einer alteingesessenen Friedrichshafener Familie. Der Vater war Arzt, die Mutter Hausfrau. Die Mutter hat auch Medizin studiert, ihren Beruf dann aber aufgegeben. Verena hat immer ihren Vater vergöttert: ein hoch anerkannter Mediziner, Gemeinderatsmitglied und dazu ein höchst charmanter und herzlicher Mann. Die Mutter stand wohl immer ein bisschen im Schatten dieses Strahlemanns. Und als Verena älter wurde, hat sie damit gehadert, dass sie damals ihren Beruf aufgegeben hatte.«

»Und deshalb will Verena unbedingt Karriere und Familie unter einen Hut bringen? Und in beidem glänzen?«

Katharina nickte. »Ihr Vater ist schon gestorben. Herzinfarkt. Das hat sie damals nur schwer verwunden. Aber ich glaube, sie will ihn noch immer beeindrucken.«

»Vielleicht will Verena auch ihrer Mutter zeigen, was sie damals versäumt hat?«

Katharina stutzte. »Vielleicht. Ja. Die Mutter ist allerdings in einem Pflegeheim und kriegt von der Welt nicht mehr viel mit. Demenz. Das Verhältnis zu ihrer Mutter war immer eher distanziert. Für den Vater waren jedenfalls drei Dinge wichtig: es in der Gesellschaft zu etwas zu bringen, der Gesellschaft zu dienen und keine Zeit zu verschwenden. Leistung und Gemeinsinn. Muße hatte da keinen Platz.«

»Warum ist Verena nicht Ärztin geworden?«

»Vielleicht ist sie zu schlau, sich im gleichen Metier wie der bewunderte Vater zu bewähren? Und als Strafanwältin kann sie Menschen genauso helfen.«

»Und ein ähnliches Renommee erreichen.« Schwarz machte eine Pause. »Ich frage mich, warum Verena Robert geheiratet hat.«

Katharina lächelte. »Tja. Du weißt, wir waren in der Schulzeit eng befreundet. Eine Seelenverwandtschaft. Ich glaube, auf andere wirkten wir ziemlich arrogant. Wir trafen uns meistens zu dritt, lasen uns Gedichte vor, schauten abgedrehte Filme und philosophierten über Gott und die Welt.«

»Und alles rein platonisch?«

Katharina wiegte den Kopf. »Fast. Ganz am Ende der Schulzeit, bevor ich nach Berlin ging, haben Robert und ich ein paarmal miteinander geschlafen. Es passierte einfach, und wir haben nie wirklich darüber gesprochen. Davon wusste Verena nichts. Vielleicht hat ihr Robert später davon erzählt. Als ich dann in Berlin war, kamen Verena und Robert zusammen.«

Katharina machte eine kurze Pause. »Robert war früher anders. Er hatte einen ähnlichen Ehrgeiz wie wir. Aber er war schon immer … wie soll ich sagen … weicher als Verena. Nicht ganz so fixiert auf Erfolg.«

Katharina blickte zum See. Schwarz spürte, dass sie nicht weiter über ihre Freundschaft sprechen wollte.

Er dachte an Verenas Kinder. »Ich stelle mir vor, dass eine so perfekte Mutter wie Verena anstrengend ist.«

»Vielleicht. Doch Sebastian ist wie sie: ehrgeizig, fokussiert, hilfsbereit … jemand, der nie zu schlafen scheint. Seine Schulnoten sind phantastisch. Ich weiß gar nicht, wie viele Sprachen er spricht. Er nimmt so ziemlich jedes Zusatzangebot des Internats wahr.

Außerdem gibt er Ruth Nachhilfe. Sebastian wird sicher einmal eine glänzende Karriere hinlegen.«

»Und Martha?«

Für einen Moment wich Katharina seinem Blick aus. Der Name wirkte wie ein kleiner Schock auf sie. Es dauerte eine Weile, bis sie sich wieder gefangen hatte.

»Martha ist anders. Sie ähnelt Sarah. Beide sind so selbstbewusst wie die Mutter. Aber sie entziehen sich dem Erwartungsdruck. Sie … wenn wir zusammen sind, sucht Martha immer meine Nähe. Erst dachte ich, dass sie damit Verena eifersüchtig machen will. Aber mittlerweile glaube ich, dass sie eine Verbindung spürt.«

Schwarz sah sie fragend an.

»Na ja, ich bin an meinen eigenen zu hohen Erwartungen gescheitert.«

»Weil dein Kind spurlos verschwunden ist.«

Katharina schüttelte den Kopf.

»Ich bin schon davor gescheitert, Martin. Ich habe mit zu hohem Tempo und mit zu viel Druck gelebt.«

Schwarz nickte. Beide blickten sie auf den hohen See. Der Fischer hatte seine Arbeit getan und fuhr Richtung Wallhausen. Der weiße Bug ragte weit aus dem Wasser.

»Dein Mann hat mir heute Morgen übrigens einen Besuch abgestattet. Er hat uns wohl gestern Nacht gesehen. War nicht sehr angenehm.«

Katharinas Miene verhärtete sich sofort. »Da muss er durch. Und mach dir deshalb keine Sorgen. Ich weiß, dass er manchmal zu Nutten geht.«

Sie sah ihn fest an. »Gestern Nacht war sehr wichtig für mich, Martin. Er wird das verstehen.«

Eine kurze Pause entstand. Katharina sah ihn innig an.

»Ich danke dir für gestern. Ich weiß nicht genau, was du mit mir angestellt hast, aber es ist wie ein kleines Wunder! Als hättest du Dornröschen wachgeküsst. Eigentlich ist es unglaublich: Martha ist verschwunden, das Kind meiner besten Freundin, und ich fühle mich so lebendig wie seit Langem nicht mehr. Obwohl … ich eine Mitschuld trage. Aber so ist es. Und so kann ich Verena besser beistehen. Dafür möchte ich dir danken. Das werde ich dir nie vergessen.«

Schwarz war tief berührt.

»Ich hol noch mal Kaffee!«, sagte er mit belegter Stimme.

Als er aufstehen wollte, erschienen Sarah Steinfort und Ruth Mink auf der Terrasse. Die beiden Mädchen hatten versteinerte Mienen und hielten sich an den Händen.

»Guten Morgen!«, rief Katharina.

Schwarz hörte das leichte Beben in der Stimme.

Die Jugendlichen reagierten nicht einmal mit einem Blick. Sie gingen zu dem zweiten Holztisch und setzten sich schweigend.

Schwarz sah, dass Katharinas Blick sofort schwer wurde und das Lächeln verschwand.

»Kommt doch herüber zu uns!«

Das Bittende, Flehende, Schuldvolle in ihrer Stimme tat Schwarz weh. Doch die Mädchen ignorierten sie.

Ruth Mink starrte verloren vor sich hin. Irgendetwas Ungutes, dachte Schwarz, ging in diesem Mädchen vor. Wenn Wolfgang Mink jetzt auch noch Ruths Version der Ereignisse der vorletzten Nacht zu Ohren bekam, wäre er in großen Schwierigkeiten. Ob er Katharina einweihen sollte? Er würde noch einmal mit dem Mädchen sprechen müssen. Doch sein Instinkt sagte ihm, dass er Ruth den ersten Schritt überlassen musste.

Sie hatte alle Macht.

Katharina Mink stand auf und ging zu ihrer Tochter hinüber.

Tu es nicht, dachte Schwarz.

»Können wir reden?«, fragte Katharina.

Doch Ruth reagierte nicht.

»Ruth? Bitte!« Katharina sprach völlig ungeschützt; der Schmerz war nicht zu überhören.

Doch das Mädchen starrte regungslos vor sich hin, so als nähme sie die Mutter gar nicht wahr.

Sarah legte den Arm um ihre Freundin und wandte sich mit selbstbewusstem Blick an Katharina. »Lass sie, bitte.«

»Ruth!«, flehte Katharina.

Da neigte das Mädchen langsam den Kopf.

Mit einer grenzenlosen Verachtung blickte sie ihre Mutter an.

»Verschwinde!«, sprach sie voll kaltem Zorn.

Katharina wandte sich ab. Sie rang mit den Tränen. Kurz blickte sie zu dem Liegestuhl am Seeufer, an dem Schwarz sie gestern angetroffen hatte.

Sie wischte sich die Tränen aus dem Gesicht.

»Es tut mir leid«, meinte er. Schon sah er sie wieder fallen.

»Ist gut. Es liegt noch ein weiter Weg vor mir. Sie hat ja recht. Ich war nie für sie da. Ich bin immer vor ihr davongelaufen. Immer war etwas wichtiger als sie.«

Katharina zögerte. »Sie traut mir nicht und will sich schützen.« Sie brach ab.

Schwarz blickte hinüber auf die andere Seeseite. Drüben am Ufer prangten die dunklen steilen Waldhänge des Bodanrück. In der Ferne erkannte er den Frauenberg. Er sah Wallhausen, Dingelsdorf, das Strandbad …

Um die Wahrheit zu finden, dachte er, hatte er sich tief mit den Leben dieser Menschen verstrickt.

Zu tief vielleicht.

34

Sonntag, 4. August

»Wir haben gute Presse!«, meinte Marek Hafen, als Marlene Winter gegen neun Uhr sein Büro betrat. Er hatte eine große Tasse Kaffee in der Hand, auf der »Big Boss« stand, Füße auf dem Schreibtisch und einen Bericht auf seinen massigen Schenkeln. Nicht nur die Zeitungsartikel vom Morgen hatten seine Stimmung aufgehellt.

Als er Winters Blick auf seine Tasse sah, dann ihr Schmunzeln, nahm er unwillkürlich die Füße vom Tisch und stellte die Tasse auf den Schreibtisch.

»Guten Morgen«, meinte er. »Gut siehst du aus!«

Für einen kurzen Moment weiteten sich die Augen der Kommissarin.

»Danke sehr!«, meinte sie mit einem Lächeln.

Er legte die SÜDZEITUNG vor sie auf den Tisch, als sie sich ihm gegenübersetzte. Dann schenkte er ihr einen Kaffee aus seiner Thermoskanne ein. Viel Milch, kein Zucker, er wusste Bescheid.

»Schlag gegen Kinderhändlerring«, titelte die Zeitung. Was darunterstand, konnte Hafen inzwischen auswendig: »SOKO Martha nimmt zwei Männer fest. Ein dritter stirbt auf der Flucht vor der Polizei. Zwei junge Mädchen können lebend aus der Gewalt der Täter befreit werden. Von Martha Steinfort fehlt noch jede Spur. SOKO-Leiter Marek Hafen schließt nicht aus, dass sich das Mädchen noch in der Gewalt der Kinderhändler befindet.« Es folgte eine ausführliche und weitgehend richtige Darstellung der gestrigen Ereignisse.

Hafen beobachtete Winter, wie ihre Augen über die Zeilen glitten.

»Du glaubst wirklich, dass Martha von dieser Bande entführt worden ist?«

Er wiegte den Kopf. »Wir werden sehen. Dieser Dr. Arnold hat ausgepackt. Ein umfangreiches Geständnis. Der Mann scheint wirklich ein schlechtes Gewissen zu haben. Wegener hat ihm, wie es aussieht, in der Vergangenheit schon mehrfach Kinder zugeführt. Arnold will sich bisher an vier Kinder erinnern. Sicher waren es mehr. Seiner Aussage nach kamen die Mädchen immer aus Osteuropa. Aber wir können nicht ausschließen, dass es noch mehr Bandenmitglieder gibt und sich Martha vielleicht doch in ihrer Gewalt befindet. Immerhin haben wir noch die Zeugenaussagen vom Strandbad, nach denen sich ein Mann, der Schmidtbauer zumindest ähnlich sieht, dort nach kleinen Kindern umgeguckt haben soll. Außerdem hat die Presse jetzt viel zu berichten. Das hält uns den Rücken frei.«

»Und was meint Wegener?«

»Er hat zuerst alles von sich gewiesen. Dann haben wir ihm Arnolds Aussage vorgelesen. Da ist er geschmolzen wie Butter. Auch die Rumänin hat ihn eindeutig identifiziert Allerdings behauptet er, dass Schmidtbauer alles eingefädelt habe und der führende Kopf in der Sache sei.«

Marlene Winter schüttelte den Kopf. »Erbärmlich! Und die Hintermänner?«

»Kennt Wegener nur vom Sehen. Er wird angerufen, er holt die Kinder vom Bahnwärterhäuschen und bringt sie zum Kunden, Schmidtbauer fährt sie zurück. Der hätte mehr gewusst.«

»Und wie machen wir jetzt weiter?«

Hafen schmunzelte. »Es gibt noch was.«

Er reichte Winter einen getackerten Stapel Blätter.

»Der Bericht von der KTU. Wurde vorhin herübergefaxt. Hab heute Morgen schon mit dem Labor telefoniert.«

»Und?«

»Der Waldmann.«

Winter hob ihre Brauen.

»Das Blut in der Erdhöhle stammt eindeutig von Martha Steinfort. Außerdem wurden Faserspuren entdeckt, die genau zu dem Stoff des Badeanzugs von Martha passen.«

»Das ist immerhin eine Spur«, meinte Winter zögernd.

»Das ist noch nicht alles. Es wurden Hautschuppen und Haare von Martha und mindestens einer weiteren Person in der Höhle gefunden. Martha war definitiv da drin.«

»Wurde sie vergewaltigt?«

»Eher unwahrscheinlich. Die Haare und Hautschuppen befanden sich wie das Blut auf dem Boden, nicht auf dem Feldbett.

Und außer dem wenigen Blut wurden keine anderen Körperflüssigkeiten entdeckt.«

»Jetzt müssen wir diesen Waldmann nur noch finden.«

»Das haben wir vielleicht bereits.«

Winter sah ihn ungläubig an.

Hafen nahm noch einen großen Schluck Kaffee.

»Heute Morgen habe ich mit einem Jagdpächter vom Bodanrück telefoniert. Er ist erst gestern aus dem Urlaub zurückgekehrt und hat von dem Fall bisher nichts mitbekommen. Er hat mir mitgeteilt, dass er in den letzten Jahren von verschiedenen Hochsitzen aus immer wieder eine Person im Wald gesehen habe, vorwiegend nachts. Es sei ein eher kleiner, schmächtiger Mann gewesen, der körperlich fit und agil, wenn auch nicht mehr ganz jung wirkte. Er kennt die Person nicht und hat sie auch nie angesprochen. Was der Mann im Wald suchte, dafür hat der Jäger keine Erklärung. Eine Waffe hat er wohl nie dabeigehabt, nur gelegentlich einen Rucksack. Er habe in der Zeit davor und danach niemals einen Schuss gehört, auch sei in seinem Revier von einem Wilderer bisher nichts bekannt geworden.«

»Wo genau hat er den Mann gesehen?«, fragte Winter.

»Eine Stelle liegt zwischen Bodman und der Marienschlucht, eine andere nahe der Bisonfarm.«

»Auf der Werner Schmidtbauer arbeitete?«

Hafen nickte.

Die Kommissarin schüttelte den Kopf. »Also doch eine Verbindung zwischen Schmidtbauer und dem Waldmann?«

Hafen zuckte mit den Schultern. »Wir werden sehen. Allerdings gibt es in der Höhle nach dem jetzigen Stand keine Spuren von Schmidtbauer. Auch Franz Gaar scheint nicht in dem Erdloch gewesen zu sein. Aber das Labor hat noch nicht alle Spuren untersucht. Und es gab noch keinen Abgleich der Spuren mit Wegeners DNA.«

»Und was tun wir jetzt?«

»Der Jäger hat den Mann mehrfach an zwei verschiedenen Stellen im Wald gesehen. Das Gebiet dort ist sehr hügelig, mit vielen steilen Hängen und dicht bewachsenen, tiefen Tälern. Sehr gut möglich, dass der Waldmann dort weitere Höhlen unterhält. Die zu suchen, würde allerdings Ewigkeiten dauern. Und vielleicht ist er gar nicht zu Hause und wir verscheuchen ihn mit einer groß angelegten Suchaktion bloß.«

Hafen hielt Winter seine Marlboro-Schachtel hin.

Sie griff zu, auch er nahm sich eine und gab ihr und sich selbst Feuer.

»Wie es aussieht, bewegt sich dieser Waldmann vor allem nachts. Deshalb werden wir nach Einbruch der Dunkelheit kleine Gruppen von SEK-Leuten zu diesen Stellen schicken. Diskret und unauffällig. Die sollen beobachten. Die anderen halten sich in Bereitschaft. Wenn wir ihn sehen, ziehen wir einen Kreis um ihn und holen ihn uns. Das machen wir jetzt ein paar Nächte. Es kann gut sein, dass er sich in einer Höhle versteckt hält. Aber irgendwann wird er einmal Wasser holen oder pinkeln gehen müssen.«

Winter blies Rauch in die Luft. »Klingt gut. Tolle Arbeit, Kompliment! Hoffen wir, dass wir Glück haben!«

Hafen nickte. »Hoffentlich ist er überhaupt noch hier auf dem Bodanrück! Wenn ich in seiner Haut stecken würde, wäre ich schon längst über alle Berge.«

Da klopfte es an der Tür.

»Herein!«, rief Hafen.

Gregor Weinbrenner, der leitende Ermittler im Fall Tim Mink, betrat den Raum.

***

Weinbrenners Erscheinung – der korpulente Körper, das betont gepflegte Äußere, die abschätzende Betrachtung seines Gegenübers, das für ihren Geschmack zu selbstbewusste Auftreten – bestätigte Marlene Winters Eindruck, den sie aufgrund ihrer Recherchen zur SOKO Tim Mink gewonnen hatte.

Sie war zu dem Urteil gekommen, dass Weinbrenner damals nicht unbedingt die Wahrheit herausfinden, sondern einen schnellen Erfolg wollte. Beamte, die damals mit Weinbrenner zusammenarbeiteten, hatten ihr vom brennenden Ehrgeiz des Kommissars erzählt. Er habe im Polizeiapparat nur ein Ziel gehabt: schnell nach oben zu kommen. Winter war sich sicher, dass Weinbrenner sich vor dem Gespräch genau über sie informiert hatte.

Die Indizienkette, die Weinbrenner gegen Katharina Mink gesammelt hatte, war beeindruckend und konnte auf ihre Täterschaft verweisen – musste aber nicht. Winter hatte den Eindruck, dass Weinbrenner andere Erklärungsmöglichkeiten zu wenig berücksichtigt hatte. Darüber wollte sie mit dem Mann sprechen. Gab es vielleicht etwas, das in den Berichten und Protokollen nicht auftauchte?

Das wollte sie jetzt herausfinden. Marek Hafen hatte den Raum verlassen. Es war abgesprochen, dass sie Weinbrenner allein befragen sollte. Weinbrenners Schwäche für attraktive Frauen war bekannt.

Gregor Weinbrenner wirkte, wie er jetzt vor ihr saß, noch immer wie ein Getriebener. Sein selbstzufriedenes Lachen und seine betont aufrechte Körperhaltung wirkten aufgesetzt. Obwohl er, seit seinem Ausscheiden aus dem Polizeidienst, bei einer internationalen Sicherheitsfirma Karriere gemacht und es zum Direktor gebracht hatte, einen sehr teuren Anzug trug und sicher das Fünffache von ihr verdiente, schien sein Geltungsbedürfnis noch immer nicht befriedigt.

Oder sein Versagen im Fall Tim Mink nagte noch an ihm.

Sie wusste, dass Weinbrenner nach der Kündigung bei der Polizei seine Familie verlassen hatte und jetzt mit einer viel jüngeren Frau zusammenlebte.

Dass er sie genau betrachtete und sein Blick immer wieder zu ihrem Busen glitt, entging Winter nicht.

Ein unangenehmer Mensch, dachte sie und hielt den Small Talk kurz.

»Warum waren Sie sich damals so sicher, dass Katharina Mink die Täterin ist?«

Weinbrenner lächelte. »Ich bin mir dessen immer noch sicher, Frau Winter.«

Er hielt ihr seinen rechten Handrücken hin.

»Sehen Sie die Narbe? Ich trage ein Zeichen von Katharina Minks allgegenwärtiger unterschwelliger Aggressivität.«

»Das ist alles?«, provozierte sie ihn.

Er musterte sie einen Moment.

»Ich nehme an, Sie haben meine Beweisführung genau recherchiert. Ich bin mir sicher, dass Sie sich fragen, warum ich so wenig in andere Richtungen ermittelt habe. Sie werden vermuten, dass ich den schnellen Erfolg suchte. Der Kommissar, der sich von prominenten Namen nicht beeindrucken lässt. Der damit in der Presse punkten und seine Vorgesetzten beeindrucken will.«

Weinbrenner machte eine Pause. Offensichtlich genoss er die Situation. In der Tat war Winter überrascht, dass der Kommissar ihre Gedanken so präzise und ungerührt aussprach.

Dann legte er mit einer übertriebenen Geste seine rechte Hand auf die Brust.

»Ich habe diese Frau verstanden, Frau Winter. Mit meinem Herzen. Ich weiß, das klingt pathetisch für eine forensische Psychologin, aber so ist es. Diese Frau ist krank. Sie ist eine Grenzgängerin. Eine Getriebene, seit sie Kind ist. Wir haben ihre Familie, ehemalige Schul- und Studienfreunde sowie Schauspielkollegen befragt.«

Wieder machte Weinbrenner eine bedeutungsschwere Pause.

»Diese Frau ist, seit sie Kind ist, auf der Flucht. Auf der Flucht vor Ansprüchen, die sie nicht befriedigen kann. Zunächst kamen die unerfüllbaren Ansprüche ihrer kranken Mutter, dann ihre eigenen.«

Winter sah Weinbrenner verwundert an. Wie dieser Mann Katharina Mink beschrieb, so sah die Kommissarin ihn. Einen Ehrgeizling, der sich seine Ziele zu hoch gesteckt hatte. Aber das musste kein Widerspruch sein. Es sprach eher für seine These. Womöglich tickte Katharina Mink ähnlich wie er.

»Sie wissen von der schizophrenen Mutter und den Verdächtigungen. Dass sie Katharina und ihrem Mann vorwarf, sie zu hassen und töten zu wollen. Katharina war sechs, als die Mutter erkrankte. Einer medikamentösen Behandlung hat sie sich widersetzt. Die Vorwürfe kamen immer wieder, bis ins Erwachsenenalter. Dem war Katharina Mink nicht gewachsen.«

»Und deshalb bringt sie ihr Kind um?«

»Wenige Monate vor Tims Verschwinden starb Frau Minks Mutter. Und kurz nachdem die Mutter stirbt, erfährt sie, dass nicht nur ihre Tochter Ruth, sondern auch ihr Sohn Tim psychisch auffällig ist.«

Weinbrenner ließ die Sätze wirken und nahm einen Schluck Kaffee. Winter ahnte, in welche Richtung seine Ausführungen gehen würden. Sie fühlte, dass der Kommissar von dem, was er sagte, absolut überzeugt war. Dass er Katharina Mink immer noch für die Täterin hielt.

»Verstehen Sie! Katharina Mink hat den Tod der Mutter, die in den letzten Lebensjahren stationär in einer psychiatrischen Klinik untergebracht war, als Befreiung empfunden. Das hat mir die Krankenpflegerin, die die Mutter in den letzten Jahren betreut hat, eindrücklich geschildert. Katharina hat die Mutter alle vierzehn Tage besucht. Aber der Unwillen war ihr stets anzumerken. Sie tat es aus Pflichtgefühl. Sie war ja das einzige Kind. Jedenfalls starb die Mutter kurz vor Katharinas Besuch an Herzversagen. Katharina wird unmittelbar mit dem Tod der Mutter konfrontiert, als sie ankommt. Diese Pflegerin war dabei. Katharina hat immer angespannt gewirkt, wenn sie zu Besuch war. Als sie jetzt vom Tod erfährt, habe sich – ich habe die Aussage der Pflegerin noch im Ohr – für einen kurzen Moment ihr gesamter Körper entspannt. Verstehen Sie? Für einen Augenblick konnte sogar die große Schauspielerin Katharina Mink ihre Erleichterung nicht verbergen. Doch dann merkte sie wohl, dass ihr Verhalten unangemessen war, und sie nahm wieder eine angespannte Haltung ein.«

»Die Pflegerin könnte sich geirrt haben.«

»Ich habe so viele Aussagen, dass Frau Mink unter der Krankheit der Mutter litt. Was die Pflegerin beschrieben hat, war nichts weiter als eine natürliche und nachvollziehbare Reaktion!«

»Dennoch erklärt das noch nicht den Tod von Tim.«

»Wir haben die zeitliche Abfolge genau rekonstruiert. Am zehnten September stirbt Katharina Minks Mutter. Am vierzehnten September wird Katharina von der Kindertagesstätte Tims darüber in Kenntnis gesetzt, dass ihr Sohn Zeichen großer Traurigkeit zeige und wie apathisch sei. Bisher galt Tim immer als fröhliches, unkompliziertes Kind. Am achtzehnten September werden die Minks vom See-Internat darüber informiert, dass die damals zwölfjährige

Ruth Mink eine auffällige Nervosität und Aggressivität an den Tag lege. Am vierten November verschwindet Tim.«

Marlene Winter nickte. Es war schlüssig, was Weinbrenner sagte.

Der Kommissar bemerkte ihre Reaktion und fuhr fort. »Da scheint Katharina Mink von der großen Bürde ihres Lebens befreit zu sein – und glauben Sie mir, diese Mutter, die ihre Krankheit nicht einsehen wollte, war eine schwere Bürde –, und zur gleichen Zeit tauchen die ersten Symptome einer psychischen Erkrankung ihres Sohnes auf, der doch immer so gesund und fröhlich erschien. Eine tote Mutter, zwei psychisch auffällige Kinder – und parallel dazu durchlebt Frau Mink die anstrengendste Phase ihres beruflichen Lebens. Sie arbeitet erstmals für eine Primetime-Fernsehserie, parallel dazu probt sie für *den* großen Theater-Event der Republik. Das war zu viel der Anspannung. Und dann ist es irgendwie passiert. Sicher war es nicht vorsätzlich. Ein Unfall. Eine Kurzschlusshandlung.«

»Das ist interessant und schlüssig. Aber nichtsdestotrotz bleibt es eine Hypothese.«

Sie merkte, wie es Weinbrenner ärgerte, dass sie ihm nicht zustimmen wollte.

Doch Weinbrenner hatte noch mehr. »Kurzschlusshandlungen ziehen sich durch Katharina Minks Leben. Auf der Schauspielschule hat sie einer Studentin mehrmals ins Gesicht geschlagen, weil sie sich bei der Rollenvergabe von dieser ausgebootet fühlte. Schreiattacken Katharina Minks und zertrümmerte Gegenstände gehörten nach Aussagen der Regisseure und Kollegen zum Probenalltag.«

»In Ihren Berichten sprachen Sie davon, dass Katharina Mink ihre Emotionen und ihren Körper perfekt beherrschen kann. Jetzt erzählen Sie von aggressiven Ausbrüchen. Einen haben Sie am eigenen Leib erfahren. Das ist für mich ein Widerspruch.«

Weinbrenner sah sie selbstsicher an. »Gut beobachtet! Auch ich bin darüber gestolpert. Aber so wie ich Katharina Mink sehe, steht sie permanent unter großem Druck. Das Bemerkenswerte ist eigentlich, dass sie nicht öfter explodiert. Tja, und dann …«

Weinbrenner schien zu überlegen, ob er weitersprechen sollte.

»Ich habe mir damals die Mühe gemacht, die Folgen ihrer Ausbrüche zu recherchieren: Sie hat danach immer das bekommen, was sie wollte.«

»Und das heißt?«

»Vielleicht lässt sie die Ausbrüche geschehen, wenn sie spürt, dass es ihr nützt.«

Weinbrenner blickte auf seine Hand, deren Narbe noch immer sichtbar war.

»Indem sie mir einen Stift in die Hand rammte, konnte sie nicht nur ihren Druck abbauen, sondern mir und meinen Kollegen unsachgemäße Ermittlungsmethoden unterstellen. Ein chauvinistischer und vom Ehrgeiz getriebener Kommissar, der eine arme Mutter massivem psychischem Druck aussetzt. Und sie brachte damit ihre Freundin dazu, die Verteidigung zu übernehmen. Die Staranwältin Dr. Verena Steinfort.«

Marlene Winter lehnte sich zurück und sah Weinbrenner unschlüssig an. Weinbrenner zögerte einen Moment.

»In den Tagen nach dem Verschwinden erschien Frau Mink in den Befragungen merkwürdig fahrig und abwesend. Ich hatte oft den Eindruck, dass sie tatsächlich vergessen oder verdrängt hatte, was geschehen war. Dass sie selbst an ihren Erinnerungen zweifelte. Ich bin kein Psychologe, aber ich habe mich damals kundig gemacht. Nach einem erlittenen Trauma kann es zu episodischen Gedächtnisstörungen kommen. Doch das wissen Sie besser als ich. Jedenfalls wandelte sich ihre Haltung nach einiger Zeit. Plötzlich agierte sie uns gegenüber aggressiv und selbstbewusst.«

Winter fragte sich, ob sie mit ihrem ersten Eindruck von Weinbrenner falschgelegen hatte. Dieser Mann dachte differenzierter, als sie vermutet hatte. Und dennoch.

»Was Sie sagen, ist schlüssig, aber es bleibt eine Hypothese.«

Weinbrenner war verärgert. »Was wollen Sie noch? Blutspuren Tims im Hotelzimmer, auf der Hoteltreppe und im Wagen ihres Mannes. Ein verschwundener Bettbezug. Eine Zeugin, die sah, wie sie einen Sack zum See schleppte. Leichengeruch im Wagen. Viel mehr geht nicht!«

»Und warum ist es dann nicht zur Anklage gekommen?«

Weinbrenner lachte laut auf. »Muss ich Ihnen erklären, wie einflussreich Wolfgang Mink ist? Welche Kontakte er hat?«

Die nicht verheilten Verletzungen und die noch immer kochende Wut waren Weinbrenner jetzt deutlich anzusehen. Sie wollte den Mann nicht länger behelligen. Doch eine Frage hatte Marlene Winter noch.

»Haben Sie eine Erklärung, wie das Verschwinden von Martha Steinfort mit dem von Tim Mink zusammenhängen könnte?«

Gregor Weinbrenners Antwort kam sofort. »Das liegt doch auf der Hand. Womöglich ist jemand sehr unzufrieden, dass Katharina Mink damals mit Hilfe von Verena Steinfort davongekommen ist. Jemand, der genau weiß, was damals geschehen ist.«

35

Sonntag, 4. August

Vorsichtig klopfte Katharina an Verenas Zimmer. Seit Martha verschwunden war, hatten sie fast nicht miteinander gesprochen. An jenem Abend, als sie sich spät im Hotel trafen, hatte sie ein »Entschuldige bitte« herausgebracht, mehr nicht. Verena ging dann stumm auf sie zu und drückte sie kurz an sich.

»Es ist gut, Katharina. Ich werfe dir nichts vor.«

Verena hatte sie dabei nicht angesehen. Katharina fühlte sich nach dieser Geste noch schuldiger, obwohl von der Freundin sicher das Gegenteil beabsichtigt worden war.

Niemand reagierte auf das Klopfen. Doch Katharina wusste, dass Verena da war.

Noch einmal klopfte sie.

Kurz darauf öffnete sich die Tür so plötzlich, dass sie erschrak. Hatte Verena dahintergestanden und gelauscht?

Die Freundin blickte sie erstaunt an. »Katharina?«

»Ich möchte mit dir sprechen. Bitte.«

Verena blickte spontan zu ihrem Laptop auf dem Schreibtisch. Katharina wusste, was sie dachte: dass sie sich eigentlich um die Kampagne kümmern musste; dass noch Hoffnung für Martha bestand; dass Verena alle Energie und jede Sekunde in die Suche stecken wollte.

Die Freundin sah sie mit einem Lächeln an. »Na gut. Komm rein!«

Sie gingen in die geräumige Suite.

Verena hatte die Jalousien heruntergelassen, um die grelle Sonne draußen zu halten. Neben dem Laptop standen ein Glas, eine Flasche Mineralwasser und eine Schale mit Obst.

»Setz dich!« Verena wies auf das Sofa.

Katharina nahm Platz, die Freundin ihr gegenüber auf einem Sessel.

Verena Steinfort lächelte. Sie war geschminkt, sodass man ihr die Strapazen der letzten Tage kaum ansah. Doch eine Unruhe war zu spüren: die flüchtigen Blicke; die ziellos umherwandernden Hände.

»Verena, es tut mir leid. Ich … ich habe Martha eine Weile beobachtet. Sie hat ganz friedlich und zufrieden gespielt. Sie hat mit der Schaufel im Sand gegraben, ab und zu hat sie hergesehen, ich hab ihr gewinkt, und dann … Ich habe mich wirklich bemüht …«

Für einen Moment senkte Katharina den Blick. »Als Wolfgang mich geweckt hat, habe ich geglaubt, nur für einen Augenblick die Augen geschlossen zu haben.«

Katharina sah die Freundin direkt an. »Bitte verzeih!«

Verena schaute sie lange an. Katharina konnte weder Vorwürfe noch Zorn darin lesen. Nur Trauer. Und Leere.

Nach einer Weile stand Verena auf und setzte sich neben sie.

»Katharina«, sagte sie flüsternd und nahm die Freundin in die Arme.

Sie drückten sich beide fest, und ihre Wangen berührten sich.

Katharina merkte, wie Verenas Tränen zwischen ihren Wangen liefen. In ihrer Gegenwart hatte sie noch nie geweint.

»Es ist nicht deine Schuld, Katharina. Das musst du fest glauben! Ich hätte dir das nicht zumuten dürfen!«

»Du wolltest zeigen, dass du mir vertraust. Dass du überzeugt bist, dass es mir wieder besser geht und ich Verantwortung übernehmen kann.«

Katharina spürte, wie Verena den Kopf schüttelte, sie die Freundin noch fester an sich drückte.

»Das ist nicht wahr.« Ihre Stimme war jetzt ein gepresstes Flüstern. »Ich wollte für mich sein und joggen gehen. Ich wollte mich in dem Moment einfach nicht mit meiner Tochter abgeben. Und weil nur du da warst und ihr euch gut versteht …«

Verena stockte und löste sich aus der Umarmung.

Ernst sah sie Katharina an. »Ich hätte das nicht machen sollen.«

»Du hast nichts Schlimmes getan!«

Verena schwieg für einen Moment.

»Doch. Wir haben gestritten am Morgen. Martha wollte nicht in die Betreuung. Sie wollte eigentlich nie in die Betreuung. Ich habe es ihr jedes Mal angemerkt, aber sie hat meist nichts gesagt. ›Warum gibst du mich sogar im Urlaub ab?‹, hat sie dann plötzlich gefragt. ›Sogar im Urlaub! Magst du mich denn nicht?‹ Das hat mir wehgetan, obwohl ich es doch wusste. Und natürlich habe ich gesagt, dass ich sie liebe, aber eben viel Arbeit habe, die erledigt werden muss.«

Eine kurze Pause.

»Wobei das … gar nicht stimmt.«

Katharina sah sie fragend an.

»Ich habe Martha abgegeben, um mit einem Mann schlafen zu können.«

Katharina traute ihren Ohren nicht. »Was?«

»Ich habe eine Affäre. Seit einem Jahr. Ich weiß nicht, was mich da treibt. Meine Ehe mit Robert ist kaputt. Wir haben uns nichts mehr zu sagen, und wir schlafen seit zwei Jahren nicht mehr miteinander. Ehrlich gesagt widert mich Robert an.«

Katharina kam ein Verdacht. »Ist es Wolfgang?«

Verena sah die Freundin verwundert an. »Nein. Katharina! Das würde ich nicht tun. Der Partner der besten Freundin ist tabu. Es ist jemand in meiner Kanzlei. Er ist auch verheiratet. Wir hatten vor, uns dieses Jahr von unseren Partnern zu trennen. Doch jetzt …«

Katharina schwieg.

»Tja, Katharina. An dem Tag, an dem meine Martha entführt worden ist, habe ich sie abgegeben, um ungestört mit einem Mann schlafen zu können. Die Gelegenheit war günstig, Robert war beim Segeln. Mein Freund kam extra aus Stuttgart. Wir haben uns in einem Hotel in Überlingen getroffen.«

Verena machte eine Pause. »Und als wir dann am Strand waren, hatte ich immer noch keine Zeit für Martha.«

Katharina schüttelte den Kopf. »Rede dir nichts ein, Katharina! Das ist Unsinn! Du wärst vom Joggen zurückgekommen und hättest mit ihr gespielt. Ihr habt doch immer nachmittags etwas unternommen! Und es war erst drei Uhr! Während dein Mann übrigens den ganzen Tag unterwegs war.«

Verena schüttelte den Kopf und blickte abwesend auf ihren Schoß. »Robert. Ich musste über Robert nachdenken. Ich hatte den Kopf nicht frei.«

Sie sah Katharina ernst an. »Ich ertrage diesen Mann nicht mehr. Seit Jahren nicht. Ich wollte mich von ihm trennen und es ihm nach diesem Urlaub sagen.«

Verena atmete tief ein, während Katharina ihre Wange streichelte.

Sie ergriff das Wort. »Ich weiß, was du fühlst, Verena. So ähnlich ging es mir, als Tim verschwand. Vorwürfe, Vorwürfe. Aber wir haben unsere Kinder nicht entführt, Verena! Du hast nichts falsch gemacht! Was auch immer passiert ist, es hat sich deiner Kontrolle entzogen! Es wäre genauso passiert, wenn du den ganzen Tag mit ihr zusammen gewesen wärst! Wie es aussieht, ist Martha ja von Kinderhändlern entführt worden. Die hatten sie sicher schon längere Zeit im Visier. Irgendwann hätten sie sie genommen.«

Verena lächelte. Noch immer weinte sie leicht, und ihre Lidschatten waren verschmiert.

»Es tut gut, was du sagst.«

Für einen Moment weinte und lachte sie zugleich.

»Jedenfalls helfen die Vorwürfe den Kindern jetzt nicht!«

Sie rieb sich die Nase und wischte sich dann die Tränen aus dem Gesicht.

»Sarah verachtet mich. Ich glaube, sie spürt, was vor sich geht.«

Verena richtete sich auf.

»Aber ich will kämpfen, Katharina. Noch ist nicht alles verloren.«

***

»Ist gut! Ruth! Beruhige dich! Ich bin ja da! Warum zitterst du so?«

Sie presste sich an Sarah, so fest sie konnte. Aber sie durfte nichts verraten! Wenn sie erzählen würde, dass jemand sie bedrohte, dass nachts ein Mann sie verfolgt und sie heute Morgen eine Stimme gehört hatte, die ihren Namen rief …

Ihre Eltern würden sie in die Klinik stecken. Wie ihre Großmutter. Ruth Mink hat zu funktionieren. Komplikationen sind nicht vorgesehen. Sie wusste, die Eltern warteten nur darauf, dass sie wurde wie die Großmutter.

War Ruth nicht schon immer anders gewesen? Hatte sie nicht immer Probleme gemacht?

Aber vielleicht bildete sie sich wirklich alles nur ein! Was hatte Katharina ihr damals erzählt, nachdem die Großmutter sie geohrfeigt hatte? »Die Oma glaubt, dass die Stimmen Wirklichkeit sind. Das hat nichts mit dir zu tun!«

Sie spürte, wie sie sich allmählich beruhigte, wie das Zittern nachließ. Konnte sie sich Sarah anvertrauen?

»Ist es wegen Martha?« Sarahs Stimme war ganz sanft. Sie streichelte Ruths Kopf, unablässig. »Auch ich bin traurig.«

So eine Schwester hätte sie sich gewünscht. Sarah war immer für sie da. Die letzten Nächte hatten sie in einem Bett geschlafen. Da hielten sie sich wie jetzt ganz fest und streichelten sich. Auch im Internat schlich sie manchmal zu Sarah. Sie war wie eine Schwester, wie eine Mutter.

Jetzt war auch Martha fort.

Sarah hatte Musik aufgelegt. Moby. Die Musik tat gut. Sarah hatte sich verändert, seit Tim verschwunden war. Sie alle hatten sich verändert. Die Eltern, auch Sebastian.

Nur bei ihm merkte es keiner. Aber sie wusste es ... Sah es an seinen Blicken ... Fühlte es, wenn er sie berührte ...

Ruth schaute zu ihrer Freundin. Die vollen Lippen, das runde Gesicht ... Ihre Augen waren blau wie der Sommersee. Jetzt hatte sie die Lider geschlossen und weinte. Sie sah schön aus, auch wenn sie traurig war. Sogar mit ihren ausrasierten Schläfen, den grünen Haaren und den Piercings überall. Ob sie sich absichtlich hässlich machte? Oder ihre Schönheit so nur umso mehr zeigen wollte? Immer war Sarah schön.

Ruths Nase war zu dick. Die Oberlippe zu schmal. Sie war dunkel. Dunkel und gar nicht schön.

Früher war Sarah immer so unbeschwert gewesen. Fast wie Tim. Lachte immer so herzlich. Ruth wollte schon immer wie Sarah sein. So schön, so unbeschwert, so cool. Sarah ließ sich nichts sagen, und nichts schien sie zu kränken. Sie war kein Ass in der Schule, aber gut. Sie könnte viel besser sein, wollte aber nicht. Ließ nicht alles mit sich machen.

Jetzt war Sarah meistens schwer. Aber sie wusste, wie das Schicksal zu tragen war. Letztlich waren ihre Eltern nicht besser. Keine Zeit! Keine Zeit! Sarah, streng dich an! Das Leben ist kein Zuckerschlecken! Hopp, hopp, spring über den Stab!

Aber Sarah sprang nicht. Sebastian schon.

Er liebte das Springen.

Natürlich wusste Ruth, dass sie nur wegen ihres Vaters noch auf dem Internat war. Der große Wolfgang Mink. Vorstand des Internats! Ruth war zu schlecht. Taugte nicht für die Elite von morgen. Zu nichts zu gebrauchen.

Hatte Sarah sie damals gesehen?

Ob sie etwas ahnte?

Sie drückte sich fester an die Freundin. Ruth saß auf ihrem Schoß, auf dem Bett in ihrem Zimmer, und Sarah wiegte sie sanft. Wie ein Kind. Jetzt lehnte sie sich vorsichtig zurück.

Sarah lag auf dem Rücken, und Ruth legte ihren Kopf an das Herz ihrer Freundin. Es schlug gleichmäßig und ruhig. Sarah fasste in Ruths Haar und streichelte ihren Hinterkopf.

Ruth wusste noch genau, wann es begonnen hatte mit Sebastian. Ein Donnerstag im September, vor drei Jahren; acht Wochen, bevor Tim verschwand. Seit einiger Zeit hatte sie gespürt, wie sich etwas in ihr veränderte, sie ständig unruhig, gereizt, aggressiv gegenüber allem und jedem geworden war.

Und voller Lust.

Sie wusste damals nicht, warum. Sie war erst zwölf! Es kam ihr so vor, als stünde sie unter einem mächtigen Zauber.

Es war die Zeit kurz nach dem Tod der Großmutter.

War auch sie von diesem bösen Zauber gefangen, der sich jetzt von der Oma auf sie übertrug?

So hatte sie gedacht damals.

Ruth öffnete die Augen. Draußen schien die warme Sonne. An einem solchen Tag sollte man fröhlich sein.

An einem solchen Tag hatte es begonnen.

Gemocht und verehrt hatte sie Sebastian schon immer. Er war damals schon vierzehn und ihr wie ein richtiger Mann vorgekommen: groß, stark, ruhig, freundlich, sanft; von allen akzeptiert und bewundert; der immer schaffte, was die Welt von ihm erwartete.

Sarah und er waren der einzige Grund, weshalb sie dieses Internat noch ertrug. Aber wo sollte sie auch hin? An einem anderen Internat würde sie noch einsamer sein …

Sie hasste es, dass man im See-Internat nie in Ruhe gelassen wurde. Schon damals war ständig ein Lehrer oder ein Coach oder ein Sozialarbeiter oder ein Psychologe um sie herum; ständig wurde sie besorgt gefragt, was denn los sei, warum sie nicht lernen wolle, sie die Hausaufgaben verweigere, was genau sie nicht verstand; dauernd bekam sie Ratschläge, Spezialtrainings, eine Psychotherapie angeboten …

Magst du es mit Lyrik versuchen, Ruth?

Wir könnten Songtexte übersetzen!

Sollen wir mal die neue Mathe-Software ausprobieren?

Wir sollten reden, Ruth, einfach nur reden in meinem Büro …

Und sie spürte die Angst der Psychologen und Pädagogen, sah den Schatten ihres Vaters hinter ihnen, den König des Internats … Was ist los mit meiner Tochter? Wie entwickelt sich ihre Performance? Noch keine Fortschritte? Keine Veränderung in Ruths Verhalten? Sie sind gut bezahlte Spezialisten, meine Damen und Herren!

Überwacht, getrieben, immer als Versagerin hatte sie sich gefühlt; stets überfordert, schon in der ersten Klasse; immer hieß es, da sei noch etwas zu entwickeln, zu vertiefen, zu optimieren …

Und dann hatte Sebastian begonnen, ihr Nachhilfe zu geben. Ihr Vater hatte das eingefädelt. Natürlich. Und selbstverständlich stimmten die Steinforts zu, man war ja befreundet! Sie kam in sein Zimmer, zweimal die Woche am Nachmittag, dicht nebeneinander saßen sie an seinem Schreibtisch …

Wenn er ihr etwas erklärte, verstand sie gleich, weil sie verstehen wollte. Sie verstand, obwohl sie sich nur zur Hälfte auf den Stoff konzentrierte; mit der anderen genoss sie seinen Duft, seinen Anblick, seine Nähe, nach der sie sich so sehnte und die sie dann kaum aushielt. Und er gab sich Mühe, war immer ruhig; wiederholte, wenn sie ihm doch einmal nicht folgen konnte; lächelte nachgiebig, voller Freundlichkeit, voller … Liebe?

Spürte er schon damals gleich, was sie für ihn empfand?

Es kostete sie jedes Mal ungeheure Anstrengung, ihn nicht zu berühren, nicht seine Hand zu nehmen, ihn zu küssen. Sie spürte die Lust zwischen ihren Beinen, sodass sie die fest aufeinanderdrücken musste, wenn er neben ihr saß. So eine Sehnsucht hatte sie bisher noch nicht gekannt.

Und dann konnte sie nicht mehr anders. Es war völlig unmöglich, sich dagegen zu wehren. Als er irgendetwas erklärte – schon seit Minuten hatte sie nicht mehr zugehört –, wanderte ihre Hand zu seiner.

Kurze Stille.

»Ruth, was tust du da?«

Überrascht sah er sie an.

»Ich liebe dich, Sebastian«, antwortete sie.

Er musste an ihrer Stimme spüren, was los war; an der Art, wie sie seine Hand fasste.

»Ruth! Wir sollten lernen!«, erwiderte er, doch sie hörte, wie sich seine Stimme verändert hatte.

Noch immer saßen sie dicht nebeneinander, auch er regte sich nicht. Plötzlich war es ganz still, und sie neigte sich ihm zu.

»Ruth!«, flüsterte er.

Sie sah seine halb geöffneten roten Lippen, diese geraden, weißen, perfekten Zähne; roch seinen Atem, der nach Pfefferminz duftete …

Und langsam, ganz langsam näherten sich seine Lippen ihren …

Sie küssten sich, endlos lang, ihre Zungen wollten nicht voneinander lassen, und dabei hielt er ihren Kopf mit seinen Händen …

Es war ja ihr erster Kuss.

Irgendwann, nach einer Ewigkeit, standen sie auf, immer noch umschlungen, und gingen hinüber zu seinem Bett. Er zog ihre Bluse aus, ihr Top, dann sein T-Shirt, und sie legten sich auf die Matratze, küssten und streichelten sich, stundenlang …

Es war wie ein Wunder.

Statt zu lernen, was bei ihrer Unruhe sowieso zwecklos gewesen wäre, lagen sie nun immer bei ihm auf dem Bett, zweimal die Woche, dienstags und donnerstags. Er drängte nicht, schien zufrieden mit dem Küssen und dem Streicheln ihrer kleinen Brüste, ihrer Schultern, ihres Bauchs … Aber sie wollte mehr! Irgendetwas drängte sie; eine fremde, große Gier war in ihrem Körper …

Als sie das erste Mal seine Hose öffnen wollte, fasste er ihre Hand und wollte sie zurückhalten … Aber sie war stärker, fühlte, wie erregt er war, und als sie nicht lockerließ, immer wieder mit ihrer Hand über seine Hose fuhr …

Da gab er nach, da streichelten und küssten sie sich überall.

Nur schlafen wollte er nicht mit ihr.

»Es ist zu früh, Ruth!«, sagte er immer, und es klang schuldbewusst.

Spürte er, dass etwas mit ihr nicht stimmte?

»Ich will es aber!«, erwiderte sie. Gereizt, drängend, fordernd.

Aber dazu konnte sie ihn nicht bringen, mit all ihren Berührungen und Küssen nicht. Und obwohl sie immer kam und für einige Momente so etwas wie Ruhe und Glück, zumindest eine angenehme Mattheit spürte … Sie wollte mehr, es schien ihr nicht genug, ganz sollte er in ihr sein …

Warum nur diese Gier? Hatte sie geglaubt, damit die Dämonen zu vertreiben? Oder dass Sebastian sie dann vollends würde beschützen können?

Wenn diese ewige Unruhe nur ein Ende gehabt hätte.

Sie erzählte ihm nichts von ihrem wilden Fühlen, dass sie nachts oft nicht schlafen konnte, sie es vor Unruhe am Morgen kaum im Unterrichtszimmer aushielt; sie, wenn die Lehrer und Coaches sie wieder mit ihrer ängstlichen Fürsorge quälten, diesen am liebsten das Gesicht zerkratzen oder zumindest weit weglaufen würde …

Aber er merkte, dass etwas mit ihr nicht stimmte. Oder waren es seine Schuldgefühle? Sie wusste, wie gerecht, moralisch, sensibel er stets war … Und sie war erst zwölf; die Haare zwischen ihren Achseln und zwischen ihren Beinen waren noch ganz weich … Wie Babyflaum, hatte er einmal lächelnd gesagt …

Sie spürte, wie er sich allmählich von ihr abwandte; er ihre Hände und Lippen zurückwies … er manche Nachhilfestunden absagte … er sie zur Vernunft aufforderte, dass ihr Verbleib auf dem Internat auf dem Spiel stehe …

Und statt ihm Zeit zu geben, ihm zu signalisieren, dass sie ihn zu nichts zwingen wollte, bedrängte sie ihn weiter. Drohte einmal, alles ihrer Mutter zu verraten. Und sie lernte schnell, mit welchen Worten und Berührungen sie an ihr Ziel kommen würde.

Sie spürte, sie hatte ihn dahin gebracht, dass er sie auch brauchte, wenn auch nicht ganz so wie sie ihn; dass er sich nach ihren Berührungen, ihren Küssen sehnte. Und gleichzeitig davor zurückschreckte.

So stark, merkte sie, war er gar nicht. Er war ihr verfallen, obwohl ihm das in der Schule keiner anmerkte. Da schien er wie immer Sebastian der Starke zu sein, der die Diskussionen im Unterrichtszimmer bestimmte, die besten Tests schrieb, immer kontrolliert, zielstrebig, selbstbewusst wirkte …

Und der dann zweimal in der Woche für ein paar Stunden alles bei ihr verlor – die Kontrolle, die Zielstrebigkeit, das Selbstbewusstsein … der sich bei ihr fallen ließ, still dalag, während sie … er sie alles tun ließ, tun lassen musste …

Bis zu der einen Grenze, an der er eisern festhielt.

»Ich glaube, ich weiß, was damals mit Tim geschehen ist.«

Ruth schreckte auf und sah Sarah direkt in die Augen.

»Was?«

Die Freundin weinte nicht mehr und blickte sie ernst an.

»Du weißt es auch, Ruth, oder? Ist es das, was dich bedrückt? Ich sehe es an Sebastians Augen. Wir müssen mit jemandem sprechen, Ruth. Auch wegen Sebastian. Es merkt ihm keiner an, aber er kämpft immerzu. Wie du. Unsichtbar, unter der Oberfläche. Ich kann es spüren. Hab ich nicht recht?«

Ruth schluckte.

»Ich weiß nichts!«, sagte sie bestimmt.

Dann schwieg sie, löste sich aus der Umarmung und setzte sich aufs Bett.

Sarah drehte sich auf die Seite.

Ruth glaubte, dass sie weinte.

36

Sonntag, 4. August

Es war wie immer, wenn sie sich in Waldshut trafen. Elsa Berger öffnete die Tür und lächelte ihn an. Sie trug ein grobmaschiges dunkelblaues Strickkleid. Nichts darunter. Ihre weiße Haut schimmerte durch den Stoff.

Schon als er vom »Winzerhof« aufgebrochen war, hatte Schwarz sich kaum auf den Straßenverkehr konzentrieren können, musste an all ihre prickelnden Begegnungen in den letzten Monaten denken.

Als er sie das erste Mal in Waldshut besucht hatte, im letzten Herbst, trug sie nur einen schwarzen Frotteebademantel. Er war spontan und unangekündigt gekommen. Sie wolle gerade in die Sauna, sagte sie. Damals wusste er nicht, wie ihm geschah, er zog sie einfach an sich, küsste sie …

Es war letztes Jahr gewesen, Montag, der 29. Oktober. Zwar hatten sie ein paar Tage zuvor schon einmal miteinander geschlafen, aber für ihn war dieser Abend etwas ganz Besonderes gewesen.

Aus diesem ersten Abend in Waldshut hatten sie ein Ritual gemacht. Immer trug sie etwas Aufreizendes, wenn er kam, manchmal gar nichts. Und immer schliefen sie gleich miteinander; mit der Inbrunst, kam es ihm manchmal vor, von zwei ausgehungerten und todgeweihten Tieren.

Er warf seine Tasche neben die Tür, er sah in ihre offenen, gierigen, wie von Schmerz erfüllten Augen – und wusste, dass er genauso blickte …

Sie mussten nichts sagen, da war auch fast kein Lächeln mehr. Ihre Lippen, ihre Zungen fanden gleich zueinander; er schob ihr Strickkleid hoch und fasste zwischen ihre Beine. Sie stöhnte auf, noch immer standen sie unmittelbar hinter der Tür; schnell hatte sie seine Hose geöffnet und sein Glied umfasst.

Nur kurz verharrten sie so; er küsste ihren Mund und ihre Brüste, und sie streichelten sich; dann drehte sie sich um zur Tür, presste ihre Handflächen auf das weiße Holz, und er drang in sie ein.

Sie stöhnten beide laut auf, und es schien Elsa nicht zu stören, dass sie im Treppenhaus und womöglich auch in den anderen Wohnungen zu hören waren. Inzwischen wusste er, wie er sich bewegen musste, dass es schön für sie war.

Und so schnell konnten sie nicht voneinander lassen. Gleich noch einmal fielen sie übereinander her, diesmal im Wohnzimmer, auf dem flauschigen weißen Teppich vor dem Kamin. Schon vorher hatte sie das Feuer entfacht, es war schwül und heiß in der Wohnung, und ihre Körper schwitzten …

Dann lagen sie nebeneinander auf dem Teppich, atmeten erschöpft, dazu das Knistern des Feuers; hielten sich an den Händen, doch sie sahen sich kaum an, sprachen nichts und umarmten sich nicht.

Elsa rauchte schweigend und auf dem Rücken liegend eine Peter Stuyvesant und blies den grauen Rauch zur weißen Decke. Er beobachtete die Schwaden, wie sie sich langsam auflösten.

Dann fiel sein Blick nach draußen. Hinter einer Bergkuppe sah er die Kühlwasserwolke des Schweizer Atomkraftwerks Leibstadt. Es war, dachte er, als wollten sie nur, noch unersättlich, neue Kraft für ein weiteres Mal schöpfen.

Auch kam ihm das Feuer so kalt wie heiß vor.

Es schien heute so anders als das erste Mal. Auch damals hatten sie gleich Sex gehabt, ohne viel gesprochen zu haben. Auch damals konnten sie für einige Stunden nicht voneinander lassen. Auch damals war ihr Begehren grenzenlos und wild, aber …

Aber … damals war Schwarz das Kaminfeuer warm und behaglich vorgekommen. Hatte er geglaubt, dass eine Beziehung zwischen ihnen möglich sein würde.

Und Elsa?

Er wusste es nicht.

Ein paar Tage nach dem ersten Treffen letztes Jahr kam er sie wieder spontan besuchen, in dieser grauen Bergstadt, einem Wohnviertel hoch über Waldshut, und als er gerade aus dem Auto steigen wollte, sah er sie mit einem anderen Mann.

Einem jüngeren, muskulöseren, schlankeren, sehr gut aussehenden. Sie küssten sich, er befingerte ihren Arsch – die Bilder hatten sich ihm mit schmerzender Präzision eingebrannt. Es regnete; ein grauer, kalter Tag – und es war das böse Ende seiner Hoffnung gewesen.

Eine ganze Weile hatte er das nicht angesprochen und Elsa auch eigentlich nie mehr sehen wollen, sie dann aber doch angerufen.

Sie trafen sich im Dezember in einem Café in Schaffhausen, eine kalte Wintersonne schien, und sie erzählte ihm, dass sie noch keine feste Beziehung wolle.

Was »noch« denn heiße, wollte er wissen.

Und sie erklärte ihm, dass sich im letzten Jahr ihr Mann von ihr getrennt habe und dass sie deswegen eine lange Zeit am Boden zerstört gewesen sei. Sie hätten zusammen in der Wohnung in der Bergstadt gelebt. Den Italiener habe sie zufällig in einer Bar kennengelernt und eine Affäre mit ihm begonnen. Der junge Mann war verheiratet und suchte nach Abwechslung. Ihr kam er gerade recht.

»Außer Sex hatten wir keine Gemeinsamkeiten«, meinte sie trocken. »Aber dumm fickt gut.«

Sie sagt »hatten«, dachte Schwarz. Ob sie sich nicht mehr mit ihm trifft? Er traute sich nicht zu fragen.

»Und dann kam ich«, sagte er tonlos.

»So ist es. Dann kamst du.«

Sie lächelte und sah ihn fest an.

»Ich liebe dich«, sagte Schwarz. Seine Stimme zitterte.

Elsa blinzelte mit den Augen.

»Ich liebe dich auch, Martin.« Sie flüsterte fast. »Aber ich kann jetzt noch keine Beziehung mit dir führen. Ich brauche Zeit. Die Scheidung läuft noch.«

Warum?, fragte er sich. Wegen des Ex? Oder weil sie von dem Italiener doch nicht lassen konnte? Und sie sich nicht sicher war, ob sie eine Beziehung mit einem traumatisierten ehemaligen KSK-Soldaten beginnen sollte, der daheim bei seiner Mutter lebte?

Eine Weile blieb Schwarz still und starrte auf den Tisch. Er sah die leer getrunkene Tasse vor sich und die zerknüllten Zuckertütchen. Er wusste nicht, was er sagen sollte. Elsa blickte hinaus in die Schaffhauser Altstadt.

»Okay«, sagte er und stand auf. »Vielleicht hättest du mir das früher sagen können.«

Sie blieb sitzen, sah ihn von unten an und grinste. »Wann denn? Wir küssten und wir liebten und wir küssten und wir liebten uns. Zum Reden haben wir uns keine Zeit gelassen. Und es war schön so.«

Er lachte kurz und wusste darauf nichts zu sagen.

»Es tut mir leid, dass ich dich verletzt habe, Martin. Ich verstehe, wenn du mich nicht mehr sehen willst. Auch wenn ich das sehr bedauern würde.«

Ihre Blicke trafen sich. Es kam ihm so vor, als habe sie Tränen in den Augen. Aber vielleicht täuschte er sich.

Sie fuhr fort: »Überlege es dir, Martin. Überlege dir auch, was du wirklich von mir willst. Mir ist es nicht so vorgekommen, als wärst du auf der Suche nach der Frau für den Rest deines Lebens.«

Auch darauf wusste er nichts zu erwidern. Er hätte »Doch!« schreien wollen.

Stattdessen sagte er »Leb wohl!« zum Abschied.

Keine zwei Wochen später stand er mit einer Flasche Champagner vor ihrer Tür. Diesmal hatte er vorher angerufen.

Jetzt hatten sie genug, war der Hunger erst einmal gestillt. Elsa setzte sich auf, nahm aber nicht, wie sonst, eine weitere Zigarette, sondern verschränkte die Arme um ihre angezogenen Knie.

»Hallo Martin!«, sagte sie mit einem verschmitzten Lachen und sah ihm in die Augen. Voller Sympathie. Und Liebe? »Ich freu mich, dass du da bist!«

Er lächelte noch etwas schwer. Sie war schön. Er musste an Katharina Mink denken. Sollte er Elsa nicht von letzter Nacht erzählen?

»Ja!«, sagte er ruhig, fast schüchtern. Ihre hellbraunen Augen sahen ihn offen an. Der Blick tat ihm gut. Immer noch.

Er würde ihr davon erzählen. Aber nicht heute. Das Schöne war: Er hatte das Gefühl, vor Elsa überhaupt nichts verbergen zu müssen. Schon beim Telefonat heute Morgen hatte er ihr ohne Umschweife erzählt, dass er im Fall Martha Steinfort ermittle und er den fachlichen Rat einer Psychoanalytikerin brauche.

»Informationen gegen Sex?«, hatte sie gefragt, so ernst, dass er kurz einen Schreck bekam. Dann ihr Lachen. »Also gut. Ich freu mich! Und Martin: Das wird teuer für dich!«

Es gehörte auch zu ihrem Ritual, dass er nach dem Sex für sie kochte. Elsa saß am gedeckten Tisch, sie hatte sich ein leichtes buntes Sommerkleid angezogen, und er kam mit einer großen Pfanne.

»Wow!«, meinte sie, als er seine Liebesgabe auf den Tisch stellte. Er hatte den Hecht vom Untersee für sie zubereitet. Elsa liebte es, wenn er Fisch für sie machte. Er hatte Speckscheiben auf den Fisch gelegt und ihn in einer Weißweinsoße mit Kräutern, Zwiebeln und Sauerrahm gegart. Dazu servierte er Bandnudeln und gebratene Austernpilze. Er gab ihr vom Bauchfilet, in dem sich kaum Gräten befanden.

Sie stießen mit kaltem Klettgauer Gutedel an, dann machte sie sich über das Essen her. Sie pustete, aß, pustete und machte »Mmmh!«.

Schwarz sah ihr zu und musste lächeln. Elsa war ein ziemlich tiefes und undurchsichtiges Wasser, aber manchmal kam sie ihm vor wie ein junges, unvorsichtiges und glückliches Mädchen.

Eine Weile aßen sie schweigend. Ihm fiel nichts ein, das er erzählen konnte. Er wusste nicht, ob er die Stille als bedrückend oder angenehm empfinden sollte.

»Jetzt fang schon an!«, meinte Elsa nach einer Weile. »Ich platze fast vor Neugier! Du bist ja mal wieder dicht dran am spannendsten Fall der Republik.«

Schwarz lächelte sie dankbar an. »Also gut.«

Und dann erzählte er, was er bisher wusste, über das Verschwinden Martha Steinforts, vor allem aber über Katharina und Ruth Mink. Elsa hörte aufmerksam zu.

»Ich dachte, es stecken diese Kinderhändler dahinter?«, fragte sie, als er fertig war.

»Ich bin mir da nicht so sicher. Ich sehe keinen Zusammenhang, nur eine Koinzidenz. Aber vielleicht irre ich mich.«

Elsa nickte. »Was willst du wissen?«

»Schizophrenie. Ich kenne diese Krankheit nicht gut genug.

Katharinas Mutter hatte sie, und Katharina ist von der Krankheit der Mutter geprägt. Auch Ruth Mink ist psychisch auffällig. Ich glaube, dass ich Mutter und Tochter nur verstehen kann, wenn ich mehr über die Krankheit weiß.«

Elsa nickte. »Das ist bestimmt so. Aber mach dir nicht zu viele Hoffnungen. Schizophrenie ist immer noch eine weitgehend unverstandene Störung.«

»Was macht Schizophrenie aus? Was ist der Kern der Krankheit?«

Elsa dachte kurz nach. Wenn sie das tat, verengte sie ihre Augen, und sie bekamen einen abwesenden Ausdruck. Schwarz mochte diesen Anblick.

»Ein Schizophrener erlebt die Eingebung von Gedanken. Der Kranke hört meist Stimmen, die über ihn sprechen oder seine Handlungen begleiten. Diese Stimmen sind für den Kranken real. Es können auch optische Halluzinationen hinzutreten. Manche Kranke sehen Personen oder Gegenstände, die es nicht gibt.«

»Die Mutter von Katharina Mink hatte eine paranoide Schizophrenie. Was genau heißt das?«

»Sie fühlt sich verfolgt. Oft glauben die Kranken, dass jemand aus ihrem Umfeld sie töten will. Das kann der Ehemann sein, Geschwister, der Chef, die eigenen Kinder. Oft vermuten sie eine Verschwörung ihres gesamten Umfelds. Die Stimmen reden dem Kranken ein, dass die anderen ihn schädigen wollen.«

»Ist es dann überhaupt möglich, die Krankheit vor der Umwelt zu verstecken?«

»Bis zu einem gewissen Grad schon. Man spricht dabei von doppelter Buchführung. Der Kranke weiß, dass er bestimmte Erlebnisse und Wahrnehmungen besser für sich behält. Allerdings muss sich ein solcher Mensch sehr gut kontrollieren können: Er darf zum Beispiel auf die Stimmen nicht reagieren, wenn sie ihn im Beisein anderer überfallen. Das setzt ein hohes Maß an Selbstbeherrschung voraus. Solche Kranke sind auch in der Lage, sich selbst und ihre Mitmenschen gut zu beobachten.«

»Eine hochprofessionelle Schauspielerin wie Katharina Mink wäre dazu vermutlich in der Lage?«

»Vorstellbar. Manche Schauspieler verfügen über ein hohes Maß an emotionaler Intelligenz. Sie können ihr eigenes Erleben besonders differenziert wahrnehmen und ihre Emotionen besonders wirksam kontrollieren.«

Schwarz dachte daran, was der Regisseur Maria Schellenberger über Katharinas gelegentliche Ausbrüche bei Proben erzählt hatte.

»So jemand, der nach dieser doppelten Buchführung lebt, muss also unter permanenter Spannung stehen?«

»Das kommt darauf an. Schizophrenie verläuft in bestimmten Phasen. Die akute schizophrene Phase mit Wahnvorstellungen bis hin zum Zerfall der Persönlichkeit ist nur ein Teil des Krankheitsverlaufes. Dem geht eine Vorphase voraus. Der Kranke verliert das Interesse an der Arbeit, seinen Freunden, seinen Hobbys. Er zieht sich zurück, wird depressiv. Manche werden auch übermäßig gereizt und aggressiv. Diese Vorphase kann Monate, aber auch einige Jahre andauern. Erst in der akuten Phase, die je nach Patient unterschiedlich stark ausfallen kann, kommen die Wahnvorstellungen. Das Denken des Kranken verändert sich dann manchmal massiv. Er verstrickt sich zunehmend in seine Wahnwelt, auch sein emotionales Erleben wird anders. Die Menschen wissen nicht mehr, was real ist und was nicht. Ihre Orientierung in der Welt ist schwer gestört.«

»Ist es wirklich vorstellbar, dass jemand eine akute Psychose vor anderen verbergen kann?«

»Das hängt von der Aufmerksamkeit der Umgebung und der Intensität der Psychose ab. Sie kann bis zum Verlust des Gefühls für die eigene Persönlichkeit führen. Die Kranken glauben dann, die Gedanken anderer lesen zu können, oder andersherum, dass sie von anderen gesteuert und ferngelenkt werden. Im Extremfall glauben sie, selbst jemand anderes zu sein. Eine solch intensive Psychose lässt sich sicher nicht verstecken. Aber dazu muss es nicht kommen. Es ist auch vorstellbar, dass der Kranke regelmäßig ein Medikament einnimmt, das die Psychose entweder verhindert oder ihre Intensität reduziert. Das begünstigt natürlich eine doppelte Buchführung.«

Schwarz dachte daran, wie Katharina erstarrt im Liegestuhl lag, als er zum ersten Mal in den »Winzerhof« kam. Und Wolfgang Mink hatte ihm erzählt, dass sie wohl auch in eine andere Welt versunken war, als Martha verschwand.

»Kann es auch sein, dass ein Schizophrener in eine Art Erstarrung fällt?«

Elsa nickte. »Ein katatoner Stupor. Der Körper verfällt in einen Starrezustand, er kann sich nicht oder nur sehr eingeschränkt bewegen – wobei die Person bei vollem Bewusstsein ist. Ein Stupor kann allerdings auch bei anderen psychischen Störungen, etwa bei Depressionen, auftreten.«

Schwarz nickte. Er erinnerte sich an sein Trauma. Da gab es Phasen, wo er nicht aus dem Bett kam und selbst der Griff nach der Whiskeyflasche eine unerträgliche Anstrengung bedeutete.

Er holte tief Luft. Jetzt kam die für ihn entscheidende Frage. »Elsa, ist es denkbar, dass Katharina oder Ruth Mink aufgrund einer schizophrenen Erkrankung jemand anderen töten?«

Elsa sah ihn ernst an. »Du weißt nicht, ob sie krank sind.«

Schwarz berichtete ihr von seiner nächtlichen Begegnung mit Ruth Mink. Elsa hörte konzentriert zu.

»Wie du selbst sagst, ist sie anscheinend wirklich verfolgt worden. Dem solltest du nachgehen. Und ihr aggressives Verhalten dir gegenüber könnte mit großer Angst zu erklären sein. Angst, dass du den Eltern von ihrem Verhalten erzählst. Angst, dass sie in eine Klinik muss. Angst, wie die Großmutter krank zu werden.«

»Okay, aber noch einmal: Kann die Krankheit im akuten Stadium zu einem Mord führen? Ist es denkbar, dass die Mutter ihr eigenes Kind oder die Schwester ihren Bruder tötet?«

Elsa machte eine kurze Pause. »Es kann im Zuge einer akuten Psychose zu extremer Aggressivität kommen. In einem solchen Fall sind auch Angriffe auf Mitmenschen nicht selten. So ein Zustand kann mit einer starken Bewusstseinstrübung einhergehen.«

»Das heißt, der Kranke weiß hinterher gar nicht, was er getan hat?«

»Es ist denkbar, aber in deinem Fall sehr unwahrscheinlich. Denn ein solch intensiver Erregungszustand fällt der Umgebung auf; der Kranke kann das in der Regel nicht steuern. Und als Martha verschwand, scheint Katharina ja in einem Stupor gefangen gewesen zu sein.«

Schwarz schwieg und trank einen Schluck Wein.

Elsa schüttelte den Kopf. »Das ist mir alles zu spekulativ, Martin.

Warum gehst du davon aus, dass Katharina und Ruth schizophren sind? Die statistische Wahrscheinlichkeit spricht dagegen. Ist ein Elternteil schizophren, liegt das Risiko, dass das Kind erkrankt, bei gerade einmal zehn bis fünfzehn Prozent. Frage dich lieber, was es bedeutet, Kind oder Enkelkind eines schizophrenen Menschen zu sein. Die üblen Verdächtigungen. Die ständige Angst, dass die Mutter oder der Vater wieder eine akute Psychose erleidet. Das Unverständnis, was mit dem geliebten Menschen passiert. Die Sorge, selbst krank zu sein. Diese Kinder müssen viel mit sich selbst ausmachen. Sie müssen wahnsinnig viel ertragen und bekommen oft überhaupt keine Unterstützung. Diese Erfahrungen können Kinder zerbrechen. Oder sie sehr stark machen.«

Schwarz nickte nachdenklich. Er fragte sich, ob Ruth an ihrer Wahrnehmung zweifelte, als sie sich im Auwald an der Seefelder Aach verfolgt fühlte.

Er blickte vor sich auf den Teller. Elsa hatte recht. Es klang auch für ihn wenig plausibel, dass Katharina Mink ihr Kind getötet hatte. Aber was, wenn es Ruth war? Tim schien ja der Goldjunge gewesen zu ein, sie das Problemkind ... Ein Geschwistermord aus Eifersucht, aus Missgunst ... Aber sowohl Katharina als auch Wolfgang hatten immer wieder betont, wie sehr Ruth Tim liebte.

»Martin Schwarz!«, sagte Elsa langsam und streng. Sie hob ihren Zeigefinger und sah auf die Uhr.

Er sah sie an. Sie lächelte und hob die Brauen.

»Ich weiß«, sagte er mit einem Grinsen. »Die Beratungszeit ist abgelaufen. Jetzt muss ich bezahlen!«

Elsa schüttelte den Kopf.

Plötzlich sah sie ernst aus. »Noch nicht. Ich muss dir noch etwas sagen.«

Schwarz sah sie verwundert an.

Sie trank noch einen Schluck Wein und atmete tief ein.

»Ich bin schwanger, Martin.«

»Was?«

»Von dir.«

37

Sonntag, 4. August

Sie schloss die Augen und hielt den Atem an. Sie zählte in Gedanken: eins, zwei, drei. Dann atmete Verena Steinfort tief ein und wieder aus.

Ihr gegenüber saß Rolf Deißen, einer der renommiertesten Talkmaster des Landes. Ein schlanker, gut aussehender Mann mit silbernen Haaren, warmen Augen und distinguiertem Lächeln. Die fleischgewordene Seriosität. Er war der Mann für die heiklen Fälle des Boulevards, für sensible Fragen; Deißen konnte die Zuschauer zu Tränen rühren und gab deren schamloser Neugier ein respektables Gewand.

Sie sah das rote Lämpchen, Deißen schloss kurz die Augen und nickte ihr zu.

Gleich würde es losgehen.

Publikum gab es keines im Studio, darauf hatte sie bestanden. Natürlich war Deißen zu Kompromissen bereit gewesen; die Topanwältin exklusiv im Studio garantierte eine phantastische Quote. Auch wenn es sich nur um eine fünfzehnminütige Sondersendung handelte.

Zahlreiche Fernsehstudios hatten sich bereit erklärt, den »Findet Martha«-Clip kostenlos zur Hauptsendezeit zu spielen. Seitdem, hatte Kommissar Hafen ihr mitgeteilt, gingen Hinweise und Anrufe im Minutentakt ein. Auch die Festnahme des Kinderschänders Dr. Richard Arnold hatte die Aufmerksamkeit der Menschen noch einmal gesteigert.

Bisher ohne Ergebnis.

Und um noch etwas hatte sie Deißen gebeten. Dass er auf die Unterstellungen und Kommentare, die sich auf der Martha-Mysterien-Website und in bestimmten Foren breitmachten, eingehen sollte. Das würde hart werden, sie wahrscheinlich an die Grenze führen, aber es musste sein!

Deißen räusperte sich, Verena atmete tief ein, sie waren auf Sendung.

Er lächelte sie väterlich an. »Frau Steinfort, auch wenn die Frage unangemessen scheint: Wie geht es Ihnen?«

Der Hintergrund des Studios war in einem dunklen Grau gehalten. Deißens Stimme war tief und voller Mitgefühl.

Sie schluckte. Kurz kämpfte sie mit den Tränen. Ihre Augen mussten glasig aussehen.

»Ich vermisse mein Kind.« Sie stockte. »Alles kostet unendlich viel Kraft. Meistens zweifle ich am Morgen, ob ich den Tag durchstehen werde. Aber ich weiß, dass ich es muss.«

Deißen schwieg für einen Moment, wohl um die Worte wirken zu lassen und auch, um sie nicht unter Druck zu setzen.

»Woher kommt diese Kraft?«

Verena sah den Moderator fest an. »Es geht um mein Kind.«

Sie schluckte noch einmal und schloss kurz die Augen.

Dann huschte für einen Moment ein Lächeln über ihr Gesicht.

Auch Deißen lächelte, verständnisvoll; er spürte, dass sie noch etwas sagen wollte, und hakte deshalb wohl nicht nach.

»Und der enorme Zuspruch der Menschen hilft mir ungemein. Auch meinem Mann. Wir haben schon mehrere tausend E-Mails und Briefe bekommen. Diese Anteilnahme bestärkt uns jede Minute aufs Neue. Dafür möchte ich den Menschen aufrichtig danken. Sie sind es, die uns und die Suche am Leben erhalten.«

Deißen ließ diesen letzten Satz im Raum stehen, damit er seine Wirkung voll entfalten konnte.

»Wie kommen Sie durch diese schwere Zeit? Wie ertragen Sie die Tage?«

Verena Steinfort atmete tief ein, bevor sie sprach.

»An Schlaf ist natürlich kaum zu denken. Mein Arzt hat mir ein sehr starkes Schlafmittel verschrieben. Ich bekomme eine Dosis, mit der man, wie mein Arzt meinte, einen Esel einschläfern kann. Bei mir bewirkt es, dass ich ein paar Stunden am Stück Ruhe finde.«

Verena machte eine Pause und sammelte sich.

»Zunächst gehe ich durch die Post und durch meine E-Mails. Auch spreche ich viel mit Freunden und Verwandten. Mit meinen Kindern und meinem Mann sitze ich oft zusammen. Wir geben uns den Halt, den wir brauchen. Dann gibt es viel zu tun, für die

Kampagne. Viele Journalisten rufen an. Wir treffen täglich die Polizei. Und vor dem Mittagessen gehe ich joggen.«

Verena bemerkte, dass Deißen sie verwundert ansah.

»Ich weiß, es mag manche überraschen. Aber das Joggen hilft mir, meine Gedanken zu ordnen und meine Gefühle zu zähmen. Es hilft mir, den Tagen Gestalt zu geben und sie überhaupt durchzustehen. Wahrscheinlich stellen sich die meisten Menschen vor, dass ich aufgelöst und heulend auf dem Sofa liege …«

Wieder stockte sie.

Dann sprach sie leise, fast flüsternd weiter. »Glauben Sie mir, das tue ich oft genug. Aber sich dem Schmerz hinzugeben, hilft weder mir noch den Kindern. Und wenn ich laufen gehe, ist der Schmerz nicht fort, aber ich glaube, ihn dann ertragen zu können. Mein Mann … er fährt manchmal zum Segeln auf den See hinaus … Es ist wichtig, einfach etwas zu tun, wenn die dunklen Gedanken kommen.«

»Und Sie bleiben bis auf Weiteres am Bodensee?«

Verena nickte kurz. »Wir wollen so nah wie möglich bei den Ermittlungen sein. Und vielleicht ist Martha ja noch hier irgendwo … Wir wissen es nicht … Auch unsere Freunde sind bei uns, was uns sehr hilft.«

Ihre Stimme brach, und sie senkte den Blick.

Deißen zögerte. Wahrscheinlich wollte er jetzt nach den Minks fragen, spürte aber wohl, dass es besser war, das Thema zu wechseln.

»Haben die vielen Sichtungen, die der Polizei gemeldet worden sind, schon etwas Konkretes ergeben? Es sollen inzwischen mehrere hundert sein.«

Verena lächelte kurz. Auch sie war froh, dass er das Gespräch auf die Ermittlungen lenkte.

»Bisher noch nicht. Die Polizei schafft es kaum, allen Hinweisen nachzugehen. Die Menschen sind sehr aufmerksam. Fast immer handelt es sich bei den vermeintlichen Sichtungen wohl um Kinder, die Martha wirklich ähnlich sehen.«

»Gestern Abend scheint der SOKO Martha ein Schlag gegen einen Kinderhändlerring gelungen zu sein. Zwei Männer sind verhaftet worden, einer soll sich auf der Flucht vor der Polizei das Leben genommen haben. Gibt es eine Verbindung zu Martha?«

»Dazu kann ich nichts sagen. Wir möchten die Ermittlungen nicht behindern. Wir haben vollstes Vertrauen in die Arbeit von Hauptkommissar Marek Hafen und seinem Team. Es bestärkt uns zu sehen, wie jeder Polizeibeamte sein Bestes gibt. Ich persönlich bin mir sicher, dass Martha entführt worden ist. Und dass sie noch lebt.«

Deißen nickte, und sie wollte noch etwas hinzufügen.

»Es freut uns außerdem sehr, dass fast alle Medien unsere Suche nach Martha so rückhaltlos unterstützen. Täglich rufen mehrere Journalisten an und fragen, wie sie uns helfen können. Auch dass die Medien die Polizeiarbeit so konstruktiv begleiten, dafür danken wir von Herzen.«

»Wobei es in unserer vielgestaltigen Medienlandschaft auch kritische Stimmen gibt. Frau Steinfort, Sie haben mich gebeten, auch über die Verdächtigungen zu reden, die im Internet auf bestimmten Websites und in bestimmten Foren kursieren.«

Verena schloss die Augen und nickte.

Deißen fuhr fort. »Auch in unserem Gästebuch haben wir zahlreiche Zuschriften erhalten, seit das Thema dieser Sendung bekannt ist. Ich habe selbst einen Eindruck davon bekommen, welche Verunsicherung, aber auch welchen Hass es bei den Menschen gibt. Ich muss gestehen, dass mich einige dieser Zuschriften ehrlich entsetzt haben. Frau Steinfort, Sie möchten über diese Gerüchte sprechen, um ihnen entgegnen zu können. Auch wenn dies schmerzhaft für Sie sein könnte. Das ist sehr mutig von Ihnen.«

»Es ist mir ein großes Anliegen, Herr Deißen. Sie erinnern sich, wie manche Medien im Fall meiner Freundin Katharina Mink vor drei Jahren verfahren sind. Gerüchte wurden ohne Prüfung übernommen, infamsten Unterstellungen wurde Raum gegeben. Die damalige Berichterstattung hat ihr großes Leid zugefügt und, was wichtiger ist, die Suche nach ihrem Sohn Tim Mink stark behindert. Sie meinte, diesen Gerüchten, die auch damals zuerst im Internet geäußert wurden, am ehesten durch Ignorieren begegnen zu können. Das hat sich im Nachhinein als großer Fehler erwiesen. Deshalb möchte ich gleich über sie sprechen.«

»Frau Steinfort, warum sind Sie am Tag des Verschwindens von

Martha joggen gegangen und haben das Kind in der Obhut Ihrer Freundin Katharina Mink gelassen?«

Verena atmete schwer. »Mein Leben ist anstrengend. Ich möchte beruflich erfolgreich und eine gute Mutter sein. Das kostet Kraft, und der Sport ist mir ein Ausgleich. Wenn ich laufe, ordnen sich meine Gedanken. Ärger und Frust schwächen sich ab. Wenn ich vom Laufen komme, ist mein Kopf immer ein Stück freier.«

Verena Steinfort zögerte einen Moment und senkte den Blick.

»Ich bin nach einer guten Stunde wieder da gewesen und hätte …«

Sie brach ab und kämpfte mit den Tränen.

Es dauerte einige Momente, bis sie sich wieder fasste.

Kurz war eine schwere Stille im Studio.

»Wir hätten den gesamten Nachmittag für uns gehabt. Wir hätten im Sand gespielt und wären auf den See hinausgeschwommen. Am Abend wären wir alle zusammen Pizza essen gegangen. Es wäre ein ganz normaler Urlaubstag geworden.«

Kurz war es still.

Deißen wartete, ob sie noch etwas hinzufügen wollte.

»Und an Ihrer Freundin zweifelten Sie nicht?«

Entschlossen blickte Verena Deißen an. »Ich habe an Katharina Mink nie gezweifelt. Ich kenne sie seit fast dreißig Jahren und kann sie einschätzen. Hätte ich den Eindruck gehabt, dass meine Freundin nicht in der Lage ist, auf mein Kind aufzupassen, hätte ich das nicht zugelassen.«

»Und das trotz der starken Depressionen Ihrer Freundin?«

»Katharina hat sich in einer Therapie ihren Depressionen gestellt und sie weitgehend überwunden. Ich habe meiner Freundin vertraut und tue dies noch.«

»Ihr Mann war beim Segeln an diesem Tag. Allein …«

»Auch er ist beruflich stark gefordert und braucht Zeit für sich. Und trotzdem ist er unseren Kindern ein guter Vater.«

Sie zögerte einen Moment.

»Wir haben nichts anderes getan, als im Urlaub auch ein wenig Zeit für unsere Hobbys zu verwenden. Tun Sie das im Urlaub nie? Sind Sie vierundzwanzig Stunden am Tag für Ihr Kind da?«

Deißen beantwortete diese Frage mit einem behutsamen Nicken. »Frau Steinfort, viele Menschen fragen: Sind Sie eine gute Mutter?«

Verenas Augen weiteten sich. »Ich verstehe nicht.«

»Martha geht, wenn ich richtig informiert bin, während der Schulzeit auf ein Internat. In den Ferien, war der Presse zu entnehmen, verbrachte sie die Vormittage und auch manche Nachmittage in der Kinderbetreuung. Vielen erscheint das … befremdlich.«

Verena zuckte mit den Achseln. »Das kann ich nicht nachvollziehen. Dass Kinder im Internat erzogen werden, ist zumindest in anderen Ländern alles andere als ungewöhnlich. Martha ist dort mit Freunden zusammen, hervorragend qualifizierte Pädagogen kümmern sich um sie, und das Bildungsangebot lässt keine Wünsche offen. Das Internat ermöglicht meinen Kindern eine erfüllte Zeit und mir als emanzipierte Frau, eine anspruchsvolle Karriere zu verfolgen. Das macht mich glücklich, und das ist auch für meine Kinder von Vorteil. Es ist ein großes Versäumnis für eine moderne Gesellschaft, dass staatliche Einrichtungen eine solch qualitätvolle Ganztagesbetreuung nicht allen Eltern bieten können.«

Verena machte eine Pause. Sie fühlte sich leer und schwach. Es musste ihr anzusehen sein, wie sehr das Gespräch an ihren Kräften zehrte. Noch einmal sammelte sie sich.

»Ich sehe meine Kinder vielleicht seltener als manche Mütter. Ich bin auch nicht jede Minute für sie da. Und im ersten Jahr im Internat hat Martha manchmal zu Hause angerufen und geweint, weil sie sich einsam fühlte. Da habe ich mich oft gefragt und gezweifelt, ob mein Mann und ich uns richtig entschieden haben. Doch ziemlich schnell hat Martha sich eingelebt im Internat. Sie freute sich nach den Ferien jedes Mal auf ihre Freunde und Lehrer. Es wurde ihr zweites Zuhause.«

Eine Stille entstand.

»Und wenn wir uns sehen, ist das wertvolle Zeit. Martha hat gewusst, dass wir sie lieben. Sie ist immer ein glückliches Kind gewesen.«

Wieder nickte Deißen. Für einige Momente ließ er Verena Steinforts letzte Sätze wirken. Dann lächelte er voller Verständnis und Sympathie.

»Frau Steinfort, gibt es noch etwas, das Sie unseren Zuschauern sagen möchten?«

Verena nickte. Sie richtete sich auf und blickte in die Kamera. »Ich möchte Sie alle bitten, dass Sie weiterhin nach unserer Martha Ausschau halten. Melden Sie sich bei der Polizei, wenn Ihnen etwas auffällt. Helfen Sie uns, dass Martha bald zu uns zurückkehren kann!«

Deißen übernahm wieder. »Frau Steinfort, wir bedanken uns, dass Sie sich meinen Fragen und denen der Menschen draußen so offen gestellt haben. Ich hoffe für Sie, dass Ihre Tochter bald wohlbehalten gefunden wird. Zum Abschluss, um Sie und die Polizei bei der Suche nach Martha zu unterstützen, möchten wir einen kurzen Film zeigen, der Ihnen, liebe Zuschauer, einen Eindruck von Martha Steinfort verschafft.«

»Danke!«, sagte Verena Steinfort mit brüchiger Stimme.

Mit letzter Anstrengung hielt sie ihre Tränen zurück. Dann wurde der »Findet Martha«-Clip eingespielt.

38

Sonntag, 4. August

Gegen ein Uhr in der Nacht bemerkte der SEK-Beamte Cornelius Brandt von seinem Versteck aus einen kleinen Mann, der sich schnell und auffallend leise einen steilen Waldhang hinaufbewegte. Brandt befand sich in einem engen, dicht bewachsenen Tal zwischen Bodman und der Marienschlucht. Schon seit vier Stunden kauerte er hinter Büschen und beobachtete. Der Mann war ihm lange nicht aufgefallen, obwohl der Mond hell schien und Brandt die Gegend regelmäßig mit seinem Nachtsichtgerät überprüfte.

Immer wieder hielt der Mann inne und sah sich um, so als ahnte er etwas. Mitunter war der Hang so steil, dass er sich an den Stämmen und Ästen der Bäume festhalten musste, um nicht abzustürzen. An einigen Stellen bestanden die Hänge aus hellen nackten Felswänden, und der Mann kletterte auf eine zu.

Brandts Stimme klang gepresst. »Männliche Person gesichtet. Etwa zweihundert Meter entfernt. Am Südhang des Tals. Klein, aber sehr fit. Kein Gepäck. Scheint unbewaffnet.«

Abschließend gab er seine GPS-Daten durch und nahm das Nachtsichtgerät.

Was Cornelius Brandt kurz darauf sah, ließ seinen Atem stocken. An einer besonders steilen Stelle, knapp unterhalb der Felswand, war der Fremde stehen geblieben. Langsam drehte er sich um und prüfte die Umgebung. Brandt erstarrte.

Mit seinen Händen schob der Unbekannte Blätter und Zweige vom Waldboden. Dann hob er mit beiden Händen eine Art Brett auf und legte es zur Seite. Auf dem Brett schien ein Tarnnetz befestigt zu sein.

Brandt sah, dass sich nun ein rundes Loch im Hang befand. Dort hinein stieg der Mann. Und war verschwunden.

Er hatte den Waldmann! Sein Atem ging schneller vor Aufregung.

»Verdächtige Person befindet sich außer Sicht in einer getarnten Erdhöhle, im oberen Drittel des Südhangs. Brauche Verstärkung!«, leitete Brandt per Funk an seinen Einsatzleiter Christian Hempfer weiter.

»Bleib, wo du bist!« Brandt hörte die Erregung in der Stimme seines Vorgesetzten. »Wir ziehen einen Kreis um ihn. Ich funke Hafen an. Warte auf Instruktionen.«

Durch das Nachtsichtgerät seiner MP5 blickte Brandt gebannt auf den Eingang zur Höhle.

***

Viel zu schnell war Marek Hafen von Konstanz nach Liggeringen und weiter Richtung Bodman gerast. Eine der zahlreichen scharfen Kurven hinter Langenrain wäre ihm fast zum Verhängnis geworden. Während der Fahrt hatte Winter geschwiegen und immer wieder ängstlich zu ihm gesehen. Mit den Händen hatte sie sich an ihrem Sitz und der Tür festgehalten. Hafen bekannte sich innerlich dazu, dass er die Situation genoss.

Als der Anruf Hempfers kam, hatte er mit Winter und König im Büro gesessen. Bingo, hatte Hafen gedacht. Und gleich den SEK-Einsatzleiter beauftragt, diskret weitere Leute in das Gebiet zu bringen.

Jetzt befanden sie sich auf einem breiten Weg, der von Bodman am See entlang Richtung Marienschlucht führte.

Es ist der Weg, den vor drei Jahren Katharina Mink gefahren ist, um nach Tim zu suchen, dachte Hafen.

Er blickte zu Marlene Winter.

Sie sah ihn an.

»Katharina Mink«, sagte sie nur.

Als sie die Einsatzfahrzeuge sahen, stoppten sie den Wagen.

Hempfer erwartete sie schon.

»Wir kriegen ihn«, meinte er. »Er hockt in einer Höhle an einem Steilhang. Er hat keine Chance.«

Hafen lachte kurz auf. »Das habe ich auch schon mal gedacht, Hempfer.«

Der SEK-Mann nickte. »Kommt. Das Tal ist etwa fünfhundert Meter von hier entfernt.«

Der Weg führte vom See weg in den Wald hinein. Die Hügel

des Bodanrück fielen hier steil zum Ufer hin ab, dazwischen gab es viele schluchtartige und dicht bewachsene Täler.

Wer sich vor der Welt verstecken will, dachte Hafen, ist hier richtig.

Dann erreichten sie das Tal. Hafen staunte. Schon öfter war er mit seiner Frau in der Gegend spazieren gewesen, aber hier noch nie. Das Tal war auffallend schmal und dicht bewachsen; die hellen, glatten Felswände an den Hängen gaben dem Ort eine eigentümliche Mächtigkeit.

Sie verließen den Weg. Sie mussten sich leise bewegen.

Bald kämpften sie sich durch Büsche und Dornen, über Moosfelder und morsches Holz. Ein kleiner Bach floss durch die Wildnis, und der Boden war stellenweise sumpfig.

Hafens Schuhe waren nach zehn Minuten genauso klatschnass wie sein ganzer Körper.

Dann sahen sie, hinter Büschen versteckt und auf den Knien lauernd, einen SEK-Mann.

»Situation unverändert«, meinte Cornelius Brandt. »Der Mann hat die Erdhöhle nicht verlassen. Zwölf Beamte haben einen Kreis um die Höhle gezogen. Alle Männer haben Sichtkontakt. Acht Mann stehen am Hang unterhalb der Höhle, vier oberhalb der Felswand am Grat.«

»Sie empfehlen Zugriff?«, fragte Hafen.

Hempfer schüttelte den Kopf.

»Ich möchte keinen Beamten mit gezückter Waffe in diese Höhle kriechen lassen.«

Der Einsatzleiter holte ein kleines Megafon aus seinem Rucksack.

»Wir reden mit ihm. Wenn meine Männer noch näher an der Höhle sind.«

Hafen sah ihn skeptisch an. »Und wenn er das Mädchen dort versteckt hält?«

»Wäre ein Zugriff nicht weniger riskant. Wir wissen nicht, mit wem wir es zu tun haben. Vielleicht bekommt er Panik, vielleicht benutzt er das Kind als Schutz. Er kann aus dieser Höhle nicht heraus.«

Hafen überlegte kurz.

»Einverstanden«, meinte er. »Wo genau ist die Höhle?«

Hempfer gab ihm ein Fernglas mit Restlichtverstärker. »Schauen Sie unterhalb der Felswand, ganz links.«

Hafen fand das Erdloch schnell.

»Warum lässt er die Höhle offen?«

Hempfer grinste. »Vielleicht muss er lüften? Oder er möchte die ruhige Nacht genießen.«

Hafen gefiel das nicht.

Der Einsatzleiter verständigte per Funk die zwölf Beamten. Hafen erkannte mit dem Fernglas am Hang ein paar Polizisten, wie sie sich langsam und lautlos durch den Wald bewegten. Auch oberhalb der Felswand konnte er zwei Männer ausmachen. Doch beim Hinaufgehen, dachte er, mussten sie Geräusche machen. Womöglich hatte der Waldmann sie längst bemerkt.

Die Beamten bewegten sich sehr langsam. Sie achteten darauf, den Blickkontakt zu ihren Nebenleuten nicht zu verlieren und den Ring dicht zu halten.

Er schätzte den Abstand zwischen ihnen auf zehn bis fünfzehn Meter. Wenn ihnen der Mann nur nicht durch die Maschen schlüpfte!

Nach weiteren zehn Minuten waren die Beamten in Position. Keiner war jetzt weiter als zwanzig Meter vom Erdloch entfernt. Der Ring unterhalb der Höhle war geschlossen. Wollte der Waldmann fliehen, müsste er die steile Felswand oberhalb hinaufklettern. Doch die fiel senkrecht ab.

Kurz sammelte sich Einsatzleiter Christian Hempfer, dann begann er. Die laute Stimme klang fremd und bedrohlich im stillen Tal.

»Achtung, hier spricht die Polizei. Wir haben das Gebiet um die Erdhöhle umstellt und möchten Sie bitten –«

Weiter kam er nicht.

Ein zwanzig Meter links vom Höhleneingang positionierter Beamter teilte ihm per Funk mit, dass er eine Bewegung am Waldboden wahrgenommen habe, ganz in seiner Nähe.

Im selben Moment schoss plötzlich eine Feuersbrunst aus dem Höhleneingang, so als greife ein mächtiger Drache an.

Für einen Moment schien die Sonne in der engen Schlucht, und der Schwall der Flammen war zu hören.

Dann ein Schrei voller Schmerz, der nicht enden wollte.

Hafen suchte. Auch der Hang unterhalb des Erdlochs brannte jetzt.

Sprachlos blickte Hafen zu Hempfer. Der konnte den Blick nicht von dem Feuer lösen.

Dann sahen sie ihn: einen SEK-Beamten, der sich unterhalb der Höhlenöffnung befunden hatte. Er fiel brennend und schreiend einige Meter den Hang hinunter, bis Büsche seinen Sturz bremsten.

»Verfluchte Scheiße!«, rief der Einsatzleiter mit gepresster Stimme.

Per Funk wies er zwei Beamte an, die sich in der Nähe des Opfers befanden, Hilfe zu leisten. Die anderen sollten sich nicht bewegen und abwarten.

Schon ist die Kette durchbrochen, dachte Hafen. Er nahm das Nachtsichtgerät und scannte hoch konzentriert das Gelände. Dichter Rauch stieg vom Boden auf; das brennende Laub war noch feucht vom Regen der letzten Nächte.

»Er muss Benzin in der Höhle gelagert haben«, stellte Hempfer fest. »Und er hat den Hang vor der Höhle damit getränkt. Der Boden hat sofort Feuer gefangen, obwohl es in den letzten Nächten immer geregnet hat.«

»Was hat er vor? Verbrennt er sich selbst?«, fragte Hafen. »Es muss noch eine zweite Höhlenöffnung geben. Von irgendwoher muss das Feuer Luft ziehen.«

»Was ist mit der Bewegung?«, wollte Hempfer von dem Beamten wissen, der sich kurz vor Ausbruch des Feuers gemeldet hatte.

»Nichts. Ich sehe hier gar nichts. Alles voller Rauch. Ich bin an der Stelle, wo ich die Bewegung gesehen habe. Vielleicht war es nur ein Tier.«

»Warte. Bleib in Deckung«, meinte Hempfer.

Hafen zog seine Waffe und entsicherte sie. Dann nahm er sein Funkgerät aus der Tasche und kontaktierte die Notrufzentrale. »Ich brauche die Hubschrauber! Hört ihr mich? Sofort! Wir haben ihn verloren. Den Entführer von Martha Steinfort. Wenn ich hier in fünf Minuten keine Hubschrauber sehe, grill ich euch den Arsch!«

Dann gab er noch die GPS-Koordinaten durch.

Dass die Hubschrauber den Flüchtigen kaum sichten würden,

war ihm klar. Aber sie konnten ihn nervös machen, dazu antreiben, seine Deckung zu verlassen.

Kurz darauf meldete sich der SEK-Mann wieder, der eine Bewegung am Boden ausgemacht hatte. »Es gibt einen zweiten Eingang. Der liegt hinter einem dichten Gebüsch. Ziemlich sicher ist er uns entwischt.«

»Scheiße«, zischte Hempfer.

Ich hab es gewusst, dachte Hafen.

Mittlerweile kümmerten sich zwei Beamte um den schwer verletzten Kollegen. Es war ihnen gelungen, das Feuer an den Kleidungsstücken des Polizisten zu löschen.

Sie trugen ihn in ihre Richtung, raus aus dem Tal.

Als sie an ihnen vorbeikamen, sah Hafen, dass der Mann heftig zitterte. Er hatte starke Verbrennungen im Gesicht.

Die Sache läuft aus dem Ruder, dachte der Kommissar.

»Der Notarzt ist gleich da«, sagte der Einsatzleiter knapp. Dann, zu Hafen gewandt. »Und weitere SEK-Einheiten sind vor Ort. Eine Gruppe steht im Talausgang, weitere oben an den Hängen. Wir kriegen den Drecksack! Wenn er sich nicht schon selbst gegrillt hat. Er muss dadrin etliche Liter Benzin gelagert haben. Wahrscheinlich ist er inzwischen nicht mehr als ein Kohleklumpen.«

»Der ist weg«, meinte Hafen. »Schau dir den Rauch an! Der macht unsichtbar.« Er dachte an den Hinweis eines Tankstellenbesitzers, den sie vor ein paar Tagen erhalten hatten. Der Waldmann hatte sich also gezielt auf die Polizei vorbereitet.

Noch immer loderten vereinzelt Flammen aus der Höhle. Wie eine gewaltige Wolke stand der Rauch am Hang. Dort war nichts mehr zu erkennen.

Hafen sah, dass sich das Feuer unterhalb der Höhle weiter ausbreitete. Das Laub brannte, auch einzelne Büsche. Um die Höhle herum schien der Boden inzwischen zu glühen. Wo kein Rauch stand, war das Licht fahl und orange, so als wäre die Sonne gerade im Unterholz versunken.

Gott sei Dank hat es in den letzten Nächten geregnet, dachte Hafen. Sonst stünde wahrscheinlich schon das gesamte verdammte Tal in Flammen.

»Gibt das einen Waldbrand?«, fragte er besorgt.

»Die Feuerwehr ist schon verständigt«, meinte Hempfer.

Wenig später war das Knattern der Helikopter zu hören, und kurz darauf standen die Maschinen über ihnen. Ein Chaos wie in einem Krieg, dachte Hafen.

Und bald würde die Presse hier sein. Zehntausende würde dieser Einsatz kosten. Er wollte sich die Presseschlacht gar nicht ausmalen, wenn sie dieses Schwein heute Nacht nicht erwischen würden.

Aber vielleicht hatten sie Glück. Das Gelände war hügelig, unübersichtlich und dicht bewachsen. Hempfer bemühte sich, mit Hilfe von digitalen Karten die Suche zu koordinieren.

Im Wald haben wir keine Chance, dachte Hafen. Das ist sein Revier. Mit wem auch immer sie es hier zu tun hatten, dieser Mann handelte bedacht und kalt. Nicht mehr panisch und voller Angst, wie ihm der Waldmann am Dingelsdorfer Ried vorgekommen war.

39

Sonntag, 4. August

Mittlerweile war es nach vier Uhr. Bald würde die Dämmerung einsetzen. Bereits um zwei Uhr dreißig war die Presse aufgetaucht. Um drei waren die ersten Bilder online: ein brennendes Tal, Hubschrauber in der Luft, Feuerwehr, überall ratlose Polizisten – und der Waldmann blieb verschwunden.

Marek Hafen befand sich bei den Einsatzfahrzeugen am See. Polizisten unterhielten sich in kleinen Gruppen auf dem Weg, rauchten und tranken Kaffee aus Thermoskannen. Hafen blickte auf den glatten dunklen Überlinger See, doch das beruhigte ihn nicht. Er fühlte sich, als hätte er zwei Wochen nicht geschlafen. Er roch nach Rauch und Schweiß. Noch immer schwitzte er, obwohl er schon seit einer Stunde hier herumstand. Was gab es noch zu tun? Die Nummer des Landespolizeipräsidenten hatte er schon zweimal weggedrückt.

Marlene Winter saß bei geöffnetem Fenster im Auto und rauchte Kette. Natürlich dämmerte ihr, wie Presse, Ministerium und Öffentlichkeit heute im Lauf des Tages über sie herfallen würden.

»Kriegszustand auf dem Bodanrück«, titelte die SÜDZEITUNG online. Dazu ein dramatisches Foto, als stünde der ganze Wald in Flammen. Und ein Bild von ihm gab es auch, wie er verschwitzt und zerbeult am Auto lehnte. »Mutmaßlicher Täter auf der Flucht – Polizei ratlos«, stand darunter.

Was nicht einmal falsch war. Noch immer suchten SEK-Beamte im Wald, aber Hafen spürte, dass es aussichtslos war.

Auch ihm steckte eine Zigarette zwischen den Lippen. Von dem vielen Kaffee und den Marlboros hatte er einen bitteren Geschmack im Mund. Er fühlte sich völlig ausgelaugt und matt. Schon oft hatte er bei Ermittlungen seine Belastungsgrenze überschritten, doch noch nie hatte er sich so erledigt gefühlt. Es war dieser ungeheure Druck, der seine Nerven zum Flattern brachte.

Da trat ein Bereitschaftspolizist an ihn heran.

»In Bodman steht ein Mann, der mit Ihnen sprechen will.«

»Ach ja?«

»Angeblich ein Privatermittler. Martin Schwarz. Und er behauptet zu wissen, wo der Waldmann ist.«

Hafens Augen weiteten sich für einen Moment. Dann schüttelte er den Kopf und lachte kalt.

»Wer's glaubt! Soll er ihn doch herbringen!«

Der Polizist blieb zögernd stehen.

»Na los, sagen Sie ihm das!«

»Moment!«, meinte Marlene Winter und stieg aus dem Wagen. Sie machte einige Schritte in seine Richtung.

»Was haben wir zu verlieren?«

Sie sieht völlig übernächtigt aus, dachte Hafen, aber ihre Ruhe hat sie noch nicht verloren.

»Das ist hundertprozentig Presse!«, meinte er.

Winter zuckte mit den Achseln. »Na und?«

Sie zog an ihrer John Player, neigte den Kopf und blies den Rauch in Richtung Sterne.

Da wusste Hafen nichts zu erwidern.

»Und Sie sind wer?«, fragte Hafen skeptisch, als Martin Schwarz vor ihnen stand. Er spürte gleich, dass der Kommissar gereizt und er ihm nicht sympathisch war.

»Martin Schwarz. Privater Ermittler aus Konstanz. Ich arbeite für Wolfgang Mink.«

»Das Arschloch«, entfuhr es Hafen. »Tut so, als traue er uns, und beschäftigt dann doch einen Schnüffler. Der wird mich kennenlernen.«

Martin Schwarz sah den Kommissar verwundert an und blieb still.

Er war gegen ein Uhr von Waldshut weggefahren und hatte im Radio von dem Polizeieinsatz bei Bodman gehört. Dort war spekuliert worden, dass die Suche dem rätselhaften Waldmann gelte.

Dann wandte er sich an Marlene Winter. Eine so müde und schöne Polizistin hatte er noch nie gesehen.

»Ich habe im letzten Jahr erfolgreich im Fall Werdenberg ermittelt.«

»Sie waren das!«, meinte Hafen.

»Was wissen Sie?«, fragte Winter.

Martin Schwarz berichtete von seiner Begegnung mit dem Waldmann vor zwei Tagen am Frauenberg. Das Kloster befand sich etwa zwei Kilometer entfernt.

»Und da halten Sie es nicht für nötig, uns zu informieren?«

Schwarz sah, dass der Kommissar gleich explodieren würde, und antwortete schnell. »Ich habe Sie angerufen. Anonym. Den Anruf haben Sie sicher aufgezeichnet.«

Hafen blickte ernst zu Winter und schwieg.

Schwarz fuhr fort. »Der Mann betete und hielt ein Totenlicht in den Händen. Er war wie erstarrt. Als ich ihn ansprach, flüchtete er. Eine Schwester dort kannte ihn und meinte, dass er regelmäßig dorthin komme. Ich glaube, dass der Mann dort Ruhe und Geborgenheit findet. Und vielleicht schützen und unterstützen ihn die Schwestern auch.«

Hafen wurde zornig.

»Und Sie glauben, der ist so blöd und rennt da jetzt hin? Wo Sie ihn gesehen haben? Dieser Mann ist mit allen Wassern gewaschen!«

»Ich sehe das anders«, entgegnete Schwarz gelassen. »Der Mann wirkte auf mich völlig verängstigt. Wie ein in die Enge getriebenes Tier.«

Hafen blieb still. Er dachte daran, wie der Fremde auf dem Damm am Ried auf ihn zurannte. Genau das hatte er damals auch gedacht: wie ein fliehendes Tier.

»Dann werden wir jetzt einen SEK-Trupp in das Kloster schicken«, meinte Hafen widerwillig.

»Dann wird er Ihnen womöglich wieder entwischen«, entgegnete Schwarz.

Hafen sah den Detektiv wütend an. Als er zum Reden ansetzen wollte, legte Winter ihre Hand auf seinen Arm.

»Was schlagen Sie vor?«, fragte sie.

»Nur wir drei gehen. So wenig Aufsehen wie möglich. Er hat mich schon einmal gesehen. Wir reden in aller Ruhe mit ihm. Ich glaube, dass er mit dem Verschwinden von Martha Steinfort nichts zu tun hat.«

Hafen sah ihn an, als würden ihm gleich die Augäpfel aus den Höhlen fallen.

Dann blickte der Kommissar zu Winter. »Für mich ist das vollkommener Blödsinn«, sagte er gereizt. »Aber ich werde dort jetzt mit ein paar Beamten hinfahren und nachsehen. Und Sie beide bleiben solange hier.«

Schwarz sah vor sich auf den Boden.

Marlene Winter musterte ihn einen Moment.

»Marek«, begann sie, »ich denke, dass deine Expertise hier vor Ort wichtiger ist. Lass mich das überprüfen.«

Hafen sah sie entrüstet an.

»Ich möchte darauf bestehen.«

Dann ging sie einfach los zu ihrem Wagen. Hafen stand stumm da.

»Herr Schwarz, kommen Sie?«, sagte die Kommissarin, ohne sich nach ihm umzudrehen. Schwarz musste sich ein Lächeln verbeißen.

***

Auf der Fahrt nach Bodman sprachen sie kein Wort. Schwarz starrte aus dem Fenster, die Nachtluft roch nach See, aber es war, als sehe er sich selbst in einem Film. Er versuchte, sich auf das Kommende zu konzentrieren, doch seine Gedanken glitten immer wieder zu Elsa.

Sie hatte versucht, seine drängendsten Fragen zu klären.

Sie sei im dritten Monat und wolle das Kind. Er sei der Einzige gewesen, mit dem sie im letzten halben Jahr geschlafen habe. Als Schwarz sie damals mit dem Italiener sah, habe sie den letzten Abend mit ihm verbracht.

Es gab keinen Zweifel, Elsa wollte das Kind in jedem Fall. Es sei vielleicht ihre letzte Chance. Außerdem, und dabei lachte sie ihn an, sei sie mit dem Vater ganz zufrieden. Das lasse hoffen. Das Kind verpflichte ihn zu nichts, fügte sie ernst hinzu.

»Ich ziehe es groß. Mit dir oder allein.«

»Wie stellst du dir das vor?«, fragte er aufgebracht.

Da zuckte sie mit den Schultern.

»Ich weiß es noch nicht. Aber meine Mutter lebt allein. Vielleicht kommt sie her. Das hängt ja auch von dir ab.«

Danach fiel ihm nichts mehr ein.

Unendliche Minuten saßen sie schweigend da.

Dann stand er auf und packte seine Sachen.

»Tut mir leid, Elsa, aber das muss ich erst verdauen.«

Sie lächelte zum Abschied.

»Klar. Verstehe ich. Du meldest dich, ja?«

Er nickte und ging.

Ein Kind! Schwarz hätte mit allem gerechnet. Es stellten sich tausend Fragen, und seine erste war: Ist das Kind wirklich von mir? Das bekam er nicht aus dem Kopf.

Seine zweite Frage war: Ist sie mit dreiundvierzig nicht zu alt? Was waren die Risiken? Immerhin, sie hatte an dem ganzen Abend nur eine einzige Zigarette geraucht.

Freute er sich? Er wusste es nicht.

Konnte er eine Familie gründen? Finanziell, zusammen mit Elsas Einkommen, sicher kein Problem. Aber waren sie beide denn auch bereit, dem Kind genügend Zeit zu geben?

Er musste an Ruth Mink und die Steinfort-Zwillinge denken.

Wollte er wirklich ein Kind? Er hatte keine Ahnung!

War er der Verantwortung gewachsen? Er hatte seine Zweifel.

Wenn der dunkle Strom ihn wieder erfassen sollte …

Mit seinem Trauma waren schwere Depressionen gekommen. Übertrug sich diese Anlage genetisch auf sein Kind? Wie hoch war die Wahrscheinlichkeit?

Seine Mutter würde vor Freude aus allen Wolken fallen und sicher gern und oft auf ihren Enkel aufpassen, so viel war sicher.

Für einen Moment sah Schwarz, wie ein kleines Kind über die Wiese vor ihrem Haus lief und lachend nach ihm rief.

Er lächelte.

»Wo biegen wir ab?«

Winters Stimme brachte ihn zurück in die dunklen Wälder des Bodanrück.

Das morgendliche Vogelkonzert hatte schon begonnen, als sie auf dem Parkplatz vor der Bisonfarm ausstiegen. Im Osten ahnte man das Erwachen des Tages, doch die Sterne standen noch am Himmel.

Auf dem Weg trafen sie niemanden. Das fröhliche Zwitschern der Vögel begleitete ihren Gang. Schwarz hörte, wie der Schotter unter ihren schnellen Tritten knirschte.

Er fühlte sich wohl in Begleitung dieser Frau.

»Und er hatte wirklich keine Waffe?«, fragte Winter.

Schwarz schüttelte den Kopf. »Sicher nicht. Er trug nichts in den Händen. Ich hätte auf einen Obdachlosen getippt. Aber er war ziemlich fit und schnell.«

Winter nickte. »Lassen wir uns überraschen.«

Schwarz blickte kurz auf das große Kreuz, das auf dem Vorplatz des Klosters stand. Dann drückte er vorsichtig die Klinke. Die Tür war offen.

Sie schlüpften hinein und zogen die Tür leise zu.

Es war still und dunkel. Schwarz zog seine Schuhe aus, und Winter folgte seinem Beispiel.

Die Falltür zur Wendeltreppe war geöffnet.

Schwarz ging voran, Winter folgte mit gezogener Waffe.

Auch unten Stille. Nur fahles Licht fiel in den Gang. Die großen Steine unter den Füßen fühlten sich kalt an. Mit seinem Kopf wies Schwarz zu der Tür, die zur Krypta führte.

Erst jetzt entdeckte er die Frau, die reglos auf einem Stuhl an der Wand saß.

Er blieb stehen und sah zu ihr.

Auch Winter blieb still.

Da stand die Frau auf. Es war die Schwarze, die er vor zwei Tagen in der Sonne sitzend beobachtet hatte. Sie ging zu ihm und blieb nur einen Schritt vor Schwarz stehen.

»Was wollen Sie hier?«, fragte sie abweisend.

Auch ihre Angst war zu spüren.

»Ich war vor zwei Tagen schon einmal hier. Draußen auf der Bank und dann in der Krypta. Wir suchen den Mann, der hier gebetet hat. Er muss mit uns kommen.«

»Sie sind Polizei?«, fragte sie misstrauisch.

»Marlene Winter, Landeskriminalamt. Und das ist Martin Schwarz. Ein privater Ermittler.«

Winter zeigte ihren Ausweis.

»Er hat nichts getan«, sagte sie bestimmt. »Sie jagen einen einsamen und guten Mann.«

»Deshalb muss er mit uns kommen«, sagte Winter. »Damit wir ihn nicht mehr jagen müssen.«

Die Schwester sah die Kommissarin lange an.

So als wolle sie prüfen, dachte Schwarz, ob sie der Frau trauen kann.

Dann hatte sie sich entschieden.

»Folgen Sie mir«, sagte sie, ging in Richtung Krypta und öffnete die Tür.

Der Mann zitterte so stark, dass Schwarz es sogar im dämmrigen Kerzenlicht der Krypta sah. Er saß auf einem Stuhl und starrte sie an. Seine Arme hatte er um seinen Oberkörper gepresst, und immer wieder stöhnte er auf.

Ein unangenehmer Geruch von Schweiß, Lehm und Rauch war in dem Raum. Schwarz wagte nicht näherzutreten, so gequält und voller Angst wirkte dieser Mensch.

Unsicher sah er zu Winter. Dann ging die Schwarze einige Schritte auf den Zitternden zu. Als sie genau zwischen ihnen und dem Mann stand, drehte sie sich um.

»Er hat noch nie mit mir gesprochen. Und er lässt sich nicht berühren.«

»Es hilft nichts, Schwester«, sagte Winter ruhig. »Ich werde jetzt zu ihm gehen und ihm Handschellen anlegen. Ich kann versprechen, dass wir bei ihm bleiben werden und ihn sonst nicht berühren werden. Aber ich werde jetzt zu ihm gehen und ihm Handschellen anlegen.«

Die ganze Zeit über hatte der Fremde zu Winter geschaut. Ob er ihr zugehört und sie verstanden hatte, konnte Schwarz nicht sagen.

Winter löste die Handschellen von ihrem Gürtel und schritt langsam auf den Mann zu.

»Ich muss das tun. Wir werden jetzt zur Bisonfarm gehen. Dort steht unser Wagen. Wenn ich Ihnen die Handschellen nicht anlege, werden Sie fliehen. Sie sind schneller im Wald als wir.«

Je näher Winter ihm kam, umso heftiger schien der Mann zu zittern. Schwarz machte sich Sorgen, doch er blieb, wo er war.

Der Waldmann stöhnte und schlug mit den Armen, als Winter ihn berührte.

Er sprang auf und wollte laufen, doch Winter fasste seinen Arm, zog ihn hinter seinen Rücken und zwang ihn zu Boden. Er schrie vor Schmerz und Verzweiflung, als Winter ihre Knie gegen seinen Rücken drückte, dann war er gefesselt.

Martin Schwarz blickte zu der Schwarzen und sah, dass sie weinte.

»Er hat das nicht verdient«, sagte sie fest. »Er ist ein guter und gottesfürchtiger Mensch!«

Winter und er nahmen den Mann an den Armen. Plötzlich ließ er sich führen. Das Zittern war schwächer geworden, und das Stöhnen hatte aufgehört.

Als sie die Wendeltreppe hochgestiegen waren und das Klostertor geöffnet hatten, empfingen sie draußen, vor dem noch schlafenden Überlinger See, das frohe Konzert der Vögel und die ersten roten Strahlen der aufgehenden Sonne.

40

Montag, 5. August

Immer noch lag Marek Hafen wach. Als er ins Bett gegangen war, hatten die Vögel schon längst mit ihrem Dämmerungskonzert begonnen. Jetzt drang das unangenehm grelle Sonnenlicht des Vormittags durch die Rollladenschlitze.

Das Telefon klingelte.

Er wusste, wer dran war.

Marek Hafen hatte seiner Frau heute früh, als er gegen sechs Uhr völlig erledigt nach Hause gekommen war, noch gesagt, dass sie ihn unter keinen Umständen wecken sollte. Auch dann nicht, wenn der Ministerpräsident anriefe.

Ihm war kurz, für ein paar Sekunden, schwarz vor Augen geworden. So etwas hatte er bisher noch nicht erlebt. Ein Polizist hatte ihn neben seinem Wagen gefunden und ein Streifenwagen ihn heimgebracht.

Er war so vollends fertig und abgrundtief enttäuscht gewesen, dass er auf ein paar Stunden festen Schlaf gehofft hatte. Seit Martha Steinfort verschwunden war, hatte er keine Nacht mehr als drei Stunden am Stück geschlafen. Bei schweren Fällen schaltete er immer auf Kampfmodus. Er konnte nicht anders. Seine Gedanken kreisten um nichts als den Fall. Wie ein Außerirdischer auf Drogen wandelte er dann durch das Haus. So jedenfalls hatte ihn seine Frau einmal beschrieben. Er sah nicht, ob der Sohn traurig, der Abendbrottisch abzuräumen, seine Frau verärgert war oder der Hund rausmusste.

Wenn der Fall dann gelöst und er wieder geerdet war, wurde ihm jedes Mal klar, was er seiner Familie da eigentlich zumutete. Und er war dankbar, dass seine Frau ihn verstand, seine vollständige Abwesenheit akzeptierte, ihn in Ruhe ließ und für diese Fälle ein Haushalts-Notfallprogramm entwickelt hatte.

Nicht nur sein Geist war während dieser Phasen hyperaktiv, auch sein Körper in steter Alarmbereitschaft. Mit Koffein, Nikotin, Fett und Zucker versuchte er, die Müdigkeit in Schach zu halten. Doch sie zog sich nur für immer kürzere Abstände zurück. Immer schneller schlich sie sich wieder in Bewegungen und Gedanken. Ließ ihn Gedankenschleifen drehen, machte ihn unkonzentriert, schreckhaft, impulsiv. Schon einige Male hatte er geglaubt, ein leichtes Ziehen im Rücken zu spüren.

Und jetzt die Ohnmacht. Marek Hafen war klar, dass sein erster Herzinfarkt nur eine Frage der Zeit war. Er war dafür bekannt, Fälle schnell zu lösen. Schnelligkeit hieß sein Trumpf. Wenn der ausgespielt war …

Gott sei Dank gab es noch Winter. Die schien eine ganz andere Bauart zu sein. Stets souverän, ausgeglichen, über den Dingen stehend. Der schienen die Fälle nicht so unter die Haut zu gehen …

Immer noch klingelte das Telefon. Seit er sich hingelegt hatte, klingelte es in einem fort. Er war wütend. Auch auf seine Frau, dass sie das verfluchte Ding nicht einfach ausgesteckt hatte. Er selbst fand keine Kraft dazu.

Er wusste, wer dran war. Natürlich der Landespolizeipräsident. Er wusste auch, was für ein Geschwafel er sich würde anhören müssen.

»Herr Hafen! Wie geht es Ihnen? Letzte Nacht – eine Katastrophe! Der Minister! Die Presse! Was ist Ihr Plan? Brauchen Sie Unterstützung? Wie wäre es mit einer kleinen Auszeit? Ich hätte da jemanden …«

Diese Scheiße wollte er jetzt nicht hören. Der Landespolizeipräsident war gegenüber seinen Untergebenen wie alle Karrieristen, die es in leitende Positionen geschafft hatten. Dr. Hauschild spannte großmütig den Schirm über seine Leute, wenn die Sonne schien. Und packte ihn schnell ein, wenn es regnete.

Hafen blickte auf die Uhr. Schon zehn. Ob er doch ein bisschen geschlafen hatte?

Er schälte sich aus dem Bett. Gestern im Wald hatte er sich einige Schrammen zugezogen. Die brannten jetzt.

Er hatte einen toten Hund im Mund. Wann hatte er zum letzten Mal die Zähne geputzt? Vom Nachttisch nahm er sich die fast leere Marlboro-Schachtel und zündete sich eine Zigarette an. Jetzt noch einen Kaffee, und er würde wahrscheinlich wieder keine Zähne putzen.

Er stand auf. Es war niemand mehr im Haus, sein Sohn Niklas

in der Schule, die Frau beim Arbeiten. Sie besaß einen kleinen Friseurladen, der gut lief. Den Hund hatte sie mitgenommen, Gott sei Dank.

Im Flur roch es nach frischem Kaffee.

Als er auf dem Küchentisch ein Glas Orangensaft, zwei gekochte Eier, frische Brötchen und eine Platte mit Wurst und Käse entdeckte, musste er lächeln. Das war Liebe. Wenn er das hier überstand, würden sie zu zweit nach Paris oder London fahren. Nur sie beide. Niklas und der Hund kämen zu den Großeltern. Er selbst machte sich nicht allzu viel aus Großstädten, aber für seine Frau würde er auch in die Hölle reisen.

Er schenkte sich einen großen Pott Kaffee ein, goss reichlich Milch dazu und warf noch fünf Würfel Zucker hinterher. Umrühren, pusten, trinken: herrlich! Dann strich er großzügig Butter auf sein Sesambrötchen, darauf eine extradicke Schicht Pfälzer Leberwurst. Als er abbiss, schloss er kurz die Augen: das Brötchen, die Butter, die Wurst – das war Glückseligkeit!

Etwas entspannter ging er zum Telefon und sah sich die Nummern auf dem Anrufbeantworter an. Wie er vermutet hatte: Stuttgarter Vorwahl, Landespolizeipräsidium. Dann die Nummer von Winter. Sofort war Hafen hellwach. Sollten sie im Wald, in der Höhle etwas entdeckt haben? Hatte der Waldmann geredet?

Seine Festnahme hatte er noch mitbekommen. Doch der Waldmann hüllte sich in Schweigen. Bei der Untersuchung der ausgebrannten Erdhöhle waren sie auf keine Kinderleiche gestoßen. Sie wussten nicht, wo Martha war. Und so lange blieb der Fall ungelöst.

Marek Hafen schloss die Augen. Er wollte gar nicht wissen, was im Radio erzählt und im Internet geschrieben wurde.

Die Leberwurst schmeckte ihm nicht mehr. Er griff zum Telefon und wollte Winter anrufen.

Da klingelte es an der Wohnungstür.

Marlene Winter stand im Türrahmen, mit einem Lächeln wie die Morgensonne.

»Gut geschlafen?« Sie grinste, doch die Strapazen der letzten Tage waren auch ihr anzusehen.

Hafen stand da in seinem Schlafanzug, ungewaschen und ungekämmt, wahrscheinlich blass wie der Tod und blickte verlegen auf sein Leberwurstbrötchen, das er in der linken Hand hielt.

»Die Kollegen haben etwas gefunden.«

»Und was?«

»Das wissen sie selbst nicht so genau.«

***

Nur vereinzelte Strahlen des gelben Morgenlichts fielen durch das Dickicht auf den weichen Waldboden. Es roch nach Laub, Holz und Lehm. Marek Hafen und Marlene Winter befanden sich am steilen Südhang des Frauenbergs, keine dreißig Meter unterhalb des Klosters, in der Nähe eines kleinen, von Flechten und Moosen überzogenen Obelisken.

Was ein Bereitschaftspolizist hier am frühen Morgen entdeckt hatte, lag in einem Gewirr aus Büschen, von Efeu überwucherten Bäumen, bemoostem Totholz und Brombeerranken. Hafen schwitzte, als sie einem Wildpfad folgten. Ständig musste er sich bücken, seine Hände brannten von den allgegenwärtigen Brennnesseln, die Waldmücken fielen erbarmungslos über sie her. Er erkannte die Hufabdrücke von Wildschweinen im Boden. Der Hang war steil, und als sie unterhalb eines mächtigen nackten Sandsteinfelsens standen, hatten sie ihr Ziel erreicht.

Es lag versteckt, bedeckt von abgerissenen Efeuzweigen. Ein Wunder, dass es überhaupt jemand gefunden hatte. Wer auch immer es angelegt hatte, wollte, dass es verborgen blieb. Nur ein kleiner Strauß mit bunten Wiesenblumen hob es von seiner Umgebung ab.

Dort, zwischen Farnen, befand sich ein frischer Erdhügel.

Darauf steckte ein unscheinbares Kreuz.

»Ein Grab?«, flüsterte Marek Hafen, mehr zu sich als zu den anderen, als ihm die Stelle gezeigt wurde. Der Kommissar fühlte sich wie der wandelnde Tod, aber dieser Anblick machte ihn sofort hellwach.

Ein Polizist zog das kleine hölzerne Kreuz aus dem Erdreich und überreichte es ihm. Es bestand aus zwei daumendicken Ästen, die mit einer Kordel verbunden worden waren.

Hafen betrachtete es. Kein Name, nichts.

Mit weit geöffneten Augen blickte er zu Winter. Er spürte, wie das Adrenalin seinen Körper in Alarmbereitschaft versetzte.

»Scheiße!«, meinte Hafen. »Und scheiß auf die Spurensicherung. Wir graben das jetzt auf!«

Hacken, Spaten und Schaufeln waren schon beschafft worden, zwei Polizisten gingen sofort an die Arbeit. Noch war es angenehm kühl. Große Buchen und Fichten beschatteten den Ort. Doch schon bald kamen die Grabenden ins Schwitzen. Ihr schweres Atmen war zu hören.

»Wie wurde das hier entdeckt?«, wandte sich Hafen an Winter.

»Es war die Idee von diesem Schwarz. Ich habe ihm gesagt, dass wir aufgrund der Blutspuren in der Höhle davon ausgehen, dass der Waldmann das Kind getötet hat. Er meinte, wir sollten einmal im Umkreis des Klosters nach dem Kind suchen. Dieser Ort scheine ja eine besondere Bedeutung für den Waldmann zu haben. Da habe ich ein Dutzend Beamte heute Morgen auf die Suche geschickt.«

Hafen nickte. »Dieser Schwarz ist gut. Ich hab den Fall Werdenberg damals verfolgt.«

Er sah ihr in die Augen. »Marlene, ich muss mich wegen gestern Nacht entschuldigen. Ich habe mich wie ein Idiot benommen.«

Er blickte zu Boden. »Oder vielleicht auch wie ein eifersüchtiges Kind.«

Winter lächelte warm. Sie musterte ihn genau. »Entschuldigung angenommen! Mach dir keine Sorgen. Das hier geht uns allen unter die Haut. Da passieren Fehler. Gerade als Profis müssen wir uns das zugestehen.«

Hafen sah sie fragend an. Doch er wusste, worauf sie anspielte.

»Ich zweifle, dass ich auf den Mann geschossen hätte.« Sie machte eine Pause. »Wenn du den Mann schon vor vier Tagen festgenommen hättest, wären wir nie auf die Spur der beiden Mädchen gelangt. Die haben jetzt eine echte Chance im Leben, trotz allem. Du hast hervorragende Arbeit geleistet in den letzten Tagen.«

Hafen blickte wieder auf das Grab. Die arbeitenden Männer schwitzten und keuchten. Er fühlte sich erleichtert und atmete tief ein. Winter hatte recht. Er musste lernen, sich Fehler einzugestehen. Sie zu akzeptieren. Und nicht nur, weil sie vielleicht unabsehbar gute Folgen hatten.

»Danke«, sagte er, ohne sie anzusehen.

Die beiden Polizisten schwiegen, während sie gruben. Zwei weitere standen neben ihnen, einige Meter entfernt. Alle blickten gebannt auf das Grab.

»Was ist das für ein Gedenkstein, an dem wir vorbeigegangen sind?«, unterbrach Hafen nach einiger Zeit die Stille.

Ein Polizist begann zu sprechen. »Früher stand hier eine Burg der Bodmans. Im Mittelalter hat sie einmal gebrannt. Fast die gesamte Grafenfamilie starb im Feuer. Nur ein Junge überlebte, weil seine Amme ihn in einem Kessel aus dem Fenster geworfen hat. An dieser Stelle soll der Junge lebend gefunden worden sein. Der Stein erinnert daran.«

Hafen nickte und sah auf die Uhr. Seit zehn Minuten waren die Männer bei der Arbeit. Bisher hatten sie nur harten Lehm, Blätter, Wurzelreste und Würmer zutage befördert. Etwa einen Meter tief hatten die Polizisten gegraben.

»Wir haben etwas!«

Die Männer stoppten, die Umstehenden machten einen Schritt auf das Erdloch zu.

Einer war mit dem Spaten auf etwas Hartes gestoßen. Er ging in die Knie und grub mit der Hand das lose Erdreich beiseite.

Hafen ging nah heran.

Ein waagerecht im Boden liegendes Brett kam zum Vorschein.

Der Sarg, dachte Hafen.

»Legt das Teil vorsichtig frei.«

Der Kommissar sah den Männern zu.

Nach und nach kamen die Konturen einer gut einen Meter langen Holzkiste zum Vorschein. Keiner der Männer sprach; jeder ahnte, was da gerade ausgegraben wurde.

Nach weiteren fünf Minuten war die Kiste freigelegt. Zwei Männer hoben sie aus dem Erdloch und stellten sie auf den Waldboden. Sie war aus einfachen, hellen Weichholzplatten gefertigt, wie man sie in jedem Baumarkt bekam. Der Sargdeckel schien aufgenagelt worden zu sein.

Hatte der Mann den Sarg selbst gezimmert?

»Öffnen!«, meinte Hafen.

Sein Gaumen war trocken, obwohl er gerade erst eine Tasse Kaffee aus einer Thermoskanne getrunken hatte.

Mit einem Spaten wurde der Deckel aufgebrochen. Hafen sah zu, wie die Nägel langsam aus dem Holz kamen. Dann packte einer der Männer den Deckel und riss ihn mit einem Ruck auf.

Entsetztes Schweigen, als der Inhalt der Kiste sichtbar wurde.

Da lag Martha Steinfort. Mit geschlossenen Augen und einem bleichen Gesicht. Der Todesschlaf hatte die Gesichtszüge völlig entspannt. Ein wunderschönes Kind. Hafen konnte sich nicht erinnern, jemals eine so friedliche Tote gesehen zu haben. Ihr hellbraunes schulterlanges Haar lag auf einem weißen Kissen. Der ganze Körper war drapiert worden. Die kleinen Hände ruhten auf ihrem Bauch, wie zum Gebet ineinander verschränkt. Sie trug ein einfaches weißes Kleid. Auf dem Kleid, in ihrem Haar, zu ihren Füßen lagen Blumenblüten verstreut.

Marek Hafen konnte nicht glauben, was er sah. Es schien, als habe der Bestatter und Totengräber das Kind sehr geliebt. Der Waldmann musste das weiße Kleid irgendwo besorgt haben, denn als Martha verschwand, hatte sie nur einen Badeanzug getragen.

Hafen schluckte einige Male, um den Kloß in seinem Hals zu lösen. Er sah in die Gesichter der anderen Polizisten, die alle gebannt auf das Kind blickten. Ein älterer Kollege bekreuzigte sich. Marlene Winter standen Tränen in den Augen.

Niemand sprach.

Hafen wartete, um diesen Moment der Andacht nicht zu stören.

Er sah zu Winter. Sie nickte ihm zu.

»Ich rufe die Freiburger Rechtsmedizin an«, sagte er dann. »Dr. Repnik soll herkommen. Mit dem Hubschrauber.«

Er zögerte. Dann wandte er sich an einen Beamten. »Bringen Sie mir die Steinforts hierher. Holen Sie die beiden im ›Winzerhof‹ ab. Die Eltern sollen sie so sehen und nicht erst, wenn Repnik sie aufgeschnitten hat.«

Dann wandte sich Marek Hafen ab und holte sein Handy aus der Tasche. Er wählte die Nummer des Freiburger Rechtsmediziners.

41

Montag, 5. August

Der Waldmann saß regungslos im Vernehmungszimmer, als würde eine Bewegung das Leben kosten. Mit ausdrucksloser Miene starrte er vor sich hin. Seitdem er sich in Polizeigewahrsam befand, hatte er kein Wort gesprochen.

Während Marlene Winter ihn genau beobachtete, holte Hafen Fotos vom Grab und der toten Martha Steinfort aus einem Umschlag. Er setzte sich dem Mann gegenüber und schob langsam zwei Bilder in das Gesichtsfeld des Mannes.

Der Waldmann hatte eine Halbglatze und kurzes braunes, grau meliertes Haar. Seine Augen waren hellblau und schienen wach und klug, zugleich aber gefährlich. Er wirkte wie jemand, der gleich aufspringen und einen anfallen könnte. Eine große Hakennase entstellte sein braun gebranntes Gesicht. Dazu diese dünne, fast nicht vorhandene Oberlippe. Marek Hafen fragte sich, welche Tragödie wohl dieses Leben aus den Fugen gebracht hatte.

Bisher wussten sie nichts über ihn. Seine Fingerabdrücke waren nicht registriert, keine Vermisstenanzeige passte auf ihn, und auch dass sie Fotos an alle Polizeidienststellen des Landes geschickt hatten und sein Bild wiederholt im Fernsehen gezeigt worden war, hatte bisher keine Ergebnisse erbracht.

Niemand schien den Waldmann zu vermissen oder zu kennen.

Es schien ihn eigentlich gar nicht zu geben.

Zunächst nahm er die Fotos gar nicht zur Kenntnis. Jedenfalls zeigte er keine Regung.

Der Mann schaut nach innen, dachte der Kommissar. Was sieht er dort?

Doch plötzlich …

Marek Hafen bemerkte, dass sich die Augen seines Gegenübers weiteten. Schnell blickte er zu Winter, auch ihr war diese Regung nicht entgangen. Der Waldmann hob langsam seinen Kopf und sah Hafen verstört an.

»Was ist passiert?«, fragte der Kommissar eindringlich. »Was haben Sie mit dem Kind gemacht?«

Da wich auf einmal aller Glanz aus seinen Augen, und der Ausdruck wurde leer.

Er sieht mich nicht mehr, dachte Hafen, er schaut wieder in sich hinein.

Er nickte Winter zu.

Sie stand auf und verließ das Zimmer.

Ich hoffe nur, dass jetzt keine Katastrophe passiert, dachte er. Er blickte auf die Uhr: kurz nach neun. Draußen war es dunkel, und der Wind nahm zu.

Dann klopfte es.

»Herein!«, rief Hafen.

Er fixierte den Waldmann.

Hinter ihm betraten Verena und Robert Steinfort den Raum.

***

»Herein!«, rief Ruth Mink. Sie hatte ihre Suite, die sie gemeinsam mit Sarah bewohnte, nicht abgeschlossen und saß am Schreibtisch. Für eine Weile hatte sie aus dem Fenster geschaut, wie die dunklen Wolken näherrückten und der Wind den See aufwühlte. Sarah war irgendwo draußen spazieren, trotz des Sturms.

Sebastian Steinfort betrat den Raum und schloss hinter sich die Tür. Ruth erschrak, als sie seinen Ausdruck sah: starr, bestimmt und wild entschlossen.

»Komm!«, sagte er. Es klang kalt und heiß zugleich. Er sah ihr direkt in die Augen, und der Blick tat weh.

»Wohin?«, fragte sie und versuchte ein Lächeln.

Doch Sebastian erwiderte es nicht. Misstrauisch beobachtete er ihre Bewegungen.

»Wir fahren auf den See. Nur wir beide.«

Kalte Wut, so klang seine Stimme. Plötzlich sah sie das Messer in seiner Hand. Mit eisernem Griff umklammerte er es. Sie stand langsam auf, lehnte sich an den Tisch und lächelte, während eine Hand hinter dem Rücken suchte. Mit der anderen stützte sie sich auf der Tischplatte ab.

»Warum?«, fragte sie und sah ihn direkt an. Ruth wollte, dass er sie anschaute. Endlich fand sie die große Schere und steckte sie vorsichtig in ihre enge Hose. Ihre Hände zitterten. Gott sei Dank trug sie ihr langes T-Shirt über der Hose, sodass der Stoff ihre Waffe bedeckte.

»Komm mit!« Wie ein Raubtier beobachtete er sie jetzt. Hatte er etwas bemerkt? Seine Stimme duldete keinen Widerspruch. Ein wenig neigte er das Messer in ihre Richtung. »Komm!«

Er schrie fast. Ob ihn jemand hörte? Wo waren die anderen? Sie folgte seinem Befehl. Langsam ging sie ihm entgegen. Was sollte sie auch tun? Er würde sie töten, Ruth spürte das. Aber warum? Vielleicht konnte sie Zeit gewinnen, vielleicht konnte sie mit ihm reden. Und wahrscheinlich wollte er ihr gar nichts tun. Er liebte sie doch.

Nein. Er würde ihr nichts tun.

Sie könnte versuchen wegzulaufen.

Doch da war dieser Blick. So hatte er damals ausgesehen, im Wald.

Niemand begegnete ihnen, als sie die Treppe hinuntergingen. Wie ausgestorben war das Hotel. Ihr Vater verbrachte den Tag in der Firma. Und Katharina? Wo war Sarah?

Sebastian ging dicht hinter ihr, sie spürte das Messer im Rücken und seine Hand auf ihrer Schulter. Manchmal streifte sein Atem ihre Wange. Doch die Schere bemerkte er nicht.

Sie traten auf die Hotelterrasse. Vor ihnen lag der weite Garten. Große dunkle Wolken am Himmel, die Wiese wirkte grau. Die Hitze ist weg, dachte sie. Der Sturm hatte kühle Luft mitgebracht, wie im November, und den Sommer vertrieben.

Ein starker Wind wehte ihnen entgegen, auf den schwarzen Wellen tanzten weiße Schaumkronen. Am Ufer peitschendes Schilf, und die Äste der Bäume schüttelten sich, als verteidigten sie sich gegen einen grausamen Angreifer.

Weit oben am Himmel zogen große schwarze Vögel. Gerade war ihr Flug, so als würde der Wind ihnen gar nichts anhaben.

Am Horizont zuckte ein Blitz, kurz darauf ein fernes Grollen. Bald würde das Gewitter hier sein. Die Wellen schmetterten auf den Kies. Drüben in Wallhausen und Dingelsdorf blinkten die Sturmwarnungen wie irr.

Er drängte sie, rasch gingen sie über die Wiese.

Zum Bootssteg.

Wusste er überhaupt, was er wollte? Eigentlich tat Sebastian das immer. Nur diesmal nicht? Oder doch?

Sie könnte weglaufen, aber er wäre schneller. Vor ein paar Tagen im Auwald war sie ihm entwischt. Aber nur, weil dieser Schwarz gekommen war. Es musste Sebastian gewesen sein.

Der Wind brachte einen Geruch von Moder.

Von drüben, von den Wäldern des Bodanrück.

Sie kannte den Geruch. Mit ihm kamen immer dieselben Erinnerungen. Sie sah den Tag …

Als Tim verschwand …

Die Eltern waren beschäftigt, und Sarah hatte eine Idee: Verstecken spielen in einem dicht bewachsenen Waldstück. Sarah wollte suchen. Sie fühlte, dass etwas nicht stimmte. Dass die Stimmung zwischen ihnen nicht so unbeschwert war wie früher. Sie hoffte, dass sie beim Versteckspielen wieder zusammenfinden würden. Sie wusste von nichts.

Und dann rannten sie los. Sie bemühten sich um Ausgelassenheit. Der Wald bestand aus lauter dicht stehenden, schmalen Bäumen, man konnte keine zwanzig Meter blicken, Efeu rankte auf dem Boden und die Stämme hoch, wie in einem Urwald sah es aus. Die Blätter waren schon von den Ästen gefallen, grau lagen sie auf der Erde, man konnte den Nebel riechen, ein Geruch von feuchtem Lehm und Moder.

Sie hasste dieses Spiel, sie fürchtete sich zwischen diesen kahlen dürren Stämmen und dem Efeu überall. Irgendwie kam ihr dieser Ort wie ein Friedhof vor.

Doch eine Hoffnung trieb sie an. Sie lauschte und horchte, wo Zweige am Boden knackten und Laub raschelte.

Leise trat sie auf, damit er sie nicht hörte.

Natürlich fand sie Sebastian.

Als er sie erkannte, blieb er stehen wie ein gestelltes Reh. Er rührte sich nicht, als sie auf ihn zuging. Sie wusste gleich: Er verzehrte sich danach wie sie. Wenn er sich auch dagegen sträubte.

Ihre Lust war wild. Sie küsste ihn, und zugleich öffnete sie seine Hose. Dann, sie konnte nicht anders, ging sie vor ihm auf die Knie. Er ließ es geschehen, sie schloss die Augen … genoss sein schweres Atmen … wie seine Hände ihren Kopf hielten …

Als sie fertig waren, meinte sie ein Geräusch zu hören.

Sie öffnete die Augen, sah in die Richtung, aber da war nichts. Auch Sebastian hatte seinen Kopf zu der Stelle geneigt.

Dann fiel sein Blick auf sie.

Ruth erschrak.

Da war keine Liebe mehr, keine Zärtlichkeit, nicht einmal Verlangen. Abscheu sprach daraus, Ekel. Hass. Zorn. Und Angst.

Er trat zwei Schritte zurück, schloss seine Hose, und ohne etwas zu sagen, lief er davon, so als könne er nicht schnell genug von ihr wegkommen.

Ruth blieb da, ließ sich auf den Boden fallen, spuckte mehrmals aus und begann leise zu weinen.

Sie lag auf dem Bauch und krallte ihre Hände in das tote Laub.

***

Verena Steinfort blickte irritiert auf den Mann.

Hafen wusste nicht, ob mehr Zorn darin lag oder Schmerz. Er spürte, dass sie um ihre Fassung rang.

»Sie sind das?«, fragte sie.

Der Kommissar hörte die Anspannung in der Stimme.

Robert Steinfort legte seiner Frau die Hand auf die Schulter, doch sofort griff sie danach und wies sie ab.

Der Professor blickte beschämt zu Boden.

Der Waldmann, wieder vor sich hinstarrend, schien vom Eintreten der Frau noch keine Kenntnis genommen zu haben.

Marlene Winter blieb, um nötigenfalls schnell eingreifen zu können, etwa einen Meter neben dem Ehepaar.

»Das ist Frau Steinfort«, sagte Marek Hafen laut zum Waldmann. »Die Mutter des Mädchens, das Sie vergraben haben.«

Da blickte der Mann auf und sah Verena Steinfort.

Ein Ruck durchfuhr seinen Körper; ein Erschrecken, wie ein Erbeben. Seine Hände führten plötzlich ein nervöses Eigenleben und fuhren auf dem leeren Tisch umher, als suchten sie etwas, das es nicht gab.

Verena Steinfort und der Waldmann starrten sich an, und es kam Hafen so vor, als wollten die beiden sich mit Blicken töten.

Robert Steinfort sprach zuerst.

»Bitte sagen Sie uns, was passiert ist.«

Seine Stimme klang brüchig und hoffnungslos.

Da sprang der Waldmann auf.

Winter spannte ihren Körper, Hafen machte einen Schritt auf ihn zu und griff zur Waffe.

Doch der Mann stand einfach nur da und sah abwechselnd zu Marek Hafen und Verena Steinfort.

»Ich war das nicht! Ich habe sie doch nur begraben!«

Er sprach langsam, stockend, es fiel ihm schwer. Seine Stimme war ungewöhnlich tief und wie gedämpft. Er klang wie jemand, der für Jahre nicht mehr gesprochen hatte.

Er streckte seinen linken Arm aus und zeigte auf die Frau. »Weil sie das Kind weggeworfen hat!«

Stille. Hafen erschrak.

»Was?«, fragte er.

Noch immer zeigte der Waldmann mit anklagender Geste auf Verena Steinfort.

»Sie!«, rief er laut. »Sie! Sie!«

Er klingt wie ein Erzengel, dachte Hafen.

»Sie hat das Kind ins Wasser gelegt und ist verschwunden!«

Irritiert blickte Hafen zu Verena Steinfort. Die fixierte immer noch den Waldmann und zeigte keine Regung.

»Ich war das nicht!«, sprach er weiter, laut und unendlich langsam. »Ich stand drüben. Auf der anderen Seite. Ich hab mich gewaschen. Da ist sie weg, und ich bin rüber. Hab nachgesehen! Es sind alte Kleider vielleicht, hab ich gedacht. Die Leute werfen so viel weg.«

Er blickte zu Boden und schien sich wieder zu verlieren.

Er senkte seinen ausgestreckten Arm.

Verena Steinfort blickte zugleich hilflos und auffordernd zu Marek Hafen und Marlene Winter.

»Was muss ich mir da anhören?«

Tränen liefen über ihre Wangen.

Plötzlich ein Schrei, dass Hafen zusammenfuhr.

Noch ehe er etwas tun konnte, hatte der Waldmann den schweren Tisch umgeworfen.

Robert Steinfort stellte sich schützend vor seine Frau.

»Tun Sie was!«, rief er laut.

Doch der Waldmann stand wieder einfach nur da.

Seine Stimme war jetzt ruhiger. »Wie Müll hat sie das Kind weggeworfen! Ich hab es genommen. In ihrer Tasche! Dann kamen die Hubschrauber.«

Wieder hob er langsam den Arm und zeigte auf Verena Steinfort, die sich neben ihren Mann gestellt hatte.

»Ich wollt es nur begraben, dass es Frieden hat und die Seele zu Gott kann. Ich hab das für Sie und das Kind getan!«

Wieder fixierten sich die beiden.

»Was maßen Sie sich an!« Verenas Stimme war voller Zorn. »Warum beschuldigen Sie mich? Krank sind Sie! Ein Mörder sind Sie! Ein Mörder und Lügner!«

»Es ist gut!«, sagte Hafen.

Er ging zu Verena Steinfort, um sie nach draußen zu führen.

Marlene Winter ging vorsichtig zum Waldmann.

»Beruhigen Sie sich. Setzen Sie sich. Es ist alles gut.« Sie sprach ganz ruhig.

Der Mann atmete schwer, und es war ihm anzusehen, dass dies alles über seine Kräfte ging.

»Setzen Sie sich«, meinte Winter, ohne ihn zu berühren.

Hafen führte die Eheleute Steinfort nach draußen.

Auf dem Flur setzte Verena sich auf einen Stuhl.

»Das tut mir leid«, meinte Hafen.

Was sollte er sagen? Er hatte sich ein Geständnis des Waldmanns erhofft. Und jetzt? Konnte der Mann recht haben?

»Bitte verzeihen Sie. Das haben wir nicht erwartet.«

Und nach einer Pause: »Offenbar haben wir es mit einem schwer gestörten Mann zu tun.«

Nur langsam ließ die Erregung der Steinforts nach. Verena atmete noch immer schwer. Sie sprachen kein Wort. Hafen dachte daran, wie sie mittags am Sarg ihrer Tochter in Tränen ausgebrochen und auf die Knie gefallen war. Und wie ihr Mann einfach nur dastand und ins Dickicht starrte.

Er lehnte sich gegenüber von den Steinforts an die Wand und überlegte, was er sagen sollte. Die beiden hatten erst gezögert, als er sie fragte, ob sie mit einer Gegenüberstellung einverstanden wären. Winter hatte dazu geraten. »So brechen wir sein Schweigen vielleicht«, hatte sie gemeint. Und recht behalten.

»Ist Martha vergewaltigt worden?«, fragte Verena plötzlich.

Kurz vor der Gegenüberstellung hatte Hafen mit der Freiburger Rechtsmedizin telefoniert.

Er schüttelte den Kopf. »Keine Vergewaltigung. Martha starb an einer Verletzung am Hinterkopf. Ein harter Schlag mit einem kantigen Gegenstand. Oder ein heftiger Sturz.«

»War er das?«, fragte Robert Steinfort.

»Wir sind uns ziemlich sicher. Der Mann lebte in mindestens zwei Höhlen auf dem Bodanrück. In einer haben wir Blutspuren von Martha und Fasern ihres Badeanzugs gefunden.«

»Oh mein Gott«, meinte Verena. Sie flüsterte fast. »Er hat sie erschlagen? Warum?«

»Das wissen wir noch nicht, Frau Steinfort.«

Ein Detail fiel ihm ein, das ihm der Rechtsmediziner berichtet hatte. In den Haaren und in der Wunde Marthas habe er einige Körner Schnegglisand gefunden. Schnegglisand bestand aus feinen Kalkkörnern und stammte von zerfallenen Schneckengehäusen und Muschelschalen. Diesen Schnegglisand gab es am Bodensee, aber nicht an den moorigen Teichen des Dingelsdorfer Rieds.

Aber was bedeutete das? War Martha schon im Strandbad zu Tode gekommen? Hatte der Waldmann sie in der Nähe des Strandbads ermordet und dann zum Ried getragen?

42

Montag, 5. August

Sebastian drängte sie auf den Bootssteg. Er war dicht hinter ihr. Ruth spürte das Messer, er drückte es jetzt fester gegen ihren Rücken. Noch kein Regen. Der Wind fuhr in Ruths Haare und zerrte an ihrem T-Shirt. Dann ein Blitz; kurz darauf ein dunkler, mächtiger Schlag, dass sie erschrak, als würde eine riesige Tür zugeschlagen. Darauf ein langes Grollen.

»Ins Boot!«, befahl er. »Wir fahren auf den See.«

Ihre Angst wuchs. Die Wellen waren hoch wie kleine Mauern und prallten schräg auf das Ufer. Dazu das Gewitter, das fast über ihnen stand. »Warum?«

»Wir müssen reden, Ruth!«

Seine Stimme klang nicht mehr so stark und bestimmend, mehr getrieben, schwankend zwischen Angst und Wut.

»Das können wir hier!« Sie sprach ruhig und sanft und wandte sich zu ihm.

Da packte er sie wütend und schubste sie ins Boot.

Ruth fiel rückwärts und stieß sich an der Bordwand. Ein Schmerz durchfuhr ihren Rücken, der ihr für einige Augenblicke den Atem nahm. In einer großen, am Boot fest montierten offenen Kiste lag ein schwerer Anker mit einer dunklen Kette. Die hohen Wellen brachen sich an Seite und Bug des vertäuten Bootes, und die Gischt benetzte Haar und Haut. Sie fasste sich an den Oberarm, auch er tat weh, und sah kurz darauf, dass ihre Hand voller Blut war. Er hatte sie mit dem Messer geschnitten, wohl aus Versehen. Die Wunde ging nicht tief, aber sie blutete.

»Was tust du?«, rief sie vorwurfsvoll, ihm die blutigen Hände zeigend. Sie bekam keine Antwort.

Es war kalt, und sie spürte erste Regentropfen auf ihrer Gänsehaut. Sie hatte keine Jacke. Auch Sebastian trug nur Jeans und T-Shirt.

Er sprang ins Boot.

»Ich will gehen!«, sagte sie. Doch er reagierte nicht.

Als er den Motor zündete, raffte Ruth sich schnell auf. Sie

wollte zurück auf den Steg springen, aber Sebastian packte sie an der Taille. Es kam ihr so vor, als krallte er sich fest an ihr.

»Lass mich gehen!«, rief sie zornig. Sie schlug mit den Fäusten nach ihm und traf seine Schläfe. Kurz lockerten sich seine Finger, sie wollte nach der Schere greifen, doch schon fasste er ihre Arme. Mit hartem Griff hielt er ihre Handgelenke. Sie versuchte, sich zu befreien, aber er war zu stark.

Sebastian zog sie zu sich. Ihre Gesichter berührten sich fast. Die Wunde am Arm brannte jetzt. Der Wind warf ihre silbernen Haare in sein Gesicht, er blinzelte. Für einen Moment war es still, und sie hörten nur das Rauschen des Sturms. Mit einem verlorenen Ausdruck sah er sie an.

»Wir fahren. Wir reden.« Dann lachte er kalt. »Jetzt willst du weg von mir? Auf einmal? Es ist alles deine Schuld, Ruth! Es ist wegen dir geschehen!«

Mit einer schnellen Drehung löste sie sich aus seinem Griff und wollte aus dem Boot. Gleich bin ich frei, dachte sie. Doch wieder bekam er sie zu fassen, packte ihr rechtes Bein und zog sie erbarmungslos zurück. Ihre Brust schrammte gegen die Bordwand, ein stechender Schmerz. Er wollte kämpfen?, dachte sie, auf dem schwankenden Boden liegend. Das konnte sie auch!

»Sebastian!«, rief sie, voller Wut. »Hör auf!«

Er ließ sich auf sie fallen. Rittlings saß er auf ihrem Bauch und wollte ihre Arme greifen, doch sie schaffte es, ihm ins Gesicht zu schlagen und ihre Fingernägel in seine Wange zu bohren. Tief, in die Haut.

Dann hatte er ihre Handgelenke, drückte sie über ihrem Kopf auf den Bootsboden. Sein Gesicht war keine zwanzig Zentimeter von ihrem entfernt. Er keuchte und sie spürte seinen heißen Atem auf der Haut. Sie sah, wie das Blut aus seiner rechten Wange trat.

»Jetzt willst du dich aus dem Staub machen? Vor mir weglaufen? Du liebst mich doch! Oder nicht? Nicht mehr?«

Wie irr lachte er auf. Voller Hohn.

»Soll ich dich fesseln, Ruth? Folgst du dann? Ich will reden! Draußen auf dem See, wo uns niemand hört. Willst du, dass ich dich fessle?«

Sebastians Stimme hatte sich wieder verwandelt.

Verzweifelt, voller Trauer, mit schwindender Kraft.

Ruth schüttelte den Kopf. Sie atmete schwer.

»Lass uns fahren«, sagte sie tonlos. »Ich komme mit.«

Ernst sah er sie an, so als überlege er, ob ihr zu trauen war. Dann ließ er von ihr ab.

Mit Händen und Füßen schob sie sich vor zum Bug und kauerte sich hinter die Bordwand. Er löste die Taue, und sofort hatte der Wind sie einige Meter vom Steg Richtung Ufer getrieben.

Sebastian gab Gas und drehte das Boot genau in den Wind. Laut krachte der Bug in eine hohe Welle. Das Boot schaukelte stark, der Regen war kalt und hart. Immer wieder stachen Blitze aus den Wolken, gefolgt von mächtigen Donnerschlägen. Ruth hielt sich an einem Seil fest, das am Bug hing, sonst wäre sie nach jeder Welle zum Heck gerutscht.

Da sah sie Sarah.

Sebastians Schwester und ihre beste Freundin stand auf der Terrasse des Hotels und blickte zu ihnen. Ruth atmete auf. Sollte sie rufen? Oder war Sarah eingeweiht?

Ruth entschloss sich zu schweigen.

Sie blickte zu Sebastian, der am Motor saß und in den Wind starrte. Er kreuzte jetzt vor dem Wind; er wollte nach Nordwesten. Richtung Bodanrück. Von Sarah hatte er nichts mitbekommen.

Ich liebe ihn, dachte sie.

Auch wenn er meinen Bruder umgebracht hat.

Und jetzt mich töten will.

***

Eine ganze Zeit lang hörte Martin Schwarz das Klopfen und Rufen nicht. Am Nachmittag hatte er sich hingelegt, sich Stöpsel in die Ohren gedrückt und sofort tief geschlafen.

»Herr Schwarz! Machen Sie auf!«

Langsam drang die Stimme in sein Bewusstsein. Er hatte von Elsa geträumt, wie sie zusammen in seinem Bett zu Hause lagen, und einem kleinen Mädchen, das lachend draußen im Garten lief.

Er stand schnell auf. Es war schon nach einundzwanzig Uhr.

Er hörte am Klang der Stimme, dass etwas passiert sein musste, und öffnete die Tür.

»Auf dem See!«, rief Sarah und kam in seine Suite. »Mein Bruder hat Ruth in seine Gewalt gebracht.«

Schwarz wunderte sich über die Formulierung. Die Erregung war der jungen Frau vor allem an den Augen anzusehen. Er folgte ihr zum Fenster. Der Regen fiel so heftig gegen die Scheiben, dass kaum etwas zu sehen war. Dann Blitz und Donner – im Schlaf hatte er von dem Unwetter nichts mitbekommen.

Das Unwetter kam vom Nordwesten. Er öffnete das Fenster, und sofort waren sie nass. Ein kalter Novemberregen. Schwarz erkannte das Boot. Es befand sich einen knappen Kilometer vom Ufer entfernt.

»Das ist Wahnsinn!«, sagte er. »Der See ist jetzt lebensgefährlich. Hast du die Polizei verständigt?«

Sarah schüttelte den Kopf. »Das dürfen wir nicht! Ich weiß nicht, was passiert ist und was in meinem Bruder vorgeht. Aber er ist wie in einem Wahn. So habe ich ihn noch nie erlebt. Ich habe gesehen, wie er Ruth aus dem Zimmer gedrängt und mit einem Messer bedroht hat. Wenn er jetzt Polizei sieht, weiß ich nicht, was passiert.«

Schwarz sah Sarah an. Sie wirkte eigentümlich gefasst.

»Was schlägst du vor?«, fragte er.

»Wir fahren hinterher«, sagte sie entschlossen. »Mit dem anderen Boot. Lassen Sie mich mit ihm sprechen!«

Sein Blick ging von den klugen hellblauen Augen der jungen Frau hinaus zu dem wilden schwarzen See. Im Westen erkannte er Abendrot, das wie Glut zwischen den dunklen Wolken hervordrang. Vielleicht waren Sturm und Gewitter bald vorbei.

»Hol dir Regenzeug«, sagte er zu ihr. »Und einen dicken Pulli. Solange ziehe ich mich an.«

***

Immer weiter fuhr Sebastian hinaus auf den See. Beschleunigte im Wellental und drosselte die Geschwindigkeit, wenn die nächste Welle kam. Sie rollten hoch und mächtig, wie ein dunkles Gebirge sahen sie aus, die Schaumkronen waren fast verschwunden, das Wasser beinahe schwarz. Das Gewitter tobte direkt über ihnen, doch bisher hatten die Blitze sie nicht gefunden. Der Wind blies stark, aus dem Regen war Hagel geworden. Ruth drückte sich an die Bordwand am Bug, wo sie im Windschatten war, doch ihre Arme und Beine waren wie taub von der Kälte. Sebastian blickte direkt in den Sturm, und sie sah, dass er mit vorgehaltenem Unterarm sein Gesicht vor den prasselnden kleinen Eiskörnern schützte. So dicht fielen sie, dass um sie herum kaum etwas zu sehen war.

Das Boot schlug hart in die Wellen, jedes Mal gab es ein Krachen, und die warme Gischt mischte sich mit dem eisigen Hagel. Das Wasser lief von Ruths Gesicht, das T-Shirt klebte auf der Haut, und das Aufprallen des Boots auf dem Wasser spürte sie am ganzen Körper. Wie die mächtigen, zornigen Donnerschläge.

Nur langsam kamen sie voran. Brust und Rücken schmerzten, doch das Bluten am Arm hatte fast aufgehört. Ihr T-Shirt war durchnässt und blutgetränkt.

Noch immer fuhr Sebastian Richtung Bodanrück.

Sie hatte eine Ahnung.

Er war ein guter Segler, er kannte den See. Und so wie er fuhr, wollte er sie nicht umbringen. Hätte er Vollgas gegeben, hätte sich das Boot schon längst überschlagen, und sie trieben hilflos im See.

Noch ist der See warm, dachte sie. Und sie war eine gute Schwimmerin.

In den letzten Jahren wusste Ruth nicht, ob sie wirklich leben wollte. Jetzt wusste sie, dass sie keinesfalls sterben mochte.

Sie sah Sebastian, diesen schönen Jungen. Mit jeder Pore spürte sie den warmen See, den starken Sturm und den kalten Hagel. Sie war hellwach und die Welt so wirklich wie noch nie. Trotz der Schmerzen und der Angst und der Wut fühlte sie sich so lebendig wie lange nicht. Oder gerade deswegen.

Nachdem Tim verschwunden war, hatte auch ihre Beziehung aufgehört, von einem Tag auf den anderen. Sie mussten nicht darüber sprechen. Ruth liebte ihn noch immer, natürlich, doch sie verstand, was in ihm vorging. Es gab keine Nachhilfestunden mehr, und im Internat gingen sie sich aus dem Weg. Es kam ihr so vor, als wäre Sebastian ihr dankbar, dass sie ihn nicht weiter bedrängte. Wenn sich ihre Familien trafen, was nach Tims Verschwinden nur noch selten vorkam, konnten sie unbefangen miteinander reden. Manchmal hatte sie den Eindruck, dass er sie zärtlich ansah.

Und dann kam der Tag, als Martha verschwand. Zu dritt wollten sie ins Schwimmbad gehen. Nach einer Stunde verließ Sarah sie, sie wollte in die Stadt. Dann waren sie nur zu zweit. Sie lagen nebeneinander und konnten nicht sprechen.

Sie nahm seine Hand. Sie sahen sich an …

Immer mehr Regen mischte sich in den Hagel. Ruth reckte ihren Kopf und blickte in den Wind. Schemenhaft sah sie den Bodanrück. Er wirkte wie eine schwarze Wand in einer grauen Welt. Dort war Tim damals verschwunden. Sie dachte an ihre Mutter, Katharina. Und die Wut kam wieder.

Wie sie damals, als Tim verschwand, in ihr Zimmer stürmte.

»Wo ist Tim? Was habt ihr mit ihm gemacht?«

Sie sprach in einem Ton, als hätte Ruth Tim umgebracht. Die Mutter, die sie in den ganzen Ferien praktisch ignoriert hatte, nur an ihre beschissene Rolle dachte, schüttelte sie nun. Gerade hatten der Vater und die Steinforts Katharina aus dem See zurückgeholt. Noch immer waren ihre Kleider nass, und ihre Augen sprachen von einer Verlorenheit, die sie bei der Mutter noch nie gesehen hatte.

Es war der gleiche Blick, mit dem Sebastian gerade in den Sturm starrte.

»Lass das Kind!«, sagte Wolfgang. »Zieh dich aus und dusch dich ab!«

Ruth spürte, dass auch er am Ende seiner Kräfte war.

»Die Kinder wissen etwas«, sagte Katharina. Sie zitterte vor Kälte. »Sie wissen, wo Tim ist!«

Die Mutter blickte sie an. »Ruth!«

Plötzlich sprach sie freundlich, schüttelte nicht mehr ihre Schultern, sondern nahm ihre Hand.

»Ruth! Sag mir, was passiert ist!« Ein Zittern war auch in der Stimme; Ruth spürte, dass sie sich zur Freundlichkeit zwang. »Es wird alles gut werden, wenn du mir nur sagst, wo Tim ist.«

Wolfgang trat von hinten an Katharina heran und hielt sie an den Schultern.

»Lass gut sein, Katharina. Ich spreche mit Ruth.«

»Lass mich los!«, schrie die Mutter den Vater an.

Erschrocken zog er seine Hände zurück. »Beruhige dich! Lass das Kind!«

»Mein Tim«, sagte die Mutter tonlos. »Ich muss jetzt wissen, was geschehen ist! Merkst du nicht, dass sie uns etwas verschweigt?«

»Mein Tim«! Diese Worte trafen Ruth ins Herz. Wie konnte sie nur? *Sie* war es doch, die Tim liebte. *Ihre* Nähe suchte er, wenn die Mutter in fremden Städten spielte. In *ihr* Bett kroch er nachts, *sie* tröstete ihn in *ihren* Armen! Und jetzt? Gab die Mutter *ihr* die Schuld an Tims Verschwinden!

Wie konnte sie das glauben!

Wie konnte sie es wagen, das zu sagen!

Wo sie im Urlaub nicht einen ganzen Vormittag, nicht einen ganzen Nachmittag oder Abend für ihn oder sie entbehren konnte?

Höchstens zwei Stunden und drei Fragen beim Abendessen: Was habt ihr heute gemacht? Geht es euch gut? Möchtet ihr noch etwas?

Fragen, die nichts bedeuteten, die sie zu nichts verpflichteten, sie keine wertvolle Zeit kosten würden …

»Wo ist Tim?«, fragte die Mutter noch einmal.

Warum tat ihr Vater nichts? Der Herr über Tausende Angestellte schwieg. Hatte Angst vor seiner Frau.

»Ich hasse dich!«, sagte Ruth so ruhig wie kalt.

»Was?«, rief die Mutter, verständnislos und entwaffnet.

»Du hast ihn getötet!«, fuhr Ruth fort. »Du hast uns alle kaputt gemacht.«

Sprachlos atmete Katharina aus, blinzelte mit den Augen.

Kurz ging ihr Blick zu Wolfgang, so als erhoffte sie Unterstützung von ihm, als erwartete sie, dass er der Tochter widersprach.

Aber Wolfgang Mink sagte nichts, sah nur ausdruckslos vor sich hin.

Jemand könnte mich in den Arm nehmen, dachte Ruth damals;

sagen, dass alles in Ordnung, dass dies für sie alle ein Schock sei ... Sie hätte sich in diese Arme geworfen und hätte geweint und gesagt, dass es ihr leidtue.

Aber nein, das konnten sie nicht, weder die Mutter noch der Vater, und so hingen ihre Worte in der Luft ...

So blieben sie und würden nie mehr weggehen ...

Plötzlich merkte Ruth, dass sie nicht mehr fuhren. Der Motor lief noch, aber Sebastian hatte den Gang gelöst. Nur noch leichter Nieselregen. Es war heller geworden, das Gewitter weitergezogen, es grollte und zuckte noch in der Ferne. Doch der Wind blies stark, und am Horizont fiel rötliches Licht durch die Wolken. Sie befanden sich mitten auf dem See und trieben mit den Wellen. Sebastian saß im Heck und blickte zu ihr.

Ruth sah, dass sich hinter ihnen, vom Hotel her, ein Boot näherte. Noch war es einige hundert Meter entfernt und kam nur langsam voran. Zwei Menschen saßen darin, einer am Heck; Ruth glaubte, dass es Sarah war. Sebastian hatte offenbar noch nichts bemerkt.

Er begann zu sprechen. »Er hat uns beobachtet, damals. Tim. ›Ich hab alles gesehen. Du hast meine Schwester gezwungen‹, hat er gesagt. ›Du bist ein Schwein, Sebastian. Du bist ein dreckiges Schwein.‹ Zornig ist er gewesen. Ich hab das nicht gewollt, Ruth!«

Sie sah, dass er weinte. Vor Wut? Oder war es bloß Gischt, die in Tropfen unter seinen Augen hing?

»Er wollte alles verraten! ›Ich geh zur Mama und erzähl ihr alles! Und deiner Mama sag ich es auch. Dann hat dich keiner mehr lieb, und sie sperren dich ein.‹«

Abschätzig äffte er ihren Bruder nach. Kurz sah er in ihre Augen, dann schweifte sein Blick wieder zum Bodanrück.

»›Ich sag es allen!‹, hat er gemeint. Immer wieder. ›Ich sorg dafür, dass du meine Schwester nicht mehr anfasst!‹ Dann rannte er los und ich ihm hinterher.«

Sebastian schluckte. Ruth sah, dass er wirklich weinte.

»Ich habe ihn gepackt, ich wollte ihn zur Vernunft bringen, aber er ließ nicht mit sich reden. Er hat gekratzt und getreten und gebissen und mich beschimpft. Ohne aufzuhören. ›Du hast sie gezwungen! Du hast sie gezwungen!‹ Immer wieder hat er das gesagt. Aber das stimmte doch gar nicht! Ich wollte es ihm erklären, doch er hörte nicht zu. Tim war wie im Wahn und hat nicht aufgehört zu schreien. ›Ich sag es allen! Ich sag es allen!‹ Da hab ich seinen Hals gepackt.«

Sebastian machte eine Pause. Langsam schüttelte er den Kopf. »Er hat sich gewunden und geschrien. Aber ich habe ihn nicht mehr losgelassen. Ich habe gewartet, bis er ruhig war.«

Ruth blieb reglos sitzen. Er wandte sich wieder zu ihr.

»Und es ist alles deine Schuld!«, sprach er tonlos. »Ich habe nichts von dir gewollt. Du bist zu mir gekommen.«

»Und Martha?« Ruth wusste nicht, warum sie das fragte. Aber Sebastian schien sie nicht zu hören.

»Wir gehen jetzt gemeinsam, Ruth. In den See. Zu Tim. Wir binden uns an dem Anker fest, wir knoten ihn an unsere Beine, und dann gehen wir zu ihm. Du liebst mich doch. Oder nicht?«

Ruth sah ihn an. Gefasst und ernst. Dann schüttelte sie langsam den Kopf. Sie sprach ruhig und entschlossen. »Ich liebe dich, Sebastian. Und ich weiß, dass Tims Tod nicht allein deine Schuld ist. Aber meine auch nicht. Und ich will nicht sterben. Ich werde nicht mit dir gehen.«

Ihr Blick schweifte zu dem anderen Boot, Sarah winkte ihr zu. Es war nicht mehr weit entfernt, vielleicht fünfzig Meter. Der Wind blies so laut, dass man den Motor nicht hörte.

Langsam stand sie auf. Sie könnte springen. Sie müsste es schaffen … Sie würde mit den Wellen schwimmen …

Aus den Augenwinkeln sah sie, wie Sebastian einen Satz auf sie zumachte. Sofort ging ihre Hand hinter ihren Rücken. Als er sie packen wollte, stach sie schnell von unten zu.

Sebastian schrie auf, mehr aus Zorn denn aus Schmerz; bis zum Griff steckte die lange Schere in seiner linken Schulter.

Kurz, erschrocken, blieb er stehen. Es musste schmerzen, doch er beachtete die Verletzung weiter gar nicht und griff sie an den Schultern. Bevor sie aus dem Boot springen konnte.

Ruth wollte sich wehren, aber plötzlich schnellte sein Kopf nach vorne; mit voller Wucht prallte seine Stirn an ihre Nase. Da ließ er ihre Arme los. Sofort gingen ihre Hände zum Gesicht, zuerst hatte sie gar keinen Schmerz gespürt, es war vor allem der Schreck, doch überall war Blut. Sie sah es an ihren Händen, und sie schmeckte es an ihren Lippen und sank auf die Knie. Sie fühlte sich kaputt, gedemütigt, wie in Trance.

»Du Schlange!«, rief er plötzlich. Kurz sah sie auf, sein Blick ging zu dem zweiten Boot.

Sebastian sprang zum Heck und legte den Gang ein. Sofort machte das Boot einen Satz, dass Ruth nach hinten fiel.

***

Martin Schwarz sah, wie das Boot vor ihnen plötzlich beschleunigte.

»Er hat uns gesehen«, sagte Sarah.

Schwarz nickte und fuhr schneller. »Halt dich fest!«, rief er.

Sarah nickte und umklammerte mit ihren Händen die Bordwand.

Hoch konzentriert beobachtete er den See. Er wusste, wie gefährlich diese Wasser bei Sturm waren, auch weil man ihre Gewalt unterschätzte. Schwarz versuchte, die Höhe jeder Welle abzuschätzen, sie im richtigen Winkel anzufahren und nicht zu viel Gas zu geben. Er spürte, wie die Wellen ihre Fahrt mal beschleunigten, mal bremsten. Gäbe er Vollgas, würden sie sicher kentern; der Motor war stark. Dennoch fuhren sie so schnell, dass das Boot manchmal, wenn sie einen besonders hohen Wellenkamm erreichten, für Augenblicke in der Luft stand, bevor es wieder ins Tal krachte.

Da wendete Sebastian das Boot mit einem Mal Richtung Südosten, er wollte also mit dem Wind fahren.

Schwarz folgte und merkte bald, dass der Abstand zu den anderen allmählich kleiner wurde.

Doch dann geschah etwas Unvorhergesehenes.

Plötzlich drehte Sebastian das Boot wieder nach Nordwesten.

Mit voller Geschwindigkeit raste er in einem weiten Bogen schräg gegen den Wind.

Oh nein, dachte Schwarz. Der Junge will sterben.

Im selben Moment sah er, wie das Boot einen steilen Wellenberg hinaufschoss – und dann für eine Sekunde senkrecht in der Luft stand.

***

Ruth schrie auf, als sie plötzlich den Boden unter ihrem Körper verlor. Senkrecht stand das über fünf Meter lange Boot in der Luft, für einen ewigen Augenblick. Sie hatte an der Bordwand am Bug gelehnt, mit geschlossenen Augen, jetzt riss der Schreck sie aus ihrem Dämmer. Unter ihr, bedrohlich weit weg, das schwarze Wasser; sie fiel, wie auch Sebastian einige Meter unter ihr.

Das Boot, dachte sie im Sturz, es wird uns erschlagen! Der Aufprall auf dem Wasser war hart; Gesicht, Brust und Bauch brannten. Dann tauchte sie ein, kurz war es still. Sie schloss die Augen, und schon krachte das Boot in den dunklen See.

Es berührte sie nicht.

Unter Wasser öffnete sie die Augen, sie erkannte das Boot an der Oberfläche, es war einige Meter neben ihr aufs Wasser gestürzt, und sie tauchte auf.

Atmete, schnappte nach Luft. Vor ihr trieb das Boot. Es lag tief, sicher war es bis zum Rand voll mit Wasser. Aber noch sank es nicht. Zwei Schwämme, Wasserflaschen, ein Kanister vor ihr. Und Sebastian?

Sie drehte den Kopf. Nach links, nach rechts. Sarah würde gleich bei ihr sein. Aber wo war er?

Sie tauchte unter. Es war wieder still. Da sah sie einen Schemen, vielleicht drei Meter unter ihr. Das musste er sein, wahrscheinlich bewusstlos. Oder hatte ihn das Boot erschlagen?

Reglos sackte er in die Tiefe.

Schnell hinab; schon war sie bei ihm, griff nach seinem T-Shirt, dann unter seine Arme. Ihn zur Oberfläche zu bringen, war leichter als gedacht.

Tief atmete sie ein. Sie hörte und spürte den Wind, er war viel kälter als der See. Die Wellen trugen sie auf und ab.

»Sebastian!«, rief sie. Seine Augen waren geschlossen. »Komm zurück!«

Kurz erschrak sie, als sie jemand am Arm packte. Es war Martin Schwarz. Er schwamm hinter ihr im Wasser.

»Bleib ruhig. Ich hole euch hier heraus.«

Seine feste Stimme tat gut. Ruth hatte jetzt keine Angst mehr vor ihm. Er war ins Wasser gesprungen, um sie zu retten. Sarah stand im Boot einige Meter entfernt. Ruth hielt Sebastian fest unter den Armen, und Schwarz zog sie beide.

***

Patschnass und erschöpft sah Martin Schwarz zu den drei Jugendlichen. Der Motor war aus, ihr Boot ein Spiel der Wellen und des Windes. Die Gischt und der Regen hatten Sarahs schwarzen Lidschatten überall auf ihren Wangen verteilt. Die grünen Haare, sonst mit Unmengen von Spray hochgestellt, klebten an ihrem Kopf. Sie sieht aus wie ein Kind, dachte Schwarz.

Ruth und Sebastian kauerten vorne am Bug, eng umschlungen und schweigend saßen sie, an die Bordwand gelehnt. Sebastian war wieder zu sich gekommen, aber völlig kraftlos; noch immer steckte die Schere in seiner Schulter. Damit der Junge nicht zu viel Blut verlor, hatte Schwarz sie dort gelassen. Die Gesichter der beiden berührten sich fast, und Ruth streichelte die Wange des Jungen.

Da wurde es plötzlich hell; innerhalb von Sekunden riss der Himmel auf. Die untergehende Sonne brach mit Macht durch die Wolken und setzte den See augenblicklich in Brand. Wie bei einem Zauber verschwanden das Grau und Schwarz. Die wogenden Wellen glänzten plötzlich in einem intensiven Orange, und der Himmel sah aus, als wäre dort ein mächtiges Feuer erstarrt.

Ein Flammensee, dachte Schwarz, als sie zwischen den roten Wellen trieben.

Irgendwann, nach einer kleinen Ewigkeit, begann Sebastian zu sprechen. Er blickte abwechselnd zu seiner Schwester und zu ihm. »Ich habe Tim Mink umgebracht. Ich habe Ruths Bruder getötet. Er hat Ruth und mich beobachtet, im Wald. Er wollte alles verraten, da hab ich ihn getötet und in den See geworfen.«

Schwarz sagte nichts dazu und nickte nur. Sarah und Ruth starrten verloren auf den Jungen. Hatte die Schwester etwas geahnt?

Oder die Mutter? Hatte sich Sebastian möglicherweise Verena Steinfort anvertraut?

Schwarz blickte zu den Hängen des Bodanrück. Sebastian ist dorthin zurückgekehrt, dachte er, wo er vor drei Jahren, als Vierzehnjähriger, einen kleinen Jungen erwürgt und im See versenkt hat.

Aber stimmte das denn? Warum war die Leiche nicht gefunden worden und niemals aufgetaucht? Er dachte an die starken Tiefenströmungen des Bodensees; wer weiß, wohin sie den toten Jungen getragen hatten. Und vielleicht steckte er irgendwo zwischen versunkenen Ästen oder Steinen und war deshalb nicht nach oben gekommen.

Vielleicht, vielleicht.

Er atmete auf, startete den Motor und wendete. Noch immer flackerten die Sturmlichter der Häfen in Wallhausen und Dingelsdorf. Kein anderes Boot war auf dem See. Er sah das östliche Ufer, Überlingen, die Kirche Birnau mit ihrem weißen Turm, den »Winzerhof«. Die Farben waren zurückgekehrt, das Grün der Wälder und Hänge leuchtete sie an. In weiter Entfernung zog das blauschwarze Gewitter. Noch immer war das Wasser wie Feuer.

Jetzt hatten sie den Wind im Rücken. Schwarz gab Vollgas, sie glitten schnell auf den orangefarbenen Wellen, und es war, als flögen sie und als wehe gar kein Wind.

***

Wolfgang Mink sprach kein Wort und blickte vor sich auf den Tisch. Schwarz beobachtete ihn genau, doch er konnte die Züge des Unternehmers nicht lesen. Jedenfalls zeigten sich weder Überraschung noch Erleichterung. Der Mann kam ihm alt vor, schwach und fast teilnahmslos.

Gerade hatte er Mink erzählt, was er auf dem See erlebt hatte. Dass offenbar Sebastian Steinfort seinen Sohn vor drei Jahren ermordet hatte.

Warum erleichtert ihn die Nachricht nicht?, dachte Schwarz. Müsste es ihn nicht entlasten, dass seine Frau und Tochter unschuldig sind?

Draußen war es dunkel, eine ruhige Sommernacht, so als wäre nichts geschehen.

»Soll ich die Polizei informieren?«, fragte Schwarz.

Mink sah ihn fest an und schüttelte den Kopf. »Lassen Sie mich zuerst mit Verena reden. Sie hat heute genug erlebt. Dieser Waldmann hat behauptet, dass sie Martha in einer Tasche zum Ried getragen habe.«

Martin Schwarz sah ihn überrascht an.

»Wohl die Schutzbehauptung eines verwirrten Mannes.«

Schwarz wollte noch etwas fragen, doch Mink kam ihm zuvor.

»Herr Schwarz, ich möchte Sie dringend an die Verpflichtung erinnern, dass sämtliche Ermittlungsergebnisse ausschließlich an mich gehen und dass alleine ich über eine Weitergabe entscheide.«

Schwarz zögerte.

»Sind wir uns da einig, Herr Schwarz?« Minks Stimme war plötzlich wieder voller Energie.

Schwarz nickte. »Sie entscheiden.«

»Gut.« Mink stand auf. »Danke für Ihre Arbeit.«

Martin Schwarz verließ die Suite. Er entschied sich, Marlene Winter anzurufen. Seit der Festnahme des Waldmanns hatte er ihre Handynummer.

43

Dienstag, 6. August

Dunst lag auf dem See, die Morgensonne hatte sich noch nicht ganz hindurchgekämpft. Luft und Wasser glänzten silbern.

Martin Schwarz stand auf seinem Balkon und blickte ein letztes Mal auf den gepflegten Park des »Winzerhofs«. Noch war alles still. Heute würden die Minks und Steinforts abreisen.

Da sah er Verena Steinfort, wie sie barfuß in einem rosafarbenen Morgenmantel über die Wiese ging. Am Ufer blieb sie stehen, dann streifte sie den Mantel ab und schritt nackt ins Wasser. Wie kann sie jetzt baden?, dachte Schwarz. Wo sie seit gestern Abend weiß, dass ihr Sohn ein Mörder ist.

Aber in der Welt von Verena Steinfort machte das vermutlich vollkommen Sinn. Genauso wie der rosafarbene Bademantel.

Gestern Abend hatte er mit Marlene Winter telefoniert. Er erzählte ihr, was er auf dem See mit den Jugendlichen erlebt hatte, bat sie aber um Vertraulichkeit. Sie berichtete ihm dann von der Entdeckung von Marthas Leiche und der Vernehmung des Waldmanns. Außer dessen Behauptung gab es nichts, was auf eine Schuld Verena Steinforts verwies. Der Schnegglisand im Haar der kleinen Martha konnte alles Mögliche bedeuten. Auch gebe es eine Zeugenaussage, erzählte die Kommissarin, wonach am Tag des Verschwindens eine groß gewachsene Frau mit einem leblos wirkenden Kind rasch Richtung Parkplatz gegangen sei.

»Und die Reisetasche?«, fragte er.

»Ist nach Aussage des Waldmanns in der Höhle verbrannt. Die Steinforts haben sogar bestätigt, dass sie eine graue Reisetasche besitzen. Und die befindet sich tatsächlich bei ihnen im Auto. Wir haben das gleich kontrolliert.«

»Das bedeutet: Entweder lügt der Waldmann, oder Verena Steinfort hat in den letzten Tagen eine neue Reisetasche gekauft.«

Er hörte Winters Lachen.

»So ist es. Wir überprüfen bereits die Geschäfte in der Umgebung. Aber ich zweifle, dass sich jemand erinnern wird.«

Verena Steinfort schritt ins Wasser, als wären tausend Augen auf sie gerichtet. Eine Eleganz, die natürlich wirkte, aber gewiss einstudiert war. Der makellose Schein schien ihr zur zweiten Haut geworden zu sein.

Schwarz konnte die Augen nicht von ihr lassen. Diese Frau schien perfekt in jeder Hinsicht: hochintelligent, beruflich erfolgreich, mit Stil und Grazie und einem wunderbaren Körper. Doch so perfekt und anziehend sie schien, ihn stieß sie ab. Vielleicht, weil er sich so hoffnungslos unterlegen fühlte?

Schnell entkleidete er sich, zog eine Badehose an, nahm ein Handtuch und lief die Treppe hinunter. Er begegnete niemandem. Es war kurz nach sieben.

Als er am Ufer ankam, schwamm sie schon weit im See. Etwa zweihundert Meter vom Ufer entfernt lag ein Ponton, das steuerte sie an. Vor ein paar Tagen hatte er dort einen Silberreiher gesehen.

Der richtige Ort für Verena Steinfort, dachte er. Allein auf einer einsamen Insel, von der aus man alles im Blick hat und beherrschen kann.

Er stieg in den See. Kleine Barsche stoben auseinander, als er durch das flache Wasser schritt. Dann begann er zu schwimmen. Der See war erfrischend, der gestrige Sturm hatte kühles Tiefenwasser an die Oberfläche gebracht.

Noch schien Verena ihn nicht bemerkt zu haben.

Schwarz schwamm zügig, und nachdem sie die Leiter zum Ponton hochgeklettert war, sich auf die Planken gesetzt hatte und in seine Richtung sah, winkte er ihr zu. Er meinte, dass sie lächelte, war sich aber nicht sicher. Ansonsten reagierte sie nicht auf seinen Gruß.

Sie behielt ihre Position bei, als er näherkam. Die Sonne beschien Verena Steinfort, der Dunst war fast verschwunden. Mit ihrem blonden Haar, ihrem unerschütterlichen Blick, dem aller Welt enthobenen Lächeln und in dieser wunderbaren Nacktheit wirkte die Frau auf Schwarz wie ein verhängnisvolles Wasserwesen.

So graziös, so souverän, dachte Schwarz, als er durch das klare Wasser schwamm. Und dabei hatte diese Frau – seit gestern Nacht war Schwarz sich dessen sicher – vor wenigen Tagen ihre Tochter getötet.

Nun hatte er den Ponton erreicht, sie folgte ihm mit den Augen, noch immer sprach sie kein Wort, und er stieg die Badeleiter hoch.

»Sie wollen sich also noch persönlich von mir verabschieden, Herr Schwarz?«, sagte sie lächelnd.

Sie hatte sich auf ihre Ellenbogen gestützt und er war sich sicher, dass sie ihm bewusst ihre Schönheit präsentierte. Doch er sah und hörte die verborgene Schwere ihres Lächelns. Noch nie hatte er sie bisher wahrgenommen.

»Warum, Frau Steinfort?«, fragte er.

Sie lächelte. »Warum was, Herr Schwarz?«

»Warum lassen Sie einen bemitleidenswerten Mann für etwas ins Gefängnis gehen, wofür Sie die Schuld tragen?«

»Ach ja? Wer sagt das?«

»Sie haben Ihre Tochter getötet, Frau Steinfort.«

Sie blinzelte, so als blendete sie die Sonne. Ihre Nasenflügel weiteten sich, als sie schnell Luft einsog. Für einen Moment war sie still.

»Und dafür haben Sie Zeugen? Einen Filmmitschnitt gar?« Ihr Tonfall war kühl und abweisend.

»Eine Frau hat Sie mit der toten Martha gesehen.«

»Irgendeine Frau hat vielleicht irgendeine Frau mit irgendeinem wahrscheinlich schlafenden Kind gesehen. Und warum, Herr Schwarz, hätte ich das tun sollen?«

Schwarz blickte sie an. Keine Regung sollte ihm entgehen.

»Sie wollten zum Joggen. Vielleicht haben Sie etwas vergessen und kehrten zurück. Katharina Mink war bereits in ihre schwarzen Träume versunken, und da hat Martha Sie entdeckt. Sie rief nach Ihnen. Sie wollte, dass Sie bei ihr blieben, mit ihr spielten. Wo Sie doch selbst im Urlaub so wenig Zeit für sie hatten. Vielleicht liefen Sie einfach weiter und versteckten sich, aber Martha fand Sie. Sie weinte, sie rief nach Ihnen, sie klammerte sich an Ihren Körper. Sie wiesen das Kind zurecht, sie packten ihre Arme und lösten sie von Ihrem Körper. Sie schrien sie an. Doch Martha wollte nicht gehen. Dann stießen Sie das Kind von sich. Martha stürzte unglücklich. Es war ein Unfall.«

Für einen kurzen Augenblick war Verenas Blick fast leer und

voller Traurigkeit. Sie schwieg, und Schwarz wusste, dass er der Wahrheit sehr nahe gekommen war.

»Sie handelten im Affekt. Sie sind nicht so, wie Sie scheinen. In Ihnen ist Verletzlichkeit und Anspannung. Und manchmal eine große Wut. Seit Jahren ahnen Sie, dass Sebastian etwas mit dem Verschwinden Tims zu tun hat. Womöglich hat er sich Ihnen anvertraut. Seit Langem haben Sie die Grenzen Ihrer Kraft überschritten. Deshalb übernehmen Sie seit einigen Jahren auch nicht mehr die ganz großen Fälle in der Kanzlei. Deshalb ziehen Sie sich von Ihrer Familie zurück.«

Sie schluckte. Obwohl ihr nichts anzusehen war, spürte Schwarz, dass die Frau innerlich bebte.

Sie betrachtete ihn, vom Kopf bis zu den Füßen, sah sich seine Badehose genauer an, so als wollte sie sicherstellen, dass er keine Aufnahmeapparaturen an seinem Körper trug.

Dann, nachdem sie sich vergewissert hatte, verdrehte sie die Augen und lachte ein schweres Lachen.

»Sie phantasieren, Herr Schwarz. Es gibt nichts, was Ihre Theorie bestätigt. Das Einzige, was sicher ist, sind die Spuren von diesem Waldmann auf dem Körper meiner Tochter. Und dass Martha in seiner schmutzigen Höhle war. Wahrscheinlich hat er das Kind für einen obskuren Totenkult benutzt.«

»Sind Ihnen Beruf und Reputation so wichtig? Dass Sie sich Ihrer Schuld nicht stellen?«

Sie lachte ernst. »Schuld? Das ist ein merkwürdiger Begriff. Er setzt einen Gott voraus. Oder die Freiheit des Menschen. Ich zweifle an beidem. Vielleicht können wir ein wenig Verantwortung übernehmen. Und genau das tue ich.«

»Für Sebastian?«

»Auch für ihn, ja.«

»Er hat Tim Mink ermordet.«

Verena Steinfort schloss die Augen und neigte ihr Gesicht der Sonne entgegen. Der Dunst war nun vollständig verschwunden, das silberne Licht gelb geworden.

»Mein Sohn hat Tim Mink nicht getötet, Herr Schwarz. Niemand weiß, wo der Junge ist. Sebastian hat sich von einem psychisch labilen Mädchen verführen lassen. Er fühlte sich schuldig,

Ruth war damals erst zwölf, eigentlich noch ein Kind. Und dann verschwand auch noch ihr Bruder Tim, als er mit Ruth intim war. Jetzt ist seine Schwester tot. Dass da in einem heranwachsenden jungen Mann bizarre Schuldphantasien entstehen, ist kein Wunder. Ich werde ihm da beistehen, mit all meiner Kraft.«

Schwarz konnte nicht glauben, was er da hörte. »Sie wollen ihn mit dieser Schuld leben lassen? Strafe kann befreiend sein! Sebastian will die Wahrheit! Er hat es uns doch gestern gestanden!«

»Sebastian hat mir gestern Nacht erzählt, wie sehr ihn die Ereignisse der letzten Jahre belastet haben. In der Schule und im Alltag hat ihm das keiner angemerkt. Auch ich habe die Zeichen nicht gesehen.«

Sie blickte ihn an. »Er ist stark. Aber er wirkt stärker, als er eigentlich ist.«

Wie du, dachte Schwarz. Du spielst eine Komödie mit mir und weißt genau, dass ich sie durchschaue.

»Er hat seine Fassung verloren. Er war nicht mehr Herr über sein Denken und Fühlen. Glauben Sie mir, ich werde meinem Sohn in jeder Hinsicht beistehen, dass er mit all diesen Lasten leben können wird. Er bereut, was er gestern gesagt hat. Es war nichts als Phantasie.«

»Und Ihr Mann und Ihre Tochter sehen das auch so? Meinen Sie, Ihre Ehe wird das überstehen?«

»Meine Ehe?« Wieder lachte sie kalt. »Die ist kaputt, Herr Schwarz, das dürfte Ihrer scharfen Beobachtungsgabe nicht entgangen sein. Und Sarah hat ihr Leben. Sie muss selbst wissen, was sie glauben will.«

Schwarz sah sie verblüfft an. Es ging ihr wahrscheinlich wirklich nicht nur um ihre Reputation und ihr Leben. Sie tat es wohl auch für Sebastian.

Schwarz schüttelte den Kopf. »Und dass Sie Ihre Tochter totgeschlagen haben, wollen Sie vor Ihren Kindern und der Welt verheimlichen?«

»Ich habe meine Tochter nicht getötet.«

»Damit wollen Sie wirklich leben?«, setzte er nach.

Sie zuckte mit den Achseln. Noch immer hatte sie ihr Gesicht der Sonne zugewandt. Jetzt drehte sie sich zu ihm und öffnete ihre hellblauen Augen. »Mit alldem muss ich leben, Herr Schwarz. Alles andere wäre verantwortungslos.«

Schwarz wusste nichts mehr zu sagen. Das Unglaubliche war, dass Verena Steinfort von der Richtigkeit ihres Tuns absolut überzeugt zu sein schien.

Er blickte hinüber auf die andere Seeseite. Das Dingelsdorfer Strandbad sah einladend aus im Morgenlicht. Und rechts davon, wie eine grüne Wand, prangten die steilen und bewaldeten Hänge des Bodanrück.

»Sie irren, Frau Steinfort!«

Sie reagierte nicht mehr auf ihn.

Schwarz stand auf, ohne ein weiteres Wort zu sagen.

Ein letztes Mal drehte er sich zu ihr um.

Da sah er, wie Tränen über ihre Wangen liefen und ihr Körper leicht zitterte.

Schwarz sprang ins Wasser. Er schloss die Augen, als die kühlen Fluten ihn umspülten und er nichts mehr hören musste als die Stille des Sees.

***

Verena lehnte sich zurück. Mit dem Rücken lag sie auf den Planken des Pontons. Sie schwitzte leicht. Die Sonnenstrahlen hatten den Dunst endgültig besiegt und krallten sich überall fest.

Verena lag regungslos da und hielt die Augen geschlossen. Nur kurz war es schwarz, dann alles wieder da.

Es war, als fiele sie in sich selbst hinein.

»Mama! Mama!«, hörte sie die Rufe. Die Freude und, als sie weiterlief, die Enttäuschung und den Zorn.

Sie sah Marthas Gesicht, das freudige Lachen.

»Mama? Warte! Ich will mit!«

Verena war zurückgekehrt zum Strandbad. Warum um alles in der Welt hatte sie das gemacht? Wollte ihr Handy holen. Sie brauchte es, um beim Joggen Daten zu sammeln: Pulsschlag, zurückgelegte Kilometer, Geschwindigkeit.

Und vielleicht rief Peter an: ihr Geheimnis, der Geliebte, ihre Zukunft.

Zurückgeschlichen hatte sie sich. Ihre Tasche lag fünf Meter von Katharina entfernt. Die hatte schon die Augen geschlossen und bemerkte sie nicht.

Wie ein Dieb hatte sie sich genähert und darauf geachtet, dass Martha sie nicht entdeckte. Das Kind spielte fröhlich unten am Strand.

Sie sprach nicht mit Katharina.

Überprüfte nicht, ob sie wirklich aufmerksam war und Martha im Blick hatte.

Es wird alles in Ordnung sein, sagte sie sich. Und wenn! Was soll im Strandbad schon passieren?

Das war ihr erstes Versagen.

Dann holte sie das Handy heimlich aus der Tasche, schnallte es um den Oberarm und ging zügig in Richtung Ausgang. Sie freute sich, dass sie unbemerkt geblieben war, begann zu laufen, lächelte in sich hinein – da kam der Ruf.

»Mama! Mama!«

Und sie lief weiter.

Sie erinnerte sich, wie sie kurz die Augen schloss, vor Ärger.

»Mama! Mama!«

Der Ruf drang durch all die Strandgeräusche.

Aber Verena lief. Drehte sich nicht einmal um.

»Mama? Warte auf mich!«

Sie wusste nicht, warum sie lief. Doch, sie musste weglaufen. Sie wollte weg, von allen.

Sie rannte, damit Martha einsah, dass es aussichtslos sein würde, ihr zu folgen.

Sie hätte das Kind zu Katharina zurückbringen können. Ihr erklären, dass sie bald zurückkehren würde und dann Zeit hätte.

Und wenn Katharina doch wieder in Depressionen versunken war? Sie käme dann niemals wieder weg.

Der Gedanke, mit Martha jetzt Ball oder »Memory« zu spielen oder am Spielplatz zu stehen – sie ertrug ihn nicht!

Ihr Mann Robert war ihr zur Qual geworden.

Sarah lehnte die eigene Mutter ab.

Und Sebastian? Seit Tim verschwunden war, seit drei Jahren, spürte sie, dass etwas nicht stimmte. Nach außen war er wie immer, in der Schule der Star, spielte vor der Welt die Rolle des jungen Mannes, für den das Leben wie gemacht schien.

Aber sie fühlte die Unruhe, das Rastlose dahinter.

Ahnte, dass es Schuld war.

Drei Tage nach dem Verschwinden Tims hatte sie ihn zum ersten Mal gefragt.

»Wenn mit Tim etwas passiert ist, wenn du etwas weißt … Sebastian, dann sag es mir. Mir! Verstehst du? Nur mir!«

Sebastian sah sie an. Mit einem Blick, als verstehe er die Frage nicht. Doch der Ausdruck war gespielt, sie durchschaute das, Sebastian war ihr zu ähnlich; es lag, versteckt, Schmerz darin. Und Angst.

»Ich weiß nichts. Es ist alles in Ordnung!«, meinte er in einem Ton, der kein Nachfragen erlaubte.

Noch zwei Mal fragte sie ihn. Und jedes Mal war die Antwort gleich.

Ein Mann, der eine Last war; eine Tochter, die ihr mit Verachtung begegnete; ein Sohn, der sich nicht helfen ließ und zu zerbrechen drohte.

Ein Liebhaber, der zur großen Liebe geworden war …

In der Kanzlei merkte man, dass ihre Kraft und Konzentration nachließen. Noch schaffte sie das Pensum, doch die Prozessvorbereitungen fielen weniger gründlich aus; im Gerichtssaal strahlte sie nicht mehr wie einst. Diese unbedingte Siegeszuversicht, die Besessenheit war ihr abhandengekommen. Sie spürte, dass die älteren Anwälte sie beobachteten, dass man hinter ihrem Rücken sprach. Die besonders prominenten Fälle gingen jetzt an andere.

Und Peter war verheiratet wie sie. Sie wollten sich beide von ihren Partnern trennen. Direkt nach dem Urlaub wollte sie mit Robert reden.

Ihr Leben war aus den Fugen. Sie musste nachdenken, sie musste laufen, sie brauchte Luft zum Atmen.

Und da rief Martha erbarmungslos hinter ihr her. So kam es ihr vor: erbarmungslos!

Nach hundert Metern, Martha rief noch immer, lagerten links von ihr Jollen, kleine Motorboote und Surfbretter auf der Wiese. Sie kam an einer Menschentraube vorbei. Die nutzte sie als Deckung und versteckte sich hinter einem großen Schlauchboot, das neben einem Trailer stand.

Sie ging in die Knie.

Wartete.

»Mama!«

Die Stimme war direkt hinter ihr. Sie erschrak und hörte den Triumph. Sie drehte sich zu dem Kind und stand auf.

»Martha, bitte, ich möchte jetzt allein laufen!«

»Ich will aber nicht, dass du gehst!«

Martha sprach genauso unduldsam wie sie. Das Kind sprang auf sie zu und umarmte sie. Versuchte, sich an ihr festzuklammern.

»Martha, lass mich!«

Sie packte die Arme des Kindes. Mit aller Kraft löste sie die kleinen Hände von ihrem Körper.

Sie drückte das Kind weg, doch sofort umklammerte Martha sie wieder und hängte sich an sie. Ihr kleiner Körper wog plötzlich tonnenschwer.

Da packte sie die Arme noch einmal.

»Lass! Mich! Gehen!«, zischte sie.

Und sah den Trotz, den Zorn in Marthas Blick.

Da überkam sie eine unbändige Wut. Schnell ließ sie Marthas Arme los und stieß sie an den Schultern.

Heftig.

Um sich einen Vorsprung zu sichern.

Um das Kind von sich wegzubringen!

Zu heftig hatte sie gestoßen; Martha stolperte und fiel. Rückwärts, zu schnell, mit Wucht. Mit dem Hinterkopf auf eine scharfe Kante des Trailers, der neben dem Schlauchboot stand.

Martha war sofort ganz still.

»Martha«, flüsterte sie. Rüttelte leicht an ihren Schultern.

»Martha!« Sie bewegte sich nicht. Sie war ohnmächtig, doch …

Atmete sie?

Verena neigte sich zu Marthas Nase und wusste bald: Das Kind ist tot.

Du hast deine Tochter umgebracht.

Jetzt ist dein Leben verwirkt.

Verena sah sich als Kind in der Wohnungstür, mit der schlechten

Mathearbeit in der Hand. Doch diesmal würde es nicht mehr helfen, sich anzustrengen.

Sie reagierte schnell. Funktionierte, wie es sich gehörte.

Putzte mit ihrem T-Shirt die blutige Kante des Trailers.

Nahm Martha in den Arm und sah sich um.

Keiner schien etwas bemerkt zu haben.

»Ist gut, Martha«, sagte sie leise.

Dann ging sie los. Schnell, ohne gehetzt zu wirken.

Sie sprach zu Martha und meinte, dass alles gut werden würde. So als trüge sie ein schlafendes Kind zum Auto. Machte die Türe auf und setzte es auf den Kindersitz. Schnallte Martha an, sie schlief ja jetzt.

Das bisschen Blut an ihren Händen und dem T-Shirt fiel niemandem auf. Zwar waren zahlreiche Leute da, aber jeder schien mit sich beschäftigt.

Das Ried kannte sie von vor drei Jahren. Vom Laufen. Es war nicht weit, und im Wasser würden zumindest alle Spuren verschwinden. Der Ort kam ihr einfach so in den Sinn.

Dann fuhr sie los. Sie wusste, was das bedeutete, dass ihr Leben verwirkt war, doch zugleich fühlte sie sich ruhig. Schwer.

Mit der toten Tochter auf dem Rücksitz.

Es war, als hätte sich eine unsichtbare Wand zwischen sie und die Welt geschoben.

Sie summte »Schlaf, Kindlein, schlaf«.

Einfach so.

Selbst wenn sie die Tasche fänden, das bewies noch nichts.

Verena zitterte leicht und fühlte sich wie taub, als sie wieder im Strandbad war und zu Katharinas Liegestuhl ging.

Es war, als hätte jemand einen Mantel aus Blei um ihr Herz gelegt.

Aber sie wusste, wofür sie jetzt kämpfen musste.

Epilog

Es war ein kalter und regnerischer Februartag, an dem das Begräbnis von Verena Steinfort stattfand. Ein halbes Jahr nach ihrer Tochter wurde nun sie begraben. Martin Schwarz kam es so vor, als wohnte er einem Staatsakt bei. Viele hundert Trauergäste hatten sich auf dem Hauptfriedhof in Freiburg eingefunden, darunter führende Staatsanwälte und Gerichtspräsidenten, auch ein Staatssekretär sollte zugegen sein.

Die Menschen reihten sich in einer langen Schlange auf einem schmalen Weg, um Verena Steinfort ein letztes Lebewohl zu sagen.

Robert Steinfort wartete mit versteinerter Miene am Rande des Grabs und nahm mechanisch die Beileidsbekundungen entgegen. Hinter ihm standen Sarah und Sebastian. Von den Trauergästen nahmen sie keine Notiz; schüttelten stumm die Hände und starrten dabei in ein Nirgendwo.

Martin Schwarz hielt sich etwas abseits von der Abschiedszeremonie. Er hatte kein Bedürfnis, Verena Steinforts Sarg zu sehen. Es war nichts zu hören als das eintönige Prasseln des Regens. Der kleine Schirm, den er dabeihatte, war an einigen Stellen undicht, und er fror in seinem schwarzen Anzug.

Der Mord an Verena Steinfort vor vierzehn Tagen hatte bisher nicht aufgeklärt werden können. Am Dingelsdorfer Strandbad – da, wo vor einem halben Jahr ihr Kind verschwunden war – hatte ein Spaziergänger die Leiche entdeckt. Sie lag nahe am Wasser, unweit von dem Holzkreuz, auf der Wiese.

Verena Steinfort war mit einem Scharfschützengewehr hingerichtet worden; zwei Kugeln hatten den Kopf durchschlagen, zwei das Herz. Nicht einmal der Ort, von dem aus der Schütze geschossen hatte, konnte genau ermittelt werden. Es hieß, er habe wohl aus dem Unterholz am Seeufer geschossen. Wer es war, blieb ein Rätsel. Es gab keine Zeugen, keine Spuren, nichts. Vermutlich handelte es sich um einen Auftragsmörder, jedenfalls um einen geschulten Scharfschützen. Nach Ansicht der Polizei waren die Schüsse aus einer Entfernung von etwa dreihundert Metern abgefeuert worden.

Über die Hintergründe der Tat gab es, soweit Schwarz das der Presse entnommen hatte, nur Spekulationen. Kommentatoren vermuteten, dass der Mord etwas mit einem früheren Fall zu tun haben könnte. Einige Menschen, die des Mordes angeklagt gewesen waren, hatte Verena Steinfort erfolgreich verteidigt, und manche Angehörige der Opfer, welche die Freisprüche als Affront empfunden hatten, waren reich. Anonyme Drohmails hatte es nach Angabe der Kanzlei in den letzten Jahren immer wieder gegeben.

Vermutlich, mutmaßte man, hatte ein verbitterter Vater oder Ehemann einen Berufsmörder beauftragt, Rache an Verena Steinfort zu üben. Dass die Tat etwas mit der Ermordung ihrer Tochter und dem Verschwinden Tim Minks zu tun haben könnte, wurde zumindest in der Presse kaum thematisiert. Sicherlich, vermutete Schwarz, waren weder Staatsanwaltschaft noch Polizei darauf erpicht, sich erneut mit diesen rätselhaften Fällen zu beschäftigen.

Nach Aussage des Waldmanns vor einem halben Jahr, wonach Verena Steinfort ihre tote Tochter am Dingelsdorfer Ried abgelegt hatte, begann Marek Hafen, in diese Richtung zu ermitteln. Doch weil Zeugen und Indizien fehlten, andererseits so vieles für eine Schuld des Waldmanns sprach, war ihm der Prozess gemacht worden.

Hafen und Winter hatte als einzige wichtige Spur die graue Reisetasche, mit der Verena Steinfort angeblich das Kind transportiert hatte. Doch Verena Steinfort hatte eine ebensolche Reisetasche noch in ihrem Besitz. Nachforschungen in den Geschäften um den Bodensee, ob in den Tagen nach dem Verschwinden Marthas eine solche Tasche gekauft worden sei, blieben ergebnislos. Auch wurden noch einmal alle Strandbadegäste vernommen, aber niemand konnte sich an Verena Steinfort erinnern. Die Zeugin, die ausgesagt hatte, eine Frau mit einem leblos wirkenden Kind auf dem Weg zum Parkplatz gesehen zu haben, meinte, dass es sicher nicht die prominente Anwältin gewesen sei.

Die Beschuldigung des Waldmanns gelangte schnell in die Presse und wurde mit Empörung aufgenommen. Verena Steinfort wurde von vielen, meist im öffentlichen Leben stehenden Zeugen als souveräne, kontrollierte Frau, als fürsorgliche und umsichtige Mutter beschrieben; dass die bekannte Anwältin ihr Kind im Affekt getötet haben sollte, wollte öffentlich kaum einer glauben. Die BILDZEITUNG sprach von der infamen Unterstellung eines verwirrten Psychopathen.

Der Waldmann saß wegen Kindesentführung und Mord in der JVA Konstanz ein. Er unternahm keine Anstrengungen zu kämpfen, sondern fügte sich seinem Schicksal. Seine Identität konnte trotz intensiver Berichterstattung und internationaler Ermittlungen nicht festgestellt werden. Winter hatte ihm erzählt, dass der Mann wohl regelmäßig Besuch von einer schwarzen Schwester erhalte. Sie säßen dann beide für eine halbe Stunde im Besuchszimmer und schwiegen sich an. Ansonsten komme niemand. Laut Hafen und Winter war es noch nie geschehen, dass die Herkunft eines Menschen nicht ermittelt werden konnte. Der Waldmann schien, dachte Schwarz, nicht von dieser Welt zu sein. Dass diese bedauernswerte Kreatur unschuldig im Gefängnis saß, erfüllte ihn mit Wut. Aber Schwarz wusste nicht, wie er ihm helfen könnte.

Der Fall Tim Mink war nicht wieder aufgerollt worden. Gegenüber der Polizei behauptete Sebastian Steinfort, dass er an jenem Abend auf dem Bodensee am Ende seiner Kräfte gewesen sei, er sich in eine Phantasie hineingesteigert und er Tim Mink nichts getan habe.

Auch Katharina und Wolfgang Mink wollten die Sache nicht mehr weiterverfolgen. Schwarz drängte die beiden mehrere Male dazu, doch sie wollten Ruth und sich selbst eine Anklage ersparen, die wenig Aussicht auf Erfolg hatte, vielleicht nicht einmal zu einem Prozess führen würde. Denn Tims Leiche war noch immer nicht aufgetaucht, und Wolfgang Mink hatte schon vor drei Jahren den See auf eigene Kosten intensiv absuchen lassen.

Auch Ruth und Sarah schwiegen. Ruth liebte Sebastian wohl noch immer. Und Sarah Steinfort war zu klug, um gegen Windmühlen zu kämpfen.

Die Presse zeichnete ein verklärtes, tragisches, ja heroisches Bild der ermordeten Verena Steinfort. Es hieß, sie sei hinterrücks erschossen worden, als sie noch einmal zum Ort des Verschwindens ihrer Tochter zurückgekehrt war, um ihrer zu gedenken.

Doch Martin Schwarz wusste, dass Verena Steinfort ihr eigenes Kind wahrscheinlich im Affekt getötet, dann das tote Kind an unzähligen Passanten vorbei zu ihrem Wagen getragen und es zum Dingelsdorfer Ried gefahren hatte, um die Leiche dort zu … *deponieren.* Vielleicht hatte sie vor, die Leiche später an einen anderen Ort zu bringen und die Tochter dort persönlich zu bestatten. Was sie tat, war hochriskant, zumal sie auch ihre Reisetasche zurückließ. Aber andere Optionen hatte sie nicht gehabt und war mit so viel Kalkül wie Glück davongekommen.

In der Schlange der Trauernden erkannte Schwarz auch Marek Hafen und Marlene Winter. Von der Presse waren sie nach der Festnahme des Waldmanns als Dream-Team gefeiert worden. »Die Schöne und der harte Hund«, titelte die SÜDZEITUNG. Zur abschließenden Pressekonferenz war ein über alle Maßen strahlender Landespolizeipräsident erschienen, mit zufriedenen Grüßen vom Ministerpräsidenten.

Doch die Fälle Tim Mink und Martha Steinfort würden in Wirklichkeit im Dunklen bleiben, und die beiden Kommissare wussten das. Wie die Herkunft der beiden Mädchen, die im Zuge der Ermittlungen aus den Händen einer Kinderhändlerbande befreit worden waren. Es war offensichtlich, dass die Kinder nicht dahin zurückwollten, woher sie kamen. Sie weigerten sich auch beharrlich, Angaben zu den Männern zu machen, die sie nach Deutschland gebracht hatten. Winter hatte dafür gesorgt, dass sie zusammen – mit neuen Namen und Biografien – in ein Kinderheim im Norden Baden-Württembergs gebracht wurden. Schwarz zweifelte, ob diese schwer traumatisierten Kinder jemals eine wirkliche Chance im Leben haben würden.

In einiger Entfernung erkannte er Wolfgang Mink. Auch er hielt sich abseits. Der Unternehmer stand unter einer großen Platane, die etwas Schutz vor dem Regen bot. Seine Frau Katharina und Ruth hatte Schwarz auch schon gesehen, sie befanden sich irgendwo anders, jedenfalls nicht bei ihm.

Einige Wochen nach der Zeit im »Winzerhof« hatte er noch einmal mit Katharina telefoniert und erfahren, dass sie sich von Wolfgang Mink getrennt hatte. Die beiden Katastrophen, meinte Katharina, hätten sie beide allzu sehr voneinander entfremdet, zu viel Vertrauen und Achtung voreinander zerstört, sodass an ein neues Leben als Familie nicht mehr zu denken war. Sie lebte jetzt in Zürich. Auch probte sie wieder am dortigen Schauspielhaus.

In jener zauberhaften Nacht auf dem See hatte er sich in Katharina Mink verliebt, und er spürte, dass sie ihm auch zugetan war. Aber er wollte jetzt sehen, wie es mit Elsa weiterging. Denn diese Frau liebte er.

Schwarz hatte Angst und freute sich auf sein Kind. In wenigen Wochen war der Geburtstermin.

Er lächelte, als er zu Wolfgang Mink hinüberging. Der grüßte ihn mit einem leichten Nicken.

»Jetzt hat Verena Steinfort bekommen, was sie verdient, nicht wahr?«, sagte Schwarz.

Er sah seinem ehemaligen Auftraggeber direkt in die Augen. Mink erwiderte den Blick und lächelte kalt. Schwarz zweifelte in keiner Weise, dass Mink den Mord an Verena Steinfort beauftragt hatte. Wie immer verrieten seine Züge nichts.

»Es ist gut, wie es ist, Herr Schwarz.«

»Verena Steinfort wollte ihren Sohn schützen. Das hätten Sie an ihrer Stelle auch getan.«

Mink war kurz still. »Möglich. Dann hätte ich eben zahlen müssen. Aber sie hat ihre Chance gehabt.«

»Und Sebastian? Wann kommt er dran?«

Wolfgang Mink sah ihn an. Keine Regung in seinen Gesichtszügen. Schwarz erschrak über den Ausdruck der Leere und Kälte in seinen Augen.

»Er hat meinen sechsjährigen Sohn umgebracht und davor meine zwölfjährige Tochter missbraucht.«

Er machte eine Pause, so als müsse er kurz Kraft sammeln, um den ganzen Hass, der ihn erfüllte, auszuhalten.

»Wenn ich es könnte, Herr Schwarz, würde ich dafür sorgen, dass tausend Jahre an Sebastian Steinfort gemordet wird.«

Schwarz schwieg. Was war noch zu sagen? Er wusste, dass Mink dies konnte, er über alle Mittel verfügte, um diesem jungen Mann, der wohl selbst von den Ereignissen überwältigt worden war, das Leben zur Hölle zu machen.

Dass Mink ihm beruflich vieles verbauen, ihn verfolgen, quälen, seine Frauen und späteren Kinder entführen oder gar töten könnte.

Solange Wolfgang Mink lebte, fürchtete Schwarz, würde Sebastian Steinfort nicht glücklich sein können. Aber es waren wohl auch so schon zu viele Dämonen in diesem jungen Leben.

Es sei denn – und Schwarz musste bitter lächeln bei dem Gedanken – es sei denn, Sebastian Steinfort war aus ähnlichem Holz geschnitzt wie seine Mutter.

Wolfgang Mink unterbrach seine Gedanken.

»Sie haben sehr gute Arbeit geleistet, Herr Schwarz. Dafür danke ich Ihnen. Und ich möchte Sie darin bestärken, diese Fälle nun auf sich beruhen zu lassen. Anderes wäre schade für Sie und Ihr effektives Team.«

Schwarz sagte dazu nichts und ließ Mink einfach stehen. Er verließ den Schutz der Platane und trat in den strömenden Regen. Noch immer schritten die Trauergäste an Verena Steinforts Grab vorbei.

Da entdeckte er Katharina und Ruth. Beide waren in Schwarz gekleidet, und sie standen Hand in Hand unter einem großen weißen Regenschirm. Ruth hatte ihre Haare neu gefärbt. Jetzt waren sie nicht mehr silbergrau, sondern hellblond.

Er ging auf die beiden zu. Katharina erkannte ihn schon von Weitem und lächelte spontan. Ihre Augen weiteten sich vor Freude, und sie winkte ihm zu. Auch Ruth lächelte, als sie ihn sah.

»Lust auf Fickschweiß heute Nacht?«, fragte er und sah Mutter und Tochter lächelnd an. Da lachte Katharina Mink so hell und so laut auf, dass die Leute um sie herum indigniert und voller Unverständnis zu ihnen schauten. Auch Ruth grinste.

»Unverschämtheit!«, meinte ein älterer Mann entrüstet, in dem Schwarz den Konstanzer Landgerichtspräsidenten zu erkennen glaubte.

***

Der Freiburger Club war außer sich. Die Drums tobten, die E-Gitarren stürmten, der Bass gab einen harten Rhythmus vor – und dann brach plötzlich alles ab – und der mächtige Geist des weiß geschminkten Frank Zwille sang von der Seele, die ihre Flügel ausbreiten und nach Hause fliegen will.

Schwarz stand mit einem Bier am Rand der sich rhythmisch bewegenden Menge und sah Katharina und Ruth zu, wie sie wild tanzten, sich dabei immer wieder lachend ansahen, sich manchmal an den Händen nahmen und dann wieder für sich waren.

Schön, dachte Schwarz, Mutter und Tochter haben sich wieder gefunden. Vor allem das zählte. Seine Arbeit war nicht umsonst gewesen.

Er leerte sein Bier und ging zu den beiden auf die Tanzfläche.

Er dachte an Elsa und sein Kind.

Auch seine Seele wollte jetzt ihre Flügel ausbreiten.

Danksagung

Dank an meine Frau Katja, die mich beim Schreiben immer begleitet und unterstützt hat. Und die es mit einem Lächeln hingenommen hat, wenn ich abends mal wieder im »Flammensee« versunken bin.

Dank an meine sorgfältigen und kritischen Zweitleser Hanne Andrees, Ingrid Arbeiter, Saskia Breitenreicher, Annette und Dieter Grupp sowie Dr. Stefan Schipperges.

Dank an Bernd Schmidt, Pressesprecher am Polizeipräsidium Konstanz, für seine vielen Informationen rund um die Polizeiarbeit.

Dank an meine Agentin Beate Riess und die Mitarbeiter des Emons Verlags für ihr Vertrauen und Engagement.

Dank an meinen Lektor Carlos Westerkamp für seinen Scharfblick und seine Sorgfalt.

Weitere Informationen zu »Flammensee« finden Sie im Internet unter www.matthias-moor.de.